KB048167

강의실 밖으로 나온

영미소설

여국현

강의실 밖으로 나온

영미소설

여국현

도서출판 득수

목 차

II. 미국 소설

『강의실 밖으로 나온 영미소설』을 펴내며

I

2004년부터 영미문학을 공부하는 〈리테컬트〉라는 이름의 모임을 결성해 운영해 왔습니다. 대학원에 진학해 공부를 계속하고자 하는 분들의 청으로 시작한 학습모임이었습니다. 지도 교수라는 이름으로 모임 회원들에게 7년 정도 강의와 학습을 병행하고 나니 30여 명이 넘는 석사와 6명의 박사 학위자가 배출되었습니다. 이후 모임의 성격을 영미 고전 소설을 읽는 독서 모임으로 전환하여 18세기 이후 지금까지 영미 장편 소설의 고전들을 체계적으로 읽어 왔습니다. 그 과정에서 모임에 함께 참여하신 분들이 소설 읽기를 통해 책 읽기의 즐거움을 스스로 찾아가는 모습을 보았고, 사고와 언어의 변화는 물론 토론 과정을 통해 소설과 문학, 나아가 인간과 사회에 대한 이해의 폭이 넓고 깊어지는 것을 보아왔습니다.

II

졸업 후 중등학교 교사가 되려는 목표를 지닌 사범대 영어교육학과 학생들에게 영문학 교육과 관련된 강의를 해온 지 13년이 되었습니다. 처음 강의를 의뢰받았을 때 학과에 문학 과목은 제가 맡은 〈영미시 교육〉 과목과 영자 신문에 실린 수필을 읽는 과목 등 두 과목뿐이었습니다. 문학 과목이 절대적으로 부족하다는 생각을 하게 되었고, 학과에서도 같은 문제의식을 가지고 있던 터라 한 과목씩 문학 과목을 늘려 개설한 결과 〈영문학 개론〉, 〈영국문학사〉, 〈영미시 교육〉, 〈영미문학과 영어교육〉 같은 과목들을 통해 강의실에서 시와 단편 소설을 읽는 시간을 늘릴 수 있었습니다. 그러나 학과의 특성과 시간의 한계로 인해 장편 소설의 경우는 전체 내용을 소개하는 정도로 만족해야 했습니다. 장차 영어 교사가 될 학생들이 영미 문학 작품을 접하지 못한다면 나중에 강단에서 자신의 학생들에게 관련된 정보를 제공한다거나 교육을 하는 일은 어려워 보였습니다. 한두 편의 장편 소설의 내용만 소개하기보다는 더 많은 작품들을 조금 더 자세하게 학생들이 접하고 읽을 수 있도록 동기 부여하는 방법을 모색하기 시작했습니다.

III

지난 2022년 여름, 한 대기업의 웹진 사보에 〈여국현의 영문학 살롱〉이라는 이름으로 영문학 작품과 함께 영어 학습을 할 수 있는 칼럼을 의뢰 받아 연재하게 되었습니다. 웹진이라는 특성상 원고 분량의 제약이 상대적으로 적으니 영미 장편 소설을 이야기 하듯 전할 수 있겠다는 생각을 했습니다. 영미 문학 소설 작품에 익숙하지 않는 일반 독자들인 기업 사원들의 반응이 궁금하기도 했습니다. 영미 장편 소설을 찾아 읽도록 흥미와 동기를 유발하거나 혹은 연재하는 글만으로도 영미의 대표적인 장편 소설의 주요 내용과 본문을 함께 접할 수 있는 기회를 제공할 수 있기에 의미 있는 일이겠다 생각했습니다.

처음 시작은 격주 5개월 계약으로, 영국 소설 5편, 미국 소설 5편을 연재하는 것이었습니다. 매회마다 한 편의 장편 소설을 선택해 전체 내용을 꼼꼼하게 플롯의 흐름대로 따라가며 이야기하듯 전하고, 주요한 대사나 문장들을 번역하여 소개하는 글로 사보의 칼럼으로는 상당히 긴 분량이었습니다. 그러나 의외로 사원들의 반응이 좋아 칼럼 연재는 5개월 더 연장되었고, 영국 소설 5편, 미국 소설 4편—『바람과 함께 사라지다』를 2회에 걸쳐 연재함으로써—을 더 다룰 수 있게 되었습니다. 이런 방식으로 쉽게 접할 수 없는 영미 장편 소설을 일반 독자들에게 소개하는 것도 의미있는 일일 수 있겠다 생각했습니다.

IV

위에서 언급한 개인적 경험이 『강의실 밖으로 나온 영미소설』을 쓰게 된 바탕이 되었습니다. 문학 작품을 만나는 가장 좋은 방법은 당연하게도 원본 텍스트나 번역본을 직접 읽는 것입니다. 그러나 여러 가지 제약과 한계로 인해 그러지 못하는 일반 독자들이 많습니다. 특히 외국어로 된 장편 소설의 경우는 더욱 그럴 가능성이 큽니다. 그런 분들에게 긴 소설의 이야기를 가능한 자세하고, 또 충분히 완결성 있게 전달하고 중요한 문장들을 소개함으로써 해당 작품을 직접 읽고 싶은 흥미와 관심을 유발하거나, 읽는 것만으로 소설의 전체 플롯을 이해하고 이야기 전개와 연관된 주요 문장들을 접하는 기회를 제공하는 것도 의미 있는 일이라 생각했습니다. 이것은 나중에 교사가 될, 수업을 듣는 학생들에게도 마찬가지로 도움이 되어, 그들이 만나게 될 학생들과 함께 읽고 토론할 수 있는 교재 역할을 할 수도 있으리라는 생각과 함께, 대학 강단에서 행하는 전공 교육의 교과목으로 인식되는 영미 소설을 일반 독자들이 보다 쉽게 접할 수 있도록 안내하는 친절한 가이드 역할도 할 수 있겠다는 믿음도 갖게 되었습니다.

『강의실 밖으로 나온 영미소설』은 대표적인 영미 소설 21편의 플롯을 가능한 자세하고 꼼꼼하게 소개하면서, 중요한 문장들을 원문과 번역문을 함께 제시하는 방식으로 구성되어 있습니다. 그러나 단순히 플롯의 소개만으로 끝나는 것이 아니라 작품과 연관된 중요한 요소들, 작품에서 특히 주목할 점, 작품에 반영된 여러 중요 비평적 요소들에 대해서도 적절하게 언급함으로써 한 작품을 다양한 측면에서 이해할 수 있는 기회도 제공하려고 했습니다. 소설 속 중요 본문의 경우 필자가 번역한 번역문을 제시하고, 원문은 해당 작품의 맨 끝에 첨부함으로써 원문과 번역문을 대조하며 읽어볼 수 있도록 구성했습니다. 번역은 가능한 원문에 충실하되, 문학 작품이라는 점을 고려하여 최대한 문학적 분위기를 전하는 자연스러운 번역 투로 옮기려고 노력했습니다. 각 작품의 마지막에는 작가의 초상화와 작가 소개에 대한 간략한 정보도 함께 덧붙이는 방식으로 작가를 소개하는 것도 잊지 않았습니다.

『강의실 밖으로 나온 영미소설』이라는 제목은 30년 가까이 대학 강단에서 영문학 강의를 하면서 함께 읽고 공부한 많은 작품들을 강단 밖의 일반 독자들과 나누려는 저의 의지의 표현인 동시에 앞으로 제가 해 나갈 기획의 큰 제목이기도 합니다. 이미 출간된 『강의실 밖으로 나온 영시』(1,2)와 함께 『강의실 밖으로 나온 영미소설』, 그리고 앞으로 계속 이어질 시리즈 저작물을 통해 영문학 작품들을 더 많이 일반 독자들에게 소개하고 알리는 기회를 갖고자 계획하고 있습니다. 이어질 작업에도 많은 관심과 성원을 부탁드립니다.

긴 원고를 먼저 읽고 정성어린 추천사를 보내주신 문예비평가 김미옥 님과 책을 잘 소개하는 표사를 보내주신 김보원, 신현욱 두 분 교수님께 감사드립니다. 원고를 보내 출판을 제안했을 때 흔쾌히 응하고 책의 출판을 결정한 〈도서출판 득수〉 대표 김강 작가와 꼼꼼하게 원고를 교정하며 큰 힘을 보태준 박현숙 씨에게도 고마움을 전합니다. 〈POSCO TODAY〉에 연재하는 동안 원고 교정은 물론 적절한 이미지를 제작하여 함께 게재함으로써 좋은 칼럼이 되도록 애써주신 한아름 차장님과 강순오 대리님을 포함한 포스코 커뮤니케이션실 뉴미디어그룹의 여러분께도 감사드립니다. 오상욱, 송애경 두 분 선배께 특별히 감사드립니다. 오 선배의 관심과 배려로 〈POSCO TODAY〉에 연재를 할 수 있었으며, 애경 선배가 마련해준 〈시소〉가 있어 격주마다 장편 소설을 읽고 80매 가까운 원고를 쓸 수 있는 집중이 가능했습니다. 『강의실 밖으로 나온 영미소설』이 많은 독자들의 손에 전달되어 더 많은 분들이 영미 소설에 대한 흥미와 관심을 갖게 되고 읽게 되기를 기대합니다.

2024년 3월, 봄이 문을 열고 들어오는 〈시소〉에서 여국현

Ⅰ. 영국 소설

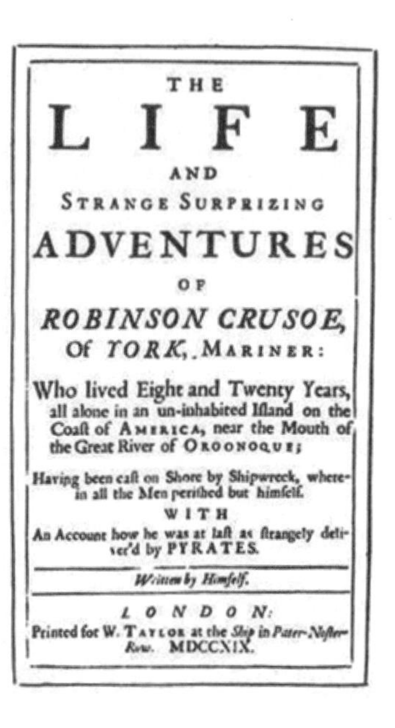

THE

LIFE

AND

STRANGE SURPRIZING

ADVENTURES

OF

ROBINSON CRUSOE,

Of *YORK*, MARINER:

Who lived Eight and Twenty Years, all alone in an un-inhabited Island on the Coast of AMERICA, near the Mouth of the Great River of OROONOQUE;

Having been cast on Shore by Shipwreck, wherein all the Men perished but himself.

WITH

An Account how he was at last as strangely deliver'd by PYRATES.

Written by Himself.

LONDON:

Printed for W. TAYLOR at the *Ship* in *Pater-Noster-Row.* MDCCXIX.

Daniel Defoe, *The Life and Strange Surprising Adventures of Robinson Crusoe* (1719)

1. 『로빈슨 크루소』(1719), 다니엘 디포
- 계몽주의 모험가 혹은 '백인의 짐'의 수행자

1719년 출판된 이 소설은 소설 장르 최초의 작품으로 알려져 있습니다. 작품의 모티프는 태평양의 한 섬에 표류하여 4년 간 머물다 구조된 스코틀랜드 선원의 실화에서 얻었다고 합니다. 그래서인지 소설이 출간되었을 당시 제목이 상당히 긴데, 소설의 근간이 되는 내용이 작품의 제목 속에 그대로 요약되어 있으니 먼저 원래의 제목을 소개드리겠습니다.

> 요크 출신 뱃사람 로빈슨 크루소의 삶과 기이하고도 놀라운 모험 : 조난 사고로 모든 선원이 사망하고 홀로 살아남아 아메리카 해변 오리노코강 하구 근처의 무인도에서 28년을 살다가, 불가사의하게도 해적들에 의해 구조된 바를 직접 기록한 이야기. [1)]

소설의 제목으로는 정말 길지요? 대체로 간략하게 『로빈슨 크루소』라고 소개되는 경우가 많아 제목이 이렇게 길다는 것을 모르는 분들이 많습니다.

안정적인 삶을 마다하고 선택한 모험

제목에서 나타나듯 이 소설은 모험 소설이라 소설의 시작부터 로빈슨 크루소의 모험과 항해에 대한 열정이 인상적으로 그려집니다. 그러나 사실 그는 굳이 모험을 떠나지 않고 영국에 머물렀어도 충분히 편안한 삶을 누렸을 부유한 중산층에 속해 있었습니다.

> "내 사회적 위치는 중산층이었다… 이 계층이야말로 세상 최고의 신분으로, 인간다운 행복을 누리기에 가장 적합한 위치였다. 이 계층에 속한 사람들은 몸을 써야하는 인간 부류의 불행과 고난, 노동과 고통에 노출되지 않고, 상류 계층의 오만, 사치, 야망, 그리고 질투심이라는 곤경에 빠지지도 않았다… 중산층의 삶은 온갖 종류의 미

덕과 향락을 누리기에 적합하다. 중산 계층에게는 태평스럽고 풍요로운 삶이 몸종처럼 따라붙고, 절제, 중용, 평온함, 건강, 사교, 온갖 유쾌한 기분 전환거리들과 매력적인 오락거리들이 축복처럼 함께 한다." [2)]

로빈슨 크루소는 이런 편안한 중산층의 삶을 마다하고 위험이 가득한 항해를 떠납니다. 첫 번째 항해에서 폭풍우를 만난 배가 난파당해 돌아왔고, 두 번째 항해에서는 해적들에게 붙잡혀 2년 동안 노예생활을 하다가 가까스로 탈출합니다. 표류하던 그를 구해준 상선의 선장 덕분에 브라질에서 대농장을 경영하는 농장주가 되었지요. 재산이 목적이었다면 아마 이쯤에서 그만두고 정착할 만도 하였으나 그는 다시 아프리카 노예 무역선에 오릅니다. 항해 도중 다시 폭풍우를 만나 배가 난파하는 바람에 표류하다 현재의 베네수엘라 오리노코강 어귀쯤에 있는 섬에 정착하게 됩니다. 그 이후 28년의 이야기가 이 소설의 주요 내용이지요.

부모의 재산에 기대지 않고 자신의 운명을 스스로 개척하려는 그의 모험심과 독립 정신은 미국에 이주하여 정착한 청교도들의 삶의 태도에서, 이 소설 이후 등장하는 많은 아동 · 청소년 모험 소설과 미국 서부 개척시대의 '프론티어 정신', 그리고 19세기 미국의 『허클베리 핀의 모험』에 이르기까지 끊임없이 스며들어 있지요. 이 소설이 여전히 많은 인기를 누리고 있는 요인이기도 할 것입니다.

계몽주의 실천과 식민주의Colonialism 수행

섬에 정착한 로빈슨 크루소는 홀로 생활하는 내내 빠짐없이 일기를 기록하고 노동을 쉬지 않습니다. 난파선에서 데려온 가축을 꼼꼼하게 관리하여 수를 늘리고, 섬을 개간하고 농사를 지어 자급자족하고 비축하면서 섬을 자신의 영토로 공고히 합니다. 놀라울 정도로 근면한 자세와 효율적인 방식으로 자신의 재산을 관리, 증식해 나가는 그에게서 엄격한 절제와 금욕을 강조하는 기독교적 자세와 함께 당시 유럽을 휩쓸고 있던 계몽주의의 면모도 엿볼 수 있습니다.

한편, 그에게서 보이는 다른 지역에 대한 수탈을 통한 사유 재산의 축적, 노예 노동의 도입과 같은 양상은 식민지를 개척하고 확장하려는 영국(을 비롯한 유럽 제국)의 식민지 개척의 욕망을 대신 보여주는 것은 아닌가라는 의심을 받기도 합니다. 섬에 정착한 로빈슨 크루소가 섬에 다른 주민이 존재함에도 불구하고 처음부터 섬을 자신의 영토와 재산으로 생각하는 장면은 그런 까닭에 예사롭게 읽히지 않습니다.

> "이것은 전부 내 것이다. 변명의 여지없이 내가 이 나라의 왕이고 군주이며, 소유권을 지니고 있다." [3]

새로운 영토 확장만큼이나 인상적이고 충격적인 장면은 섬의 원주민과 만나는 과정에 대한 묘사입니다. 섬 생활의 막바지에 이를 무렵 로빈슨 크루소는(식인종으로 묘사되는) 두 명의 원주민에게 쫓기던 흑인 한 명을 구해줍니다. 그는 말이 통하지 않는 로빈슨 크루소에게 온갖 몸짓으로 고마움을 표시한 다음 이런 행동을 취합니다.

> "마침내 그는 내 한쪽 발이 놓인 땅 가까운 곳에 머리를 대고, 전에 그랬던 것처럼, 나의 다른 발을 자신의 얼굴 위로 가져다 올렸다. 그다음 복종과 예속, 순종을 의미하는 온갖 몸짓을 하면서 자기 목숨이 붙어있는 한 나에게 봉사하겠다는 마음을 전했다."[4]

로빈슨 크루소가 그에게 처음으로 한 일은 자신의 언어인 영어로 말을 가르치는 것이었습니다.

> "… 우선, 나는 그의 이름이 '프라이데이'라고 알려주었다. 내가 그의 목숨을 구한 날이 금요일이었기 때문이었다. 그 시간을 기억하면서 나는 그를 그렇게 불렀다. 마찬가지로 '주인님'이라 말하는 법을 가르친 다음, 그것이 내 이름이라고 알려주었다. 이어서 '예'와 '아니오'라는 말과 그 의미를 알려주었다." [5]

이름을 짓고(명명) 부르는(호명) 행위는 어떤 사람의 정체성을 규정하고 부르는 사람과의 관계를 정하는 일이기도 하지요. 프라이데이에게 마치 그 전에는 이름이 없던 것처럼 이름을 지어주고, 자신을 '주인님'이라 부르게 하면서 로빈슨 크루소와 프라이데이 사이의 주인과 노예 관계는 명확해집니다. 허구의 소설 속 이런 묘사가 실제 사실인가 아닌가 논쟁하는 것은 부질

프라이데이 앞의 로빈슨 크루소

없는 일일 수 있습니다. 그러나 이런 모습이 5~60년 뒤에 등장하는 아동, 청소년 모험 소설에서 유럽인과 원주민이 만나는 원형으로 반복되고, 그 과정을 통해 아동은 물론 성인들에게까지 지속적이고 확고한 문화적 영향을 미치게 된다면 다른 문제가 되지요.

식인 풍습을 지닌 미개하고 비문명화된 원주민은 문명화된 유럽인에게 구원받고 그를 '주인님'으로 모시는 것이 당연하다는, 나아가 유럽 제국들이 다른 지역을 정복하여 식민지로 삼는 식민제국주의 사상이 마땅하다는 생각이 의식적, 무의식적으로 스며들 가능성이 없지 않을 테니까요.

프라이데이는 혼자 감당할 수 없을 만큼 불어난 로빈슨 크루소의 재산에 꼭 필요한 노동력을 제공하게 됩니다. 1인 주인, 1인 노예라는 두 사람의 모습 속에서 아메리카 대륙을 비롯한 세계 전역에서 벌어진 유사한 과정을 떠올리는 것이 과장이 아니라는 것은 다음 문장을 보면 알 수 있습니다.

> "내 섬에 백성이 생겼다. 나도 이제 신하가 생겨 대단한 부자라는 생각을 했다. 내가 얼마나 왕 같아 보일까 하는 생각을 자주 하는데 몹시 즐거웠다. 무엇보다, 이 나라가 모두 내 재산이다. 그러니 나는 의심할 바 없는 지배권을 소유하고 있다. 둘째, 내 백성은 나에게 완벽하게 복종한다. 나는 절대 군주요 입법자며, 그들은 모두 내게 목숨을 빚지고 있으니, 그럴 계기가 생긴다면 언제라도 나를 위해 목숨을 바칠 준비가 되어 있다." [6)]

신하라고 해봐야 프라이데이, 프라이데이의 아버지, 그리고 나중에 구해준 스페인 선원, 이렇게 셋이 전부였는데, 그것을 두고 이렇게 말하는 그가 다소 우스꽝스럽기도 하지만, 유럽인 로빈슨 크루소의 욕망을 투명하게 볼 수 있는 대목이기도 하지요.

기독교 신앙의 회복과 '백인의 짐 White Man's Burden'

더불어 주목할 것은 그의 종교적 태도입니다. 그는 이미 앞선 두 번의 모험에서 난파당하고 해적선에 납치되는 등 고생을 하면서 신에게 불경스러운 언사를 하며 기도는 물론 신의 이름조차 언급하지 않았습니다. 그러나 풍요로운 이 섬에서 그는 자신에게 베푼 신의 자비로운 섭리를 대하며 신앙을 되찾습니다.

> "주위를 둘러보며 내가 이 섬에 온 뒤 얼마나 특별한 신의 섭리가 나를 돌봐 주셨는지, 신께서 나를 얼마나 훌륭하게 대해 주셨는지, 또 내 사악함이 마땅히 받아야 할 것보다 덜 벌하시고 얼마나 많은 것을 주셨는지를 생각했다. 그러자 나의 회개가 받아들여졌다는, 그리고 신께서 나를 위해 베푸실 은총을 아직 마련해두고 계시다는 커다란 희망이 생겨났다." [7]

'메이플라워호'를 타고 온 청교도들이 미국 대륙을 신이 그들을 위해 마련해 준 '약속의 땅'이자 '언덕 위의 하얀 집'이라고 비유한 것처럼 로빈슨 크루소에게는 이 섬이 그랬던 것이지요. 그가 프라이데이에게 기독교를 전파하고 개종시키는 것은 이 같은 자기 자신의 변화로부터 시작되었습니다. 그 결과 프라이데이는 자신의 야만적 식인 풍습을 버리고 선하게 살 것을 약속합니다.

> 내가 물었지. "너 다시 야만으로 돌아갈 거야, 사람 고기를 다시 먹고, 전처럼 미개인이 될 거야?" 그는 고민이 가득한 것 같더니 머리를 저으며 말했다. "아니요, 아니요. 프라이데이는 사람들에게 착하게 살라고 말한다, 신에게 기도하라고 말한다, 옥수수빵, 소고기, 우유를 먹고 사람은 다시는 먹지 않는다고 말한다." [8]

식민지를 개척하고, 원주민 프라이데이를 노예로 삼은 로빈슨 크루소는 그를 기독교 신의 백성으로 개종시키는 데 성공했습니다. 여기에 더해 프라이데이는 로빈슨 크루소에게 자기 부족들에게까지 그렇게 해달라고 부탁합니다.

> "내가 (너희 마을로) 가지! 프라이데이," (내가 말했다) "그런데 내가 거기서 뭘 해야 할까?" 그 말에 그가 고개를 휙 돌렸다. "당신은 많은 좋은 일을 한다," 그가 말한다. "야

만인들이 착하고 진실하고 말 잘듣는 사람들이 되도록 가르친다. 그 사람들에게 신을 알고, 신에게 기도하고, 새 삶을 살도록 말한다." [9]

이것은 100년도 훨씬 더 지난 뒤에 러드야드 키플링(R. Kipling, 1865~1936)이 시로 발표해서 유명해진 「백인의 짐」의 내용을 그대로 보여주는 것입니다. 먼저 문명화되고, 기독교의 신을 알고, 발전된 강한 유럽인이 그렇지 않은 비유럽 세계를 정복하고 지배하며 개종시키고 문명화 하는 것은 모든 백인이 진 정당한 '짐'이므로 외면해서는 안 된다는 것이지요. 이러한 생각은 식민주의를 정당화하는 강력한 논리로 작용하기도 했지요.

다음은 키플링의 『백인의 짐』 입니다.

백인의 짐

- 러드야드 키플링

백인의 짐을 짊어져라-
　네가 기른 최고의 자손들을 보내라-
네 아들들을 유배지로 보내 의무적으로
　포로들의 필요에 봉사하게 하라;
무거운 멍에를 지고 봉사하라
　저 동요하는 야생의 종족에게-
네가 새로 포획한, 음침한 민족들,
　반은 악마이고 반은 아이인.

백인의 짐을 짊어져라-
　참을성 있게 기다리며,
폭력의 위협은 숨기고
　자만심을 과시하지 않도록 하라;
솔직하고 단순한 말로,
　끝없이 분명히 전하라.

타인의 이익을 추구하고,
　타인의 이득을 위해 힘쓰라.

백인의 짐을 짊어져라-
　평화를 위한 야만의 전쟁들을-
기근으로 굶주린 입을 가득 채우고
　질병을 사라지게 하라;
그리고 네 목표가 눈앞에 왔을 때
　타인을 위한 목표가 성취될 때,
게으름과 이교도의 어리석음이
　네 모든 희망을 사라지게 하지 않게 주의하라.

백인의 짐을 짊어져라-
　겉만 번지르르한 왕들의 통치가 아닌,
노예와 청소부의 고역을-
　평범한 것들에 대한 이야기를.
네가 들어서지 않을 항구들과,
　네가 걷지 않을 길들을,
너의 삶이 만들고,

　너의 죽음이 표시하게 하라!
백인의 짐을 짊어져라-
　백인이 남긴 오래된 보상을 거두어라:
네가 개선시킨 자들의 비난과,
　네가 보호하는 이들의 증오를-
네가 빛을 향해 (아, 천천히!)
　인도했던 자들의 비명을-
"왜 우리를 속박으로부터 해방시켰나,
　우리가 사랑한 이집트의 어둠으로부터?"

백인의 짐을 짊어져라-
  네 지친 모습을 감추기 위해
비굴하게 자유를 향한 외침을 더 작게도
  너무 크게도 외치지 말아라
네가 울부짖거나 속삭이는 모든 것과,
  네가 남겨두거나 행하는 모든 것을 통해,
저 침묵하는, 음침한 민족들은
  너의 신들과 너를 평가할 것이니.

백인의 짐을 짊어져라-
  어린 시절과 작별하라-
가볍게 주어진 월계관과,
  손쉽게 주어진 시샘 받지않는 칭찬과.
때가 온다, 누구도 감사하지 않는 숱한 세월 내내
  네가 이룩한 사나이다움을 찾아보려는,
소중하게 획득한 지혜로 냉철해진,
  네 동료들의 평가를 받을 그런 때가!

White Man's Burden

- Rudyard Kipling

Take up the White Man's burden-
  Send forth the best ye breed-
Go bind your sons to exile
  To serve your captives' need;
To wait in heavy harness
  On fluttered folk and wild-
Your new-caught, sullen peoples,
  Half devil and half child.

Take up the White Man's burden-
In patience to abide,
To veil the threat of terror
And check the show of pride;
By open speech and simple,
An hundred times made plain.
To seek another's profit,
And work another's gain.

Take up the White Man's burden-
The savage wars of peace-
Fill full the mouth of Famine
And bid the sickness cease;
And when your goal is nearest
The end for others sought,
Watch Sloth and heathen Folly
Bring all your hopes to nought.

Take up the White Man's burden-
No tawdry rule of kings,
But toil of serf and sweeper-
The tale of common things.
The ports ye shall not enter,
The roads ye shall not tread,
Go make them with your living,
And mark them with your dead!

Take up the White Man's burden-
And reap his old reward:

The blame of those ye better,
   The hate of those ye guard-
The cry of hosts ye humour
   (Ah, slowly!) toward the light:-
"Why brought ye us from bondage,
   Our loved Egyptian night?"

Take up the White Man's burden-
   Ye dare not stoop to less
Nor call too loud on Freedom
   To cloak your weariness;
By all ye cry or whisper,
   By all ye leave or do,
The silent, sullen peoples
   Shall weigh your Gods and you.

Take up the White Man's burden-
   Have done with childish days-
The lightly proffered laurel,
   The easy, ungrudged praise.
Comes now, to search your manhood
   Through all the thankless years,
Cold-edged with dear-bought wisdom,
   The judgment of your peers!

『로빈슨 크루소』는 이후 쏟아진 유사한 이야기를 대표하는 모험 소설의 효시이자, 18세기에 등장하여 대표적인 문학 장르로 성장한 소설 장르 최초의 작품 가운데 하나입니다. 다니엘 디포가 창조한 로빈슨 크루소는 중산층 삶의 평안함을 버리고 유럽 계몽주의와 기독교적 금욕주의, 모험 정신과 개척 정신, 그리고 식민지 개척 정신으로 무장한 채 새로운 세계를 찾아나선 모험가이자 '백인의 짐'을 성공적으로 수행한 최초의 소설적 사례라고 할 수 있겠습니다.

『로빈슨 크루소』의 식민주의적 태도에 의문을 제기하면서 '프라이데이'를 주인공으로 다시 쓴 소설이 있습니다. 미셸 투르니에(Michel Tournier, 1924~2016)의 『방드르디, 태평양의 끝』*Vendredi ou les limbes du Pacifique*(1967)입니다. "방드르디가 중요한 역할을 하고, 끝에 가서는 핵심적인 역할을 하는 소설을 써보자"는 작가의 말처럼 전혀 다른 관점의 이야기를 통해 『로빈슨 크루소』에 담긴 서구 문명의 태도에 의문을 제기하는 이 소설도 함께 읽어보시기를 권해드립니다.

| 다니엘 디포 (Daniel Defoe, 1660~1731)

Godfrey Kneller - http://collections.rmg.co.uk/collections/objects/14122

본명은 다니엘 포Daniel Foe였으며, 작가, 상인, 언론인에 스파이까지 참 독특한 이력의 소유자입니다. 부모의 영향을 받아 장로교파였는데, 당시는 영국 국교회가 아니면 차별을 받던 때였지요. 제임스 2세에 반대하는 저항에 가담했다가 사면을 받은 적도 있고, 나중에 윌리엄 3세를 돕는 비밀 요원을 도와 스파이 역할도 하였습니다. 상업 분야에 뛰어들었지만 결국 많은 빚만 남기고 파산하는 등 개인적으로는 불운한 삶을 살았습니다.

작가로서 정치적 문건에서 소설에 이르기까지 장르를 불문하고 엄청난 양의 글을 썼습니다. 특히, 정치적으로 그는 영국의 제국주의와 상업적 영향력의 확장이 일자리 창출과 소비 증진을 통해 국내의 상업 성장에도 도움이 된다는 입장을 취하고 있었습니다. 『로빈슨 크루소』는 이런 그의 생각이 반영되어 있습니다.

| 작품

『빌 부인의 유령』*The Apparition of Mrs. Veal*(1706), 『싱글턴 선장』*Captain Singleton*(1720), 『몰 플랜더스』*Moll Flanders*(1722), 『전염병의 유행기』*A Journal of the Plague Year*(1722), 『잭 대령』*Colonel Jack*(1722), 『록사나』*Roxana: The Fortunate Mistress*(1724) 등의 소설과 많은 논픽션 작품을 남겼습니다.

1) The Life and Strange Surprizing Adventures of Robinson Crusoe, of York, Mariner: Who lived Eight and Twenty Years, all alone in an un-inhabited Island on the Coast of America, near the Mouth of the Great River of Oroonoque; Having been cast on Shore by Shipwreck, wherein all the Men perished but himself. With An Account how he was at last as strangely deliver'd by Pyrates. Written by Himself.

2) "…mine was the middle state,..the best state in the world, the most suited to human happiness, not exposed to the miseries and hardships, the labour and sufferings of the mechanic part of mankind, and not embarrassed with the pride, luxury, ambition, and envy of the upper part of mankind (…) the middle station of life was calculated for all kind of virtue and all kind of enjoyments; that peace and plenty were the handmaids of a middle fortune; that temperance, moderation, quietness, health, society, all agreeable diversions, and all desirable pleasures, were the blessings attending the middle station of life; "

3) "this was all my own; that I was king and lord of all this country indefensibly, and had a right of possession; "

4) "At last he lays his head flat upon the ground, close to my foot, and sets my other foot upon his head, as he had done before; and after this made all the signs to me of subjection, servitude, and submission imaginable, to let me know how he would serve me so long as he lived."

5) "…first, I let him know his name should be Friday, which was the day I saved his life; I called him so for the memory of the time. I likewise taught him to say Master; and then let him know that was to be my name; I likewise taught him to say Yes and No and to know the meaning of them."

6) "My island was now peopled, and I thought myself very rich in subjects; and it was a merry reflection, which I frequently made, how like a king I looked. First of all, the whole country was my own mere property, so that I had an undoubted right of dominion. Secondly, my people were perfectly subjected. I was absolute lord and lawgiver, they all owed their lives to me, and were ready to lay down their lives, if there had been occasion of it, for me."

7) "when I look'd about me and considered what particular Providences had attended me since my coming into this Place, and how God had dealt beautifully with me; had not only punished me less than my Iniquity had deserv'd, but had so plentifully provided for me; this gave me great hopes that my Repentance was accepted, and that God hath yet Mercy in store for me."

8) said I, "would you turn Wild again, eat Mens Flesh again, and be a Savage as you were before?" He looked full of concern, and shaking his Head said, "No, no. Friday tell them to live Good, tell them to pray God, tell them to eat Corn Bread, Cattle-flesh, Milk, no eat Man again."

9) "I go there! Friday," (says I) "what shall I do there?" He turn'd very quick upon me at this: "You do great deal much good," says he, "you teach wild Mans be good sober tame Mans; you tell them know God, pray God, and live new Life."

PAMELA:

OR,

VIRTUE Rewarded.

In a SERIES of

FAMILIAR LETTERS

FROM A

Beautiful Young DAMSEL,

To her PARENTS.

Now first Published

In order to cultivate the Principles of VIRTUE and RELIGION in the Minds of the YOUTH of BOTH SEXES.

A Narrative which has its Foundation in TRUTH and NATURE; and at the same time that it agreeably entertains, by a Variety of *curious* and *affecting* INCIDENTS, is intirely divested of all those Images, which, in too many Pieces calculated for Amusement only, tend to *inflame* the Minds they should *instruct*.

In TWO VOLUMES.

The SECOND EDITION.

To which are prefixed, EXTRACTS from several curious LETTERS written to the *Editor* on the Subject.

VOL. I.

LONDON:

Printed for C. RIVINGTON, in *St. Paul's Church-Yard*; and J. OSBORN, in *Pater-noster Row*.

MDCCXLI.

Samuel Richardson, *Pamela or Virtue Rewarded* (1740)

2. 『파멜라—보상받은 미덕』(1740), 사무엘 리처드슨
- 순결 이데올로기와 신데렐라 신화의 완성

사무엘 리처드슨(1689~1761)의 첫 작품인 『파멜라—보상받은 미덕』(이하 『파멜라』)은 대단히 긴 소설입니다만 제목에서 이미 짐작되는 것처럼 줄거리는 간단하게 요약할 수 있습니다. 아름답고 총명한 열다섯 살 하녀 파멜라가 그녀의 미모에 반해 호시탐탐 그녀를 노리는 젊은 주인의 온갖 계략과 박해에도 굴복하지 않고 자신의 미덕, 즉 '순결'을 지켜내 마침내 주인의 사랑을 쟁취하고 대저택의 안방마님이 된다는 전형적인 신데렐라 스토리입니다. 작가인 리처드슨이 직접 접한 실화를 소재로 한 것으로 줄거리로만 보면 우리나라에서 자주 등장하던 TV 아침 드라마나 주말 드라마의 스토리와 비슷하지요.

리처드슨이 처음부터 이 소설을 계획한 것은 아니었고, 친구인 찰스 리빙턴Charles Rivington과 존 오스본John Osborn으로부터 시골 독자들이 읽고 본을 삼을 수 있는 소박한 서간문집을 써달라는 요청을 받고 작업을 하다가 영감을 얻게 되었다고 합니다. 리처드슨 자신은 이렇게 말하고 있습니다.

> "리빙턴과 오스본의 서간집을 진행하는 과정에서, 가정부 일을 해야만 하는 예쁜 여자아이들에게 그들의 정절을 노리는 함정을 피하는 방법을 가르치기 위해 두세 통의 편지를 쓰다가 『파멜라』가 생겨났다… 처음에는 한 권, 하물며 두 권의 책을 쓸 생각은 전혀 하지 않았다… 이야기의 소박함에 어울리도록 쉽고 자연스러운 방식으로 그 이야기를 쓴다면, 아마도 새로운 형태의 글, 즉 화려하고 과시적인 로맨스 풍의 글쓰기와는 다른 종류의 독서로 젊은이들을 인도하고, 소설에 일반적으로 넘쳐나는 개연성 없는 경이로운 것들 대신 종교와 미덕이라는 대의명분을 증진시키는 데 도움이 되는 그런 글을 소개할 수 있을 것이라고 생각했다."- Carroll, John (1 January 1972). "Review of Samuel Richardson. A Biography". *The Review of English Studies.*

신데렐라 스토리가 그렇듯 이 소설은 특히 당시 하녀들에게 엄청난 인기를 끌었다고 해요. 파멜라가 곧 자기 같고, 그녀의 이야기는 다름아닌 자신의 이야기처럼 들렸을 테니까요. 이 소설을 낭독하는 것이 인기가 있었는데, 한 사람이 변사처럼 책을 읽어 가면, 다른 하녀들이 귀를 쫑긋하고 듣다가 파멜라가 위기의 순간에 이르면 비명을 지르고, 울기도 하고, 젊은 주인 Mr. B를 욕하기도 하다가 마지막에 Mr. B와 결혼에 성공한 파멜라가 저택의 안주인으로 신분이 바뀔 때는 마치 자기 일인 것처럼 환호성을 지르며 좋아했다고 합니다. 그와 같은 인기 때문이었을까요. 리처드슨 자신도 이 작품의 속편, 『고귀한 신분의 파멜라』*Pamela in her Exalted Condition*(1741)를 썼지만, 리처드슨의 동의도 받지 않은 채 당대의 많은 이들이 쓴 비공식적인 속편은 물론, 이 소설을 풍자하는 작품들이 많이 등장한 것으로도 유명합니다. 특히, 동시대 작가인 헨리 필딩(Henry Fielding, 1707~1754)의 『샤멜라』*Shamela*와 『조지프 앤드루스』*Joseph Andrews*가 유명하지요.

파멜라와 부모님의 편지—파멜라에게 보이는 Mr. B의 호의

이 소설은 처음부터 파멜라가 자신의 부모에게 보내는 편지로 시작되는데, 그 뒤로도 이야기의 많은 부분이 편지 형식으로 전개됩니다. 일인칭 어법으로 등장인물의 내면을 곧장 전달하는 편지 형식은 등장인물들의 솔직한 내면을 그대로 반영하기 위하여 작가인 리처드슨이 채택한 형식입니다. 첫 번째 편지를 따라 소설 속으로 들어가 보겠습니다.

부모님에게 보내는 첫 편지에서 파멜라는 자신이 모시던 부잣집 마님이 세상을 떠나고 방탕한 아들인 Mr. B가 저택의 새 주인이 되었다는 소식을 전합니다. 다행히 자신은 마님의 유언에 따라 계속 집에 남게 되었을 뿐 아니라 새 주인도 자신을 특별히 친절하게 대하며 여러 호의를 베풀어준다는 것도 알리지요. 그러나 파멜라의 아버지는 젊은 귀족 주인이 파멜라에게 보이는 호의에 다른 저의가 있지 않을까 의심하면서 근심 가득한 편지를 보냅니다.

> "정말로, 정말로, 얘야, 너 때문에 우리 마음이 아프구나. 그런데도 너는 그의 선함에 그토록 기뻐하고, 그의 친절한 말과 행동에 흠뻑 매료된 것 같으니 걱정이다. (그게

그 분의 진심이라면 그런 말과 행동은 매우 큰 호의지만 말이다.) 우리는 겁이 난단다. 얘야, 네가 너무 감사한 나머지 그에게 너의 가장 소중한 보물인 정조를 바쳐 보답할까 봐. 그건 어떠한 부나 호의, 혹은 이 세상의 어떤 것으로도 보상할 수 없는 것이란다… 만약 너의 정조를 범하려는 어떤 기미라도 보이면, 모든 것을 버리고 그곳을 떠나 우리에게 돌아오거라. 왜냐하면 우리는 우리 아이가 자신의 정조보다 세상의 편익을 더 좋아한다는 소문을 듣느니 차라리 네가 거지꼴로 우리 앞에 서 있는 모습을 보거나 묘지까지 너를 따라가는 것이 더 낫겠기 때문이구나." [1]

파멜라는 이어진 편지들에서 아버지에게 염려하지 말라고 답하면서도, Mr. B가 돌아가신 마님의 옷과 신발, 장신구들을 주는 등 자신에게 특별한 관심과 친절을 베푼다는 사실은 계속해서 알립니다. 이 같은 소식을 듣는 파멜라 부모님의 걱정은 점점 더 커져만 갑니다.

"사람들이 네게 예쁘다고 말한다고 자만하지 말거라. 네 자신이 너를 만든 것이 아니니, 예쁘다고 해서 네가 잘했다고 칭찬받을 일은 없으니 말이다. 진정한 아름다움은 오직 미덕과 선함에서 나온단다. 그 점을 명심하거라, 파멜라." [2]

Mr. B, 정체를 드러내다

마침내 부모들의 걱정은 현실이 됩니다. 열한 번째 편지에서 파멜라는 주인인 Mr. B의 사악하고 소름끼치는 정체를 알게 되었다고 쓰고 있습니다. Mr. B는 파멜라가 자기 말을 잘 들으면 귀부인을 만들어주겠다며 파멜라를 껴안고 강제로 키스를 했지요. 하지만 파멜라가 정신을 잃을 정도로 완강하게 반항하는 바람에 그는 뜻을 이루지 못하고 마치 아무 일도 없었다는 듯 자기가 무슨 해코지를 했냐고 적반하장 나무라자 파멜라는 지지 않고 이렇게 답합니다.

"네, 주인님," 제가 말했어요. "저는 세상에서 가장 해로운 존재지요. 주인님께서는 제게 제 자신은 물론 제게 속한 것들을 잊게 하셨고, 가난한 하녀에게 너무나도 자유롭게 굴면서 품위를 떨어뜨리는 행동을 함으로써 운명이 우리 사이에 정해 둔 거리를 줄이셨지요. 주인님, 감히 말씀드리지만, 저는 비록 가난하지만 정직합니다. 나리께서 왕자라 해도 저는 달리 행동하지 않았을 겁니다." [3]

그 소식을 들은 부모는 파멜라가 "최악의 경우를 당할까 봐" 걱정하면서도 편지에 이런 말을 써서 보냅니다.

> "오, 얘야! 유혹은 괴로운 일이란다. 하지만 유혹이 없으면 우리는 우리 자신을 모를 뿐 아니라 우리가 무엇을 할 수 있는지도 모르는 법이다… 네가 처한 위험은 엄청난 것이다. 왜냐하면 너는 부와 젊음을 지닌, 세상 사람들이 다 아는 멋진 신사를 견뎌내야 하기 때문이다. 하지만 그를 이겨낸다면 얼마나 큰 명예가 되겠느냐! 예전에 너의 행동과 네가 받은 정숙한 교육과 가난보다 정절을 잃는 것을 더 부끄럽게 여기도록 배운 것을 생각하면, 우리는 신을 믿고, 신께서 네게 그 유혹을 극복할 수 있는 능력을 주시리라 믿는다." [4]

파멜라의 편지를 읽는 Mr. B

그러나 파멜라는 아버지가 걱정하는 것보다 훨씬 영리, 아니 영악하기까지 하다는 느낌이 듭니다. 소설을 읽어가다 보면, 오히려 파멜라가 주인을 유혹하는 것이 아닌가 하는 생각이 들기도 할 정도입니다. 예를 들어, Mr. B가 청소하는 자기를 지켜보는 걸 알면서도 짐짓 모른 체 몸을 숙여 주인에게 자신의 가슴을 은근히 드러내는 자세로 계속 청소를 하는 모습까지 보이지요. 그런 이유로 많은 이들이 파멜라는 순수하기만 한 인물이 아니라 오히려 자신이 원하는 것을 얻기 위해 순수를 가장하는 위선적인 인물이라고 비판하기도 했지요.

점점 노골적으로 마수를 드러내던 주인은 급기야 혼자 있던 파멜라를 덮치지요, 그것도 두 번이나. 그러나 그때마다 파멜라는 정신을 잃고 기절하는 것으로 위기를 모면합니다. 이 장면도 참 그런 것이, 나쁜 짓을 하려던 주인이 결정적인 순간에 파멜라가 기절을 하니 그만 당황해서 멈추고 맙니다. 요즘 말로 웃픈 장면이기도 한데요, 그만큼 당시의 사람들과 작가인 리처드슨이 인간을 '순진'하게 보고 사고한 면이 있는 것이 아닌가 하는 생각도 하게 됩니다. 또 달리 생각해보면 Mr. B가 아무리 악한이라도 귀족인 그를 파렴치한으로 몰아가기에는 부담스러웠던 것 같다고 생각되기도 합니다. 그랬다가 귀족 계급들이 자신들을 그렇게 묘사했다고 반발하면 그 또한 여간 성가신 일이 아니었을 테니까요. 여주인공은 '파멜라'라는 이름을 부여한 반면, 주인은 Mr. B라고만 밝힌 것도 같은 맥락에서 이해할 수 있습니다. 작가인 리처드슨이 스스로 검열을 한 셈이지요.

위기를 벗어난 파멜라, 감금당하다

한편, 파멜라가 하녀장인 저비스 부인에게 모든 사실을 알렸다는 것을 알게 된 Mr. B는 파멜라를 해고하고 그녀가 만들고 있던 조끼를 완성하는 대로 집으로 돌아가라고 합니다. 그러나 그 와중에도 Mr. B는 다시 한 번 파멜라를 겁탈하려는 시도를 합니다. 하녀장인 저비스 부인 침실의 옷장 안에 숨었다가 잠들려는 파멜라에게 달려들었던 것이지요. 저비스 부인이 있는데도 말입니다. 저비스 부인의 만류에도 아랑곳하지 않고 자기 욕심을 채우려던 Mr. B의 광기에 파멜라는 또 기절해버리는 것으로 그 위기를 벗어납니다. Mr. B에게서는 망나니 같은 일종의 광기마저 느껴지는데요, 이런 그에게서는 나중에 살펴 볼 『테스』에서 테스를 대하는 알렉의 모습이 어른거리기도 합니다.

조지프 하이모어Joseph Highmore, 〈기절한 파멜라〉, 1743

Mr. B의 더욱 사악한 면모는 그가 준비한 계략에서 드러납니다. 파멜라를 태우고 집으로 가는 줄 알았던 마차는 Mr. B가 미리 일러둔 한 농가로 파멜라를 데려갑니다. 그녀는 그곳에서 죽스 부인Mrs. Jewkes의 감시 하에 감금당한 채 지내게 됩니다. 자신의 비참한 상황을 알게 된 파멜라는 그곳을 탈출하기 위해 지역 목사인 윌리엄스와 죽스 부인 몰래 편지를 주고받으며 기회를 엿봅니다. 그러나 그녀에게 반한 윌리엄스가 청혼을 하면서 함께 달아나자는 계획을 세웠는데, 이 사실이 죽스 부인을 통해 Mr. B에게 알려지는 바람에 화가 난 Mr. B는 채무를 이유로 윌리엄스를 고소해 감옥으로 보내버리고 파멜라에게 돈과 토지를 주고 본부인처럼 대하겠다는 등 일곱 가지의 제안을 하면서 자신과 동거할 것을 요구합니다. 하지만 파멜라는 단호하게 거절합니다.

> "제가 소망하는 것은 제 몸을 더럽히지 않고 본래의 비천한 처지로 돌아가도록 허락해주십사 하는 것뿐이랍니다… 저는 아주 초라한 상태로 살아도 만족할 수 있고, 가장 비천한 상황보다 제 자신이 더 나을 것도 없다고 생각하기 때문에, 저는 제 정조를 인도의 모든 부와 바꾸는 것조차 수치로 여기기를 바란답니다… 나리께서 암시하신 것, 즉 제가 품위 있게 행동하면 열두 달 후 저와 결혼해주실 수도 있다는 것에 대한 답으로 제 말씀을 들어주세요. 이것은 나리께서 말씀하신 어떤 것보다도 제게는 덜 중요하답니다. 왜냐하면, 제가 나리의 제안에 동의하는 그 순간 모든 장점과 품위 있는 행동도, 혹 그런 것이 제게 있다 하더라도, 그때는 끝장나버릴 것이니까요." [5]

끝내 거절당한 Mr. B는 다시 한 번 파렴치한 짓을 범합니다. 하녀로 변장한 뒤 죽스 부인과 파멜라가 잠자는 침실에 숨어들었다 파멜라를 덮친 것이지요. 저항하는 파멜라를 붙잡아 Mr. B가 못된 짓을 하는 것을 돕기까지 하던 죽스 부인은 파멜라가 다시 기절을 하고 Mr. B가 당황하여 멈추자 금방 괜찮아질 것이라며 Mr. B를 부추기기까지 합니다. 하녀장 저비스 부인과 대비되는 죽스 부인의 행동은 주인에게 무조건 복종하는 악한 하녀의 모습으로 그려집니다. 이번에도 뜻을 이루지 못한 Mr. B는 그래도 멈추지 않고 끈질기게 파멜라를 회유하고 못살게 굽니다. 이후로 계속된, 비열하고 찌질하다고 밖에는 할 수 없는 파멜라를 향한 그의 행동은 소설의 주인공인 그가 이름을 부여받지 못하고 Mr. B라고 불릴 수밖에 없는 이유를 충분히 짐작하게 해줍니다.

그러나 그랬던 Mr. B가 변화하는 순간이 왔지요. 어쩌면 파멜라가 이곳을 탈출하지 못할 바엔 차라리 연못에 몸을 던져 죽으려했다는 이야기를 들었던 때부터였던 것 같기도 합니다. 파멜라는 자신이 부모님에게 돌아가는 것을 허락한 그가 죽스 부인에게 이렇게 말하는 것을 듣습니다.

"'전에도 내가 당신에게 말했던 것처럼 이제 그만 두시오'라고 그가 말했어요. '아니 대체 정절만이 그녀의 자랑이라는 확실한 증거가 내게 있는데, 그녀에게서 내가 그걸 빼어야겠소? 아니,' 그가 덧붙였어요, '가게 내버려두시오. 외고집에 어리석기는 하지만 어쩌겠소. 그녀는 순결하게 떠날 자격이 있소. 그러니 그렇게 보낼 거요!'" [6)]

Mr. B의 변화

마침내 파멜라가 부모님 집으로 출발하고 난 뒤 그에게서 온 편지는 그의 변화된 마음을 그대로 담고 있습니다.

"내 사랑 파멜라, 이제 이 편지를 받는 즉시 로빈에게 너를 내 집으로 다시 데려다 주라 명령해주기를 네게 간청한다. 너와 함께 마차를 타고 돌아오는 기쁨을 누리기 위해 나도 출발하고 싶지만, 정말 내 몸이 그럴 상태가 아니구나. 내 마음이 괴롭기는 하다만 이제야 내가 알게 된 것처럼 내 영혼에 기쁨이고 기쁨일 수밖에 없는 너와 헤어져야만 하는구나." [7)]

그가 아프다는 소식을 듣고 발걸음을 돌려 그에게로 가는 파멜라도 선뜻 이해하긴 어렵습니다만, 미운 정이 든 것일까요? 아니면 Mr. B의 변화 이전에도 파멜라는 이미 그를 마음에 두고 있었던 것일까요? 어느 한쪽으로 단정지어 말하기는 어려운 것과 마찬가지로 두 경우 모두 해당되는 것이 파멜라의 마음 아니었을까 생각합니다. Mr. B는 세상의 비난과 참견을 다 무시하고 파멜라와 결혼하겠다고 말하며 자신과 결혼한 파멜라가 주변 사람들에게 받을 불편한 처사에 대해 견뎌낼 수 있는지를 묻습니다. 물론 파멜라는 어떤 일이라도 견뎌낼 수 있다고 답하고, 그 답을 들은 Mr. B가 말합니다.

"그가 말했어요. '나의 파멜라, 내 평생 알았던 어떤 열정보다 더 순수한 열정으로 너를 사랑한단다! 이건 내게는 낯설기만한 열정이고, 그 정원에서 너를 보며 품기 시작한 열정이란다. 물론 너는 몰인정하게도 불순한 의심을 품고 막 피어나는 그 열정의 꽃봉오리를 싹둑 잘라버렸지. 너무도 어린 싹이라 경멸이나 무시라는 차가운 돌풍을 견딜 수 없는 그 싹을 말이다. 예전에 내 격정이 불러온 온갖 죄악의 소동이 느꼈던 것보다 혹은 (내 시도가 성공했더라면) 그것이 내게 주었을 것보다 훨씬 더 진실한 기쁨과 만족감을 너와 한 시간 동안 나눈 감미로운 대화에서 느끼게 되었지.'" [8]

두 사람은 Mr. B의 저택으로 돌아옵니다. 그들을 방문한 귀족들은 파멜라의 아름다움과 재치, 친절한 태도와 몸에 밴 미덕을 입에 침이 마르도록 칭찬합니다. 물론 이 말은 모두 파멜라 자신의 글을 통해 부모님에게 전해지는 이야기지요. 다른 사람들의 입을 통한 이런 칭찬은 소설의 처음부터 파멜라 자신의 일기와 편지에 끊임없이 드러나고 있어서, 사실 파멜라 자신의 자랑처럼 들리는 것을 막을 길이 없습니다. 영국 소설 전체를 통틀어 가장 아름다운 여주인공을 꼽으라면 아마 파멜라일 것이라고 말하기도 하니 파멜라의 아름다움은 인정하지 않을 수가 없기도 합니다.

파멜라 모르게 아버지까지 모셔온 Mr. B는 파멜라에게 결혼을 서두르자 재촉하며 이렇게 말합니다.

"당신의 정절은 모든 유혹을 견뎌냈고, 어떤 공포에도 꺾이지 않았소. 게다가 나는 당신에 대한 나의 열정을 누를 수 없었기 때문에 나 스스로를 바로잡았소. 또한 당신은 내가 제시한 어떤 조건으로도 내 사람이 되려하지 않았기 때문에 당신이 스스로의 조건에 맞춰 내 사람이 되는 것을 허락하자 결심했던 거라오. 이제는 분명히 말하지만 당신 자신의 조건 이외의 어떤 조건으로도 당신을 원치 않소. 그러니 우리 결혼식이 빠르면 빠를수록 좋다고 생각하오." [9]

Mr. B는 자신이 감옥에 넣었던 윌리엄스 목사까지 데려와 파멜라의 마음을 안심시키고 그동안의 모습과는 완전히 다른 모습을 보임으로써 윌리엄스의 신임까지 얻게 됩니다. 파멜라도 이제는 완전히 Mr. B를 신뢰하는 마음을 엄마에게 보내는 편지에 담아 전합니다.

"이제부터는 우리 불쌍한 근시안적인 인간들은 우리 자신의 지혜에 의존하는 척하지 말아야겠어요. 아니면 우리가 우리 자신을 절대적으로 인도해간다고 헛되이 생각하지도 말아야겠어요. 분명히 말씀드리지만 제가 가장 실망했을 때 제 행복에 가장 가까이 가 있었다고 말씀드릴 수 있는 수많은 이유가 있답니다. 제가 만약 그때 제가 주된 목표로 여겼고, 제가 가장 마음에 두고 있었던 탈출에 성공했다면 저는 지금 제 앞에 있는 축복에서 달아나 제가 피하려고 했던 그 불행 속으로 곤두박질쳤을 거예요!

하지만 결국 이 놀라운 반전을 위해 저는 제가 걸어왔던 그 길이 필요했던 거예요. 오, 가늠할 수 없는 신의 지혜라니요!" [10)]

결혼, 그리고 Mr. B의 감춰진 진실

마침내 둘은 결혼식을 올립니다. 사실 전형적인 신데렐라 이야기라면 여기서 소설이 끝나도 전혀 이상하지 않을 것입니다. 하녀였던 파멜라가 방탕한 주인의 마음을 얻고 그를 변화시켜 마침내 귀족 가문의 안주인이 되었으니까요. 그러나 이 소설은 결혼식 후에도 한참을 더 나아갑니다. 그것은 파멜라라는 인물의 또 다른 미덕을 강조하기 위함이었지요. 파멜라는 자신의 말은 무엇이건 들어주겠다는 남편에게 죽스 부인을 포함하여 자신을 못살게 굴었거나 거짓말을 했던 하인들을 용서해줄 것을 부탁합니다.

마냥 행복할 것 같던 파멜라에게 첫 번째 시련이 다가옵니다. 예전부터 남동생 Mr. B가 파멜라에게 눈독을 들이는 것을 알고 있었지만, 결혼한 사실을 모르고 있던 대버스 부인이 찾아와 그녀에게 하녀답게 처신하라며 욕설과 함께 모멸감을 주지요. Mr. B가 친구들을 방문 중인 터라 혼자 있던 파멜라는 온갖 모욕을 당하면서도 끝내 그들이 결혼했다는 사실을 밝히지 않고 그 수모를 고스란히 견디다 결국 가까스로 대버스 부인을 피해 Mr. B가 있는 곳으로 달아나 대버스 부인과의 일을 알립니다. 파멜라를 데리고 집으로 돌아온 Mr. B가 누나에게 자신이 파멜라와 결혼을 했다고 알리지만 대버스 부인은 믿으려 하지 않고 파멜라와 동생을 더욱 격렬하게 비난합니다. 그 과정에서 대버스 부인은 셀리 고드프리라는 여성을 언급하고, Mr. B는 자신의 입으로 한때 자신의 연인이었던 그녀에 대한 이야기를 털어놓으며 용서를 구합니다. 대버스 부인은 파멜라에 대한 동생의 마음이 진심인 것을 알고 두 사람에게 자신의 무례를 사과하지만 Mr. B는 화를 누그러뜨리려 하지 않습니다. 하지만 파멜라는 그런 남편을 설득하여 두 남매가 화해하도록 합니다. 이렇게 파멜라는 대버스 부인의 무례함까지도 이겨내고 그녀의 호의를 얻게 된 것이지요.

그리고 얼마 후 파멜라는 Mr. B에게 삼촌이라 부르는 고드프리의 딸을 만나게 되는데, 그 아이가 Mr. B와 셀리 고드프리 사이의 딸이라는 걸 알게 됩니다. Mr. B는 예전 고드프리와의 관계에 대해 그녀에게 말하며 자신의 과오를 진심으로 뉘우치는 한편, 그녀에게 진심으로 용서를 구합니다. 파멜라는 그런 남편을 용서하며 그 아이를 자신의 아이처럼 키우겠다고 합니다. 그렇게 모든 이야기가 끝납니다. 편지와 일기가 모두 끝난 다음 작가인 리처드슨은 각각의 인물들을 통해 전하려는 교훈을 마지막으로 전합니다. 주인공이라 할 수 있는 Mr. B는 비록 상류 사회의 방탕아의 모습을 보이기는 하지만 다음과 같은 사실을 배울 수 있다고 합니다.

> 그러나 그는 때맞춰 자신의 잘못을 알고 한창 젊을 때 자신의 행동을 바로잡았으니, 그런 점에서 그로부터는 대단한 재산을 갖고 태어난 이들에게 도움이 되는 유익한 교훈을 얻을 수 있다. 그런 사람들은 그의 사례를 보고 방탕한 삶의 과정에 따르는 위험과 양심의 가책과 정절을 지키는 사랑과 자비심 많은 행동 사이에 존재하는 말로 표현할 수 없는 차이에 대해 배울 수 있을 것이다. [11)]

그리고 우리의 파멜라를 통해 배울 수 있는 점에 대해서 작가는 이렇게 말합니다.

> 낙담한 이들은 파멜라가 고통과 시련을 겪은 후에 행복한 결말을 통해 위로받기를. 그들은 파멜라의 경우에서 보듯 마음속 깊이 자리잡은 필연적인 어떤 위험이나 고통이라 하더라도 그 고통과 위험으로부터 구원하거나 벗어나게 해줄 신의 섭리 밖에 있을 수는 없다는 것을 알 수 있기 때문이다. 그리고 신의 섭리는 파멜라의 여러 이야기에서 보이듯, 겉으로 보기에는 가장 고통스러운 일조차 영광스러운 신의 섭리로, 고통을 당하는 순결한 사람에 보상으로 변화시킬 수 있다. 그것도 인간의 모든 기대가 이루어질 수 없는 것처럼 보이는 바로 그 순간에 그렇게 한다. [12)]

작가인 리처드슨은 여러 직업을 두루 경험한 사람이었는데요, 특히, 편지 대필을 많이 했다고 합니다. 그래서일까요. 사람들, 특히 여성들의 심리에 아주 정통한 면을 보였고, 그런 점이 『파멜라』의 여주인공을 포함한 여성 인물들의 성격에 대한 세밀한 묘사에 그대로 반영이 된 것 같습니다. 당시 출판업자이기도 했던 그는 대중들이 무엇을 원하는지를 누구보다 정확하게 알고 있었던 감각도 있었던 것 같습니다. 이 작품은 공전의 히트를 기록했고, 처음 등장한 '소설' 장르가 성공적으로 자리를 잡아가는 데 결정적인 기여를 합니다.

파멜라의 미덕과 그에 대한 비판

이 작품에서 가장 중요한 한 단어를 꼽자면 제목에도 드러난 '미덕virtue'입니다. 가장 기본적인 의미는 '미덕, 선행, 장점'입니다만 이 작품에서는 '순결, 정조'라는 보다 구체적인 의미로 사용되었다고 보는 것이 좋겠습니다. 파멜라가 목숨보다 중요하게 지켰던 것이 바로 그 '미덕'이었고, 그 '미덕'을 잃지 않았기에 하녀라는 신분에서 도저히 불가능해 보였던 Mr. B와 결혼에 성공하지요. 그런 점에서 보자면 시대적 한계가 느껴지기도 합니다만 무언가가 그만큼 강조된다는 것은 사회적으로 그만큼 잘 지켜지지 않았다는 반증이기도 하겠지요. 이후 영국소설에서 이 둘 사이의 신분차이보다 더 큰 차이를 극복한 결혼은 찾아보기 어렵습니다. 그런 점에서 파멜라와 같은 처지에 있던 수많은 하녀들이 파멜라의 성공을 바라보며 얼마나 열광했을지가 충분히 짐작되고도 남습니다.

『파멜라』에 대한 비판적 시각도 있습니다. 주인공 파멜라가 Mr. B의 유혹의 대상이자 피해자가 아니라 파멜라 자신이 Mr. B를 유혹하는 인물인 듯한 모습도 보인다는 것이지요. 본문을 읽을 때도 이야기한 바 있습니다만, 주인이 자신에 대해 흑심을 품고 있다는 것을 알면서도 그 앞에서 일부러 매혹적인 모습을 보이는 점이 바로 그런 면모이지요. Mr. B가 파멜라를 집으로 돌아가라고 허락했을 때도 주인의 조끼 핑계를 대면서 차일피일 미루는 모습이나 나중에 죽스 부인의 감시하에 있을 때, 충분히 도망칠 수 있는 상황이었음에도 불구하고 소 때문에 달아나지 못하는 장면도 쉽사리 납득이 가지 않는 면이 있지요. 어쩌면 파멜라 자신도 Mr. B의 옆에서 쉽게 떠날 수 없을 만큼 다른 욕심이 있는 것은 아니었을까 하는 의심을 갖게 하는 장면이지요. 만약 그렇다면 파멜라는 순진하고 순수한 미덕의 소유자이기보다 Mr. B의 부인이 되고 싶은 자신의 욕망을 실현하기 위해 순결이라는 미덕을 미끼로 삼은 교활한 인물일 가능성도 있는 것이니까요.

하층 계급의 상반된 태도—저비스 부인과 죽스 부인

한편, 이 작품에서 Mr. B가 파멜라에게 행하는 폭력에 가까운 행위는 당시 귀족 신분의 남자들이 하녀 혹은 신분이 낮은 여성들에게 가하던 가정 내 폭력의 양상을 적나라하게 보여주기도 합니다. 동시에 당시 부유한 계층의 도덕적 불감증에 대한 비판의 측면이 있는 것도 사실입니다.

하녀장 저비스 부인은 주인의 비난에도 불구하고 파멜라를 지켜줍니다. 그로인해 해고를 당할 위기에 처해도 그녀는 파멜라를 보호하려고 애를 씁니다. 반면, Mr. B가 파멜라를 겁탈하도록 부추기는가 하면 파멜라를 꼼짝 못하도록 붙들어 Mr. B가 그녀를 겁탈하려는 시도를 직접 돕는 죽스 부인의 모습은 놀랍습니다. 사회적 신분과 계급의 차이에도 불구하고 인간적으로 지켜야 할 분명한 보편 도덕을 지키려는 저비스 부인과 자신의 이익 앞에서는 어떤 악행이라도 저지를 것 같은 죽스 부인의 모습은 당시 사회의 혼란스러운 도덕관의 혼재를 보여주는 사례라 할 수 있겠습니다. 이는 소설의 제목인 『파멜라—보상받은 미덕』을 통해 당시 여성의 미덕인 순결이 그만큼 지키지기 어려운 상황이었음을 역설적으로 보여주는 것과 일맥상통합니다.

한편, 소설이 출간되고 난 뒤 많은 독자들에게 인기를 얻으면서 널리 읽혔지만 동시에 소설 속 인물에 관한 비판도 많아지면서 리처드슨은 나중에 소설을 내용을 일부 수정하기도 했습니다. 노동 계급의 언어를 사용하던 여주인공 파멜라의 말투를 나중 판본에서는 중산 계급 여성의 어투로 바꾸고, 파멜라 부모님들도 미천한 하층 계급에서 양가良家gentlefolk의 신분으로 바꾸어 놓았지요. 이는 하녀인 파멜라와 Mr. B의 결혼이 주는 사회적 충격을 상쇄하기 위한 리처드슨 나름의 노력으로, 당시 이 작품에 대한 반응이 어땠는지를 짐작하게 합니다.

소설의 형식과 관련하여 파멜라의 내면 심리의 묘사와 함께 Mr. B의 마음이 점차 변화하는 복잡한 심리에 대하여 상세하게 보여주는 이 작품의 형식적 중요성을 기억하는 것은 필요합니다. 18세기 이후 대부분의 소설 작품들이 겉으로 드러나는 인물들의 행동에 관심을 두면서 주로 대상의 외적 행동을 묘사하는 데 주목한 반면, 리처드슨의 작품은 인간 심리의 내부라는 묘사 대상의 새로운 영역을 보여주면서 '심리적 사실주의'라는 새로운 리얼리즘의 기법과 공간을 창조했지요. 이는 나중에 헨리 제임스(Henry James, 1843~1916) 같은 작가의 작품을 통해 보다 세련된 형식으로 등장하게 됩니다.

| 사무엘 리처드슨

(Samuel Richardson, 1689~1761)

Portrait of Richardson from the 1750s by Mason Chamberlin.

영국의 소설가이자 출판업자로 더비셔에서 가구 제조공의 아들로 태어나 유년기에는 런던의 기독병원 그래머 스쿨Christ's Hospital Grammar School에 다니긴 했지만 정규 교육을 많이 받지는 못했습니다. 하지만 친구들에게 이야기를 들려주거나 편지를 쓰는 데 소질이 있어서 열세 살 무렵에는 여자 아이들을 대신해서 연애편지를 써주는 일을 했다고 합니다. 이는 나중에 그의 소설이 서간체로 이루어진 것에 적잖은 영향을 미치게 됩니다.

열일곱 살이 되던 해에 인쇄공의 도제가 되었고, 도제 생활을 마친 후 자신의 인쇄소를 운영하기 시작해서, 1733년에는 하원과 계약을 맺고 『하원 저널』*the Journals of the House*을 발행하는 일을 맡게 되면서 영향력 있는 인쇄업자의 위치를 확인하게 됩니다.

우연한 기회에 편지 쓰기 가이드를 작성해달라는 요청을 받았고, 이것이 그의 첫 소설인 『파멜라』를 낳는 계기가 됩니다. 편지와 일기 형식으로 된 이 소설은 인물들의 내면과 감정 상태를 자세하게 드러내는 특징을 통해 소설 양식의 혁신적인 측면을 보여줍니다.

| 작품

영문 소설 역사상 가장 긴 작품 가운데 하나 『클라리사 또는 젊은 숙녀이야기』*Clarissa, or, the History of a Young Lady*(1748)는 『파멜라』와는 달리 미덕을 추구하는 주인공의 비극적인 이야기를 담고 있습니다. 『찰스 그랜디슨 경』*The History of Sir Charles Grandison*(1753)은 이상적인 신사인 찰스 그랜디슨이라는 인물의 캐릭터를 상세하게 묘사하면서 도덕의 문제를 주제로 삼고 있습니다.

그 외에 완성하지 못한 『뷰몽 부인의 이야기』*The History of Mrs. Beaumont*가 남아 있습니다. 현대 소설 발전에 영향을 미친 선구자로 기억되는 리처드슨의 작품은 이후 제인 오스틴과 찰스 디킨스 같은 작가들에게 영감을 주었습니다.

1) "Indeed, indeed, my dearest child, our hearts ache for you; and then you seem so full of joy at his goodness, so taken with his kind expressions, (which, truly, are very great favours, if he means well) that we fear—yes, my dear child, we fear—you should be too grateful,–and reward him with that jewel, your virtue, which no riches, nor favour, nor anything in this life, can make up to you… .if you find the least attempt made upon your virtue, be sure you leave everything behind you, and come away to us; for we had rather see you all covered with rags, and even follow you to the churchyard, than have it said, a child of ours preferred any worldly conveniences to her virtue."

2) "Be sure don't let people's telling you, you are pretty, puff you up; for you did not make yourself, and so can have no praise due to you for it. It is virtue and goodness only, that make the true beauty. Remember that, Pamela."

3) "Yes, sir," said I, "the greatest harm in the world: You have taught me to forget myself and what belongs to me, and have lessened the distance that fortune has made between us, by demeaning yourself, to be so free to a poor servant. Yet, sir, I will be bold to say, I am honest, though poor: and if you was a prince, I would not be otherwise."

4) "Oh, my child! temptations are sore things; but yet, without them, we know not ourselves, nor what we are able to do… Your danger is very great; for you have riches, youth, and a fine gentleman, as the world reckons him, to withstand; but how great will be your honour to withstand them! And when we consider your past conduct, and your virtuous education, and that you have been bred to be more ashamed of dishonesty than poverty, we trust in God, that He will enable you to overcome."

5) "All I desire is, to be permitted to return to my native meanness unviolated… And I hope, as I can contentedly live at the meanest rate, and think not myself above the lowest condition, that I am also above making an exchange of my honesty for all the riches of the Indies… Give me leave to say, sir, in answer to what you hint, That you may in a twelvemonth's time marry me, on the continuance of my good behaviour; that this weighs less with me, if possible, than anything else you have said: for, in the first place, there is an end of all merit, and all good behaviour, on my side, if I have now any, the moment I consent to your proposals."

6) "'No more of this, as I told you before', said he: 'What! when I have such proof, that her virtue is all her pride, shall I rob her of that?—No, added he, let her go, perverse and foolish as she is; but she deserves to go honest, and she shall go so!'"

7) "Now, my dear Pamela, let me beg of you, on the receipt of this, to order Robin to drive you back again to my house. I would have set out myself, for the pleasure of bearing you company back in the chariot; but am really indisposed; I believe, with vexation that I should part thus with my soul's delight, as I now find you are, and must be, in spite of the pride of my own heart."

8) "'I do own to you, my Pamela,' said he, 'that I love you with a purer flame than ever I knew in my whole life; a flame to which I was a stranger; and which commenced for you in the garden; though you, unkindly, by your unseasonable doubts, nipped the opening bud, while it was too tender to bear the cold blasts of slight or negligence. And I know more sincere joy and satisfaction in this sweet hour's conversation with you, than all the guilty tumults of my former passion ever did, or (had even my attempts succeeded) ever could have afforded me.'"

9) "… your virtue was proof against all temptations, and was not to be awed by terrors: Wherefore, as I could not conquer my passion for you, I corrected myself, and resolved, since you would not be mine upon my terms, you should upon your own: and now I desire you not on any other, I assure you: and I think the sooner it is done, the better."

10) "Henceforth let not us poor short-sighted mortals pretend to rely on our own wisdom; or vainly think, that we are absolutely to direct for ourselves. I have abundant reason, I am sure, to say, that, when I was most disappointed, I was nearer my happiness: for had I made my escape, which was so often my chief point in view, and what I had placed my heart upon, I had escaped the blessings now before me, and fallen, perhaps headlong, into the miseries I would have avoided. And yet, after all, it was necessary I should take the steps I did, to bring on this wonderful turn: O the unsearchable wisdom of God!"

11) yet as he betimes sees his errors, and reforms in the bloom of youth, an edifying lesson may be drawn from it, for the use of such as are born to large fortunes; and who may be taught, by his example, the inexpressible difference between the hazards and remorse which attend a profligate course of life, and the pleasures which flow from virtuous love, and benevolent actions.

12) Let the desponding heart be comforted by the happy issue which the troubles and trials of PAMELA met with, when they see, in her case, that no danger nor distress, however inevitable, or deep to their apprehensions, can be out of the power of Providence to obviate or relieve; and which, as in various instances in her story, can turn the most seemingly grievous things to its own glory, and the reward of suffering innocence; and that too, at a time when all human prospects seem to fail.

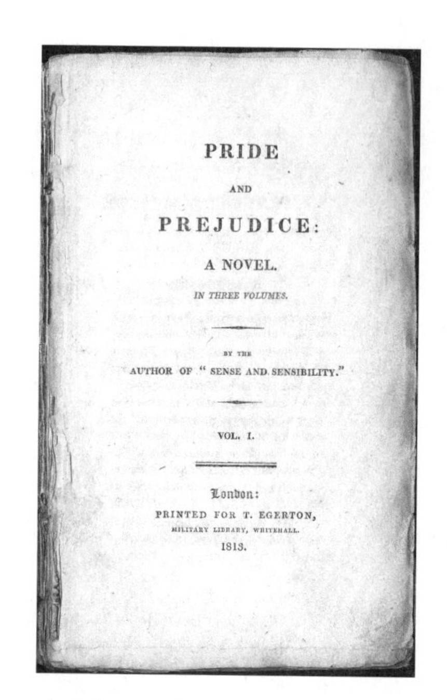

PRIDE

AND

PREJUDICE:

A NOVEL.

IN THREE VOLUMES.

BY THE

AUTHOR OF " SENSE AND SENSIBILITY."

VOL. I.

London:

PRINTED FOR T. EGERTON,

MILITARY LIBRARY, WHITEHALL.

1813.

Jane Austen, *Pride and Prejudice* (1813)

3. 『오만과 편견』(1813), 제인 오스틴
- 오만을 누르고 편견을 버려 이룬 사랑

20세기 영국을 대표하는 비평가인 리비스(Frank Raymond Leavis, 1895~1978)가 1948년 『위대한 전통』*The Great Tradition*이라는 비평서에서 18세기 이후 영국 소설의 계보 가운데 '위대한 전통'이라고 할 수 있는 작가 다섯을 선정했지요. 한마디로 가장 위대한 영국 소설가들이라는 말인데, 그 다섯 명의 작가는 제인 오스틴, 조지 엘리엇, 헨리 제임스, 조지프 콘래드, 그리고 데이비드 H. 로렌스입니다.

보시는 것처럼 그 '위대한 전통'의 제일 앞자리를 차지한 작가가 제인 오스틴(Jane Austin, 1775~1817)이지요. 그녀는 비평가들 뿐 아니라 대중들의 인기 또한 한 몸에 받고 있지요. 영국 BBC가 〈지난 천 년간 최고의 문학가〉를 조사했을 때 셰익스피어에 이어 2위를 차지했으니 영국인에게 얼마나 큰 사랑을 받고 있는지 짐작이 됩니다. 그런 제인 오스틴의 대표작이라 할 수 있는 작품이 『오만과 편견』입니다. 원래 이 작품은 제인 오스틴이 스물한 살 무렵인 1797년 『첫인상』이라는 제목으로 완성했지만 출판을 하지 못하고 1813년에야 제목을 『오만과 편견』으로 바꿔 출판했습니다.

작품의 줄거리는 비교적 간단합니다. 이야기는 딸만 다섯인 베넷가의 둘째 딸인 엘리자베스의 시선으로 그려집니다. 이웃에 세 들어온 런던의 성공한 젊은 신사 빙리가 언니인 제인과 사랑에 빠지는데, 빙리의 친구인 다아시가 두 사람을 떼어놓으면서 그 오만한 태도로 인해 엘리자베스의 미움을 사게 되지요. 다아시는 첫 만남 이후 엘리자베스에게 호감을 느꼈지만 표현을 못하고 어긋나기만 합니다. 그러다가 큰 위기에 처한 엘리자베스의 동생 리디아를 위험에서 구해 결혼을 할 수 있도록 다아시가 도와주면서, 서로에 대한 오해도 풀고 진심을 알게된 엘리자베스와 다아시가 마침내 결혼하게 되는 해피엔드로 이야기는 끝납니다.

훌륭한 작품들이 대개 그러하지만 특히 이 작품에는 내용만으로는 설명할 수 없는 제인 오스틴 소설의 매력이 가득합니다. 무엇보다 생생하게 살아 움직이는 듯한 인물들, 그들 사이의 관계에 대한 예리하고 섬세한 관찰과 놀라운 성격 묘사, 무엇보다 제인 오스틴의 가장 큰 장점으로 인정받는 통통 튀는 생생한 대사! 이 외에도 당대 여성들의 현실, 당대의 결혼관과 물질주의적 가치관에 대한 날카롭고 유머 넘치는 풍자, 이런 모든 요소들이 가득한 제인 오스틴의 『오만과 편견』 속으로 들어가 보겠습니다.

어긋난 만남들—인물들 등장하다

모든 소설 작품을 통틀어 가장 유명한 첫 구절 가운데 한 문장으로 소설은 시작됩니다.

> 상당한 재산을 소유한 독신 남자는 아내를 필요로 하게 마련이라는 것은 보편적으로 인정되는 진리이다. 이 진실이 주변 사람들의 마음속에 너무도 확고하게 자리잡고 있어서 그런 남자가 이웃으로 이사를 오면 그 남자의 감정이나 생각을 아는 게 거의 없다해도 그는 이웃 누군가의 딸이 차지해야 할 합당한 재산인 것처럼 간주된다. [1)]

작품의 주제가 압축적으로 드러나 있는 이 문장은 문학 강의 시간에 흔히 아이러니(반어법)의 표본으로 예시됩니다. 할아버지가 눈에 넣어도 아프지 않을 손자, 손녀를 보고, "아이고 미운 내 새끼"라고 하는 그런 표현을 반어법이라 하지요. 실제 말하고자 하는 내용과 반대되는 표현을 사용하는 표현이지요. 위에서 본 첫 문장의 실제 의미는 글자 그대로의 뜻이 아니라 오히려 여성의 입장에서 "아내가 되려는 결혼 적령기의 여성은 돈 많은 독신 남자를 남편감으로 원한다"라는 의미를 지닌 것이죠.

그런 '재산'으로 간주할 만한 인물인 빙리 씨Mr. Bingley가 네더필드 파크Netherfield에 세 들어온다는 소문이 났으니 딸이 다섯이나 되는 베넷가, 특히 딸들 결혼시키는 일이 자기 평생의 과업이라 생각하는 베넷 부인에게는 얼마나 반가운 소식이었겠어요. 남편에게 이 소식을 전하며 빙리 씨를 방문하라고—그래야 여자들이 왕래할 수 있으니까요—다그치지만 남편은 그런 부인을 놀리기만 할 뿐 확답을 하지 않습니다. 서로 전혀 딴판인 베넷 부부는 어찌 보면 이미 어긋난 만남의 한 전형이기도 합니다.

> 베넷 씨는 명민한 자질과 냉소적인 유머, 과묵함, 그리고 변덕이 워낙 묘하게 섞여 있어서 아내가 그의 성격을 이해하기에 이십삼 년의 결혼생활은 충분하지 못했다. 아내의 마음을 이해하는 일은 덜 힘들었다. 그녀는 이해력도 형편없고, 아는 것도 거의 없으며, 성격마저 변덕스러웠다. 뭔가 불만이 있을 때면 자신이 신경이 예민하다고 생각했다. 그녀가 평생해야 할 일은 딸들을 결혼시키는 것이었고, 유일한 낙은 이웃을 찾아가 소문을 듣고 퍼트리는 일이었다. [2]

그러다보니 베넷 씨는 늘 부인을 놀리고, 부인은 남편의 농담과 놀림을 이해하지 못해 보는 이들을 한편으로는 웃게 다른 한편으로는 짠하게 만듭니다. 사실 베넷 씨는 이미 빙리를 방문했었지요. 그런데도 짐짓 딴청을 피우며 아내를 놀리고 있었던 것이었지요.

얼마 지나지 않아 마을에 세 들어온 빙리가 처음 모습을 드러내는 무도회가 개최됩니다. 마을 사람들이 전부 모여 새로 이사 온 빙리 일행과 첫 대면을 합니다. 그 자리에는 빙리의 친구 다아시도 함께 참석했는데, 두 사람은 처음 등장할 때부터 마을 사람들의 시선을 사로잡으며 호기심 어린 관심의 대상이 됩니다.

> 빙리 씨는 잘생긴 외모에 신사다운 사람이었다. 호감 가는 얼굴에 편안하고 꾸밈없는 태도를 보였다… 하지만 그의 친구인 다아시 씨는 멋지고 훤칠한 체구에 수려한 이목구비, 고상한 태도와 더불어 그가 들어오고 오 분도 안 되어 그가 일 년에 만 파운드의 수입을 올린다는 소문이 모두에게 퍼져 방안에 있는 사람들의 관심을 끌었다. 신사들은 그가 남자다운 멋진 체격을 지니고 있다고 말했고, 숙녀들은 그가 빙리보다 훨씬 잘생겼다고 말했다. [3]

빙리는 연 수입이 오천 파운드, 다아시는 만 파운드라고 나옵니다. 사실 이 액수가 얼마나 되는지 정확하게 가늠하기는 어렵습니다. 그러나 분명한 사실은 두 사람 모두 대단한 부자라는 것입니다. 특히, 다아시는 이런 마을과 어울리기 어려운 사람입니다. 한 비평가는 다아시가 네더필드에 온 것은 미국의 갑부 록펠러가 작은 시골 마을 초등학교 동창회에 참가한 것과 같다고 비유할 정도입니다. 그러니 그가 보이는 오만한 태도는 어느 정도 그럴 만하다 생각되기도 합니다. 엘리자베스의 친구인 루카스가 하는 말은 그 상황을 짐작하게 합니다.

> 루카스 양이 말했다. "그 사람의 오만함은 흔히 오만함이 그런 것처럼 그렇게 나에게 거슬리지는 않아. 그럴 만한 이유가 있으니 말이야. 그토록 멋진 청년인데다 가문 좋고 재산 많지, 모든 게 다 유리하니 스스로를 대단한 사람이라 생각하는 것도 놀랄 일이 아니야. 이렇게 말해도 될지 모르지만, 그 남자는 오만할 권리가 있어." [4)]

그런 다아시의 태도는 모두에게 친절하게 웃으며 대하는 빙리와 비교되어, 호감은 금세 비호감으로 바뀌게 됩니다. 특히 무도회에 참가한 마을 아가씨 가운데 누구와도 춤을 추지 않을 뿐만 아니라, 혼자 있는 엘리자베스에게 춤을 청하라는 빙리의 청을 이렇게 말하며 거절합니다.

> "그녀는 참고 봐줄 만은 하네. 하지만 나를 유혹할 만큼 아름답지는 않아. 다른 남자들이 거들떠보지도 않는 아가씨를 우쭐하게 만들고 싶은 기분이 아니라네." [5)]

이 말은 엘리자베스가 듣게 되었다는 것이 두 사람이 어긋나는 시작이자 그의 '오만함'에 대해 엘리자베스의 '편견'이 굳어지게 되는 계기가 되지요. 그러나 빙리는 모두에게 대단한 환영을 받습니다. 특히 엘리자베스의 언니인 제인과는 서로 호감을 느껴 두 사람은 가까워집니다. 엘리자베스도 빙리와 언니가 좋은 감정을 갖게 된 것은 환영합니다만 언니의 감정이 맹목적일까 봐 걱정하기도 합니다. 제인은 남들의 나쁜 면을 보지 못하는 맹점이 있거든요.

> "아! 알다시피 언니는 모든 사람들을 대체로 좋게 보려고 하는 경향이 있어, 누구에게서도 단점을 보는 법이 결코 없지. 언니 눈에는 세상 사람들이 다 착하고 마음에 들지. 나는 이제까지 살면서 언니가 누군가를 험담하는 걸 들어본 적이 없어··· 다른 사람들의 바보짓과 터무니없는 짓을 너무도 까맣게 몰라!" [6)]

다행히 빙리와 제인의 서로에 대한 호감은 진심에 기반한 것이었고, 빙리는 제인을 집으로 초대합니다. 네더필드 파크에 가서 머물던 제인이 감기가 걸리는 바람에 엘리자베스가 언니를 간호하러 가 머물게 되면서 다아시와도 다시 만나게 됩니다. 그리고 여기서 두 사람은 겉으로는 웃으면서 일종의 기싸움 같은 날 선 신경전을 벌이게 됩니다. 제인 오스틴의 탁월한 장점이자 '말로 하는 결투a verbal duel'라 일컬어지는 이 두 사람의 대사는 그냥 들어보셔도 좋겠습니다. 다아시는 자신이 현명하고 훌륭한 행동을 하는 사람이지만, 매사에 남 비웃기를 좋아하는 엘리자베스 눈에는 자신이 하는 행동이 다 우습게 보일 것이라고 비꼬고, 엘리자베스는 그런 다아시의 속을 들여다보며 대꾸하는 장면이지요. 먼저 다아시가 말합니다.

"아무리 현명하고 훌륭한 사람이라도, 아니 그런 사람들의 가장 현명하고 가장 훌륭한 행동이라 하더라도 비웃는 것이 삶의 제일의 목표인 사람에 의해 우스꽝스러운게 될 수도 있지요."

엘리자베스가 대답했다. "물론, 세상에는 그런 사람들도 있지요. 하지만 제가 그런 사람이라고는 생각하지 않는답니다. 현명하고 훌륭한 행동은 결코 비웃은 적이 없기를 바라지요. 어리석고 터무니없는 행동, 변덕스럽고 모순된 말과 행동들은 저를 기쁘게 하지요. 그 점은 인정합니다. 그런 행동이라면 할 수 있을 때는 언제나 비웃지요. 하지만, 제 생각에 그런 단점들은 당신에게는 전적으로 없는 단점 같군요."

"그런 건 누구에게라도 불가능합니다. 하지만 뛰어난 지력조차 우스꽝스럽게 만드는 그런 약점들을 피해가려는 것이 제 평생의 노력이랍니다."

"허영과 오만 같은 것 말씀이지요."

"맞습니다. 허영은 정말 큰 결점이지요. 하지만 오만은, 정말 탁월한 정신의 소유자라면 오만은 잘 조절할 수 있겠지요." [7)]

결국 다아시는 자신이 '오만'을 조절할 수 있는 '탁월한 정신의 소유자'라고 스스로 자랑한 셈인데, 이 장면에서 엘리자베스는 슬그머니 웃고 말지요. 반면, 대화를 마친 다아시는 자신이 엘리자베스에게 관심을 갖게 될 것을 직감적으로 느끼게 됩니다. 이제껏 아무도 자신에게 이렇게 말한 사람이 없었거든요. 이 두 사람의 관계가 이제 본격적으로 시작되는 것을 뒤로 하고 또 한 명의 어긋난 만남의 인물이 등장합니다. 소설 속에서 가장 우스꽝스러운 인물 가운데 한 명이기도 한 콜린스입니다.

그는 아들이 없는 베넷 씨의 친척 조카로 베넷 씨가 세상을 떠나면 베넷가의 모든 재산을 차지하도록 지정된 한정 상속자입니다. 다아시의 이모인 캐서린 부인의 후견을 받아 목사가 된 그는 "분별도 없고, 천성도 결함투성이" 인데다 교육을 통해서나 사교 모임을 통해서 "배운 게 별로 없을" 뿐 아니라 "아버지가 복종하도록 키운 탓에 비굴한 태도가 몸에 밴" 인물입니다. 그는 베넷 가문의 누구에게라도 자신이 청혼만 하면 받아들이리라는 터무니없는 생각을 하고 있는데 제인이 빙리와 서로 좋아하는 사이가 되니 엘리자베스에게 청혼을 합니다. 엘리자베스는 그의 체면을 생각해 완곡하게 거절하지만 그는 아랑곳하지 않고 엘리자베스의 거절마저 자기 멋대로 해석합니다.

> "저는 당신이 저를 거절하는 것이 진심은 아니라고 결론 내릴 수밖에 없습니다. 따라서 당신이 저를 거절하신 것은 품위 있는 여성들이 일반적으로 그러하듯 저를 애타게 해서 제 사랑을 더 크게 얻고자 하는 당신의 소망 때문이라고 생각하겠습니다." [8)]

더 이상 참지 못한 엘리자베스가 이렇게 답하는데, 이런 말 속에 엘리자베스라는 인물은 물론 작가인 제인 오스틴의 문장이 주는 맛이 느껴집니다.

> "분명히 말씀드리지만, 콜린스 씨, 저는 점잖은 남자를 괴롭히는 품위라면 그 어떤 것도 지니고 있지 않답니다. 차라리 진지하게 믿어주시는 것이 칭찬이 되겠습니다. 영광스럽게도 제게 청혼해 주신 점에 대해서는 거듭거듭 감사드리지만 그 청혼을 받아들이는 일은 절대 불가능하답니다. 모든 면에서 제 마음이 허락하지 않습니다. 좀 더 분명하게 말씀드릴까요? 앞으로는 저를 당신을 애태우려는 품위 있는 여자로 보지 마시고 마음 깊은 곳에서 진실을 말하는 이성적인 인간으로 여겨주세요." [9)]

콜린스는 결국 엘리자베스의 친구인 루카스 양에게 청혼하고 둘은 결혼합니다. 이 결혼은 당시 (가난한) 여성들에게 결혼이 어떤 의미를 지니는지를 잘 보여주는 장면이기도 합니다. 루카스를 소개하면서 작가인 제인 오스틴은 이런 묘사를 합니다.

> 남자나 결혼 생활을 대단하게 생각한 것은 아니었지만 결혼은 언제나 그녀의 목표였다. 교육은 잘 받았지만 재산은 많지 않은 아가씨들에게 결혼은 유일한 노후 대책이었을 뿐 아니라 결혼으로 인한 행복이 아무리 불확실하다 해도 궁핍을 예방하는 가장 즐거운 방법임에는 틀림없다. [10)]

루카스가 사랑도 하지 않는 콜린스와 결혼한다는 소식을 듣고 찾아와 의아해하는 엘리자베스에게 그녀는 이렇게 말합니다.

> "너도 알다시피 나는 낭만적인 사람이 아니야. 결코 그런 사람이 아니었어. 나는 그저 편안한 가정을 원했을 뿐이야. 콜린스 씨의 성격과 인맥, 그리고 사회적 신분을 고려하면 그와 결혼해서 내가 행복해질 가능성은 대부분의 사람들이 결혼하면서 자랑할 수 있을 만큼은 되리라고 확신해." [11)]

엘리자베스는 사랑도 없이 결혼하려는 루카스를 이해할 수 없어 그 뒤 한참 관계를 끊습니다. 하지만 루카스야말로 당대 많은 가난한 여성의 실제 결혼관과 현실을 잘 보여주는 인물이 아닐까 생각되기도 합니다. 여성의 경제 활동이 어려운 것은 물론 자기 재산마저 제대로 소유하기 힘들었던 시대에 사랑을 찾는 결혼은 많은 여성들에게 사치일 수도 있었을 것 같습니다.

겉과 진실, 그리고 상류 계층의 속물근성

이 소설에는 외면의 번지르르함이나 화려함, 그리고 당시 상류층에 만연한 속물근성을 보여주는 장면들이 자주 등장합니다. 위컴이라는 인물은 그런 점에서 대단히 인상적인 인물입니다. 군인들과 함께 등장한 그의 외모는 단연 특출났습니다.

> 위컴 씨는 얼굴, 용모, 태도, 그리고 걸음걸이에서 모든 사람들 보다 나았다… 위컴 씨는 거의 모든 여성들의 시선이 향하는 가장 행복한 남자였다… 그가 무슨 말을 하건 듣기 좋게 말했고, 어떤 행동을 해도 품위가 있었다. [12)]

가장 이성적인 인물인 소설의 주인공 엘리자베스조차도 그의 외모와 말솜씨에 흠뻑 빠져, 소설이 한참 진행되는 동안 위컴이 한 다아시에 대한 거짓말을 철석같이 믿고 다아시를 미워하기도 합니다. 그러나 나중에 다아시의 편지를 통해 밝혀지는 것처럼 다아시 아버지의 은혜를 입고, 다아시에게도 친동생처럼 대접받던 위컴은 자기에게 부여된 성직자로서의 자리(교회 목사 같은)도 마다하고 미리 돈을 받아 나갔다가 모두 탕진한 후, 다아시의 여동생을 꾀어 몰래 달아나려다 다아시에게 발각돼 쫓겨난 인물입니다. 결국 이번에도 엘리자베스의 철없는 막내 여동생인 리디아를 유혹해 몰래 도망쳤다가 무책임하게 버릴 뻔 했는데 다아시의 도움으로 빚도 갚고 리디아와 결혼식을 할 수 있게 된 인물입니다.

겉은 화려하지만 속은 사악한 위컴과는 달리, 다아시는 겉으로는 오만하고 무뚝뚝해 보이지만 실제로는 이성적으로 생각하고, 사리분별을 제대로 할 줄 알며, 어린 여동생과 저택의 일꾼들에게 한없이 친절한 인물이라는 것이 점차 드러납니다. 어쨌든 위컴과 다아시는 서로 정반대로 외면과 내면이 다른 인물임을 알 수 있습니다.

엘리자베스는 결혼한 루카스를 보러 런던으로 가다가 다아시의 펨벌리 Pamberley 저택에 들르게 되는데, 이때 웅장하고 고풍스러운 펨벌리 저택을 보고 이렇게 생각합니다.

> 그 순간, 그녀는 펨벌리의 안주인이 되는 것은 대단한 일일 거라는 생각이 들었다![13]

뿐만 아니라 나중에 다아시와 결혼이 발표된 후 언제부터 다아시를 사랑했느냐는 제인의 질문에 너무 서서히 진행되었기 때문에 언제 시작되었는지 모르겠다고 하면서도 처음 펨벌리의 그 아름다운 대지를 보았던 때부터 분명하게 시작된 것이라 믿는다고 답합니다. 이런 모습은 펨벌리 저택의 겉모습에 마음을 뺏긴 엘리자베스의 속마음을 그대로 보여주는 것이라 할 수 있습니다.

이 소설에서 또 하나 두드러진 점은 상류 계층의 허위와 속물근성입니다. 특히, 런던의 상류층인 빙리의 여동생인 빙리 양과 캐서린 드 버그 부인에게서 이 모습이 두드러집니다. 이들은 자신만의 틀에 박힌 고정 관념으로 엘리자베스를 포함한 가족들에 대해 험담을 하거나 속물근성을 보이며 모멸감을 주기도 합니다. 아픈 언니를 돌보러 흙탕길을 달려온 엘리자베스를 두고 빙리 양은 이렇게 말합니다.

> "3마일, 아니 4마일, 아니 5마일, 아니 얼마나 되건, 발목 위까지 진흙을 다 묻힌 채 혼자서, 순전히 혼자서 걸어오다니! 대체 무슨 생각인 건지? 내가 보기엔 으스대는 자립심을 뽐내는 역겨운 모습 같아. 시골답게 예법은 아예 무시하는 거지."[14]

'예법'이라고는 하지만 이렇게 남의 뒤에서 흉보는 것이 예법에 맞는 것인지 생각하게 되지요. 다른 사람의 진심 어린 행동을 자기 관점에 맞춰 폄훼하는 것은 캐서린 부인도 마찬가지입니다. 엘리자베스와 처음 대면한 자리에서 베넷가의 다섯 딸들이 가정 교사 없이 자랐다는 말을 들은 부인은 면전에서 대놓고 이렇게 말하지요.

> "가정 교사가 없다고! 어떻게 그런 일이 가능한가? 딸 다섯을 가정 교사도 없이 기르다니! 그런 일은 듣도 보도 못한 일이네. 아가씨 어머님은 그저 딸들 교육시키는 데만 매여 아무 일도 못 했겠어." [15)]

이런 모습 외에도 독서를 좋아하지도 않고 책도 오래 못 읽는 빙리 양이 결혼한 뒤 자기 집을 갖게 되면 웅장한 서재를 꼭 갖겠다고 하는 장면이 있는데, 이 또한 당시 신흥 귀족 계급들의 문화적 허영심이라는 속물근성을 드러내는 모습으로 볼 수 있지요. 가끔씩 이 시대를 다루는 고풍스런 집에서 볼 수 있는 거대한 책장이 등장하는 서재 장면 기억하시죠? 18세기에서 19세기에 이르는 시기에 이런 서재들을 갖는 것이 부르주아 계층의 유행이 되기도 했는데, 사실 손이 잘 닿지 않는 위쪽 서재에 있는 큰 책들은 겉표지만 있는 속 빈 책들로 장식용인 경우가 많았지요. 그들의 문화적 허영심을 보여주는 장면이라고 할 수 있어요. 뿐만 아니라 콜린스가 베넷가에서와 달리 캐서린 부인 앞에서 보이는 지나치게 굽신거리는 태도 또한 재산과 권력 앞에 아첨하는 비굴한 속물근성의 한 모습이라고 할 수 있겠지요.

오만과 편견을 극복하고 해피엔드로

다아시에 대한 엘리자베스의 오해가 풀리게 되는 계기는 엉뚱하게 찾아옵니다. 막내 동생인 리디아가 위컴과 몰래 달아나는 추문이 생긴 뒤 다아시가 위컴을 찾아가 빚을 갚아주고 돈은 물론 위컴이 요구하는 것을 다 들어주면서까지 그가 리디아와 결혼하도록 함으로써 베넷 가족을 추문으로부터 구해주었던 것이지요. 사실 펨벌리 저택을 찾아온 엘리자베스가 위컴의 거짓말로 인해 자신에 대해 잘못된 편견을 가지게 된 것을 안 다아시가 긴 편지를 써 사실을 밝힌 바 있지요. 하지만 아직 전적으로 다아시를 신뢰할 수 없었던 엘리자베스는 이 추문이 해결되는 과정을 알고 나서야 비로소 그 편지 내용에 담긴 모든 진실을 믿게 됩니다. 이후 두 사람은 서로에 대한 진심을 확인하면서 자신의 마음 또한 제대로 알게 됩니다. 특히 엘리자베스의 마음의 변화가 극적입니다.

> 그녀는 이제 그 사람이 성격이나 재능에 있어서 자기와 천생연분인 남자라는 것을 이해하기 시작했다. 그 사람의 이해력과 기질은 그녀 자신과 달랐지만, 그녀가 바라는 모든 것을 충족시켜줄 것 같았다. 두 사람 모두에게 이로운 결합이었을 것이었다. 그녀 자신의 여유와 생기발랄함으로 인해 그의 마음은 부드러워지고, 태도도 나아졌을 것이다. 그리고 그의 판단력과 학식과 세상살이의 지식 덕분에 그녀 자신은 훨씬 더 중요한 이익을 틀림없이 얻게 되었을 것이다. [16)]

문제는 그렇다고 덜컥 사랑한다, 그럴 수는 없는 노릇이잖아요. 그건 다아시도 마찬가지입니다. 이미 펨벌리 저택에서 (진심이 담기긴 했지만) 반쯤 충동적으로 엘리자베스에게 사랑을 고백했다 무안하리만큼 거절을 당했던 다아시는 엘리자베스에 대한 자신의 마음이 점점 더 깊어졌음에도 선뜻 그 마음을 표현하지는 못하고 있었지요. 엘리자베스는 엘리자베스대로 그동안의 오해와 편견에 대한 미안함과 부끄러움으로 가득하고요. 이때 아주 중요한 역할을 하는 인물이 등장합니다. 바로 캐서린 부인이지요.

부인은 자신의 병약한 딸과 다아시를 맺어줄 욕심이 있었는데, 다아시가 엘리자베스를 마음에 두고 있다는 소리를 듣게 되지요. 처음 만날 때부터 건방진 태도가 마음에 들지 않았던 그 엘리자베스가 말이지요! 부인은 엘리자베스를 직접 찾아와 다아시와 엘리자베스는 어울리지 않으니 혹 그가 청혼하더라도 거절하라는 뻔뻔하고 무례한 요구를 합니다. 엘리자베스가 다아시와 혼인하는 것은 다아시에게도 그녀에게도 불명예스러운 일일 것이라면서 말이지요. 하지만 우리의 당찬 주인공 엘리자베스는 대답합니다.

> "지금 이 문제에서 의무나 명예, 혹은 은혜조차도 저에게 어떤 요구도 하지 않습니다. 제가 다아시 씨와 결혼한다고 해서 그 어느 쪽의 원칙도 어기는 것이 아닙니다. 그분의 가족이나 세상 사람들의 분노에 관해 말씀드리자면 그분이 저와 결혼한다고 그분 가족들이 화를 내신다 해도 저와는 전혀 상관없는 일입니다. 그리고 세상 사람들 모두가 그 결혼에 대해 비난할 정도로 분별력이 없지도 않을 것입니다." [17)]

그러면서 다아시가 청혼하면 받아들이지 못할 이유가 없다는 것을 분명하게 언급합니다. 캐서린 부인은 화가 머리끝까지 나서 (부인의 입장에서는) 해서는 안 될 일을 하고 맙니다. 돌아가는 도중에 다아시에게 들러 엘리자베스와 나누었던 대화를 그대로 들려주었던 것이지요. 부인은 "엘리자베스의 고집 센 면과 뻔뻔스러움을 강조"하면서 다아시의 마음을 돌리려 했던 것인데, 이게 엘리자베스가 어떤 마음을 품고 있는지를 다아시에게 알려준 꼴이 되었지요. 부인의 입장에서는 긁어 부스럼인 경우가 되고 말았어요. 엘리자베스의 마음을 안 다아시는 곧장 엘리자베스를 찾아와 청혼을 하게 되었으니 말이지요. 캐서린 부인의 이런 행동을 '극적 혹은 행동의 아이러니'라 부릅니다. 어떤 인물이 실제 의도했던 결과와 정반대되는 효과를 낳는 행동을 일컬어 하는 말이지요. 어떤 멋진 극이라도 이보다 통쾌하게 반전을 가져오기는 쉽지 않을 것 같아요. 자신을 찾아온 다아시를 대하는 엘리자베스의 태도는 변해 있었지요. 그에 대한 오해와 편견은 이미 다 풀린 상태였고, 심지어 자랑스러워하는 마음까지 품고 있었던 터였으니 말이지요.

> 그녀는 그가 자랑스러웠다. 연민과 명예를 위해 자기 자신을 누를 수 있었던 그가 자랑스러웠다. 그는 외숙모가 그를 칭찬한 부분을 읽고 또 읽었다. 충분하다고는 할 수 없었다. 하지만 흐뭇했다. [18]

다아시 또한 스스로가 변화했음을 솔직하게 인정합니다. 진솔한 자기 고백이라 할 수 있는 다아시의 마지막 부분의 대사는 대단히 인상적입니다.

> "저는 지금까지 이기적인 인간으로 지내왔습니다. 원칙적으로는 아니지만 실제로는 그랬습니다. 어릴 때 저는 무엇이 옳은 것인지 배웠지만 성격을 올바르게 고치는 건 배우지 못했습니다. 좋은 원칙들은 배웠지만 오만과 교만을 버리지 못하고 원칙만 따랐지요. 불행히도 외아들이라 (여러 해 동안 혼자였지요), 부모님들이 저를 오냐오냐 키웠지요. 부모님들은 좋은 분들이셨지만 (특히, 아버지는 인정 많고 온화한 분이셨어요) 제가 이기적이고 건방진 태도를 지니는 걸 그냥 봐주시고 장려하고 심지어 가르치시기도 하셨지요. 집안 식구들 말고는 신경도 안 쓰고, 그 외의 세상 사람들은 경멸하는 것도, 또 제 자신에 비해 다른 사람들의 분별력과 가치를 경멸하거나 경멸할 만하기를 바라는 것도 마찬가지였습니다. 여덟 살에서 스물여덟 살까지 그랬습니다. 엘리자베스, 사랑스러운 엘리자베스 당신이 아니었다면 그렇게 살아갔을 겁니다! 당신에게 빚지지 않

은 것이 없습니다! 당신은 제게 한 가지 교훈을 가르쳐 주었습니다. 처음에는 정말 힘들었지만 대단히 유익한 것이었지요. 당신 덕분에 저는 제대로 겸손해졌습니다." [19]

엘리자베스 덕분에 다아시의 오만은 겸손함으로 바뀌었고, 묵묵히 자신의 판단에 따라 엘리자베스를 도왔던 다아시의 진솔한 태도로 인해 엘리자베스의 편견은 사라졌지요. 두 사람은 그렇게 오만과 편견이라는 서로의 인간적 약점을 나란히 극복하도록 도우며 평생의 반려자로 하나가 되기로 합니다.

젠틀맨Gentlemen과 젠트리Gentry, 19세기 영국의 상류 계층에 대하여

이 소설에 등장하는 모든 인물은 18세기 후반에서 19세기 초 영국의 상류 계층에 속한 인물들입니다. 빙리와 다아시 등은 '젠틀맨' 계층이라 할 수 있고요, 베넷가를 포함한 주변 인물들은 '젠트리' 계층이라 부를 수 있지요. 같은 젠틀맨인 빙리와 다아시도 엄격히 말하면 차이가 납니다. 영국 사회의 중상류층을 단순하게 도식으로 그려 보았는데요, 아래 그림을 한번 보실까요.

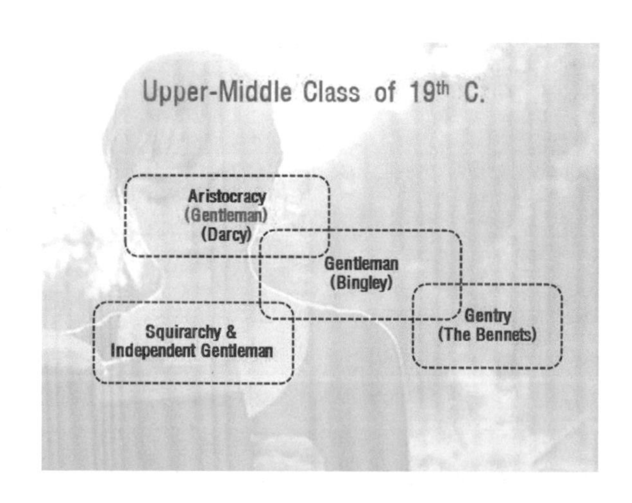

다아시는 전통 상류 계층에 속합니다. 선대로부터 물려받은 거대한 사유지이자 저택인 장원Estate을 소유하고 있는 오래된 귀족 가문의 후손입니다. 그러나 빙리는 아버지 대에서 자수성가한 인물입니다. 그의 부친은 상류 계층의 상징이랄 수 있는 시골의 저택을 구입하고 싶었으나 그만큼 성공하지는 못하고 세상을 떠났지요. 아들인 빙리도 아직 그럴 여유는 안 됩니다. 그저 네더필드 파크에 세를 들어올 정도일 뿐인 것이지요. 그러니 엄밀하게 말하면 다아시가 빙리와 스스럼없이 어울리는 것은 현실적으로 흔한 일은 아닐 수 있습니다. 그렇기 때문에 그 둘이 함께 어울려 다니는 것은 다아시라는 인물의 편견 없는 태도를 보여주는 것이라 할 수도 있고, 빙리가 다아시의 말을 거의 전적으로 따르는 이유가 설명되기도 합니다.

한편, 베넷가와 주변의 이웃들은 '젠트리' 혹은 우리말로 옮기자면, '시골 마을의 양반'이라는 의미의 '향반' 정도로 이해하면 되지 않을까 합니다. 물론 이들 가운데는 오래 전에는 상류층에 속했던 가문이 있을 수도 있습니다. 그러나 젠틀맨 계층이 런던을 중심으로 한 상업 자본을 중심으로 부를 축적하며 등장한 중상류 계층이라면, 젠트리 계층은 시골의 토지 중심의 중간 계층으로 점점 몰락해가는 계층이라 할 수 있습니다. 이 두 계층의 분화는 산업혁명으로 인해 산업과 도시의 상업 중심으로 산업 구조가 개편되면서 변화된 자연스러운 현상이라고 할 수 있습니다. 베넷 씨는 굶거나 노동을 해야만 하는 정도는 아니지만 불어날 재산은 없고, 점점 줄어드는 토지 가치에 기댈 수밖에 없는 상황이라는 것을 알 수 있습니다. 루카스네도 못지않고요. 그러나 이들 가운데 누구도 생계를 위해 몸을 써서 노동을 해야 할 정도는 아닙니다. 이 소설 어디에서도 몸을 써 일하는 노동 계급이 등장하지 않는다는 사실 때문에 제인 오스틴의 소설이 당대의 삶을 제대로 반영하는 것은 아니다, 라고 비판하는 비평가들도 없지 않습니다. 그러나 제인 오스틴이 당시 사회적 삶의 변화를 몰라서 반영하지 않은 것이라기보다는 자신이 가장 잘 아는 사람들의 이야기를 쓰는 데 더 주력했다, 라고 이해해 주는 것이 맞지 않을까 생각합니다. 소설가가 모든 이야기를 다 담으면 좋겠지만 그럴 수는 없기도 하니까요.

위의 도표에서 제일 위쪽에 자리한 최상류 계층의 주체들 가운데 젠틀맨 계급으로 내려오는 경우도 많이 생기겠고, 젠틀맨이나 젠트리 계층에서 경제적으로 몰락하는 경우도 없지 않을 것입니다. 왼편의 대지주 계층 Squirarchy은 글자 그대로 선대로부터 물려받은 대토지를 소유한 대지주 계층으로 이들은 몰락한 혹은 몰락해가는 젠트리 계층이나 젠틀맨 계층보다 상대적으로 안정적인 경제적 기반을 가지고 독자적으로 생활해 가는 전통 귀족에 가까운 계층이라 할 수 있겠습니다.

결혼 후 각각의 커플들은 어떻게 살아갈까?

『오만과 편견』의 모든 주요 인물들이 결혼하는 것으로 소설은 끝납니다. 제인과 빙리, 엘리자베스와 다아시, 루카스와 콜린스, 그리고 리디아와 위컴. 결혼은 끝이 아니라 진짜 삶의 시작이라고 할 수 있을 텐데, 그렇다면 이 각각의 커플들은 어떻게 살아갈까요? 여러분들의 짐작은 어떠신가요? 한번 상상해보시죠. 어떠세요? 사실 『오만과 편견』 이후의 이야기를 현대 작가가 쓴 소설이 몇 있습니다. 그 가운데 린다 버돌Linda Berdoll의 『다아시가 아내를 맞이하다—오만과 편견의 속편』*Mr. Darcy Takes a Wife: Pride and Prejudice Continues*이 특히 유명합니다. 우리나라에는 『오만과 편견-그 이후의 이야기』라는 제목으로 번역되었습니다. 제인 오스틴의 편지와 그녀의 모든 작품과 기록을 모으고 살펴본 후 『오만과 편견』 이후 다아시와 엘리자베스의 신혼 생활을 포함, 다른 인물들의 이야기를 그려냈습니다. 제인 오스틴의 문체와 인물 묘사와 가장 닮았다는 평을 듣는 이 작품에서 저자인 린다 버돌은 전편에 이은 인물들의 사랑과 갈등, 여전한 오만과 편견, 사람살이의 다양한 감정과 사건들을 통해 각각의 인물들을 재미있게 살려냅니다.

각 커플들의 결혼 이후 삶에 대해 린다 버돌의 소설에서 묘사하는 것은 이렇습니다. 사람 좋은 제인과 빙리는 세상 걱정 없이 살아갑니다. 다만, 안에서 친절한 빙리가 밖에서 다른 여인들에게도 친절하다는 게 문제지요. 심지어 너무 친절한 나머지 다른 여인에게 아이까지 갖게 하지요. 물론 제인은 전혀 눈치도 못 채고요. 해결은 언제나 다아시와 엘리자베스의 몫입니다. 그러나 둘은 서로 약점을 모르니 행복하게 삽니다. 리디아와 위컴, 둘은 그 성격 그대로 삽니다. 위컴은 여전히 방탕한 생활을 하며 밖으로 돌고, 닦달하는 리디아에게 손찌검까지 합니다. 리디아는 눈탱이가 밤탱이가 된 채로 엘리자베스나 친정을 찾아와 울고불고 하다가 다아시나 엘리자베스가 위컴을 달래 데려가게 하지요. 그러면 철 없는 리디아는 또 의기양양하게 남편을 따라갑니다.

루카스와 콜린스. 애초에 사랑 없이 결혼했던 두 사람은 부부의 의무는 충실하게 지킵니다. 콜린스는 목사로, 루카스는 목사 아내로 서로에게 할 일은 합니다. 콜린스는 여전히 부인보다 캐서린 부인을 더 중요한 사람으로 여기고, 속물처럼 기대며 살아갑니다. 루카스는 그런 남편에게는 별다른 기대 없이 혼자만의 온실을 가꾸며 거기에 자신의 정성과 시간과 쏟으며 살아갑니다. 겉으로는 아무 문제없이 살아가지만 더 큰 문제는 내면에 있다는 것을 독자들은 느끼고도 남지요.

마지막으로 다아시와 엘리자베스. 두 사람의 결혼 생활은 어땠을까요. 주인공인 이 두 커플의 이야기는 가장 흥미진진한데요, 여러분들께서 직접 책을 통해 확인해 보시도록 입을 다물겠습니다. 마지막으로 자매들 가운데 가장 못생겼지만 공부는 제일 많이 하는 것으로 그려진 메어리의 한마디를 들려드리며 글을 마치겠습니다.

> "허영과 오만은 서로 다른 것이지만 종종 같은 뜻으로 쓰이곤 해. 사람은 허영이 없이도 오만할 수 있어. 오만은 우리 스스로가 자신을 어떻게 생각하느냐 하는 문제라면, 허영은 다른 사람들이 우리를 어떻게 생각해주기를 바라는가 하는 것과 관계 있어." [20]

제인 오스틴의 『오만과 편견』이었습니다.

| 제인 오스틴 (Jane Austin, 1775~1817)

Portrait of Jane Austen in watercolor and pencil about 1810 by Cassandra Austen.

영국 전체는 물론 소설문학사 전반에 걸쳐 가장 인기 있는 작가 가운데 한 명인 제인 오스틴은 1775년 햄프셔의 스티벤튼에서 교구 목사의 딸로 태어나 짧은 기숙 학교 생활을 제외하고는 독학으로 공부를 했지요. 가난 때문이었지요. 톰 레프로이라는 청년과 사랑을 나누었지만 청년 집안의 반대로 헤어진 후 자기 고향 주변을 떠나지 않고 평생 독신으로 살다가 마흔한 살의 나이로 세상을 떠났습니다.

섬세한 시선과 재치 있는 문체로 18세기 영국 중, 상류층 여성들의 삶을 다루었지만 한적한 시골을 배경으로 연애, 사랑, 결혼 등 개인적인 일상생활 이야기를 다루다 보니 역사의식과 사회 인식이 결핍되었다는 비판도 받았습니다. 당대의 물질 지향적 세태와 허위의식을 리얼하게 풍자한 그녀의 작품은 20세기 이후 비평가들과 대중 모두에게 사랑받는 작가로 남아 있습니다.

| 작품

『오만과 편견』을 비롯, 『이성과 감성』*Sense and Sensibility*(1811),『맨스필드 파크』*Mansfield Park*(1814), 『엠마』*Emma*(1815) 등을 출판했으며, 그녀가 세상을 떠난 후 『노생거 사원』*Northanger Abbey*(1818), 『설득』*Persuasion*(1818), 『레이디 수전』*Lady Susan*(1871) 등의 작품이 출판 되었습니다.

1) It is a truth universally acknowledged, that a single man in possession of a good fortune, must be in want of a wife.

However little known the feelings or views of such a man may be on his first entering a neighbourhood, this truth is so well fixed in the minds of the surrounding families, that he is considered as the rightful property of some one or other of their daughters.

2) Mr. Bennet was so odd a mixture of quick parts, sarcastic humour, reserve, and caprice, that the experience of three-and-twenty years had been insufficient to make his wife understand his character. Her mind was less difficult to develop. She was a woman of mean understanding, little information, and uncertain temper. When she was discontented, she fancied herself nervous. The business of her life was to get her daughters married; its solace was visiting and news.

3) Mr. Bingley was good-looking and gentlemanlike; he had a pleasant countenance, and easy, unaffected manners··· but his friend Mr. Darcy soon drew the attention of the room by his fine, tall person, handsome features, noble mien, and the report which was in general circulation within five minutes after his entrance, of his having ten thousand a year. The gentlemen pronounced him to be a fine figure of a man, the ladies declared he was much handsomer than Mr. Bingley.

4) "His pride," said Miss Lucas, "does not offend me so much as pride often does, because there is an excuse for it. One cannot wonder that so very fine a young man, with family, fortune, everything in his favour, should think highly of himself. If I may so express it, he has a right to be proud."

5) "She is tolerable; but not handsome enough to tempt me; and I am in no humour at present to give consequence to young ladies who are slighted by other men."

6) "Oh! you are a great deal too apt, you know, to like people in general. You never see a fault in anybody. All the world are good and agreeable in your eyes. I never heard you speak ill of a human being in my life··· to be so honestly blind to the follies and nonsense of others!"

7) "The wisest and the best of men—nay, the wisest and best of their actions—may be rendered ridiculous by a person whose first object in life is a joke."

"Certainly," replied Elizabeth—"there are such people, but I hope I am not one of them. I hope I never ridicule what is wise and good. Follies and nonsense, whims and inconsistencies, do divert me, I own, and I laugh at them whenever I can. But these, I suppose, are precisely what you are without."

"Perhaps that is not possible for anyone. But it has been the study of my life to avoid those weaknesses which often expose a strong understanding to ridicule."

"Such as vanity and pride."

"Yes, vanity is a weakness indeed. But pride—where there is a real superiority of mind, pride will be always under good regulation."

8) "As I must therefore conclude that you are not serious in your rejection of me, I shall choose to attribute it to your wish of increasing my love by suspense, according to the usual practice of elegant females."

9) "I do assure you, sir, that I have no pretensions whatever to that kind of elegance which consists in tormenting a respectable man. I would rather be paid the compliment of being believed sincere. I thank you again and again for the honour you have done me in your proposals, but to accept them is absolutely impossible. My feelings in every respect forbid it. Can I speak plainer? Do not consider me now as an elegant female, intending to plague you, but as a rational creature, speaking the truth from her heart."

10) Without thinking highly either of men or matrimony, marriage had always been her object; it was the only provision for well-educated young women of small fortune, and however uncertain of giving happiness, must be their pleasantest preservative from want.

11) "I am not romantic, you know; I never was. I ask only a comfortable home; and considering Mr. Collins's character, connection, and situation in life, I am convinced that my chance of happiness with him is as fair as most people can boast on entering the marriage state."

12) Mr. Wickham was as far beyond them all in person, countenance, air, and walk,··· Mr. Wickham was the happy man towards whom almost every female eye was turned··· Whatever he said, was said well; and whatever he did, done gracefully. Elizabeth went away with her head full of him.

13) at that moment she felt that to be mistress of Pemberley might be something!

14) "To walk three miles, or four miles, or five miles, or whatever it is, above her ankles in dirt, and alone, quite alone! what could she mean by it? It seems to me to show an abominable sort of conceited independence, a most country-town indifference to decorum."

15) "No governess! How was that possible? Five daughters brought up at home without a governess! I never heard of such a thing. Your mother must have been quite a slave to your education."

16) She began now to comprehend that he was exactly the man who, in disposition and talents, would most suit her. His understanding and temper, though unlike her own, would have answered all her wishes. It was a union that must have been to the advantage of both; by her ease and liveliness, his mind might have been softened, his manners improved; and from his judgement, information, and knowledge of the world, she must have received benefit of greater importance.

17) "Neither duty, nor honour, nor gratitude," replied Elizabeth, "have any possible claim on me, in the present instance. No principle of either would be violated by my marriage with Mr. Darcy. And with regard to the resentment of his family, or the indignation of the world, if the former were excited by his marrying me, it would not give me one moment's concern-and the world in general would have too much sense to join in the scorn."

18) she was proud of him. Proud that in a cause of compassion and honour, he had been able to get the better of himself. She read over her aunt's commendation of him again and again. It was hardly enough; but it pleased her.

19) "I have been a selfish being all my life, in practice, though not in principle. As a child I was taught what was right, but I was not taught to correct my temper. I was given good principles, but left to follow them in pride and conceit. Unfortunately an only son (for many years an only child), I was spoilt by my parents, who, though good themselves (my father, particularly, all that was benevolent and amiable), allowed, encouraged, almost taught me to be selfish and overbearing; to care for none beyond my own family circle; to think meanly of all the rest of the world; to wish at least to think meanly of their sense and worth compared with my own. Such I was, from eight to eight and twenty; and such I might still have been but for you, dearest, loveliest Elizabeth! What do I not owe you! You taught me a lesson, hard indeed at first, but most advantageous. By you, I was properly humbled."

20) "Vanity and pride are different things, though the words are often used synonymously. A person may be proud without being vain. Pride relates more to our opinion of ourselves, vanity to what we would have others think of us."

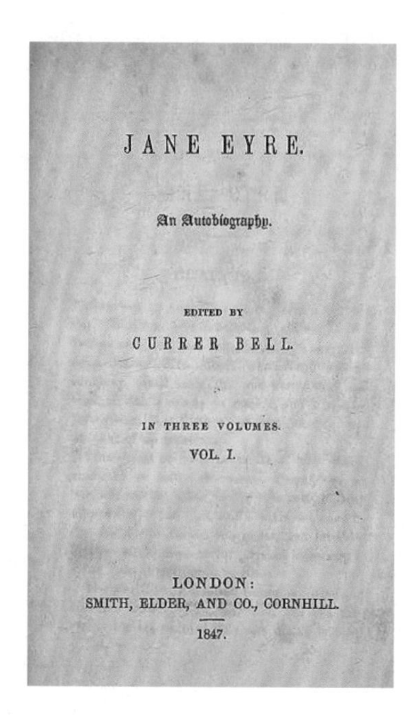

JANE EYRE.

An Autobiography.

EDITED BY

CURRER BELL.

IN THREE VOLUMES.

VOL. I.

LONDON:

SMITH, ELDER, AND CO., CORNHILL.

1847.

Currer Bell(Charlotte Brontë), *Jane Eyre—An Autobiography* (1847)

4. 『제인 에어—자서전』(1847), 샬럿 브론테
- 주체적 여성의 자기 성장 기록

샬럿 브론테(1816~1855)는 1847년 자신의 본명이 아니라 '커러 벨Currer Bell'이라는 남성 필명으로 이 작품을 발표합니다. 자기 이름을 두고 다른 이름을, 그것도 남성의 이름을 사용하다니요. 브론테만 그런 것이 아니었습니다. 동생 에밀리도 '엘리스 벨Ellis Bell'이라는 가명을 사용했고, 지금은 최고의 소설가로 평가받는 앞 시대의 제인 오스틴은 아예 익명으로 작품을 발표했지요. 샬럿 브론테와 같은 빅토리아 시대의 작가로 『미들마치』라는 대작을 비롯한 많은 명작을 써낸 또 한 명의 탁월한 소설가 메리 앤 에반스(1819~1880)도 '조지 엘리엇'이라는 남성 필명을 사용해서 지금까지도 그 이름으로 알려져 있습니다. 왜 그랬을까요. 아니 왜 그래야 했을까요. 모두 "여성 작가와 작품은 남성 작가의 그것보다 못하다."라는 당시의 편견을 벗어나기 위한 고육지책이었습니다. 당시 영국(과 유럽) 사회에서 여성 작가와 작품에 대한 독자들의 편견이 어떠했을지 짐작할 수 있습니다. 그런 시대에 샬럿 브론테는 당시의 관습과 편견에 굴하지 않고 당당하게 맞서 이겨내며 스스로의 삶을 성공적으로 개척해나간 여성, 제인 에어를 그려냅니다.

〈자서전〉이라는 제목에서도 알 수 있듯 이 소설은 제인 에어라는 주인공의 '성장소설bildungs roman'입니다. 외숙모 집에서 구박을 받던 고아, 제인 에어는 기숙 학교에 보내져 가정 교사 교육을 받고, 로체스터라는 귀족 집안의 딸, 아델의 가정 교사가 되어 손필드Thornfield로 갑니다. 주인인 로체스터에게 부인이 있는 것을 모르고 사랑에 빠져 결혼까지 할 뻔 했지만 사실을 알게 된 제인은 저택을 나온 뒤 세인트 존이라는 선교사의 도움을 받고 나중에 그의 청혼까지 받습니다만 거절하지요. 사랑이 아니었으니까요.

마침 그때 신비하게 들려오는 로체스터의 목소리를 듣고 그를 찾아온 제인은 제정신이 아닌 그의 부인이 낸 화재 사고로 부인은 죽고 로체스터는 시력은 물론 한 팔을 잃은 것을 보게 됩니다. 그럼에도 불구하고 여전히 서로 사랑하고 있음을 알게 된 두 사람은 마침내 결혼하여 함께 행복하게 살아간다는 해피엔드로 이야기는 끝납니다.

작가인 브론테도 기숙 학교를 다녔고, 가정 교사와 학교 교사도 했다는 점을 감안하면 자신의 이야기가 어느 정도 반영되었음을 알 수 있습니다. 하지만 남편인 니콜스Arthur Bell Nicholls는 로체스터와 달리 부자가 아니었는데다 재정적인 어려움까지 겪었다는 점, 그리고 안타깝게도 결혼 후 1년 만에 뱃속의 아이와 함께 샬럿 브론테가 세상을 떴다는 사실을 보면 제인과 로체스터의 행복한 결혼은 작가의 바람이었는지도 모르겠습니다.

제인 에어, 소설 속 여주인공의 편견을 깨다

여주인공 제인 에어는 고아에다 얼굴은 아름답지 않고 몸매도 야위어 볼품이 없습니다. 성격마저 불같아서 자기를 괴롭히는 사촌을 응징하고, 부당하게 자신을 차별하고 학대하는 외숙모에게 굽히지 않고 맞섭니다. 지금이라도 그렇겠습니다만 19세기 소설의 관습에는 어울리지 않는 '새로운 유형의 인물'입니다. 당시 소설의 여주인공은 외모는 아름답고 성격은 차분하고 고분고분하며 속으로야 어떻든 겉으로는 얌전한 모습이 당연하게 여겨졌거든요.

> "나는 거짓말쟁이가 아니야. 그렇다면 내가 당신을 사랑한다고 말해야겠지. 하지만 나는 당신을 사랑하지 않아. 존 리드를 빼고 나면 나는 이 세상 그 누구보다 당신을 싫어해… 당신이 나와 아무 관계가 아니라서 기뻐. 나는 살아있는 한 절대로 당신을 외숙모라 부르지 않을 거야. 커서도 절대 당신을 보러 오지 않을 거고. 누가 나한테 당신을 얼마나 좋아하는지, 당신이 나를 어떻게 대했는지 물으면, 당신 생각만 해도 구역질이 난다고, 당신이 나를 비참할 정도로 잔인하게 대했다고 말할 거야." [1]

로우드 기숙 학교로 떠나기 전 제인 에어가 외숙모에게 퍼붓는 말입니다. 불과 열 살짜리 소녀가 말입니다. 당시 소설의 어떤 여주인공도 이렇게 말하지 않았지요. 당시의 독자들이 얼마나 놀랐을지 상상이 됩니다. 하지만 바로 저 모습에서 우리는 거짓말하지 않고 권위에 굴하지 않는 제인 에어의 당찬 모습을 볼 수 있습니다. 제인은 로우드 학교에서도 변하지 않습니다.

> "내가 그들을 기쁘게 하려고 무슨 일을 하건 한결같이 나를 싫어하는 사람들을 싫어할 수밖에 없어. 나를 부당하게 벌주는 사람에게는 저항해야만 해. 그건 나에게 애정을 보이는 사람을 사랑하는 것만큼이나, 내가 마땅히 벌 받을 만하다고 느낄 때 그 벌을 달게 받는 것만큼이나 당연한 일이야." 2)

학교의 절친인 천사 같은 헬렌에게 제인이 하는 말입니다. 정당하고 올바른 꾸짖음과 벌은 달게 받겠지만 부당한 처사에는 절대 굴복할 수 없다는 제인의 이런 태도에는 무조건적인 순종을 미덕으로 여기던 당대의 여성이 아니라 독립적인 근대 여성의 모습이 보입니다. 로우드 학교를 떠나 다른 곳으로 가고 싶어 하는 제인의 마음은 그녀가 혹은 당시 여성들이 원하는 것이 무엇인가를 잘 보여주는 말이기도 합니다.

> "진짜 세계는 넓어. 다양한 희망과 공포, 감동과 흥분이 가득한 공간이 그 넓은 세계로 나아갈 용기가 있고, 위험을 무릅쓰고 진정한 삶의 지식을 추구하려는 사람들을 기다렸지… 나는 자유를 갈망했어. 나는 자유를 열망했어. 자유를 위해 기도했고. 그 기도가 그때 막 어렴풋하게 불어오던 바람에 실려 흩어지는 것 같았어." 3)

로체스터를 만나고, 사랑하고, 헤어지다

가정 교사 자리를 얻어 로우드를 떠나 손필드 저택에 오게 된 제인은 저택의 주인인 로체스터를 만나고 둘은 사랑에 빠집니다. 그런데 남자 주인공이랄 수 있는 로체스터도 당시 소설의 관행과는 달리 잘생기고 성격 좋은 사람은 아닙니다. 그는 얼굴은 까무잡잡하고, 근엄한 표정에 짙은 눈썹, 성마르고 고집 세 보이는 두 눈과 찌푸린 눈썹, 서른다섯쯤 되어 보이는 나이의 사내였습니다. "잘생기고 영웅 같은 젊은 신사"는 아니었다고 제인 에어 스스로도 말합니다. 그러나 사랑은 제 눈에 안경("beauty is in the eye of the gazer.")이라죠.

내 주인의 핏기 없는 올리브 색 얼굴, 장방형의 넓은 이마, 넓고 돌출한 눈썹, 쑥 들어간 눈, 강인한 용모, 확고하고 엄해 보이는 입—모든 활력과 결의와 의지—이 모든 것들이 통상적인 관례에 따르면 아름답지 않았다. 하지만 내게는 아름다움 이상이었다. 온통 흥미로웠으며 나를 완전히 압도하는 영향력을 지니고 있었다… 그는 나를 보지 않고서도 내가 그를 사랑하게 만들었다. [4]

제인도 그리 미인은 아니었다 했으니, 두 사람은 외모보다는 서로의 지성과 영혼에 매혹되었다 볼 수 있겠습니다. 둘의 사랑은 경제적, 사회적 신분 차이와는 관계없이 커져갑니다. 주인과 가정 교사라는 두 사람의 신분은 사실 지금 우리가 생각할 수 있는 것보다 훨씬 큰 신분의 격차였습니다. 당시 가정 교사는 하녀와 크게 다를 바 없는 대우를 받고 있었다고 하니 짐작이 되실 겁니다. 제인 에어가 로체스터를 끝까지 'sir'라는 경칭을 붙여 부르는 것은 우연이 아닌 것이지요. 우여곡절이 있었지만 결국 둘은 결혼식장인 성당까지 가게 됩니다. 그러나 그 자리에서 낯선 남자에 의해 로체스터가 이제껏 밝히지 않은 사실—로체스터가 결혼했으며, 아내가 저택의 2층에 있고, 그녀는 백인이 아닌 것은 물론 제정신이 아니라는 것—이 폭로되고 결혼은 성사되지 못합니다. 이쯤에서 비로소 소설에서 가끔 등장하던 의문의 존재, 로체스터의 아내 버사 메이슨의 정체가 드러납니다.

짙은 어둠 속에, 가장 구석진 방에 한 형체가 왔다갔다 했다. 누구라도 첫눈에 그 존재가 짐승인지 사람인지 말할 수 없을 것이다… 그 물체가 기이한 야생동물처럼 와락 붙잡더니 으르렁거렸다. 하지만 천에 싸여 있는데다 짐승 갈기 같은 백발이 섞인 검은 머리카락이 머리와 얼굴을 덮어 가리고 있었다. [5]

로체스터가 버사의 가족에게 속아서 결혼했다고 합니다만 어쨌건 정신병이 있는 부인인 버사의 존재로 인해 로체스터와 제인의 결혼은 없던 일이 됩니다. 로체스터는 제인에게 버사 메이슨과의 잘못된 결혼, 그 후 정부들과의 방탕한 생활을 했던 자신의 생활을 고백하면서, 진심어린 사랑으로 제인을 설득합니다. 그러나 제인은 부인이 있는 로체스터와 '결혼'이 아닌 '결혼한 것 같은' 삶을 살 수는 없었습니다. 그녀는 로체스터를 떠나기로 합니다. 제인의 심정은 로체스터에게 하는 다음 말에서 잘 나타나 있습니다.

"제가 자동인형인 줄 아세요? 감정도 없는 기계인 줄 아세요? 당신은 제가 가난하고 이름 없고 못생기고 보잘것없다고 영혼도 가슴도 없다고 생각하세요? 제 입에서 제가 먹을 빵조각을 뺏기고, 제가 마실 생명수를 빼앗아가도 참을 거라고 생각하시는 거예요? 잘못 생각하시는 겁니다! 저도 당신처럼 풍부한 영혼이 있고 가슴이 있습니다!… 저는 관습이나 관행, 심지어 필멸의 육체를 통해 말씀드리는 것이 아닙니다. 당신의 영혼에 호소하는 것은 다름 아닌 제 영혼입니다. 우리 두 영혼이 무덤을 지나 하나님의 발 앞에 있는 그대로 평등하게 서 있게 된 상태처럼 호소하는 겁니다." [6]

제인의 한결같은 이런 솔직하고 당당한 태도는 남성에게 속박 당하지 않고 독립적이고 주체적인 여성이 등장했음을 상징적으로 보여준다고 할 수 있습니다. 특히, 당시 너무나 당연하게 여기던 남성 우월주의, 남녀 차별의 관행을 생각하면 두 사람 모두 신 앞에 평등하다는 제인 에어의 생각은 굉장히 큰 울림을 갖습니다. 이 같은 제인 에어, 나아가 작가인 브론테의 생각은 다음 대목에서는 더욱 분명하게 드러납니다.

여성들은 대체적으로 아주 온순해야만 한다고 생각한다. 하지만 여성들도 남성들과 똑같이 느낀다. 여성들은 그들의 남자 형제들과 똑같이 능력을 계발하고 노력을 쏟을 수 있는 분야를 필요로 한다. 여성들도 남성들이 그러하듯 지나치게 완고한 억압과 절대적인 무기력함에 고통받고 있다. 여성들에게 푸딩이나 만들고 스타킹 바느질이나 하고 피아노 연주나 하고 가방에 수를 놓는 일이나 하라고 말하는 것은 훨씬 더 많은 특권을 누리는 인간인 남성들의 편협한 마음을 드러내보이는 일일 뿐이다. 여성들이 관습이 그들에게 필요하다고 선언하는 것보다 더 많은 일을 하거나 배우고 싶어할 때 그들을 비난하거나 비웃는다면 사리분별 못하는 것이다. [7]

『제인 에어』를 페미니즘 소설의 첫 작품이라 부르는 까닭이 무엇인지를 알 수 있는 대목이기도 합니다. 이처럼 확고한 자기 인식이 있었던 제인은 사랑 없는 결혼을 할 수 없었지요. 그녀는 '가시thorn'에 찔린 것 같은 고통을 안고 손필드Thornfield를 떠납니다.

인간은 평등, 결혼의 조건은 사랑, 결정은 주체적으로

손필드를 떠난 제인 에어는 세인트 존St John Eyre Rivers 가족을 만나 함께 지내게 됩니다. 그 과정에서 존과 가까워지는데, 존은 신앙심이 깊은 목회자로 제인이 오기 전 로사몬드 올리버라는 여인에게 폭 빠져 있었습니다. 하지만 올리버가 다른 사람과 결혼을 하기로 하자 제인의 헌신적인 봉사와 착한 마음씨에 반해 제인에게 청혼하며 함께 선교 사업을 하자고 제안합니다. 그러나 그가 제인에게서 본 것은 사랑을 주고받는 연인, 나아가 평등한 부부가 아니라 선교 사업의 이상적 파트너였습니다. 제인도 그것을 알았기에 그의 청혼을 거절합니다. 제인에게 결혼의 필수 조건은 '사랑'이었던 것입니다. 여전히 신분은 물론 사회적, 경제적 조건이 결혼의 핵심 고려 사항이었던 당시, 제인 에어의 이런 확고한 신념은 그녀를 근대적 여성의 제일 앞자리에 놓을만한 충분한 이유가 된다고 할 수 있겠습니다. 결국, 홀로 인도로 선교 여행을 떠나는 세인트 존은 나중에 제인 에어의 사촌으로 밝혀집니다.

사실 18, 19세기 영국 소설은 연애와 결혼의 소설이라고 해도 무방할 만큼 대부분의 소설이 남녀 간의 사랑과 결혼 문제를 다루고 있습니다. 제인 오스틴의 거의 모든 소설, 조지 엘리엇은 물론 이후 남성 작가인 윌리엄 새커리의 『허영의 시장』, 토머스 하디의 대표작 『테스』에 이르기까지 모두 사랑과 결혼이 중심 주제를 이루고 있습니다. 그리고 대부분의 소설은 비슷한 조건의 인물끼리 결혼하는 것을 보여주고 있습니다. 반면, 『테스』 같은 소설에서 보이듯 신분이 다른 인물들 사이의 결혼이 비극으로 끝나는 것은 결혼에 대한 당대의 보편적 사고가 그랬다는 것을 반증하는 것으로 보아도 틀림없을 것입니다. 그런 의미에서 제인 에어의 확고한 태도는 분명 남다른 면이 있습니다. 그녀의 독립적이고 주체적인 모습은 단지 결혼에 대한 태도만이 아니라 자신의 삶에 대한 관점에도 그대로 나타나고 있습니다. 다음과 같은 말들을 보십시오.

> "내 자신은 내가 돌본다. 고독할수록, 혼자일수록, 의지할 데가 없을수록, 나는 나 자신을 더욱 존중할 거야." [8)]

> "나는 혼자 살 수 있어. 나의 자존심과 상황이 내게 그걸 요구한다면 말이야. 내 영혼을 팔아 행복을 살 필요는 없어. 나에게는 타고난 내면의 보물이 있어. 나하고는 아무 상관없는 모든 기쁨이 내게 주어지지 않거나 혹은 내가 지불할 수 없는 대가를 제공해야만 얻을 수 있는 것이라면, 그 타고난 보물이 나를 살아갈 수 있게 지켜줄 거야." [9)]

제인의 태도는 그녀에게 호감을 가지고 청혼을 하는 세인트 존을 대하는 데서 보다 분명하게 나타납니다. 그가 "좋은 사람임에는 분명"하지만 "스스로에 대해 가혹하고 냉정한 사람"이며, "위대한 일을 행하는 데는 흔들림이 없을 사람"이지만, "지나치게 자주 음울하고, 혼자 지내며, 방해가 되는 차디찬 기둥 같은 사람"이며, 결과적으로,

> 나는 즉각 이해했다. 그는 좋은 남편이 될 수 없을 것이며, 그의 아내가 된다는 것은 힘든 일일 것이라는 것을. [10)]

세인트 존은 자신이 사랑하던 올리버 양이 다른 사람과 결혼한다는 소식을 전한 뒤 얼마 후 제인에게 이렇게 말하며 청혼합니다.

> "제인 나와 함께 인도로 갑시다. 내 조력자이자 동료 사역자로 함께 갑시다… 신과 순리가 당신에게 선교사의 아내가 되도록 의도하신 겁니다. 당신에게 준 것은 외모의 아름다움이 아니라 정신적 재능입니다. 당신은 사랑이 아니라 사역을 위해 온 사람이라는 것이지요. 당신은 선교사의 아내가 되어야만 합니다. 그렇게 될 것입니다. 당신은 내 아내가 될 것입니다. 내 기쁨을 위해서가 아니라 나의 군주이신 하나님께 봉사하기 위해 주장하는 것입니다." [11)]

우리가 아는 제인에게 이런 말이 먹힐까요? 제인은 단숨에 거절합니다.

> "저는 그 일에 맞지 않아요. 사명감도 전혀 없답니다." [12)]

그럼에도 존은 끈질기게 제인을 설득하려 하지만 제인은 마음을 바꾸지 않습니다. 결국 제인은 최후의 타협안을 제시합니다.

> "다시 말씀드리지만 동료 선교사로 함께 가는 건 저도 기꺼이 동의해요. 하지만 아내로서는 아닙니다. 저는 당신과 결혼할 수 없고, 당신의 일부도 될 수 없어요." [13)]

제인의 분명한 태도에도 불구하고 고집을 피우는 존의 요령부득 고집스러운 태도는 안타까운 면이 있습니다. 그러나 그런 모습 또한 우리 인간들의 자연스러운 일면이겠지요. 아이러니한 것은 존의 이런 끈질긴 고집에 제

인이 조금 흔들렸다는 것입니다. 그래서 존과의 결혼을 생각하기도 하던 어느 날 밤, 제인은 애타게 자기를 부르는 로체스터의 목소리를 듣게 됩니다. 이 부분은 소설에서 초자연적으로 느껴질 수 있지만 그만큼 로체스터에 대한 제인의 마음이, 혹은 두 사람의 교감이 강렬했다는 것을 나타내는 것으로 이해할 수도 있겠지요. 로체스터의 이 목소리는 제인을 다시 손필드로 돌아오게 하는 결정적인 원인이 됩니다.

제인 에어의 선택—사랑은 결국 제자리로

손필드로 돌아오던 제인은 방화 사건의 이야기를 듣습니다. 버사 메이슨의 방화로 손필드 저택은 불타버렸고 로체스터는 시력을 잃고 한 팔마저 잃은 초라한 모습으로 펀딘에 은둔해 있다는 말을 듣고 찾아간 제인은 마침내 다시 로체스터를 만납니다. 둘은 서로의 마음이 변치 않았음을 확인합니다.

> "당신과 함께 보내는 지금 이 시간도 뭐에 홀린 것 같소. 지난 몇 달 동안 내가 얼마나 어둡고 쓸쓸하고 절망적인 삶을 질질 끌며 살아왔는지 누가 알기나 하겠소? 아무것도 하지 않고, 아무런 기대도 없이 밤낮도 잊은 채 화롯불이 꺼지면 춥다고 느끼고 먹는 걸 잊으면 배고픔만 느끼면서 지냈소. 그러다 끊임없는 슬픔이 몰려오고, 이따금씩 나의 제인을 다시 보고 싶다는 망상 같은 욕망을 느꼈소. 그렇소. 그녀를 되찾기를 갈망했소. 잃어버린 시력을 찾고 싶은 욕심보다 훨씬 더 강렬한 욕망이었소." [14]

제인은 그동안 있었던 세인트 존과의 이야기를 들려주고, 로체스터는 존에 관해 질투어린 질문들을 하지만 제인은 분명하게 말해줍니다.

> "그는 훌륭하고 위대해요. 하지만 모질어요. 제게는 빙산처럼 차가운 사람이었어요. 그 사람은 당신 같지 않아요, 주인님. 그 사람 곁에서 저는 행복하지 않아요. 가까이 있어도 함께 있어도 행복하지 않아요." [15]

두 사람은 서로 다시 청혼을 하는데, 이때 두 사람의 대화는 이렇습니다.

> "나 대신 당신이 선택해주시오, 제인. 당신 결정을 따르겠소."
> "그렇다면, 주인님, 당신을 가장 사랑하는 사람을 택하세요."
> "나는 적어도 내가 가장 사랑하는 여자를 택하겠소. 제인, 나와 결혼해 주겠소?"
> "예, 주인님." [16]

둘은 이렇게 결혼을 합니다. 사회적 지위도, 가문도 재산도 아닌 두 사람의 서로에 대한 '사랑'이 배우자를 선택하는 조건이 되고, 그 선택에 따라 로체스터와 제인은 하나가 됩니다. 사회적, 경제적 조건에 휘둘리지 않고 스스로의 주체적 의지와 서로를 향한 사랑을 좇아 결혼한 근대적 결혼의 첫 커플이 탄생한 것이지요. 결혼 후 로체스터는 서서히 한쪽 눈의 시력을 회복하고 두 사람 사이에는 사내아이가 태어나는 것으로 이야기는 끝이 납니다. **"품위 있는 것보다는 차라리 행복하고 싶어요.** I would rather be happy than dignified"라던 제인 에어의 바람은 실현되었던 것이지요.

천애고아로 핍박을 받으면서도 자신의 정체성을 잃지 않고 자신의 삶에 대한 존귀함을 버리지 않았던 제인 에어, 누구에게도 속박 받지 않고, 도덕적 규율과 원칙을 어기지 않으며, 오롯이 스스로의 힘으로 자신의 삶을 개척해 온 여성, 제인 에어를 통해 우리는 소설이라는 장르에 등장한 독립적이고 주체적인 근대 여성의 첫 모습을 확인하게 됩니다. 그녀의 말이 다시 생생합니다.

> "나는 새가 아니야. 어떤 그물도 나를 옭아맬 수는 없어. 나는 독립적인 의지를 지닌 자유로운 인간이야." [17]

다락방의 미친 여인, 버사 메이슨—식민주의와 남성 중심주의의 억압된 주체

로체스터의 부인인 버사 메이슨은 소설의 극히 일부에서, 그리고 로체스터의 말을 통해 독자들이 만나게 됩니다. 로체스터의 말을 빌자면, 버사 메이슨은 서인도 제도의 부유한 농장주의 딸이며, 놀라운 미모의 소유자였으나 결혼하고 나서 그녀의 모친과 남동생이 정신병력이 있다는 것을 알게 되었다고 합니다.

> "그녀의 본성이 나와는 완전히 이질적이며, 그녀의 취향은 내게 불쾌하기 짝이 없었고, 기질은 천박하고 저속하고 편협하며 기이할 정도로 보다 고상한 일에는 끌리지 않고, 폭넓은 일에 마음을 열 능력도 없었소. 그 사실을 알았을 때 나는 단 하룻저녁도, 아니 단 한 시간도 그녀와 편안하게 보낼 수 없다는 것을 깨달았소. 또 우리 사이에 다정한 대화는 지속될 수 없었소. 주제가 뭐가 됐든 내가 이야기만 꺼내면 그녀에게서는 즉각 거칠고 진부하고 사악하고 어리석은 답만 들었으니 말이오. 그때 나는 조용하거나 안정된 가정생활을 절대 유지할 수 없다는 것을 알았소." [18]

버사 메이슨은 결국 손필드 저택에 불을 지르고 뛰어내려 목숨을 잃습니다. 『제인 에어』에서 이렇게 두어 번 짧고 강렬하게 등장한 뒤 사라진 버사 메이슨은 나중에 대단히 상징적인 인물이 됩니다. 서인도 제도 출신으로 피부색이 까무잡잡한 것으로 묘사된 그녀는 영국이라는 낯선 제국에 끌려와 억압받고 감금된 끝에 광기에 사로잡힌 식민주의의 피해자이자 '뿌리 뽑힌 up-rooted' 이방인의 상징처럼 간주되는 것이지요. 아울러 대단히 영향력 있는 비평서의 제목이 되기도 한 '다락방의 미친 여자the mad woman in the attic'라는 용어는 가부장 사회의 억압을 완전히 용인할 수도, 그렇다고 전적으로 거부할 수도 없었던 여성들이 그 같은 모순 속에서 분열되고 만 상태를 상징하는 용어로도 받아들여지고 있습니다. 그런 점에서 버사 메이슨을 제인 에어의 '또 다른 자아alter ego'로 이해하는 입장도 있습니다.

한편, 버사를 영국의 식민제국주의의 희생자로 보면서, 그녀를 주인공으로 한 소설이 다시 쓰이기도 했습니다. 『제인 에어』가 출판되고 120년 뒤인 1966년에 진 리스(Jean Rhys, 1894~1979)가 쓴 『드넓은 사르가소 바다』*Wide Sargasso Sea*입니다. 『로빈슨 크루소』의 프라이데이를 주인공으로 한 『방드르디, 태평양의 끝』과 마찬가지로 『드넓은 사르가소 바다』에는 버사 메이슨의 입장에서 로체스터와 제인 에어를 바라보는 시각이 담겨 있습니다. 이 같은 작품들을 통해 식민주의의 그늘에 가려진 인물과 사건들이 다른 시각으로 조명되기도 하니 의미 있는 일이라 할 수 있겠습니다.

『제인 에어』는 외면적으로는 제인 에어가 주체적 여성으로 성장하는 과정과 로체스터와의 낭만적인 사랑을 주제로 하고 있으나, 제인의 외숙모와 로우드 기숙 학교의 브로클허스트 교장을 통해 아동 학대 문제를 드러내기도 합니다. 제인의 친구인 헬렌과 세인트 존을 통해 무조건적인 사랑과 선교의 신념에 몰두하는 기독교 신앙의 순수성과 열정을 지닌 인물도 보여주고, 버사 메이슨을 통해 식민주의의 그늘 또한 담아냅니다. 이처럼 당시 영국 사회의 중요한 요소들을 포함하고 있는 『제인 에어』는 출간 후 200년이 다 되어 가는 오늘날까지도 끊임없이 읽히고 영화화되고 있는 최고의 문제작이자 고전으로 평가받고 있습니다.

| 샬럿 브론테 (Charlotte Brontë, 1816~1855)

Portrait by George Richmond (1850, chalk on paper)

영국 소설가, 『폭풍의 언덕』을 쓴 에밀리 브론테Emily Brontë의 언니입니다. 두 명의 언니와 여동생 에밀리와 함께 어린 시절 기숙 학교the Clergy Daughters' School에 공부하러 갔으나 열악한 환경 탓으로 언니 둘이 일찍 세상을 떠나고 맙니다. 이곳에서의 경험이 『제인 에어』의 로우드 기숙 학교로 묘사되었지요. 열세 살에 처음 시를 썼고, 열여섯 살에 교사가 되어 가르치기 시작했으며, 스물네 살에 처음 가정 교사가 되었답니다. 스물여섯 살에 벨기에 기숙 학교로 학업을 하러 갔다가 교장이었던 유부남 콘스탄틴 에제Constantin Héger와 깊은 관계에 빠지기도 했는데, 제인 에어와 로체스터의 사랑은 이 경험과 무관하지 않은 것 같습니다.

| 작품

『제인 에어』*Jane Eyre*(1847), 『셜리』*Shirley*(1849), 『빌레트』*Villette*(1853), 『교수』*The Professor*(1857) 등이 있습니다.

---

1) "I am not deceitful: if I were, I should say I loved you; but I declare I do not love you: I dislike you the worst of anybody in the world except John Reed… I am glad you are no relation of mine: I will never call you aunt again as long as I live. I will never come to see you when I am grown up; and if any one asks me how I liked you, and how you treated me, I will say the very thought of you makes me sick, and that you treated me with miserable cruelty."

2) "I must dislike those who, whatever I do to please them, persist in disliking me; I must resist those who punish me unjustly. It is as natural as that I should love those who show me affection, or submit to punishment when I feel it is deserved."

3) "the real world was wide, and that a various field of hopes and fears, of sensations and excitements, awaited those who had courage to go forth into its expanse, to seek real knowledge of life amidst its perils··· I desired liberty; for liberty I gasped; for liberty I uttered a prayer; it seemed scattered on the wind then faintly blowing"

4) My master's colourless, olive face, square, massive brow, broad and jetty eyebrows, deep eyes, strong features, firm, grim mouth,—all energy, decision, will,—were not beautiful, according to rule; but they were more than beautiful to me; they were full of an interest, an influence that quite mastered me,—that took my feelings from my own power and fettered them in his··· He made me love him without looking at me.

5) In the deep shade, at the farther end of the room, a figure ran backwards and forwards. What it was, whether beast or human being, one could not, at first sight, tell··· it snatched and growled like some strange wild animal: but it was covered with clothing, and a quantity of dark, grizzled hair, wild as a mane, hid its head and face.

6) "Do you think I am an automaton?—a machine without feelings? and can bear to have my morsel of bread snatched from my lips, and my drop of living water dashed from my cup? Do you think, because I am poor, obscure, plain, and little, I am soulless and heartless? You think wrong! I have as much soul as you,—and full as much heart!··· I am not talking to you now through the medium of custom, conventionalities, not even of mortal flesh—it is my spirit that addresses your spirit; just as if both had passed through the grave, and we stood at God's feet, equal,—as we are!"

7) "Women are supposed to be very calm generally; but women feel just as men feel; they need exercise for their faculties and a field for their efforts as much as their brothers do; they suffer from too rigid a restraint, too absolute a stagnation, precisely as men would suffer; and it is narrow-minded in their more privileged fellow-creatures to say that they ought to confirm themselves to making puddings and knitting stockings; to playing on the piano and embroidering bags. It is thoughtless to condemn them, or laugh at them, if they seek to do more or learn more than custom has pronounced necessary for their sex."

8) "I care for myself. The more solitary, the more friendless, the more unsustained I am, the more I will respect myself".

9) "I can live alone, if self respect, and circumstances require me to do so. I need not sell my soul to buy bliss. I have an inward treasure born with me, which

can keep me alive if all extraneous delights should be withheld, or offered only at a price I cannot afford to give."

10) I comprehended all at once that he would hardly make a good husband: that it would be a trying thing to be his wife.

11) "Jane, come with me to India: come as my helpmeet and fellow-labourer··· God and nature intended you for a missionary's wife. It is not personal, but mental endowments they have given you: you are formed for labour, not for love. A missionary's wife you must-shall be. You shall be mine: I claim you—not for my pleasure, but for my Sovereign's service."

12) "I am not fit for it: I have no vocation."

13) "I repeat I freely consent to go with you as your fellow-missionary, but not as your wife; I cannot marry you and become part of you."

14) "And there is enchantment in the very hour I am now spending with you. Who can tell what a dark, dreary, hopeless life I have dragged on for months past? Doing nothing, expecting nothing; merging night in day; feeling but the sensation of cold when I let the fire go out, of hunger when I forgot to eat: and then a ceaseless sorrow, and, at times, a very delirium of desire to behold my Jane again. Yes: for her restoration I longed, far more than for that of my lost sight."

15) "He is good and great, but severe; and, for me, cold as an iceberg. He is not like you, sir: I am not happy at his side, nor near him, nor with him."

16) "Which you shall make for me, Jane. I will abide by your decision."
"Choose then, sir-her who loves you best."
"I will at least choose-her I love best. Jane, will you marry me?"
"Yes, sir."

17) "I am not a bird; and no net ensnares me: I am a free human being with an independent will."

18) "I found her nature wholly alien to mine, her tastes obnoxious to me, her cast of mind common, low, narrow, and singularly incapable of being led to anything higher, expanded to anything larger—when I found that I could not pass a single evening, nor even a single hour of the day with her in comfort; that kindly conversation could not be sustained between us, because whatever topic I started, immediately received from her a turn at once coarse and trite, perverse and imbecile—when I perceived that I should never have a quiet or settled household,"

WUTHERING HEIGHTS

A NOVEL,

BY

ELLIS BELL,

IN THREE VOLUMES.

VOL. I.

LONDON:
THOMAS CAUTLEY NEWBY, PUBLISHER,
72, MORTIMER St., CAVENDISH Sq.

1847.

Emily Brontë, *Wuthering Heights* (1847)

5. 『폭풍의 언덕』(1847), 에밀리 브론테
- 황무지에 피어난 불멸의 사랑과 복수의 비극

에밀리 제인 브론테가 남긴 단 한 편의 소설 『폭풍의 언덕』은 세계 문학의 영원한 베스트셀러이자 위대한 고전으로 남았고, 그 작품의 주인공 히스클리프Heathcliff는 문학사상 가장 강렬한 인상을 남긴 주인공 가운데 한 명이 되었지요. 『햄릿』의 햄릿, 『실락원』의 사탄, 『죄와 벌』의 라스콜리니코프, 『프랑켄슈타인』의 프랑켄슈타인, 『백경』의 에이헤브 선장 같은 인물들과 나란히.

사랑인지 광기인지 구분할 수 없을 정도인 캐서린Catherine에 대한 편집증적 집착과 주변 인물에 대한 폭압과 증오로 가득 찬 히스클리프의 그로테스크(기괴)한 열정과 집착은 소설을 읽는 독자들을 당혹스럽게 합니다. 하지만 우리는 히스클리프를 보면서 연민과 안타까움과 함께 영원히 변치 않는 불멸의 사랑을 갈구하는 그의 열정에 대해 부러움을 느끼게 될 지도 모릅니다. 두 세대를 이어 폭풍처럼 몰아치는 불같은 사랑과 증오, 그리고 복수의 이야기, 『폭풍의 언덕』 속으로 들어갑니다.

유령의 등장

이야기는 〈쓰러쉬크로스 그랜지〉Thrushcross Grange의 새 세입자인 록우드Lockwood 씨가 황무지에 자리한 저택 〈폭풍의 언덕〉으로 집주인 히스클리프를 방문하면서 시작됩니다. 그가 머물게 된 방에서 전에 그 방에 살던 캐서린 언쇼의 일기를 읽고 잠이 들었다가 캐서린의 유령이 들어오겠다고 창을 열어달라는 악몽을 꿉니다.

"어떡해서든 멈추고야 말겠어!" 주먹으로 유리창을 깨고 귀찮은 가지를 잡으려고 팔을 쭉 뻗으며 중얼거렸다. 그러나 나뭇가지 대신 내 손에 잡힌 것은 얼음장처럼 차가운 자그마한 손이었다!

악몽을 꿀 때 느껴지는 강렬한 공포가 엄습했다. 나는 팔을 빼려고 애썼지만 그 손은 떨어지지 않았고, 너무도 애절하게 흐느끼는 목소리가 들려왔다.

"들여보내줘. 들여보내줘!"

"넌 누구냐?" 여전히 팔을 빼려고 애쓰면서 내가 물었다.

"캐서린 린턴." 떨리는 목소리가 대답했다. (왜 나는 린턴을 떠올렸을까? 린턴보다는 언쇼를 스무 배는 더 읽었는데.) "나 이제 집에 왔어. 황무지에서 길을 잃었어."…

"꺼져!" 내가 소리쳤다. "나는 널 들여보내지 않을 거야. 20년을 빌어도 소용없어."

"20년이야!" 그 목소리가 울먹이며 말했다. "20년. 20년 동안이나 떠돌고 있어."[1)]

꿈도 기괴했지만 록우드를 더 놀라게 한 것은 집주인 히스클리프의 모습이었습니다. 그가 시키는 대로 그 방을 나가 헤매던 록우드는 히스클리프가 격렬하게 통곡하며 외치는 장면을 보게 됩니다.

그는 침대로 올라가 걸쇠를 비틀어 풀더니, 창을 당겨 열고는 주체할 수 없이 격렬하게 눈물을 흘리기 시작했다. "들어와! 들어와!" 그가 흐느꼈다. "캐시, 어서 들어와. 아, 제발 한 번만! 아! 내 사랑! 이번 한 번만 내 말을 들어줘, 캐서린!" 유령은 유령다운 변덕스러움을 보이며 자기의 흔적을 보여주지 않았다.[2)]

공포스럽고 기이한 꿈과 히스클리프의 이 같은 모습은 〈폭풍의 언덕〉이라는 저택 이름이 자리 잡은 황량한 그곳에서 벌어진, 그리고 여전히 계속되는 광기 어린 사랑과 복수의 전조를 보여줍니다.

〈쓰러쉬크로스 그랜지〉로 돌아온 그는 하녀인 넬리 딘으로부터 히스클리프에 얽힌 이야기를 듣게 됩니다. 넬리의 이야기는 삼십 년 전으로 거슬러 올라갑니다. 〈폭풍의 언덕〉에는 언쇼 부부와 힌들리, 캐서린, 그리고 하녀인 넬리가 함께 살고 있었는데, 어느 날 여행을 떠났던 언쇼 씨가 길거리에 버려진 어린 사내아이를 데려옵니다. 언쇼 씨는 그 아이를 죽은 아들의 이름을 따라 히스클리프로 부르며 몹시 아꼈지요. 하지만 아버지의 사랑을 차지한 히스클리프를 처음부터 싫어했던 힌들리는 히스클리프를 못살게 굴었습니다. 시간이 지날수록 히스클리프에 대한 힌들리의 구박이 심해지자 결국 언쇼 씨는 교구 목사의 조언을 듣고 힌들리를 대학에 보냅니다.

어린 시절의 캐서린과 히스클리프

캐서린과 히스클리프는 서로 죽이 잘 맞는 사이여서 하인인 조지프의 간섭과 감시에도 아랑곳하지 않고 들판을 쏘다니며 서로만의 비밀스러운 시간을 가질만큼 가까워지면서 점점 더 둘만의 세계로 빠져들지요. 그렇게 3년 쯤 지난 뒤 언쇼 씨가 세상을 떠나고, 대학으로 떠났던 힌들리는 집에도 알리지 않은 채 결혼한 아내를 데리고 아버지의 장례식에 참석하기 위해 돌아옵니다. 〈폭풍의 언덕〉의 주인이 된 힌들리는 이제는 히스클리프를 아예 하인처럼 대하며 숙소마저 하인의 거처로 옮기게 할 정도로 모질게 대합니다. 그럴수록 캐서린과 히스클리프는 더욱 둘만의 세계인 황무지를 뛰어다니며 지냈지요. 집에서 나와 황무지를 뛰어다니는 이 두 사람의 모습은 그 자체로도 자유롭지만, 집으로 상징되는 사회적 구속, 관습과 질서로부터 벗어난 두 사람의 특징을 고스란히 보여주는 장면입니다.

어느 날 히스클리프와 캐서린은 근처 〈쓰러쉬크로스 그랜지〉에 사는 에드가 린턴과 그의 여동생 이사벨라 집에 갔다가 캐서린이 그 집의 개에 크게 물려 그 집에서 5주나 머물며 치료를 받게 되는 사건이 생깁니다. 이때 에드가와 캐서린은 서로 호감을 갖게 됩니다. 언쇼 가족의 초대로 린턴 가족이 방문하던 날 그렇지 않아도 캐서린의 호감을 받는 에드가를 미워하던 히스클리프가 사소한 오해로 그에게 폭력을 행사한 뒤 갇히게 되면서 히스클리프는 에드가를 더 미워하고 자기를 가둔 힌들리에 대한 복수를 다짐합니다.

> "힌들리에게 복수할 방법을 생각하고 있어. 얼마나 오래 걸려도 상관하지 않아. 반드시 복수할 거야. 그 전에 힌들리가 죽지 않기를 바라!"
>
> "히스클리프, 그러면 못써!" 제가 말했지요. "악한 자를 벌주는 것은 하느님 몫이야. 우리는 용서하는 법을 배워야 해."
>
> "싫어. 내가 복수하는 걸 하느님은 싫어할 수 있겠지. 제일 좋은 방법을 알았으면 좋겠어. 나 좀 가만 놔둬. 내가 계획을 세울 테니. 복수를 생각하는 동안은 아픈 것도 모를 거야." [3]

이 사건이 있던 그해 여름 힌들리의 부인은 아들 헤어턴을 낳고 앓고 있던 폐병으로 세상을 떠납니다. 부인의 죽음은 힌들리의 방황을 불러왔고,

하인들에게도 포악하게 굴기 시작했지요. 히스클리프에게는 더 말할 것도 없고요.

한편, 캐서린은 에드가 린턴과 점점 더 자주 만나면서 결국 에드가의 청혼을 받습니다. 청혼에 승낙은 했지만 캐서린의 본심은 흔들리고 있었습니다. 캐서린은 넬리에게 자신의 마음을 털어놓습니다.

> "내가 천국에 살면 안 되는 것처럼 에드가 린턴과 결혼할 일은 없어. 저기 저 안에 있는 사악한 인간이 히스클리프를 저렇게 천하게 만들지 않았으면, 이 결혼은 생각도 안 했을 거야. 지금은 히스클리프와 결혼하면 나도 똑같이 천해지는 거야. 그러니 내가 히스클리프를 얼마나 사랑하는지 그 애가 알면 안 돼. 내가 그 애를 사랑하는 건 그가 잘생겨서가 아니야, 넬리. 그 애가 나보다 더 나 같기 때문이야. 우리 영혼이 무엇으로 만들어졌건 우리 둘의 영혼은 같은 걸로 만들어졌어. 린턴의 영혼이 우리의 영혼과 다른 것은 달빛과 번개가 다르고 서리가 불꽃과 다른 것 같아." [4]

불행하게도 히스클리프가 이 말을 들었습니다. 그러나 그는 캐서린이 자신과 결혼하면 자기도 천해진다는 딱 거기까지만 들었습니다. 이 말을 듣자마자 곧장 그 자리를, 그리고 집을 떠나버리고 말았던 겁니다. 바로 그다음에 이어진 캐서린의 말과 아래 계속된 말을 들었더라면 그녀의 진심을 알게 되었을 것이고, 둘의 운명은 달랐을 것인데 말입니다. 성급함과 불같은 성격은 결국 히스클리프와 캐서린의 삶을 바꿔놓았지요.

> "내가 이 세상에서 겪은 가장 큰 불행은 히스클리프의 불행이야. 나는 처음부터 그걸 지켜봤고 느꼈어. 살아가면서 내가 가장 마음을 쓴 애는 그 애였어. 모든 것이 사라진다 해도 그 애만 남아 있다면, 나는 계속 살아갈 거야. 그러나 만약 모든 것이 다 남아 있는데도 그 애가 죽는다면 온 세상은 완전히 낯선 곳이 되고 말 거야. 나는 그 세상의 일부라는 느낌이 없을 거야. 린턴을 향한 내 사랑은 숲속의 나뭇잎 같아. 겨울이 나무를 바꾸어버리듯, 시간이 그 사랑을 변하게 하리라는 걸 나는 잘 알고 있어. 히스클리프에 대한 내 사랑은 땅속에 뿌리박은 영원히 변치 않는 바위 같아. 눈에 보이는 기쁨은 거의 주지 않지만 꼭 필요한 거야. 넬리, 내가 히스클리프야! 그 애는 언제나 언제나 내 마음속에 있어. 내가 스스로에게 늘 기쁘지 않는 것처럼 나에게 기쁨을 주려고 있는 게 아니야. 그냥 내 자신으로 있는 거야. 그러니 우리가 헤어진다는 말은 다시는 하지 마. 그건 있을 수 없는 일이야." [5]

그렇게 집을 떠난 히스클리프는 삼 년 뒤, 결혼한 에드가와 캐서린 앞에 부유한 신사가 되어 다시 나타나 자신을 버린 캐서린에게 복수하기 위해 에드가의 여동생 이사벨라를 유혹하는 데 성공합니다.

돌아온 히스클리프의 복수

아내를 잃고 방황하던 〈폭풍의 언덕〉의 주인 힌들리는 알콜 중독에 도박까지 손을 대며 망가져가다가 결국 도박으로 진 빚을 히스클리프에게 빌려 갚게 되면서 재산을 그에게 저당잡히는 지경에 이르게 됩니다. 히스클리프는 에드가가 여동생 이사벨라를 만나는 것을 반대하자 이사벨라를 데리고 달아나더니 에드가의 아이를 가진 캐서린이 아프다는 사실을 알고 몰래 돌아옵니다. 그렇게 돌아와 다시 만난 두 사람은 서로를 버리고 다른 사람과 결혼한 상대방에 대한 원망으로 가득하지만, 사실 그 원망은 서로의 마음속 깊은 곳에 자리잡은 서로에 대한 사랑에 뿌리를 두고 있었지요.

히스클리프는 자신을 배신한 캐서린에 대한 복수로 이사벨라와 결혼하겠다는 자신의 속셈을 숨기지 않고, 캐서린은 자기 마음속에 있는 히스클리프에 대한 사랑을 감출 수 없지만 이미 에드가의 부인이 된 자신의 처지를 되돌릴 수 없는 혼란스러운 상황에서 흔들립니다. 결국 에드가도 이사벨라도 그런 캐서린의 마음과 히스클리프의 진심을 알게 되는 지경에 이르죠. 히스클리프는 자신의 마음을 감추지 않고 넬리에게 말합니다.

> "그 애가 나를 거의 잊었다고 생각해?" 그가 말했어요. "이봐 넬리, 그게 아니란 건 당신도 알잖아. 나만큼이나 당신도 알잖아. 린턴 생각을 한 번 할 때마다 내 생각은 천 번 한다는 걸! 내 인생에서 가장 비참했던 시절에는 나도 그런 생각도 했어… 하지만 그 애가 인정하기 전까지는 그 끔찍한 생각을 하지 않아. 그때는 린턴도 힌들리도 아무것도 아닌 거지. 내가 꾸었던 꿈도 다 그렇고. 그때는 오직 두 말, 죽음과 지옥만이 내 미래가 될 거야. 그 애를 잃으면 살아있다는 게 지옥이야… 캐서린의 마음은 내 마음만큼이나 깊은데, 그 애의 사랑을 그 자가 다 차지하겠다는 건 바다 같이 넓은 마음을 말 여물통이 담겠다는 것과 같지. 쳇! 그 자에 대한 그 애의 사랑은 개나 말에 대한 사랑보다도 못한 거지." [6)]

히스클리프의 이 같은 확신에 찬 자신감은 틀린 것은 아니었습니다만 지금 캐서린의 상태에 도움이 되지도 않았습니다. 캐서린의 몸은 점점 더 쇠약해져가고, 넬리를 이용하여 그녀를 만나려고 하는 히스클리프의 고집은 그녀를 더욱 힘들게 합니다. 결국 둘 사이의 관계를 알게 된 이사벨라가 히스클리프를 비난하며 더 이상 자기 오빠와 캐서린을 괴롭히지 말라고 막아서지만 돌아오는 것은 심한 욕설과 비난뿐이었습니다. 결국 넬리의 도움으로 둘만 만나게 된 캐서린과 히스클리프는 서로를 원망하듯 서로의 마음을 쏟아냅니다.

"널 붙들어두고 싶어." 그녀가 비통한 심정으로 말했지요.

"우리 둘 다 죽는 날까지! 네가 얼마나 괴롭던 상관없어. 네 괴로움은 상관없어. 나는 괴로운데 너는 왜 괴로우면 안 되는 건데? 내가 땅속에 묻혔을 때도 너는 행복하겠어?… 네가 나보다 더 고통받는 걸 바라는 게 아니야, 히스클리프. 그저 우리가 영원히 헤어지지 않았으면 좋겠다는 거야. 내 말이 나중에 너를 괴롭히거든 나도 땅속에서 똑같이 괴로워한다고 생각하고, 나를 용서해줘!" [7)]

히스클리프는 대답합니다.

"네가 날 얼마나 잔인하게, 잔인하고 거짓되게 대했는지 알겠다. 왜 나를 경멸했어? 왜 네 마음을 배신했어, 캐시? 널 위로할 말이 한 마디도 없어. 이렇게 된 건 마땅한 일이야. 너를 죽인 건 너 자신이야. 그래, 입맞춤을 하건 눈물을 흘리건 마음대로 해. 나한테서 억지 입맞춤을 짜내건 눈물을 짜내건 마음대로 해. 나의 입맞춤과 눈물이 너를 말려버리고 너를 망가뜨릴 테니까. 나를 사랑했잖아. 그런데 무슨 권리로 나를 떠났어? 무슨 권리로… 말해 봐. 린턴에게 느꼈던 그 보잘것없는 환상 때문에? 비참해도 몰락해도 죽는다 해도 신이나 악마가 그 어떤 짓을 해도 우리를 떼어놓을 수 없었는데, 너는 네 마음대로 우리를 갈라놓은 거야. 네가 네 가슴을 찢어놓았어. 그러면서 내 가슴까지 찢어놓았지. 내가 이토록 강한만큼 내 괴로움은 더 고약해. 내가 살고 싶겠어? 네가, 오… 그때 내가 살아가는 삶이 어떤 삶이 되겠어? 제길! 네 영혼은 무덤 속에 있는데 그렇게 살고 싶어?" [8)]

이것이 두 사람의 마지막 만남이자 캐서린의 마지막 모습이었습니다. 그날 밤 자정, 캐서린은 딸 캐시를 낳다가 세상을 떠납니다. 이사벨라 또한 히스클리프를 떠나 그의 아들 린턴을 낳습니다. 얼마 후 힌들리도 사망하게 되면서 〈폭풍의 언덕〉은 마침내 히스클리프의 소유가 됩니다.

다음 세대의 등장

린턴은 딸 캐시를, 히스클리프는 힌들리의 아들 헤어턴을 데리고 있었는데, 히스클리프는 헤어턴에게 전혀 교육을 시키지 않은 채 무지렁이로 키웠지요. 자신을 구박하고 무시하면서 하인처럼 취급하고 괴롭힌 힌들리에 대한 일종의 복수심이 작용하고 있었지요. 그렇게 세월이 흘러 이사벨라가 세상을 떠나며 남긴 히스클리프의 아들 린턴이 외삼촌 에드가의 집으로 오게 되면서 린턴과 캐시는 서로 호감을 갖고 함께 지냅니다. 자신의 아들이 돌아온 것을 안 히스클리프는 아들에 대한 권리를 주장하면서 린턴과 캐시를 결혼시키려합니다. 이유는 간단합니다. 재산 때문입니다.

> "내 계획은 더할 수 없이 정직하지. 전부 다 알려주지." 그가 말했다. "내 계획은 두 사촌이 사랑에 빠져 결혼하게 만드는 거야. 내가 당신 주인에게 관대한 아량을 베푸는 거야. 그의 어린 딸년은 물려받은 유산도 없는데, 내 뜻을 따른다면 린턴과 공동 상속자가 되어 그 즉시 생계를 보장받을 거야." [9]

그의 계획은 자신의 아들 린턴과 캐시를 결혼시켜 자신을 핍박했던 언쇼와 린턴 두 집의 재산을 모두 차지하려는 것이었지요. 그러나 에드가는 히스클리프에게 호감을 보이며 린턴과 사귀는 캐시를 떼어놓기 위해 과거에 있었던 히스클리프의 악행을 들려주며 다시는 그를 만나지 말라고 설득합니다. 이처럼 에드가가 캐시를 린턴에게서 떼어놓으려 하자 히스클리프는 린턴을 시켜 캐시에게 구애 편지를 쓰도록 강요하는 등 린턴과 캐시를 결혼시키려는 계획을 멈추지 않습니다. 그러던 어느 날 히스클리프는 에드가가 방문을 금지한 〈폭풍의 언덕〉으로 린턴을 만나러 온 캐시를 집으로 돌아가지 못하도록 가두고 둘을 결혼시켜 버리죠. 막장 같은 상황이지만 이러한 폭력적이고 위압적인 모습이 바로 히스클리프의 광기의 한 면이기도 합니다. 이러한 히스클리프에 대해 캐시가 대들며 한 다음과 같은 말은 히스클리프라는 인물을 잘 보여주고 있습니다.

> "내가 더 나은 사람이라 용서할 수 있어서 기뻐요. 그가 나를 사랑한다는 것 알아요. 그러니 나도 그를 사랑해요. 히스클리프 씨, 당신을 사랑해줄 사람은 아무도 없어

요. 당신이 우리를 아무리 비참하게 만들더라도 당신의 그 잔인함은 우리보다 더 비참한 당신의 불행에서 나온다고 생각하면서 복수할 수 있지요. 당신은 비참해요, 그렇지 않나요? 악마처럼 고독하고, 시기심으로 가득하죠. 당신을 사랑하는 사람은 아무도 없어요. 당신이 죽는다 해도 아무도 눈물 흘리지 않을 거예요. 나는 절대로 당신 같은 사람이 되지는 않을 거예요!" [10]

히스클리프는 꿈쩍도 하지 않습니다. 캐서린이 가자 오히려 그는 오랫동안 혼자 간직했던 자신의 비밀을 넬리에게 고백합니다. 십팔 년 전 캐시가 묻히던 날 밤, 그는 혼자 몰래 캐시의 무덤을 찾아가 흙을 파고 캐시의 관을 열어보았다고 말입니다.

"살과 피로 된 그 어떤 생명체도 없다는 건 알았지. 하지만 어둠 속에서 분명하게 보이진 않았지만 뭔가 실질적인 존재에 다가가고 있다는 것을 분명히 느낄 수 있었어. 그처럼 분명하게 나는 캐시가 거기 있다는 걸 느꼈어. 내 발 아래가 아니라 바로 그 땅 위에. 갑자기 내 심장에서 시작된 안도감이 온몸으로 밀려왔어. 고통스러운 노동을 그만두고 돌아보는 순간 위안을 느꼈지. 말로 표현 못할 위안을 말이야. 그녀가 거기 나와 함께 있었어. 내가 무덤을 다시 메우는 동안 내내 거기 나와 함께 있다가 나를 집으로 데려다 주었지. 비웃겠지. 마음대로 해. 하지만 내가 거기서 그 애를 본 것은 분명해. 그 애가 나와 함께 있어서 말을 걸 수밖에 없었어." [11]

이후 십팔 년 동안 히스클리프는 깨어있을 때도 잠들었을 때도 죽은 캐시가 바로 그렇게 곁에 있다는 "허깨비 같은 희망을 품고" 황무지를 헤맸던 것입니다. 그랬던 그가 죽음을 앞둔 린턴의 묘터를 준비하면서, 인부에게 부탁해 캐시의 무덤 속 관을 열고 죽은 캐시의 얼굴을 다시 보았던 것이었지요. 이 말을 들은 넬리가 그건 망자의 죽음을 어지럽히는 일이라고 비난하자 히스클리프가 말합니다.

"내가 걔를 어지럽혔다고? 아니! 걔가 나를 혼란스럽게 했지. 지난 십팔 년 동안 밤이나 낮이나 내내, 한순간도 멈추지 않고, 무자비하게. 바로 어젯밤까지 그랬지. 어젯밤에야 비로소 나는 평안해졌어. 나는 잠든 그 아이 옆에 누워 마지막 잠이 드는 꿈을 꾸었지. 내 심장은 멎고 내 뺨은 그 애의 뺨에 맞닿아 얼어붙은 채." [12]

그렇습니다. 지난 십팔 년 동안 히스클리프가 보였던 모든 행동은, 캐시와 이루지 못한 사랑에 대한 집착, 캐시를 잃은 슬픔과 분노로 인한 광기의 분출이었던 것입니다. 그 슬픔과 분노가 힌들리에게, 에드가에게, 이사벨라에게, 그리고 대를 이어 캐서린과 린턴과 헤어턴에게 분노로 표출되었던 것이었습니다. 그랬던 그가 십팔 년 만에 다시 캐시의 관을 열고 거기 평안하게 잠든 캐시의 얼굴을 본 후 비로소 얼마간의 평화를 얻은 것처럼 보입니다. 길고 긴 그의 광기 어린 사랑이 조금 진정된 것처럼 말이지요.

린턴이 세상을 뜨고 연이어 에드가마저 숨을 거두게 되자 이제 모든 일은 히스클리프의 뜻대로 됩니다. 이제 히스클리프에게는 더 이룰 것도 복수할 대상도 없는 것처럼 보입니다. 마침내 그는 자신의 뜻대로 모든 것을 이룬 듯 보이니 말입니다.

두 세대에 걸친 서사의 결말

록우드가 황무지를 떠났다가 8개월 뒤 〈폭풍의 언덕〉으로 다시 돌아오니 캐시는 글자도 모르고 천둥벌거숭이처럼 살고 있던 헤어턴에게 읽고 쓰는 것을 가르치고 있었습니다. 자신이 원하던 대로 모든 것을 이룬 것 같았던 히스클리프는 캐서린의 환영을 보는 상태가 되어 식음을 전폐한 채 지내다 얼마 후 캐서린의 옛 방에서 죽은 채 발견됩니다. 히스클리프가 죽은 뒤 캐시와 헤어턴은 결혼하여 그랜지 저택으로 가려하고, 몰락해가는 〈폭풍의 언덕〉 저택에는 하인 조지프만이 남게 됩니다. 캐시와 헤어턴의 결혼은 히스클리프와 캐서린이 이루지 못한 사랑의 완결인 동시에, 히스클리프의 복수가 그가 의도했던 대로 비극이 아닌 새 세대의 화해로 끝나는 것을 보여주는 듯 합니다. 넬리는 그 지역 사람들이 캐서린과 히스클리프의 유령이 함께 그곳을 배회하는 모습을 목격한다는 말을 전하고, 록우드가 히스클리프, 에드가, 그리고 캐서린 세 사람의 평화로운 무덤을 바라보는 장면으로 이야기는 끝이 납니다.

> 나는 주변을 둘러보다 이내 황무지 옆 비탈에 서있는 묘비 셋을 발견했다. 가운데 묘비는 회색이었고, 덤불숲에 반쯤 묻혀 있었다. 에드가 린턴의 묘비만이 뗏장과 조화를 이루고 이끼가 비석 밑동을 타고 오르고 있었다. 히스클리프의 묘비는 아직 말짱했다.
> 나는 맑은 하늘 아래 그 주변을 어슬렁거리며, 황무지와 초롱꽃 사이에서 나풀거리

는 나방들을 지켜보고 풀잎 사이로 불어오는 부드러운 바람 소리에 귀를 기울이기도 하면서, 어떻게 그 고요한 대지에 잠든 이들을 두고 불안하게 잠을 설치는 사람들을 상상할 수 있는지 의아했다.[13)]

이 소설의 주인공은 단연 히스클리프입니다. 그는 확연히 구분되는 양면성을 지니고 있습니다. 소설의 앞부분에서 그는 고아이자 떠돌이, 박해받는 이방인이지만 후반부에 이르면 그는 자신의 야수성, 악마성, 그리고 사회의 규범을 철저하게 무시하는 아웃사이더이자 복수심에 불타는 악인의 면모를 여실히 드러냅니다. 그러나 그는 자신이 원하는 것이면 어떤 한계에도 굴하지 않고 이루어내고자 하는 전형적인 낭만적 인간이자 '바이런적 영웅'이기도 하며, 마지막에 이르러서는 자신의 복수가 무의미하다는 것을 인식한 듯 스스로 생을 마감하는 순교자 같은 모습도 보여줍니다.

힌들리, 캐시, 에드가, 히스클리프 세대가 보여준 폭력과 갈등, 이루어지지 못한 사랑의 비극이 그들의 다음 세대에서는 똑같이 되풀이 되지 않고 화해와 조화의 양상으로 전개됨으로써 비극의 역사를 되풀이 하지 않는다는 메시지를 전하는 것은 중요한 의미를 지닙니다.

자신을 학대했던 힌들리의 아들인 헤어턴에게 히스클리프는 똑같이 학대하며 무지렁이로 키우지만 헤어턴은 히스클리프를 아버지처럼 여기며 따르고, 그가 세상을 떴을 때 진정으로 슬퍼하는 유일한 인물이 되어줍니다. 캐서린의 딸 캐시는 헤어턴에게 글자를 가르치면서 거칠고 학대받은 그를 인간다운 인간으로 변모시키고 그와 결혼합니다. 히스클리프가 복수를 위해 이용하느라 결혼했던 이사벨라는 히스클리프를 증오했지만, 그녀의 아들 린턴은 캐서린의 딸 캐시를 사랑합니다. 이처럼 선대의 폭력과 갈등, 이루어지지 못한 사랑의 비극이 후대에 조화롭게 이루어지는 것은 어쩌면 작가인 에밀리 브론테의 소망이자 우리 모두가 삶을 바라보는 희망의 바탕을 이루는 것은 아닐까 생각해봅니다. 그러하기에 『폭풍의 언덕』에서 우리는 이루지 못한 사랑에 대한 광기어린 집착과 복수라는 비극적 정조가 가득한 대지 위에 피어나는 희망의 싹을 보게 되는 것 같기도 합니다.

| 에밀리 브론테 (Emily Jane Brontë, 1818~1848)

The only undisputed portrait of Brontë, from a group portrait by her brother Branwell, c. 1834.

영국 요크셔의 브래트퍼드 부근 손턴의 영국 국교회 목사였던 아버지의 6남매 중 다섯째로 태어나 언니들이 다녔던 기숙 학교를 다녔습니다. 『제인 에어』의 작가인 언니 에밀리 브론테 편에서 소개드렸던 대로 이 학교에서의 생활은 끔찍했습니다. 열여덟 살 때부터 시를 쓰기 시작했고, 여학교에서 보조 교사로 일을 하기도 하면서 자매들끼리 학교를 설립하려는 계획을 세웁니다. 이를 위해 스물네 살 되던 해 벨기에의 여학교에 들어갔지만 1년도 채우지 못하고 돌아옵니다. 언니들과 함께 『커러, 엘리스, 액턴 벨의 시집』 *Poems by Currer, Ellis and Acton Bell*을 자비 출판하기도 합니다. 1847년 『폭풍의 언덕』이 출간되지만 큰 성공을 거두지 못하고 세상을 떠나자 언니 샬럿이 1850년 에밀리 브론테라는 본명으로 재출간합니다.

1) "I must stop it, nevertheless!" I muttered, knocking my knuckles through the glass, and stretching an arm out to seize the importunate branch; instead of which, my fingers closed on the fingers of a little, ice-cold hand!
   The intense horror of nightmare came over me: I tried to draw back my arm, but the hand clung to it, and a most melancholy voice sobbed,
   "Let me in—let me in!"
   "Who are you?" I asked, struggling, meanwhile, to disengage myself.
   "Catherine Linton," it replied, shiveringly (why did I think of Linton? I had read Earnshaw twenty times for Linton)—"I'm come home: I'd lost my way on the moor!"…
   "Begone!" I shouted. "I'll never let you in, not if you beg for twenty years."
   "It is twenty years," mourned the voice: "twenty years. I've been a waif for twenty years!"

2) He got on to the bed, and wrenched open the lattice, bursting, as he pulled at it, into an uncontrollable passion of tears. "Come in! come in!" he sobbed. "Cathy, do come. Oh, do—once more! Oh! my heart's darling! hear me this time, Catherine, at last!" The spectre showed a spectre's ordinary caprice: it gave no sign of being;

3) "I'm trying to settle how I shall pay Hindley back. I don't care how long I wait, if I can only do it at last. I hope he will not die before I do!"

"For shame, Heathcliff!" said I. "It is for God to punish wicked people; we should learn to forgive."

"No, God won't have the satisfaction that I shall," he returned. "I only wish I knew the best way! Let me alone, and I'll plan it out: while I'm thinking of that I don't feel pain."

4) "I've no more business to marry Edgar Linton than I have to be in heaven; and if the wicked man in there had not brought Heathcliff so low, I shouldn't have thought of it. It would degrade me to marry Heathcliff now; so he shall never know how I love him: and that, not because he's handsome, Nelly, but because he's more myself than I am. Whatever our souls are made of, his and mine are the same; and Linton's is as different as a moonbeam from lightning, or frost from fire."

5) "My great miseries in this world have been Heathcliff's miseries, and I watched and felt each from the beginning: my great thought in living is himself. If all else perished, and he remained, I should still continue to be; and if all else remained, and he were annihilated, the universe would turn to a mighty stranger: I should not seem a part of it. My love for Linton is like the foliage in the woods: time will change it, I'm well aware, as winter changes the trees. My love for Heathcliff resembles the eternal rocks beneath: a source of little visible delight, but necessary. Nelly, I am Heathcliff! He's always, always in my mind: not as a pleasure, any more than I am always a pleasure to myself, but as my own being. So don't talk of our separation again: it is impracticable."

6) "You suppose she has nearly forgotten me?" he said. "Oh, Nelly! you know she has not! You know as well as I do, that for every thought she spends on Linton she spends a thousand on me! At a most miserable period of my life, I had a notion of the kind… but only her own assurance could make me admit the horrible idea again. And then, Linton would be nothing, nor Hindley, nor all the dreams that ever I dreamt. Two words would comprehend my future —death and hell: existence, after losing her, would be hell… Catherine has a heart as deep as I have: the sea could be as readily contained in that horse-trough as her whole affection be monopolised by him. Tush! He is scarcely a

degree dearer to her than her dog, or her horse."

7) "I wish I could hold you," she continued, bitterly, "till we were both dead! I shouldn't care what you suffered. I care nothing for your sufferings. Why shouldn't you suffer? I do! Will you forget me? Will you be happy when I am in the earth?··· I'm not wishing you greater torment than I have, Heathcliff. I only wish us never to be parted: and should a word of mine distress you hereafter, think I feel the same distress underground, and for my own sake, forgive me!"

8) "You teach me now how cruel you've been—cruel and false. Why did you despise me? Why did you betray your own heart, Cathy? I have not one word of comfort. You deserve this. You have killed yourself. Yes, you may kiss me, and cry; and wring out my kisses and tears: they'll blight you—they'll damn you. You loved me—then what right had you to leave me? What right—answer me—for the poor fancy you felt for Linton? Because misery and degradation, and death, and nothing that God or Satan could inflict would have parted us, you, of your own will, did it. I have not broken your heart—you have broken it; and in breaking it, you have broken mine. So much the worse for me that I am strong. Do I want to live? What kind of living will it be when you-oh, God! would you like to live with your soul in the grave?"

9) "My design is as honest as possible. I'll inform you of its whole scope," he said. "That the two cousins may fall in love, and get married. I'm acting generously to your master: his young chit has no expectations, and should she second my wishes she'll be provided for at once as joint successor with Linton."

10) "I'm glad I've a better, to forgive it; and I know he loves me, and for that reason I love him. Mr. Heathcliff, you have nobody to love you; and, however miserable you make us, we shall still have the revenge of thinking that your cruelty arises from your greater misery. You are miserable, are you not? Lonely, like the devil, and envious like him? Nobody loves you—nobody will cry for you when you die! I wouldn't be you!"

11) "I knew no living thing in flesh and blood was by; but, as certainly as you perceive the approach to some substantial body in the dark, though it cannot be discerned, so certainly I felt that Cathy was there: not under me, but on the earth. A sudden sense of relief flowed from my heart through every limb. I relinquished my labour of agony, and turned consoled at once: unspeakably consoled. Her presence was with me: it remained while I re-filled the grave, and led me home. You may laugh, if you will; but I was sure I should see her there. I was sure she was with me, and I could not help talking to her."

12) "Disturbed her? No! she has disturbed me, night and day, through eighteen years—incessantly, remorselessly—till yesternight; and yesternight I was tranquil. I dreamt I was sleeping the last sleep by that sleeper, with my heart stopped and my cheek frozen against hers."

13) I sought, and soon discovered, the three headstones on the slope next the moor: the middle one grey, and half buried in heath; Edgar Linton's only harmonized by the turf and moss creeping up its foot; Heathcliff's still bare.

I lingered round them, under that benign sky: watched the moths fluttering among the heath and harebells, listened to the soft wind breathing through the grass, and wondered how any one could ever imagine unquiet slumbers for the sleepers in that quiet earth.

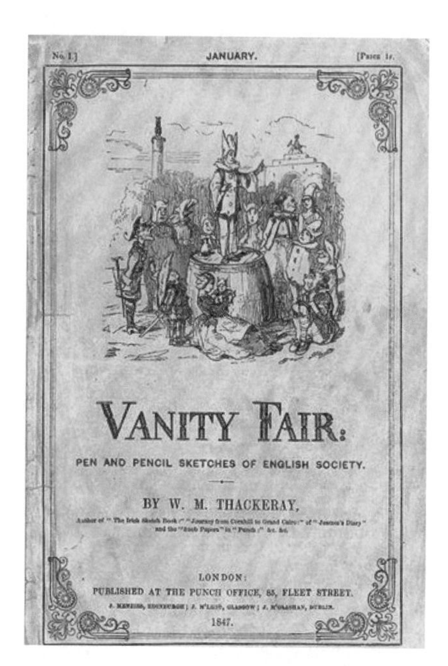

William Makepeace Thackeray, *Vanity Fair: A Novel without a Hero* (1848)

6. 『허영의 시장』(1848), 윌리엄 메이크피스 새커리
– 삶이라는 인형 극장 위 꼭두각시들의 덧없는 춤사위

윌리엄 메이크피스 새커리의 대표작이자 "19세기 가정 소설의 선구적 작품" 혹은 "영어로 쓰인 가장 위대한 역사 소설"로 평가받는 『허영의 시장』은 1847년부터 1848년까지 〈펜과 연필로 그린 영국 사회의 스케치〉라는 부제로 연재되었던 작품으로 단행본으로 출판되었을 때 제목은 『허영의 시장-영웅이 없는 소설』이었습니다. '허영의 시장'이라는 제목은 존 번연(John Bunyan, 1628~1688)의 『천로역정』*Pilgrim's Progress*에서 가져온 것입니다. 『천로역정』에서 '허영의 시장'은 천국으로 가는 순례자가 지나가는 세속의 공간이지만 이 소설에서는 탐욕과 허영이 가득한 채 부패한 19세기 영국을 가리키고 있습니다. '영웅이 없다'는 것은 소설의 중심인물이 없다기보다는 고전 비극에서 주인공 역할을 하던 '위대한' 혹은 '훌륭한 인물'이 존재하지 않는다는 의미입니다.

작가 스스로 인형극 조정자이자 공연의 연출자라며 시작하는 이 작품에는 수많은 인물들이 등장합니다만, 가장 핵심적인 인물은 레베카 샤프와 아멜리아 세들리라는 두 여성과 아멜리아의 약혼자인 조지 오스본, 아멜리아를 사랑하는 윌리엄 도빈 네 사람입니다. 이야기는 가난한 레베카의 성공을 위한 이기적이고 악한 계략과 성취, 아멜리아와 도빈의 마지막 결합에 이르기까지의 우여곡절을 중심으로, 크롤리 가문을 포함한 귀족들의 파렴치한 행위들이 파노라마처럼 펼쳐집니다. 19세기판 막장 드라마라고 해도 과언이 아닐 정도인데, 작가의 이야기를 들어보면 그 이유를 알 수 있습니다.

… 친절한 독자 여러분께서는 이 이야기 제목이 〈허영의 시장〉이며, 허영의 시장은 헛되고, 사악하며, 온갖 종류의 속임수와 부정, 허세가 가득한 어리석은 곳임을 기억

해주시기를 바란다… 등장인물을 소개하면서 나는 같은 인간이자 형제로 그들을 보여주는 것만이 아니라 이따금 무대에서 내려와 그들에 대해 독자 여러분과 이야기도 나눌 것이다. 그들이 선량하고 친절하다면 그들을 사랑하며 그들과 악수하겠지만, 그들이 어리석으면, 독자 여러분의 옷자락 뒤에 숨어 몰래 그들을 비웃기도 할 것이다. 그들이 사악하고 무정한 인물들이라면, 예의범절이 허용하는 범위 내에서 가장 심한 말로 그들을 욕하고 비난할 것이다. [1)]

자, 이제 이야기 속으로 들어가 보겠습니다. 이 작품은 각각의 인물들 발길을 뒤따라가며 이야기 줄거리에 충실하게 따라가 보겠습니다. 그렇게 전개되는 이야기이기도 하니까요.

기숙 학교 치즈윅 몰을 떠나는 아멜리아와 레베카

이야기의 두 주인공, 아멜리아와 레베카가 기숙 학교를 떠나며 이야기는 시작됩니다. 레베카는 학교 문을 나서자마자 선물로 받은 존슨 박사의 사전을 던져버립니다. 그녀의 성격이 드러나는 장면입니다. 그녀와 이별을 슬퍼하는 이 아무도 없는 것처럼 그녀도 이곳에 아무런 미련이 없습니다. 그녀는 치즈윅에서 보낸 시간을 역겨워하며, 이제 스스로 배우자를 고를 수밖에 없는 자신의 처지를 냉혹하게 인식하고 있습니다.

레베카 양은 전혀 친절하거나 온화한 사람이 아니었다. 이 젊은 염세주의자는 온 세상이 자신을 부당하게 대했다고 말해왔는데, 온 세상이 부당하게 대우하는 사람은 당연히 그만한 이유가 있을 것이라는 생각이 든다. 세상이란 거울과도 같은 것이라 모든 이들에게 다 자기 자신의 얼굴을 비춰주는 법이다. 세상을 향해 얼굴을 찌푸리면 세상 역시 못마땅한 얼굴을 보여줄 것이다. 세상을 향해 미소 짓고 웃으면 세상 또한 명랑하고 친절한 동료가 되어줄 것이다. 그러니 젊은이들은 모두 각자 선택하도록 해야 한다. 세상이 샤프 양을 무시했다면 그녀가 누군가를 위해 어떤 선행을 베푼 것으로 알려지지 않은 것이 분명하다. [2)]

부유한 아멜리아를 따라온 레베카는 아멜리아의 오빠 조지프 세들리를 만납니다. 아멜리아 보다 열두 살 많은, 동인도 회사 문관이자 징세관인 그는 명예롭고 수입 많은 자리를 차지한 뚱뚱하고 수줍음도 허영심도 많은 사내입니다. 레베카는 그를 유혹하지만 사랑 때문만은 아닙니다.

그것은 유혹이었는데, 따라서 괜히 입방아에 오르내릴 처신을 하지 않는 우아한 여성들이라면 그 행동을 음란한 행동이라고 비난할 수도 있을 것이다. [3]

그러나 아멜리아 부모의 견제로 레베카는 뜻을 이루지 못하고 쫓겨나듯 아멜리아 집에서 나와 준남작 피트 크롤리의 두 딸을 가르치는 가정 교사로 들어갑니다. 이 사이 조지 오스본의 친구인 윌리엄 도빈은 오스본의 약혼녀인 아멜리아를 보고 사랑에 빠집니다. 그의 헌신적인 사랑의 시작이었지요.

준남작 크롤리의 두 번째 부인인 로즈는 철물상 딸로 결혼 후 안팎의 모든 관계가 끊긴 채 자질구레한 집안일로만 소일하면서 크롤리에게 맞기도 하지만 순응하며 살아가고 있습니다. 반면, 레베카는 이 집에 들어오자마자 놀라운 적응력을 보이며 크롤리의 일은 물론 집안일을 거의 도맡아 하다시피하며 실질적인 안주인 역할을 합니다. 이런 레베카를 시샘하며 지켜보는 인물들이 있었으니 크롤리의 동생인 목사 부부입니다. 그들은 크롤리의 재산이 모두 레베카에게 갈까 봐 전전긍긍 그녀의 일거수일투족을 감시합니다. 목사 부인은 레베카에게 꿍꿍이속이 있음을 간파한 것이었지요. 이런 지경이 된 데는 준남작 크롤리라는 인물의 됨됨이도 한몫을 했지요. 크롤리에 대해 작가는 이렇게 묘사합니다.

허영의 시장-허영의 시장! 여기 철자도 모르고 읽는 것도 신경 안 쓰며 시골뜨기 같은 습관을 지닌 채 삶의 목적이라고는 온갖 사기 협잡뿐이며, 탐욕스럽고 불결한 것 외에는 취향이나 감정, 혹은 유흥도 가져본 적도 없으면서 지위와 명예, 얼마간의 권세를 지니고 한 지역의 고관이자 국가의 기둥 역할을 하고 있는 한 남자가 있다. 그는 고위 행정관으로 황금마차를 타고 다니며 대단한 장관들과 정치인들이 그를 수행한다. 허영의 시장에서 그는 가장 총명한 천재나 흠 하나 없는 덕 있는 사람보다 높은 지위를 차지하고 있다. [4]

허영의 시장, 다시 말해 현실의 영국에 대한 풍자가 신랄하게 느껴집니다. 한편, 레베카가 크롤리 누나를 간호하러 떠난 사이 크롤리 부인이 세상을 뜨자 크롤리는 진작부터 마음에 두었던 레베카에게 청혼을 합니다. 그러나 야심이 있던 레베카는 크롤리의 아들인 로던 크롤리와 이미 몰래 결혼을 했었지요. 레베카는 차마 상대는 밝히지 못한 채 결혼했다고 이실직고하며 크롤리의 청혼을 거절합니다. 자기 욕심으로 서두르지 않았더라면 크롤리의 부인이 되어 그의 모든 재산을 차지할 수 있었을 텐데, 레베카의 성급하고 과한 욕심이 일을 망치고 말았군요. 이때쯤 크롤리 목사의 부인 뷰트는 레베카 부모의 뒤를 계속 캐다가 마침내 방탕했던 그들의 과거와 함께 되바라졌던 레베카의 어린 시절을 알아낸 뒤 재산 많은 크롤리 고모에게 알립니다. 욕심 많고 타락한 여자인 레베카는 마찬가지로 타락한 남자인 로던에게 어울릴 만한 여자라고 비난하면서 레베카에게 재산이 가는 것을 막으려고 합니다.

아멜리아, 오스본과 결혼하다

한편, 아멜리아는 조지 오스본에게 폭 빠져 있습니다. 사실 오스본은 아멜리아가 생각하는 것만큼 그렇게 훌륭한 사람이 아니었으나 사랑에 빠진 청춘이 사랑하는 대상을 제대로 보기는 어려운 법이지요.

> 사랑에 빠진 남자는 무감함을 얌전함으로, 어리석음을 여성다운 과묵함으로, 멍청함을 사랑스러운 수줍음으로, 한마디로 거위를 백조로 착각한다. 사랑에 빠진 여성은 자신의 상상 속에서 멍청이 같은 녀석을 화려하고 영광스러운 존재로 부풀리면서 멍청함을 남성다운 소탈함으로 경애하고 이기심을 남자다운 우월함으로 숭배하기도 하며, 어리석음을 위엄 있는 진지한 태도로 간주하면서 총명하고 아름다운 요정 티타니아가 아테네의 직공을 대하듯 하는 것이다. [5]

아멜리아가 사랑에 빠진 사이 아버지인 존 세들리가 파산을 하는데, 몰락한 세들리를 더욱 모질게 대하는 것은 아이러니하게도 그에게 은혜를 입었던 오스본의 아버지입니다. 하지만 이런 일이야말로 허영의 시장에서는 흔하디흔한 일입니다.

> 어떤 사람이 다른 사람에게 큰 은혜를 입었다가 다투게 되면, 은혜를 입었던 사람은 아무 관계도 없는 사람보다 훨씬 더 모질게 적대적으로 대하는 마음을 갖게 된다. 그런 경우 자신의 모진 마음과 배은망덕을 애써 설명하기 위해 상대방의 나쁜 짓을 입증하는 데 집중하게 된다. 그건 당신이 이기적이고 야만적이며 투자가 잘못되어 화가 난 것 때문만은 아니다. 아니다. 전혀. 그것은 상대방이 가장 비열하게 당신을 배반하고 사악한 동기로 속였기 때문이다. 자신의 일관성을 입증하기 위해 박해자는 파산한 상대가 악당이라는 사실을 입증해야만 한다. 그렇지 않다면 자신이 악당이 될 테니까. [6]

늙은 오스본은 돈 많은 서인도 제도 출신 스워츠 양을 며느리로 삼아서 덕을 볼 욕심에 아들 오스본이 아멜리아와 관계를 끊기를 원하지요. 하지만 아들 오스본은 아버지의 뜻을 거슬러 아멜리아와 결혼을 합니다. 격노한 아버지는 아들과의 관계를 끊고 아들 친구인 도빈의 출입까지 금합니다. 그러나 허영의 시장에서 이것은 너무나 자연스러운 일입니다. 누구나 돈 많은 사람을 좋아하니 말이지요.

허영의 시장에서 사람들은 자연스럽게 돈 많은 사람에게 애정을 느낀다. 평범하고 순진한 사람들마저 대단히 부유한 사람들을 보면 적잖은 호감을 느낀다. 평범한 사람들이 돈에 대해 이렇게 호의를 갖는데, 늙어빠진 속물들은 얼마나 더 그럴 것인지는 뻔한 일 아닌가! 돈을 보면 그들의 애정은 불붙듯 일어난다. 돈을 가진 흥미로운 사람에 대한 친절한 감정도 자발적으로 일어난다. [7)]

이쯤에서 오스본과 아멜리아의 성급한 결혼을 두고 작가는 또 끼어듭니다. 남자든 여자든 너무 서둘러 결혼할 것은 아니라는 것, 또 상대방을 너무 믿지 말 것을 충고합니다.

그러니 젊은 여성들이여 조심하기를. 약혼은 조심하고 솔직하게 사랑을 고백하는 일은 부끄러워할 일이다. 절대 느끼는 바를 그대로 말하지 말고 혹은 (이 편이 더 나은데) 사랑을 느끼지 않는 편이 낫다. 너무 서둘러 정직하게 고백한 이의 운명을 보고, 그대 자신을 포함한 모든 이들을 믿지 말기를. 프랑스인들이 하는 대로 결혼하도록 하라. 프랑스에서는 변호사들이 들러리이자 믿을 만한 친구들이다. 어쨌든 자신을 불편하게 할 수 있는 감정을 품지 말고, 어떤 경우에도 요구하고 철회할 수 있는 약속 이외엔 약속을 하지 말라. 이 허영의 시장에서는 그래야만 덕 있는 인물로 존경받고 지낼 수 있다. [8)]

사실 이와 같이 작가가 빈번하게 끼어들어 독자들에게 자신의 목소리로 자신의 생각을 밝히는 것이야말로 이 소설의 중요한 특징입니다. 작가는 자기가 이야기를 끌고 가는 이야기꾼임을 전혀 감추지 않습니다. 그리고 이런 이야기는 곧 소설 속의 이야기만이 아니라 현실에 대한 풍자이자 조언이기도 하지요.

영국과 프랑스 전쟁이 가져온 변화

아버지에게 쫓겨났지만 오스본의 군대 생활은 별 탈 없이 유지되며 아멜리아도 상관들에게 인기를 얻습니다. 지휘관인 오다우드 소령의 부인 페기와 각별히 친해 나름대로 호화스러운 생활도 누리며 지냅니다. 브뤼셀에서 레베카와 오랜만에 조우하기도 하지만 곧 프랑스와 전쟁이 나는 통에 두 사람의 남편인 로던과 조지는 출정합니다. 전쟁 중에 아멜리아의 남편 조지 오스본이 전사하고 아멜리아는 아들을 낳습니다.

영국이 전쟁에서 패하자 레베카는 피난하는 조 세들리에게 비싼 값에 말을 팔아 한몫 잡은 뒤 파리 사교계에 진출하는 데 성공합니다. 레베카가 아들을 출산합니다만 돈 많은 크롤리 노고모의 그녀에 대한 미움과 분노는 더 커져서 그녀의 재산은 모두 큰조카 피트 크롤리에게 주겠다고 공언하게 됩니다. 결국 크롤리 고모가 사망하고 그녀의 재산은 대부분 피트 크롤리에게 가고 로던 크롤리는 백 파운드만 받습니다. 하지만 서로 그 현실을 인정하고 받아들인 덕에 형 피트와 로던은 화해하게 됩니다.

한편, 레베카는 재치와 영리함, 그리고 활발한 성격을 무기로 런던의 사교계에서 명사로 부상합니다. 그녀의 집 앞에 점잔 빼는 마차들이 들락거리고 대단한 사람들이 오르내리는 모습이 빈번해집니다. 그러나 그녀의 소문을 알고 있는 상류층 부인들은 레베카를 피하고 레베카는 자신의 아들에게도 무심한 채 사교 생활에만 빠져 지냅니다.

그러는 가운데 준남작 피트 경이 점점 더 타락하면서 하인 호록스와 딸 리본이 안주인 행세를 하며 재산을 빼돌립니다. 목사 부인 뷰트가 이 사실을 알고 두 사람을 쫓아낸 얼마 뒤 피트는 세상을 뜨고, 장남 피트는 동생 로던과 레베카를 불러들여 함께 살게 됩니다.

한편, 오스본 사망 후 도빈은 아멜리아에 대한 여전한 사랑으로 조지의 장례 비용은 물론, 연금이라고 속이며 매월 돈을 보내 아멜리아와 아들 조지의 생활을 돕는 등 물심양면으로 지원합니다. 그러나 이러한 사정을 다 알고 있는 오다우드 부인이 도빈을 글로비나라는 아가씨와 결혼시키려 합니다. 부인이 보기에는 도빈이 마음에 두고 있는 약해빠진 불쌍한 미망인 아멜리아보다는 글로비나가 도빈에게 행복을 가져다 줄 것으로 생각했던 것이었지요. 오다우드 부인의 생각은 틀린 것은 아니었으나 문제는 도빈의 마음이었어요. 도빈은 일편단심 아멜리아뿐이었지요. 그는 오직 아멜리아만을 원했지요. 그런 점에서 이 소설의 남자 주인공을 꼽으라면 단연 도빈이지요.

> 그러나 진실은 아름다움도 옷차림도 그를 사로잡지 못한다는 것이다. 우리의 정직한 친구 도빈의 마음속에는 오직 한 사람만 있었으니, 그 여인은 분홍색 공단 드레스를 입은 글로비나 오다우드와는 조금도 닮은 점이 없었다. 갈색 머리에 큰 눈을 하고 상복을 입은 자그맣고 상냥한 이 여인은 누군가 말을 거는 때를 제외하고는 거의 말을 하지 않았고, 말을 할 때도 글로비나의 목소리와는 닮은 점이 조금도 없었다. 어린 아기를 돌보는 젊고 상냥한 엄마, 미소 띤 얼굴로 그를 바라보며 소령에게 손짓하는, 러셀 스퀘어의 집에서 노래 부르며 오는 장밋빛 볼을 한 그녀, 행복하고 사랑스러운 표정으로 조지 오스본의 팔에 매달려 있던 그녀, 낮이나 밤이나 정직한 소령의 마음을 채우고 온통 그의 마음을 차지하고 있던 것은 오직 그녀의 모습뿐이었다. [9]

그러나 아멜리아는 그런 도빈의 마음을 몰라줍니다. 그의 결혼을 진심으로 축하하는 아멜리아를 보며 도빈은 절망합니다. 뿐만 아니라 아멜리아가 재혼을 한다는 소식까지 여동생을 통해 듣게 됩니다. 그때야 비로소 도빈은 자신의 사랑이 눈먼 사랑이었음을 깨닫습니다.

> "아, 아멜리아, 아멜리아, 내가 진심을 다했던 당신, 당신이 나를 비난하는구려. 내가 이렇게 따분한 삶을 질질 끌며 가는 것도 당신이 내 마음을 몰라주기 때문이오. 긴 세월 내 헌신에 대해 당신은 내 결혼을 축하한다는 말로 보답하는구려. 제길, 내가 그 잘난 척하는 아일랜드 여자하고 결혼을 한단 말이오!" 윌리엄은 우울하고 속이 상해 그 어느 때보다 외롭고 비참한 심정이 되었다. 그 모든 노력이 다 헛되고 불만족스럽기만 한데다 앞으로도 즐거운 일은 없고 황량하기만 할 것 같아 이 삶을 끝내고 이생의 허영도 다 끝내버리고만 싶었다. [10]

한편, 오스본 노인은 아멜리아에게 손자 조지를 상속자로 정하고 싶다고 연락하지만 아멜리아는 불같이 화를 내며 거절합니다. 하지만 집은 점점 어려워지고 가난 속으로 빠져드는 상황에서 가정교사 구직 광고마저 소용이 없게 되자 결국 그녀는 오스본 노인의 제안에 따라 아들 조지를 오스본 노인에게 보내기로 합니다.

그녀는 이제 모든 것을 알았다. 자신의 이기심이 아이를 망치고 있다는 것을. 그녀만 없으면 그는 돈도, 사회적 지위도 교육도, 그리고 아이의 아버지가 자신을 위해 포기했던 아버지의 자리까지도 다 받을 수 있을 텐데… 불쌍한 아멜리아는 조용히 침묵을 삼키며 아들을 떠나보낼 채비를 하고 있었다. 이 마지막 날에 대비하기 위해 그녀는 얼마나 긴 외로운 시간을 보내야 했던가… 엄마는 가슴이 찢어지는데 아이는 웃으며 떠나갔다. 아, 얼마나 안 된 일인가. 허영의 시장에서 아이들을 향한 엄마의 사랑이란.[11)]

한편, 레베카는 자기 아이를 돌보지 않고 심지어 미워하기까지 하면서 남편을 두고 피트 크롤리와 점점 가까워집니다. 피트 크롤리도 레베카의 관심과 도움을 받으면서 점점 변해가기 시작하면서 둘 사이를 두고 사람들 사이에 야릇한 소문까지 퍼집니다.

악인은 벌 받고 선인은 보답을 받는 것이 당연한 모습이겠지만 허영의 시장에서 법은 그렇지 않은 모양입니다. 추문 속에서도 레베카는 점점 더 사교계의 총아가 되어가고, 그녀를 후원하는 귀족인 스타인 경과의 의심스러운 만남도 잦아집니다. 스타인 경이 거의 매일 집을 방문하면서 피트 크롤리까지 레베카를 찾아가 안 좋은 소문에 대한 우려와 반감을 표하며 신중한 처신을 요구하는 지경에까지 이릅니다. 하지만, 레베카는 경제적 곤란을 핑계로 가정부마저 다른 곳으로 보내면서 스타인 경과의 만남을 방해할 훼방꾼을 없앱니다. 공교롭게도 그 무렵 남편 로던이 채무자 교도소에 갇히게 됩니다. 다급한 그는 레베카에게 자신을 구해달라고 편지를 보냈지만, 전당포가 문을 닫아 스타인 경에게 부탁한 돈이 다음 날이나 되어야 온다며 그때 데리러 오겠다는 레베카의 답을 받습니다. 급한 마음에 형수에게 급히 도움을 요청해 돈을 지불하고 빠져 나온 로던이 집에 왔을 때, 집에는 스타인 경과 레베카 단 둘이 파티 중이었습니다. 레베카는 다 오해라고 서둘러 변명하지만 스타인 경마저 분노합니다.

"전 결백해요, 로던." 그녀가 말했다. "하느님 앞에 맹세코, 저는 결백해요." 그녀가 그의 옷을, 그리고 손을 잡았다. 그녀의 손은 온통 뱀 모양의 장신구와 반지와 치장들로 가득했다.

"전 결백해요. 결백하다고 말해주세요." 그녀가 스타인 경에게 애원했다.

자신을 노린 덫에 걸렸다 생각한 그는 남편 못지않게 베키에게 분노했다. "당신이 결백하다고! 망할!" 그가 고함을 질렀다. "당신이 결백하다고! 당신 몸에 걸친 그 모든 것 다 내가 값을 지불한 것들이지. 난 당신에게 수천 파운드를 쏟아부었는데, 그 돈을 이 자가 다 써버렸지. 그 돈을 위해 이 자가 당신을 내게 판 것이 아니던가. 결백하다고, 이런-! 무용수였던 당신 엄마나 포주 같은 당신 남편만큼 결백하겠지. 다른 사람들 겁주었던 것처럼 날 겁줄 수 있다고 생각하지마. 비키게, 나 가야겠으니." 스타인 경이 그의 모자를 집어 들더니 분노로 이글거리는 눈으로 적을 뚫어져라 쳐다보며 그를 향해 걸어갔다. [12)]

분노를 이기지 못한 로던은 다음날 스타인에게 결투를 신청하려하지만 유고가 된 식민지 섬의 총독으로 자신이 임명된 기사를 봅니다. 레베카와 추행이 들킨 것이 들통날 것이 두려웠던 스타인이 레베카의 부탁을 받고 그렇게 한 것이었는데, 두 사람이 만난 것은 레베카가 남편의 승진 청탁을 위한 것이었다는 알리바이를 만들어내기 위한 것이었지요. 결국 로던은 결투를 포기하고 식민지 총독으로 부임해 멀리서 레베카에게 생활비를 보내는 생활을 시작합니다. 그렇게 레베카의 악행은 묻히고, 스타인 경도 추문에서 벗어나게 되었지요. 아무 일 없었던 것처럼 말입니다. 허영의 시장은 원래 그런 곳이니 말이지요.

한편, 조지 오스본은 조부 밑에서 온갖 호사와 사치를 누리며 신사로 성장하고, 아멜리아는 어머니가 세상을 떠난 뒤 아버지를 모시고 어렵게 살고 있습니다. 우리가 아는 보통의 이야기와는 다른 길을 가지요? 이것은 허영의 시장의 이야기니까요.

숨은 채 모습을 드러내지 않고 인간의 운명을 결정하는 무시무시한 지혜의 신은 온순하고 착한 지혜로운 사람들을 비참하게 하고 모욕을 주면서 이기적이고 어리석고 사악한 인간들은 성공시키는 데 기쁨을 느낀다. 오, 그러니 잘 사는 형제들이여, 부끄러워하기를! 그대들보다 더 자격이 있지만 운이 덜 따르는 이들에게 상냥하게 굴기를. 미덕은 단지 유혹을 느끼지 않는 것이오, 성공은 우연의 결과일 뿐이고 그 사회적 지위는 조상의 덕이고, 부는 조롱거리인 그대가 무슨 권리로 다른 사람을 경멸할 수 있다는 말인가. [13)]

아멜리아, 도빈과 재회하다

아멜리아가 그렇게 힘들게 사는 줄 모르는 도빈이 영국으로 돌아와 아멜리아에게 오래도 참았던 자신의 사랑을 고백합니다.

> "나는 지금처럼 그때도 당신을 사랑했소. 이제는 말을 해야만 하겠소. 나는 조지가 약혼녀인 아멜리아를 나에게 소개하기 위해 나를 당신 집으로 데려갔던 그날, 당신을 처음 만난 그 순간부터 당신을 사랑했다고 생각하오. 당신은 그때 굵은 고수머리를 땋고 하얀 옷을 입은 소녀였지. 기억나요? 당신은 노래를 부르며 내려왔지. 우리는 함께 복스홀로 갔고. 그때 이후 나는 이 세상에서 오직 한 여인만을 생각했소. 바로 당신이었지. 지난 십이 년 동안 당신을 생각하지 않은 날이 하루도 없었소. 인도로 가기 전에 이 말을 하기 위해 왔지만 당신은 전혀 관심을 보이지 않았고, 나도 말할 용기를 못 냈소. 내가 머무르건 가건 전혀 상관하지 않았으니까." [14]

아멜리아의 아들인 조지는 도빈을 존경합니다. 늙은 오스본은 손자 조지에게 재산의 반을, 며느리, 아멜리아에게도 "나의 사랑하는 아들 조지 오스본의 미망인"이라는 인정과 함께 매년 오백 파운드를 남기고, 유언 집행인으로 도빈 소령을 지목하고 세상을 뜹니다. 이제 남은 아멜리아, 도빈, 어린 조지, 그리고 외삼촌이 함께 유럽 여행을 가지요. 이 지점에 이를 때까지 『허영의 시장』에서 도빈은 신사다운 모습을 일관되게 견지해 온 유일한 인물이었지요.

> 이 가엾은 부인이 바로 이 순간까지는 평생 진정한 신사를 만나본 적이 없다는 것을 기억해야만 한다. 어쩌면 신사란 우리가 생각하는 것보다 드문 종류의 인간일 수 있다. 우리들 가운데 누가 자신의 주변에서 이런 사람을 꼽을 수 있을까. 고결한 목적을 지니고, 한결같이 진실하며, 어떤 경우에도 진실하며 더 정직해지는, 비열함이 없이 소박하며, 신분이 높거나 낮거나 간에 똑같은 인간적 공감으로 대하면서 솔직하게 세상을 바라볼 수 있는 사람, 이런 사람을 몇이나 꼽을 수 있을까? 우리 모두는 멋진 코트를 가진 사람은 백 명쯤, 예의바른 사람도 스무 명은 알고 있다. 소위 내부자들의 세계에 있으면서 상류사회의 핵심, 한가운데로 진출한 사람도 한둘은 알고 있다. 하지만 신사는 얼마나 알고 있는가? [15]

추문에 휩싸여 프랑스로 망명한 레베카는 머물던 호텔에서 나가달라는 통지를 받을 정도로 배척당하며 외국의 영국인 거주지를 떠돌아다니는 신세가 됩니다. 그러다 한 파티에서 자신을 그 지경으로 빠트린 스타인 경을 보고 접근하려다 암살 협박을 받고 다시는 두 사람이 만날 일은 없게 됩니다. 1830년 프랑스 7월 혁명 두 달 후 스타인이 사망했기 때문이지요. 그때 운명은 다시 그녀의 손을 들어줍니다. 도박장에서 레베카와 만난 조가 그녀의 거짓말에 넘어가 그녀를 도우려 합니다. 도빈은 **"그 작은 악마는 가는 곳마다 말썽을 일으킨다"**라며 손을 떼라고 합니다. 그러나 아멜리아는 레베카가 아이를 뺏겼다라는 말을 듣고 딱하게 여겨 조와 같이 도우려합니다. 레베카의 본 모습을 알고 있는 도빈이 완강하게 반대하다가 예전에 레베카와 남편의 은밀한 관계를 떠올리는 말을 하게 되고, 그 말에 아멜리아는 이성을 잃고 도빈에 대한 호감을 다시 접습니다. 그토록 오랫동안 사랑하던 아멜리아를 마침내 품에 안기 직전, 도빈은 다시 아멜리아를 영영 잃게 된 순간을 맞이하게 된 것이지요.

> 가엾은 도빈, 늙은 윌리엄! 그 불운한 한마디가 긴긴 세월 공들인 탑을 한순간에 무너뜨리고 말았다. 한결같은 마음과 사랑으로 애써 쌓아올린 그 탑. 숨겨진 열정과 말 못할 갈등, 비밀스러운 희생 위에 남모르게 숨겨온 토대에 쌓았지만 그 한마디 말로 희망의 궁궐은 무너지고 말았다. 단 한마디 말로 평생 잡으려 애써왔던 새는 그만 날아가 버린 것이었다.[16)]

도빈도 그런 아멜리아의 태도를 보고 그동안 자신의 사랑이 미망이었음을 또 다시 깨닫고는 그녀를 떠납니다. 그들의 사랑은 그렇게 깨졌습니다. 아니 깨진 것처럼 보였습니다. 그러나 레베카의 친구들인 악당들이 집에 들어와 아멜리아를 위협하는 일이 발생하자 레베카가 도빈에게 편지를 보내 구원을 청하고, 도빈은 다시 그녀를 찾아옵니다. 마침내 둘은 결혼하고 레베카는 그 둘을 떠납니다. 도빈과 아멜리아의 결혼으로 해피엔드처럼 보이던 이야기는 악녀인 레베카를 통해 독자들을 놀라게 합니다.

레베카는 조 세들리를 마음대로 휘두르며 그의 재산을 이용해 귀부인처럼 지내고 있었습니다. 점점 쇠약해져 가던 조는 마침내 세상을 떠나고, 생명보험금을 아멜리아와 레베카에게 반씩 배당으로 남깁니다. 이제 허영의 시장에 등장했던 인물들 가운데 로던 크롤리, 피트마저 죽고, 크롤리와 레베카의 아들이 준남작과 영지를 물려받은 가운데 레베카는 모든 기부자 명단에 이름을 올리며 여전히 부유한 삶을 살아갑니다.

아, 헛되고도 헛되도다! 우리 중 누가 도대체 이 세상에서 행복하다는 말인가? 우리 중 누가 과연 자신이 원하는 것을 가질 수 있단 말인가? 아니 손에 가졌다한들 만족할 수 있는가? 오라, 아이들아, 이제 우리의 인형극이 끝났으니 꼭두각시 인형들은 넣고 상자의 뚜껑을 닫자. [17]

이렇게 허영 가득한 한세상은 끝이 납니다. 작가의 말처럼 이런 세상이라면 누가 행복하고 누가 불행하다고 할 수 있을까요? 그저 탐하는 대로 손에 넣으려 애쓰며 살아가는 군상들로 가득한, 욕심과 허영이 가득한 이 세상에서 올바르게 산다는 것은 무엇이며, 무슨 의미가 있을까요? 새커리는 이렇게 말하고 싶었던 것 같습니다.

에필로그

새커리는 그의 거의 모든 작품에서 인간의 위선, 허영, 탐욕, 감추며 즐기는 은밀한 사람들의 감정, 물거품이 되어버린 과거의 추억 등을 보여줍니다. 비슷하게 다양한 인간 군상을 다루며 당시 영국사회의 타락상과 속물근성을 비판하고 풍자한 찰스 디킨스가 주로 하층 계급의 인물들을 다루었다면, 새커리는 중상류층의 허영과 탐욕, 비인간적인 모습을 풍자하는 특징을 보여주었지요. 독자들은 『허영의 시장』을 읽어가며 악한 인물인 레베카가 벌을 받을 것이라 예상하며 바라기도 하겠지만, 레베카는 잠시 곤경을 겪을 뿐 마지막까지 부유하게 살아갑니다. 반면, 착하고 얌전한 아멜리아는 남편으로 인해, 그리고 나중에는 주변 인물들과 레베카로 인해 여러 번 곤경을 겪게 되지요. 권선징악, 사필귀정이라는 소설적 정의는 새커리의 세계에서는 잠시 자리를 비웁니다. 그리고 어쩌면 그런 모습이야말로 우리 인간사회의 진짜 모습이 아닐까요? 『허영의 시장』이 오늘날까지도 널리 읽히는 고전으로 남아있는 진짜 이유도 이 작품 속의 모습이야말로 우리의 진짜 모습이라는 것을 시대를 넘어 인정하고 있기 때문이 아닐까 생각해봅니다.

| 윌리엄 메이크피스 새커리
(William Makepeace Thackeray, 1811~1863)

1855 daguerreo type of William Makepeace Thackeray by Jesse Harrison Whitehurst.

19세기 영국 소설가. 인도에서 출생하여 어린 나이에 아버지를 여의고 영국에 돌아와 케임브리지 대학에서 법학을 공부했지요. 대학 졸업 후 유럽 여행을 마치고 돌아와 본격적인 작품 활동을 시작했습니다. 찰스 디킨스와 함께 19세기 영국을 대표하는 소설가인 그는 앞에서 언급한 것처럼 특히 중, 상류 계층의 위선과 허영, 비도덕적인 생활상을 풍자, 비판하면서 많은 인기를 얻었습니다.

| 작품

『옐로우플러시 페이퍼』*The Yellowplush Papers*(1837), 『파리 여행기』*The Paris Sketchbook*(1840), 『배리 린던의 행운』*The Luck of Barry Lyndon*(1844), 『속물 이야기』*The Book of Snobs*(1848), 『허영의 시장』*Vanity Fair*(1848), 『아내들』*Men's Wives*(1852), 『장미와 반지』*The Rose and the Ring*(1855), 『필립의 모험』*The Adventures of Philip*(1862) 등의 작품이 있습니다.

1) …my kind reader will please to remember that this history has 'Vanity Fair' for a title, and that Vanity Fair is a very vain, wicked, foolish place, full of all sorts of humbugs and falsenesses and pretensions… And, as we bring our characters forward, I will ask leave, as a man and a brother, not only to introduce them, but occasionally to step down from the platform, and talk about them: if they are good and kindly, to love them and shake them by the hand: if they are silly, to laugh at them confidentially in the reader's sleeve: if they are wicked and heartless, to abuse them in the strongest terms which politeness admits of.

2) Miss Rebecca was not, then, in the least kind or placable. All the world used her ill, said this young misanthropist, and we may be pretty certain that persons whom all the world treats ill, deserve entirely the treatment they get. The world is a looking-glass, and gives back to every man the reflection of his own face. Frown at it, and it will in turn look sourly upon you; laugh at it and with it, and it is a jolly kind companion; and so let all young persons take their choice. This is certain, that if the world neglected Miss Sharp, she never was known to have done a good action in behalf of anybody;

3) It was an advance, and as such, perhaps, some ladies of indisputable correctness and gentility will condemn the action as immodest;

4) Vanity Fair, Vanity Fair! Here was a man, who could not spell, and did not care to read who had the habits and the cunning of a boor: whose aim in life was pettifogging: who never had a taste, or emotion, or enjoyment, but what was sordid and foul; and yet he had rank, and honours, and power, somehow: and was a dignitary of the land, and a pillar of the state. He was high sheriff, and rode in a golden coach. Great ministers and statesmen courted him; and in Vanity Fair he had a higher place than the most brilliant genius or spotless virtue.

5) Perhaps some infatuated swain has ere this mistaken insensibility for modesty, dulness for maiden reserve, mere vacuity for sweet bashfulness, and a goose, in a word, for a swan. Perhaps some beloved female subscriber has arrayed an ass in the splendour and glory of her imagination; admired his dulness as manly simplicity; worshipped his selfishness as manly superiority; treated his stupidity as majestic gravity, and used him as the brilliant fairy Titania did a certain weaver at Athens.

6) When one man has been under very remarkable obligations to another, with whom he subsequently quarrels, a common sense of decency, as it were, makes of the former a much severer enemy than a mere stranger would be. To account for your own hard-heartedness and ingratitude in such a case, you are bound to prove the other party's crime. It is not that you are selfish, brutal,

and angry at the failure of a speculation—no, no—it is that your partner has led you into it by the basest treachery and with the most sinister motives. From a mere sense of consistency, a persecutor is bound to show that the fallen man is a villain-otherwise he, the persecutor, is a wretch himself.

7) People in Vanity Fair fasten on to rich folks quite naturally. If the simplest people are disposed to look not a little kindly on great Prosperity—if the simple look benevolently on money, how much more do your old worldlings regard it! Their affections rush out to meet and welcome money. Their kind sentiments awaken spontaneously towards the interesting possessors of it.

8) Be cautious then, young ladies; be wary how you engage. Be shy of loving frankly; never tell all you feel, or (a better way still), feel very little. See the consequences of being prematurely honest and confiding, and mistrust yourselves and everybody. Get yourselves married as they do in France, where the lawyers are the bridesmaids and confidantes. At any rate, never have any feelings which may make you uncomfortable, or make any promises which you cannot at any required moment command and withdraw. That is the way to get on, and be respected, and have a virtuous character in Vanity Fair.

9) But the truth is, neither beauty nor fashion could conquer him. Our honest friend had but one idea of a woman in his head, and that one did not in the least resemble Miss Glorvina O'Dowd in pink satin. A gentle little woman in black, with large eyes and brown hair, seldom speaking, save when spoken to, and then in a voice not the least resembling Miss Glorvina's—a soft young mother tending an infant and beckoning the Major up with a smile to look at him, a rosy-cheeked lass coming singing into the room in Russell Square or hanging on George Osborne's arm, happy and loving-there was but this image that filled our honest Major's mind, by day and by night, and reigned over it always.

10) "O Amelia, Amelia," he thought, "you to whom I have been so faithful—you reproach me! It is because you cannot feel for me that I drag on this wearisome life. And you reward me after years of devotion by giving me your blessing upon my marriage, forsooth, with this flaunting Irish girl!" Sick and sorry felt poor William; more than ever wretched and lonely. He would like to have done with life and its vanity altogether—so bootless and unsatisfactory the struggle, so cheerless and dreary the prospect seemed to him.

11) She saw it all now. Her selfishness was sacrificing the boy. But for her he might have wealth, station, education, and his father's place, which the elder George had forfeited for her sake… So poor Amelia had been getting ready in silent misery for her son's departure, and had passed many and many a long

solitary hour in making preparations for the end··· The child goes away smiling as the mother breaks her heart. By heavens it is pitiful, the bootless love of women for children in Vanity Fair.

12) "I am innocent, Rawdon," she said; "before God, I am innocent." She clung hold of his coat, of his hands; her own were all covered with serpents, and rings, and baubles. "I am innocent. Say I am innocent," she said to Lord Steyne.

He thought a trap had been laid for him, and was as furious with the wife as with the husband. "You innocent! Damn you," he screamed out. "You innocent! Why every trinket you have on your body is paid for by me. I have given you thousands of pounds, which this fellow has spent and for which he has sold you. Innocent, by! You're as innocent as your mother, the ballet-girl, and your husband the bully. Don't think to frighten me as you have done others. Make way, sir, and let me pass"; and Lord Steyne seized up his hat, and, with flame in his eyes, and looking his enemy fiercely in the face, marched upon him.

13) The hidden and awful Wisdom which apportions the destinies of mankind is pleased so to humiliate and cast down the tender, good, and wise, and to set up the selfish, the foolish, or the wicked. Oh, be humble, my brother, in your prosperity! Be gentle with those who are less lucky, if not more deserving. Think, what right have you to be scornful, whose virtue is a deficiency of temptation, whose success may be a chance, whose rank may be an ancestor's accident, whose prosperity is very likely a satire.

14) "I loved you then as I do now. I must tell you. I think I loved you from the first minute that I saw you, when George brought me to your house, to show me the Amelia whom he was engaged to. You were but a girl, in white, with large ringlets; you came down singing—do you remember?—and we went to Vauxhall. Since then I have thought of but one woman in the world, and that was you. I think there is no hour in the day has passed for twelve years that I haven't thought of you. I came to tell you this before I went to India, but you did not care, and I hadn't the heart to speak. You did not care whether I stayed or went."

15) And it must be remembered that this poor lady had never met a gentleman in her life until this present moment. Perhaps these are rarer personages than some of us think for. Which of us can point out many such in his circle-men whose aims are generous, whose truth is constant, and not only constant in its kind but elevated in its degree; whose want of meanness makes them simple; who can look the world honestly in the face with an equal manly sympathy for the great and the small? We all know a hundred whose coats are very well

made, and a score who have excellent manners, and one or two happy beings who are what they call in the inner circles, and have shot into the very centre and bull's-eye of the fashion; but of gentlemen how many? Let us take a little scrap of paper and each make out his list.

16) Poor Dobbin; poor old William! That unlucky word had undone the work of many a year-the long laborious edifice of a life of love and constancy-raised too upon what secret and hidden foundations, wherein lay buried passions, uncounted struggles, unknown sacrifices—a little word was spoken, and down fell the fair palace of hope—one word, and away flew the bird which he had been trying all his life to lure!

17) *Ah! Vanitas Vanitatum!* which of us is happy in this world? Which of us has his desire? or, having it, is satisfied?—come, children, let us shut up the box and the puppets, for our play is played out.

GREAT EXPECTATIONS

CHARLES DICKENS.

IN THREE VOLUMES.

VOL. I.

LONDON:

CHAPMAN AND HALL, 193, PICCADILLY.

MDCCCLXI.

Charles Dickens, *Great Expectations* (1861)

7. 『위대한 유산』(1861), 찰스 디킨스
- 신사를 만드는 것은 재산이 아니라 인품

"Manners maketh man."

"예절이 인간을 만든다." 영화 〈킹스 맨〉의 유명한 대사이지요. 'Manners'가 사람됨을 일컫는 말이라 할 수 있다면, 이 대사에 꼭 들어맞는 작품이 찰스 디킨스의 『위대한 유산』입니다. 19세기 영국의 가장 위대한 이야기꾼이자 셰익스피어 다음 가는 작가라는 대접을 받는 찰스 디킨스의 대표작이라 할 수 있는 이 소설의 간략한 이야기는 이렇습니다.

주인공인 고아 소년 핍Pip은 우연히 만난 탈출 죄수 매그위치Magwitch를 도왔다가 그의 비밀스러운 후원을 받아 런던에서 신사가 되는 데 성공합니다. 하지만 추방당해 영국에 와서는 안 되는 매그위치가 그를 보러 찾아오면서 핍은 자신의 후원자의 정체를 알게 되지요. 핍은 그를 외국으로 탈출시키려 애를 쓰다 실패하고 발각되는 바람에 매그위치는 감옥에 갇혀 병이 든 채 죽어갑니다. 핍은 매그위치를 극진하게 돌보면서 돈을 좇으며 잃었던 어린 시절의 인간다운 마음을 다시 찾게 됩니다. 돈 많은 겉치레뿐인 신사가 아니라 인간적인 영혼을 지닌 사람다운 사람, 진정한 신사로 다시 태어나는 것이지요. 매그위치가 죽은 후 모든 돈을 잃고 고향으로 돌아간 핍은 그곳에서 어린 시절부터 사랑했던 에스텔라와 다시 만나 인생을 다시 시작합니다.

큰 이야기는 이렇게 주인공 핍의 내적 성장을 다루는 성장 소설Bildungsroman이라 할 수 있습니다만, 이와 함께 비극적인 과거를 간직한 채 복수심에 불타는 해비샴 양Miss. Havisham, 그녀에 의해 무정하고 냉담한 여인으로 양육되는 수양딸 에스텔라Estella, 가난하지만 선한 인간의 전형인 핍의 매부 조

Joe와 함께 펌블축Pumblechook, 올릭Orlick과 콤페이슨Compeyson, 그리고 제거스Jaggers, 웨믹Wemmick 같은 다양한 인물들을 통해 인간에 대한 깊은 이해와 통찰을 보여줍니다. 디킨스 특유의 입담으로 이들 인물들 간의 얽히고설킨 삶의 복잡한 모습을 생생하고 재미있게 그려내는 『위대한 유산』은 디킨스의 대표작이라 할 수 있습니다.

주인공 핍이 1) 에스텔라와 사랑을 통해 안팎으로 성장해 가는 모습, 2) 조에 대한 태도를 통해 내면의 변화를 겪는 과정, 3) 매그위치와 관계를 통해 참된 신사로 성장해 가는 과정을 따라가며 살펴보겠습니다.

핍, 에스텔라를 사랑하다

주인공 핍은 가난한 고아입니다. 그를 천덕꾸러기 취급하는 못된 새엄마 같은 누나와 아들처럼 아끼는 순박한 매형 조 사이에서 자라던 핍은 어느 날 늪지에서 무시무시한 두려운 탈옥수 매그위치를 만납니다. 이 장면은 소설 전체의 시작을 알리는 장면이지만, 매그위치가 붙잡혀 이송되는 것으로 (적어도 한동안) 그는 미스터리한 등장만을 남긴 채 이야기에서 사라집니다. 그 뒤로는 해비샴 양과 에스텔라, 그리고 핍 사이의 이야기가 주를 이룹니다. 해비샴 양의 세티스 저택the Satis House에 불려간 핍은 그곳에서 만난 에스텔라라는 소녀를 사랑하게 되지만 에스텔라는 오만한 태도를 보이며 가난한 핍을 무시합니다.

> 나는 조에게… 해비샴 부인의 저택에는 끔찍할 정도로 오만한 아름다운 소녀가 있었는데, 그 소녀가 나에게 비천하다고 말했다고, 나도 그런 줄 알았다고, 그리고 내가 비천하지 않았으면 좋겠다고 말했다. [1)]

사랑이란 요상한 감정이라 희한한 요술을 부려 상대방에 비해 두드러진 자신의 부족함을 더 크게 보이게도 하지요! 그러나 사랑은 또 도저히 넘을 수 없는 깊고 넓은 절망의 심연처럼 보이는 차이를 넘어서려 노력하게 만드는 신비한 힘도 지니고 있지요. 핍은 에스텔라를 사랑하게 되는데, 그의 행복과 불행의 시작이었지요. 이루어질 수 없을 것 같은 어린 소년의 사랑의 불꽃이 켜진 그날은 핍에겐 잊을 수 없는 기억이 됩니다.

"그날은 내겐 기억할 만한 날이었어요. 내게 엄청난 변화가 생겼거든요." [2]

우리 모두의 삶에도 한 번쯤은 섬광처럼 다가오는 이런 날이 있었겠지요. 하지만 핍의 사랑은 그저 혼자 타오르는 불꽃일 뿐, 응답받지 못합니다. 나중에 밝혀지지만 매그위치와 콤페이슨이 꾸민 사기 결혼의 희생자로 고통 속에 살아가던 해비샴 양은 에스텔라를 사랑을 받기만 하고 베풀지 않는 얼음 같은 심장을 지닌 '팜므 파탈femme fatale'로 기르고 있었습니다. 그러니 에스텔라를 향한 핍의 사랑은 고통스러운 가시가 되어 핍을 괴롭히게 됩니다. 어린 핍이지만 그는 먼 훗날 자신이 겪을 고통까지 이미 알고 있었습니다.

"다시는 너를 위해 울지 않을 거야."라고 나는 말했다. 하지만 그 말은 더할 수 없이 틀린 말이었다고 생각한다. 나는 이미 그때도 속으로는 그녀를 위해 울고 있었고, 나중에 그녀가 나에게 안길 고통을 알고 있기 때문이다. [3]

핍은 해비샴 양일 것이라 짐작되는 정체불명 후원자의 도움을 받아 런던으로 가 신사들의 사회에 합류하게 됩니다. 그는 신사가 되고 재산을 모으면 에스텔라의 사랑을 얻을 수 있을 것이라는 기대를 하지만 헛된 꿈이었지요. 에스텔라는 아주 냉정하게 말합니다.

"넌 알아야만 해… 나는 심장이 없다는 걸… 내 말이 무슨 뜻인지 알거야. 내 마음엔 부드러움이라고는 없어. 공감도, 감정도, 무의미한 생각도… 나는 누구에게도 상냥함을 보일 수 없어. 내게 그런 건 하나도 없어." [4]

하지만 해비샴 양은 핍에게 에스텔라를 더욱 "사랑하라!"고 주문 걸듯 다그치며, 에스텔라에 대한 핍의 '꿈'이 실현될지도 모른다고 부추깁니다.

그녀는 반복해서 말했다. "에스텔라를 사랑해, 에스텔라를 사랑하라고, 에스텔라를 사랑하라고! 그 아이가 네게 호의를 베풀어도 그 아이를 사랑하고, 너에게 상처를 줘도 그 아이를 사랑해. 그 아이가 네 심장을 갈기갈기 찢어놓아도, 네 심장이 더 나이가 들어 강인해져서 더 깊이 찢겨도, 그 아이를 사랑해, 사랑해! 사랑하라고!" [5]

희망 없는 꿈은 얼마나 가혹하며 무모한 꿈은 또 얼마나 잔인한지요. 런던에 와서 사교계의 총아가 된 에스텔라는 핍에게 더 큰 고통을 안겨줍니다. 자신에게 구혼하는 수많은 다른 남자들의 시샘을 위해 핍을 이용하더니 핍이 그토록 반대하던 최악의 인물 드러믈과 결혼하는 것으로 핍에게 참을 수 없는 아픔을 줍니다. "일주일이면 네 생각에서 나를 지울 거야"라는 에스텔라에게 핍은 이제껏 참아왔던 자신의 마음을 쏟아냅니다. 에스텔라에 대한 핍의 마음이 여기 다 담겨있다고 봐도 좋을, 진솔한 고백의 절규입니다.

"내 머리 속에서 너를 지운다고! 너는 내 존재의 일부야. 내 자신의 일부라고. 너는 거칠고 비천한 소년인 내가 처음 여기에 왔던 그 날—이미 그때부터 너는 그 아이의 가엾은 가슴에 상처를 주었지.—이후 내가 읽었던 모든 책의 한 줄 한 줄 속에 있었어. 그때 이후 내가 봤던 모든 풍경들 속에, 강물 위에, 배의 돛들 위에, 늪지에, 구름 속에, 빛 속에, 어둠 속에, 바람 속에, 숲속에, 바다에, 거리에 네가 있었어. 너는 그동안 내 마음에 새겨진 모든 우아한 환상이 구현된 존재였어… 에스텔라, 내 삶의 마지막 순간까지 너는 내 존재의 일부로, 내 안의 얼마 안 되는 선과 악의 일부로 남아 있을 거야. 하지만 이렇게 이별하게 되었으니 이제부터 나는 오직 선한 면으로만 연상하며 언제나 충직하게 그렇게만 생각할거야. 지금은 너무도 가슴 아픈 고통을 느끼게 하지만, 너는 분명히 내게 해로움보다는 좋은 영향을 훨씬 더 많이 주었으니 말이야." [6]

이러한 절규에도 불구하고 에스텔라는 핍의 부탁을 외면합니다. 핍이 얼마나 고통스러웠을지 다 알 수는 없겠지만 사랑의 실연이라는 뜨거운 용암에 가슴을 한 번이라도 데어본 사람이라면 "마음속 상처에서 흐르는 피 blood from an inward wound."를 어떻게 모를 수 있을까요. 에스텔라에 대한 핍의 희망은 이제 모두 끝났습니다.

"다 끝났어, 모두 다 사라졌어! 그렇게 모두 끝나고 사라지고 말았어!" [7]

에스텔라에 대한 핍의 사랑은 결실을 맺지 못했지만 핍은 사랑하는 과정 자체가 한 인간으로서 자신이 성장하는 과정이었음을 독자들에게 보여줍니다. 에스텔라가 핍의 사랑을 받아주지 않고 결국 그를 떠나 다른 이에게 갔다고 해서 핍의 사랑마저 무nothing가 되는 것은 아닐 것입니다. 핍은 에스텔라의 사랑은 얻지 못했으나 그 자신의 성숙이라는 더 큰 인간적 결실을 얻었습니다. 어쩌면 우리도 이런 과정을 겪은 경험들이 있지 않을까요. 순수한 아이가 경험을 통해 보다 고차원적인 순수함을 지닌 인간으로 성장해 가듯 에스텔라를 사랑하는 시간을 통해 핍은 어린아이에서 비로소 성숙한 한 인간으로 성장해 가는 통과 의례의 걸음을 마친 것이지요.

운명 같은 첫사랑이 남긴 불꽃은 새까맣게 식어 숯 검댕이 되어버린 것 같았지만 가슴 깊숙한 곳에 꺼지지 않고 남아, 십 년도 훌쩍 넘는 시간이 흐른 뒤 마지막 장면에서 에스텔라를 다시 만나자 또다시 활활 타오르는 잉걸불이 되지요. 다시 만난 에스텔라에게 핍이 말한 것처럼 그의 가슴엔 언제나 에스텔라가 있었으니까요.

> "내 가슴속엔 언제나 네가 있었어." [8)]

그러니 마지막에 다시 시작한 핍과 에스텔라의 사랑이 더 이상 이별이 없이 영원하리라는 믿음을 갖게 되는 것도 핍의 그 마음의 진실함 때문이겠지요.

알프레드 테니슨(A. L. Tennyson, 1809~1892)은 말했지요. "사랑하고 잃는 것이 한 번도 사랑하지 않는 것보다 나은 법이라네It's better to have loved and lost, than never to have loved at all." 핍은 에스텔라를 사랑하고 잃은 것 같은 시간을 보냈지만, 변치 않는 그 마음이 있었기에 결국 영원한 사랑으로 그녀와 맺어집니다.

인간적 성장—핍, 조를 통해 사람됨을 배우다

핍의 성장의 또 한 축은 매형 조 가저리Joe Gargery를 통해 나타납니다. 아버지가 없는 핍에게 조는 실질적인 아버지이자 형제, 친구 같은 모습을 보입니다. 핍도 매형 조를 마음 깊이 존경합니다. 조를 통해 핍이 얻는 큰 가르침은 바른 사람살이, 올곧은 마음 씀의 태도입니다. 해비샴 양에 대해 거짓말을 했다고 밝힌 핍에게 조는 이렇게 말해줍니다.

> "… 거짓말은 거짓말이야. 어떻게 생겨났건, 거짓말은 절대 생겨서는 안 되는 거야. 거짓말은 거짓말의 우두머리에서 나와 다시 그리로 돌아가게 되어 있어. 더 이상 거짓말은 하지 마, 핍. 그건 비천하게 되는 것에서 벗어나는 방법이 아니야, 친구… 이봐,

핍, 진정한 친구가 하는 말이야. 이런 말은 진정한 친구나 해주는 거라고. 올바른 길을 통해서 비범하게 되지 못한다면, 굽을 길을 통해서도 결코 도달하지 못할 거야. 그러니 다시는 거짓말은 하지 마, 핍. 잘 살다가 행복하게 죽어야지."[9]

"다시는 거짓말은 하지 마. 잘 살다가 행복하게 죽어야지." 우리가 따라가고 있는 이 소설에서 핍이 결국 깨닫는 것이 조의 이 한 마디에 다 담겼다고 해도 과언이 아닐 듯합니다. 그러나 아직 핍은 이 말의 진정한 의미를 알지 못합니다.

해비샴 부인의 후원으로 핍은 조의 대장간 견습공이 됩니다. 두 사람은 친족 관계를 넘어 마스터와 도제라는 사회-계약적 관계도 맺게 된 것이지요. 조처럼 대장장이가 되는 것이 훌륭한 사람이 되고 행복한 삶을 가져다주는 길이라 믿었던 핍이었지만 에스텔라와 만나면서 점점 초라하고 가난한 자신과 조의 삶을 부끄러워하게 됩니다.

나는 작은 석탄가루를 뒤집어 쓴 지저분한 존재라는 느낌만 가득했다… 살아가면서 나중에 나는 (대부분의 사람들의 삶이 그러리라 생각하지만) 지루하게 참아가며 사는 삶 말고는 모든 것을 다 차단하듯 재미있고 낭만적인 모든 일들 위에 두꺼운 커튼이 드리워진 것 같은 느낌이 들었던 시간들이 있었다. 하지만 새롭게 발을 들여놓은 조의 도제 생활이라는 길을 따라 내 앞에 인생행로가 펼쳐져 있던 그때처럼 그 커튼이 그토록 무겁고 공허하게 드리워져 있던 때는 없었다.[10]

핍의 몸은 조의 곁에 있으나 마음은 조의 세계를 떠나고 있었지요. 이름 모를 후원자의 도움을 받아 런던으로 가게 되면서 마침내 핍은 육신마저도 조를 떠나게 됩니다. 부끄러운 아버지 세계와 이별했다고 할 수 있을까요. 모든 아들이 그렇게 자기의 길을 가는 것으로 자신의 역사를 시작하니 핍을 탓할 수는 없습니다. 그리스 신화 속 제우스도 아버지 크로노스를 살해하면서 신들의 왕이 되었고, 오이디푸스도 자신은 모르는 상태였긴 하지만 아버지를 살해하고 왕이 되었지요. 얼마나 많은 신화의 이야기가 자기 세계를 갖기 위해 아버지를 부정하거나 떠나는 아들들을 보여주었는지요.

런던에서 신사 교육을 받으면서 핍은 조의 세계와는 완전히 다른 길을 경험합니다. 사실 핍은 런던으로 떠나기 전에 이미 조의 태도가 앞으로 자기가 속하게 될 세계에서는 어울리지 않을 것이라고 말합니다.

"… 내가 재산을 충분히 소유하게 되어 내가 원하는 것처럼 조를 이곳에서 보다 고상한 세계로 옮겨놓게 된다면, 사람들은 그를 정당하게 대접하지 않을 거야." [11]

나중에 자신을 찾아 런던에 온 조를 대하는 핍의 태도는 더욱 매정합니다. 조가 **"얼마나 반갑고 재미있을까"** 기대하며 런던으로 핍을 찾아 방문한다는 소식을 들은 핍은 **"반갑지 않다… 돈을 주고서라도 못 오게 할 수 있다면 그렇게 하고 싶을"** 정도라고 고백하고, 조를 만날 시간이 다가오자 **"도망치고 싶을 정도"**라고 합니다. 자기를 찾아오는 조를 생각하면 **"참을 수 없이 화가 난다"**고까지 합니다.

사실 먹는 것과 옷 입은 것 하나까지 모두 불편했던 사람은 조였습니다. 두 사람은 서로 다른 세계를 살고 있었으니까요. 조도 핍도 그 사실을 압니다. 이제 둘은 함께 있을 수 없다는 것을, 적어도 런던에서는 말이지요. 그러나 조는 그 또한 자신의 탓이라고 합니다.

"너와 나는 런던에 같이 있으면 안 되는 사람들이야… 오늘 어떤 실수라도 있었다면, 그건 다 내 잘못이야… 나는 이런 옷은 불편하고 거북해." [12]

핍이 조의 세계와 완전히 이별하는 순간은 누이의 장례식을 마치고 떠날 때였습니다. 이후 조와 핍의 관계는 아주 오래 끊기게 됩니다. 아버지와 같았던 조에게서 핍은 이제 완전히 벗어난 것 같습니다. 핍에게 부여된 '막대한 재산'과 새로운 신분, 런던이라는 공간이 조의 세계와 물리적 정신적 단절을 가져왔다면, 누나의 죽음을 통해 핍은 조와 친족 관계마저도 단절하게 된 것입니다. 핍은 이제 아버지 조의 세계에서 완전히 독립하여 자신만의 세계, 그 길을 모색하는 젊은이가 되어갑니다. 그것은 세속적 성공을 위해 조가 보여주었던 따뜻한 인간의 세계를 떠나는 것이기도 했습니다. 이렇게 이야기에서 사라진 것 같던 조가 다시 등장하는 것은 핍을 찾아온 매그위치가 죽은 이후 핍이 병에 시달리던 때입니다. 이야기의 마지막 그 장면으로 가기 전에 매그위치와 핍을 만나볼 시간입니다.

참된 아들, 참된 신사가 되다—핍, 매그위치를 용서하다

또 한 명의 아버지 같은 존재, 매그위치. 조가 핍의 정신적, 내면의 아버지라고 할 수 있다면, 매그위치는 핍을 신사로 성장시키려 노력한 또 다른 아버지라고 할 수 있습니다. 언제나 핍을 품어주는 인자한 아버지가 조라면, 세상의 운명이라는 바퀴 속으로 핍을 잡아끌어 세상 속에서 비틀거리며 싸우게 하는 아버지 같은 이가 매그위치라고 할 수 있습니다.

아버지를 선택하는 아들은 없지요. 아들을 선택하는 아버지도 없습니다. 둘은 운명처럼 만나지요. 핍과 매그위치의 첫 만남도 그런 운명적 만남이었습니다. 매그위치를 처음 맞닥뜨렸을 때 늪지대의 음산한 광경이 무서워 몸을 웅크린 채 벌벌 떨며 울음을 터트리려는 핍은 꼭 태어나기 직전의 아기 같은 모습입니다. 그때 핍은 끔찍한 목소리를 듣지요.

"조용해!… 조용해, 이 못된 놈, 입 다물지 않으면 목을 따 버릴 테다!" [13]

고야 〈아들을 잡아먹는 크로노스〉

핍의 입을 막고, 거꾸로 들어올린 채 주머니를 터는 매그위치의 모습은 낯익은 신화 속 장면을 떠오르게 합니다. 화가 고야가 그린, 아들들을 잡아먹는 거신 크로노스의 모습이지요. 매그위치와 핍의 첫 만남은 딱 그 모습과 겹쳐집니다.

신화에서 아들들을 모두 삼켜버린 크로노스는 제우스마저 삼킨 줄 알았지만, 크로노스의 부인이자 제우스의 어머니인 여신 레아의 기지로 살아남은 제우스는 결국 크로노스를 물리치고 신들의 왕이 되지요. 그처럼 핍도 매그위치로부터 살아남습니다. 뿐만 아니라 음식과 줄칼을 가져다 탈옥수인 그를 구해줍니다. 아들이 아버지를 구하는 이 뒤바뀐 관계는 나중에 다시 반복됩니다.

신화에서 제우스는 크로노스를 가두어버렸지만, 핍은 이야기의 마지막에 매그위치를 고통에서 벗어나 편안한 죽음을 맞도록 함께 하며 그 과정에서 스스로 성숙한 인간적 면모를 획득해 갑니다. 그러니 둘이 처음 만났던 날이 예수 그리스도가 탄생한 크리스마스 전날 밤이었던 것은 우연이 아니었습니다. 핍과 매그위치의 만남은 두 사람 모두를 새롭게 태어나게 해주는 것이었으니까요.

매그위치는 어린 시절부터 길거리를 전전하며 온갖 험한 일을 하면서 감옥을 들락거렸지만 큰 죄를 저지른 것은 아니었어요. 그러다가 자칭 신사인 간교한 사기꾼, 콤페이슨과 엮여 그의 수족 노릇을 하면서 몇 번의 범죄에 가담했다 체포된 후 점점 죄의 늪에 빠져들게 된 것이지요. 결국 두 사람은 사기죄의 공범으로 잡혀 재판을 받게 되는데, 이때 법정에서 번지르르하게 차려입고 말은 잘하는데다 신사 친구들이 있었던 콤페이슨이 모든 죄를 매그위치에게 뒤집어씌우면서 매그위치가 장기형을 받고 감옥으로 수감되던 도중, 탈출한 것이 바로 소설이 시작할 때 핍과 만난 첫 장면이었던 것입니다.

핍의 도움을 받았지만 결국 발각되어 다시 잡혀갔던 매그위치는 사형을 면하는 대신 다시는 영국으로 돌아오지 않겠다는 서약을 하고 식민지로 떠나 그곳에서 커다란 재산을 모았습니다. 그 재산으로 변호사 재거스를 통해 자신에게 호의를 베푼 핍을 몰래 후원해 왔고, 핍이 스물셋 되던 생일날 밤, 신사가 된 그를 보고 싶어 찾아왔던 것이지요. 그러니 이 모든 일의 시작은 첫 만남 그때 어린 핍의 선의에서 비롯된 것이었습니다.

> "그래, 핍, 내 귀여운 녀석, 내가 너를 신사로 만들었다! 그걸 한 사람이 바로 나다! 그때 난 맹세했지. 앞으로 1기니라도 번다면, 그 돈은 너에게 갈 거라고. 그 이후로도 나는 맹세했다. 내가 투자를 해서 부자가 된다면, 너를 부자로 만들겠다고. 나는 거칠게 살았다. 너를 힘들지 않게 살게 하려고. 나는 열심히 일했다. 네가 일 같은 건 하지 않고 살게 하려고. 무슨 이익을 보자고, 얘야? 네가 나에게 의무감을 느끼게 하려고 그랬다고 할까? 천만에. 말하자면 너에게 알리고 싶었다. 네가 목숨을 구해준 그 똥구덩이 같은 곳에서 쫓기던 개 같은 내가 신사를 만들어냈다고 고개를 높이 쳐들고 말하는 걸 알려주고 싶어서였다. 핍, 네가 바로 그 신사다!" [14)]

매그위치가 핍에게 행한 것은 자신에게 베푼 핍의 선의에 대한 은혜갚음의 행위였으며, 그가 유형지에서 힘든 노동을 견뎌낼 수 있었던 것도 오로지 그때 자신을 구해준 핍을 생각하는 마음, 그 아이를 "신사로 만들겠다"는 바로 그 희망이었지요. 그 바탕에는 핍을 자신의 아들처럼 뒷바라지하고 싶다는 마음이 자리하고 있었지요.

> "봐라, 핍. 내가 너의 두 번째 아버지다. 넌 내 아들이다. 다른 어떤 아들보다 소중한 아들이다… 나는 매번 말했다. '하느님, 제가 자유의 몸이 되어서 돈을 벌고 나서 그 아이를 신사로 만들지 않는다면, 번개를 내려 저를 죽여주십시오!'… 내가 얻으려고 애쓴 모든 것들이, 너를 위한 것이었다." [15)]

죽음의 위험을 무릅쓰면서까지 자신의 도움으로 어엿한 신사로 성장한 핍을 보러 오고 싶었던 매그위치의 마음은 바로 이런 아버지의 마음이었음을 우리는 짐작하고도 남습니다. 매그위치는 자신을 '늙은 새'라고 지칭하기도 하는데, 이는 두 사람의 관계와 어울리는 면이 있습니다. '핍Pip'은 '병아리가 알을 깨고 나오며 내는 소리'를 의미하기 때문이지요. '늙은 새' 매그위치와 그의 보살핌을 받고 알을 깨고 나오는 어린 새, 핍. 그러니 '늙은 새'가 자신이 키워 낸 자식 같은 '핍' 곁에 있고 싶어 죽음조차 무릅쓰고 찾아온 애틋한 마음이 충분히 느껴집니다. 더욱이 나중에 밝혀지듯 핍이 사랑하는 에스텔라가 매그위치의 잃어버린 딸이라는 점, 그리고 마지막에 핍과 에스텔라가 함께 한다는 점을 생각해보면, 핍은 매그위치의 진짜 아들이 된다고도 볼 수 있습니다.

하지만 그를 찾아온 매그위치를 대하는 핍의 태도는 그의 기대와 달랐습니다. 죄수인 매그위치가 자신의 후견자임을 알게 된 핍은 고통과 불행에 휩싸입니다. 범죄자의 재산으로 지금껏 신사 흉내를 내왔던 사실이 부끄럽고 수치스러웠던 것이지요. 게다가 다시는 영국에 돌아오지 않겠다는 조건으로 멀리 추방되었던 매그위치가 돌아온 것이 발각되는 순간 그는 죽임을 당할 것이고, 핍은 모든 재산을 빼앗기고 말 것이었으니까요. 핍은 그를 국외로 탈출시키기 위해 노력합니다. 그러나 그 계획은 매그위치를 노리던 콤페이슨에게 들키게 되어, 탈출 직전 두 사람은 결투를 하게 되고 그 과정에서 콤페이슨은 익사하고 매그위치는 부상을 입은 채 경찰에 체포됩니다.

핍은 다시 한 번 선택의 기로에 서게 됩니다. 매그위치를 못 본 척 외면하고 떠날 것인가, 아니면 감옥에 있는 병든 그를 보살펴 줄 것인가. 이것은 핍에게 또 한 번의 중요한 선택이었습니다. 앞에서 아버지 같은 조를 불편해하며 고향으로 돌려보냈던 것처럼 그럴 수도 있었을 테니 말입니다. 하지만 핍은 그러지 않았습니다. 둘이 처음 만났을 때처럼 그는 고귀하게 행동합니다.

> "넌 고귀하게 행동했지, 얘야," 그가 말했다. "고귀한 핍! 나는 절대 그걸 잊지 않았다!" [16)]

어린 시절 매그위치를 위해 줄칼과 음식을 가져다주던 어린아이 핍의 선함은 여전히 그 싹을 지니고 있었던 것이었지요. 결국 그는 "자신이 아무리 비참"하더라도 "매그위치를 데리고 있겠다"고, 자신이 "평생 대장간에서 일을 하게" 되더라도 매그위치가 잡혀가게는 하지 않겠다고 다짐합니다. 이 마음이 자신을 후원하고 자신의 성장한 모습을 보기 위해 위험을 무릅쓴 매그위치에 대한 아들 같은 존재로서의 마음은 아니었을지라도 적어도 매그위치에 대한 인간적 연민에 바탕한 것임은 분명해 보입니다.

> 이제 그에 대한 혐오감은 이미 다 녹아 사라졌다. 내 손을 자기 손에 꼭 쥐고 있는, 쫓기고 부상당한 채 사슬이 채워진 그에게서 나는 오직 내 은인이 되고자 했던, 그 긴 세월 동안 언제나 한결같은 애정을 지닌 채 고맙고 너그러운 마음으로 나를 생각해주었던 사람만을 보았다. 나는 그에게서 내가 매형 조에게 대했던 것보다 훨씬 더 훌륭한 인간의 모습을 보았을 뿐이었다. [17)]

핍에게 매그위치는 이제 '죄수', '탈옥수'나 '사형수'가 아니라 "매형 조에게 대했던 자신보다 더 훌륭한 인간"으로 다가왔습니다. 위의 인용구 속에 그간 매그위치를 바라보는 핍의 변화된 마음이 담겨있지요. 핍은 감옥에 갇힌 매그위치를 극진하게 보살피는 것으로 자신의 마음을 보여줍니다.

하루도 빠짐없이 면회하며 살펴주고, 재판을 받고 사형선고를 받은 매그위치를 위해 탄원서를 쓰는 일까지 핍은 그야말로 최선을 다합니다. 그리고 마침내 마지막 순간, 매그위치는 아들의 품에 안겨 편안하게 생을 마감하는 아버지의 모습으로 눈을 감습니다. 아들과 아버지는 마침내 화해한 것이지요.

"넌 언제나 문에서 기다리지. 안 그러나, 얘야?"
"맞아요. 단 한순간도 놓치고 싶지 않았어요."
"고맙다, 얘야. 고마워. 네게 하느님의 축복을 빈다. 너는 나를 한 번도 버리지 않았다, 얘야."
나는 아무 말 없이 그의 손을 꼭 잡았다. 한때 그를 버리려 마음먹었던 일을 잊을 수 없었기 때문이었다.
"그리고 가장 좋은 일은 말이다." 그가 말했다. "햇빛이 밝게 비출 때보다 내가 시커먼 먹구름 아래 있게 되었을 때 이후 내 옆에 있으면서 더 편안하게 대했다는 것이다. 그게 모든 일들 가운데 가장 좋은 일이었다." [18]

매그위치는 그렇게 평안하게 마지막 미소를 지으며 핍의 손을 그의 가슴께에 포갠 채 눈을 감고, 핍은 그를 위해 마지막 기도를 합니다.

"오, 하느님, 부디 죄인인 그에게 자비를 베푸소서!" [19]

자신의 삶에 벼락 같이 나타나 예기치도 못한 삶의 방향으로 자신을 몰아가다 다시 파멸의 구렁텅이라 할 수도 있는 나락으로 떨어뜨린 매그위치를 위해 용서와 축복을 비는 핍의 기도 속에 매그위치는 하늘로 오릅니다. 한순간 운명 같은 아이와의 만남에 자신의 모든 것을 걸고, 그 아이의 삶에 자신의 삶을 투사하려 애썼던 사람, 그것이 최선이라 믿었던 사람, 그리고 그 성취의 순간을 자랑스럽게 함께 하기 위해 죽음의 위험을 무릅쓰고 찾아온 사람, 그 방문으로 인해 오히려 아들 같은 존재의 몰락과 파멸의 원인을 가져왔던 사람, 마침내 모든 것을 잃고 목숨까지 잃게 된 순간에도 한마디 불평 없이 (**"얘야, 나는 아무것도 불평하지 않는다.** I don't complain of none, dear boy.") 미소 지으며 아들 곁에서 숨을 거두는 매그위치. 신화 속 크로노스와 제우스의 살육과 갈등의 부자 신화는 매그위치와 핍, 두 사람에게서 화해와 용서의 극적 장면으로 바뀌었다고 할 수 있습니다.

다시 조에게로—돌아온 탕아, 핍 선한 본성을 되찾다

매그위치를 잃은 후 재산까지 다 잃은 핍에게는 조가 있었습니다. 병든 자신을 보살피는 조를 향한 회한 가득한 핍의 외침과 기도는,

"오, 매형! 나에게 화를 내요… 내 배은망덕을 욕해요. 내게 그렇게 잘해주지 말아요!"[20]

"오, 신이시여, 이 신사를 축복해주소서."[21]

잃어버린 것 같았던 핍의 선한 영혼의 씨앗이 새로 싹 트고 돋는 소리입니다. 핍의 몸이 떠나왔지만 정작 떠나올 수 없었던, 자신도 모르게 마음속 깊이 간직해 왔고 또 원했던, 그것은 바로 아버지와 같은 조의 보살핌, 조의 선한 마음이었습니다. 그런 조의 곁이야말로 상처 입고 쓰러진 핍이 다시 일어설 수 있는 가장 적합한 아버지의 품이었던 것입니다. 한결같은 마음으로 그를 대하며 변함없이 그를 '소중한 옛 친구'라고 다정하게 불러주는 조 곁에서 핍은 다시 옛 대장간 시절의 편안함을 느낍니다.

나는 천천히 기력을 회복했다. 서서히 그러나 분명하게 기운이 회복되었다. 조는 나와 함께 머물렀고, 나는 다시 꼬마 핍이 된 것 같았다. 조의 다정함이 내가 필요로 한 것과 너무나 잘 맞았기에 나는 그의 손길 안에서 마치 어린 아이 같았다.[22]

그러나 새로운 존재로 다시 태어나는 일은 낯섦을 수반하게 마련이지요. 핍 자신은 물론, 그런 핍을 바라보는 조에게도. 지금 그들은 예전의 그들이 아니니까요. 그러니 조는 건강을 회복해가는 핍에게 어색한 태도를 숨길 수 없고, 핍은 그런 조를 보며 자신의 잘못을 깨닫습니다. 핍이 예전의 좋았던 둘 사이의 관계를 애써 고집해도 조는 그러기가 쉽지 않습니다. 그런 조를 보는 핍은 자신의 잘못을 다시 뼛속 깊이 느끼며 진솔하고 가슴 아픈 반성을 합니다. 사실 이 두 사람의 이야기의 고갱이는 바로 거기에 있지요. 마지막 핍의 이 깨달음으로 인해 이제까지 핍의 모든 방황의 시간은 헛되지 않은 것이 됩니다.

나는 곧 그 원인이 나에게 있으며, 그 책임도 전적으로 나에게 있다는 것을 이해하기 시작했다. 아! 내가 조에게 한결같은 마음을 의심하게 할 만한 원인을 제공하지 않았던가? 잘 살게 되면 그에게 냉담해지고 그를 버릴 것이라 생각하게 만드는 원인을 제공하지 않았던가? 조의 순수한 가슴에 내가 더 건강해질수록 그가 나를 붙드는 힘은 약해질 것이라고, 그러니 내가 그의 손길을 뿌리치기 전에 적당한 때를 봐서 그가

먼저 손을 풀고 나를 놓아주는 게 낫겠다고 본능적으로 느끼게 만들지 않았던가? [23)]

아버지 조에게서 떠나 스스로의 길을 찾아 다른 세계로 가면서 아버지를 잊은 것 같았던 아들, 핍. 그가 조에 대한 자신의 회한 가득한 마음을 살펴 알게 되는 변화가 얼마나 다행스러운지요! 다시 돌아온 핍을 붙잡고 아주 오래전 마음에 담아두었던, 누나에게 회초리 맞을 때 말리지 못했던 미안함을 넌지시 전하고, 핍의 빚까지 슬그머니 처리하고 떠나는, 여전히 변함없이 순박하면서 깊고 따뜻한 조의 모습은 우리를 얼마나 가슴 따뜻하게 안아주는지요! 핍이 가는 길에 조의 그림자가 늘 함께 했던 것은 참 다행입니다. 비록 더러 조를 떠나 어둡고 험한 길을 걷기도 했지만 핍에게 조는 언제나 그 길의 끝에 빛나는 불빛이었습니다. 그러나 사실 놀랄 일도 아닐 겁니다. 처음부터 조가 핍에게 어떤 존재였는지 핍도, 우리도 이미 알고 있었으니까요.

내가 살아가며 취하게 된 모든 장점은 조의 장점이었다. 내가 달아나서 군인이나 선원이 되지 않은 것은 내가 충실해서가 아니라 조가 충실해서였다. 내가 성질을 이겨가며 참을성 있게 열의를 가지고 일했던 것은 내가 근면한 성정을 지녔기 때문이 아니라 조가 그랬기 때문이었다. [24)]

까맣게 잊고 있던 순간에도 핍의 길은 내내 이런 조와 함께 한 길이었습니다. 아들이 아버지를 떠나 자신만의 삶을 찾아 가면서 비틀거리다 넘어지고, 넘어진 길 위에서 다시 추스르고 일어나 자신의 길을 갈 수 있는 힘이 되어주고, 마침내 한 인간으로 오롯하게 서는 모든 과정에서 조는 핍의 마음에 함께 했던 것입니다. 핍과 매그위치, 핍과 조 사이에 있었던 아버지의 사랑과 아들의 성장은 이렇게 끝맺게 됩니다. 그리고 거기에 남은 하나의 교훈은 아무리 보잘것없는 태생이라 하더라도, 사회적으로, 경제적으로 규정된 신사가 아니라도, 마음 씀이 선하고 착한 인간이기만 하다면 그 사람이야말로 진짜 신사라는 것, 그것이지요. "사람됨이 신사를 만든다"면, 핍은 긴 여정을 거쳐 진짜 신사로 다시 태어난 것이며, 조는 언제나 변함없는 신사였던 것이지요.

에필로그—핍과 에스텔라, 다시 시작하는 사랑

매그위치와 조, 두 사람 모두와 화해한 핍이 마지막으로 만나야 할 사람이 있었지요. 바로 에스텔라입니다. 마음의 선함을 잃지 않고 되찾은 핍과 해비샴의 굴레는 물론 자신의 냉혹한 마음의 족쇄에서 벗어난 에스텔라, 두 사람은 서로 다른 생활을 하고 있었습니다. 핍은 조의 집에서 몸을 회복한 뒤 해외로 나가 사업을 시작하여 안정된 자리를 잡습니다. 에스텔라는 드러믈에게 학대당하는 불행한 결혼 생활을 하다가 드러믈이 말에서 낙상하여 세상을 뜬 후 혼자 살아가고 있었습니다. 그렇게 11년의 세월이 흐른 뒤 핍은 해비샴 양의 저택을 찾아오고 거기서 에스텔라를 만납니다. 두 사람은 서로의 변한 모습을 받아들이며 손을 잡고 폐허가 된 저택을 걸어 나옵니다.

> 나는 그녀의 손을 잡았다. 그리고 우리는 폐허로부터 나왔다. 오래전 내가 처음 대장간을 떠났던 그날 안개가 걷히던 것처럼 지금 저녁 안개가 걷히고 있었다. 그 걷혀가는 안개가 보여주는 고요한 달빛이 멀리멀리 비치는 속에서 나는 그녀와 그 어떤 이별의 그림자도 보지 못했다. [25)]

이 마지막 문장 바로 앞에서 두 사람은 '친구'라고 합니다. 다시는 이별하지 않을 친구가 된 두 사람이 마주 잡은 손은 변치 않은 핍의 사랑이 담겨 단순한 친구 이상의 사이가 될 것임을 상징적으로 보여준다 하겠습니다.

한편, 이 소설에는 당시 영국의 상황에 대한 비판과 디킨스 특유의 특징적이고 인상적인 인물들이 등장합니다. 사람의 목숨을 빼앗는 가혹한 형벌인 사형이 대규모로 선고되던 무자비한 법정에 대한 평화로운 묘사는 당대 사법제도에 대한 디킨슨의 비판적 시선이 아이러니하게 담겨 있는 것 같습니다.

> 밝은 햇살이 유리창 위에서 반짝이는 빗방울을 뚫고 법정의 큰 창문으로 들어와 서른두 명의 죄수와 판사 사이에 널따랗게 퍼지며 양쪽을 연결시켜 주면서, 방청객들 가운데 몇몇에게 (죄수들과 판사) 양편이 절대적인 평등 속에서 세상 모든 것을 다 알고 계시고 오류를 범하지 않으시는 위대한 심판관 앞으로 어떻게 나아가고 있는지를 상기시켰을 수도 있었다. 이 빛이 들어오는 쪽으로 또렷한 반점 같은 얼굴을 한 죄수가 잠깐 일어나더니 "재판장님, 저는 이미 전능하신 하느님으로부터 사형을 선고 받았습니다만 재판장님의 판결에도 따르겠습니다."라고 하더니 다시 앉았다. [26)]

사형을 선고받는 사형수도, 사형을 언도하는 판사도 하느님 앞에서는 모두 동일한 죄인이라는 점을 조용히 보여주는 이 법정의 장면은 대단히 인상적입니다.

한편, 디킨스가 인물들을 그려내는 방식은 놀랄만큼 인상적이라 어떤 인물이건 한 번 보면 기억될 만합니다만 특히 해비샴 양이 그렇습니다. 그녀는 재산을 노린 의붓오빠와 콤페이슨의 계략에 빠져 유부남이었던 콤페이슨과 결혼식까지 할 뻔하다 결혼식 당일 소박을 맞은 가엾은 여자였습니다. 결혼식날 저택에 마련했던 피로연 방을 그대로 둔 채 살아가고 있었지요. 처음 그녀의 세티스 저택을 찾았던 날 핍의 눈에 보인 모습입니다.

> 그녀는 화려한 공단, 레이스, 비단으로 만든 하얀 드레스를 입고 있었다. 구두도 흰색이었다. 머리에는 길고 새하얀 면사포도 쓰고 신부가 꽂는 꽃도 달고 있었다. 머리색마저 하얬다. 그녀의 목과 손에는 보석들이 반짝이고 있었고, 화장대 위에도 보석들이 널려 있었다. 입고 있는 드레스보다 덜 화려한 드레스들과 채 꾸리지 못한 여행 가방들이 여기저기 널려 있었다. 몸단장도 완전히 마치지 않은 상태였다. 구두는 한 짝만 신고 있었고, 다른 한 짝은 화장대 위 그녀 손 옆에 놓여 있었다. 면사포도 채 정돈이 덜 된 상태였고 시계와 팔찌도 걸치지 않았다. 가슴에 다는 레이스도 이런저런 장신구와 함께 놓여 있었고, 손수건과 장갑, 꽃송이 몇, 그리고 기도서 한 권이 모두 화장거울 주변에 어지럽게 쌓여 있었다. 하지만 나는 당연히 하얀색이었어야 하는 모든 것들이 오래 전에는 하얀색이었지만 지금은 빛을 잃고 퇴색한 누런색이라는 것을 알아보았다. 신부 드레스를 입고 있는 신부도 그 드레스며 꽃처럼 시들어 움푹 들어간 눈의 광채 말고는 어떤 빛도 띠지 않았다. [27]

이런 괴기스러운 모습으로 지내는 해비샴은 에스텔라를 양녀로 들여 남자들에게 사랑받지만 베풀지 않는 냉정한 여성으로 길러 자신이 당한 모욕을 되갚으려고 한다. 그러나 결국 에스텔라에게마저 외면당한 채 자신이 에스텔라에게 했던 일을 후회하며 자살로 비극적인 생을 마감합니다.

> "나는 내가 무슨 짓을 한 건지 몰랐어. 내가 무슨 짓을 했는지! 내가 무슨 짓을 한 건지!" 그렇게 그녀는 스무 번, 쉰 번 계속해서 자기가 무슨 짓을 한 건지 후회하고 있었다. [28]

『위대한 유산』의 가장 핵심적인 주제는 역시 고아소년 핍이 매형 조, 탈옥수이자 후원자 매그위치(아버지-아들), 그리고 에스텔라(사랑)를 통해 인간적 연민과 공감의 마음으로 희생하며 베풀 줄 아는 참다운 신사로 성장해가는 성장 소설의 면모를 보여주는 것이라고 할 수 있겠습니다. 그러나 이 외에도 교활하고 무자비한 사기꾼 콤페이슨, 핍이 결혼하려고 했던 가난하지만 착하고 영리한 소녀 비디, 변호사로서 자기 업무를 완벽하게 수행하는 재거스, 충실하고 한결같은 재거스의 직원 웨믹 등 모든 인물들을 생생하게 살려내는 이야기꾼 디킨스의 걸출한 입담이 소설을 읽는 재미를 더해줍니다. 특히, 각 인물들에게 특징적인 모습을 부여함으로써 더욱 생생하게 독자들에게 각인시키기도 합니다. 재거스의 '엄청나게 큰 집게 손가락', 웨믹의 '우체통처럼 늘 벌어져 있는 입', 조 부인의 '커다란 앞치마', 그리고 매그위치의 '종을 치듯 딸깍거리는 목 속의 시계장치' 같은 묘사가 그런 예들이지요. 이런 특징들이 모두 위대한 이야기꾼 찰스 디킨스의 명성을 더해주고 있습니다.

| 찰스 디킨스 (Charles Dickens, 1812~1870)

Portrait by Jeremiah Gurney, c. 1867~1868.

영국을 대표하는 소설가. 1812년 포츠머스에서 태어났으나 해군 하급 관리인 아버지의 파산으로 정규 교육을 거의 받지 못한 채 어린 시절부터 공장에 취직하여 당시 열악한 노동 환경을 경험했습니다. 나중에 독학으로 법원 속기사를 거쳐 신문기자가 되면서 많은 여행을 하게 되는데 이런 그의 모든 경험은 이후 그의 소설에 풍성한 자양분이 됩니다.

그의 소설에는 당시 영국 사회가 안고 있던 사회 문제, 즉 빈곤, 아동 노동, 재판 과정을 포함한 사법제도의 문제 등이 빠짐없이 등장하고 있으며, 많은 작품들이 연재소설의 형태로 출간되어 독자들의 반응을 자신의 작품에 반영하는 대중작가로서의 면모도 보이고 있습니다. 이런 점들로 인해 디킨스는 당대는 물론 모든 소설가들 가운데 독자들의 열망을 가장 잘 반영하는 가장 인기 있는 작가로 평가받고 있습니다.

어린 시절의 가난했던 기억 때문인지 성공한 뒤에는 돈을 저축하는 데 지나칠 정도로 집착했다고도 하며, 자신의 작품을 낭독하는 순회 낭독회에도 상당한 열정을 보였고 인기도 많아서 죽기 직전까지도 낭독 여행을 다녔다고 합니다.

| 작품

『보즈의 스케치』*Sketches by Boz*(1836), 『올리버 트위스트』*Oliver Twist*(1839), 『니콜라스 니클비』*Nicholas Nickleby*(1839), 『크리스마스 캐럴』*A Christmas Carol*(1843), 『데이비드 코퍼필드』*David Copperfield*(1850),『어려운 시절』*Hard Times*(1854), 『두 도시 이야기』*A Tale of Two Cities*(1859), 『위대한 유산』*Great Expectations*(1861), 그리고 미완성 유고작 『에드윈 드루드의 미스터리』*The Mystery of Edwin Drood*(1870) 등이 있습니다.

1) I told Joe that··· there had been a beautiful young lady at Miss Havisham's who was dreadfully proud, and that she had said I was common, and that I knew I was common, and that I wished I was not common···

2) "That was a memorable day to me, for it made great changes in me."

3) "I'll never cry for you again," said I. Which was, I suppose, as false a declaration as ever was made; for I was inwardly crying for her then, and I know what I know of the pain she cost me afterwards.

4) "You must know," said Estella··· "that I have no heart··· you know what I mean. I have no softness there, no-sympathy-sentiment-nonsense··· I have not bestowed my tenderness anywhere. I have never any such thing."

5) She repeated, "Love her, love her, love her! If she favors you, love her. If she wounds you, love her. If she tears your heart to pieces—and as it gets older and stronger, it will tear deeper—love her, love her, love her!"

6) "Out of my thoughts! You are part of my existence, part of myself. You have been in every line I have ever read, since I first came here, the rough common boy whose poor heart you wounded even then. You have been in every prospect I have ever seen since—on the river, on the sails of the ships, on the marshes, in the clouds, in the light, in the darkness, in the wind, in woods, in the sea, in the streets. You have been the embodiment of every graceful fancy that my mind had ever become acquainted with··· Estella, to the last hour of my life, you cannot choose but remain part of my character, part of the little good in me, part of the evil. But in this separation I associate you only with the good, and I will faithfully hold you to that always, for you must have done me far more good than harm, let me feel now what sharp distress I may. O God bless you, God forgive you!"

7) "All done, all gone! So much was done and gone."

8) "You have always held your place in my heart."

9) "··· that lies is lie. Howsoever they come, they didn't ought to come, and they come from the father of lies, and work round to the same. Don't you tell no more of 'em, Pip. That ain't the way to get out of being common, old chap··· Lookee here, Pip, at what is said to you by a true friend. Which this to you the true friend say. If you can't get to be uncommon through going straight, you'll never get to it through going crooked. So don't tell no more on'em, Pip, and live well and die happy."

10) I only felt that I was dusty with the dust of small-coal… There have been occasions in my later life (I suppose as in most lives) when I have felt for a time as if a thick curtain had fallen on all its interest and romance, to shut me out from anything save dull endurance any more. Never has that curtain dropped so heavy and blank, as when my way in life lay stretched out straight before me through the newly-entered road of apprenticeship to Joe.

11) "… but if I were to remove Joe into a higher sphere, as I shall hope to remove him when I fully come into my property, they would hardly do him justice."

12) "You and me is not two figures to be together in London… If there's been any fault at all to-day, it's mine… I'm wrong in these clothes."

13) "Hold your noise!… Keep still, you little devil, or I'll cut your throat!"

14) "Yes, Pip, dear boy, I've made a gentleman on you! It's me wot has done it! I swore that time, sure as ever I earned a guinea, that guinea should go to you. I swore afterwards, sure as ever I spec'lated and got rich, you should get rich. I lived rough, that you should live smooth; I worked hard, that you should be above work. What odds, dear boy? Do I tell it, fur you feel a obligation? Not a bit. I tell it, fur you to know as that there hunted dunghill dog wot you kep life in, got his head so high that he could make a gentleman—and, Pip, you're him!"

15) "Look'ee here, Pip. I'm your second father. You're my son—more to me nor any son… I says each time, 'Lord strike me dead!… but wot, if I gets liberty and money, I'll make that boy a gentleman!'… In every single thing I went for, I went for you."

16) "You acted noble, my boy," said he, "Noble, Pip! And I have never forget it!"

17) For now, my repugnance to him had all melted away, and in the hunted wounded shackled creature who held my hand in his, I only saw a man who had meant to be my benefactor, and who had felt affectionately, gratefully, and generously, towards me with great constancy through a series of years. I only saw in him a much better man than I had been Joe.

18) "You always waits at the gate; don't you, dear boy?"
"Yes. Not to lose a moment of the time."
"Thank'ee dear boy, thank'ee. God bless you! You've never deserted me, dear boy."
I pressed his hand in silence, for I could not forget that I had once meant to desert him.
"And what's the best of all," he said, "You've been more comfortable alonger me,

since I was under a dark cloud, than when the sun shone. That's the best of all."

19) "O Lord, be merciful to him, a sinner!"

20) "O, Joe! Look angry at me··· Tell me of my ingratitude. Don't be so good to me!"

21) "O, God bless this gentleman."

22) I was slow to gain strength, but I did slowly and surely become less weak, and Joe stayed with me, and I fancied I was little Pip again. For the tenderness of Joe was so beautifully proportioned to my need, that I was like a child in his hands.

23) I soon began to understand that the cause of it was in me, and that the fault of it was all mine. Ah! Had I given Joe no reason to doubt my constancy, and to think that in prosperity I should grow cold to him and cast him off? Had I given Joe's innocent heart no cause to feel instinctively that as I got stronger, his hold upon me would be weaker, and that he had better loosen it in time and left me go, before I plucked myself away?

24) all the merit of what I proceed to add was Joe's. It was not because I was faithful, but because Joe was faithful, that I never ran away and went for a soldier or a sailor. It was not because I had a strong sense of the virtue of industry, but because Joe had a strong sense of the virtue of industry, that I worked with tolerable zeal against the grain.

25) I took her hand in mine, and we went out of the ruined place; and, as the morning mists had risen long ago when I first left the forge, so, the evening mists were rising now, and in all the broad expanse of tranquil light they showed to me, I saw the shadow of no parting from her.

26) The sun was striking in at the great windows of the court, through the glittering drops of rain upon the glass, and it made a broad shaft of light between the two-and-thirty and the Judge, linking both together, and perhaps reminding some among the audience how both were passing on, with absolute equality, to the greater Judgment that knoweth all things, and cannot err. Rising for a moment, a distinct speck of face in this way of light, the prisoner said, "My Lord, I have received my sentence of Death from the Almighty, but I bow to yours," and sat down again.

27) She was dressed in rich materials,—satins, and lace, and silks,—all of white. Her shoes were white. And she had a long white veil dependent from her hair, and she had bridal flowers in her hair, but her hair was white. Some bright

jewels sparkled on her neck and on her hands, and some other jewels lay sparkling on the table. Dresses, less splendid than the dress she wore, and half-packed trunks, were scattered about. She had not quite finished dressing, for she had but one shoe on,-the other was on the table near her hand,-her veil was but half arranged, her watch and chain were not put on, and some lace for her bosom lay with those trinkets, and with her handkerchief, and gloves, and some flowers, and a Prayer-Book all confusedly heaped about the looking-glass. But I saw that everything within my view which ought to be white, had been white long ago, and had lost its lustre and was faded and yellow. I saw that the bride within the bridal dress had withered like the dress, and like the flowers, and had no brightness left but the brightness of her sunken eyes.

28) "I did not know what I had done. What have I done! What have I done!" And so again, twenty, fifty times over, What had she done!

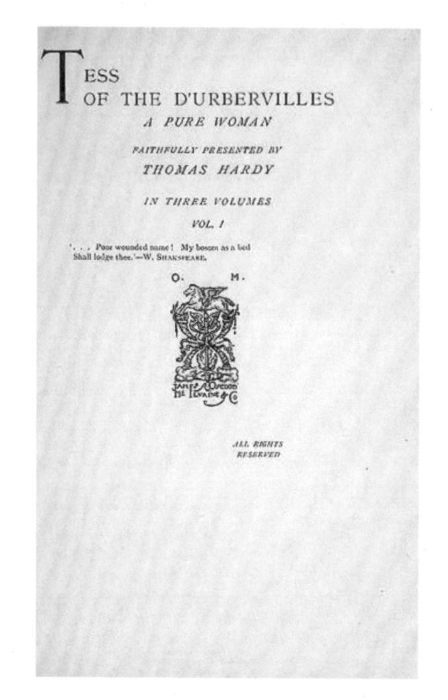

TESS
OF THE D'URBERVILLES

A PURE WOMAN

FAITHFULLY PRESENTED BY

THOMAS HARDY

IN THREE VOLUMES

VOL. I

'. . . Poor wounded name! My bosom as a bed
Shall lodge thee.'—W. SHAKSPEARE.

O. M.

ALL RIGHTS RESERVED

Thomas Hardy, *Tess of the d'Urbervilles: A Pure Woman* (1891)

8. 『더버빌가의 테스』(1891), 토머스 하디
- 욕망과 이상 사이, 운명에 꺾인 비극적 사랑

토머스 하디의 대표작이라 할 수 있는 『더버빌가의 테스』는 1891년 "순결한 여인A Pure Woman"이라는 부제와 함께 출간되었지요. 혼전 임신을 하고, 마지막에는 살인도 하는 여주인공에게 '순결한'이라는 부제를 붙인 것 때문에 출간 당시 많은 논란이 되었다고도 합니다. 하지만 작가가 테스에게 굳이 '순결한 여인'이라는 말을 붙인 이유가 있겠지요? 소설의 마지막에 테스가 알렉을 죽이는 살인죄를 범하기는 하지만 사실 처음부터 끝까지 테스의 불행은 스스로 초래한 것이라기보다는 세 남자 때문이었거든요. 가난한 아버지의 헛된 욕심이 비극의 원인이 되었고, 테스를 향한 알렉의 그칠 줄 모르는 욕망이 테스를 불행으로 빠트렸으며, 자기가 보고 싶은 대로만 테스를 본 에인절의 이상이 불러온 환상이 테스에게 찾아왔던 행복을 더 큰 불행의 나락으로 바꿔버리고 말았지요. 거기에 인간을 불행으로 몰고 가는 알 수 없는 자연의 힘이 더해져 테스의 비극이 완성됩니다. '순결한 여인' 테스, 그녀의 비극을 따라가 봅니다.

비극의 시작—가난과 아버지의 헛된 욕심

테스가 겪는 비극의 뿌리는 가난이었으나, 그 발단은 테스의 아버지에게 던진 트링햄Tringham 목사의 불확실한 이 한마디였습니다.

> "당신이 더버빌이라는 오래된 기사 가문의 직계 상속이라는 걸 정말 모르셨다구요, 더비필드 씨? 그 가문의 혈통은 정복자 윌리엄 공과 함께 노르망디에서 온 저명한 기사인 페이건 더버빌 경의 후손으로부터 이어져 왔답니다." [1)]

테스의 아버지는 이 말에 그만 우쭐해져서 동네 술집에서 새벽까지 술을 마시고는 취해 다음날 해야 할 배달을 갈 수 없게 됩니다. 생계가 걸린 문제니 안 할 수는 없어서 말 모는 일이 서툴긴 했지만 테스가 동생과 함께 일찍 어둠 속에 배달에 나섭니다. 하지만 유난히 안개가 심했던 그날 새벽, 고삐를 잡았던 테스가 지난 밤의 소동과 일찍 일어난 피곤함에 그만 깜빡 잠이 든 사이 마차가 우유 배달 마차와 충돌하는 사고가 나서 집안의 유일한 생계수단이던 말, 프린스를 잃고 맙니다.

> 언제나처럼 덜컹거리는 바퀴 소리도 없이 화살처럼 빠르게 그 길을 따라 달려오던 우유 배달 마차가 천천히 불도 밝히지 않은 채 그녀가 몰고 가던 마차로 돌진해 들어왔다. 우편 마차의 뾰족한 끌채가 불행한 프린스의 가슴을 칼날처럼 뚫고 들어가, 그 상처에서 말의 생명인 피가 강물처럼 솟구쳐 쉿쉿 소리를 내며 길에 떨어지고 있었다. [2)]

프린스의 죽음으로 배달일도 할 수 없게 된데다, 테스의 아버지는 이전처럼 일을 할 마음도 태도도 아니었지요. 마음속에 들어앉은 귀족의 혈통이라는 헛된 바람이 그를 더욱 게으른 사람으로 만들어버리고 말았으니까요. 이제 가족의 생계를 책임질 몫은 오로지 맏딸 테스의 어깨에 얹힙니다.

테스, 불행 속으로—알렉의 욕망 : "테스, 넌 내 여자야"

사고에 대한 미안함과 생계를 책임져야 하는 부담을 안은 테스는 근처의 부유한 친척이라고 알고 있는 더버빌가의 트랜트리지Trantridge 농장으로 일자리를 구하러 갑니다. 그런데 그 집 아들 알렉Alec d'Urberville이 테스를 보고 그만 첫눈에 반합니다. 물론 그의 마음은 진정한 사랑이 아니라 욕망이었지요. 노골적으로 자신을 향한 본심을 드러내는 그를 피하고 싶었지만 선택의 여지가 없었던 테스는 알렉의 농장에서 일을 하게 됩니다. 테스가 농장에 오고 알렉의 관심을 받는 것을 안 농장의 여자 일꾼들 가운데 테스를 시기하는 이도 생기게 되지요.

어느 날 새벽 일찍 모두 나서 장을 보고 돌아오던 중에 농장 여자들 몇과 말싸움이 생겨 괴롭힘 당하던 테스는 그 자리를 모면하고자 뒤따라오던 알렉이 청하는 대로 그가 모는 말을 탈 수밖에 없게 되었지요. 하지만 그 순간은 테스의 진짜 불행이 시작된 순간이었어요. 새벽부터 움직인데다 먼 길을 걸었고 다툼에 휘말리는 등으로 인해 피곤을 견디지 못한 테스는 알렉이 모는 말 위에서 깜빡 잠이 들고, 알렉은 그런 테스를 숲속으로 데리고 가 겁탈하고 맙니다. 작가는 이 장면에 대해 비극적 감정을 가득 담아 전합니다.

> 어떤 이들은 아마 이렇게 물을 수 있을 것이다. 테스의 수호천사는 어디 있었나? 그녀의 소박한 믿음의 신은 어디 있었나?… 어찌 이토록 아름다운 여인에게, 하늘거리는 비단처럼 섬세하고, 아직 눈처럼 순백한 이 여인에게 운명처럼 받아들여야만 할 그토록 야비한 무늬의 흔적이 남아야만 했을까. 어떻게 이토록 천박한 것이 순결한 존재를 훔치고, 나쁜 남자가 여자를, 나쁜 여자가 남자를 훔치는 것일까. 이 문제에 대해 수천 년 동안 철학적으로 분석해 봤지만 아직 우리의 도리에는 설명이 안 되는 일이었다… 이 일이 있은 후 트랜트리지 양계장에서 행복을 찾아 엄마 집 문을 나선 이전의 그녀와 지금 우리 여주인공 사이에는 도저히 가늠할 수 없는 사회적 틈이 벌어지고 말았다. [3]

더 비극적인 사실은 이로 인해 테스가 임신을 하게 되었다는 것입니다. 테스는 만류하는 알렉을 뿌리치고 집으로 돌아오지만 알렉은 계속 테스에게 돌아오라고 다그칩니다. 알렉이 악한임에는 틀림없습니다. 하지만 소설을 읽어가다 보면 그가 테스에게 느끼는 감정은 단순한 욕정을 넘어서는 어떤 본능적인 힘, 자신도 제어할 수 없는 욕망 같다는 느낌도 듭니다. 맹목적이고 무모해 보이는데다 자신도 어쩔 수 없는 본능적 욕망에 가까운 알렉의 테스에 대한 집착은 나중에 대단히 이성적인 동시에 자신의 희망만으로 테스를 보는 에인절의 태도와 극명하게 대조됩니다. 테스에 대한 두 남성의 태도는 어쩌면 한 인간의 양면을 보여주는 것이 아닌가 하는 생각도 하게 됩니다. 농장을 떠나겠다고 계속 고집하는 테스에게 알렉은 다음과 같이 말합니다.

> "나는 내가 나쁜 놈이라고 생각해. 정말 나쁜 놈이지. 나는 악하게 태어났고 그렇게 살아왔어. 아마 거의 틀림없이 죽을 때까지 악한 놈일 거야. 하지만 내 타락한 영혼을 걸고 맹세하지만 너에게는 다시는 악하게 굴지 않을 거야, 테스. 어떤 상황이 생긴다면, 무슨 말인지 이해하겠지만, 조금이라도 도움이 필요하다거나 어려운 상황이 온다면, 나에게 소식 한 줄만 써서 알려줘. 그러면 네가 원하는 건 뭐든지 다 주지." [4]

애초부터 테스를 결혼상대로 생각한 것이 아니었으니 테스를 붙잡는 이유가 순수한 동기에서는 아니었습니다만 위의 저 말이 단순히 회유를 위해 하는 말처럼 들리지만은 않기도 합니다. 물론 이런 모습은 난봉꾼 알렉의 특성이라고 할 수도 있고, 테스에 대한 알렉의 욕정이 채워진 후이니 그런 것이라 볼 수도 있습니다. 그러나 테스에 대한 알렉의 집착이 단순히 욕정만은 아니라 자신도 제어할 수 없는 깊은 욕망 때문이라는 것은 나중에 확인할 수 있습니다.

집으로 돌아온 테스는 처음에는 알렉과의 관계에 대한 소문과 사람들의 수군거림, 그리고 자기 내면의 자책으로 인해 스스로를 죄인이라 생각하며 사람들을 피한 채 괴로운 날을 보냅니다. 그러나 작가는 마치 그런 테스에게 말하듯 이렇게 쓰고 있습니다.

> 실제 세계와 조화를 이루지 못한 것은 그녀가 아니라 사람들이었다… 그녀는 자신이 순수의 공간에 침입한 죄인이라고 여겼다. 하지만 그녀는 아무런 차이도 없는 것을 구분하려고 애쓴 것이었다. 자신이 (자연에) 적대적인 존재라고 느꼈지만 그녀는 완전히 조화를 이루고 있었다. 기존의 사회적 규범을 어기게 되어버렸지만 그녀 자신이 스스로를 변칙적 존재로 여기고 있던 자연 속에서 어떤 규범도 어기지 않았다. [5)]

시간이 흐르면서 조금씩 활기를 되찾고 여인들과 어울려 일을 하러 다니기도 하면서 테스는 내면의 고뇌와 함께 외모까지 점점 성숙하고 강인한 주체적 여성으로 변모해 갑니다. 아기가 병에 걸려 위독한 상태가 되었을 때 주위의 반대에도 아랑곳하지 않고 아기에게 세례식을 하는 것은 기존의 사회적 관습에 굴복당하지 않을 만큼 당당해진 그녀를 보여줍니다. 그런 테스의 변화를 가장 먼저 목격한 것은 가까이 있는 동생들이었습니다.

> 아이들은 점점 더 경외의 눈으로 그녀를 쳐다보면서 더 이상 질문할 생각도 하지 않았다. 그들 눈에 그녀는 이제 언니나 누나 같은 여자가 아니라 거대하고, 우뚝 솟은, 전혀 그들과 닮은 데가 없는 경외로운 신적인 존재였다. [6)]

불행과 비극을 겪으면서도 사회적 관습에 굴복하지 않았던 테스는, "규범을 어겼다고 가지 못하는 천국 같은 것에는 가치를 두지 않겠다"라는 자기 나름의 논리를 단단하게 세우는 인물로 성장해 있었습니다. 이런 태도로 인해 테스는 단순히 비극적 사랑의 여주인공만이 아니라 당시의 사회적 관습과 편협한 도덕률에 맞선 주체적인 여성으로 간주되기도 합니다.

테스, 천국에서 지옥으로—에인절의 꿈속 사랑 : "테스, 당신은 여신이오."

고통을 겪은 테스는 확실히 변했습니다. 내면뿐 아니라 외모까지도 말입니다.

> 마치 훌쩍 도약하듯 단숨에 테스는 소녀에서 복잡한 여자가 되었다. 사색의 표시들이 그녀의 얼굴에 어렸고, 목소리에는 이따금 깊은 슬픔의 감정이 묻어났다. 두 눈은 더 크고 풍부한 표정을 담고 있었다. 그녀는 빼어난 미인이라고 할 만한 여인이 되었다. 그녀의 용모는 아름답고 사람의 마음을 끌어당겼으며, 그녀의 영혼은 지난 일이년의 광폭한 경험에도 타락하지 않았다. [7]

탈보테이스Talbothays 농장은 그렇게 변모한 테스가 새로운 삶을 시작하기에 안성맞춤인 곳이어서, 그녀는 마치 제자리에 뿌리내린 나무처럼 행복한 시간을 보냅니다.

> 테스는 최근 삶에서 지금처럼 행복한 적이 없었고, 아마 앞으로도 다시는 이렇게 행복할 수 없을 것 같았다. 우선 그녀는 육체적으로나 정신적으로나 이 새로운 환경에 잘 어울렸다. 처음 씨를 뿌릴 때 유독한 지층에 뿌리 내렸던 묘목이 더 깊은 지층으로 이식되었던 것이다. [8]

운명의 그 사람, 에인절Angel도 여기서 만나게 되죠. 두 사람은 사실 소설의 시작 부분에서 여행을 다니던 에인절이 테스의 마을에 들러 아가씨들과 춤출 때 만난 적이 있었지만 그는 기억하지 못하고 있었지요. 목사의 아들이었던 에인절은 목회자가 되기를 거부하고 자신의 평생 직업으로 목장 일을 선택하여 일을 배우러 와 있었던 것이었어요. 두 사람은 자연스럽게 가까워지는데, 처음 에인절이 테스에게 관심을 갖게 된 것은 영혼에 대한 테스의 말이 인상적이었기 때문이었지요.

> "나는 우리가 살아 있을 때도 영혼이 몸 밖으로 나갈 수 있다는 걸 알아요… 영혼이

빠져나가는 걸 아주 쉽게 알 수 있는 방법은," 테스가 계속 말했다. "밤중에 풀밭에 누워 밝게 빛나는 큰 별을 똑바로 쳐다보는 거예요. 그리고 온마음을 거기에 집중하고 있으면 내가 몸에서 수십 만 마일이나 떨어져 있다는 것을 곧 알 수 있게 되고, 몸이 전혀 필요가 없다는 느낌이 들어요." [9]

알렉과의 일로 인해 자신은 불결한 여자이고 죄인이라 믿고 있는 테스의 마음속에는 몸은 버리고 영혼만 남기고 싶은 바람이 있었던 것 같습니다. 당시 여성들에게 강요되던 순결 이데올로기의 영향 탓도 있겠지만, 더 근본적인 테스의 도덕 의식을 보여주는 것이라고도 할 수있습니다. 어쨌든 에인절과 테스, 둘은 서로에게 끌리는 마음을 숨기지 않고 대합니다.

농장에서 가장 신참인 테스는 새벽 일찍 농장의 일꾼들을 깨우는 일을 맡았는데, 한 명 한 명 농장의 일꾼들을 깨우고 난 뒤에는 마지막으로 에인절을 깨웁니다. 일꾼들이 잠자리에서 조금 더 뒤척거리며 본격적으로 일을 시작하러 내려오기 전 그 잠깐 동안 두 사람은 새벽안개 자욱한 농장을 걸으며 데이트를 합니다. 아직 동도 트기 전 새벽, 농장 길을 옆에서 나란히 걷는 아름다운 테스의 모습이 에인절에게는 신비롭기까지 합니다.

탁 트인 풀밭에 가득 퍼진 그 축축하고 희미한 묘한 빛은 마치 그들이 아담과 이브인 양 따로 고립되어 있다는 느낌을 주었다. 하루가 시작되는 뿌연 빛 속에서 테스는 클레어에게 성품으로나 풍모로나 거의 여왕의 권위를 느끼게 할 만큼 위엄 있는 모습으로 더 크게 다가왔다… 그녀는 더 이상 젖 짜는 아가씨가 아니라 여성이라는 존재의 환상적 정수, 다시 말해 여성의 이미지 전체가 응축된 전형적인 모습이었다. 그는 반쯤은 장난스럽게 그녀를 아르테미스, 데메테르, 그리고 다른 환상적인 이름으로 불렀다. [10]

이 부분은 특별한 의미가 있습니다. 에인절의 눈에 비친 테스의 모습이 놀라운 정도로 신비하고 환상적이기 때문이기도 합니다만, 에인절이 바라보는 테스가 있는 그대로 테스의 모습이 아니라 자신의 환상 속에서 그려진 모습이기 때문에 더욱 그렇습니다. 테스에 대한 에인절의 사랑은 분명 진실이지만, 이처럼 자신만의 환상이 큰 역할을 함으로써 처음부터 '테스 자체'가 아니라 자기 자신의 환상 속에서 그려낸 '그가 보고 싶은 테스'를 보고 있었는지도 모릅니다. 더욱이 아르테미스는 순결의 여신이고, 데메테르는 결실의 여신이라는 점은 더욱 아이러니로 작용합니다. 세속적 관점으로 보자면 테스는 순결하지도 않았고, 결실을 얻지도 못했으니까요. 나중에 결혼식을 마친 첫날밤에 테스가 알렉과의 과거를 밝혔을 때 에인절이 인정하고 받아들일 수 없었던 것도 있는 그대로의 테스가 아니라 에인절 자신이 그려낸 테스에 대한 자신의 환상이 깨진 것을 인정할 수 없었기 때문이라고 할 수도 있습니다. 에인절을 향한 자신의 사랑이 깊어가는 것을 느낀 테스가 한탄하듯 내뱉는 다음과 같은 말의 울림이 크게 다가옵니다.

> "오, 내 사랑, 저는 왜 이토록 당신을 사랑하는 걸까요!… 당신이 사랑하는 여인은 진정한 제 모습이 아니라 허상일 뿐이니까요. 제가 그럴 수 있었으면 하는 그런 허상 말이에요." [11]

그러나 어떤 경우에도 테스는 분명히 말합니다.

> "저를 테스라 불러주세요."
> "Call me Tess."

에인절이 뭐라하건 테스는 자신의 존재를 잊지 않습니다. 스스로 속이지도 왜곡하지도 않습니다. 그녀는 자신이 언제나 자신으로 존재한다는 사실을 이 한 마디 말로 분명하게 알립니다. 테스라는 인물의 강인한 주체성이 느껴지는 대목이기도 합니다.

한 번 불붙은 젊은 연인들의 사랑이 그러하듯 둘의 사랑은 더욱 깊어지고, 결국 에인절이 테스에게 청혼을 할 정도까지 두 사람의 관계는 발전합니다. 물론 테스는 에인절의 청혼을 쉽게 받아들일 수 없습니다. 에인절의 사랑이 강렬하게 다가올수록, 자신이 에인절에게 끌리면 끌릴수록 자신의 과거가 더 또렷하게 자신을 옭아매기 때문이지요. 몇 번의 거절 끝에 결국 테스는 끈질긴 에인절의 청혼을 받아들이고 두 사람은 결혼을 하게 됩니다.

결혼식 전에 에인절은 이곳저곳을 방황하던 시기에 자신이 행했던 방탕과 실수를 털어놓습니다. 테스는 과거의 일일 뿐이라며 전혀 개의치 않습니다. 그녀 또한 에인절에게 알렉과의 일을 털어놓고 싶었고 그래야 마땅하다 생각했습니다. 그러나 그의 얼굴을 보며 말할 용기가 없었던 그녀는 그 일을 편지로 적어 에인절의 방문 밑으로 밀어 넣습니다. 편지를 본 에인절이 그 다음날 결혼식 아침에도 아무런 변화 없이 자신을 대한다면 자신을 용서해주는 것이라 생각하고 말이지요.

다음날, 에인절은 아무런 표정의 변화도 보이지 않고, 그 일에 대해 한 마디 말도 하지 않은 채 행복한 모습으로 테스를 맞이합니다. 에인절이 자신을 용서했다고 생각한 테스는 다소 안심하는 마음으로 결혼식을 올립니다. 하지만 그것은 테스의 착각일 뿐이었지요. 결혼식을 마친 첫날밤, 테스는 결혼 전 에인절이 자신의 과거를 고백했던 것처럼, 자신과 알렉의 과거를 다시 언급하며 마음의 짐을 덜고자 합니다. 이미 편지로 밝혔던 터라 편지를 읽은 에인절이 용서해 준 것으로 생각했던 것이었지요. 자신이 에인절의 과거를 용서했듯 그 또한 그래주리라 믿기도 했고요. 그러나 에인절의 반응은 달랐습니다. 에인절은 참을 수 없을 정도로 놀라며, 자신은 테스의 과거를 용서할 수 없다고 합니다. 사랑으로 자신을 용서해달라고 애원하는 테스에게, 에인절은 단호하게 말합니다.

> "오, 테스, 용서란 것은 이런 경우에는 해당이 되지 않소. 당신은 옛날의 당신과는 다른 사람이오. 아, 어떻게 용서란 말이 그와 같은 기괴한 이야기, 그런 말도 안 되는 이야기에 해당될 수가 있소!··· 다시 말하지만, 내가 사랑했던 여인은 당신이 아니요··· 당신의 모습을 한 다른 여자였소." [12)]

에인절의 이런 태도는 그가 테스의 참 모습이 아닌 자기 환상 속의 테스를 사랑하고 있었던 것은 아닌가 하는 의구심을 더 강하게 하면서, 그가 순결을 중시하는 당시의 사회적 관습에서 벗어나지 못하고 있음을 보여주기도 합니다. 작가도 그 점을 언급합니다. 아버지와 형제들이 그토록 바라던 목회자라는 안정된 직업을 마다하고 목장 경영자가 되기로 할 정도로 자기 미래에 대해 확고한 태도를 가진 그였지만 이런 문제에 있어서는 관습의 굴레를 완전히 벗어던질 수 없었던 것이었지요.

> 지난 25년 세월의 본이 될 만한 존재인 이 진취적이고 선량한 젊은이는 독립적인 판단을 내리려는 온갖 노력에도 불구하고 아직은 풍습과 관습의 노예였던 것이다. [13)]

에인절은 테스에게 둘이 같이 산다고 해도 나중에 태어날 아이들이 엄마인 테스의 과거를 알게 되어 그녀를 경멸하게 될 것이라는 점까지 신경을 쓰며 테스와 함께 살 수 없다고 합니다. 결국 둘은 헤어지기로 선택합니다. 테스는 집으로 돌아가고, 에인절도 떠납니다. 천국 같았던 탈보테이스 농장에서 테스의 짧았던 행복은 그렇게 더 깊은 불행을 안겨주면서 끝이 납니다.

비극의 완성—에인절의 귀환과 알렉 살해

테스는 다시 이전의 가난과 불행으로 돌아옵니다. 에인절의 사랑은 축복이었지만, 그의 이기적인 비겁함과 몰이해는 테스에게 더 큰 불행의 문을 열었습니다. 그리고 그 입구에 알렉이 다시 등장합니다. 테스가 떠난 뒤 알렉은 뜻밖에도 순회 설교자가 되어 있었습니다. 그것도 에인절의 아버지가 한 설교를 듣고 감화되어 말이지요. 외모까지도 완전히 바뀐 알렉은 딴 사람이 된 것 같아 보였습니다.

개선이라기보다 변신이었다. 이전의 관능적인 몸의 굴곡은 헌신적인 열정의 곧은 선으로 바뀌었다. 유혹을 의미했던 입술 모양은 기원을 표현하게 되었고, 과거에는 방탕함의 결과로 이해되었던 불그스레한 뺨이 지금은 경건한 수사의 광채를 띠면서 기독교에 귀의했다. 동물적 본능은 광신적 믿음이 되었고, 이교주의는 사도 바울의 믿음으로 바뀌었다. 과거에는 번뜩이는 욕정으로 그녀의 몸을 이리저리 뻔뻔하게 바라보던 눈은 신을 숭배하는 거친 에너지로 거의 사나워 보일 정도로 반짝였다.[14)]

정말 완전히 바뀐 알렉의 모습이 보입니다. 하지만 알렉에게는 자신도 어쩌지 못하는 힘이 있었으니, 바로 테스라는 존재가 그에게 미치는 영향이었습니다. 그는 테스를 보자마자 이전의 욕망에 사로잡힌 존재로 돌아오고 맙니다. 사람들에게는 불가사의한 이런 힘이 있는 것 같기도 해요. 자기도 어쩔 수 없는 이 힘은 한 사람의 인생에 빛이 되기도 하고 어둠이 되기도 하지요. 알렉에게 테스는 바로 그 불가사의한 힘을 지닌 존재였어요. 이건 테스나 알렉, 그 누구도 의도한 것이 아니라 그냥 그럴 수밖에 없는 어떤 힘 같아요. 테스를 본 알렉의 반응이 그걸 입증해 주지요.

(테스의 모습이) 그녀의 옛 애인에게 미친 영향은 전광석화 같았다. 그녀가 그를 보고 받은 놀라움보다 훨씬 더 강한 것 같았다. 그의 불같은 열정, 격앙되어 울려 퍼지던 그의 열변이 그에게서 사라진 것 같았다. [15]

알렉은 이미 테스가 자신에게 어떤 영향을 미칠지를 압니다. 테스를 쫓아온 그는 테스에게 자신을 유혹하지 않겠다고 돌기둥에 손을 얹고 맹세를 하라고 합니다. 그러나 그 마음은 이미 맨 처음 그의 집으로 찾아왔던 테스를 보았던 그때의 알렉으로 돌아가 있었습니다. 게다가 테스가 손을 얹고 맹세한 그 돌기둥은 알렉이 알고 있던 것처럼 십자가가 아니라 죄인이 못 박혀 죽은 처형대였지요. 알렉과 테스의 맹세가 완전히 어긋난 것임을 이보다 더 분명하게 보여줄 수 있을까요. 그 뒤 알렉은 아프리카로 가서 선교사가 되겠다며 테스에게 결혼해서 함께 가자며 청혼을 합니다. 물론 테스는 에인젤과 결혼했다며 거절하지요. 그러나 홀로 있는 테스를 보며 상황을 짐작한 알렉은 끈질기게 그녀를 찾아와 졸라대며 이전의 자신으로 돌아가 버렸음을 고백합니다.

"테스, 내 사랑, 적어도 너를 다시 보기 전까지 나는 사회를 구원하는 길을 걷고 있었어… 그런데 왜 나를 유혹한 거지? 나는 네 그 눈과 입술을 다시 보기 전까지는 정말 어느 누구 못지않게 확고한 신념을 가지고 있었어. 정말 이브의 입술 이후 이렇게 사람을 미치게 만드는 입술은 없었을 거다!… 테스, 이 요부야. 저주받았지만 사랑스러운 바빌론의 마녀야. 널 다시 만나자마자 나는 네 유혹에 저항할 수가 없었어!" [16]

이후 알렉은 아예 순회 설교 일을 그만두고 테스를 찾아옵니다. "**나를 옛날로 되돌아가게 만든 게 너** You have been the cause of my backsliding"라며 남편을 떠나 자기와 살자고 끈질기게 졸라대고 한편으로는 궁핍한 고향집에 도움을 주면서 테스의 마음을 얻고자 애를 씁니다. 테스는 에인젤에게 편지를 쓰며 마음을 다잡고 알렉을 밀어냈지만 엄마가 병으로 쓰러지고, 아버지마저 갑자기 세상을 떠나면서 더 이상 소작을 할 수 없게 되고 집마저 떠날 처지가 되자 결국 알렉의 청을 받아들여 그와 함께 있게 됩니다.

운명의 장난이란 이런 걸까요. 바로 그때, 십 년이라는 긴 세월을 보내고 나서야 테스에 대한 자신의 행동을 뉘우친 에인젤이 영국으로 돌아옵니다.

그동안 부모님 집으로 온 테스의 편지를 통해 테스의 처지를 알게 된 그가 곧장 테스를 찾아옵니다만 이미 늦은 뒤였지요. 테스 곁에는 알렉이 있었습니다. 뒤늦게 자기를 찾아온 에인절에게 테스는 말합니다.

"그가 나를 다시 그 사람의 것으로 삼았어요." [17)]

이 말을 듣고 절망한 에인절이 떠나자 테스는 애초에 자신을 파멸로 몰아넣고 두 번이나 자신에게서 에인절을 떠나게 만들었던 알렉에 대한 참을 수 없는 분노로 그를 살해하고 에인절을 뒤따라갑니다. 마침내 두 사람 사이를 방해하던 모든 장애물이 사라졌다고 생각한 테스는 에인절에게 애원합니다.

"에인절, 제가 그 사람을 죽였으니 이제 제 죄를 용서해주시겠지요? 달려오면서 제가 그 일을 처리했으니 틀림없이 저를 용서해주실 거라 생각했어요. 그렇게 당신을 되찾아야겠다는 생각이 번개처럼 떠올랐어요. 당신을 잃는 걸 더는 견딜 수 없어요. 당신이 저를 사랑하지 않는 걸 얼마나 견딜 수 없었는지 당신은 모를 거예요! 사랑한다고 말해줘요, 소중한 내 남편이여. 그렇게 말해줘요. 이제 그 사람을 죽였으니까요!" [18)]

마침내 함께 있게 된 두 사람, 테스와 에인절. 그러나 그 둘의 행복한 시간은 사흘을 넘기지 못합니다. 테스는 뒤쫓아 온 경찰들에게 잡혀가 교수형을 당하고, 에인절은 테스의 부탁대로 테스의 여동생과 결혼하기로 하며 떠나는 것으로 테스의 비극은 막을 내립니다.

인생의 비극을 초래하는 우주의 힘—'내재적 의지Immanent Will'

이 소설(뿐 아니라 하디의 다른 작품)에서 인간의 비극에 큰 영향을 미치는 존재가 있습니다. 우주에 존재하는 초자연적인 힘입니다. 하디가 '내재적 의지'라 부른 이 힘은 사실 우주 내에서 무기력한 존재일 수밖에 없는 인간의 비극을 초래하는 원인이라고 할 수 있습니다. 우리식으로 말하자면 운명, 혹은 우연이라고도 할 수 있을 텐데, 하디는 이 운명이나 우연은 공교롭게도 언제나 인간에게 비극적 결말을 낳는다라고 봅니다. 하디 소설의 비극적, 비관적 세계관을 반영하는 이 힘은 이 소설에서도 곳곳에서 작용합니다.

하필이면 중요한 배달을 앞둔 전날 아버지가 술에 취해 배달을 나가지 못하게 되고, 대신 말을 몰던 테스가 전날의 피곤함으로 인해 고삐를 잡고 깜빡 잠이 들고, 그날 안개가 자욱하게 끼어 사고가 난 것, 알렉의 농장에서 새벽부터 나선 피로함과 동료 여자 일꾼들과의 다툼 때문에 내키지 않았지만 어쩔 수 없이 알렉의 말을 타게 된 상황, 홀로 남은 테스가 피곤함에 잠이 들어 알렉에게 겁탈을 당하게 된 것 등 모두가 테스로서는 어쩔 수 없는 어떤 힘이 작용한 결과이지요. 그리고 또 하나. 에인절과 결혼을 앞두고 테스는 알렉과의 일을 에인절에게 미리 알리지 않고 결혼하는 것은 죄가 되는 것 같아 그 일을 적은 편지를 써서 직접 전하지는 못하고 에인절의 방으로 밀어 넣어 에인절에게 전하려고 했었지요. 그러나 그녀가 문 밑으로 밀어 넣은 편지는 문 앞 깔개 밑으로 들어가는 바람에 에인절에게 전해지지 못했지요. 아마 그 편지가 전해졌더라면 에인절과 테스의 이야기는 조금 다르게 진행이 되었겠지요. 이와 같은 모든 일들은 테스나 에인절은 어쩔 수 없는 우연 혹은 운명 같은 힘의 작용 때문이었지요. 그 힘이 테스의 비극으로 이어지는 결정적인 요인이 되었습니다.

시인이기도 한 하디는 이 같은 '내재적 의지'를 잘 담은 시도 발표한 바 있습니다. 타이타닉호의 침몰을 다룬 「한 쌍의 만남」 "The Convergence of the Twain"이라는 시입니다. 인간들이 공들여 타이타닉호를 건조하는 동안 자연은 북극해에 거대한 빙하를 만들고, 마침내 건조가 끝난 타이타닉호가 출항하고 북극해에서는 그 빙하가 흘러오기 시작합니다. 그러다가 같은 시간, 같은 지점에 도착한 빙하와 타이타닉호는 서로 만나 충돌하고 타이타닉호는 침몰하고 말지요. 이 힘, 타이타닉호와 빙하의 충돌을 불러오는 이 힘이 인간의 삶에 작용하는 자연 혹은 우주의 '내재적 의지'라는 것이죠. '우연'이라고 할 수도 있는, 논리적으로 설명되지 않는, 인간 삶의 비극을 초래하는 어떤 힘을 하디는 염두에 두었던 것 같습니다.

농촌과 농촌 사람들에 대한 애정 어린 사실적 묘사

하디의 이 소설에서 또 하나 주목할 사실은 농촌 사람들에 대한 시선입니다. 그는 농촌 사람들에 대하여 관습적인 비판을 가하지도 않고, 그렇다고 무조건적인 우호적인 시선을 보이지도 않습니다. 가능한 객관적이고 사실적으로 바라보려는 태도가 두드러집니다. 이런 모습은 특히, 탈보테이스 농장에 머문 에인절의 시선을 통해 잘 드러납니다. 자연 속에 머물면서 자연의 세세한 변화를 새롭게 느끼고 알게 된 에인절은 함께 생활하는 농부들도 새롭게 보게 됩니다.

> 함께 생활하고 며칠이 지나자 그의 상상 속에 있던 관습화된, '시골뜨기'라는 이름의 불쌍한 멍청이로 정형화된 농장 일꾼은 완전히 지워졌다… 전형적이고 한결같은 시골뜨기는 존재하지 않았다. 그는 해체되어 수많은 다양한 동료 인간들로 바뀌어 갔다. 감정이 다양한 사람들, 무한한 차이를 지닌 사람들로. 어떤 이들은 행복하고, 또 많은 사람들은 차분하고, 몇몇은 침울하기도 하고, 여기저기 천재라고 할 만큼 똑똑한 사람도 있고, 멍청한 사람도 있고, 변덕스럽고, 엄숙한 사람들도 있고. 어쩌면 각자의 개별적 관점을 지닌 말없는 밀튼 같은, 잠재적인 크롬웰 같은 이들도 있었다. [19]

한 문장만 인용했지만 작품 곳곳에서 보이는 농촌과 농촌 사람들의 삶에 대한 하디의 이같은 사실적이고 객관적이면서도 애정 어린 묘사는 이 소설은 물론 하디 전체의 작품에서도 중요한 미덕이라고 할 수 있습니다.

토머스 하디의 『테스』는 고대 그리스 비극의 '고귀한' 주인공이 겪던 운명에 의한 시련을 테스라는 평범한 인물이 겪는 모습을 통해 현대적 비극을 소설 속에 담아냈다는 평도 받습니다. 사회적 규범이나 전통보다는 자연적 충동을 옹호하는 듯한 모습도 보이고 있습니다. 무엇보다 에인절과 테스의 경우에서처럼 서로 다른 사회 계층의 결혼은 좌절할 수밖에 없다는 입장을 취함으로써 전통주의자로서 자신의 입장을 보여주기도 합니다. 이 소설은 먼저 연재한 후 단행본으로 출간되었는데, 연재 당시 알렉이 테스를 겁탈하는 장면이 문제될 것 같다는 조언이 있었답니다. 하디는 그 조언을 받아들여 테스가 알렉에게 속아서 결혼하고 첫날밤을 보낸 것으로 수정하였다가 나중에 단행본에서는 원래 자신의 생각대로 바꿨다는 일화도 있습니다. 그만큼 당시에는 충격적인 내용일 수 있었다는 것이었지요. 논란에도 불구하고 독자들에게 엄청난 인기를 얻어 하디에게 경제적 풍요를 안겨다 주었을 뿐 아니라 오늘날까지도 하디의 대표작이자 세계 문학의 보물 가운데 하나로 인정받고 있는 『더버빌가의 테스』였습니다.

| 토머스 하디 (Thomas Hardy, 1840~1928)

between ca. 1910 and ca. 1915 by Bain News Service, publisher.

잉글랜드 서남부 도싯셔Dorsetshire 출신으로 석공이자 건축업자였던 부친의 영향으로 하디도 젊은 시절에 건축사 사무소에서 건축을 배웠다고 합니다. 독학으로 라틴어를 비롯한 고전과 영문학 작품을 읽은 것을 바탕으로 소설가와 시인이 됩니다. 소설은 빅토리아 시대의 정서를, 시는 현대의 정서를 담고 있어서 소설가로서는 19세기, 시인으로서는 20세기 작가로 분류하기도 합니다. 그의 대부분의 소설 속 배경이 되는 영국 남부 웨섹스 지방은 하디 자신의 고향을 배경으로 했다고 합니다. 그의 대부분의 작품에는 인간의 삶은 비극적이라는 비관적 세계관이 두드러지게 나타납니다.

| 작품

『녹음 아래서』*Under the Green Wood Tree*(1872), 『광란의 무리를 떠나서』*Far from the Madding Crowd*(1874), 『귀향』*The Return of the Native*(1878), 『캐스터브리지의 시장』*The Mayor of Casterbridge*(1886), 『더버빌가의 테스』*Tess of the d'Urbervilles*(1891), 『무명의 주드』 *Jude the Obscure*(1895) 등 15편의 장편 소설과 40편의 단편 소설을 남겼으며, 12권의 시집에 수록된 1천여 편의 시가 있습니다.

1) "Don't you really know, Durbeyfield, that you are the lineal representative of the ancient and knightly family of the d'Urbervilles, who derive their descent from Sir Pagan d'Urberville, that renowned knight who came from Normandy with William the Conqueror…?"

2) The morning mail-cart, with its two noiseless wheels, speeding along these lanes like an arrow, as it always did, had driven into her slow and unlighted equipage. The pointed shaft of the cart had entered the breast of the unhappy Prince like a sword, and from the wound his life's blood was spouting in a stream, and falling with a hiss into the road.

3) But, might some say, where was Tess's guardian angel? where was the providence of her simple faith?… Why it was that upon this beautiful feminine tissue, sensitive as gossamer, and practically blank as snow as yet, there should have been traced such a coarse pattern as it was doomed to receive; why so often the coarse appropriates the finer thus, the wrong man the woman, the wrong woman the man, many thousand years of analytical philosophy have failed to explain to our sense of order… An immeasurable social chasm was to divide our heroine's personality thereafter from that previous self of hers who stepped from her mother's door to try her fortune at Trantridge poultry-farm.

4) "I suppose I am a bad fellow—a damn bad fellow. I was born bad, and I have lived bad, and I shall die bad in all probability. But, upon my lost soul, I won't be bad towards you again, Tess. And if certain circumstances should arise—you understand—in which you are in the least need, the least difficulty, send me one line, and you shall have by return whatever you require."

5) It was they that were out of harmony with the actual world, not she… she looked upon herself as a figure of Guilt intruding into the haunts of Innocence. But all the while she was making a distinction where there was no difference. Feeling herself in antagonism, she was quite in accord. She had been made to break an accepted social law, but no law known to the environment in which she fancied herself such an anomaly.

6) The children gazed up at her with more and more reverence, and no longer had a will for questioning. She did not look like Sissy to them now, but as a being large, towering, and awful—a divine personage with whom they had nothing in common.

7) Almost at a leap Tess thus changed from simple girl to complex woman. Symbols of reflectiveness passed into her face, and a note of tragedy at times into her voice. Her eyes grew larger and more eloquent. She became what

would have been called a fine creature; her aspect was fair and arresting; her soul that of a woman whom the turbulent experiences of the last year or two had quite failed to demoralize.

8) Tess had never in her recent life been so happy as she was now, possibly never would be so happy again. She was, for one thing, physically and mentally suited amongthese new surroundings. The sapling which had rooted down to a poisonous stratum on the spot of its sowing had been transplanted to a deeper soil.

9) "I do know that our souls can be made to go outside our bodies when we are alive···very easy way to feel 'em go," continued Tess, "is to lie on the grass at night and look straight up at some big bright star; and, by fixing your mind upon it, you will soon find that you are hundreds and hundreds o' miles away from your body, which you don't seem to want at all."

10) The spectral, half-compounded, aqueous light which pervaded the open mead, impressed them with a feeling of isolation, as if they were Adam and Eve. At this dim inceptive stage of the day Tess seemed to Clare to exhibit a dignified largeness both of disposition and physique, an almost regnant power,··· She was no longer the milkmaid, but a visionary essence of woman —a whole sex condensed into one typical form. He called her Artemis, Demeter, and other fanciful names half teasingly.

11) "O my love, why do I love you so!··· for she you love is not my real self, but one in my image; the one I might have been!"

12) "O Tess, forgiveness does not apply to the case! You were one person; now you are another. My God—how can forgiveness meet such a grotesque—prestidigitation as that!··· I repeat, the woman I have been loving is not you··· Another woman in your shape."

13) With all his attempted independence of judgement this advanced and well-meaning young man, a sample product of the last five-and-twenty years, was yet the slave to custom and conventionality.

14) It was less a reform than a transfiguration. The former curves of sensuousness were now modulated to lines of devotional passion. The lip-shapes that had meant seductiveness were now made to express supplication; the glow on the cheek that yesterday could be translated as riotousness was evangelizedo to-day into the splendour of pious rhetoric; animalism had become fanaticism; Paganism, Paulinism; the bold rolling eye that had flashed upon her form in the old time with such mastery now beamed with the rude energy of a theoltry

that was almost ferocious.

15) The effect upon her old lover was electric, far stronger than the effect of his presence upon her. His fire, the tumultuous ring of his eloquence, seemed to go out of him.

16) "Tess, my girl, I was on the way to, at least, social salvation till I saw you again!··· And why then have you tempted me? I was firm as a man could be till I saw those eyes and that mouth again—surely there never was such a maddening mouth since Eve's!··· You temptress, Tess; you dear damned witch of Babylon-I could not resist you as soon as I met you again!"

17) "He has won me back to him."

18) "Angel, will you forgive me my sin against you, now I have killed him? I thought as I ran along that you would be sure to forgive me now I have done that. It came to me as a shining light that I should get you back that way. I could not bear the loss of you any longer—you don't know how entirely I was unable to bear your not loving me! Say you do now, dear, dear husband; say you do, now I have killed him!"

19) The conventional farm-folk of his imagination—npersonified by the pitiable dummy known as 'Hodge'—were obliterated after a few days' residence··· The typical and unvarying Hodge ceased to exist. He had been disintegrated into a number of varied fellow-creatures—beings of many minds, beings infinite in difference; some happy, many serene, a few depressed, one here and there bright even to genius, some stupid, others wanton others austere; some mutely Miltonic, some potentially Cromwellian into men who had private views of each other.

George Gissing, *New Grub Street* (1891)

9. 『뉴 그럽 스트리트』(1891), 조지 기싱

- 19세기 상업화된 문학계에 대한 사실적 기록

조지 오웰이 존경했던 작가, 조지 기싱의 『뉴 그럽 스트리트』는 철저하게 상업화된 출판과 문학계의 변화 속에서 문학적 순수성을 고집하는 전업 작가와 문필가의 궁핍한 생활상 등 당대 문학계의 실상을 신랄하게 그려낸 작품입니다. 우리나라 번역 작품에 띠지로 소개된 것처럼 BBC가 선정한 위대한 소설 100편과, 2014년 〈가디언〉이 선정한 최고 소설 100편 가운데 28번으로 소개되기도 한 기싱의 대표작입니다.

'그럽 스트리트'는 18세기까지 런던에 실재했던 거리로 생계를 위해 대중적이고 통속적인 글을 쓰던 작가와 출판사들이 몰려 있던 곳이라 가난한 삼류 작가와 저급한 대중문학의 대명사처럼 불리던 곳이었지요. 기싱이 글을 쓰던 시기에는 그 거리 자체는 이미 존재하지 않았지만 문학과 출판업을 사업이라 간주하면서 대중의 취향에 맞는 잘 팔리는 통속적 글을 쓰려는 작가와 출판사들은 여전히 존재하고 있었지요. 따라서 『뉴 그럽 스트리트』라는 이 작품의 제목이 지칭하는 것은 그런 작가들과 문필가들 전체라고 이해하는 것이 좋겠습니다.

기싱은 조금 독특한 개인사를 지니고 있습니다. 그는 열세 살 때 아버지를 여의고 경제적 압박에 시달리면서도 열다섯에 대학에 진학해 셰익스피어 장학금을 비롯한 각종 상을 수상하며 문학에 뛰어난 재능을 보였습니다. 하지만 열일곱이라는 어린 나이에 사랑에 빠진 매춘부를 위해 학우들의 돈을 훔치는 행위를 하다가 대학을 퇴학당하게 됩니다. 이후 잠시 미국으로 떠나 전업 작가의 길을 걸었지만 유명세를 얻지 못한 그가 다시 영국으로 돌아왔을 때는 거의 굶어 죽기 직전의 상황에 이르렀을 정도로 극심한 가난을 겪었다고 합니다.

글쓰기는 사업이야

『뉴 그럽 스트리트』는 기싱 자신의 이러한 경험이 생생하게 담겨 있는 영국 문단 세계를 직설적으로 그려냈습니다. 작품에는 뚜렷하게 대조되는 두 작가가 중심인물 역할을 합니다. 한 사람은 소설가 에드윈 리어던Edwin Reardon입니다. 그는 '작가 의식'을 지닌 재능 있는 소설가이지만 초기 두어 편의 소설에서 작은 성공을 거둔 이후 더 큰 성공은 거두지 못한 채 가난 때문에 곤란을 겪고 있습니다. 다른 인물은 재스퍼 밀베인Jasper Milvain입니다. 젊은 언론인으로 대단히 근면하지만 다소 냉소적이고 현실적이며 문학은 사업일 뿐이라고 생각하는 실리적인 인물입니다. 리어던은 대단히 엄격한 작가적 태도로 작가의 위상과 문학적 엄숙주의를 지키려고 하는 반면, 밀베인은 소설 독자들의 저급한 취향을 경멸하면서도 상업적 문학 환경과 타인, 특히 돈 많은 여성과의 결혼을 잘 이용해 성공하고자 합니다. 다음 말을 보면 밀베인의 생각이 잘 드러나 있습니다.

> "글 쓰는 일은 사업이야. 주일 학교에서 상으로 주는 책 중에서 쓸 만한 것 여섯 권 정도를 구해서 열심히 공부해. 그런 글을 구성하는 핵심 요소들을 찾아낸 다음 새로운 흥미를 끌만한 걸 넣는 거지. 그리고는 체계적으로 작업을 하는 거야, 하루에 몇 페이지를 쓰는 거야. 신성한 영감 따위의 문제가 아니야. 그건 삶의 다른 차원에 속한 것이지. 문학은 장사야. 호머, 단테, 셰익스피어는 물론 아니지. 아, 이런 생각을 그 가엾은 리어던에게 이해시킬 수만 있다면! 그 친구는 나를 형편없는 짐승 같은 놈이라고 생각하겠지. 자주 그럴 걸. 그렇다고 뭐! 대체 글자를 인쇄한다고 신성하게 만드는 뭐라도 있냐 말이야? 사악한 글을 퍼뜨리는 걸 찬성하는 게 아니라고. 그저 통속적인 대중들을 위한 재미있고 범속하고 팔릴 만한 것을 말하는 거야." [1)]

리어던에게는 에이미Amy라는 아내가 있습니다. 그녀는 초기에 잠깐 인기를 얻던 리어던의 문학적 재능을 알아차리고 그와 결혼했지만 그 이후 리어던이 문학적 성공은 고사하고 경제적 궁핍함마저 제대로 해결하지 못하는 처지를 보며 힘들어하고 있습니다. 힘든 생활 속에서 문학에 대한 둘의 생각도 갈라져, 에이미는 대놓고 남편에게 팔릴 만한 작품을 쓰라고 종용하고 있습니다.

"예술은 장사처럼 해야 해요. 어쨌든 우리 시대엔 말이죠. 지금은 상업의 시대라고요. 물론 어떤 사람이 남 도움 없이 먹고 살 형편도 안 되면서 자기 시대를 거스른다면 망하고 불행해지는 것 말고 무슨 결과를 보겠어요? 사실 당신은 상당히 잘하고 있고 충분히 팔릴 만한 작품을 쓸 수 있어요. 다만, 모든 상황을 좀 더 실용적인 면에서 보려고 한다면 말이지요. 당신도 알다시피 밀베인 씨가 언제나 하는 말이잖아요… 하지만 이제 돈의 가치를 훨씬 더 잘 알아요. 돈이 세상에서 가장 강력한 것이라는 걸 알아요. 명예롭지만 가난하게 사는 것과 부유하지만 경멸받으며 사는 것 가운데 선택해야만 한다면, 나는 후자를 선택하겠어요." [2)]

에이미의 태도는 앞에서 본 밀베인의 태도와 닮아 있습니다. 결혼 전 그녀는 작가로서 리어던을 존경했고 그를 진정으로 사랑하는 것 같았지요. 그 또한 그녀를 진심으로 사랑했고요. 그랬던 그녀가 자신을 이렇게 신랄하게 몰아붙이자 그는 더욱 불행하고 초조하게 내몰리면서 자신의 신념마저 흔들리는 지경에 이르게 됩니다. 결혼 전 리어던 자신 또한 아버지의 죽음 이후 홀로 남겨진 상황에서 아사 직전의 죽음을 경험할 정도로 극심한 가난에 시달려본 적이 있던 터라 가난에 대한 두려움은 누구 못지않게 컸는데 말입니다.

그는 가난이 무얼 의미하는지를 잘 알았다. 뇌와 심장이 싸늘해지고, 손에 힘이 쫙 빠지고, 세상의 비참한 무관심이 몰고 올 공포와 수치심, 무기력한 분노와 손쓸 수도 없이 천천히 몰려드는 것이다. 가난! 가난! [3)]

가난이 불러온 비극

리어던은 에이미의 질책과 스스로의 고민 속에서 점점 망가져가고 상상력은 고갈되어 갑니다. 어느 정도 글을 쓰다가 막히고, 몇 가지 다른 주제가 뒤섞여 떠오르고, 그 중 하나를 붙잡고 글을 써가다가도 이내 두 장도 채 마치기 전에 구조가 엉망이 되어 무너져 내리는 일이 반복되었습니다. 이런 일들이 몇 달 동안이나 반복되는 동안 그는 완전히 탈진하여 더 이상 글을 제대로 쓸 수 없는 지경에까지 이르고 말지요. 책은 완성되지 않고 돈이 떨어진 리어던은 친구에게 생활비를 빌려야 하는 처지로까지 전락하고 에이미와는 점점 사이가 멀어집니다.

그는 자신의 행복한 결혼 생활이 거의 끝났다고 믿었지만, 그 파멸을 드러낼 사건이 어떤 모습을 띨지는 예견하지 못했다. 에이미는 그가 알지 못했던 면을 드러내고 있었다. 그가 현실적인 남자였다면 애초에 알아차렸을 것이긴 하지만. 에이미는 가난을 견뎌나가는 것을 돕기는커녕, 그와 함께 가난을 나누는 것조차 거부할 것 같았다. 그녀가 천천히 떠나가는 것이 느껴졌다. 이미 그들의 마음속에는 이혼이 자리잡고 있었고, 그는 얼마나 오래 그녀의 애정을 붙들고 있을 수 있을지 몰라 괴로웠다. 다정한 말, 애무조차 그녀에게서는 아무런 반응을 끌어내지 못했다. 그녀가 보이는 가장 따뜻한 감정도 그저 동료애뿐이었다. [4]

그런 어려운 조건 속에서 리어던이 마침내 완성한 책마저 대중의 주목을 받지 못하게 되자 두 사람은 생활비를 줄인다는 명목으로 집을 내놓고 별거에 들어가게 됩니다. 마지막 자구책을 강구하던 리어던은 병원의 사무원으로 취직하는데, 이것이 그에 대한 에이미의 마지막 희망마저 꺼버립니다. 에이미는 작가가 아닌 병원 사무직 노동자인 남편의 모습을 받아들일 수 없었던 것이지요. 결국 에이미는 리어던을 떠나 엄마 집으로 갑니다. 이후 두 사람은 한 번 더 결합을 위해 만나지만 서로의 마음이, 정확히 말하자면 에이미의 마음이 리어던에게서 완전히 떠났음을 확인하고 이별과 같은 별거에 들어갑니다.

에이미에게는 두 명의 숙부가 있는데 존과 알프레드 율입니다. 존은 부인이 먼저 세상을 뜨고 자신도 병을 앓고 있지만 부자이며, 알프레드는 문단의 영향력 있는 편집자와 적대적 관계로 인해 문단에서 소외된 채 재기를 노리고 있습니다. 알프레드에게는 편집 작업을 도와주는 지적이고 총명한 메리언이라는 딸이 있는데, 재스퍼 밀베인이 여동생의 소개로 메리언과 만나 사귀게 됩니다. 그녀의 총명함과 지적인 명민함에 반한 그는 결혼을 생각할 만큼 메리언과 가까와집니다. 하지만, 둘의 결혼을 가로막는 결정적인 방해 요인이 있습니다. 바로 메리언의 가난입니다. 부유한 여인과 결혼해서 출판업으로 성공하고자 하는 밀베인은 결혼의 조건이 사랑이라는 낭만적 관점을 철저하게 부정하며, 돈이 모든 결정에 가장 중요한 요소라고 생각하고 있었지요.

"나는 사랑 때문에 결혼한다는 것에 대해서는 그다지 믿지 않네, 자네도 알다시피 말이지. 게다가 서로가 사랑에 빠진다는 것도 정말 드문 일이라고 생각한다네… 낭만적 사랑의 시대는 끝났어. 과학적 정신은 그런 자기기만의 감정을 끝장낸 거지. 낭만 적 사랑은 온갖 종류의 미신과 복잡하게 얽혀있거든. 개인의 영원성, 인간보다 우월한 존재에 대한 믿음이라든가 하는 것 따위 말일세. 지금 우리가 생각하는 것은 도덕적, 지적, 신체적 어울림의 문제지. 우리가 이성적인 사람들이라면 말이야… 나는 내가 좋아하지는 않지만 물질적으로 나를 도와줄 수 있는 여성과 결혼할 가능성이 훨씬 높다네." [5)]

스스로는 현실적이라고 주장하지만 독자들이 보기에 밀베인은 전형적인 속물 근성을 지니고 있다는 것도 부인하기 어려워 보입니다. 그러던 중 존율이 사망하면서 조카딸인 에이미에게는 1만 파운드의 유산을, 메리언에게는 5천 파운드의 유산을 상속했다는 소식을 듣게 됩니다. 밀베인은 5천 파운드라는 유산이 탐탁지는 않지만 그래도 자신에게 도움이 되는 종잣돈이 되리라는 계산하에 그동안 미뤄왔던 청혼을 하고 메리언은 승낙을 합니다.

한편, 에이미는 리어던과 헤어진 이후 자신을 새롭게 발견하게 됩니다. 이제껏 생활고 때문에 잊고 있었던 자신의 취향을 돌이켜보면서 자신이 실은 리어던과 얼마나 다른지를 알게 되었던 것입니다.

남편과 별거한 이래 에이미의 지성은 눈에 띄게 성숙해졌다. 이는 아마 별거의 결과였을 것이다. 그들이 아파트에서 함께 산 마지막 해에 그녀는 재정 문제에 온통 사로잡혀 있었고, 그로 인해 지성의 자연스러운 발달이 지체되면서 한때 그토록 다정하고 여성스러운 우아함을 보였던 그녀의 성격이 신경질적인 날카로움을 띠게 된 것과 상당한 연관이 있을 것이었다. 게다가 그녀의 지성은 굉장히 중요한 순간에 멈췄다. 그녀가 에드윈 리어던과 사랑에 빠졌을 때 그녀의 지성은 아직 다양한 상황을 익히는 중이었다. 나이로는 성인 여성이 되었지만 인간 사회의 몇몇 양상밖에 경험하지 못했고, 교육도 학교를 마지막으로 졸업한 이후 진전이 없었다. 스스로를 리어던의 영향에 맡긴 그녀는 대단히 유용한 지적 훈련을 거치긴 했는데, 그 결과 그녀는 자기와 남편의 차이를 분명하게 의식하게 되었다. [6)]

홀로 된 그녀는 리어던의 취향과는 다른 다양한 방면의 지식을 습득했는데, 특히 대중화된 전문 지식이라 할 수 있는 글들을 탐독해 나갔습니다. 이런 그녀의 지적 취향은 결국 새로운 시대의 유행을 따르는 여성들의 전형적인 모습이었습니다. 하지만 에이미는 리어던과 완전한 결별을 하기 전 자신에게 생긴 1만 파운드의 유산이 자신과 리어던을 생활고에서 벗어나 함께 하던 이전의 삶으로 되돌릴 수 있을 것이니 원한다면 다시 합치자는 편지를 리어던에게 보냅니다. 그녀로서는 썩 내키지는 않았지만 그래도 남편이 노동자로서의 삶을 그만두고 다시 글에 전념한다면 함께할 마음이 없지도 않았던 것이지요. 그러나 자존심 강한 리어던은 그녀의 제안이 사랑에 의한 것이 아니라 마지못한 의무감이었다고 판단하고 그 제안은 물론 유산의 반에 대한 권리마저 거절합니다. 정말 돌이킬 수 없을 정도가 된 두 사람은 그렇게 헤어져 지내다 아들이 아프다는 에이미의 연락을 받고 간 리어던이 오히려 폐렴 증세를 보이며 쓰러져 결국 세상을 떠나고 맙니다.

메리언에게도 비극이 일어납니다. 그녀가 받기로 되어 있던 5천 파운드의 유산을 지불하기로 되어 있던 사람이 파산하는 바람에 유산을 한 푼도 받을 수 없게 된 것이었지요. 메리언의 비극은 곧 밀베인의 비극이기도 했고, 결국 둘의 비극이 되었습니다. 엎친 데 덮친 격이라고 알프레드는 백내장으로 눈이 멀 지경에 이르고 집세를 낼 수 없어 메리언을 더 이상 데리고 있을 수 없게 되는 최악의 상황에 직면합니다. 우여곡절 끝에 메리언의 유산은 결국 1천5백 파운드를 받을 수 있는 것으로 결정이 나지만 메리언은 그 돈을 아버지에게 투자하기로 합니다. 밀베인과 몇 번의 대화를 통해 그가 유산이 줄어든 자신과 결혼하지 않을 것임을 분명하게 알게 된 때문입니다. 사실 밀베인은 이미 메리언 몰래 부유한 루퍼트 양에게 청혼 편지를 보냈다 거절당한 적도 있지요. 메리언과 마지막 이별의 자리에서 밀베인은 스스로 이렇게 말합니다.

> "나를 당신의 사랑과 같은 고귀한 사랑을 무시하고 바보들과 악당들 사이에서 으쓱대는 자리에 오르려고 떠난 남자로 기억해줘요. 사실이기도 하니까요. 당신이 나를 거부한 거예요. 그건 정당한 일이고요. 나같이 비천한 야심에 휘둘리는 인간은 당신에게 어울리는 남편이 아니에요. 이내 당신은 날 완전히 경멸할 것이고, 나는 그게 당연하다는 걸 알면서도 비뚤어진 내 자존심 때문에 그 사실에 반감을 갖겠지요. 여러 번 나는 내 이론에 따라 삶을 실리적으로 바라보려고 노력했지만 언제나 위선으로 끝나고 말더군요. 언제나 성공하는 인간은 나 같은 인간들이죠. 양심적이고 고상한 이상을 품은 사람들은 파멸하거나 애쓰지만 아무도 몰라주는 경우가 허다하죠." [7]

스스로에 대한 진솔한 고백처럼 들리기도 하고, 비겁한 사내가 마지막까지 자신을 멋지게 보이려고 하는 마음이 담겨 있는 야비한 말 같기도 합니다만 이것이 바로 밀베인의 모습입니다.

새로운 출발

밀베인은 죽은 리어던의 작품을 재조명하는 호의적인 비평을 써서 출간하고, 지인의 출판사에서 리어던의 작품을 출판하기로 합니다. 그러나 작품 자체는 대중들에게 큰 호응을 얻지 못하지요. 사실 이런 밀베인의 모습은 문단 내에서 횡행하는 끼리끼리 문화의 전형이기도 합니다. 친한 작가에게 호의적인 비평을 써주는, 소위 주례비평의 전통 같은 것 말이지요. 어쨌건 이 일을 계기로 에이미가 감사 편지를 보내면서 두 사람이 만나게 됩니다.

에이미는 이전부터 밀베인에게 호감이 있었고, 밀베인은 그녀가 받은 유산을 알고 있는 데다 서로 생각하는 바가 거의 같았기 때문에 이후 급속도로 가까워지고 결국 두 사람은 결혼합니다. 결혼 후 눈 먼 알프레드 율의 불행한 사망 소식과 메리언의 이야기가 먼발치로 들려오지만 그들과는 상관없는 일이 되었고, 밀베인의 문학계 내의 입지도 점점 탄탄해져 마침내 〈커런트〉지의 편집장 자리를 제안 받고 행복해하는 두 사람의 모습과 함께 소설은 끝이 납니다. 마지막 장면에서 에이미와 앉아 유쾌한 대화를 나누는 밀베인의 말은 이 소설 속 인물들과 19세기 당시 사람들의 어떤 태도를 단적으로 설명하는 말이기도 합니다.

> "나는 나쁜 놈이 아니라오. 나는 친절한 대접을 받을 만한 자격이 있는 누구에게라도 친절을 베풀고 싶어요. 정말이지, 말도 행동도 너그럽게 하고 싶지만 궁핍 때문에 야비할 정도로 천박해진 사람이 부지기수지요. 랜도의 이 말은 정말 진실이지요. '도덕적 결함이 불행을 초래한다는 말은 자주 반복된다. 그런데 불행이 도덕적 결함을 초래한다고 말할 사람은 없는가?' 나는 사악하게 될 수 있는 결함이 많은 인간이지요. 하지만 이제 내가 악랄해질 가능성은 없어요. 물론 파지처럼 부자가 되어갈수록 더 못돼지는 사람들이 사람들도 있지요. 하지만 그건 예외일 뿐이지요. 행복이 미덕의 유모이지요." [8]

분명한 욕망과 적당한 처세술, 에이미가 받은 남부럽지 않은 재산, 그리고 대중들의 요구를 분명하게 알고 있는 문학적 소양까지 갖춘 밀베인은 자신이 결코 실패하거나 몰락할 것이 아니라는 분명한 자신감을 보입니다. 그 모든 것의 가장 핵심적인 원천은 결국 가난과 궁핍이 가져올 수 있을 불행에서 벗어났다는 것이지요.

에이미도 밀베인도 악인이라고 할 수는 없습니다. 그들은 그들이 원하는 밝음을 좇아 자신의 길을 갔을 뿐입니다. 에이미가 리어던을 떠난 것은 에이미의 책임만이 아니고, 밀베인이 메리언과 약혼을 파기한 것도 그의 탓만은 아닙니다. 에이미와 리어던의 불행의 가장 큰 원인은 가난이었고, 메리언을 선택하지 않은 밀베인의 가장 큰 고려 사항 또한 돈, 경제적 여유였습니다. 재능 있는 작가였던 리어던이 고생하다 병으로 세상을 뜬 것도, 재능과 열정을 모두 갖춘 작가 비펜이 뜻을 펴지 못하고 스스로 생을 마감한 것도 가장 큰 요인은 글을 계속 쓸 수 없을 만큼 극심하게 그들을 괴롭힌 가난이었습니다. 아무리 재능이 뛰어나고 문학적 소명의식이 탁월하더라도 현실의 요구와 처세에 따르지 않으면 문학계에서 살아남아 성공할 수 없는 세태에 대해 밀베인은 이렇게 말합니다.

> "성공은 도덕적 보답과는 아무런 상관이 없다네. 게다가 리어던과 비펜은 둘 다 절망적일 정도로 현실적이지 못했어. 우리 사회와 같은 훌륭한 체제에서 그들은 파멸할 운명이었어. 그들을 연민하세." [9)]

어쩌면 이 말은 불행한 결혼 생활과 가난, 과로와 질병 등으로 마흔여섯이라는 나이에 생을 마감하면서도 100편이 넘는 단편 소설과 스물세 편의 장편 소설을 완성하는 왕성한 창작력을 보였지만 당대에 금전적 성공을 거두지 못한 기싱 자신에 대한 이야기인 듯 들리기도 합니다.

| 조지 기싱 (George Robert Gissing, 1857~1903)

Published by R.F. Fenno & Co, New York, 1896.

조지 기싱은 영국 빅토리아 시대의 소설가입니다. 어린 시절부터 문학적 소질을 보였으나 대학 시절부터 절도로 인한 퇴학, 전업 작가로 보낸 젊은 무명 시절의 가난, 자신과 어울리지 않는 결혼 등 순탄치 않은 삶 속에서 주로 가난을 중심으로 결혼 제도와 신분 계층의 모순에서부터 런던 빈민층의 비참한 삶, 궁핍한 지성인의 비참한 현실에 대한 직설적 묘사를 통해 발자크, 졸라 등의 자연주의 거두들과 비교되는 작가입니다. 마흔여섯이라는 젊은 나이에 세상을 떠지만 스물세 권의 장편 소설과 100편이 넘는 단편 소설, 찰스 디킨스 평론, 기행문 등을 썼습니다. 조지 오웰은 조지 기싱에 대하여 "어쩌면 영국이 낳은 최고의 소설가"라고 칭하기도 했습니다.

| 작품

『새벽의 노동자들』*Workers in the Dawn*(1880), 『이사벨 클래런던』*Isabel Clarendon*(1885), 『민중』*Demos*(1886), 『해방된 자들』*The Emancipated*(1890), 『뉴 그럽 스트리트』*New Grub Street*(1891), 『유배자로 태어나』*Born in Exile*(1892), 『짝 없는 여자들』*The Odd Women*(1893), 『헨리 라이크로프트의 내밀한 기록』*The Private Papers of Henry Ryecroft*(1903)등 장편 소설과 100편이 넘는 단편 소설을 출간했습니다.

1) "Writing is a business. Get together half-a-dozen fair specimens of the Sunday-school prize; study them; discover the essential points of such composition; hit upon new attractions; then go to work methodically, so many pages a day. There's no question of the divine afflatus; that belongs to another sphere of life. We talk of literature as a trade, not of Homer, Dante, and Shakespeare. If I could only get that into poor Reardon's head. He thinks me a gross beast, often enough. What the devil—I mean what on earth is there in typography to make everything it deals with sacred? I don't advocate the propagation of vicious literature; I speak only of good, coarse, marketable stuff for the world's vulgar."

2) "Art must be practised as a trade, at all events in our time. This is the age of trade. Of course if one refuses to be of one's time, and yet hasn't the means to live independently, what can result but breakdown and wretchedness? The fact of the matter is, you could do fairly good work, and work which would sell, if only you would bring yourself to look at things in a more practical way. It's what Mr Milvain is always saying, you know··· But I know the value of money better now. I know it is the most powerful thing in the world. If I had to choose between a glorious reputation with poverty and a contemptible popularity with wealth, I should choose the latter."

3) He knew what poverty means. The chilling of brain and heart, the unnerving of the hands, the slow gathering about one of fear and shame and impotent wrath, the dread feeling of helplessness, of the world's base indifference. Poverty! Poverty!

4) He had the conviction that all was over with the happiness of his married life, though how the events which were to express this ruin would shape themselves he could not foresee. Amy was revealing that aspect of her character to which he had been blind, though a practical man would have perceived it from the first; so far from helping him to support poverty, she perhaps would even refuse to share it with him. He knew that she was slowly drawing apart; already there was a divorce between their minds, and he tortured himself in uncertainty as to how far he retained her affections. A word of tenderness, a caress, no longer met with response from her; her softest mood was that of mere comradeship.

5) "I haven't much faith in marrying for love, as you know. What's more, I believe it's the very rarest thing for people to be in love with each other··· The days of romantic love are gone by. The scientific spirit has put an end to that kind of self-deception. Romantic love was inextricably blended with all sorts of superstitions-belief in personal immortality, in superior beings, in-all the rest

of it. What we think of now is moral and intellectual and physical compatibility; I mean, if we are reasonable people··· I am far more likely to marry some woman for whom I have no preference, but who can serve me materially."

6) Since the parting from her husband, there had proceeded in Amy a noticeable maturing of intellect. Probably the one thing was a consequence of the other. During that last year in the flat her mind was held captive by material cares, and this arrest of her natural development doubtless had much to do with the appearance of acerbity in a character which had displayed so much sweetness, so much womanly grace. Moreover, it was arrest at a critical point. When she fell in love with Edwin Reardon her mind had still to undergo the culture of circumstances; though a woman in years she had seen nothing of life but a few phases of artificial society, and her education had not progressed beyond the final schoolgirl stage. Submitting herself to Reardon's influence, she passed through what was a highly useful training of the intellect; but with the result that she became clearly conscious of the divergence between herself and her husband.

7) "Remember me as a man who disregarded priceless love such as yours to go and make himself a proud position among fools and knaves-indeed that's what it comes to. It is you who reject me, and rightly. One who is so much at the mercy of a vulgar ambition as I am, is no fit husband for you. Soon enough you would thoroughly despise me, and though I should know it was merited, my perverse pride would revolt against it. Many a time I have tried to regard life practically as I am able to do theoretically, but it always ends in hypocrisy. It is men of my kind who succeed; the conscientious, and those who really have a high ideal, either perish or struggle on in neglect."

8) "No, I am far from a bad fellow. I feel kindly to everyone who deserves it. I like to be generous, in word and deed. Trust me, there's many a man who would like to be generous, but is made despicably mean by necessity. What a true sentence that is of Landor's: 'It has been repeated often enough that vice leads to misery; will no man declare that misery leads to vice?' I have much of the weakness that might become viciousness, but I am now far from the possibility of being vicious. Of course there are men, like Fadge, who seem only to grow meaner the more prosperous they are; but these are exceptions. Happiness is the nurse of virtue."

9) "success has nothing whatever to do with moral deserts; and then, both Reardon and Biffen were hopelessly unpractical. In such an admirable social order as ours, they were bound to go to the dogs. Let us be sorry for them."

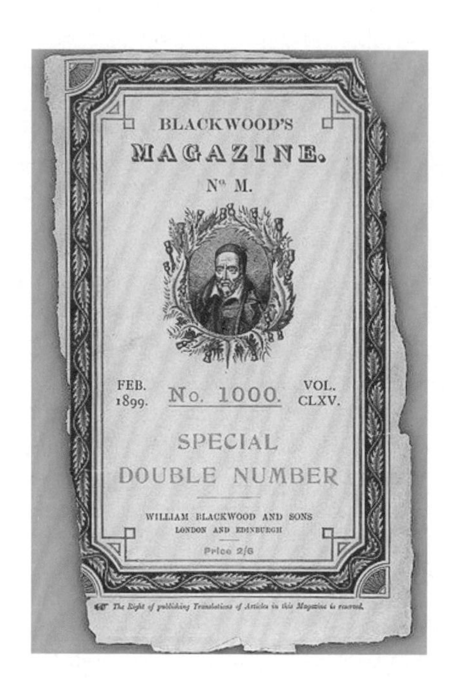
BLACKWOOD'S
MAGAZINE.
No. M.
FEB.
1899.
No. 1000.
VOL.
CLXV.
SPECIAL
DOUBLE NUMBER
WILLIAM BLACKWOOD AND SONS
LONDON AND EDINBURGH
Price 2/6
The Right of publishing Translations of Articles in this Magazine is reserved.

Joseph Conrad, *Heart of Darkness* (1899)

10.『암흑의 핵심』(1899), 조지프 콘래드
- 악의 검은 겨누는 자도 베는 법

조지프 콘래드의『암흑의 핵심』은 작품 자체로도 유명하지만, 베트남 전쟁을 다룬 영화 〈지옥의 묵시록〉의 원작이라는 사실로도 널리 알려지게 된 작품입니다. 영화의 배경은 미국과 베트남 전쟁의 무대인 베트남 밀림이지만, 소설은 벨기에 상아무역의 무대인 아프리카 콩고강 주변을 배경으로 하고 있습니다.『암흑의 핵심』이라는 제목은 콩고강을 따라 들어간 아프리카 대륙 깊숙한 내부를 일컫는 말이기도 하고, 그 속에 들어가 악의 화신이 되어버린 커츠 Kurtz라는 인물의 내면을 의미하기도 합니다.

장편 소설보다는 중편에 어울리는 길이지만 주제는 묵직합니다. 당시 확산되던 유럽의 아프리카 착취라는 식민주의 현실에 대한 냉정한 시선과 비판, 지배당하는 아프리카인은 물론 지배하는 주체인 유럽인조차도 파멸에 이르게 하는 식민주의 자체의 문제, 그리고 그 과정에서 파멸에 직면한 개인의 심리에 대한 예리한 묘사까지 모두 담겨있지요.

콘래드는 자전적 기록에서 어린 시절부터 아프리카 지도를 볼 때마다 자라서 그곳에 가봐야겠다는 마음을 품었다고 밝힌 바 있습니다. 꿈은 이루어진다더니 결국 그는 1890년 아프리카 콩고강을 운행하는 기선의 선장이 되었지요. 그러나 그에게 이 경험은 어린 시절의 호기심을 충족시키는 행복한 경험이기보다는 앞에서 언급한 식민주의의 처참한 실상과 인간 삶에 내재한 어떤 악의 본질을 깨닫게 되는 계기가 된 듯합니다. 그가 콩고강에서 목격한 것은 아프리카 밀림의 신비한 아름다움뿐만 아니라 그 어두운 밀림 속에서 자행되는 식민주의 수탈의 잔혹한 실상이었기 때문이지요.『암흑의 핵심』은 바로 그런 콘래드의 자전적 경험에 바탕한 소설입니다. 따라서 소설 속 화자인 말로는 콘래드의 분신이라고 해도 과언이 아닐 것입니다. 자, 이제 아프리카 밀림 같은 이야기 속으로 들어가 보겠습니다.

선원 말로Charles Marlow가 전하는 이야기

이야기는 상아무역회사의 증기선 선장으로 일했던 말로가 동료 선원들에게 자기 경험담을 들려주는 것으로 되어 있습니다. 그는 자신이 어릴 때부터 지도를 보며 아프리카, 특히 지도에 그려진 콩고강의 이미지에 매혹당했던 일화를 들려주는 것으로 이야기를 시작합니다.

> 그곳은 암흑의 땅이 되었지. 하지만 거기엔 특별히 강이 하나 있었어. 지도에서 볼 수 있는 굉장히 큰 강인데, 거대한 뱀이 똬리를 풀고 머리는 바다에 닿은 채 구불구불한 몸통은 멀리 광활한 대지에 대고 꼬리는 그 땅 깊숙한 곳으로 들어가 보이지 않았지. 그 상점의 진열장에서 그 지도를 볼 때마다 그 강은 뱀이 한 마리의 새, 아주 바보 같은 작은 새를 매혹하는 것처럼 내 정신을 온통 빼앗아 갔지. [1)]

아프리카 대륙, 특히 신비하면서도 경이로운 형상을 한 채 대륙으로 이어진 콩고강에 매료된 모습이 잘 드러나 있습니다. 콩고강을 똬리를 푼 거대한 뱀으로 묘사한 것에서 보이듯 말로에게 아프리카는 처음부터 무언가 어두운 악의 형상으로 다가온 것도 사실입니다. 어쨌든 상아무역을 하는 벨기에 회사의 증기선 선장을 맡게 된 말로는 결국 콩고강을 따라 아프리카 내륙으로 들어가는 꿈을 이루게 된 것이었지요. 그러나 자신이 선장으로 부임하게 될 증기선이 고장이 나서 항해가 지연되는 과정에서 말로는 대단히 중요한 상아교역소를 책임진 최고로 유능한 주재원이자 존경받는 상아 수집가인 커츠라는 인물에 대해 듣게 됩니다.

> 어느 날 그는 고개도 안 들고 말하더군. "내륙으로 들어가면 틀림없이 커츠 씨를 만나게 될 겁니다." 내가 커츠 씨가 누구냐고 묻자 그는 커츠가 일급 주재원이라고 말하더군. 그 말을 듣고 내가 실망하는 기색을 보이자 그가 펜을 내려놓으며 느릿느릿 덧붙이더군. "그분은 대단히 특별한 분이죠." 질문을 더 해서 나는 그로부터 현재 커츠 씨가 진정한 상아 산지라 할 수 있는 곳, "가장 바닥이라고 할 수 있는" 아주 중요한 한 교역소를 책임지고 있다는 사실을 알아냈지. "다른 모든 교역소에서 보내는 상아 전부를 합친 것만큼이나 많은 상아를 그곳에서 보내고 있지요." [2)]

커츠라는 인물에 대한 궁금증을 갖게 된 말로는 자신의 배를 수리하느라 시간을 지체한 뒤 커츠가 있는 주재소로 가기 위해 두 달 가까이 항해를 합니다. 그 항해 도중 그가 경험하는 아프리카 대륙은 낯설고 두려우면서도 자신이 알고 있던 지식과는 다른 현실을 보여줍니다. 특히, 아프리카인은 인간이 아닌 것처럼 여기던 유럽인의 사고와는 아주 다른 모습을 보고 느끼게 되지요.

> 그 땅은 이 세상 같지 않았어. 우리는 정복당한 괴물이 족쇄를 차고 있는 모습을 보는 데만 익숙해 있었지. 하지만 거기서, 거기서는 괴물 같은 존재가 자유롭게 있는 걸 볼 수 있었던 거야. 그건 이 세상 같지 않았고, 사람들은, 아니 사람들은 인간답지 않다고 할 수는 없었어. 글쎄, 최악은 바로 그 점이었지. 그들이 비인간적이지 않다는 의심 말이야. 그런 생각은 아주 천천히 떠오르지. 그들은 고함치며 뛰어오르고 빙빙 돌다가 무시무시한 표정을 지었어. 하지만 그걸 보는 사람을 전율하게 하는 것은 그들이 바로 우리들처럼 인간이라는 생각이었지. 그들이 보이는 그 야성적이고 열정적인 소동이 우리와 먼 친족 관계가 있다는 생각이었어. 추악한 생각이지. 그래, 그건 충분히 추악해.[3)]

유럽인은 "그들(흑인들)이 바로 우리들처럼 인간이라는 생각"을 하지 않았지요. 유럽 대륙에 노예로 잡혀 왔거나 혹은 하층민으로 존재하는 그들을 대하는 유럽인의 오만한 태도에 대한 말로(콘래드)의 비판이 읽히는 장면이라고 볼 수 있습니다. 이것은 또한 식민주의에 대한 콘래드의 생각을 보여주는 것이기도 합니다. 그는 각자는 자신의 땅에서 살아야 한다고 생각합니다. 유럽인은 유럽에서 아프리카인은 아프리카에서. 그렇지 않고 자신의 땅을 떠나 다른 땅에 들어갈 때 그는 어려움을 겪거나 자신도 어쩔 수 없는 변화에 직면한다는 것이지요. 그렇게 보자면 유럽인이 아프리카인을 유럽으로 강제로 데려온 것이나, 아프리카로 들어가 그 땅을 정복한 것은 이 원칙에 어긋나는 것이고, 따라서 옳은 행동이 아니라고 할 수 있지요. 자기의 땅인 아프리카에서 만난 아프리카인이 자유로운 인간 존재로 살아있는 모습은 너무나 당연한 모습이고요. 말로가 목격한 한 아프리카 여인이 이런 당당한 모습을 상징적으로 보여줍니다.

그 여자는 주름진 줄무늬 천을 두른 채 딸랑거리는 소리를 내는 원시적인 장신구를 반짝이며 당당한 자세로 땅을 밟으며 규칙적인 걸음을 옮기고 있었지. 머리는 높이 쳐들고 있었는데, 머리카락이 헬멧 모양으로 다듬어져 있었지. 무릎까지 놋쇠로 된 각반을 두르고 팔꿈치까지 올라간 놋쇠 팔찌를 하고 말이야. 황갈색 뺨에는 진홍빛 점이 하나 찍혀 있었고, 목에는 유리구슬로 만든 목걸이를 겹겹이 하고 있었지. 몸에는 무당이 준 것 같은 괴상한 물건들, 부적들이 가득해서 걸음을 옮길 때마다 반짝이며 흔들렸어. 그 여자는 상아 몇 개에 해당되는 값어치의 물건들을 몸에 두르고 있었어. 야만적이면서도 당당했고, 야성적인 눈을 하고 있었지만 고상했어. 그 여자의 신중한 걸음걸이는 뭔가 불길하면서도 당당한 면이 있었지. 그 순간 그 슬픈 대지 위에 갑자기 내려앉은 정적 속에서 그 거대한 밀림, 다산多産의 속성과 신비한 생명을 품은 거대한 대지가 마치 곰곰이 생각에 잠긴 듯, 그 자신의 어둡고 열정적인 영혼을 담은 그 이미지를 바라보듯 그녀를 바라보았지.[4)]

마치 아프리카 대지와 하나된 듯 이처럼 당당하면서 신비스럽기까지 한 여인의 모습은 그녀가 자신의 대지에 발을 딛고 있기 때문이지요. 반면, 자신의 땅인 유럽을 떠나 아프리카에 들어선 유럽인은 무언가에 사로잡혀 악마로 변해가고 있었지요. 그들이 아프리카에서 행하는 악행은 말로의 눈과 입을 통해 전해집니다.

닭싸움에서 진 분풀이로 원주민을 몽둥이로 두들겨 패다가 죽임을 당한 말로의 전임 선장을 통해 드러난 사소한 폭력의 비극적 결과에서부터, 아무도 없는 숲에 무차별 포격을 해대는 프랑스 군함이 보이는 폭력의 만행, 포승줄에 묶인 채 끌려가는 원주민들, 범죄자로 오인 받아 구타당하는 흑인. 그런 모습을 보면서 말로는 생각합니다.

나는 우리 두 사람을 바라보던 그 광대한 세계의 표면에 담긴 정적이 호소를 하려는 건지 아니면 위협하는 것인지 궁금했다네. 여기 머무는 우리는 도대체 어떤 존재란 말인가? 우리가 그 말없는 세계를 다룰 수 있을까, 아니면 그 세계가 우리를 마음대로 지배하게 될 것인가? 나는 말도 할 줄 모르고 어쩌면 귀까지 멀었을 그 세계가 사실 얼마나 거대한지 얼마나 엄청나게 거대한지를 느끼고 있었지.[5)]

그 엄청나게 거대한 세계가 변화시킨 상징적인 인물이 바로 커츠라고 할 수 있습니다. 커츠를 찾아가던 말로는 강가에서 흑인들의 습격을 받고 가까스로 피신한 후 어쩌면 커츠가 죽었을지 모르겠다는 생각과 함께 말로만 듣던 커츠를 실제로 만나지 못할 것 같은 두려움을 느끼게 됩니다. 한편, 이런 자신의 이야기를 듣는 동료들이 자신의 말을 너무도 가볍게 듣고 자신이 경험한 아프리카 밀림의 일과 커츠라는 인물이 처한 상황을 제대로 인식하지 못하는 것을 보고 이렇게 말합니다.

> 이곳에서 자네들은 모두 두 개의 닻을 내린 폐선처럼 멋진 주소에 뿌리를 둔 채 살아가는 것이지. 한 모퉁이에는 푸줏간이 있고, 다른 모퉁이엔 경찰관이 있고, 식욕도 왕성하고, 기온도 정상이지. 일 년 내내 정상이지, 그렇지? 그런데 내 이야기를 듣고 말도 안 된다고, 말도 안 된다고 생각하지. 말도 안 된다니! 이보게들, 오직 겁에 질려 새 신발을 배 밖으로 던져버린 사람에게서 무얼 기대할 수 있겠나. 지금 그 생각을 하면 내가 눈물을 쏟지 않은 것이 놀라울 뿐이네.[6)]

유럽이라는 문명 세계와 아프리카 밀림 세계는 이렇듯 다른 세계였던 것입니다. 그러니 그 세계의 한가운데서 살아낸 커츠의 이야기는 말로에게 중요한 것이었지요. 원주민들의 공격을 피해 커츠가 머무르던 주재소에 도착한 말로는 그곳에서 커츠와 함께 있던 러시아인을 통해 커츠에 대해 조금 더 자세하게 듣게 되고 마침내 커츠를 만나게 됩니다.

커츠와의 조우

말로가 만난 커츠는 이제까지 들었던 것과는 달리 원주민들을 무자비하게 폭력적인 방법으로 몰아붙여 상아 수집을 해왔으며, 그런 폭력을 사용하는 가운데 스스로도 정신적인 타락을 겪게 되었다는 사실을 알게 됩니다. 회사의 지배인은 말로에게 커츠가 사용하는 "건전하지 못한 방법"으로 인해 커츠가 회사의 영업에 방해가 되고 있다는 우려를 하고 있다고 전하기까지 합니다. "건전하지 못한 방법"이란 자신의 명령에 불복하는 원주민들을 학대하거나 학살하는 것, 심지어는 식인 의식까지도 자행했음을 의미했지요. 실제로 말로는 커츠가 원주민들을 참수하여 목을 전시하듯 걸어놓은 장면을 보았고, 아버지 앞에서 아들을 살해했다는 말도 전해 들었지요. 뿐만 아니라 상아를 빼앗으려고 러시아인의 목숨까지도 위협했다는 사실도 듣게 됩니다.

“모든 일에 능한 천재”인데다 “연민의 마음을 지니고 과학과 진보, 그리고 그 밖의 여러 가지 것들을 전파하는 사자使者이자 특별한 분”이라고 존경받던 그가 이렇게까지 타락한 원인은 무엇일까요. 그가 자신의 땅인 유럽을 떠나 아프리카 밀림 속으로 들어와버렸기 때문입니다. 아프리카 밀림이 그를 그렇게 만들어버리고 만 것이었지요.

아, 이 별난 인간은 아주 인상적인 대머리였지. 보라구, 밀림이 그의 머리를 쓰다듬어 머리가 공처럼 되었지. 상아로 만든 공처럼 말이야. 밀림이 그를 쓰다듬어 그가 그만 시들어버린 거라고. 밀림이 그를 받아들여 그를 사랑하고 껴안고 그의 혈관 속으로 들어가 그의 살을 불태우고, 알 수 없는 어떤 악마적인 입문식을 통해 그의 영혼을 밀림 자체의 영혼 속에 봉해버린 것이라네. 그는 밀림이 키운 버릇없는 응석받이가 된 거야. 상아 때문이라고? 내 생각도 그렇다네. 산더미처럼 쌓인 상아 더미. 그 낡은 진흙 오두막이 상아로 터져나갈 것 같았지. 그 지역 전체의 땅 위건 아래건 간에 코끼리의 어금니는 더 이상 찾아볼 수 없겠구나 생각할 정도였지… 그는 문자 그대로 그 땅의 악마들 가운데 높은 자리를 차지하고 있었다네. 자네들은 이해할 수 없지. 어떻게 이해할 수 있겠나? [7]

그러나 이런 진술은 커츠가 타락한 원인이 아프리카 대륙 때문이라고 책임을 전가하는 태도를 보여줍니다. 애초에 그런 커츠를 길러낸 것은 아프리카가 아니라 유럽이었습니다. 그는 유럽인들의 마음속에 가득한 백인 우월주의 사상이 길러낸 전형적인 인물이었습니다. 그것도 유럽의 한 지역만이 아니라 온 유럽이 다 함께 합심하여 길러낸 인물이었습니다. 말로도 (물론 콘래드도) 이 부분을 놓치지 않고 지적합니다.

커츠는 본래 영국에서 일부 교육을 받았지. 그 스스로가 말한 대로 그의 공감이 발휘될 자리에 있었던 거지. 그의 모친은 반은 영국인이었고, 부친은 반은 프랑스인이었지. 온 유럽이 커츠를 길러내는 데 기여한 셈이지. [8]

이것은 곧 커츠로 대변되는 유럽인의 폭력과 야만성이 그 뿌리를 본래의 고향인 유럽에 두고 있다는 사실을 인정하는 것이기도 합니다. 커츠의 내면에 자리한 폭력성은 〈국제야만풍습억제학회〉의 요청으로 작성한 보고서에서 이미 그 전조를 보이고 있었습니다. 말로가 직접 읽기도 한 그 보고서는 아름다운 글이긴 했지만 백인 우월주의 태도가 그대로 담겨 있었을 뿐 아니라 마지막 구절은 충격적이기까지 했지요.

> 아름다운 한 편의 글이었지. 하지만 첫 문장은, 나중에 내가 알게 된 정보에 따르면, 지금 생각하면 불길하게 여겨지기도 해. 그의 주장은 이렇게 시작되지. 우리 백인들은 그동안 이루어놓은 발전의 관점에서 "반드시 그들(야만인들)에게 초자연적인 존재인 것처럼 보여야 하고, 우리는 신성한 존재와 같은 힘을 보이면서 그들에게 접근해야만 한다."는 등등의 내용이었지… 거기엔 마지막 페이지 아래에 나중에 떨리는 손으로 휘갈겨 쓴 노트 형태의 방안을 제외하면 그 어떤 실제적 방안의 암시도 없었지. 그건 아주 단순했어. 그리고 모든 이타적인 감정을 향해 감동적으로 호소하던 문장의 끝에 그 노트는 마치 맑은 하늘에 번개처럼 나를 향해 환하고 두려운 빛을 발하면서 부르짖고 있었어. "모든 야만인들을 말살하라!" [9]

이런 생각으로 아프리카 원주민을 학대, 학살하며 무자비하게 상아 수집을 해왔던 커츠의 폭력은 원주민에게만 해를 입힌 것이 아니었습니다. 커츠 자신 또한 빠져나올 수 없는 공포와 두려움 속에 병들어가게 만들었던 것입니다. 몰래 자기 주재소로 돌아가려다 실패하고 병든 몸으로 증기선으로 돌아온 커츠는 점점 더 고통스러워하는 모습을 보이다가 마침내 자신의 내면에 가득한 공포와 두려움을 토로하며 마지막 순간을 맞이합니다.

> 그의 표정에 나타난 변화와 비슷한 것을 나는 지금까지 본 적이 없었고, 앞으로도 다시 보고 싶지 않아. 아, 내가 그 표정에 감동을 받은 것이 아니야. 나는 매혹당했던 거야. 마치 가리고 있던 베일이 찢어지는 것 같았어. 그 상앗빛 얼굴에서 나는 음울한 오만함, 무자비한 권력, 두려운 공포, 강렬하고 가망 없는 절망의 표정이 어린 것을 보았지. 그 완벽한 앎에 도달한 최고의 순간에 그는 욕망, 유혹, 복종으로 가득한 자신의 일생 속 순간순간을 다시 살고 있었던 것일까? 그는 어떤 이미지, 어떤 비전을 향해 외치듯 속삭이고 있었어. 겨우 숨 쉬는 것에 불과할 정도의 소리로 두 번 외쳤어.
>
> "두려워! 두려워!" [10]

그리고 얼마 후 커츠는 숨이 끊어진 상태로 발견됩니다. 이 마지막 "두려워! 두려워!"라는 말은 이 작품 전체의 주제를 담고 있는 중요한 고백입니다. 커츠 자신의 악행을 인정하는 한편, 자신 또한 그 악행으로 인한 공포의 희생자라는 사실, 그리고 식민주의하에서 자행되고 있는 착취와 만행에 대한 유럽인의 회한과 자기 고백을 분명하게 보여주는 것입니다. 그는 아프리카 원주민들에게 무자비한 폭력을 행사했지만, 결국 자신 또한 그 폭력의 공포에 시달리고 있었던 것이지요. 이런 커츠의 죽음은 말로에게 인간의 삶에 대한 두렵고도 냉철한 인식을 가져다줍니다. 그는 이렇게 말합니다.

> 인생이란 우스운 거야. 어떤 쓸데없는 목적을 위해 무자비한 논리를 불가사의하게 배열해놓은 게 삶이지. 우리가 인생에서 희망할 수 있는 최선은 우리 자신에 대한 약간의 지식이지. 그것도 너무 늦게 찾아와 결코 지울 수 없는 회한이라는 결실뿐이지. 나는 죽음을 상대로 싸워왔어. 그건 우리가 상상할 수 있는 가장 맥없는 투쟁이지. 그 투쟁은 어떤 미지의 회색 공간에서 벌어지는데 발밑에도 주변에도 아무것도 없고, 관객도 없으며, 소란도 영광도 심지어 승리를 향한 엄청난 욕망도, 패배에 대한 엄청난 두려움도 없이, 어중간한 회의주의라는 넌더리나는 분위기 속에서, 우리 자신의 정당함에 대한 상당한 믿음도 없이, 또 우리 적수가 죽으리라는 믿음도 없이 그저 싸우기만 하는 것이지. [11]

커츠의 삶이 그러했고, 자신의 삶이 그러했으며, 모든 인간의 삶이 그러하다고 말로는 말합니다. 결코 승리할 수 없는, 그저 끝없이 싸워야만 하는 이런 투쟁에서 우리를 기다리는 것은 결국 모두가 패자가 되는 결과뿐이겠지요. 하지만 우리는 삶이라는 이 투쟁을 회피할 길이 없습니다. 그럼에도 불구하고 살아가야 하기 때문이지요. 그러하기에 말로는 이 고통스러운 비극적 투쟁의 진실을 모두가 알 필요는 없다고 생각합니다. 말로가 마지막에 커츠의 약혼녀에게 거짓말을 하는 까닭이 바로 그 때문이지요.

감춰진 진실, 순진한 유럽

아프리카에서 무슨 일이 벌어지고 있는지 모르는 커츠의 약혼녀는 커츠를 여전히 덕망 있는 존재로, 죽음의 순간까지도 자신에 대한 사랑만을 간직한 사람으로 믿습니다. 그러나 실상 말로가 만난 이래 커츠는 단 한 번도 그녀의 이름을 입에 올린 적이 없었습니다. 그에게 그녀를 포함한 유럽의 일은 안중에도 없었지요. 그는 이미 아프리카의 어둠에 영혼이 잠식되어 있었으니까요. 그러나 말로는 그녀에게 진실을 말할 수 없었습니다.

"그럼 다시 들려주세요." 그녀가 상심한 목소리로 말했다, "제게는, 제게는 무엇이든 평생을 의지하며 살아갈 무언가가 필요하답니다."

나는 소리칠 뻔했어. '그 소리가 들리지 않나요?'라고. 주변의 어둠이 끈질기게 그 소리를 속삭이고 또 속삭이고 있었어. 그 속삭임은 마치 처음 바람이 일 때처럼 위협적으로 커져가는 것 같았어. '두려워! 두려워!'

"제가 의지하며 살아갈 그분의 마지막 말씀을 들려주세요." 그녀가 나지막하게 중얼거렸어. "제가 그분을 사랑했다는 걸 모르시겠어요. 저는 그분을 사랑했어요. 그분을 사랑했다구요!"

나는 마음을 가다듬고 천천히 말했지. "그분이 마지막으로 내뱉은 말은 당신의 이름이었답니다." [12)]

이렇게 커츠의 약혼녀에게 위안을 주는 거짓말을 하는 말로의 태도를 통해 우리는 두 가지 중요한 사실을 알게 됩니다. 먼저 아프리카 밀림에서 벌어지고 있는 유럽인들의 아프리카에 대한 착취와 아프리카인들에 대한 악행을 끝까지 유럽 본국에는 알리지 않음으로써 식민지 착취를 통해 유럽인들이 누리는 풍요에 대한 죄책감을 갖게 하지 않으려 한다는 것이지요. 실제 본문에서 말로는 유럽의 여인들이 아프리카에서 벌어지는 실상을 몰라야 한다는 점을 강조합니다. 이러한 위선적인 태도는 아프리카에 대한 유럽의 착취가 아프리카나 아프리카 원주민들뿐 아니라 유럽인 자신마저도 파괴시킴에도 불구하고 멈추지 않겠다, 멈출 수 없다는 것을 보여주는 것이기도 합니다.

다른 하나는 작가인 콘래드의 태도입니다. 말로가 콘래드의 분신인 듯 봐도 무방하다고 말씀드렸습니다만 결론적으로 말로가 아프리카 식민지 지배와 착취의 실상을 감추도록 함으로써 그는 식민정책이 잘못된 것임을 인정하고 비판하면서도 그것을 완전히 끝낼 만큼의 용기는 갖지 못한 것처럼 보입니다. 이것은 콘래드 자신이 유럽의 변방인 폴란드 출신으로 식민지 개척이나 착취에 직접적인 참여를 하지 않았음에도 불구하고 넓게 보자면 유럽 중심의 사고에서 완전히 벗어나지 못한 것이 아닌가 하는 의구심을 갖게 합니다.

이 소설의 배경이 되는 19세기 후반은 유럽의 식민지 쟁탈과 건설이 활발하게 이루어지고, 벨기에 식민지였던 콩고에서 원주민들에 대한 착취와 수

탈, 잔혹 행위가 극심하게 자행되던 시기였습니다. 콘래드는 말로의 시선을 통해 이런 현실을 적나라하게 보여주는 한편, 그 과정에서 커츠라는 인물의 타락을 통해 제국주의의 주체마저 철저하게 파멸된다는 점을 분명하게 보여주면서 유럽 제국의 식민주의에 대해 정면으로 비판하는 입장을 취합니다.

그러나 커츠의 타락은 아프리카라는 고립된 암흑의 공간에 고립된 개인의 심리적 변화가 원인의 일부라는 주장을 하는가 하면, 러시아인은 물론 말로마저 커츠의 영웅적 본성을 언급하고, 앞에서도 언급한 것처럼 커츠의 약혼녀에게 거짓말을 하면서 커츠의 명성을 지켜주는 등 식민주의의 민낯을 완전히 드러내지는 못하는 아쉬움도 분명 있습니다. 그럼에도 불구하고 작가가 처한 시대와 역사의 한계를 인정해준다면, 제국의 식민지배가 당연한 사실처럼 받아들여지던 시대에 아프리카 대륙에서 벌어지고 있는 식민지배의 현실과 참상을 가감 없이 담아내며 문제점을 지적한 작가 콘래드와 이 작품의 의미는 결코 가볍다 할 수 없을 것입니다. 폴란드라는 유럽 변방 출신이자 선원이었으며, 뒤늦게 영어로 작품 활동을 했음에도 불구하고 조지프 콘래드가 영국 소설의 위대한 전통에 자리매김하고 있는 이유, 충분히 짐작이 됩니다.

| 조지프 콘래드 (Joseph Conrad, 1857~1924)

Conrad in 1904 by George Charles Beresford.

이십대가 될 때까지 영어를 능숙하게 사용하지 못했던 폴란드 출신의 작가인 콘래드는 선원으로서 자신의 경험을 바탕으로 유럽이 지배적인 권력을 행사하던 19세기에 벌어진 제국주의와 식민주의의 양상과 인간 심리의 변화에 대한 관심이 많았습니다. 이런 그의 관심은 폴란드 독립에 적극적으로 참여하고 러시아 제국주의에 반대 운동을 한 조부와 아버지 등 혈통의 뿌리 깊은 전통과도 무관하지 않은 듯합니다.

어린 시절부터 건강이 좋지 않았던 데다 열한 살 때 아버지마저 여의고 고아가 된 콘래드는 가정 교육을 제외하면 정규 교육을 거의 받지 못했습니다. 일찍 사업을 배우게 되었고, 상선의 선원이 되었습니다. 이후 20년 가까이 선원 생활을 하면서 선장이 됩니다. 작가로서 콘래드가 첫 작품을 시작한 것은 그가 서른두 살 되던 1889년이었고, 1894년 바다를 떠나 본격적으로 작품을 쓰기 시작합니다. 선원 생활을 통해 얻은 생생한 경험이 이국적인 소설의 주제가 되면서 관심은 끌었지만 상업적 성공을 거두지는 못했으며, 대부분의 소설은 신문이나 잡지에 먼저 소개된 뒤 출판되었습니다.

폴란드어와 프랑스어에 능숙했으며, 영어는 이십대가 되어서야 사용하기 시작했습니다. 그러나 가장 늦게 사용하기 시작한 영어로 글 쓰는 일이 가장 자연스러웠다고 한 그는 모든 작품은 영어로 썼습니다. 놀라운 일이지요. 그는 자신의 선원 생활의 경험과 그때 만난 실존 인물들을 소설에 활용했으며, 실제 이름을 그대로 사용하기도 했습니다.

콘래드는 평생 건강이 좋지 못해 힘들어 했으며, 스무살 때는 권총 자살을 시도하기도 했습니다. 1896년 영국 여인 제시 조지와 결혼하여 두 아들을 낳았으며, 여생은 대부분 영국에서 보내다 1924년 심장마비로 세상을 떠났습니다.

| 작품

『알메이어의 우행』*Almayer's Folly*(1895), 『암흑의 핵심』*Heart of Darkness*(1899), 『로드 짐』*Lord Jim*(1900), 『노스트로모』*Nostromo*(1904), 『비밀요원』*The Secret Agent*(1907), 『황금화살』*The Arrow of Gold*(1919), 『구조』*The Rescue*(1920) 등 20여 권이 넘는 소설과 수필집 『바다의 거울』*The Mirror of the Sea*(1906),『인생과 문학에 대하여』*Notes on Life and Letters*(1921) 등 많은 산문이 있습니다.

1) It had become a place of darkness. But there was in it one river especially, a mighty big river, that you could see on the map, resembling an immense snake uncoiled, with its head in the sea, its body at rest curving afar over a vast country, and its tail lost in the depths of the land. And as I looked at the map of it in a shop-window, it fascinated me as a snake would a bird-a silly little bird.

2) One day he remarked, without lifting his head, "In the interior you will no doubt meet Mr. Kurtz." On my asking who Mr. Kurtz was, he said he was a first-class agent; and seeing my disappointment at this information, he added slowly, laying down his pen, "He is a very remarkable person." Further questions elicited from him that Mr. Kurtz was at present in charge of a trading post, a very important one, in the true ivory-country, "at the very bottom of there. Sends in as much ivory as all the others put together."

3) The earth seemed unearthly. We are accustomed to look upon the shackled form of a conquered monster, but there—there you could look at a thing monstrous and free. It was unearthly, and the men were—No, they were not inhuman. Well, you know, that was the worst of it—this suspicion of their not being inhuman. It would come slowly to one. They howled, and leaped, and spun, and made horrid faces; but what thrilled you was just the thought of their humanity—like yours—the thought of your remote kinship with this wild and passionate uproar. Ugly. Yes, it was ugly enough;

4) She walked with measured steps, draped in striped and fringed cloths, treading the earth proudly, with a slight jingle and flash of barbarous ornaments. She carried her head high; her hair was done in the shape of a helmet; she had brass leggings to the knee, brass wire gauntlets to the elbow, a crimson spot on her tawny cheek, innumerable necklaces of glass beads on her neck; bizarre things, charms, gifts of witch-men, that hung about her, glittered and trembled at every step. She must have had the value

of several elephant tusks upon her. She was savage and superb, wild-eyed and magnificent; there was something ominous and stately in her deliberate progress. And in the hush that had fallen suddenly upon the whole sorrowful land, the immense wilderness, the colossal body of the fecund and mysterious life seemed to look at her, pensive, as though it had been looking at the image of its own tenebrous and passionate soul.

5) I wondered whether the stillness on the face of the immensity looking at us two were meant as an appeal or as a menace. What were we who had strayed in here? Could we handle that dumb thing, or would it handle us? I felt how big, how confoundedly big, was that thing that couldn't talk, and perhaps was deaf as well.

6) Here you all are, each moored with two good addresses, like a hulk with two anchors, a butcher round one corner, a policeman round another, excellent appetites, and temperature normal—you hear—normal from year's end to year's end. And you say, Absurd! Absurd be-exploded! Absurd! My dear boys, what can you expect from a man who out of sheer nervousness had just flung overboard a pair of new shoes. Now I think of it, it is amazing I did not shed tears.

7) this-ah specimen, was impressively bald. The wilderness had patted him on the head, and, behold, it was like a ball—an ivory ball; it had caressed him, and-lo!-he had withered; it had taken him, loved him, embraced him, got into his veins, consumed his flesh, and sealed his soul to its own by the inconceivable ceremonies of some devilish initiation. He was its spoiled and pampered favorite. Ivory? I should think so. Heaps of it, stacks of it. The old mud shanty was bursting with it. You would think there was not a single tusk left either above or below the ground in the whole country··· He had taken a high seat amongst the devils of the land—I mean literally. You can't understand.

8) The original Kurtz had been educated partly in England, and—as he was good enough to say himself—his sympathies were in the right place. His mother was half-English, his father was half-French. All Europe contributed to the making of Kurtz;

9) it was a beautiful piece of writing. The opening paragraph, however, in the light of later information, strikes me now as ominous. He began with the argument that we whites, from the point of development we had arrived at, 'must necessarily appear to them [savages] in the nature of supernatural beings—we approach them with the might as of a deity,' and so on, and so on··· There were no practical hints to interrupt the magic current of phrases,

unless a kind of note at the foot of the last page, scrawled evidently much later, in an unsteady hand, may be regarded as the exposition of a method. It was very simple, and at the end of that moving appeal to every altruistic sentiment it blazed at you, luminous and terrifying, like a flash of lightning in a serene sky: "Exterminate all the brutes!"

10) Anything approaching the change that came over his features I have never seen before, and hope never to see again. Oh, I wasn't touched. I was fascinated. It was as though a veil had been rent. I saw on that ivory face the expression of somber pride, of ruthless power, of craven terror—of an intense and hopeless despair. Did he live his life again in every detail of desire, temptation, and surrender during that supreme moment of complete knowledge? He cried in a whisper at some image, at some vision, he cried out twice, a cry that was no more than a breath—

"The horror! The horror!"

11) Droll thing life is—that mysterious arrangement of merciless logic for a futile purpose. The most you can hope from it is some knowledge of yourself—that comes too late—a crop of unextinguishable regrets. I have wrestled with death. It is the most unexciting contest you can imagine. It takes place in an impalpable grayness, with nothing underfoot, with nothing around, without spectators, without clamor, without glory, without the great desire of victory, without the great fear of defeat, in a sickly atmosphere of tepid skepticism, without much belief in your own right, and still less in that of your adversary.

12) "Repeat them," she said in a heart-broken tone. "I want, I want, something, something, to, to live with."

I was on the point of crying at her, 'Don't you hear them?' The dusk was repeating them in a persistent whisper all around us, in a whisper that seemed to swell menacingly like the first whisper of a rising wind. 'The horror! The horror!'

"His last word—to live with," she murmured. "Don't you understand I loved him—I loved him—I loved him!"

I pulled myself together and spoke slowly.

"The last word he pronounced was—your name."

Virginia Woolf, *To The Lighthouse* (1927)

11. 『등대로』(1927), 버지니아 울프
- 영혼의 풍경을 그리다

『등대로』는 버지니아 울프 스스로 자신의 최고작으로 꼽았고, 그녀의 작품을 전문으로 출판한 편집자인 남편 레너드Leonard 또한 주저 없이 걸작으로 인정했을 뿐 아니라 많은 문학 애호가들도 울프를 대표하는 작품으로 여기는 소설입니다. 1927년에 발표된 이 소설은 울프 특유의 '의식의 흐름 기법Stream of Consciousness Technique' 혹은 '내적 독백Interior Monologue'이라는 혁신적 서술 기법과 '시적인 묘사'라는 문체의 특징을 전형적으로 보여주는 작품이기도 합니다. 이 소설에는 버지니아 울프의 가족사, 특히 그녀가 어렸을 때 세상을 떠난 어머니에 대한 추억과 그리움이 담겨 있기도 합니다.

울프의 부친은 콘웰의 세인트 아이브스섬의 탈렌드 저택Talland House을 세내어 가족들과 함께 보내곤 했는데 울프는 그 시절을 가장 행복하게 기억한다고 합니다. 『등대로』의 공간적 배경이 그 섬과 겹쳐지며, 작품 속 제임스가 가려 하는 등대는 실제 울프의 남동생 아드리안Adrian이 찾아가고자 했지만 허락받지 못했다는 고드레비 등대Godrevy Lighthouse와 닮아 있다고 합니다. 무엇보다 램지 부인은 울프의 어머니와 흡사하게 묘사되었으며, 릴리 브리스코의 예술관과 울프의 예술관 또한 닮아 있습니다.

형식과 내용면에서도 이 작품은 다른 소설들과 아주 다른 모습을 보여줍니다. 중요한 사건의 진행이나 주인공에 해당하는 특정 인물의 갈등과 해결을 중심으로 시간 순으로 이야기가 전개되는 전통적인 소설과는 달리 『등대로』에는 특정한 사건이 아니라 등장인물들의 내면의 생각이 펼쳐집니다. 자연히 소설에서는 외부에서 벌어지는 사건과 인물의 내면에서 벌어지는 심리의 변화가 뒤섞여 표현되며, 관찰자인 작가의 전지적 시점과 등장인물들의 시점이 섞이거나 뒤바뀌어 서술되기도 합니다. 작가의 관점인지 등장인물의 시각인지 혼동하기 쉬운 이런 서술 방식이 한편으로는 소설을 읽는 재미와 긴장감을 더해주기도 하지만 어려움을 느끼는 독자들도 있는 작품입니다.

『등대로』는 3부로 구성되어 있습니다. 1부 '창문The Window'에서는 스코틀랜드의 헤브리즈섬에 있는 별장에서 여름휴가를 보내는 철학 교수인 램지 가족과 일행들의 이야기가 펼쳐집니다. 겉으로 드러나는 사건은 다음날 등대를 방문하고 싶어 하는 램지의 아들 제임스와 날씨가 좋지 않을 테니 그럴 수 없을 것이라고 부정적으로 말하는 램지의 의견을 두고 주변 인물들이 보이는 반응입니다. 하지만 실제 소설의 내용은 이들과 함께 머무는 화가인 릴리 브리스코Lily Briscoe, 램지의 제자인 텐슬리Charles Tansley, 시인인 카마이클 August Carmichael, 그리고 도일Minta Doyle과 라일리Paul Rayley 등의 생각과 그들을 바라보는 램지 부인Mrs. Ramsay의 생각이 주로 그려집니다.

2부는 '세월이 흘러Time Passes'라는 짧은 장으로 1부로부터 10년이 흐른 뒤로 그간 있었던 일을 짧게 들려줍니다. 램지 부인과 두 아이가 세상을 떠난 것으로 설명됩니다.

3부 '등대The Lighthouse'는 1장 이후 10년의 세월이 흐른 뒤 램지 부인을 제외한 인물들이 다시 그 별장에 모여 1부에서 이루지 못했던 일들을 이루는 것을 보여줍니다. 램지 씨는 아들 제임스, 딸 카밀리아와 함께 보트를 타고 오랫동안 미뤘던 등대로 가고, 그들이 등대로 향하는 장면을 보면서 화가인 브리스코는 그동안 완성하지 못했던 그림을 완성합니다.

전체적인 내용에서 나타나듯 『등대로』는 겉으로 드러나는 사건이나 갈등을 중심으로 이야기가 전개되는 소설이 아니라 인물들의 내면의 변화를 관찰하고 읽어내는 섬세하고 미묘한 흐름을 포착하는 것이 중요한 작품입니다. 따라서 독자들에게도 대단히 꼼꼼하고 신중하면서 섬세한 읽기가 요구됩니다. 이 글에서도 이야기에 등장하는 인물들의 내면 묘사와 관련된 글들을 중심으로 텍스트를 읽어가 보려고 합니다. 다른 어떤 작품보다 텍스트를 많이 인용하는 것도 그 때문입니다.

1부—'창문'

소설이 시작되면 먼저 등대로 가고 싶어 하는 제임스의 생각에 부정적인 반응을 하는 램지가 등장합니다.

> "하지만," 그의 아버지가 거실 창문 앞에서 걸음을 멈추며 말했다. "날씨는 안 좋을 거야."
>
> 그때 거기에 손도끼든 쇠꼬챙이든 뭐든 아버지의 가슴에 구멍을 뻥 뚫어 죽일 수 있는 무기가 될 만한 것이 있었다면, 제임스는 그걸 움켜쥐었을 것이다. 램지 씨는 존재 자체만으로도 아이들의 마음에 그런 격한 감정을 불러일으켰다. 칼처럼 빼빼 마르고, 칼날처럼 밴댕이 속인 그는 빈정거리는 웃음을 띠면서 아이들의 꿈을 산산조각내고, 모든 면에서 그보다 만 배는 훌륭한 그의 아내를 비웃었다. [1)]

아버지에 대한 제임스의 반감의 크기가 얼마나 강한지를 알 수 있습니다. 대학교수이고 철학자인 램지 씨는 영향력 있는 저서를 출판한 작가이기도 합니다만 다른 사람들과 공감하기보다는 자기중심적인 이기적 인물이라는 것이 소설 내내 뚜렷하게 드러납니다. 버지니아 울프는 이런 램지의 모습이 남성의 일반적 특성을 포함하고 있다고 생각하는 것 같습니다. 반면, 램지 부인은 다릅니다. 그녀는 아들 제임스의 입장에서 공감하고 이해하는 태도를 보입니다.

> "날씨가 좋아질 수도 있어—날씨가 좋아질 거라고 생각해." 램지 부인이 말했다. [2)]

램지 부인은 소설에 등장하는 모든 인물들에게 공감하며, 그들에게 관심을 보입니다. 뿐만 아니라 램지 부인은 아름다워서 램지의 제자인 텐슬리는 경외감과 함께 연모의 마음을 품을 정도입니다. 물론 램지 부인도 자신의 아름다움에 대해 모르지 않았습니다.

> 그녀는 자신이 아름다움美의 횃불을 두르고 있다는 사실을 모를 수가 없었다. 자기가 들어가는 방마다 그 횃불을 들고 들어갔다. 그 아름다움을 장막으로 가려도, 그 아름다움이 드러내는 한결같은 태도로부터 뒷걸음질을 쳐도, 그녀의 아름다움은 확연히 드러났다. 그녀는 칭송받았으며, 사랑받았다. 상을 당해 슬퍼하는 이들이 있는 방에 그녀가 들어가면, 사람들은 그녀 앞에서 폭포 같은 눈물을 쏟았다. 남자들도 여자들도 그녀와 함께 있으면 세상사의 복잡한 일들을 제쳐두고 단순한 위안에 빠져들었다. [3)]

램지 부인이 공감과 아름다움을 지닌 인물이라면 남편 램지 씨는 지성과 이성을 중요시하는 인물입니다. 그는 자신이 뛰어난 지성의 소유자라는 사실을 스스로 인정하고 뿌듯해합니다.

빛나는 지성이었다. 인간의 사고라는 것이 피아노의 건반처럼 많은 음으로 나뉜 것이거나, 아니면 스물여섯 철자가 순서대로 배열된 알파벳과 같은 것이라면, 그렇다면 내 지성은 한 글자 한 글자 확실하고 정확하게 밟아 철자 Q에 도달하는 데 아무런 어려움도 없지. 나는 Q에 도달했어. 영국 전체를 통틀어도 Q까지 도달한 사람은 거의 없을 걸… 그런데 Q 다음은? 그다음엔 뭐가 오지? Q 다음에도 많은 철자가 있지. 마지막 글자는 인간의 눈에는 거의 보이지도 않지만 멀리서 빨갛게 반짝이지. Z는 한 세대에 한 사람 정도 도달하지. 그렇긴 하지만 내가 R에 도달한다면, 그것도 대단한 일일 거야. 그래 적어도 Q에는 왔어. 나는 Q에 발뒤꿈치를 묻고 있지. 그래 Q는 확실해. Q는 증명할 수 있지. 지금 Q라면 R은… 그는 파이프를 돌화분 손잡이에 두세 번 톡톡 쳤다. "그다음은 R인데…" 그의 몸이 긴장되며, 단단히 힘이 들어갔다. [4]

마지막에 보이는 것처럼 램지는 더 높은 지성의 단계에 도달하지 못한 좌절감과 함께 자신의 상대적 부족함도 크게 느끼며, 자신의 지성의 결과물인 저서와 자신의 명성이 잊힐까 봐 걱정하고 두려워하기도 합니다. 램지가 이렇듯 자신과 연관된 주로 지성적인 문제에 신경을 쓰는 반면, 램지 부인의 마음에 흐르는 것은 사람들, 그들과의 관계, 시간, 그 사이에 흘러가는 모든 것, 곧 인생입니다.

나는 다만 인생을 생각해요. 내 눈앞에 나타난 작은 띠 같은 시간, 50년의 세월을. 그 인생이 내 앞에 있어요. 인생이. 나는 인생을 생각하지요. 하지만 아직 끝내진 못했어요. 나는 인생을 흘깃 봅니다. 인생이 거기 있다는 것을 분명하게 느끼기 때문이지요. 아이들이나 남편과 공유할 수 없는 현실적이고 내밀한 그 인생을. 인생과 나 사이에는 일종의 거래가 오가고 있지요. 그 거래에서 나와 인생은 각각 양쪽 당사자예요. 내가 항상 더 나은 자리를 점하려고 애를 쓰지요, 인생이 나를 이기려 애를 쓰듯. 가끔 둘은 교섭도 하지요(혼자 있을 때 말이지요). 기억해보면 서로 크게 타협하는 장면도 있었지요. 하지만 이상하게도 대부분 인생이라 부르는 것은 끔찍하고, 적대적이며 기회만 주면 나에게 잽싸게 달려들 태세를 보이는 것처럼 느껴져요. 영원히 풀 수 없는 문제들이 있어요. 고통, 죽음, 빈곤이 그것들이지요. 이 섬에도 암으로 죽어가는 여성들이 있어요. 하지만 나는 아이들 모두에게 말했지요. 그 모든 문제들을 이기고 헤쳐 나가야 한다고. 여덟 명의 아이들에게 가차없이 그 말을 했어요. [5]

랩지가 자신의 지적인 성취와 자신이 좋아하는 책 속의 인물들에 몰입하고 자신의 명성이 영원하지 않고 잊힐까 두려워하는 반면, 램지 부인은 자연을 사색의 대상으로 삼아 명상하기를 좋아합니다.

기이한 일이지만 혼자 있을 때면, 생명이 없는 것들에 마음을 두게 됩니다. 나무, 강, 꽃 같은 것들 말이지요. 그것들이 스스로를 표현하고 있다는 느낌이 들고, 나와 하나가 되고, 나를 알아주는 것 같고, 어떤 의미에서는 나인 듯 느낍니다. 그리하여 마치 나를 대하듯 (그녀는 그 길고 한결 같은 빛을 바라보았다.) 알 수 없는 다정함을 느낍니다. 그러면 거기 마음 저 깊은 곳에서 소용돌이치며, 내 존재의 호수로부터 한 줄기 안개가 마치 연인을 맞이하는 신부처럼 솟아오릅니다. 그러면 나는 바느질 바늘을 멈춘 채 바라봅니다. [6)]

혼자 책 읽는 시간이 가장 편안한 램지와 달리 램지 부인은 온가족이 식탁에 앉아 함께 식사하는 시간을 가장 편안하게 느낍니다. 낮 동안의 사소한 갈등이 잦아들고, 이런저런 일들로 인해 산만했던 마음이 안정되고, 서로 떨어져 자기 시간에 몰두하던 가족들과 일행들이 한 자리에 앉아 자신이 차려준 음식을 먹으며 온전히 자신의 보살핌 아래 있다는 안정감을 주는 그 시간에 램지 부인은 마치 큰 성의 안주인 같은 마음으로 그들을 지켜보며, 그런 순간들이 모여 우리의 인생이 된다고 생각하지요.

모든 일이 다 순조로워 보여요. 바로 지금, 바로 지금 나는 안정을 찾았어요.(그러나 이런 상태가 오래 가지 않을 거라고, 그녀는 모두가 구두에 대한 이야기를 시작하자 그 순간부터 거리를 두면서 생각했다.) 나는 날갯짓을 멈춘 매처럼, 환희의 기운 속에 펄럭이는 깃발처럼 허공을 떠다녔어요. 환희의 기운이 온몸의 신경을 가득 부드럽고 감미롭게, 소리 없이, 엄숙하게 채웠어요. 왜냐하면, 식사하고 있는 이들을 바라보며 나는 생각했지요, 그 환희의 기운이 남편과 아이들과 친구들에게서 솟아나고 있었으니까요. 그 모든 환희의 기운이 깊은 정적 속에서 솟아올라 (그녀는 윌리엄 뱅크스에게 작은 요리 하나를 떠주려고 질그릇 속을 들여다보고 있었다.) 무슨 특별한 까닭도 없이 거기 연기처럼 어려 있고, 피어오르는 향처럼 모두를 안전하게 감싸 안고 있는 듯했지요. 아무것도 말할 필요도 없고, 말할 수도 없었지요. 주변에 온통 환희만이 가득했지요. 그녀는 뱅크스 씨에게 특별히 연한 조각을 떼어주며 느꼈다. 그 환희가 영원하다는 것을… 사물들의 안정성과 영원성이 존재하고, 변화로부터 벗어나 흘러가고 날아가고 유령 같은 것들의 표면에서 루비처럼 빛나지요. 그래서 오늘밤에도 나는 낮에 이미 맛보았던 평화와 휴식을 느꼈지요. 이러한

순간들 가운데, 영원한 것이 만들어지지요. [7]

1부의 마지막 장면은 가족들의 식사 후 램지 부부의 모습입니다. 램지는 소설을 읽고 있고, 램지 부인은 뜨개질을 하고 있습니다. 아침부터 제임스의 등대로 가는 문제로 인해 오고간 불편했던 말과 생각들, 자신의 명성이 영원하지 않을까 봐 걱정하는 램지의 이기적인 태도로 인해 잠시 어색해졌던 식탁의 분위기, 민타와 라일리의 결혼 문제를 두고 의견이 달랐던 두 사람이 서로에게 느꼈던 아쉬움, 이런 여러 일들이 지나고 마침내 둘이 남게 된 두 사람은 겉으로는 아무런 대화를 하고 있지 않지만 서로의 마음속에 무슨 생각이 오가는지를 너무나 잘 알고 있습니다. 작가는 그런 그들의 마음을 전해줍니다. 독자들은 작가의 시선을 통해 두 사람의 마음에 흐르는 감정을 보고 듣게 됩니다. 서로 상대방이 무엇을 원하는지, 무슨 말을 해주기를 바라는지를 알면서도 끝까지 침묵하며 자신의 일을 하고 있는 두 사람의 마음속 대화는 다음과 같이 그려집니다.

당신은 전보다 더 아름답군. 그녀는 남편이 그렇게 생각하고 있다는 것을 알았다. 그녀 스스로도 자신이 아름답다고 느꼈다. 딱 한 번만이라도 좋으니 나를 사랑한다고 말해주지 않겠소? 그는 민타와 책에 관한 일로 흥분해 있고, 하루가 끝나 가는데다 두 사람은 등대에 가는 문제로 다툰 바도 있으니 그런 생각을 했다. 하지만 그녀는 그럴 수 없었다. 그녀는 그 말을 할 수 없었다. 그가 자신을 빤히 쳐다보고 있는 것을 알고 있었기 때문에 부인은 말을 하는 대신 양말을 들고 서서 남편을 바라보았다. 남편을 바라보면서 미소를 지었다. 말은 한마디도 하지 않았지만 그는 그녀가 자기를 사랑한다는 것을 알고 있었다. 그도 그것을 부정할 수는 없었다. 그녀는 미소를 띤 채 창밖을 내다보며 말했다. (세상에 이보다 행복한 일은 있을 수 없다 생각하면서.) "그래요, 당신 말이 맞아요. 내일은 비가 올 것 같아요. 갈 수 없을 거예요." 그녀는 그에게 미소를 지어 보였다. 그녀가 이번에도 승리한 것이었다. 그녀는 그 말을 하지 않았지만 남편은 알고 있었다. [8]

소설은 이런 장면들이 이어집니다. 이제까지 소개했던 많은 작품들은 크건 작건 무언가 소설 전체를 관통하는 중심 사건 혹은 이야기가 있었고, 인물들은 그 이야기나 사건을 중심으로 그려집니다. 그러나 『등대로』는 그렇지 않습니다. 이 소설의 많은 장면들을 위에서 본 램지 부부에 대한 묘사처럼 인물들의 마음속 풍경, 내면의 흐름에 관심을 기울입니다. 자연히 소설에는 대화보다 묘사하고 설명하는 문장들이 주가 됩니다. 울프는 「현대 소설」"Modern Fiction"이라는 비평문을 통해 이전까지 소설들이 외적인 사건과 겉으로 드러나는 인물의 행동을 중요하게 여겼던 것을 비판하며, 소설의 주제나 제재로 중요한 것, 소설가가 그려야 할 것은 인간의 마음속, 정신에 새겨지는 우리 삶의 순간순간의 인상이라고 주장한 바 있습니다.

> 어떤 평범한 날의 어떤 한 평범한 사람의 정신에 대해서 잠시 살펴보자. 정신은 수많은 무수한 인상들을 받아들이는데 그것들은 사소한 것일 수도, 기괴한 것일 수도 있고, 순간적인 것일 수도 있고, 또 날카로운 쇠로 새겨놓은 그런 것일 수도 있다. 사방으로부터 그 인상들은 다가오는데, 무수한 원자의 끊임없는 소나기와 같다. 그 인상들이 우리에게 떨어지면서 월요일과 화요일의 삶을 형성해갈 때 강조점은 과거와는 다른 곳에 놓이게 된다. 중요한 순간은 이곳이 아니라 그곳에 나타난다… 삶이라는 것은 대칭적으로 배열되어 있는 일련의 마차등불이 아니다. 삶이라는 것은 빛나는 후광, 그리고 의식의 처음부터 끝까지 우리를 둘러싸고 있는 반투명의 외피이다. 이처럼 변화하고 알 수 없고 경계가 모호한 정신을 전달하는 것이 소설가의 과업이 아니겠는가? 가능하면 외적인 요소 외부적인 요소를 섞지 않고 그 자체가 설령 아무리 탈선이나 복합성을 내보이든지 간에 그렇게 내면의 정신을 그리는 게 소설가의 일이다.[9]

2부—"세월이 흘러"

앞에서 말씀드렸던 것처럼 2부에서는 10년의 세월이 흐르는 동안의 변화를 간략하게 소개하고 지나갑니다. 램지 부인이 떠난 별장의 스산함을 묘사하는 장면에서 램지 부인의 빈자리와 세월이 남긴 파괴의 흔적과 함께 시간의 무상함을 느끼게 됩니다.

> 집은 버려졌고 황폐해졌다. 모래 언덕 위 조개껍질처럼 버려졌다. 생명이 떠났으니 건조한 소금가루가 그것을 채웠다. 기나긴 밤이 자리잡은 것 같았다. 노닥거리는 바람이 갉아먹고, 축축한 입김 같은 바람이 집을 주물럭거리며 완전히 정복한 듯했다. 소스 냄비는 녹슬고 깔개는 썩었다. 두꺼비가 코를 디밀고 들어왔다. 축 늘어져 하늘거리는 숄은 그저 이리저리 흔들렸다. 엉겅퀴가 식료품 저장실 타일 사이로 고개를 내밀었다. 제비들이 응접실에 둥지를 틀었고, 바닥은 볏짚으로 어지러웠다. 회반죽은 몇 삽 분량으로 떨어졌고, 서까래는 맨살을 드러냈다. 쥐들이 이것저것 가져가 징두리 뒤에서 갉아먹었다. 거북딱지나비들이 유충에서 나와 창틀 위에서 날갯짓을 하며 삶을

시작했다. 양귀비는 달리아 사이에 씨를 뿌리고, 잔디는 무성한 풀들과 함께 일렁거렸다. 거대한 아티초크가 장미 사이로 불쑥 솟아올랐고, 술 장식 모양의 카네기가 양배추 사이에서 피어났다. 잡초가 창을 부드럽게 두드리던 소리가 겨울이면 억센 나무와 가시덤불의 북소리가 되었는데, 이 억센 나무와 가시덤불이 여름이면 방 전체를 녹색으로 가득 채웠다. 어떤 힘이 이 자연의 번식과 무심함을 막을 수 있을까? [10]

3부—등대

3부에서는 램지 부인과 아들, 딸을 잃은 램지 씨와 1부에서 함께 했던 인물들이 별장을 다시 찾아옵니다. 3부의 중심인물은 화가 릴리 브리스코입니다. 1부에서 램지 부인에 대해 다소 부정적인 시각을 보였던 그녀는 램지 부인이 떠난 별장에서 그녀의 역할과 존재감을 깨닫고 그녀가 보여주었던 공감과 이해가 가득한 삶의 의미를 이해하게 되지요. 변화된 릴리 브리스코의 모습은 램지 씨와의 관계를 통해 드러납니다.

부인을 잃은 램지 씨는 릴리 브리스코에게서 부인이 보여주었던 공감과 이해를 원하는 듯한 태도를 보입니다. 1부에서도 램지 부인에게 요구만 하던 램지 씨의 태도를 마뜩잖게 생각했던 릴리는 세월이 흘러도 여전한 램지 씨를 탐탁지 않게 여깁니다. 그러나 자신의 풀어진 신발끈을 정성을 다해 묶어주는 램지 씨를 보며 릴리는 문득 깨닫습니다. 자신의 무정함과 램지는 물론 모든 인간의 본질적 외로움을, 그리고 램지 부인이 램지를 포함해 다른 사람들에게 주었던 공감과 이해의 의미를.

그들은 마침내 평화가 깃들고 이성이 지배하며 태양이 영원히 빛나는 햇살 가득한 섬, 훌륭한 장화의 축복받은 섬에 도착했다고 느꼈다. 그녀의 마음이 그를 향해 따뜻하게 누그러졌다. "자 당신이 끈을 제대로 매는지 한 번 볼까요?" 그가 릴리의 엉성한 끈 매듭에 콧방귀를 뀌며 말했다. 그는 자신이 고안한 끈 매는법을 보여주었다. 한 번 묶으면 절대 풀리지 않지요. 그는 릴리의 구두끈을 세 번이나 맸다가 풀었다.

램지 씨가 그녀의 구두 위로 몸을 숙이고 있는 이 매우 부적절한 순간에, 왜 그에 대한 연민의 감정이 솟아 그녀를 괴롭히는 것일까? 릴리도 몸을 숙이자 피가 몰려 얼굴이 화끈거렸고, 자신이 보였던 무정함을 생각하자 (그녀는 그를 연기하는 배우라고 불렀다.) 두 눈에 눈물이 고여 따끔거리는 것을 느꼈다. 그렇게 몰두하고 있는 그는 한없는 애처로움을 자아내는 것 같았다. 그는 구두끈을 묶었다. 그는 구두를 샀다. 그가 걸어갈 삶의 여정에 그를 도울 방법은 없었다. 하지만 그녀가 무언가를 말하려고 하는 순간, 무언

가를 말할 수 있다고 생각한 바로 그 순간… [11]

이 같은 릴리의 인식은 조금 더 본질적인 이해로 나아가 불가사의한 것처럼 보였던 삶의 의미를 깨닫게 됩니다. 삶의 의미라는 것은 놀라운 기적이 일어나는 특별한 계시처럼 깨닫거나 오는 것이 아니라 일상의 모든 사소한 순간들이 빛나는 삶의 의미를 지닌 계시와 같은 시간이라는 것을.

> 삶의 의미는 무엇일까? 그게 전부였다. 단순한 문제지만 세월이 흘러가면서 더 가깝게 다가오는 것이었다. 위대한 계시 같은 건 전혀 없었다. 위대한 계시는 결코 나타나지 않을 것이다. 그 대신 일상의 작은 기적들, 깨달음과 어둠 속에서 예상치도 못하게 밝혀진 성냥들이 있었다. 이 순간도 그런 한 순간이다. 이것, 저것, 또 저것. 그녀와 찰스 텐슬리와 부딪히는 파도. 램지 부인은 그것들을 그 모두를 하나로 엮으며, "인생이 여기 가만히 서 있는 거예요."라고 말했다. 그렇게 램지 부인은 그 순간을 영원한 무언가로 만들었다. (마치 릴리 자신이 다른 곳에서 순간을 영원으로 만들려고 애쓰는 것처럼.) 이것은 계시의 특성을 지닌다. 혼돈의 한가운데도 형태가 있고, 이처럼 영원히 지나가고 흘러가는 것이 (릴리는 흘러가는 구름과 흔들리는 나뭇잎을 보았다.) 안정을 찾아든다. 인생이 여기 가만히 서있는 거라고 램지 부인은 말했다. "램지 부인! 램지 부인!" 릴리는 부르고 또 불렀다. 이 계시는 모두 부인 덕이었다. [12]

릴리가 이런 깨달음을 얻는 순간 램지와 제임스는 마침내 섬에 도착합니다. 섬을 향해 출발하는 것 자체로 이미 램지와 아들 제임스의 화해가 시작된 것이었지만, 섬에 도착하는 동안 키를 잡았던 제임스에게 램지가 칭찬을 함으로써 둘 사이의 오랜 마음속 갈등은 사라집니다. 그 칭찬이라는 것은 사실 무슨 대단한 것도 아니었고 딱 한마디, "수고했다"는 말이 전부였지만 제임스가 그토록 원했던 것이 그 한마디에 담긴 인정, 그것이었다면, 그 한마디는 단순한 한마디가 아닌 것이지요. 삶이란 때로 얼마나 불가사의한 것인지요. 이런 말 한마디가 사람을 살리고 죽이기도 하니까요. 버지니아 울프는 우리 삶의 그런 순간, 어쩌면 사소하게 지나갈 수 있는 그런 순간에 담긴 의미를 우리가 제대로 느끼고 인식하고 있는지를 끊임없이 묻고 있는 것 같습니다.

램지와 제임스가 화해하고 마침내 섬에 도달한 것처럼 릴리도 그동안 미뤄왔던 자신의 그림을 완성합니다.

"모두 섬에 올랐겠군."… 갑자기, 저쪽에서 무언가의 부름을 받은 것처럼 릴리는 캔버스를 돌아보았다. 저기, 내 그림이 있어. 그래, 녹색과 푸른색, 그리고 위로 가로지르며 달리는 선들이, 그래, 무언가를 시도하고 있어. 다락방에 걸릴 수도 있고, 버려질 수도 있겠지. 하지만 그게 뭐 어때? 릴리는 스스로 그렇게 질문하며 붓을 다시 들었다. 그녀는 계단을 바라보았다. 계단은 텅 비어 있었다. 이번에는 캔버스를 보았다. 캔버스는 흐릿했다. 갑자기 잠깐 동안 아주 명확하게 본 것처럼 격렬한 감정이 휘몰아치면서 한가운데 선을 하나 그었다. 다 됐다. 이제 완성했다. 그래, 그런 생각을 하며 그녀는 극심한 피로감과 함께 붓을 내려놓으며 그녀는 생각했다, 내 비전을 봤어. [13)]

그녀가 그림을 완성한 것은 삶에 대한 그녀의 인식, 비전을 깨닫는 것을 보여주는 것이라 할 수 있습니다. 이는 등대라는 존재의 상징성과도 관련이 있습니다. 램지와 제임스가 마침내 도달하는, 소설의 처음부터 마지막까지 내내 멀리서 우뚝 서 있던 등대는 어둠 속에서 빛을 비춰 길을 안내하는 특성이 보여주듯 어떤 깨달음, 인식을 상징하는 것으로 생각할 수 있습니다. 특히, 자아에 집착하는 이기심을 버리고 공감과 이해를 통해 타인과 교감하는 상태를 의미하는 가치의 상징이라고 할 수 있습니다. 램지와 제임스 두 부자의 화해는 이를 극적으로 보여주는 장면이지요. 이는 램지 부인이 그토록 갈망했던 것이며, 마지막에 릴리 브리스코가 자신의 예술이 지향할 지점으로 깨달은 것이기도 합니다. 버지니아 울프가 이 작품을 통해 가장 핵심적으로 말하고자 하는 것이기도 하고요.

버지니아 울프의 『등대로』는 사회 속에 존재하는 개인의 고유한 존재성, 개인들 사이의 관계, 서로 이해하고 교감하고 공감 받고자 하는 그들의 갈망을 그리고 있습니다. 그와 동시에 이성과 지성, 사실의 세계를 대표하는 램지와 감성과 직관, 감정을 대표하는 램지 부인의 조화를 보여주면서, 램지와 아들 제임스의 갈등과 화해 과정, 그리고 램지 부인에 대한 오해를 극복하고 자신에게 부족한 공감을 깨닫고 램지 부인을 이해한 릴리가 마침내 그 깨달음을 자신의 예술로 승화하는 과정을 통해 우리 삶의 진정한 모습과 의미가 어디에 있는지를 보여주고 있습니다.

| 버지니아 울프
(Adeline Virginia Woolf, 1882~1941)

George Charles Beresford - Virginia Woolf in 1902.

20세기를 대표하는 소설가이자 '의식의 흐름Stream of Consciousness', '시적인 산문lyric prose' 서술 방식을 구사한 대표적인 작가입니다. 페미니스트 문학 운동의 선구자로도 널리 알려졌습니다.

비평가이자 철학가였던 아버지Leslie Stephen의 일곱 번째 자녀로 태어나 어릴 때부터 부유한 환경에서 자랐지만 어린 시절부터 의붓오빠들에게 당한 성적 학대와 어머니의 죽음 등으로 평생 신경 이상 증세를 겪었습니다. 하지만 그녀는 진보적 중산층 문화, 예술인 집단인 '블룸스버리 그룹Bloomsbury Group'의 중심 역할을 하면서 문학 활동은 물론 지식-사회 운동에도 적극적으로 참여한 20세기를 대표하는 소설가이자 지식인이었습니다.

많은 소설과 산문에서 그녀는 확고한 여성주의적 시각과 반식민주의, 반제국주의적 입장을 견지했습니다. 특히 그녀의 작품 가운데 『자기만의 방』*A Room of One's Own*은 페미니즘 문학의 고전으로 여겨지고 있습니다.

| 작품

『출항』*The Voyage Out*(1912), 『밤과 낮』*Night and Day*(1919), 『야곱의 방』*jacob's Room*(1922), 『댈러웨이 부인』*Mrs. Dalloway*(1925), 『등대로』*to the Lighthouse*(1927), 『물결』*The Waves*(1931), 『올랜도』*Orlando*(1928), 『세월』*The Years*(1937), 『막과 막 사이』*Between the Acts*(1941) 등의 장편소설과 단편집 『월요일 혹은 화요일』*Monday or Tuesday*(1921), 그리고 『평범한 독자』*The Common Reader*(1925, 1932), 『자기만의 방』*A Room of One's Own*(1929), 『3기니』*Three Guineas*(1938) 등이 있습니다.

1) "But," said his father, stopping in front of the drawing-room window, "it won't be fine."

Had there been an axe handy, a poker, or any weapon that would have gashed a hole in his father's breast and killed him, there and then, James would have seized it. Such were the extremes of emotion that Mr. Ramsay excited in his children's breasts by his mere presence; standing, as now, lean as a knife, narrow as the blade of one, grinning sarcastically, not only with the pleasure of disillusioning his son and casting ridicule upon his wife, who was ten thousand times better in every way than he was;

2) "But it may be fine—I expect it will be fine," said Mrs. Ramsay.

3) She bore about with her, she could not help knowing it, the torch of her beauty; she carried it erect into any room that she entered; and after all, veil it as she might, and shrink from the monotony of bearing that it imposed on her, her beauty was apparent. She had been admired. She had been loved. She had entered rooms where mourners sat. Tears had flown in her presence. Men, and women too, letting go to the multiplicity of things, had allowed themselves with her the relief of simplicity.

4) It was a splendid mind. For if thought is like the keyboard of a piano, divided into so many notes, or like the alphabet is ranged in twenty-six letters all in order, then his splendid mind had no sort of difficulty in running over those letters one by one, firmly and accurately, until it had reached, say, the letter Q. He reached Q. Very few people in the whole of England ever reach Q… But after Q? What comes next? After Q there are a number of letters the last of which is scarcely visible to mortal eyes, but glimmers red in the distance. Z is only reached once by one man in a generation. Still, if he could reach R it would be something. Here at least was Q. He dug his heels in at Q. Q he was sure of. Q he could demonstrate. If Q then is Q -R -. Here he knocked his pipe out, with two or three resonant taps on the handle of the urn, and proceeded. "Then R…" He braced himself. He clenched himself.

5) Only she thought life-and a little strip of time presented itself to her eyes-her fifty years. There it was before her-life. Life, she thought, but she did not finish her thought. She took a look at life, for she had a clear sense of it there, something real, something private, which she shared neither with her children nor with her husband. A sort of transaction went on between them, in which she was on one side, and life was on another, and she was always trying to get the better of it, as it was of her; and sometimes they parleyed (when she sat alone); there were, she remembered, great reconciliation scenes; but for the most part, oddly enough, she must admit that she felt this thing that she called

life terrible, hostile, and quick to pounce on you if you gave it a chance. There were eternal problems: suffering; death; the poor. There was always a woman dying of cancer even here. And yet she had said to all these children, You shall go through it all. To eight people she had said relentlessly that.

6) It was odd, she thought, how if one was alone, one leant to inanimate things; trees, streams, flowers; felt they expressed one; felt they became one; felt they knew one, in a sense were one; felt an irrational tenderness thus (she looked at that long steady light) as for oneself. There rose, and she looked and looked with her needles suspended, there curled up off the floor of the mind, rose from the lake of one's being, a mist, a bride to meet her lover.

7) Everything seemed right. Just now (but this cannot last, she thought, dissociating herself from the moment while they were all talking about boots) just now she had reached security; she hovered like a hawk suspended; like a flag floated in an element of joy which filled every nerve of her body fully and sweetly, not noisily, solemnly rather, for it arose, she thought, looking at them all eating there, from husband and children and friends; all of which rising in this profound stillness (she was helping William Bankes to one very small piece more, and peered into the depths of the earthenware pot) seemed now for no special reason to stay there like a smoke, like a fume rising upwards, holding them safe together. Nothing need be said; nothing could be said. There it was, all round them. It partook, she felt, carefully helping Mr. Bankes to a specially tender piece, of eternity… there is a coherence in things, a stability; something, she meant, is immune from change, and shines out (she glanced at the window with its ripple of reflected lights) in the face of the flowing, the fleeting, the spectral, like a ruby; so that again tonight she had the feeling she had had once today, already, of peace, of rest. Of such moments, she thought, the thing is made that endures.

8) She knew that he was thinking, You are more beautiful than ever. And she felt herself very beautiful. Will you not tell me just for once that you love me? He was thinking that, for he was roused, what with Minta and his book, and its being the end of the day and their having quarrelled about going to the Lighthouse. But she could not do it; she could not say it. Then, knowing that he was watching her, instead of saying anything she turned, holding her stocking, and looked at him. And as she looked at him she began to smile, for though she had not said a word, he knew, of course he knew, that she loved him. He could not deny it. And smiling she looked out of the window and said (thinking to herself, Nothing on earth can equal this happiness)—"Yes, you were right. It's going to be wet tomorrow. You won't be able to go."—And she looked at him smiling. For she had triumphed again. She had not said it: yet he knew.

9) Examine for a moment an ordinary mind on an ordinary day. The mind receives a myriad impressions–trivial, fantastic, evanescent, or engraved with the sharpness of steel. From all sides they come, an incessant shower of innumerable atoms, and as they fall, as they shape themselves into the life of Monday or Tuesday, the accent falls differently from of old; the moment of importance came not here but there… Life is not a series of gig-lamps symmetrically arrange; life is a luminous halo, a semitransparent envelope surrounding us from the beginning of consciousness to the end. Is it not the task of the novelist to convey this varying, this unknown and uncircumscribed spirit, whatever aberration or complexity it may display, with as little mixture of the alien and external as possible?

10) The house was left; the house was deserted. It was left like a shell on a sandhill to fill with dry salt grains now that life had left it. The long night seemed to have set in; the trifling airs, nibbling, the clammy breaths, fumbling, seemed to have triumphed. The saucepan had rusted and the mat decayed. Toads had nosed their way in. Idly, aimlessly, the swaying shawl swung to and fro. A thistle thrust itself between the tiles in the larder. The swallows nested in the drawingroon; the floor was strewn with straw; the plaster fell in shovelfuls; rafters were laid bare; rats carried off this and that to gnaw behind the wainscots. Tortoise-shell butterflies burst from the chrysalis and pattered their life out on the window-pane. Poppies sowed themselves among the dahlias; the lawn waved with long grass; giant artichokes towered among roses; a fringed carnation flowered among the cabbages; while the gentle tapping of a weed at the window had become, on winters' nights, a drumming from sturdy trees and thorned briars which made the whole room green in summer. What power could now prevent the fertility, the insensibility of nature?

11) They had reached, she felt, a sunny island where peace dwelt, sanity reigned and the sun for ever shone, the blessed island of good boots. Her heart warmed to him. "Now let me see if you can tie a knot," he said. He poohpoohed her feeble system. He showed her his own invention. Once you tied it, it never came undone. Three times he knotted her shoe; three times he unknotted it.

Why, at this completely inappropriate moment, when he was stooping over her shoe, should she be so tormented with sympathy for him that, as she stooped too, the blood rushed to her face, and, thinking of her callousness (she had called him a play-actor) she felt her eyes swell and tingle with tears? Thus occupied he seemed to her a figure of infinite pathos. He tied knots. He bought boots. There was no helping Mr. Ramsay on the journey he was going. But now just as she wished to say something, could have said something…

12) What is the meaning of life? That was al-a simple question; one that tended to close in on one with years. The great revelation had never come. The great revelation perhaps never did come. Instead there were little daily miracles, illuminations, matches struck unexpectedly in the dark; here was one. This, that, and the other; herself and Charles Tansley and the breaking wave; Mrs. Ramsay bringing them together; Mrs. Ramsay saying, "Life stand still here"; Mrs. Ramsay making of the moment something permanent (as in another sphere Lily herself tried to make of the moment something permanent)—this was of the nature of a revelation. In the midst of chaos there was shape; this eternal passing and flowing (she looked at the clouds going and the leaves shaking) was struck into stability. Life stand still here, Mrs. Ramsay aid. "Mrs. Ramsay! Mrs. Ramsay!" she repeated. She owed it all to her.

13) "They will have landed,"… Quickly, as if she were recalled by something over there, she turned to her canvas. There it was—her picture. Yes, with all its greens and blues, its lines running up and across, its attempt at something. It would be hung in the attics, she thought; it would be destroyed. But what did that matter? she asked herself, taking up her brush again. She looked at the steps; they were empty; she looked at her canvas; it was blurred. With a sudden intensity, as if she saw it clear for a second, she drew a line there, in the centre. It was done; it was finished. Yes, she thought, laying down her brush in extreme fatigue, I have had my vision.

Ⅱ. 미국 소설

James Fenimore Cooper, *The Last of the Mohicans* (1826)

1. 『마지막 모히칸』(1826), 제임스 페니모어 쿠퍼
- 초기 미국 변경의 신화적 서사시

『마지막 모히칸』은 제임스 페니모어 쿠퍼의 대표 연작인 〈가죽 각반 연작Leather-Stocking Series〉의 한 작품입니다. 『개척자들』, 『마지막 모히칸』, 『대초원』, 『길을 여는 사람』 그리고 『사슴 사냥꾼』으로 이루어진 이 연작에는 북미 대륙의 초기 시대부터 프랑스와 인디언의 전쟁을 거쳐 미국의 건국에 이르는 50년 동안의 이야기가 담겨 있습니다. '호크 아이' 혹은 '라 롱그 카라빈'이라 불리는 백인, 내티 범포Nathaniel(Natty) Bumppo, 모히칸족의 최후의 추장인 칭가치국Chingachgook과 그의 아들 웅카스Uncas가 북미의 변경 지역을 모험하며 겪는 사건을 중심으로 초기 미국의 정체성이 형성되는 과정을 보여주는 서사시입니다.

내티 범포는 특히 주목할 만한 인물입니다. 백인이면서 인디언과 함께 생활하며 인디언 문명을 이해하고 그들의 문화를 체화한 그는, 문명과 자연, 정착지와 숲, 무엇보다 백인과 인디언을 연결시키는 매개인으로 미국적 정체성의 특징을 상징하는 존재라고 할 수 있습니다.

〈가죽 각반 연작〉의 두 번째 작품인 『마지막 모히칸』은 프랑스와 인디언의 전쟁뿐 아니라 북미의 패권을 두고 영국이 프랑스와 전쟁을 벌이던 1757년을 배경으로 하고 있습니다. 자연히 작품에는 두 진영이 대조적으로 그려집니다. 품위 있고 우아하며 선한 인디언인 칭가치국, 웅카스와 그들이 돕는 영국이 선을 이루고 있다면, 잔혹하고 간교한 악당 인디언인 마구아Magua와 함께 북미 대륙의 패권을 두고 영국과 싸우고 있는 프랑스가 악의 모습을 하고 있습니다.

모험의 시작

이야기는 에드워드 요새에서 헨리 요새로 가는 영국인 던컨 헤이워드 소령, 코라Cora, 앨리스Alice 일행과 그들을 안내하는 휴런족 마구아(르 르나르 수탈)가 등장하며 시작합니다. 헤이워드 일행은 마구아를 전적으로 신뢰하지만 사실 그는 프랑스 편으로 그들을 함정에 빠트리려는 인물입니다. 위기의 순간에 모히칸족 최후의 추장인 칭가치국과 그의 아들 웅카스, 그리고 백인인 호크 아이가 등장해 마구아의 정체를 밝히고 헤이워드 일행을 구해준 다음 요새로 안내합니다. 영국인 일행의 눈에 웅카스의 자태가 인상적으로 비칩니다.

> 청년 모히칸은 태도나 자연스러운 몸짓이 우아하고 거칠 것 없었다. 그 백인과 마찬가지로 녹색의 술이 달린 사냥복에 평소보다 몸을 많이 가리고 있기는 했지만 어둡게 빛나는, 두려움이라고는 모르는 눈은 무서우면서도 차분했다. 큰 키와 도도해 보이는 단단한 몸매에 원주민다운 붉은 피부색을 하고 있는 그는, 당당하고 넓은 경사진 이마와 함께 절묘한 비율로 남은 정수리 부분을 제외하고는 맨머리가 그대로 드러나 있었다… 순진한 앨리스는 기적적으로 숨결을 부여받은 그리스의 조각칼이 빚은 귀한 유물을 바라보듯 그의 거칠 것 없는 태도와 당당한 자세를 쳐다보았다. 헤이워드는 타락하지 않은 원주민들 사이에 많이 볼 수 있는 완벽한 외모에 익숙했음에도 불구하고 인간 가운데 가장 고귀한 균형을 보이는 흠잡을 데라고는 없는 그 외모에 대해 존경을 숨기지 않고 드러냈다.[1)]

웅카스의 늠름하고 우아한 자태는 아메리카 원주민에 대한 유럽인의 경외감을 자아낼 정도입니다. 한편, 마구아가 자기 부하들을 모아 일행들을 추격해 오고, 서로 격전이 벌어지는 과정에서 총알이 떨어진 호크 아이와 모히칸 부자는 코라와 앨리스는 해치지 않을 것이라 생각하고 그들을 동굴에 피신시킨 뒤 도움을 청하러 떠납니다. 두 사람이 떠난 뒤 막다른 동굴에 갇혀 있던 코라와 앨리스 등 일행은 결국 뒤따라온 마구아 일당에게 발각되어 포로가 되고 맙니다.

마구아의 분노

이들은 이제 윌리엄 헨리 요새와 정반대인 남쪽으로 끌려가는데, 도중에 코라는 호크 아이의 조언에 따라 나뭇가지를 꺾어 자신들의 흔적을 표시하지만, 곧 발각되고 결국 마구아가 이끄는 대로 원주민 부족들 앞으로 끌려갑니다. 이곳에서 마구아가 그들에게 적대감을 보이는 이유가 그의 입을 통해 밝혀집니다.

> "마구아는 호수의 인디언 붉은 휴런족 추장이자 전사로 태어났다. 그는 스무 번의 여름과 스무 번의 눈 내리는 겨울 강가를 달리고 나서야 한 창백한 얼굴을 보았다. 그는 행복했다! 그리고 그의 백인 조상들이 숲으로 와서 불의 물을 마시는 법을 가르쳐주었다. 그래서 그는 악마가 되었다. 휴런족들이 그를 조상의 숲에서 쫓아냈다. 쫓기는 물소를 몰아내는 것처럼. 그는 호수 아래로 달려 내려와 '대포의 도시'로 갔다. 거기서 그는 사냥하고 물고기를 잡았지만 사람들이 그를 다시 숲 밖으로 쫓아내 적의 품 안으로 들어갔다. 휴런의 추장으로 태어난 그가 결국 모호크의 전사가 되고 말았다!… 그의 머리가 돌이 아닌 것이 르 르나르의 잘못인가? 누가 그에게 불의 물을 주었나? 누가 그를 악마로 만들었나? 그건 너와 같은 창백한 피부색을 가진 자들이었다." [2)]

마구아는 자신을 그렇게 만든 먼로 대령의 딸 코라가 자신의 아내가 되어 함께 살 것을 요구합니다. 하지만 코라는 이를 거부하고, 마침 그때 호크 아이와 칭가치국, 웅카스가 나타나 이들을 구해줍니다. 마구아의 손아귀에서 탈출한 일행은 마구아의 추격을 피하고 여러 난관을 극복해가면서 윌리엄 헨리 요새 근처에 도착했으나, 포위하고 있던 프랑스군에게 발각되어 전투가 벌어집니다. 아슬아슬한 위기의 순간에 코라와 앨리스는 아버지 먼로 대령이 이끄는 영국군에 의해 구조되는 반면, 호크 아이는 프랑스군에게 사로잡히고 맙니다.

요새를 두고 대치한 영국군과 프랑스군은 담판에 들어가는데, 먼로 대령을 대리한 헤이워드와 프랑스군 지휘자 몽컴 후작 사이의 담판은 합의점을 찾지 못하고 결렬됩니다. 회담 과정을 보고한 후 헤이워드는 먼로 대령에게 딸 앨리스에게 청혼하겠다는 허락을 구합니다. 먼로 대령은 그의 청혼을 허락하면서, 앨리스와는 달리 자신의 딸 코라가 혼혈인 까닭을 설명합니다.

> "내가 어느 지주의 외동딸인 앨리스 그레이엄과 약혼했을 때 자네와 비슷했을 걸세. 하지만 가난하다는 이유 말고도 여러 이유로 그녀의 부친이 우리 사이를 못마땅해

했지. 그래서 나는 정직한 사내가 마땅히 해야 할 일을 했다네. 그 아가씨와 파혼하고 입대해 나라를 떠났지. 여러 곳을 다녔고 여기저기서 많은 피를 흘리다가 서인도제도까지 가게 되었다네. 그곳에서 곧 내 아내가 되어 코라를 낳을 여인과 사귀게 되었다네. 그 섬의 신사분과 부인의 딸이었지. 그 부인은 부유한 사람들의 요구를 들어주기 위해 비천하게 노예가 되었던 불행한 계급의 먼 후손이었다네." [3]

그때 낳은 딸이 코라였던 것입니다. 코라의 엄마는 코라를 낳고 세상을 떴고, 이후 먼로가 다시 스코틀랜드로 돌아왔을 때, 그때까지 그를 기다리며 독신으로 있던 첫사랑 앨리스 그레이엄과 결혼하여 앨리스를 낳았던 것이었지요. 그러나 헤이워드의 결심은 변함이 없습니다.

먼로 대령의 항복과 마구아의 복수

1차 회담에서 합의점을 찾지 못한 양 진영은 2차 회담에 들어가는데, 이때는 먼로 대령이 직접 몽컴과 만납니다. 이 자리에서 먼로는 자신이 지원군을 요청했던 웹 장군이 지원군을 보낼 수 없다며 항복하라 권하는 문서를 보냈으며, 그 문서를 몽컴이 중간에 탈취해 지니고 있음을 알게 됩니다. 결국 요새를 지킬 수 있는 모든 희망이 사라진 것을 확인한 먼로 대령은 명예로운 항복을 인정하면 모든 영국군의 목숨을 살려주겠다는 몽컴의 제안을 받아들입니다. 양 진영 사이의 항복 회담은 평화롭게 진행되었지만 이 평화 회담을 반대하는 인물이 있었습니다. 다름 아닌 마구아였지요. 복수심에 불타던 그는 자신의 분노를 쏟을 피의 복수가 없는 항복을 받아들일 수 없었던 것입니다. 자신을 보살펴준 양아버지인 몽컴의 결정에 겉으로는 따르는 체 하면서도 퇴각하는 영국군과 여성, 아이들까지 공격, 살육하고 코라와 앨리스를 납치해 갑니다. 사흘 후 먼로 대령과 헤이워드, 그리고 호크 아이 일행이 그들을 구출하기 위한 작전에 나섭니다. 그러나 코라와 앨리스는 함께 있는 것이 아니었습니다. 코라와 앨리스를 다른 부족이 데리고 있다는 것을 알게 된 헤이워드는 데이비드와 함께 앨리스를, 나머지는 코라를 구하러 떠납니다. 헤이워드는 프랑스 의사로 변장을 하고 프랑스 편 원주민 부족에게 접근했다가 마구아의 포로가 되어있는 웅카스를 발견합니다. 마구아는 웅카스를 죽여 복수를 하자고 무리를 선동하고 있었습니다.

"형제들이여, 우리는 죽은 자들을 잊어서는 안 되오. 피부 붉은 우리들은 기억을 잊는 법이 없소. 우리는 이 모히칸이 비틀거릴 때까지 그의 등에 짐을 지우고 지켜보며, 우리의 젊은이들을 뒤따라가게 해야 하오. 우리 귀는 듣지 못해도 그들은 우리에게 도움을 청하고 있소. 그들이 말하고 있소. '우리를 잊지 마시오.' 이 모히칸의 영혼이 짐을 지고 그들을 힘들게 따르는 모습을 보면, 그들은 우리가 같은 마음이라는 것을 알 것이오. 그러면 그들은 영원히 행복하게 지낼 것이오. 그리고 우리 자식들은 '우리 아버지들이 친구들에게 그랬듯 우리도 그래야 한다.'고 말할 것이오. 양키가 대체 뭐란 말이오? 우리가 많은 양키를 목 베었지만 아직도 이 땅은 창백한 낯으로 가득하오. 휴런의 이름에 새겨진 오점은 인디언의 핏줄에서 나온 피로만 감출 수 있소. 이 델라웨어 놈을 죽입시다." [4]

일촉즉발 위기의 순간에 호크 아이가 곰으로 변장한 채 헤이워드를 구하러 오고, 앨리스를 발견한 헤이워드는 그녀를 데리고 탈출합니다. 한편, 호크 아이는 마구아를 제압한 뒤 탈출했다가 웅카스를 구하기 위해 다시 돌아옵니다. 그에게 칭가치국의 아들 웅카스는 한몸과도 같은 존재였기에 그냥 둘 수 없었기 때문이지요.

"나는 숱한 전투에서 그와 함께 싸워 왔소. 내가 한쪽 귀로 그 녀석의 총소리를 듣고 다른 쪽으로 추장의 총소리를 듣는 한 우리 뒤를 추적하는 적은 없다는 것을 알았소. 여름에도 겨울에도, 낮에도 밤에도 우리는 함께 거친 숲속을 돌아다니며 같은 음식을 먹고, 서로 망을 봐주며 잠을 잤소. 그리고 웅카스가 잡혀 고생한다는 말을 듣기 전에 바로 가까이 왔소. 피부색이 어떻든 우리를 다스리는 분은 단 한 분뿐이오. 나는 그분을 증인으로 부르겠소. 저 모히칸 소년이 친구가 없어 죽게 되고 이 땅에서 신의가 사라지기 전에 말이오." [5]

웅카스—밝혀진 역사

호크 아이는 웅카스와 함께 탈출에 성공하지만 마구아는 끈질기게 추격해오고, 결국 그들은 델라웨어족에게 붙잡혀 태머넌드 추장의 최종 판결을 받게 됩니다. 추장은 헤이워드와 호크 아이가 자신의 포로라며 데려가겠다는 마구아의 청을 들어주지만 바로 그때 웅카스가 자신의 등에 새겨진 거북 문양을 보이며 말합니다.

"레니 레나페의 후예들이여!" 그가 말했다. "나의 민족이 대지를 받치고 있다! 너희

나약한 부족은 내 등껍질 위에 서 있다! 델라웨어가 어떤 불을 피운다 해도 내 조상님들의 자손을 태울 수 있겠는가." 그가 자기 살갗에 새겨진 단순한 문장을 자랑스럽게 가리키며 덧붙였다. "이와 같은 조상에게서 받은 피가 너희 불꽃을 꺼뜨릴 것이다! 내 종족이 부족의 조상이다!"

"너는 누구냐?" 태머넌드가 그 죄수의 말이 전하는 뜻보다 그 놀라운 어조를 듣고 일어서며 물었다.

"웅카스, 칭가치국의 아들입니다." 포로가 부족에게서 고개를 돌려 상대방의 존재와 연륜에 대한 존경의 표시로 고개를 숙이며 겸손하게 답했다. "위대한 우나미스의 아들입니다." [6]

웅카스, 그는 한때 많은 부족들을 지배하면서 델라웨어족과 친밀한 관계를 유지해 온 모히칸족 추장의 아들로 평의회 의장인 태머넌드의 후계자가 될 수도 있었던 인물이라는 것이 밝혀진 것이지요. 웅카스가 전하는 부족의 역사는 이렇게 이어집니다.

"한때 우리는 소금 호수가 분노에 차 말하는 소리를 들을 수 있는 곳에서 잠을 잤습니다. 그때 우리는 땅을 통치하는 지배자이자 추장이었습니다. 하지만 창백한 얼굴이 모든 개울마다 보이게 되자 우리는 사슴을 따라 우리 민족의 강으로 돌아갔습니다. 델라웨어는 사라지고 없었습니다. 그들의 전사 중 그들이 사랑했던 개울물을 마시려고 남아있던 이는 불과 몇. 그때 아버지가 말했지요. '여기서 사냥하자. 이 강의 물이 소금 호수로 흘러간다. 우리가 지는 해를 향해 간다면 단물이 담겨 있는 큰 호수로 흐르는 개울을 찾을 수 있을 것이다. 모히칸은 거기서 죽을 것이다. 바다의 물고기가 맑은 물에서 죽는 것처럼. 신께서 준비가 되어 "오라"하시면 우리는 강을 따라 바다로 가 우리의 몫을 되찾을 것이다.' 델라웨어여, 거북의 자손들은 그렇게 믿었습니다. 우리의 눈은 지는 해가 아닌 떠오르는 해를 보고 있습니다. 우리는 그가 어디서 오는지는 알지만 어디로 가는지는 모릅니다. 그것으로 충분합니다." [7]

칭가치국—마지막 모히칸

결국 태머넌드 추장은 웅카스의 편을 들고, 코라를 달라는 마구아의 주장을 들어주면서 그를 추방합니다. 이때 호크 아이가 자신이 포로가 되어 총 쓰는 법까지 마구아 부족에게 가르쳐줄 테니 코라 대신 자신을 포로로 취하라고 제안합니다. 하지만 마구아는 일언지하에 거절하고 코라를 데리고 떠납니다.

웅카스, 헤이워드, 칭가치국, 그리고 호크 아이가 함께 마구아를 추격, 코라를 구출하기 위한 마지막 전투가 벌어집니다. 혼전 속에서 마구아의 부하가 코라를 살해하고, 웅카스는 마구아에게 살해됩니다. 웅카스의 죽음으로 모히칸족은 최후의 생존자, 칭가치국만이 남게 되었지요. 끝까지 악역을 수행한 마구아는 호크 아이의 총에 죽음을 맞이하면서 쫓고 쫓기던 이들의 전투가 모두 끝이 납니다.

소설의 마지막 장면은 웅카스와 코라의 장례식 장면입니다. 장례식을 마친 후 하나뿐인 아들이자 자신의 부족, 모히칸의 유일한 계승자였던 웅카스를 잃은 칭가치국이 드넓은 숲속을 바라보며 혼자 남은 자신의 비극적 운명을 받아들일 때 그 옆에는 호크 아이가 있었습니다. 그가 칭가치국에게 말합니다.

> "아니오, 아니오." 호크 아이가 소리쳤다… "아니, 추장, 혼자가 아니오. 우리의 타고난 피부색은 다르더라도 신께서는 같은 길을 여행하도록 우리를 놓아두셨소. 나에겐 친척도 없고 당신처럼 부족민도 없소. 그 아이는 당신 아들이었고, 붉은 피부를 타고났소. 당신 피가 더 가까웠을 것이오. 하지만 전쟁 때는 그토록 자주 내 곁에서 싸우고, 평화로울 땐 내 곁에서 자던 그 애를 잊는다면, 우리의 피부색이나 우리가 받은 선물과 관계없이 우리 모두를 만드신 그분이 나를 잊으셔도 좋소. 그 아이는 잠시 우리를 떠난 것이오, 하지만 추장, 당신은 혼자가 아니오." [8]

호크 아이와 칭가치국의 이러한 우애 혹은 연대는 백인과 인디언이라는, 서로 다른 민족의 한계를 초월하는 것으로, 부자 혹은 형제 못지않은 끈끈한 인간적 믿음에 뿌리를 두고 있습니다. 이 둘의 우애는 이주해 온 백인들이 원주민들 사이에 갈등과 분란을 조장하면서 서로 간에 생긴 불신과 적대감을 초월하는 것입니다. 사실 호크 아이는 이미 앞에서 이렇게 말을 한 바 있습니다.

> "한 사람이 어떤 민족과 많이 교류하다 보면," 호크 아이가 말을 이었다. "게다가 그 민족은 정직하고 그 사람은 악당이 아니라면 그들 사이에는 우애가 생겨날 거요. 백인의 간사함이 그 부족을 친구인가 적인가 하는 문제로 엄청난 혼란에 빠뜨린 것이 사실이오. 그래서 같은 언어를, 아니 같다고 할 수 있는 언어를 사용하는 휴런족과 오네이

다족이 서로 머리가죽을 벗기고 델라웨어족도 분열된 거요. 그들 중 소수는 그들의 강가 모닥불 주변에 머물며 밍고족과 함께 싸우는 반면, 대다수는 마구아족에 대한 반감으로 캐나다로 떠났소. 그래서 모든 것이 혼란스러워졌고, 전쟁의 균형 역시 깨져버리고 만 것이오, 하지만 붉은 피부 인디언의 천성은 정책이 바뀔 때마다 바뀌는 법은 아니라오. 그러니 모히칸과 밍고 사이의 우애는 백인과 뱀 사이의 그것과 아주 유사할 것이오." [9]

호크 아이의 입을 빌어 나온 말이기는 하지만 이 말 속에는 작가인 쿠퍼가 아메리카 대륙의 원주민들에게 가한 백인들의 원죄에 대한 고백이 담겨 있다고 볼 수 있습니다. 그렇게 보면 호크 아이와 칭가치국의 우애는 유럽에서 이주해온 백인과 북아메리카 대륙의 원주민이었던 인디언 사이의 이상적인 관계에 대한 쿠퍼의 이상적인 희망을 그대로 보여주는 것일지도 모르겠습니다.

미국적 신화와 로맨스의 요소들

이 작품에는 형성기 미국의 정체성과 밀접한 연관을 지닌 이 같은 요소들이 많이 반영되어 있습니다. 유럽에서 정착한 초기 미국인들에게 개척되지 않은 북미 대륙의 광활한 자연은 마치 에덴 동산처럼 그들에게 삶의 무대로 주어진 공간인 동시에 그들의 발길이 처음 닿는, 개척하지 않으면 안 되는 신비함과 두려움이 공존하는 공간이기도 했습니다. 그러기에 이 같은 낯선 자연과 만나는 인간의 모험은 그들 삶의 필연적 요소였습니다. 백인이면서 자연을 자유자재로 넘나드는 내티 범포는 이런 그들의 욕망을 전형적으로 보여주는 인물이라 할 수 있습니다. 나중에 『허클베리 핀의 모험』에서 미시시피 강을 넘나들며 미국의 자연을 맨몸으로 경험하는 주인공을 '미국의 아담'이라 부르는 까닭을 같은 맥락에서 찾을 수 있습니다.

호크 아이가 칭가치국, 웅카스와 나누는 가족적, 형제적 우애는 북미 대륙의 원주민과 이주해 온 유럽인 사이의 우애를 바라는 미국인들의 바람을 표현한 것이기도 합니다. 사실, 작품 속에서도 나타난 바 있듯 이주민인 유럽인들과 원주민의 역사는 우애와 연대의 역사만은 아니었습니다. 특히 이후 서부개척의 역사 전체는 유럽의 이주 정착민들이 원주민들을 그들의 거처로부터 몰아내는 투쟁의 역사였고, 결과적으로 무수한 인디언 부족의 멸종을 가져오는 비극의 역사이기도 했습니다. 작품의 마지막 장면에서 웅카스를 잃은 칭가치국과 그의 곁을 지키는 호크 아이가 마치 부자 관계처럼 보이는 것은 그래서 더욱 의미 있습니다.

코라와 앨리스를 보호하고 사랑에 빠지는 남성 인물들의 모습, 특히 헤이워드와 앨리스의 결혼은 중세 유럽의 로맨스에서 전형적으로 보이는 용맹한 기사와 아름다운 여인의 사랑이라는 서사를 반영하고 있습니다. 같은 순간에 목숨을 잃은 웅카스와 코라는 현실에서 이루지 못한 사랑이 죽음을 통해 영원한 결실을 얻는 듯한 모습을 보여줍니다.

작품 속에서 마구아로 대표되는 악한 인디언은 프랑스 편인 반면, 칭가치국과 웅카스는 영국을 돕고 있다는 선악의 이분법적 구조는 미국 대륙을 두고 벌인 영국과 프랑스 간 전쟁의 승자인 영국의 편에서 역사가 기록되었음을 단적으로 드러내는 장면이기도 합니다. 『마지막 모히칸』에 담긴 이와 같은 요소들은 이후 『모비 딕』*Moby Dick*, 『허클베리 핀의 모험』*The Adventures of Huckleberry Finn*, 『톰 소여의 모험』*The Adventures of Tom Sawyer*과 같은 작품들에서 더 확장된 공간적 배경과 새로운 인물들을 통해 형상화되는 미국적 신화의 원형을 보여주고 있습니다.

| 제임스 페니모어 쿠퍼

(James Fenimore Cooper, 1789~1851)

Photograph by Mathew Brady, 1850.

미국의 초기 역사(『스파이』*The Spy*)와 바다를 소재로 한(『키잡이』*The Pilot*) 로망스 풍의 소설에 장점을 보였던 작가입니다. 어린 시절에는 아버지가 건설한 뉴욕의 쿠퍼스타운에서 자랐고, 열세 살이란 어린 나이에 예일 대학에 입학했으나 도중에 퇴학을 당하고 미국 해군에 입대해 복무했습니다. 이때의 경험을 바탕으로 쓴 미국 해군에 관한 작품들은 해군 역사가들 사이에서도 평판이 높을 정도로 가치가 있다고 합니다. 미국 내 영국 성공회 운동에도 관심이 많았고 프랑스에 파견된 미국 영사직도 수행한 바 있습니다.

서른 살 무렵부터 창작에 관심을 보여 많은 작품들을 썼습니다만 그의 대표작은 우리가 읽은 『마지막 모히칸』이 포함된 〈가죽 각반 연작〉입니다. 19세기 미국에서 가장 인기 있는 작가 가운데 한 명이었으며, 변방의 미국 역사를 소설 속에 생생하게 담아낸 소설가였습니다. 로렌스D. H. Lawrence는 쿠퍼의 『사슴 사냥꾼』*The Deerslayer*은 "보석처럼 결점을 찾아볼 수 없는 세상에서 가장 아름답고 완벽한 작품 가운데 하나"라고 평했습니다.

| 작품

첫 작품 『경계』*Precaution*(1820)를 비롯하여, 『개척자들』*The Pioneers*(1823), 『마지막 모히칸』(1826), 『대초원』*The Prairie*(1827), 『길을 여는 사람』*The Pathfinder*(1828), 『사슴 사냥꾼』*The Deerslayer*(1841)의 연작, 『바다 사자들』*The Sea Lions*(1849) 등 열여섯 권에 이르는 많은 소설과 전기물이 있습니다.

1) the young Mohican, graceful and unrestrained in the attitudes and movements of nature. Though his person was more than usually screened by a green and fringed hunting-shirt, like that of the white man, there was no concealment to his dark, glancing, fearless eye, alike terrible and calm; the bold outline of his high, haughty features, pure in their native red; or to the dignified elevation of his receding forehead, together with all the finest proportions of a noble head, bared to the generous scalping tuft… The ingenuous Alice gazed at his free air and proud carriage, as she would have looked upon some precious relic of the Grecian chisel, to which life had been imparted by the intervention of a miracle; while Heyward, though accustomed to see the perfection of form which abounds among the uncorrupted natives, openly expressed his admiration at such an unblemished specimen of the noblest proportions of man.

2) "Magua was born a chief and a warrior among the red Hurons of the lakes; he saw the suns of twenty summers make the snows of twenty winters run off in the streams before he saw a pale face; and he was happy! Then his Canada fathers came into the woods, and taught him to drink the fire-water, and he became a rascal. The Hurons drove him from the graves of his fathers, as they would chase the hunted buffalo. He ran down the shores of the lakes, and followed their outlet to the 'city of cannon.' There he hunted and fished, till the people chased him again through the woods into the arms of his enemies. The chief, who was born a Huron, was at last a warrior among the Mohawks!… Was it the fault of Le Renard that his head was not made of rock? Who gave him the fire-water? who made him a villain? 'Twas the pale faces, the people of your own color."

3) "I was, maybe, such an one as yourself when I plighted my faith to Alice Graham, the only child of a neighboring laird of some estate. But the connection was disagreeable to her father, on more accounts than my poverty. I did, therefore, what an honest man should restored the maiden her troth, and departed the country in the service of my king. I had seen many regions, and had shed much blood in different lands, before duty called me to the islands of the West Indies. There it was my lot to form a connection with one who in time became my wife, and the mother of Cora. She was the daughter of a gentleman of those isles, by a lady whose misfortune it was, if you will," said the old man, proudly, "to be descended, remotely, from that unfortunate class who are so basely enslaved to administer to the wants of a luxurious people."

4) "Brothers, we must not forget the dead; a red-skin never ceases to remember. We will load the back of this Mohican until he staggers under our bounty, and dispatch him after my young men. They call to us for aid, though our ears are not open; they say, 'Forget us not.' When they see the spirit of this Mohican toiling after them with his burden, they will know we are of that mind. Then

will they go on happy; and our children will say, 'So did our fathers to their friends, so must we do to them.' What is a Yengee? we have slain many, but the earth is still pale. A stain on the name of Huron can only be hid by blood that comes from the veins of an Indian. Let this Delaware die."

5) "I have fou't at his side in many a bloody scrimmage; and so long as I could hear the crack of his piece in one ear, and that of the Sagamore in the other, I knew no enemy was on my back. Winters and summer, nights and days, have we roved the wilderness in company, eating of the same dish, one sleeping while the other watched; and afore it shall be said that Uncas was taken to the torment, and I at hand—There is but a single Ruler of us all, whatever may the color of the skin; and Him I call to witness, that before the Mohican boy shall perish for the want of a friend, good faith shall depart the 'arth."

6) "Men of the Lenni Lenape!" he said, "my race upholds the earth! Your feeble tribe stands on my shell! What fire that a Delaware can light would burn the child of my fathers," he added, pointing proudly to the simple blazonry on his skin; "the blood that came from such a stock would smother your flames! My race is the grandfather of nations!"
"Who art thou?" demanded Tamenund, rising at the startling tones he heard, more than at any meaning conveyed by the language of the prisoner.
"Uncas, the son of Chingachgook," answered the captive modestly, turning from the nation, and bending his head in reverence to the other's character and years; "a son of the great Unamis."

7) "Once we slept where we could hear the salt lake speak in its anger. Then we were rulers and Sagamores over the land. But when a pale face was seen on every brook, we followed the deer back to the river of our nation. The Delawares were gone. Few warriors of them all stayed to drink of the stream they loved. Then said my fathers, 'Here will we hunt. The waters of the river go into the salt lake. If we go toward the setting sun, we shall find streams that run into the great lakes of sweet water; there would a Mohican die, like fishes of the sea, in the clear springs. When the Manitou is ready and shall say "Come," we will follow the river to the sea, and take our own again.' Such, Delawares, is the belief of the children of the Turtle. Our eyes are on the rising and not toward the setting sun. We know whence he comes, but we know not whither he goes. It is enough."

8) "No, no," cried Hawkeye…"no, Sagamore, not alone. The gifts of our colors may be different, but God has so placed us as to journey in the same path. I have no kin, and I may also say, like you, no people. He was your son, and a red-skin by nature; and it may be that your blood was nearer—but, if ever I

forget the lad who has so often fou't at my side in war, and slept at my side in peace, may He who made us all, whatever may be our color or our gifts, forget me! The boy has left us for a time; but, Sagamore, you are not alone."

9) "When a man consort much with a people," continued Hawkeye, "if they were honest and he no knave, love will grow up atwixt them. It is true that white cunning has managed to throw the tribes into great confusion, as respects friends and enemies; so that the Hurons and the Oneidas, who speak the same tongue, or what may be called the same, take each other's scalps, and the Delawares are divided among themselves; a few hanging about their great council-fire on their own river, and fighting on the same side with the Mingoes while the greater part are in the Canadas, out of natural enmity to the Maquas, thus throwing everything into disorder, and destroying all the harmony of warfare. Yet a red natur' is not likely to alter with every shift of policy; so that the love atwixt a Mohican and a Mingo is much like the regard between a white man and a sarpent."

THE

SCARLET LETTER,

A ROMANCE.

BY

NATHANIEL HAWTHORNE.

BOSTON:
TICKNOR, REED, AND FIELDS.
M DCCC L.

Nathaniel Hawthorne, *The Scarlet Letter* (1850)

2. 『주홍 글씨』(1850), 너새니얼 호손
- 불모의 대지에 핀 금지된 사랑과 속죄의 드라마

"미국 문학에서 이보다 더 완벽한 상상력을 담은 작품은 나올 수 없을 것이다."(D. H. 로렌스)라는 극찬을 받은 너새니얼 호손의 작품, 『주홍 글씨』는 유럽인의 미국 정착 초기인 17세기, 엄격한 청교도 정신이라는 도덕적 규율의 지배를 받던 세일럼Salem을 배경으로 신앙심 깊은 목사와 유부녀의 사랑/불륜이라는 사건을 중심축으로 하고 있습니다. 하지만 소설에는 그 사건을 둘러싸고 드러나는 죄와 욕망의 인간 본성, 죄에 대한 공동체의 처벌과 개인의 속죄 과정, 개인적인 사악한 복수, 그리고 이 모든 것을 불러온 인간 영혼의 열정에 대한 고민과 초기 청교도 공동체의 경직된 종교-도덕적 윤리관에 대한 비판이 담겨 있습니다.

집필 배경과 〈세일럼 마녀 재판〉

이 작품을 읽기 전 두 가지 사항을 먼저 말씀드리는 것이 좋겠습니다. 하나는 작품의 집필 동기이며, 다른 하나는 〈세일럼 마녀 재판〉입니다.

호손은 『주홍 글씨』의 서문 같은 에세이 「세관」"The Custom House"에서 이 작품의 집필 동기와 배경에 대해 설명하고 있습니다. 그는 3년 동안 검사관으로 근무했던 고향 마을 세일럼의 세관에서 조너선 퓨Jonathan Pue라는 검사관이 남긴 서류꾸러미에서 A라는 대문자가 새겨진 빛바랜 주홍색 천 조각을 발견하였다고 합니다. 천과 함께 발견한 두루마리에 17세기에 간호사였던 헤스터 프린Hester Prynne이라는 여인의 이야기가 기록되어 있었는데, 바로 그 이야기가 『주홍 글씨』의 바탕이라고 합니다.

〈세일럼 마녀 재판〉은 1692년 작품의 배경인 세일럼에서 벌어진 참혹한 종교적 박해 사건입니다. 그해 3월부터 9월까지 200명 가까운 마을 여성들이 마녀라고 고발되어 온갖 고문을 받았고, 그 가운데 25명이 살해당한 끔찍한 사건이었습니다. 이상한 발작 증세를 보인 여성들을 치료하던 의사가 여성들의 행동이 치료되지 않자 마을에 숨은 마녀들 때문이라는 진단을 내린 것이 발단이 되어 시작된 비극으로, 당시 맹목적인 종교적 광기에 휘둘린 공동체 구성원들의 무지한 폭력성을 그대로 보여주는 사건이었지요. 문제는 이 사건에 작가인 호손의 조상인 존 호손이 가담했다는 것이었지요. 이러한 역사적 사실은 후손들은 물론 호손 자신에게도 큰 정신적 괴로움을 줄 수밖에 없었습니다. 『주홍 글씨』는 이런 배경에서 집필되었습니다.

주홍 글씨 A—어긋난 사랑의 영원한 낙인

이 소설은 목사 딤스데일Arthur Dimmesdale과 유부녀인 헤스터 프린 두 사람의 도덕적으로 용인될 수 없는 사랑과 속죄를 이야기의 뼈대로 하고 있습니다. 그러나 소설은 두 사람이 얼마나 어떻게 사랑했는지를 보여주는 것이 아니라 그 사랑의 결과가 가져온 불행에서부터 시작합니다. 두 사람의 사랑은 이미 끝나고 헤스터는 그들 사랑의 결실인 아기를 낳은 후 아기의 아버지, 즉 딤스데일을 밝히라는 심문을 받기 위해 사람들 앞에 등장하는 것으로 소설을 시작합니다.

왜 그랬을까요? 작가인 호손은 마치 아담과 하와 이래 사랑은 원죄처럼 인류의 보편적인 감정이고 열정이라는 점을 이미 인정하고 시작하는 것 같습니다. 각 개별 존재들에게 다양한 양상으로 나타나는 사랑은, 강력한 종교적 엄숙성이 자리잡고 있던 17세기 청교도 공동체 내에서, 그것도 공동체 신앙과 믿음의 수호자라 할 덕망 있는 목사와 고귀한 성품의 부인마저도 어쩔 수 없이 굴복할 수밖에 없을 만큼 강렬하고 자유로운 인간의 보편적 욕망이자 열정이라고 전제하듯 말입니다. 작품에서는 허용되지 않는 열정과 죄에 굴복할 수밖에 없었던 두 사람이 죄를 범한 후 속죄하는 모습을 통해 인간에 대해, 열정에 대해, 죄와 속죄에 대해 그리고 공동체의 믿음과 개별 인간 존재의 삶에 대해 성찰하고 싶었던 것 같습니다.

소설이 시작되는 첫 장면에서 육중하고 험악한 감옥문과 그 문 옆에 핀 6

윌의 들장미는 도덕적이지만 지나치게 경직된 청교도 공동체와 그 엄격한 땅에서도 피어나는 뜨거운 인간의 열정의 대조를 극명하게 보여주는 것 같습니다.

> 그러나 감옥문의 한쪽에는 거의 문 입구까지 뿌리를 내린 6월 초순의 들장미 넝쿨이 보석 같은 꽃을 피운 채, 감옥에 들어가는 죄수와 처형을 당하러 나오는 죄수에게 자연의 심오한 마음이 동정과 친절의 표시로 향기와 함께 덧없는 아름다움을 선사하는 것 같았다. [1]

감옥에서 나온 헤스터 프린이 심문을 받기 위해 아기를 안고 마을 광장의 처형대에 오릅니다. 헤스터 프린을 비난하는 군중들의 어지러운 욕설과 비난이 난무하는 이 장면은 그대로 마녀사냥의 모습을 떠올리게 합니다. 그 점을 그리면서 여기서는 그런 군중들 사이에 홀로 서 있는 주인공 헤스터의 모습을 보겠습니다.

> 그녀의 옷가슴에는 금실로 화려하게 꾸미고 공들여 수놓아 장식한 붉은 천으로 된 A 자가 있었다. 너무나 예술적으로, 너무나 풍부하고 멋진 화려한 상상력으로 수놓은 그 글자는 그녀가 입고 있는 옷에 완벽하게 어울리는 마감 장식 같은 효과를 나타냈다… 그 젊은 여인은 키가 크고 전체적으로 완벽하게 우아한 자태를 보이고 있었다. 머리카락은 짙고 풍성했으며, 햇빛을 무색하게 할 만큼 윤기가 흘렀다. 반듯한 이목구비와 환한 안색, 또렷한 눈썹과 깊고 검은 눈동자를 한 얼굴은 강렬한 인상을 풍겼다. 그녀는 당시 귀한 가문의 여성이 보이는 귀부인 태가 났다… 헤스터 프린이—그랬다, 바로 그녀가—아기를 품에 안은 채 가슴에 주홍 글씨 A를 달고 처형대 위에 서 있었다. [2]

그녀는 지금 아기의 아빠가 누구인지를 심문받으러 나온 것입니다. 원래 간음의 죄는 사형으로 벌하는 것이 마땅했지만 그녀는 처형대에 세 시간 동안 서서 심문을 받고 수치를 당한 뒤에는 풀려나 평생 옷가슴에 '간음Adultery'을 뜻하는 A 자를 달고 살아가도록 판결을 받았지요. 벨링햄 총독을 비롯한 치안판사, 목사 등이 심문대인 발코니에 앉아 있었지만 윌슨 원로 목사는 설교와 종교적 열정에서 명망을 얻고 있는 젊은 아서 딤스데일 목사에게 아기 아빠를 밝히는 임무를 맡깁니다. 그는 애원하듯 헤스터에게 말합니다.

"헤스터 프린… 그대의 영혼의 평화를 위해, 이 세상에서 벌 받는 것이 구원에 더 도움이 되리라 느낀다면, 그대와 함께 죄를 짓고, 그대와 함께 고통 받는 자의 이름을 말할 것을 명합니다. 그 자에 대한 잘못된 연민과 애정으로 침묵하지 마시오. 헤스터, 내 말을 믿으시오. 그 자가 비록 저 높은 곳에서 내려와 거기, 그 수치스러운 연단, 그대 옆에 선다 하더라도 평생 죄책감을 숨기며 사는 것보다는 나을 것이니 말이오. 그대의 침묵이 그가 저지른 죄에다 위선까지 더하도록 유혹하는, 아니 강요하는 것 말고 더 무슨 도움이 되겠소?" [3)]

그러면서 용기가 없어 그러지 못하는 그 자를 위해서라도 그 자의 정체를 밝혀달라고 간곡하게 청합니다. 하지만 헤스터 프린은 끝내 고개를 저을 뿐 답을 하지 않습니다. 사실, 헤스터의 불륜의 상대방이 다름 아닌 딤스데일 목사라는 점을 생각하면 이 장면은 참 아이러니합니다. 스스로 자신의 죄를 밝히고 죗값을 받는 게 낫지 않을까 싶을 정도로 딤스데일의 애원은 간절합니다. 그러나 그는 아직 자신의 죄를 고백할 용기가 없습니다. 헤스터가 드러내놓고 자신의 죄에 대한 벌을 받는 인물이라면, 딤스데일은 스스로의 육신과 영혼의 고통을 통해 속죄하는 임무를 맡은 인물이지요. 인간이기에 죄를 짓고 또 인간이기에 갈등하면서 스스로 속죄하는 가운데 쓰러져가는 순수하고 고결한 존재인 딤스데일의 모습을 통해 우리는 헤스터와는 또 다른 속죄의 양상을 마주하게 됩니다.

이 장면에 또 한 명의 논란이 되는 인물이 등장합니다. 헤스터 프린의 남편, 로저 칠링워스Roger Chillingworth입니다. 헤스터를 먼저 보내고 뒷정리를 한 뒤 신대륙을 향해 출발했다던 그가 이 년 동안이나 소식도 없이 실종되자 모두들 그가 대서양을 건너다 바다에 빠져 죽은 줄 알았지요. 하지만 그는 죽은 것이 아니라 이교도들에게 포로로 잡혀있다 몸값을 내고 겨우 탈출해 헤스터가 심문받던 순간에 군중들 사이에서 그녀를 보고 있었지요. 그로서는 얼마나 황당한 일이었을까요. 자기 부인이 간음죄로 공개적으로 심판을 받는 모습을 보게 되었으니 말입니다. 하지만 그는 무서우리만큼 차갑고 냉정하게 사태를 파악하고 감옥으로 헤스터 프린을 찾아가 아기 아버지가 누구냐 추궁합니다. 물론 헤스터는 말하지 않습니다. 칠링워스는 그런 헤스터에게 이렇게 말합니다.

"그 작자가 당신처럼 옷에 그 치욕의 글자를 달고 다니진 않겠지만, 나는 그 자의 가슴에 찍힌 글자를 읽게 될 거요. 하지만 그 자를 위해 걱정할 건 없소! 하늘이 심판하는 데 참견하거나 인간 세상의 법의 손아귀에 그를 팔아넘기지도 않을 것이니. 그건 나에게도 손해일 뿐이오. 내가 그 자의 목숨을 노리려고 뭔가를 꾸밀까 상상할 필요도 없소. 내 생각에 그 자는 상당한 명성을 지닌 것 같은데 그 자의 명성을 해치는 일도 하지 않을 거요. 나는 그 자를 살려둘 거요! 그럴 수 있다면, 세상의 명성 속에 숨을 수 있도록 해줄 거요! 어쨌건 그 작자는 내 손에, 내 손아귀에 들어올 테니까!" [4)]

칠링워스는 헤스터에게 누구에게도 자기의 정체를 누설하지 말 것을 요구하여 약속을 받아냅니다. 어쩌면 이때부터 칠링워스는 이미 자기 아내의 불륜 상대자를 찾아내 영혼까지 괴롭히려는 결심을 한 것인지 모르겠습니다. 공개적으로 모욕을 당하고 죗값을 치르게 하는 것으로 부족할 만큼 그 자신의 내면이 분노가 컸기 때문이라고 볼 수 있을 겁니다. 그걸 아는 헤스터는 두려움을 느낍니다. 칠링워스는 뛰어난 의학 지식을 바탕으로 그 마을의 의사가 되어 사람들의 환대를 받더니 머지않아 마침 그때 병을 앓기라도 하듯 약해져 가는 딤스데일 목사의 주치의가 되어 한집에서 살게 됩니다.

펄—사랑과 고통을 통해 얻은 보물

공개 재판 후 옥살이를 마치고 풀려난 헤스터는 딸, 펄을 키우며 바느질을 하며 살아갑니다. 옷가슴에는 A 글자를 단 채. 워낙 뛰어난 바느질 솜씨를 지녔기에 옷 수선은 물론 그녀가 만든 공예품까지 유행이 되어갑니다. 그러는 동안 딸 펄은 점점 자라갑니다. '진주'를 뜻하는 이름처럼 펄은 그녀에게는 "자신의 모든 것을 버리고 얻은 유일한 보물"이었습니다.

나의 펄! 헤스터는 아이를 그렇게 불렀다… 그녀가 아이의 이름을 '펄'이라 지은 것은 그 아이가 자신이 지닌 모든 것을 주고 얻은 자신의 유일한 보물이자 대단히 값진 존재였기 때문이었다. 얼마나 기이한 일인가! 인간이 이 여인의 죄를 표시하기 위해 붙인 주홍 글자는 강력하고 파괴적인 효력을 지닌 것이다… 신은 인간이 그렇게 처벌한 죄의 명백한 결과로 그녀에게 사랑스러운 아이를 선사했다. 그 아이의 자리는 물론 제 엄마의 수치스러운 가슴이었지만 그 아이는 자신의 엄마를 영원히 인류와 인간의 자손들에게 이어주며 마침내 천국에서 축복받는 영혼이 될 것이었다! [5)]

그러던 어느 날 헤스터는 마을의 유력 인사들이 펄을 자신에게서 떼어놓으려 한다는 소문을 듣습니다. 조금이라도 이상하면 악마의 시녀나 마녀로 몰아가는 마녀사냥이 흔했던 당시로서는 낯설지 않은 광기에 사로잡혀 있던 몇몇 사람들이 죄의 결과인 펄은 악마의 자식이니 공동체는 물론 헤스터에게서도 떼어놓아야 한다고 주장했던 탓이지요. 헤스터는 딸을 지키기 위해 벨링햄 총독을 찾아갑니다. 그러나 총독도 다른 사람들과 마찬가지 생각이었지요. 총독은 말합니다.

> "여인이여, 이것은 치욕의 흔적이다!… 우리가 그대의 아이를 다른 사람의 손에 맡기려는 것은 그 글자가 나타내는 오점 때문이다." 6)

그 자리에는 점점 추하게 변해 가는 로저 칠링워스와 수척하게 야윈 딤스데일 목사도 함께 있었지요. 자신의 유일한 보물인 펄을 빼앗길 것이 두려웠던 헤스터는 옆에 있던 딤스데일 목사에게 도움을 청합니다. 딤스데일 목사는 헤스터의 편을 들어줍니다.

> "아버지의 죄와 어머니의 수치로 태어난 이 아이는 신의 손이 보내신 것입니다… 축복을 의미하는 것이었지요. 저 여인의 삶에 주어진 단 하나의 축복을! 저 아이의 엄마가 우리에게 말하는 것처럼 틀림없이 저 아이는 또한 천벌로 주어진 것이기도 합니다. 생각도 못하는 순간에 불쑥 찾아드는 고통 말이지요. 불안한 기쁨 속에 나타나는 고통이자 상처이며 끝없는 고뇌이기도 합니다!… 이 은혜가 다른 무엇보다도 아이의 어머니인 저 여인의 영혼을 살아있게 해주고, 사탄이 그녀를 빠뜨리려고 했던 더 악한 죄의 구덩이로부터 그녀를 구해 주었는지 모릅니다! 그러니 이 불쌍하고 죄 많은 여인이 이 불멸의 어린 아이를, 영원한 기쁨과 슬픔일 수 있는 존재를 맡는 것이 좋겠습니다…" 7)

딤스데일은 자신의 죄를 밝히지는 못하지만 헤스터에게 아이가 어떤 존재이고 의미인지를 누구보다 잘 알고 있는 아이의 아빠였으니, 저 말에 담긴 진심이 다른 이들에게 전해졌을 감동은 말할 필요도 없을 것입니다. 그리하여 헤스터는 아이를 빼앗기지 않고 데리고 있을 수 있게 됩니다.

영혼을 고문하는 자와 고문당하는 자—칠링워스와 딤스데일

한편, 딤스데일의 주치의가 되어 많은 시간을 그와 함께 보내며 관찰할 수 있는 시간을 가지게 된 칠링워스는 점점 수척하게 여위어가는 딤스데일이 겪고 있는 내면의 고통이 헤스터와 범한 간음의 죄로 인한 것임을 조금씩 눈치채기 시작합니다. 육체의 결함과는 달리 지성의 명민함과 예리한 관찰력, 그리고 환자가 생각하는 것을 무심코 말하게 하는 비상한 재주가 있던 칠링워스가 점점 더 영혼을 파고들면서, 딤스데일 목사는 마치 **"악마의 사자로부터 괴롭힘을 당하고 있는"** 듯한 고통을 느낍니다. 그것은 칠링워스 자신에게도 독이 되었던 것일까요. 그 또한 점점 더 얼굴이 일그러져 가고 있었습니다.

그러던 어느 날, 칠링워스는 잠들어 있던 딤스데일의 목사복을 젖히고 그의 가슴을 보고는 **"놀라움과 환희, 공포가 뒤섞인, 흥분된 표정"**을 짓습니다. 그 모습은 마치 **"귀한 영혼이 천국에서 버림받은 뒤 지옥에 떨어지는 사탄의 모습"**과 같다고 묘사됩니다. 사실 이 장면은 그가 딤스데일이 가슴에 새겨지는 A 자 모양의 흉터를 보게 되고, 그것을 통해 딤스데일이 헤스터와 간음으로 인한 죄책감으로 고통받고 있다는 것을 알게 되는 것으로 이해가 됩니다. 죄책감만으로 사람의 가슴에 글자가 새겨지다니요! 이런 초자연적인 현상은 현대 리얼리즘 소설이라면 그려낼 수 없는 것이지요. 호손 자신이 이 작품을 '소설'이 아니라 '로맨스romance'라고 한 까닭이 이런 초자연적인 장면을 사용했기 때문이라고 봐도 틀린 말이 아니지요.

딤스데일에게 칠링워스가 어떤 존재였는지를 그대로 보여주는 단어가 있습니다. 'Leech'입니다. '거머리'라는 뜻이기도 하지만 '의사'라는 뜻까지 함께 담고 있는 이 단어가 바로 칠링워스를 설명하는 9장과 두 사람 사이를 보여주는 10장의 제목에 등장합니다. 칠링워스는 '거머리'처럼 딤스데일의 영혼에 달라붙어 목사의 병든 심장의 피를 빨아대고 있었던 것이지요. 가장 가까이서 그를 관찰하며 마침내 딤스데일 목사의 영혼의 비밀을 알게 된 칠링워스는 이제 언제가 되었든 딤스데일을 괴롭히고 싶을 때면 마음대로 괴롭힐 수가 있게 되었습니다.

그는 원하는 대로 목사를 조종할 수가 있었습니다. 그가 목사에게 한 순간의 고통을 불러일으키려면? 그저 고문기계를 작동하는 스프링만 조종할 줄 알면 되었는데, 의사는 잘 알고 있었다! 갑작스러운 공포로 목사를 깜짝 놀라게 할까? 마술사가 지팡이를 한 번 휘두르면 나오는 것처럼 섬뜩한 유령이, 죽음이나 그보다 더 끔찍한 형상을 한 수천의 유령들이 목사의 주변으로 몰려들어 그의 가슴을 향해 손가락질을 해대었다! [8]

예를 들면 이런 것이지요. 칠링워스는 이미 딤스데일이 무슨 이유로 괴로워하고 있는지를 압니다. 그러니 슬쩍 다가가 그저 질문하듯 이렇게 묻는 것이지요.

"목사님, 제가 정확하게 몰라서 그럽니다만 하나님께서는 간음한 자는 어떤 형벌을 받는다고 하셨는지요?"

칠링워스는 단순한 질문처럼 묻습니다만 딤스데일은 그 이야기가 곧 자신의 죄에 대한 이야기이니 무슨 대납을 하건 괴로울 수밖에 없는 것이지요.

칠링워스의 괴롭힘 못지않게 딤스데일을 고통스럽게 하는 것은 자기 스스로 느끼는 죄책감이었습니다. 그는 설교단에 오를 때마다 자신의 신도들을 향해 수도 없이 이렇게 외치며 자신의 죄를 고백하고 싶어하며 실제로 그렇게 합니다.

"저는, 검은 사제복을 입고 있는 제 모습을 여러분들이 보고 있는 저는, 신성한 제단에 올라 하늘을 향해 제 창백한 얼굴을 들고 여러분들을 대신해 전지전능하신 하나님과 영적 교감을 하는 저는… 여러분이 존중하고 신뢰하는 여러분의 목자인 저는 완전히 타락한 존재요, 거짓말쟁이입니다!" [9]

그러나 역설적이게도 이런 진심 어린 그의 고백을 목회자의 설교로 받아들일 수밖에 없는 신도들은 그의 실체를 모른 채, 그를 더욱 고귀하고 신심 깊은 목사로 여기며 존경하고 추앙합니다. 비록 열정의 본능을 이기지 못하고 간음의 죄를 저질렀지만 영혼 자체는 고귀하고 정직했던 그는 단식을 하고 철야기도를 하는가 하면, 채찍으로 스스로의 육체에 처벌을 가하는 것으로 자신의 죄책감을 벌하려 해보지만 아무 소용이 없었습니다.

그러던 어느 날 밤 목사는 자기 방을 나와 7년 전 헤스터가 아기를 안고 서 있던 그 처형대에 올라가 속죄의 모습을 흉내내다가 그날 세상을 떠난 총독의 수의를 재단하고 돌아오던 헤스터와 펄을 만납니다. 그리고는 두 사람을 처형대 위로 올라오게 하여 세 사람이 나란히 그곳에 서게 됩니다.

> 목사는 아이의 손을 더듬어 잡았다. 그 순간 그 자신의 생명이 아닌 새로운 생명의 세찬 급류가 그의 가슴속으로 쏟아져 들어와 온 혈관을 타고 흐르는 것 같았다. 마치 반쯤 무감각한 그의 몸에 아이와 그 아이의 엄마가 생명의 온기를 나누어주는 것처럼. 세 사람은 마치 전류가 흐르는 하나의 고리가 된 것 같았다… 세상의 모든 사물이 이전에 그들이 부여했던 것과는 다른 도덕적 해석을 부여하는 것처럼 보이는 기묘한 양상을 띠고 드러났다. 그리고 가슴에 손을 얹은 목사와 옷가슴에서 수놓은 글자가 반짝이는 헤스터 프린, 그리고 죄의 상징이자 두 사람을 연결하는 고리이기도 한 어린 펄이 그곳에 서 있었다. 그들은 한밤의 이상하고도 장엄한 광채 속에, 마치 모든 비밀을 밝혀주며 서로서로에게 속한 그들 모두를 묶어주는 여명 같은 그 빛 속에 서 있었다. [10]

세 사람이 처형대 주변에 함께 있는 장면은 사실 소설이 시작될 때의 장면이자-그때 딤스데일은 두 사람 곁이 아니라 발코니에 있긴 했지만-맨 마지막 장면이기도 합니다. 결국 이 세 사람은 같은 공간에서 세 번 함께 서게 되지요. 완성을 의미하는 3이라는 숫자가 상징하듯 이들이 함께 서는 세 번의 기회는 딤스데일이 심판자의 위치에서 내면의 고백을 하는 위치로, 그리고 마침내 공개적으로 자신의 죄를 밝히는 것으로 점점 변해가는 딤스데일이라는 존재의 변화를 보여준다고 할 수 있겠습니다. 이 두 번째 만남에서 딤스데일 목사는 붉고 흐릿한 빛처럼 커다란 A 자가 하늘을 지나가는 것을 본 듯한 느낌이 들었습니다. 그러나 그날 밤 처형대에 세 사람만 있었던 것은 아니었습니다. 총독의 마지막을 지키던 의사 칠링워스 또한 조금 떨어진 곳에서 세 사람을 지켜보고 있었습니다.

숲속의 재회와 죄의 고백, 그리고 영원한 사랑의 확인

그 만남 이후 여위고 수척해진 딤스데일의 모습을 보고 놀란 헤스터는 칠링워스의 손아귀에서 딤스데일을 구하기로 결심합니다. 숲속으로 약초를 캐러 온 칠링워스를 만나 딤스데일을 괴롭히며 복수하는 것을 그만두라고 청하지만 그는 거절합니다. 더 이상 딤스데일이 칠링워스의 정체를 모른 채 고통받는 것을 참을 수 없었던 헤스터는 약속을 깨고 숲속을 지나는 딤스데일을 만나 칠링워스의 정체를 밝힙니다. 이제껏 자신의 곁에서 자신을 도와주는 척하면서 실제로는 그의 영혼을 파괴해 온 칠링워스의 정체를 확인한 딤스데일은 칠링워스의 죄를 그들 두 사람의 죄보다 더 사악한 것이라며 헤스터와 자신에 대한 용서를 신에게 구합니다.

"헤스터, 당신을 용서하오… 이제 기꺼이 용서하오. 신이시여, 저희 두 사람을 용서하소서! 헤스터, 우리 두 사람이 이 세상 최악의 죄인은 아니라오. 타락한 목사보다 더 사악한 자가 있소! 그 노인의 복수는 내 죄보다 더 사악하다오. 그는 냉혈하게도 신성한 인간 영혼을 모독했다오. 헤스터, 그대와 나는 결코 그러지는 않았다오!" [11)]

그리고 두 사람은 이곳을 떠나기로 결심합니다. 그 결심을 굳히자 헤스터는 물론 딤스데일 목사는 마치 병이라도 나은 듯 기쁨에 들뜬 모습을 보이고 영혼마저 가벼워진 듯 보입니다. 헤스터도 마찬가지였습니다. 그녀는 7년 동안 한 번도 떼지 않았던 옷가슴의 A 자를 떼어 던져버린 뒤 무한한 해방감을 느낍니다. 두 사람은 그들만의 공간인 숲속에서 죄지은 목사와 간음한 여인이 아니라 온전히 사랑하는 남자와 여자로 마주 섭니다. 그들이 사랑하던 7년 전 그때와 마찬가지로 말이지요. 헤스터는 머리를 감추려 쓰고 있던 모자마저 벗어 던집니다.

다음 순간 또 다른 충동으로 그녀는 머리를 싸고 있던 모자를 벗었다. 그러자 검고 풍성한 머리카락이 어깨 위로 떨어지며 그 풍성함에 빛과 그림자가 어우러져 그녀의 얼굴이 더욱 부드럽고 매력적으로 보였다. 여성스러움의 정수에서 풍기는 듯한 화사하고 부드러운 미소가 그녀의 입가에 어리고 두 눈도 빛났다. 오랫동안 창백했던 그녀의 뺨이 발그스레해졌다. 그녀의 여성스러움과 젊음, 환하게 피어난 아름다움이 흔히 돌이킬 수 없는 과거라 부르는 때로부터 되살아나 처녀 적의 희망과 이전에는 미처 몰랐던 행복과 함께 지금 이 순간이라는 마법의 원 안에서 한데 어우러졌다. [12)]

두 사람이 숲에 함께 서 있는 그 순간이야말로 **"두 사람의 행복한 영혼이 인간의 법에 지배당하지도, 더 고귀한 하늘의 진리로 교화되지도 않은 야성적이고 이교도적인 자연의 숲, 바로 그 자연과 완전하게 공감하는 순간"**이었습니다.

숲에서 돌아와 세 사람이 영국으로 탈출할 방법을 강구하던 헤스터는 새

총독 취임식을 마친 뒤 영국으로 가는 배에 세 사람이 탈 자리를 마련합니다. 그러나 행복은 종종 불행의 그림자를 안고 오지요. 헤스터는 거리에서 만난 선장에게서 칠링워스도 같은 배에 승선하기로 했다는 이야기를 듣게 됩니다. 뿐만 아니라 딤스데일과 숲속에서 만났던 그날, 둘의 만남을 목격했던 히빈스 부인이 헤스터에게 자신이 본 것을 전하며 딤스데일과 헤스터의 관계를 알고 있다는 말을 합니다. 이 말은 곧 사람들에게 전해질 것이었지요.

불길한 그림자가 드리워진 가운데 거리에는 신임 총독의 취임을 축하하는 퍼레이드가 벌어지고, 연설을 마친 딤스데일 목사는 급속하게 힘이 빠진 모습으로 겨우 걸어가다가 처형대에 근처에 있는 헤스터 프린과 펄을 보고는 두 사람을 부릅니다. 그는 7년 전에 했어야 할 고백을 해야겠다며 자기를 부축하도록 해 세 사람이 함께 처형대로 오르더니 모든 사람이 들을 수 있도록 그의 마지막 고백을 합니다.

> "뉴잉글랜드 주민 여러분!… 저를 사랑해주신 여러분! 저를 성스럽게 여겨주신 여러분! 여기 이 세상의 죄인을 보아주십시오! 마침내! 마침내! 저는 7년 전에 제가 섰어야 할 자리에 서 있습니다. 여기 이 여인과… 헤스터가 달고 있는 주홍 글씨를 보십시오! 여러분 모두 이 글자를 보고 몸서리를 쳤습니다!… 하지만 여러분 가운데 서 있는 자, 죄와 치욕의 낙인을 가진 자에게는 몸서리치지 않았습니다!" [13)]

이것이 딤스데일 목사가 뉴잉글랜드의 주민들, 자신의 교구민들에게 남긴 마지막 말이었습니다. 그러나 헤스터 프린에게는 두 사람과 관련된 말을 남겼지요.

> "우린 법을 어겼소! 그 죄는 여기 이렇게 두렵게 드러났소!… 신은 알고 계신다오. 신은 자비로우신 분이라오! 그분은 무엇보다도 내 고통으로 자비를 입증해 보이셨소. 내 가슴에 이토록 불타는 고통을 주심으로써 말이오! 저기 저 사악하고 끔찍한 늙은이를 보내 내 가슴의 고통이 언제나 붉게 타오르도록 하심으로써! 나를 이리로 데려와 모든 이들 앞에서 치욕스럽지만 당당한 죽음을 맞이할 수 있도록 하심으로써! 이 고통들 가운데 하나만이라도 없었더라면 나는 영원히 길을 잃고 말았을 것이라오! 그분의 이름을 찬양하노라! 그분의 뜻이 이루어지기를! 안녕히!" [14)]

그렇게 딤스데일 목사는 세상을 떠났습니다. 나중에 어떤 사람들은 목사의 가슴에서 헤스터 프린의 가슴에 있던 A 자를 보았다고 주장하기도 하고, 어떤 이들은 갓난아이의 가슴처럼 목사의 가슴에는 아무런 표시도 없었다고 주장하기도 했습니다. 딤스데일이 죽은 1년 뒤 복수의 의미마저 잃어버린 것인지 칠링워스도 세상을 떠나면서 자신의 모든 재산을 펄에게 물려줍니다. 헤스터는 부유한 상속자가 된 펄을 데리고 유럽으로 잠시 떠났다가 펄은 유럽에 남겨둔 채 홀로 돌아와 가슴에 주홍 글씨 A를 달고 옛집에서 살다가 죽어 딤스데일 목사의 무덤 옆에서 조금 떨어진 곳에 나란히 묻힙니다. 두 사람의 무덤 앞에는 겨우 보일까 말까 한 묘비석이 하나 서 있었다고 합니다. 검은 바탕에 주홍 글씨 A 하나가 새겨진.

인물들의 이름과 주홍 글씨 A의 상징성

이 작품의 주인공들의 이름은 작품의 주제를 담은 상징성을 띠고 있습니다. 먼저, 헤스터 프린Hester Prynne이라는 이름에서는 'Esther' 또는 'Easter'를 유추할 수 있는데, 이는 구약성서 『에스더기』에 나오는 에스더 왕비를 유추하게 하는 이름입니다. 에스더 왕비는 자칫 몰살당할 뻔했던 유대 민족을 위기에서 구한 왕비로 헤스터 프린은 그처럼 지혜롭고 강인하며 열정적인 여성으로 비치며, 'Prynne'이라는 이름에서는 '가장 중요한Principal' 혹은 '원칙Principle'이라는 뜻을 유추할 있습니다. 그렇게 본다면 헤스터 프린은 종교적 교리에 지나치게 경직된 청교도 사회에서 마녀사냥을 이기고 살아남아 결국 공동체를 구한 가장 중요한 인물처럼 여겨집니다.

딤스데일 목사의 이름 'Dimmesdale'은 '어두운Dim' '골짜기dale'라는 뜻으로 풀이할 수 있습니다. 죄를 짓고 마음속으로 고뇌하는 그는 '어두운 골짜기'를 방황하고 있는 인물이라는 것을 이름이 암시하고 있습니다. 그러나 그렇게 '어두운 골짜기'를 방황하는 것이 반드시 부정적인 결과만을 낳지는 않습니다. 목사인 그가 스스로 죄를 짓고 어두운 골짜기를 방황함으로써 세속에서 작은 죄들을 지으며 살아가는 보통사람들의 마음속 깊은 곳을 그 누구보다 잘 이해할 수 있게 되었으며, 더 잘 이해하고 더 잘 공감하는 능력을 바탕으로 목회자의 가장 중요한 덕목인 '불의 혀The Tongue of Fire',

즉 놀라운 설교의 능력을 갖게 되지요.

칠링워스Chillingworth는 (헤스터와 딤스데일은 물론 독자들까지도) '오싹하게Chilling' '할만한worth' 인물임을 이름이 보여줍니다. 그가 딤스데일에게 가한 죄는 영혼을 파괴한 죄로, 결코 용서받지 못한 죄라고, 이미 앞에서 딤스데일의 목소리를 통해 들은 바 있습니다.

마지막으로 펄Pearl은 아시는 것처럼 '진주'를 의미합니다. 진주는 귀한 보석이지만, 사실은 조개 몸속으로 들어온 모래와 같은 이물질을 막기 위해 조개 스스로 '나카'라는 배설물을 뿜어냄으로써 만들어지지요. 이 과정은 오랜 시간이 걸리는 것으로, 그 고통과 인내의 시간을 견뎌야 비로소 아름다운 진주를 만들 수 있지요. 진주처럼 펄은 엄격한 종교적 공동체인 청교도 사회의 경직된 도덕률을 깬 딤스데일과 헤스터 프린의 자유로운 인간적 열정이라는 죄의 결과물이자 두 사람이 고통과 인내를 감수하며 지켜야만 하는 존재입니다. 하지만 청교도 공동체에서는 결코 볼 수 없는 인간적이고 아름다운 사랑의 결합을 상징하는 존재라는 것을 의미하는 것이라고 할 수 있겠습니다.

펄은 또 엄마인 헤스터 프린에게 끊임없이 죄를 상기시키는 역할을 하기도 합니다. 가장 인상적으로 드러난 장면이 숲속에서 딤스데일을 만난 헤스터가 A 자를 떼어버렸을 때입니다. 개울가에 서서 헤스터를 기다리던 펄은 옷가슴에 A 자가 없는 헤스터를 보고 서먹서먹해 하면서 아는 체도 하지 않습니다. 그러다 개울가에 떨어진 A 자를 다시 주워달고 나서야 "이젠 진짜 내 엄마야! 난 엄마의 귀여운 펄이고!"라며 헤스터를 껴안아줍니다. 뿐만 아니라 헤스터의 이마와 뺨에 입맞춤을 하고 나서는 그 주홍 글씨에도 입맞춤을 합니다. 이런 펄의 태도는 마치 헤스터 프린과 A를 같은 존재로 취급하는 것처럼 보입니다. 이런 점에서 볼 때 펄은 헤스터 프린에게 죄인이라는 사실을 끊임없이 상기시키는 역할을 하고 있다고 볼 수 있습니다. 그러니 펄은 한편으로는 도덕률을 어긴 두 사람의 피할 수 없는 죄의 표식이면서도 동시에 도덕을 지키는 두 상반되는 역할을 같이 하고 있는 존재인 듯합니다. 호손은 인간의 자유로운 욕망과 도적적 규율, 둘 중 어느 한 쪽이 지배하는 것이 아니라 조화로운 공존을 원했던 것임을 펄을 통해 알 수 있습니다.

헤스터 프린이 옷가슴에 달고 있어야만 하는 주홍 글씨 A의 의미에 대해서도 살펴보겠습니다. 우선 일차적인 의미는 헤스터가 범한 '간음Adultery'을 상징합니다. 죄의 표시이지요. 그 죄로 인한 '고통Agony', 죄에 대한 '속죄Atonement'를 뜻하기도 합니다. 하지만 주홍 글씨 A는 헤스터 프린 자신의 노력에 의해 점차 다른 의미를 얻게 됩니다. 우선 헤스터의 훌륭한 바느질 솜씨를 의미하는 '(뛰어난) 능력Ability'을 의미하게 되고, 나중에는 죄인임에도 불구하고 그 누구보다 고귀하고 진실한 태도로 자신의 죄를 뉘우치고 공동체에 헌신하는 모습을 보임으로써 '천사Angel'라는 의미도 더하게 됩니다. 특히 이런 그녀의 모습은 **"마을에 역병이 돌았을 때 그녀만큼 봉사한 사람이 없었을 정도"**였습니다. 이렇게 변화하는 A의 의미는 곧 불륜을 범한 죄인에서 점차 능력 있는 공동체의 천사로 변해가는 헤스터 프린의 변화와 그대로 일치한다고 할 수 있습니다.

'죄Sin'라는 면에서 세 인물들에 대한 상대적 평가

작품 속 주요 인물인 헤스터 프린, 딤스데일 목사, 그리고 칠링워스는 각각 그들 나름의 장점은 물론 죄를 지은 이유를 지니고 있습니다. 그렇기 때문에 누구의 입장에서 어떻게 판단하는가에 따라 세 인물에 대해 서로 다른 평가를 내릴 수 있을 것입니다.

우선 딤스데일 목사는 헤스터 프린과의 간음의 죄만 아니었더라면 "신앙과 신성이라는 최고의 산봉우리에 올랐을" 자질을 타고난 인물이었습니다. 뿐만 아니라 "천성적으로 진실을 사랑하고 거짓을 혐오하는" 진실한 인간이기도 했습니다. 그러니 그는 헤스터 프린의 유혹에 넘어간 '순진하지만 가엾은 인간'일 뿐이라고 다소 중립적으로 볼 수도 있습니다. 동시에 어찌 되었든 그는 죄를 범한 '타락한 위선자'일 뿐이라고 부정적으로 판단할 수도 있습니다. 마지막으로, 죄는 지었지만 그것은 인간인 이상 누구도 범할 수 있는 것이고, 더욱 중요한 것은 죄를 지은 후 자신의 죄를 뉘우치고 속죄하기 위해 애쓰는 '고귀한 속죄자'라고 후하게 평가해 줄 수도 있을 것입니다.

헤스터 프린도 마찬가지입니다. 프린은 딤스데일 목사를 유혹한 '요부Femme fatale'라는 사악한 존재로 볼 수도 있고, 외로움을 견디지 못하고 열정적인 사랑에 빠지기도 하는 평범한 인간인 '이브Eve'일 뿐이라고 생각해 줄 수도 있습니다. 가장 후하게, 그녀는 당시의 남성 중심적 가부장제의 꽉 막힌 결혼제도에 과감하게 저항한 '저항하는 천사Resisting Angel'라고 높게 평가할 수도 있을 것입니다. 실제로 작품 속에서 "그녀의 죄는 다른 여인들이 감히 들어갈 엄두도 내지 못했던 곳으로 들어가는 여권이었으며, 그렇게 함으로써 뉴잉글랜드의 어느 누구보다 자신의 사회와 그녀 자신에 대한 생각해 볼 수 있었다."라고 쓰고 있습니다.

로저 칠링워스도 마찬가지입니다. 9년 전 유럽에 있을 때 그는 사악한 죄인이 아니었습니다.

> "내 인생은 내 자신의 지식을 늘리고… 인류의 복지 향상을 위해 충실하게 헌신한 진지하고 학구적이며 사려 깊고 조용한 시간이었소. 그 누구의 삶도 내 삶만큼 평화롭고 무해한 삶은 없었소." [15]

그랬던 그가 복수에 전념하는 분노 가득한 자가 되어, 사탄과도 같이 딤스데일의 영혼을 파괴하는 '용서받지 못할 죄'를 저지르게 된 것은 순전히 헤스터 프린이 그를 배반했기 때문입니다. 그런 점에서 그는 '배반당한 이상주의자Betrayed Idealist'라고 연민하며 이해할 수도 있을 겁니다. 반대로, 칠링워스는 원래 불구의 신체만큼이나 '사악한 악마Wicked Satan'라고 극히 부정적으로 볼 수도 있습니다. 마지막으로, 그는 뛰어난 지성인이었지만 부인인 헤스터와 딤스데일의 간음으로 인해 어쩔 수 없이 '복수에 뛰어든 왜곡된 지성인revenging, distorted intellectual'이라고 이해해야 한다고 말할 수도 있을 것입니다. 여러분의 생각은 어떠신지요? 각 인물을 어떻게 보는가에 따라 다른 인물들에 대한 평가가 달라지겠지요? 책을, 소설을 읽는다는 것은 이러한 긴장과 즐거움을 주기도 합니다.

너새니얼 호손

(Nathaniel Hawthorne, 1804~1864)

Nathaniel Hawthorne by Brady, 1860~64.jpg.

너새니얼 호손은 19세기에 꽃핀 미국 낭만주의 문학의 대표적인 작가입니다. 일찍 아버지를 잃은 뒤 대학을 졸업한 후 고향인 세일럼에서 거의 은둔 생활을 하면서 세관에서 근무하기도 했습니다. 그는 멜빌과 가까운 문학적 교류를 유지했으며, 리버풀의 영사로 임명되어 1853년부터 4년 동안 영국에서 살았고, 이탈리아에 머물기도 했습니다. 말년에 왕성한 집필 활동을 하면서 미국 문학을 대표하는 작품들을 창작했고, 많은 미완성 작품을 남긴 채 여행 중 뉴햄프셔에서 사망했습니다.

그는 인간 심리의 신비한 내면, 그 가운데서도 특히 어둡고 고통스러운 충동이나 죄의식 같은 내면에 관심을 가졌습니다. 특히, 이상한 것, 신비스러운 것, 괴기스러운 것, 상징적 상상 및 환상을 선호했으며, 그 가운데 초기 뉴잉글랜드 기독교 정신에 주목했습니다. 청교도 정신의 비인간적인 엄격한 교리에는 회의적이고 때로 비관적이었지만 악의 문제, 죄의 본질에 대한 관심을 보였습니다. 어린 시절의 가난, 세일럼 마녀재판과 연루된 조상들의 어두운 역사, 그리고 한쪽 다리의 불구라는 신체적 결함 등이 작가 호손의 시선을 밝고 낙관적인 면보다는 어두운 쪽에 관심을 가지도록 이끌었는지 모르겠습니다.

이러한 작가가 호손만은 아니었습니다. 비슷한 시기에 활동한 에드거 앨런 포(1809~1849), 허먼 멜빌(1819~1891)도 마찬가지였습니다. 이들 또한 호손과 마찬가지로 인간 내면의 어둡고 비밀스러운 부분을 자신의 작품 주제로 삼았습니다. 이 세 작가들을 그래서 '미국 문학의 어두운 측면을 다룬 작가The Writers of the Dark Side of American Literature'라고 부르기도 합니다. 유럽, 특히 영국에 비해 상대적으로 모든 역사가 짧았던 미국은 이 세 작가로 인해 정착을 위해 미국의 자연과 싸우던 외면적인 영역을 넘어 자신들의 신비한 내면을 성찰하며 살펴볼 수 있게 되었다고 할 수 있겠습니다. 이들과 더불어 인간 영혼의 밝은 쪽에 관심을 두어 '미국 문학의 밝은 측면을 다룬 작가The Writers of the Bright Side of American Literature'라 불렸던 에머슨(R. W. Emerson, 1803~1882), 소로(Henry David Thoreau, 1817~1862), 휘트먼(Walter Whitman, 1819~1892) 같은 작가들도 있었지요.

| 작품

『두 번 들은 이야기』*Twice-Told Tales*(1837), 『낡은 목사관의 이끼』*Mosses from an Old Manse*(1846), 『주홍 글씨』*The Scarlet Letter*(1850), 『일곱 박공의 집』*The House of the Seven Gables*(1851), 『블라이드데일 로맨스』*The Blithedale Romance*(1852), 『대리석 목양신』*The Marble Faun*(1860) 등이 있습니다.

1) But on one side of the portal, and rooted almost at the threshold, was a wild rose-bush, covered, in this month of June, with its delicate gems, which might be imagined to offer their fragrance and fragile beauty to the prisoner as he went in, and to the condemned criminal as he came forth to his doom, in token that the deep heart of Nature could pity and be kind to him.

2) On the breast of her gown, in fine red cloth, surrounded with an elaborate embroidery and fantastic flourishes of gold-thread, appeared the letter A. It was so artistically done, and with so much fertility and gorgeous luxuriance of fancy, that it had all the effect of a last and fitting decoration to the apparel which she wore;… The young woman was tall, with a figure of perfect elegance on a large scale. She had dark and abundant hair, so glossy that it threw off the sunshine with a gleam, and a face which, besides being beautiful from regularity of feature and richness of complexion, had the impressiveness belonging to a marked brow and deep black eyes. She was lady-like, too, after the manner of the feminine gentility of those days;… Hester Prynne,—yes, at herself,—who stood on the scaffold of the pillory, an infant on her arm, and the letter A, in scarlet… upon her bosom!

3) "Hester Prynne… If thou feelest it to be for thy soul's peace, and that thy earthly punishment will thereby be made more effectual to salvation, I charge thee to speak out the name of thy fellow-sinner and fellow-sufferer! Be not silent from any mistaken pity and tenderness for him; for, believe me, Hester, though he were to step down from a high place, and stand there beside thee, on thy pedestal of shame, yet better were it so than to hide a guilty heart through life. What can thy silence do for him, except it tempt him—yea, compel him, as it were—to add hypocrisy to sin?"

4) "He bears no letter of infamy wrought into his garment, as thou dost; but I shall read it on his heart. Yet fear not for him! Think not that I shall interfere with Heaven's own method of retribution, or, to my own loss, betray him to the gripe of human law. Neither do thou imagine that I shall contrive aught against his life; no, nor against his fame, if, as I judge, he be a man of fair

repute. Let him live! Let him hide himself in outward honor, if he may! Not the less he shall be mine!"

5) Her Pearl!—For so had Hester called her;··· But she named the infant "Pearl," as being of great price,—purchased with all she had,—her mother's only treasure! How strange, indeed! Man had marked this woman's sin by a scarlet letter, which had such potent and disastrous efficacy··· God, as a direct consequence of the sin which man thus punished, had given her a lovely child, whose place was on that same dishonored bosom, to connect her parent forever with the race and descent of mortals, and to be finally a blessed soul in heaven!

6) "Woman, it is thy badge of shame!··· It is because of the stain which that letter indicates, that we would transfer thy child to other hands."

7) "This child of its father's guilt and its mother's shame hath come from the hand of God··· It was meant for a blessing; for the one blessing of her life! It was meant, doubtless, as the mother herself hath told us, for a retribution too; a torture to be felt at many an unthought—of moment; a pang, a sting, an ever-recurring agony, in the midst of a troubled joy!··· this boon was meant, above all things else, to keep the mother's soul alive, and to preserve her from blacker depths of sin into which Satan might else have sought to plunge her! Therefore it is good for this poor, sinful woman that she hath an infant immortality, a being capable of eternal joy or sorrow···"

8) He could play upon him as he chose. Would he arouse him with a throb of agony? The victim was forever on the rack; it needed only to know the spring that controlled the engine;—and the physician knew it well! Would he startle him with sudden fear? As at the waving of a magician's wand, uprose a grisly phantom,—uprose a thousand phantoms,—in many shapes, of death, or more awful shame, all flocking round about the clergyman, and pointing with their fingers at his breast!

9) "I, whom you behold in these black garments of the priesthood, I, who ascend the sacred desk, and turn my pale face heavenward, taking upon myself to hold communion, in your behalf, with the Most High Omniscience··· I, your pastor, whom you so reverence and trust, am utterly a pollution and a lie!"

10) The minister felt for the child's other hand, and took it. The moment that he did so, there came what seemed a tumultuous rush of new life, other life than his own, pouring like a torrent into his heart, and hurrying through all his veins, as if the mother and the child were communicating their vital warmth to his half-torpid system. The three formed an electric chain··· all were visible, but

with a singularity of aspect that seemed to give another moral interpretation to the things of this world than they had ever borne before. And there stood the minister, with his hand over his heart; and Hester Prynne, with the embroidered letter glimmering on her bosom; and little Pearl, herself a symbol, and the connecting link between those two. They stood in the noon of that strange and solemn splendor, as if it were the light that is to reveal all secrets, and the daybreak that shall unite all who belong to one another.

11) "I do forgive you, Hester··· I freely forgive you now. May God forgive us both! We are not, Hester, the worst sinners in the world. There is one worse than even the polluted priest! That old man's revenge has been blacker than my sin. He has violated, in cold blood, the sanctity of a human heart. Thou and I, Hester, never did so!"

12) By another impulse, she took off the formal cap that confined her hair; and down it fell upon her shoulders, dark and rich, with at once a shadow and a light in its abundance, and imparting the charm of softness to her features. There played around her mouth, and beamed out of her eyes, a radiant and tender smile, that seemed gushing from the very heart of womanhood. A crimson flush was glowing on her cheek, that had been long so pale. Her sex, her youth, and the whole richness of her beauty, came back from what men call the irrevocable past, and clustered themselves, with her maiden hope, and a happiness before unknown, within the magic circle of this hour.

13) "People of New England!··· ye, that have loved me!-ye, that have deemed me holy!-behold me here, the one sinner of the world! At last!-at last!-I stand upon the spot where, seven years since, I should have stood; here, with this woman··· Lo, the scarlet letter which Hester wears! Ye have all shuddered at it!··· But there stood one in the midst of you, at whose brand of sin and infamy ye have not shuddered!"

14) "The law we broke!—the sin here so awfully revealed!··· God knows; and He is merciful! He hath proved his mercy, most of all, in my afflictions. By giving me this burning torture to bear upon my breast! By sending yonder dark and terrible old man, to keep the torture always at red-heat! By bringing me hither, to die this death of triumphant ignominy before the people! Had either of these agonies been wanting, I had been lost forever! Praised be his name! His will be done! Farewell!

15) "all my life had been made up of earnest, studious, thoughtful, quiet years, bestowed faithfully for the increase of mine own knowledge, and··· faithfully for the advancement of human welfare. No life had been more peaceful and innocent than mine;"

MOBY-DICK;

OR,

THE WHALE.

BY

HERMAN MELVILLE,

AUTHOR OF

"TYPEE," "OMOO," "REDBURN," "MARDI," "WHITE-JACKET."

NEW YORK:

HARPER & BROTHERS, PUBLISHERS.

LONDON: RICHARD BENTLEY.

1851.

Herman Melville, *Moby Dick* (1851)

3. 『모비 딕』(1851), 허먼 멜빌
- 불가해한 한계의 상징, 흰 고래를 쫓는 필사의 항해

"『모비 딕』은 사상의 광포한 바다라 할 수 있다. 민주주의, 리더십, 권력, 산업주의, 노동, 확장, 그리고 자연 등 미국의 모든 형상과 지위에 대한 위대한 고찰이다. 피쿼드호와 거기에 타고 있는 각양각색의 선원들은 미국사회의 축소판이다."

- 『죽기 전에 꼭 읽어야 할 책 1001』,
(피터 박스올 편, 박누리 역, 마로니에북스, 2018, 130)

1851년 10월에 런던에서 『고래』*The Whale*라는 제목의 3권짜리 소설로 먼저 출간이 되고 같은 해 11월에 뉴욕에서 『모비 딕: 고래』*Moby-Dick; or, The Whale*라는 단행본으로 출간된 허먼 멜빌의 『모비 딕』은 19세기 미국 문학 최고의 걸작으로 꼽히며, 문학사에서 가장 중요한 작품 중 하나로 인정받고 있습니다. 고래 사냥이라는 단순한 모험담을 넘어서 다양한 서사적 실험과 함께 인간 존재, 본성, 그리고 운명에 대한 깊은 탐구를 담고 있는 이 소설은 에이헤브 선장이 이끄는 포경선 피쿼드호the Pequod의 유일한 생존자 이스마엘의 시점으로 서술됩니다.

제목이자 소설 속의 흰 고래를 일컫는 '모비 딕'은 19세기 초 주로 칠레 중부 해변 근처 모카섬 부근 해역에서 발견되었다는, 등에 열아홉 개의 작살이 박힌 수컷 향유고래인 '모카 딕Mocha Dick'에서 인유한 것으로 보입니다. 미국 탐험가이며 작가인 예레미아 N. 레이놀즈Jeremiah N. Reynolds는 1839년에 그 자신의 경험담인 「모카 딕, 또는 태평양의 흰 고래: 수기 일지에서 한 장」을 《니커보커》*The Knickerbocker*에 발표하기도 했는데, 이 이야기가 멜빌의 『모비 딕』에 영감을 제공한 것으로 알려져 있습니다.

물론 멜빌 자신의 실제 경험도 이 소설과 깊은 영향이 있습니다. 멜빌은 1840년 12월 30일, 아쿠쉬넷호the Acushnet의 첫 항해를 위해 초보 선원이 되기로 서명했으며, 그 항해는 52개월간 지속될 예정이었습니다. 그 배의 주인 멜빈 오. 브래드포드도 퀘이커 교도였다고 합니다.

소설은 에이헤브 선장의 집착과 복수심에 초점을 맞추고 있습니다. 에이헤브는 과거에 모비 딕에 의해 자신의 다리를 잃은 후, 이 거대한 고래에 대한 복수를 맹세합니다. 그러나 소설에서도 드러나듯 『모비 딕』은 단순한 고래 사냥의 이야기는 아닙니다. '흰 고래'에 대한 에이헤브의 광적인 집착은 우리에게 내재된 끝없는 광기와 복수심을 넘어 우리가 살아가는 세계와 그것을 이해하려는 인간의 끊임없는 노력에 대한 질문이기도 합니다.

『모비 딕』은 또한 당시의 고래 사냥 산업에 대한 생생한 묘사를 통해 19세기의 해양 문화와 인간과 자연의 관계를 탐구하기도 합니다. 멜빌 자신의 선상 경험과 방대한 연구를 바탕으로, 고래 사냥의 기술적인 측면과 당시 선원들의 생활을 자세히 그려내는가 하면, 종교, 철학, 그리고 인간 심리에 대한 심오한 통찰까지도 담고 있습니다. 멜빌은 다양한 신화, 성서, 그리고 철학적 사상을 참조하는 한편, 인물들 간의 복잡한 관계와 그들의 내적 갈등 등 인간 본성의 다양한 측면을 탐색하면서 우리들로 하여금 세계 저 너머의 신비하고 악한 어떤 본질에 대해 생각하게 합니다.

에이헤브 선장은 실제 인물은 아니었습니다만 소설의 마지막에 그려지는 그의 죽음은 실제 사건을 바탕으로 한 것일 수 있습니다. 1843년 5월 18일, 멜빌은 호놀룰루로 항해하는 스타호에 탑승했는데, 그 배에는 낸터깃 출신의 두 선원이 타고 있었다고 하지요. 그 선원들에 따르면 자신들의 두 번째 선장이 고래잡이 배에서 날린 밧줄에 걸려 익사한 것을 본 적이 있다고 합니다.

멜빌은 『모비 딕』을 호손에게 헌사했는데, 호손 또한 인간 내면의 알 수 없는 악과 욕망의 원천을 탐구한 '미국 낭만주의의 어두운 면'을 대표하는 작가라는 점을 감안하면 충분히 납득이 갑니다. 특히, 호손이 미국 초기의 이주민들이 정착한 공동체 내에서 청교도의 과도한 종교적 독단주의에 의해 야기된 문제점에 관심을 가졌다는 점이 멜빌에게 큰 영향을 준 것 같습니다. 호손의 대표작인 『주홍 글씨』는 뉴잉글랜드 청교도 공동체의 한가운데, 즉 미국 사회의 핵심에서 벌어진 성직자의 간음을 소재로 종교적 독단과 위선, 인간적 욕망과 속죄를 다루면서 인간 영혼의 신비한 영역에 관심을 가졌지요. 이는 『모비 딕』의 에이헤브 선장의 내면에 대한 관심과 기독교의 독단을 넘어 인류애적 우애를 강조하는 멜빌의 생각과 닮아있음을 알 수 있습니다. 자, 이제 이야기 속으로 들어가 보겠습니다.

야생의 바다로—퀴케그와 동행

"나를 이스마엘이라 불러다오.Call me Ishmael." 영문학 사상 가장 인상적인 첫 문장 가운데 하나로 기억되는 『모비 딕』의 화자 이스마엘의 말입니다. 이 첫 문장과 함께 그는 바다로 나가려는 이유를 몇 가지 열거한 다음 마지막으로 이렇게 말합니다.

> 가장 중요한 동기는 거대한 고래 자체에 대한 압도적인 생각이었다. 그토록 놀랍고 신비한 괴물은 내 모든 호기심을 불러일으켰다. 그런 섬 같은 거대한 녀석이 헤엄치는 머나먼 야생의 바다. 그 고래로 인한 이루 말할 수 없는, 알려지지 않은 위험들. 이와 함께 무수한 파타고니아인들이 보고 들었다는 경이로운 광경과 소리가 내가 소망하는 쪽으로 나를 몰아갔다. 다른 사람들에게는 이런 것들이 아무런 유인이 되지 않았을지 모르지만, 나로 말하자면 멀고 먼 것들에 대한 끝없는 갈망으로 괴로워하고 있었다. 나는 금지된 바다를 항해하고, 야만인의 해안에 상륙하는 것을 좋아한다. 나는 좋은 것을 무시하지 않고, 공포를 빠르게 인식하지만, 그들이 허락한다면 공포와도 친하게 지낼 수도 있다. 왜냐하면 자신이 머무는 곳의 모든 주민들과 친근하게 지내는 것은 좋은 일이니. 이러한 이유로, 고래잡이 항해는 기꺼이 환영할 일이었다. [1]

낸터깃섬으로 떠나기 전 뉴베드퍼드에서 묵을 장소를 고르던 이스마엘은 '물보라' 여관에서 묵게 되는데, 이곳은 그림과 장식물들도 기괴했지만 가장 기이한 것은 동숙하게 된 작살잡이었어요. 주인장 말에 따르면 그는 얼마 전에 남태평양에서 돌아오면서 향유를 바른 원주민 두개골을 잔뜩 가지고 온 식인종이었는데, 그의 모습은 말 그대로 끔찍한 형상을 하고 있었어요.

> 정말 놀라운 광경이었다! 그 얼굴이라니! 그 얼굴은 검고 붉은데다 누렇기까지 했고 여기저기 커다란 검고 네모난 딱지가 덕지덕지 붙어 있었다. 그래, 딱 내가 생각한 그대로였다. 한 침대에 동침하기에는 끔찍한 작자였다. 싸움에 휘말려 끔찍하게 다친

> 뒤 막 병원에 다녀온 것인가 보다. 하지만 그가 얼굴을 불빛 쪽으로 홱 돌렸을 때, 나는 그의 양뺨에 붙은 검고 네모난 것들이 반창고가 아니라는 것을 확실히 알아차렸다. 그것들은 얼룩 같은 것이었다… 그때 그는 모자를, 비버 털가죽으로 만든 새 모자를 벗었다. 그때 나는 놀라서 소리를 지를 뻔 했다. 그의 머리엔 머리카락이 없었다… 자줏빛 대머리는 마치 흰 곰팡이가 핀 해골처럼 보였다. 그 낯선 자가 나와 문 사이에 서 있지만 않았다면, 나는 저녁을 황급히 먹던 것보다 더 빨리 그곳에서 도망쳤을 것이다. [2]

그러나 이런 끔찍한 외모와는 달리 그의 태도는 정중했어요. 심지어 이스마엘이 무례하게 굴었을 때도 그는 아주 정중하고 사려 깊은 태도를 견지하지요. 그럴 수밖에 없는 것이 퀴케그Queequeg는 자기 종족의 왕자로 동족들을 더 행복하고 더 나은 존재로 인도하기 위해 백인의 세상으로 모험을 떠난 인물이었거든요. 그러나 백인들을 만나본 뒤 그 생각을 버리게 되었지요. 백인들이 훨씬 더 사악하고 비열할 수 있다는 것을 배웠거든요. 그런 퀴케그가 어쩔 수 없이 몸에 밴 몇몇 태도, 특히 식사 시간의 모습은 아직 거친 옛 모습을 그대로 담고 있었어요. 커피와 빵은 철저하게 무시하고 스테이크, 특히 핏물이 흐르는 스테이크만을 선호했고, 그것도 고래잡이 작살로 끌어당겨 먹는 행위는 아무리 봐도 이상한 모습이었지요. 그럼에도 불구하고 이스마엘은 이 작살잡이 퀴케그에게 끌리지요. 심지어 그를 친구로 사귀려는 마음까지 갖게 되고 마침내 둘은 친구가 되지요. 이스마엘을 친구로 받아들인 퀴케그가 우상을 앞에 두고 기도하자고 권했을 때 이스마엘은 잠깐 망설이지만 이내 나름의 판단을 합니다.

> 하지만 예배란 무엇인가? 하나님의 뜻을 행하는 것, 그것이 예배다. 그럼 하나님의 뜻이란 무엇인가? 내 이웃이 내게 해주기를 바라는 것을 내 이웃에게 행하는 것, 그것이 하나님의 뜻이다. 이제, 퀴케그는 내 이웃이다. 퀴케그가 나에게 해주기를 바라는 것은 무엇인가? 나와 함께 장로교 특유의 예배 방식에 동참하기를 바란다. 당연히, 나 또한 그의 예배 방식에 동참해야 한다. 그러므로, 나는 우상 숭배자가 되어야 한다. [3]

이 장면은 이스마엘이, 나아가 작가 멜빌이 편협하고 독단적인 기독교 사고에 매몰된 것이 아니라 보다 유연한 인류애의 태도를 지니고 있음을 보여주는 것이라 할 수 있지요. 이스마엘의 이러한 태도는 자기중심적인 세계관에서 벗어나 타자와 타자의 문화, 종교까지도 있는 그대로 받아들이는 평등한 개인주의의 관점을 보여주는 것이기도 합니다.

에이헤브와 항해사들

낸터킷에 도착한 두 사람은 마침내 고래에게 다리 하나를 잃은 괴팍한 선장 에이헤브가 이끄는 피쿼드호를 타고 고래잡이에 나서는데, 항해가 시작되면서 피쿼드호의 선원들이 소개됩니다.

일등 항해사는 스타벅Starbuck이지요. 그는 큰 키에 호리호리한 몸매를 한 성실한 사람으로 침착하고 냉철하며 듬직하지요. 선원치고는 드물게 양심적이며 자연에 깊은 경외감을 품고 있는 스타벅은 무엇보다 신중하고 두려움을 모르는 용맹함까지 지닌 인물로 묘사됩니다. 여담입니다만 유명한 카페 체인점인 '스타벅스'가 바로 이 인물의 이름을 딴 것이라 하지요. 이등 항해사는 스터브Stubb인데, 그는 옆에서 괴물이 미쳐 날뛰어도 노래를 흥얼거릴 정도로 조용하고 침착한 인물입니다. 스터브는 파이프 담배를 연달아 피워대는 통에 그가 들고 다니는 짧고 검은 자그만 파이프는 코와 마찬가지로 그의 신체의 일부로 여겨질 정도이지요. 그리고 삼등 항해사 플래스크Flask가 있습니다. 키는 작지만 다부지고 혈색 좋은 플래스크는 고래에 대한 호전적 적대감이 유달리 강합니다. 피쿼드호에서 플래스크는 왕대공King-Post이라 불리는데 그만큼 든든하고 담대한 인물입니다. 이들은 이 배의 신비한 선장 에이헤브와 함께 피쿼드호의 계급 구조의 상층을 형성하고 있지요.

그러나 가장 중요하게 살펴봐야 할 인물은 아직 언급되지 않았지요. 그렇습니다. 이 배의 선장 에이헤브입니다. 항해가 시작하고도 며칠 동안 갑판에 모습을 드러내지 않아서 선원들의 호기심을 자아내던 에이헤브 선장이 마침내 이스마엘의 눈앞에 모습을 드러냈습니다. 그의 눈에 비친 에이헤브 선장의 모습은 놀라웠습니다.

> 그에게는 흔한 질병을 앓고 있다거나 병을 앓은 후 회복되고 있다는 징후는 전혀 보이지 않았다. 그는 화형대의 불길이 모든 사지를 상하게 하면서도 완전히 불태우기 전에, 오랫동안 단단하게 다져진 단단함에서 한 톨도 떼어내지 않은 채 화형대에서 벗어난 사람처럼 보였다. 키가 크고 어깨는 떡 벌어진 그의 몸은 단단한 청동으로 빚은 것

같았고, 셀리니가 주조한 페르세우스처럼 변하지 않을 형상을 하고 있었다. 회색 머리카락 사이로 나와 황갈색으로 그을린 얼굴과 목덜미 쪽을 따라 내려가다가 옷 속으로 사라지는, 가느다란 막대기 같은 희끄무레한 흉터 자국을 볼 수 있었다. 그것은 거대한 나무의 곧고 높은 줄기에 벼락이 떨어져 생기는 수직의 자국을 닮았다. 나무 위에 떨어진 번개가 잔가지 하나도 비틀지 않으면서 위에서 아래까지 껍질을 벗겨내고, 홈을 만들고 흙속으로 사라지면서도 나무를 여전히 푸르게 살아 있게 하지만 낙인은 남겨놓은 것 같다. 그 흉터가 태어날 때부터 그에게 있었던 것인지, 아니면 어떤 치명적인 상처가 남긴 흉터인지 아무도 확실히 알 수 없었다. [4]

그 뒤로도 얼마동안 주로 선장실에만 머물던 에이헤브 선장은 어느 날 선원들을 모두 고물에 집합시키도록 명령한 뒤 선원들이 보는 앞에서 16달러짜리 금화를 주 돛대에 박아 넣고는 자신의 다리를 앗아간 흰 고래, 즉 모비딕을 먼저 발견하는 사람의 몫이라고 선언하며 선원들에게 흰 고래를 찾을 것을 독려합니다. 환호하는 선원들과 달리 스타벅은 말 못 하는 짐승에게 복수하는 것은 불경한 일이라며 유일하게 에이헤브 선장에게 반기를 들지요. 그런 스타벅에게 에이헤브는 이렇게 강변합니다. 에이헤브 선장에게 흰 고래가 어떤 의미인지를 알 수 있는 대단히 중요한 장면이기도 합니다.

"다시 한 번 들어 봐, 이 하찮은 친구야. 눈에 보이는 모든 대상은, 사람조차도, 그저 판지로 만든 가면에 불과해. 하지만 각각의 사건에는—의심할 여지가 없는 생생한 행동 속에는—알 수 없지만 여전히 합리적인 이성을 가진 무엇인가가 비합리적인 가면 뒤에서 그 특징적 형태를 드러내지. 만약 인간이 무엇을 부숴야한다면, 바로 그 가면을 부숴야하지! 포로가 벽을 뚫고 나가지 않고서야 어떻게 밖으로 나갈 수 있을까? 나에겐 흰 고래가 바로 그 벽이지. 내 가까이 다가온 벽 말이야. 때로는 그 벽 너머엔 아무것도 없다는 생각을 하지. 하지만 그것으로 충분해. 그 놈은 나를 괴롭히고, 나를 비난하지. 나는 그 놈에게서 무자비한 힘을 보고, 그 힘을 부추기는 불가사의한 악의를 느낀다네. 그 불가사의한 것이야말로 내가 가장 증오하는 것이지. 그 흰 고래가 대리인이건 주동자이건 간에, 나는 그 증오를 녀석에게 퍼부을 거야. 신성모독이니 어쩌니 하는 말은 접어두게. 태양이 나를 모욕한다면 나는 태양도 공격할 거야. 태양이 그럴 수 있다면, 나라고 달리 할 수는 없지. 질투가 만물을 지배하는 이곳에도 항상 일종의 공정한 게임은 존재하는 법이니까. 하지만 그 공정한 게임조차 내 주인은 아니지. 누가 나를 지배하겠나? 진리에는 한계가 없는 법이지. "[5]

에이헤브에게 모비 딕의 의미

에이헤브 선장에게 모비 딕은 단순히 한 마리의 고래에 불과한 것이 아니었지요. 인간이 직면한 어떤 불가해한 경계, 그 경계를 넘어서지 않고는 스스로의 존재 자체를 온전히 이해할 수 없는 그런 한계를 상징하는 것 같습니다. 한편으로는 자신의 파멸을 가져오는 증오의 대상인 악이기도 하고, 또 다른 면에서는 인간의 한계를 시험하려는 신의 구현체 같기도 합니다. 그렇기에 에이헤브 선장은 모비 딕을 부숴버리지 않고는 자신의 한계를 넘어설 수 없다고 생각하지요. 모비 딕에 대한 에이헤브의 생각은 조금 더 강렬하게 표현됩니다.

> 흰 고래는 깊은 생각에 몰두하는 사람에게 심장과 폐가 반만 남을 때까지 산 채로 뜯어 먹히는 고통을 느끼게 하는 모든 사악한 힘의 편집증적인 화신이 되어 그의 면전에서 헤엄쳤다. 그 불가해한 악은 태초부터 존재했으며, 현대 기독교인들조차 그 악이 세상의 절반을 지배하고 있다고 인정했고, 고대 동방의 오피트 교도들은 뱀의 형상으로 된 그 힘을 숭배했다. 에이헤브는 그들처럼 그 악한 힘 앞에 굴복하거나 경배하지 않았다. 오히려 그는 그 끔찍한 흰 고래에게 악의 이상을 미친 듯이 전이시켜 놓고 불구의 몸에도 불구하고 그 놈과의 대결에 뛰어들었다. 사람들을 미치게 하고 괴롭히는 모든 것, 가라앉은 찌꺼기를 휘저어 솟구치게 하는 것, 악의를 품고 있는 모든 진실, 근육을 파열시키고 뇌를 굳게 만드는 모든 것, 삶과 생각에 깃든 모든 미묘한 악마성, 이 모든 악이 광기에 사로잡힌 에이헤브에게는 모비 딕이라는 형태 속에 가시적으로 구체화되어 실제로 공격할 수 있게 되었다. 그는 아담 이래로 온 인류가 느껴온 보편적인 분노와 증오를 그 고래의 희디흰 혹 위에 쌓아올린 다음, 자신의 가슴이 박격포인 양 자신의 뜨거운 가슴이 품은 포탄을 녀석에게 터뜨렸다. [6]

이 같은 에이헤브 선장의 강력한 믿음과 주장에 스타벅은 설득당합니다. 그는 도저히 범접할 수 없을 것 같은 에이헤브의 단호함에 완전히 압도당한 자신의 속마음을 이렇게 표현합니다.

> 내 영혼은 맞서기엔 부족해 지배당했다. 그것도 미치광이에게! 제정신인 자가 그런 전장에서 무기를 버려야한다는 것은 참을 수 없는 고통이었다! 그는 아주 깊이 파고들어 내 모든 이성을 날려버렸다! 나는 그의 불경한 목표를 알았지만 내가 그를 도와야 할 것만 같았다. 좋든 싫든 형언할 수 없는 무언가가 나를 포박해 그에게 넘겨주었다.

그가 나를 밧줄로 묶어 끌고 갔지만 나는 그걸 끊어낼 수 있는 칼이 없었다. 끔찍한 늙은이! 누가 자기를 지배하냐고 소리쳤지, 그래, 그는 자기보다 위에 있는 모든 이들에게는 민주주의자가 되겠지. 하지만 자기보다 아래에 있는 사람들은 얼마나 지배하는지! 오! 내가 얼마나 비참한 자리에 있는지 분명히 알겠다. 나는 반항하면서 복종했다. 하지만 더 나쁜 것은 그를 증오하면서 동정심을 품었다는 것이다! 나는 그의 눈에서 내가 겪었더라면 나를 오그라들게 만들었을 무시무시한 비애를 읽고 말았다. 하지만 희망은 있다. 시간과 해류는 넓게 흐른다. 작은 금붕어가 유리 어항이라는 세상에서 그러하듯, 증오의 대상인 고래는 둥근 물의 세계를 헤엄쳐 다닌다. 하늘을 모독하는 그의 목적을 신이 막을 수도 있다. 내 마음이 납처럼 무겁지만 않다면 용기를 낼 텐데. 하지만 내 모든 시계는 멈추고 말았다. 모든 것을 조정하는 내 마음, 그것을 다시 들어 올릴 열쇠가 내게는 없다. [7]

배 안에서 가장 이성적인 존재인 스타벅마저 이렇게 압도당한 상태가 될 정도이니 선원들이야 말할 것도 없겠지요. 그들은 광적인 에이헤브 선장의 복수 앞에서 마법에 걸린 것처럼 저항할 수 없는 상태가 되었고, 그건 항해사들조차 마찬가지 상황이었습니다.

여기, 백발이 성성한 불경한 노인은 배교자, 추방당한 자들 그리고 식인종들로 이루어진 선원들의 선장이 되어 온 세상을 돌아다니며 저주를 퍼부으면서 욥의 고래를 쫓고 있었다. 선원들은 아무런 도움이 되지 못하는 스타벅 혼자만의 무능력한 미덕과 올바른 마음가짐, 스터브의 반박할 수 없는 유쾌한 무관심과 무분별함, 그리고 플라스크의 한량없는 평범함에 의해 도덕적으로 쇠약해진 상태였다. 그런 식으로 지휘를 받는 선원들은 마치 어떤 극악무도한 운명에 의해 에이헤브의 편집광적 복수를 돕기 위해 특별히 선발되고 꾸려진 것처럼 보였다. [8]

하지만 선원들은 두려움도 함께 지니고 있습니다. 그들은 향유고래의 난폭함과 무자비함에 대해 익히 알고 있을 뿐 아니라 거대한 몸체에서 나오는 힘이 얼마나 대단한지 잘 알고 있었지요.

그(향유고래)의 힘에 대해 말하자면, 도망치는 향유고래에 박힌 밧줄을 바다가 고요할 때 배로 옮겨 그곳에 단단히 고정했는데, 마치 말이 마차를 끌고 가는 것처럼 그 고래가 바닷물을 헤치며 거대한 선체를 바다 속으로 끌고 갔다고 하는 사례들이 부지기수다. 한 번 공격당한 향유고래에게 다시 힘을 모을 시간을 주면 놈은 맹목적인 분노로 미친 듯 날뛰기보다는 추적자들을 파괴하려는 계산된 의도를 품은 채 계획적으로 행동하는 것이 아주 자주 관찰되었다. 공격을 받으면 놈은 자주 입을 벌리고, 몇 분 동안이나 계속 그 무시무시한 자세를 유지하는 것도 향유고래의 성격을 나타내는 대단히 설득력 있는 표시이다. [9)]

그렇게 고래를 찾아가던 어느 날, 드디어 물을 뿜는 고래를 발견하게 된 에이헤브 선장과 일행은 최초의 추격을 감행하는데, 이날 선원들은 선장이 몰래 태운 다섯 명의 작살잡이들이 있음을 알게 됩니다. 그들의 맹추격에도 불구하고 고래는 사라져버리더니, 몇 주가 흐른 다음 다시 그들 앞에 나타납니다. 맹렬한 추격전이 시작되지만 또 다시 사라져버린 고래. 이런 현상이 반복되면서 선원들 사이에는 서서히 더 극심한 공포가 번지기 시작합니다. 다행히 얼마간의 시간이 흐른 후 다른 고래사냥에 성공함으로써 선원들의 사기가 조금 회복됩니다. 잡은 고래를 해체하는 과정에서 고래 잡이의 몇몇 상황들이 자세하게 묘사되는데, 고래 해체 작업(67장), 고래 고기 요리의 역사(65장) 등 고래와 관련된 다양한 사실들이 상세하게 제시되기도 합니다. 이런 부분들은 소설이라기보다는 기록서의 한 장처럼 보이는데, 다양한 서사 형식을 취하는 이 작품의 또 다른 매력이자 특징이기도 합니다. 그 가운데 고래의 가죽을 언급하는 대목이 인상적입니다. 고래의 지방층은 기름을 함유한 곳인데 대형 향유고래의 경우 고래 가죽의 4분의 3 정도가 10톤이나 되는 기름을 함유하고 있다고 알려줍니다. 게다가 이 지방층으로 인해 온혈 동물인 고래가 차디찬 북극의 바닷속을 잠수하면서도 안락함을 느낄 수 있다는 놀라운 사실을 생각하면 경이로울 정도입니다.

우리는 바로 이 지점에서 고래의 강인한 생명력과 두꺼운 벽과 널찍한 내부 공간이라는 진귀한 장점을 알게 된다. 오, 인간들이여! 고래를 찬양하고 본받으라! 그대도 얼음 속에서 따뜻함을 유지하라. 그대 또한 세상의 일부가 되는 법 없이 이 세상에서 살아가라. 적도에서도 냉철함을 지키고, 극지에서도 따뜻한 피가 흐르게 하라. 성베드로 대성당의 거대한 돔처럼, 그리고 거대한 고래처럼, 오, 인간들이여! 사시사철 그대만의 체온을 유지하라. [10)]

어느 날 항해 중이던 피쿼드호는 기름이 떨어진 융프라우호와 조우합니다. 그 배에 기름을 건넨 순간 고래를 발견한 두 배는 동시에 고래 추격에 나서고 마침내 고래를 사냥하는 데 성공하지만 해체 작업을 다 끝내기도 전에 죽은 고래의 사체가 가라앉기 시작합니다. 아주 드문 이 같은 경우까지 고래잡이에는 무수한 예상치 못한 상황들이 수반된다는 점과 함께 기름을 건네받은 융프라우호가 도움을 준 피쿼드호에 앞서 먼저 고래를 잡으러 떠나는 경우 없는 행동까지 바다에도 땅에서와 마찬가지의 비상식적인 작태가 벌어지고 있는 것도 경험합니다.

이제 피쿼드호는 순풍을 받으며 순다 해협에 접근하고 있습니다. 에이헤브 선장은 이 해협을 지나 자바해로 들어간 다음, 여기저기 향유고래가 출몰한다고 알려진 북쪽 바다로 갔다가 필리핀 근해를 지나 고래잡이 철에 맞추어 일본의 앞바다에 도착할 계획이었지요. 이곳에서도 고래 무리를 발견하고 추적하지만 결국 한 마리를 잡는 것에 그칩니다. 이후로 이어진 고래 사냥을 통해 용연향, 경뇌유 등 고래에서 나오는 것들과 함께 고래의 해체 작업, 고래 기름까지 등 포경업과 관련된 사항들이 속속들이 이어져 그려집니다. 실제 포경업의 경험에 기반한 이러한 현실적인 묘사들은 이 작품의 또 다른 독특한 특징이기도 합니다.

모비 딕과 조우

마침내 피쿼드호는 바다에서 조우한 새뮤얼엔더비호를 통해 적도 근처에서 "머리와 혹이 우유처럼 하얗고 머리가 온통 주름투성이" 인데다 "오른쪽 지느러미 근처에 작살이 여러 개 박혀" 있는 흰 고래를 만났다는 소식을 듣게 됩니다. 오른쪽 지느러미 아래 작살이 자신이 던진 작살임을 확신한 에이헤브 선장은 새뮤얼엔더비호의 선장이 그 고래에게 팔 하나를 잃었다는 것도 알게 됩니다.

흰 고래를 찾아 대만과 바시 제도를 항해하는 도중 퀴케그가 심한 열병에 걸리게 됩니다. 온갖 노력에도 불구하고 죽음에 가까웠다 느낄 만큼 야윈 그를 선원들 모두 포기할 정도가 되었을 때 퀴케그는 자신을 선원들의 관습처럼 그물 침대에 싸서 바다에 그냥 던지지 말고 카누를 관처럼 만들어 자신을 바다로 보내달라고 유언처럼 남깁니다. 그러나 목수가 관을 짜고 모든 선원들이 그를 보낼 준비가 되었을 때 퀴케그는 기력을 회복하더니 이내 평소와 다름없는 건강한 사람으로 돌아옵니다. 그리고 그의 카누관은 적도 지역의 어장에 이르러 망루에서 떨어진 선원을 구하러 던져진 구명부표가 바다에 가라앉으면서 배의 구명부표를 대신하게 됩니다. 죽음을 인도하는 관이 목숨을 구하는 구명부표가 되는 아이러니라니요! 그것도 다름 아닌 퀴케그의 제안에 따른 것이고 이 관 구명부표는 마지막에 이스마엘의 목숨을 살리는 역할을 하게 되지요.

에이헤브의 고백

그 다음날, 피쿼드호는 레이철호를 만나는데 그 배의 선장은 흰 고래를 만나 추격하는 과정에서 두 아들을 잃은 비극을 겪고 실종된 아들들을 찾는 중이었지요. 레이철호의 선장은 에이헤브 선장에게 실종된 아들을 찾는 수색을 함께 해달라고 애원하지만 흰 고래 추격이 우선이었던 에이헤브는 매몰차게 거절하고 예전에 자신이 흰 고래에게 다리를 잃은 그곳 가까이로 배를 몰아갑니다. 그리고 맑게 갠 어느 날, 에이헤브 선장은 스타벅에게 아주 오래 마음속에 품었던 자기 이야기를 꺼내 들려줍니다.

"오, 스타벅! 포근하고 온화한 바람, 온화해 보이는 하늘이군. 이런 날에 이렇게 달콤한 날에, 난생처음 고래를 잡았지. 열여덟 살짜리 소년 작살잡이가 말이지! 사십, 사십, 사십 년 전이었지! 전에! 사십 년 동안 계속 고래 사냥을 해왔지! 궁핍과 위험, 그리고 폭풍과 함께한 시간이었지! 이 무자비한 바다에서 사십 년을! 사십 년 동안이나 나 에이헤브는 평화로운 땅을 버리고 사십 년 동안이나 깊은 바다의 공포와 싸움을 해왔지! 그래, 그랬지, 스타벅, 그 사십 년 동안 내가 육지에서 보낸 시간이 삼 년이 안 돼. 이렇게 살아온 내 인생, 돌아보면 황량하고 고독한 삶이었지. 돌담과 성벽으로 둘러싸인 배타적인 선장의 업무라는 것은 저 바깥의 녹색의 대지에서 오는 어떤 동정심도 거의 받아들이지 않는 것이지. 오, 피곤해! 무거워! 고독한 선장은 기니 해안의 노예 같은 신세지! 이 모든 것을 생각하면, 물론 전에는 거의 의심만 했지, 이렇게 통렬하게 알지 못했지. 대체 어떻게 사십 년 동안이나 소금으로 말린 음식만 먹으며 살았는지, 메마른 내 영혼의 영양분에 딱 어울리는 상징이지! 아무리 가난한 육지인이라도 매일 신선한 과일을 손에 넣었고, 곰팡이 낀 내 빵 부스러기 대신 신선한 빵을 먹었지. 게다가 오십이 넘어서 결혼한 젊은 아내와 하룻밤 결혼식 베개를 베고는 그 다음날 케이프 혼으로 떠나 이 먼 대양에 떨어져 있으니. 아내? 아내? 남편은 살아있으나 과부 같은 사람! 그래, 내가 결혼하는 순간 나는 그 가엾은 여자를 과부로 만들었다네, 스타벅. 그리고 나서, 광기, 광란, 끓어오르는 피와 연기 나는 이마뿐이었지. 그 광기와 광란, 피와 연기로 이 늙은 에이헤브는 그의 먹잇감을 향해 천 번이나 격렬하게 거품을 물고 쫓았지. 인간이라기보다는 악마에 더 가까웠지! 그래, 아! 사십 년 동안 에이헤브는 얼마나 바보, 바보, 늙은 바보가 되어왔는지! 왜 이렇게 추격하고 싸우는가? 팔이 지치고 마비될 정도로 노를 젓고 창과 작살을 던지는 까닭은 무엇인가? 그래서 에이헤브가 지금 더 부자가 되고 더 좋은 사람이 되기나 했나? 보게. 오, 스타벅! 한쪽 다리는 빼앗긴 채 이렇게 지친 짐을 짊어지고 가야 하다니 이 얼마나 힘든 일인가? 여기, 이 늙은 머리카락을 한쪽으로 쓸어 넘겨주게. 내 앞을 가려 꼭 우는 것만 같으니. 이 같은 백발은 재에서만 자랐을 거야! 그런데 내가 정말로 너무, 그렇게 늙어 보이나, 스타벅? 죽을 것처럼 맥이 없고, 고개를 떨구고 몸은 숙이게 돼. 꼭 그 낙원을 떠난 이래 무수한 세월 동안 비틀거리며 지낸 아담처럼 말일세. 하나님! 하나님! 하나님! 내 심장을 부숴주소서! 내 머리를 깨트려주소서! 조롱! 조롱! 백발에 대한 쓰라린, 날카로운 조롱. 이런 백발을 뒤집어 쓸 만큼 내가 충분히 즐기며 살았던가. 이렇게 참을 수 없을 만큼 늙어 보이고 내 자신 그리 느끼게 되다니? 가까이! 가까이 와서 내 옆에 서게, 스타벅. 인간의 눈을 바라보게 해주게. 바다나 하늘을 바라보는 것보다 낫고, 심지어 하나님을 바라보는 것보다 낫다네. 초록의 대지 옆, 밝은 화롯가 옆! 이것이 마법의 거울이지, 이보게. 자네 눈 속에서 내 아내와 아이가 보이네. 아니, 아니야. 갑판에 머물게! 갑판에! 내가 보트를 타고 내려갈 때, 낙인찍힌 에이헤브가 모비 딕을 추격할 때 자네는 보트를 타고 내리지 말게. 자네에게는 그 위험을 겪게 하지 않을 걸세. 아니야. 아니야, 아니! 자네 눈에 그 먼 고향이 보이는데 그럴 수는 없지!"[11]

에이헤브 선장이 처음으로 자신의 속마음을 털어놓는 이 장면에서는 그의 인간적인 면모가 드러나기도 합니다. 이야기를 들은 스타벅은 흰 고래 추격을 그만두고 고향으로 돌아가자고 애원하지만 에이헤브 선장은 자신을 몰아세우는 그 불가사의한 힘으로부터 떨어질 수 없음을 고백합니다.

"이것은 무엇인가. 이름도 없고, 불가사의한 초자연적인 이것은 무엇인가. 그 어떤 숨어서 기만하는 군주이자 주군이며 잔인하고 무자비한 황제가 내게 명령하는가. 그리하여 자연스러운 사랑과 열망을 외면한 채, 왜 나는 계속 내 자신을 밀어대고, 들이대고, 밀어붙이는가. 진정한, 자연스러운 마음에서는 감히 하지 못할 일을 무모하게 하게 만드는가? 에이헤브는 에이헤브인가? 이 팔을 들어 올리는 것은 나인가, 하나님인가, 아니면 다른 누구인가? 하지만 거대한 태양도 스스로 움직이는 것이 아니라, 그저 천국의 심부름꾼에 불과하다면, 단 하나의 별도 어떤 보이지 않는 힘이 아니라면 돌아가지 않는다면, 어떻게 이 작은 심장이 뛰고, 이 작은 뇌가 생각을 할 수 있는가. 내가 아니라 하나님이 심장을 뛰게 하고, 그 뇌가 생각을 하고, 그 삶을 살게 한다. 내가 그러는 게 아니다. 오, 인간아, 우리는 이 세상에서 저 양묘기처럼 둥글게 돌고 또 돌아간다. 운명은 그 손잡이라네. 그리고 그동안 보게, 저 웃고 있는 하늘과 깊이를 알 수 없는 저 미지의 바다를!" [12)]

에이헤브는 자신을 포함한 인간들 모두가 보이지 않는 힘의 추동을 받듯 거대한 흰 고래 모비 딕을 움직이는 것도 모비 딕을 넘어선 그 어떤 알 수 없는 힘이라는 사실을 분명하게 알고 있지요. 인간을 극한으로 몰아붙여 파멸에 이르게 하기도 하는 이 초자연적이고 불가해한 힘이야말로 에이헤브가 추격해 확인하고, 파괴하고 싶은 것이었지요.

모비 딕 추격전

모비 딕이라는 초자연적인 존재에 사로잡힌 에이헤브의 운명이 강렬하게 느껴지는 위 장면에 이어 드디어 모습을 드러낸 흰 고래를 쫓는 추격이 시작됩니다. 거대한 고래와 고래를 쫓는 인간의 필사적인 사투가 길게 묘사되는 이 장면은 대단히 인상적입니다. 거대한 몸으로 자신을 추격하는 인간이 탄 보트를 희롱하는 흰 고래와 적개심과 복수심에 가득찬 채 고래를 향해 일격을 가하려는 에이헤브 선장의 필사적인 사투가 바다 한가운데서 일렁이는 파도 속에 펼쳐집니다. 첫 번째 격전에서는 보트 한 척을 잃은 채 인간의 패배로 끝납니다. 두 번째 날의 전투는 고래의 선공으로 시작됩니다.

마치 그들에게 빠른 공포를 심어주려는 듯, 이번에는 먼저 공격을 시작한 모비 딕이 방향을 틀더니 세 척의 보트를 향해 다가왔다. 에이헤브의 보트가 중앙에 있었다… 하지만 아직 근접 한계에 도달하기도 전에, 아직 세 척의 보트 모두 배 세 척의 돛대처럼 그의 눈에 또렷하게 보일 때, 그 흰 고래는 거의 순식간에 분노에 찬 속도로 자신의 몸을 휘저으며, 입을 쩍 벌리고 꼬리를 휘두르며 보트 사이로 돌진하면서, 사방에서 무시무시한 전투를 시작했다. 그리고 각각의 보트에서 던진 창에는 신경도 쓰지 않고, 보트를 만든 널빤지 하나하나를 모두 박살내려는 것 같았다. [13)]

결국 두 번째 사투에서도 흰 고래는 자신을 사냥하려는 인간들을 수장시킬 뻔한 위험에 빠트리면서 보트를 박살내고 에이헤브 선장의 고래뼈 다리마저 부러뜨리고 말았지요. 하지만 에이헤브는 겁을 먹지 않습니다. 오히려 더욱 불타오르는 복수심과 적개심으로 소리칩니다.

> "그래! 모두 산산조각 나버렸어, 스터브! 보이지? 하지만 뼈가 부러져도 이 늙은 에이헤브는 눈도 깜짝 안 해. 나는 살아있는 내 뼈가 잃어버린 죽은 내 뼈보다 조금이라도 더 나다운 본질이라고 생각하지 않지. 흰 고래도, 인간도, 악마도, 늙은 에이헤브에게서 고유하고 범접할 수 없는 존재를 조금도 긁어낼 수 없어. 어떤 납덩이가 저 바닥에 닿을 수 있으며, 어떤 돛대가 저기 하늘의 지붕을 긁을 수 있나?… 저 위에! 놈을 못 박아두어라. 서둘러! 선원들은 모두 보트의 삭구에 집합하고, 노를 모아라. 작살잡이들아! 작살! 작살을 준비하고, 로열 돛을 더 높이 올려라! 모든 돛을 펼쳐라! 이봐 거기 키잡이! 그대로, 네 목숨을 바쳐서라도 그대로 유지해! 나는 이 무한한 지구를 열 바퀴 도는 한이 있더라도, 아니, 지구를 뚫고 들어가서라도 놈을 반드시 죽이고 말 거야!" [14]

위험을 느낀 스타벅이 다시 한 번 에이헤브 선장을 만류하지만 그는 "에이헤브는 영원히 에이헤브일 뿐이야Ahab is for ever Ahab"라며 추격을 포기하지 않습니다. 그렇게 마지막 운명의 세 번째 추격이 시작되고 에이헤브를 포함한 선원들은 흰 고래의 공격에 산산이 부서진 피쿼드와 함께 바다 속으로 가라앉고, 에이헤브도 자기 앞에 마주한 모비 딕을 향해 던진 작살의 밧줄에 목이 감긴 채 바다 속으로 사라지기 직전 마지막으로 포효합니다.

> "오, 고독한 삶의 고독한 죽음이여! 아, 이제 나는 내 최고의 위대함이 내 최고의 슬픔 속에 있음을 느낀다. 호호! 저 먼 경계로부터 온 그대여, 내 모든 지나간 삶의 거친 파도여, 내 죽음의 거대한 물결 위로 나를 쓸어 넣어다오! 모든 것을 파괴하지만 정복하지는 못하는 고래여, 나는 너를 향해 넘실거리며 가노라. 끝까지 너와 엉켜 싸우고, 지옥의 심장에서 너를 찌르고, 증오의 이름으로 너에게 내 마지막 숨결을 내뱉노라. 모든 관과 영구차를 한 웅덩이에 가라앉혀라! 그러나 관도 영구차도 결코 내 것이 될 수 없으니, 네놈에게 묶인 채 갈가리 찢기면서도 나는 여전히 너를 추격할 것이다. 이 저주받은 고래여! 그러니, 나는 창을 버리노라!" [15]

이처럼 죽음 앞에서도 굴하지 않는 에이헤브는 자신의 목표를 위해서라면 한계를 모르고 전진하는 전형적인 '바이런적 영웅'의 면모를 보여줍니다. 그러나 결국 쫓고 쫓기던 에이헤브와 모비 딕의 길고 긴 추격전은 에이헤브의 패배로 끝이 납니다. 모두가 수장된 바다 속으로 침몰한 피쿼드호의 유일한 생존자인 이스마엘만이 퀴케그를 수장시키려 만들었던 관에 몸을 의지한 채 목숨을 부지하다가 실종된 아들을 찾아 바다를 떠돌던 레이철호에 의해 구조되었습니다.

모비 딕의 상징성

본문에서 보았던 것처럼 모비 딕은 일차적으로 에이헤브의 다리를 앗아간 "파괴자"이며 복수의 대상입니다. 모비 딕은 그의 신체를 파괴했을 뿐 아니라 선원들을 죽음으로 몰아간 현실적인 위험을 내포한 적대적 존재입니다. 이런 경우라면 모비 딕은 악이자 괴물이고, 에이헤브는 목숨을 걸고 그 괴물에 맞서는 영웅적 인물이라고 생각할 수 있습니다.

한편, 첫 번째 생각을 생각을 좀 더 확장하면, 에이헤브-선원으로 상징되는 인간 세계와 바다-모비 딕으로 은유되는 자연 사이의 적대적 관계를 생각할 수도 있겠습니다. 이 경우 인간과 자연은 서로를 파괴하는 상호 적대적 관계에 있는 존재이며, 모비 딕은 인간들의 끝없는 노력에도 불구하고 결코 파괴되지 않고 파멸시킬 수 없는 신비하고 불가사의한 자연을 상징하고, 모비 딕에 대한 에이헤브의 도전은 자연을 파괴하려는 인간의 오만하고 무모한 시도의 은유라고 볼 수도 있겠습니다. 아메리카 대륙에 정착한 미국인들이 자연과의 투쟁을 통해 자신의 삶을 개척해 온 역사의 해양 버전이라고 볼 수도 있을 것입니다.

에이헤브는 모비 딕을 자신의 한계를 극복하기 위해서 반드시 파괴하지 않으면 안 되는 "벽"을 상징하는 존재로도 간주하였지요. 그러나 그 벽은 깨지지 않고 오히려 에이헤브가 파멸을 맞게 되지요. 이 경우 모비 딕은 인간의 내면에 존재하는 알 수 없는 어떤 심리적 억압 기제이거나 요소이며, 인간이 성장하기 위해서는 반드시 넘어서지 않으면 안 되는 장애 혹은 장벽이라고 볼 수 있겠습니다. 흔히 개인적 트라우마라 하는 것도 해당될 수 있겠습니다. 내적으로 그렇다면 외적으로는 인간의 힘으로는 대적할 수 없는 초자연적이고 불가해한 어떤 절대적인 힘을 상징할 수도 있습니다.

에이헤브는 모비 딕을 "사악한 힘의 편집증적인 화신"이라거나 "존재하지 않는 것을 상징"하는 "절대적인 존재"라고 여겼습니다. 이 경우 모비 딕은 운명, 절대악이나 절대선 혹은 신과 같은 존재를 상징하고, 에이헤브는 신에게 저항하는 불경한 신성모독자이거나 운명에 저항하는 '바이런적 영웅'으로 간주될 수도 있겠습니다. 그렇게 보면 모비 딕을 추적한 에이헤브의 패배와 실패는 인간 혹은 인간 삶의 양면성을 보여줍니다. 인간이나 인간의 삶이 자연이나 운명의 거대한 힘 앞에 얼마나 무기력하고 취약한가를 보여주는 한편, 필연적인 패배와 실패가 예정되어 있음에도 불구하고 굴하지 않고 끝까지 저항하는 인간의 불굴의 용기야말로 우리 삶의 필연적 조건임을 의미하기도 하니까요.

마지막으로 이스마엘은 한 장 전체(42장)를 할애하여 자신에게 고래가 어떤 의미인지를 이야기합니다. 그는 고래의 흰색에 주목하는데, 그에 따르면 흰색은 아름다움을 높여주고, 지배권을 상징하며, 감동적이며 고귀한 것을 상징하기도 하며, 종교 의식에서는 신성함과 권능을 상징합니다. 그럼에도 불구하고 "흰색의 가장 내밀한 개념에는 두려운 것이 깃들어 있어 두려운 핏빛보다 더 큰 공포를 우리 영혼에 불러일으"키는 것이 존재하지요. 결국 그는 흰색에 깃든 두려움에 대해 이야기하며, 흰색의 초자연성을 인정하면서, 흰색은 본질적으로 색이라기보다는 "가시적인 색채가 존재하지 않는 것이며, 모든 색의 결합"이라고 말합니다. 그리고 그의 사고도 결국 모비 딕으로 귀결됩니다.

> 이 모든 것을 곰곰이 생각해보면, 꼼짝 못 하고 마비된 우주가 우리 앞에 나병 환자처럼 누워 있다. 마치 라플란드를 여행하면서 색안경 쓰기를 거부하는 고집 센 여행자들처럼, 이 비참한 이교도는 자신을 둘러싼 거대한 흰 수의를 바라보다가 눈이 멀어버린다. 그리고 이 모든 것들의 상징이 바로 알비노, 흰 고래였다. 그럼에도 불구하고 이 맹렬한 추격에 놀라겠는가? [16]

그러니 이스마엘이 생각하기에도 에이헤브가 불가사의한 존재인 모비 딕을 추격하는 것은 어쩔 수 없는 당연한 결과인 것입니다.

형식적 특성

『모비 딕』에는 다양한 서사적 양식이 사용되었습니다. 소설이지만 소설이라는 장르의 경계를 넘어선 작품이라고 할까요. 기본 구조는 해양 모험 소설 형식이 바탕을 이루고 있지만, 고래학에 관한 논문(32장), 고래의 흰색에 대한 설명(42장), 고래고기의 요리에 관한 자세한 서술(65장)과 고래 해체에 관한 상세한 묘사(67장)와 함께 뮤지컬 형식(40장)과 연극 양식(108장)은 물론이고, 앞에서 보았던 것처럼 『햄릿』의 독백 장면을 떠오르게 하는 에이헤브 선장의 긴 독백 형식을 포함한 다양한 서술 방식이 등장합니다. 이야기의 플롯을 제시하는 방법도 일반적인 소설의 그것처럼 이야기 구성을 따라 직선적으로 진행되기보다는 위에서 언급한 다양한 양식의 서사 형식이 복합적으로 얽혀 비선형적인 구조를 이루고 있습니다.

종교적 상징

『모비 딕』에서 또 하나 두드러진 점은 종교적 상징성과 알레고리가 강하게 담겨 있다는 점입니다. 기독교 성서 속 이야기와 연관된 인물들을 포함한 종교적 상징과 알레고리가 곳곳에서 보입니다. 주요 인물들의 이름을 성서의 이야기와 연관시켜 보면 다음과 같습니다.

선장 에이헤브의 이름은 구약성서에 등장하는 이스라엘의 왕의 이름과 같습니다. 「열왕기-상·하」에 등장하는 에이헤브는 바알 신을 섬기는 등 우상을 숭배하며 갖가지 악행을 저지르다가 이를 비판하는 예언자 엘리야에 맞선 인물로 그려져 있습니다. 결국 적과의 전투에서 화살을 맞고 죽음을 맞이합니다. 성서 속 에이헤브의 이야기는 하나님에 대한 불경과 우상 숭배의 위험성을 알리는 이야기라고 할 수 있지요. 그와 같은 성서의 이야기를 『모비 딕』에 비유하면, 에이헤브가 맞서 싸우는 모비 딕은 신과 같은 존재로, 에이헤브와 모비 딕의 투쟁은 신에 저항하는 인간의 오만함을 상징하는 것으로 볼 수 있겠습니다. 그 결과는 죽음일 수밖에 없다는 것은 자명하겠지요.

이스마엘은 「창세기」에 나오는 아브라함의 서자로 나중에 사라에게 쫓겨나는 인물로 버림받은 자의 상징으로 여겨집니다. 그러나 그 이름 자체가

'하나님께서 들으신다'라는 의미를 지니고 있어서, 『모비 딕』의 서술자로서 그의 역할을 상징적으로 보여준다고 할 수 있습니다. 우리는 유일한 생존자인 그를 통해 『모비 딕』의 이야기를 듣게 되지요.

이 외에도 『모비 딕』에는 메플 목사의 설교 장면 가운데 「요나서」의 선지자 요나가 등장하는데, 요나는 하나님의 명령을 어기고 도망치다가 풍랑을 만나 고래 배 속에 삼켜졌다가 구사일생 구원 받은 뒤 하나님의 말씀을 전하는 인물이지요. 에이헤브 선장을 비롯한 선원들의 모비 딕 사냥과 나중에 살아남아 이야기를 전하는 이스마엘의 모습이 겹쳐져보이는 것 같습니다.

기독교 신자는 아닌 이교도이지만 퀴케그는 대단히 중요한 의미를 지닌 인물입니다. 그는 남태평양 출신의 식인종이자 이교도이지만 화자인 이스마엘의 친구입니다. 텍스트를 설명할 때 언급했던 것처럼 그는 기독교가 아닌 다른 종교와 문화를 상징하는 인물로 그와 이스마엘의 우정은 기독교와 다른 종교의 공존과 교류, 나아가 종교를 초월한 인간적 우정과 상호 공존의 가능성을 상징하는 것으로 볼 수 있습니다. 특히, 3장에서 이스마엘이 "만취한 기독교인보다는 제정신인 식인종과 자는 게 더 낫지.Better sleep with a sober cannibal than a drunken Christian."라고 하는 장면이나, 10장에서 이스마엘이 퀴케그의 예식을 따라 우상숭배 예식을 행하면서도 "양심이든 세상에든 전혀 거리낄 것이 없었다.at peace with our own consciences and all the world"라고 하는 장면은 이스마엘, 나아가 멜빌의 그와 같은 생각을 보여주는 인상적인 장면입니다.

마지막으로 피쿼드호. 40장에 소개된 것처럼 피쿼드호에는 곳곳에서 모인 각양각색의 피부색을 한 다양한 선원이 승선해 있습니다. 거기에 에이헤브 선장과 스타벅을 포함한 항해사들이 지도부를 형성하면서 하나의 작은 세계, 하나의 작은 국가를 이루고 있는 듯합니다. 미국을 설명하는 '(인종의) 용광로Melting pot'라는 표현이 딱 어울리는 곳이지요. D. H. 로렌스는 "포경선 피쿼드호는 미국 영혼의 배이고, 흰 고래는 백인들의 의식이 쫓고 쫓는 그들 자신의 가장 깊은 피의 본성이다."라고 언급한 바 있습니다. 마지막으로 대양을 유유히 헤엄쳐가며 물을 뿜는 고래에 대한 묘사 장면을 함께 보면서 글을 마치겠습니다.

고래가 잔잔한 열대 바다를 장중하게 헤엄치는 모습, 거대하며 온화한 머리 위로 말로 형언할 수 없는 사색의 증기가 차양처럼 드리워지고 하늘이 고래의 생각을 보증이라도 하는 것처럼 종종 그 수증기에 아름답게 무지개가 서리는 광경을 보면, 이 거대하고 신비한 괴물에 대한 우리의 생각은 얼마나 품위있게 고양되는지! 알다시피 청명한 하늘에는 무지개가 걸리지 않으며, 무지개는 오직 수증기가 있어야만 빛날 뿐이다. 그처럼 내 마음속 어두운 의심의 안개를 뚫고 이따금 신성한 직관이 솟구쳐 마음속의 안개를 천상의 빛으로 타오르게 할 때가 있다. 이에 대해 신께 감사드린다. 만인이 의심하고 다수가 부정하지만, 그런 의심과 부정 속에서 직관의 빛을 얻는 사람은 거의 없다. 세상 모든 것에 대한 의심, 그리고 천상의 어떤 것에 대한 직관, 이 두 가지를 겸비하면 신자도 불신자도 되지 않고, 다만 양쪽을 공평한 눈으로 바라보는 사람이 된다.[17]

| 허먼 멜빌 (Herman Melville, 1819~1891)

Melville depicted in an 1870 portrait by Joseph Oriel Eaton.

뉴욕에서 출생했으며, 컬럼비아 대학 그래머 스쿨을 다녔지만 부친의 사망 이후 뉴욕 주립은행, 형의 모피가게 등에서 일하다 상선의 급사로 취직하기도 했습니다. 스물한 살이 되던 해 포경선 아쿠쉬넷호를 타고 남태평양으로 출항한 뒤 포경선에 승선했다가 미국 해군의 수병으로 복무하기도 했습니다. 이후 첫 소설 『타이피』를 발표하면서 작품활동을 시작한 이후 연이어 작품들을 발표합니다. 서른한 살이 되던 해 『모비 딕』을 출간했지만 성공을 거두지 못하고 악평을 받게 됩니다. 이후 발표한 『피에르』까지 비난을 받으며 반기독교적 태도를 지닌 부도덕한 작가라는 비판을 받습니다. 뉴욕 세관의 부두 검사관으로 근무하기도 했으며, 1891년 일흔두 살의 나이에 심장마비로 사망한 뒤 뉴욕 브롱크스 공동묘지에 안장되었습니다. 살아있는 동안은 작가로서 많은 주목을 받지 못했으나 사후 재평가된 대표적인 작가라고 할 수 있습니다.

| 작품

『타이피』*Typee*(1846), 『오무』*Omoo*(1847), 『마르디』*Mardi and a Voyage Thither*(1849), 『레드번』*Redburn, His First Voyage*(1849), 『하얀 자켓』*White-Jacket*(1850), 『모비 딕』*Moby-Dick*(1851), 『피에르』*Pierre or the Ambiguities*(1852), 『이스라엘 포터: 50년의 유형』*Israel Potter: His Fifty Years of Exile*(1855), 『사기꾼』*The Confidence-Man: His Masquerade*(1857) 등의 장편소설과 중편소설인 「필경사 바틀비」*Bartleby the Scrivener*(1853), 「베니토 세레노」*"Benito Cereno"*(1855), 「빌리 버드」*Billy Budd: Sailor*(1891), 그리고 『피아자 이야기』*The Piazza Tales*(1856) 등의 단편집과 『전투물과 전쟁의 양상』*Battle-Pieces and Aspects of the War*(1866) 등의 시집이 있습니다.

1) Chief among these motives was the overwhelming idea of the great whale himself. Such a portentous and mysterious monster roused all my curiosity. Then the wild and distant seas where he rolled his island bulk; the undeliverable, nameless perils of the whale; these, with all the attending marvels of a thousand Patagonian sights and sounds, helped to sway me to my wish. With other men, perhaps, such things would not have been inducements; but as for me, I am tormented with an everlasting itch for things remote. I love to sail forbidden seas, and land on barbarous coasts. Not ignoring what is good, I am quick to perceive a horror, and could still be social with it-would they let me-since it is but well to be on friendly terms with all the inmates of the place one lodges in. By reason of these things, then, the whaling voyage was welcome.

2) What a sight! Such a face! It was of a dark, purplish, yellow colour, here and there stuck over with large blackish looking squares. Yes, it's just as I thought, he's a terrible bedfellow; he's been in a fight, got dreadfully cut, and here he is, just from the surgeon. But at that moment he chanced to turn his face so towards the light, that I plainly saw they could not be sticking-plasters at all, those black squares on his cheeks. They were stains of some sort or other… He now took off his hat—a new beaver hat—when I came nigh singing out with fresh surprise. There was no hair on his head… His bald purplish head now looked for all the world like a mildewed skull. Had not the stranger stood between me and the door, I would have bolted out of it quicker than ever I bolted a dinner.

3) But what is worship?—to do the will of God—that is worship. And what is the will of God?—to do to my fellow man what I would have my fellow man to do to me—that is the will of God. Now, Queequeg is my fellow man. And what do I wish that this Queequeg would do to me? Why, unite with me in my particular Presbyterian form of worship. Consequently, I must then unite with him in his; ergo, I must turn idolator.

4) There seemed no sign of common bodily illness about him, nor of the recovery from any. He looked like a man cut away from the stake, when the fire has overrunningly wasted all the limbs without consuming them, or taking away one particle from their compacted aged robustness. His whole high, broad form, seemed made of solid bronze, and shaped in an unalterable mould, like Cellini's cast Perseus. Threading its way out from among his grey hairs, and continuing right down one side of his tawny scorched face and neck, till it disappeared in his clothing, you saw a slender rod-like mark, lividly whitish. It resembled that perpendicular seam sometimes made in the straight, lofty trunk of a great tree, when the upper lightning tearingly darts

down it, and without wrenching a single twig, peels and grooves out the bark from top to bottom, ere running off into the soil, leaving the tree still greenly alive, but branded. Whether that mark was born with him, or whether it was the scar left by some desperate wound, no one could certainly say.

5) "Hark ye yet again,—the little lower layer. All visible objects, man, are but as pasteboard masks. But in each event—in the living act, the undoubted deed—there, some unknown but still reasoning thing puts forth the mouldings of its features from behind the unreasoning mask. If man will strike, strike through the mask! How can the prisoner reach outside except by thrusting through the wall? To me, the white whale is that wall, shoved near to me. Sometimes I think there's naught beyond. But 'tis enough. He tasks me; he heaps me; I see in him outrageous strength, with an inscrutable malice sinewing it. That inscrutable thing is chiefly what I hate; and be the white whale agent, or be the white whale principal, I will wreak that hate upon him. Talk not to me of blasphemy, man; I'd strike the sun if it insulted me. For could the sun do that, then could I do the other; since there is ever a sort of fair play herein, jealousy presiding over all creations. But not my master, man, is even that fair play. Who's over me? Truth hath no confines."

6) The White Whale swam before him as the monomaniac incarnation of all those malicious agencies which some deep men feel eating in them, till they are left living on with half a heart and half a lung. That intangible malignity which has been from the beginning; to whose dominion even the modern Christians ascribe one-half of the worlds; which the ancient Ophites of the east reverenced in their statue devil;—Ahab did not fall down and worship it like them; but deliriously transferring its idea to the abhorred white whale, he pitted himself, all mutilated, against it. All that most maddens and torments; all that stirs up the lees of things; all truth with malice in it; all that cracks the sinews and cakes the brain; all the subtle demonisms of life and thought; all evil, to crazy Ahab, were visibly personified, and made practically assailable in Moby Dick. He piled upon the whale's white hump the sum of all the general rage and hate felt by his whole race from Adam down; and then, as if his chest had been a mortar, he burst his hot heart's shell upon it.

7) My soul is more than matched; she's overmanned; and by a madman! Insufferable sting, that sanity should ground arms on such a field! But he drilled deep down, and blasted all my reason out of me! I think I see his impious end; but feel that I must help him to it. Will I, nill I, the ineffable thing has tied me to him; tows me with a cable I have no knife to cut. Horrible old man! Who's over him, he cries;—aye, he would be a democrat to all above; look, how he lords it over all below! Oh! I plainly see my miserable office,—to obey, rebelling; and

worse yet, to hate with touch of pity! For in his eyes I read some lurid woe would shrivel me up, had I it. Yet is there hope. Time and tide flow wide. The hated whale has the round watery world to swim in, as the small gold-fish has its glassy globe. His heaven-insulting purpose, God may wedge aside. I would up heart, were it not like lead. But my whole clock's run down; my heart the all-controlling weight, I have no key to lift again.

8) Here, then, was this grey-headed, ungodly old man, chasing with curses a Job's whale round the world, at the head of a crew, too, chiefly made up of mongrel renegades, and castaways, and cannibals—morally enfeebled also, by the incompetence of mere unaided virtue or right-mindedness in Starbuck, the invulnerable jollity of indifference and recklessness in Stubb, and the pervading mediocrity in Flask. Such a crew, so officered, seemed specially picked and packed by some infernal fatality to help him to his monomaniac revenge.

9) as for his strength, let me say, that there have been examples where the lines attached to a running sperm whale have, in a calm, been transferred to the ship, and secured there; the whale towing her great hull through the water, as a horse walks off with a cart. Again, it is very often observed that, if the sperm whale, once struck, is allowed time to rally, he then acts, not so often with blind rage, as with wilful, deliberate designs of destruction to his pursuers; nor is it without conveying some eloquent indication of his character, that upon being attacked he will frequently open his mouth, and retain it in that dread expansion for several consecutive minutes.

10) It does seem to me, that herein we see the rare virtue of a strong individual vitality, and the rare virtue of thick walls, and the rare virtue of interior spaciousness. Oh, man! admire and model thyself after the whale! Do thou, too, remain warm among ice. Do thou, too, live in this world without being of it. Be cool at the equator; keep thy blood fluid at the Pole. Like the great dome of St. Peter's, and like the great whale, retain, O man! in all seasons a temperature of thine own.

11) "Oh, Starbuck! it is a mild, mild wind, and a mild looking sky. On such a day —very much such a sweetness as this-I struck my first whale—a boy—harpooneer of eighteen! Forty—forty—forty years ago!—ago! Forty years of continual whaling! forty years of privation, and peril, and storm-time! forty years on the pitiless sea! for forty years has Ahab forsaken the peaceful land, for forty years to make war on the horrors of the deep! Aye and yes, Starbuck, out of those forty years I have not spent three ashore. When I think of this life I have led; the desolation of solitude it has been; the masoned, walled-town of a Captain's exclusiveness, which admits but small entrance to any sympathy

from the green country without—oh, weariness! heaviness! Guinea—coast slavery of solitary command!-when I think of all this; only half—suspected, not so keenly known to me before—and how for forty years I have fed upon dry salted fare-fit emblem of the dry nourishment of my soil!—when the poorest landsman has had fresh fruit to his daily hand, and broken the world's fresh bread to my mouldy crusts—away, whole oceans away, from that young girl—wife I wedded past fifty, and sailed for Cape Horn the next day, leaving but one dent in my marriage pillow—wife? wife?—rather a widow with her husband alive! Aye, I widowed that poor girl when I married her, Starbuck; and then, the madness, the frenzy, the boiling blood and the smoking brow, with which, for a thousand lowerings old Ahab has furiously, foamingly chased his prey—more a demon than a man!—aye, aye! what a forty years' fool—fool—old fool, has old Ahab been! Why this strife of the chase? why weary, and palsy the arm at the oar, and the iron, and the lance? how the richer or better is Ahab now? Behold. Oh, Starbuck! is it not hard, that with this weary load I bear, one poor leg should have been snatched from under me? Here, brush this old hair aside; it blinds me, that I seem to weep. Locks so grey did never grow but from out some ashes! But do I look very old, so very, very old, Starbuck? I feel deadly faint, bowed, and humped, as though I were Adam, staggering beneath the piled centuries since Paradise. God! God! God!—crack my heart!—stave my brain!—mockery! mockery! bitter, biting mockery of grey hairs, have I lived enough joy to wear ye; and seem and feel thus intolerably old? Close! stand close to me, Starbuck; let me look into a human eye; it is better than to gaze into sea or sky; better than to gaze upon God. By the green land; by the bright hearth-stone! this is the magic glass, man; I see my wife and my child in thine eye. No, no; stay on board, on board!—lower not when I do; when branded Ahab gives chase to Moby Dick. That hazard shall not be thine. No, no! not with the far away home I see in that eye!"

12) "What is it, what nameless, inscrutable, unearthly thing is it; what cozening, hidden lord and master, and cruel, remorseless emperor commands me; that against all natural lovings and longings, I so keep pushing, and crowding, and jamming myself on all the time; recklessly making me ready to do what in my own proper, natural heart, I durst not so much as dare? Is Ahab, Ahab? Is it I, God, or who, that lifts this arm? But if the great sun move not of himself; but is as an errand—boy in heaven; nor one single star can revolve, but by some invisible power; how then can this one small heart beat; this one small brain think thoughts; unless God does that beating, does that thinking, does that living, and not I. By heaven, man, we are turned round and round in this world, like yonder windlass, and Fate is the handspike. And all the time, lo! that smiling sky, and this unsounded sea! "

13) As if to strike a quick terror into them, by this time being the first assailant himself, Moby Dick had turned, and was now coming for the three crews. Ahab's boat was central;··· But ere that close limit was gained, and while yet all three boats were plain as the ship's three masts to his eye; the White Whale churning himself into furious speed, almost in an instant as it were, rushing among the boats with open jaws, and a lashing tail, offered appalling battle on every side; and heedless of the irons darted at him from every boat, seemed only intent on annihilating each separate plank of which those boats were made.

14) "Aye! and all splintered to pieces, Stubb!—d'ye see it.—But even with a broken bone, old Ahab is untouched; and I account no living bone of mine one jot more me, than this dead one that's lost. Nor white whale, nor man, nor fiend, can so much as graze old Ahab in his own proper and inaccessible being. Can any lead touch yonder floor, any mast scrape yonder roof?··· Aloft there! Keep him nailed—Quick—all hands to the rigging of the boats—collect the oars—harpooneers! the irons, the irons—hoist the royals higher—a pull on all the sheets!-helm there! steady, steady for your life! I'll ten times girdle the unmeasured globe; yea and dive straight through it, but I'll slay him yet!"

15) "Oh, lonely death on lonely life! Oh, now I feel my topmost greatness lies in my topmost grief. Ho, ho! from all your furthest bounds, pour ye now in, ye bold billows of my whole foregone life, and top this one piled comber of my death! Towards thee I roll, thou all-destroying but unconquering whale; to the last I grapple with thee; from hell's heart I stab at thee; for hate's sake I spit my last breath at thee. Sink all coffins and all hearses to one common pool! and since neither can be mine, let me then tow to pieces, while still chasing thee, though tied to thee, thou damned whale! Thus, I give up the spear!"

16) pondering all this, the palsied universe lies before us a leper; and like wilful travellers in Lapland, who refuse to wear coloured and colouring glasses upon their eyes, so the wretched infidel gazes himself blind at the monumental white shroud that wraps all the prospect around him. And of all these things the Albino whale was the symbol. Wonder ye then at the fiery hunt?

17) And how nobly it raises our conceit of the mighty, misty monster, to behold him solemnly sailing through a calm tropical sea; his vast, mild head overhung by a canopy of vapor, engendered by his incommunicable contemplations, and that vapor—as you will sometimes see it—glorified by a rainbow, as if Heaven itself had put its seal upon his thoughts. For, d'ye see, rainbows do not visit the clear air; they only irradiate vapor. And so, through all the thick mists of the dim doubts in my mind, divine intuitions now and then shoot, enkindling

my fog with a heavenly ray. And for this I thank God; for all have doubts; many deny; but doubts or denials, few along with them, have intuitions. Doubts of all things earthly, and intuitions of some things heavenly; this combination makes neither believer nor infidel, but makes a man who regards them both with equal eye.

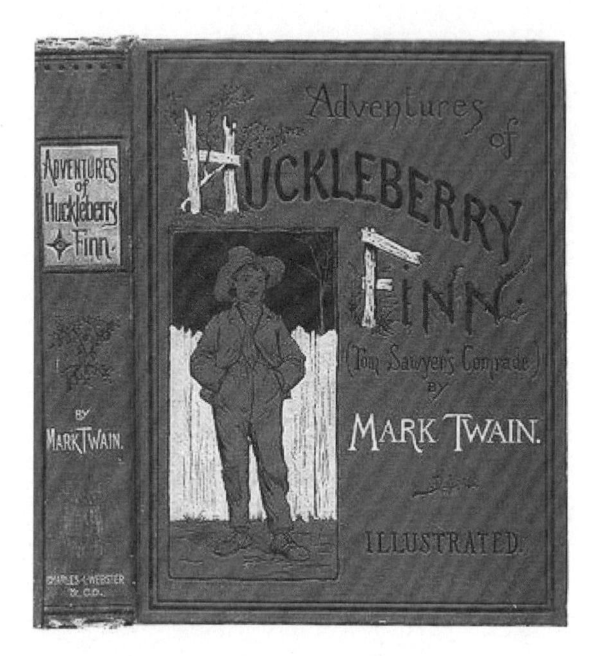

Mark Twain, *Adventures of Huckleberry Finn* (1884)

4. 『허클베리 핀의 모험』(1884), 마크 트웨인
- 미국의 아담 탄생

『톰 소여의 모험』의 속편으로 출판된 이 작품은 톰 소여의 친구인 허클베리 핀Huckeberry Finn(허크)이 미시시피강을 오르내리며 겪는 모험을 다룬 이야기입니다. 표면적으로는 주인공 허크의 모험이 중심 플롯이지만 작품을 따라가다 보면 당시 미국 사회에 중요한 논쟁거리였던 인종 차별 문제와 노예 제도, 개인의 도덕과 사회적 규범 사이의 갈등과 같은 문제들이 폭넓게 숨어 있습니다. 특히, 소설의 주인공인 허크라는 한 아이가 자신이 옳다고 믿는 것과 사회의 통념과 규범이 강조하는 것 사이에서 갈등하다 결국 자신의 믿음을 따르며 성장해나가는 과정이 인상적입니다. 이런 점에서 '성장소설'의 측면도 있습니다.

무지하고 선량한 흑인 노예 짐Jim의 고귀한 인간성을 깨닫는 허크의 도덕적 성장은 노예 제도를 옹호하는 남부 사회의 위선에 대한 비판을 보여주기도 합니다. 노예인 짐의 탈출과 아버지로부터, 그리고 마지막에는 사회의 구속으로부터 벗어나려는 허크의 탈출이 의미하는 자유를 위한 투쟁 또한 이 작품이 제시하는 중요한 주제이지요. 그래서일까요. 미국의 소년이 미국의 대자연을 맨몸으로 경험하는 이 작품을 두고 헤밍웨이는 "미국 현대 문학은 『허클베리 핀의 모험』이라는 한 권의 책에서 비롯되었다"라고 말한 적이 있지요.

이 작품에 대한 비판도 존재합니다. 순진하고 선량하지만 무지한 흑인 노예인 짐을 지나치게 희화화하고 상투적으로 묘사하는 인종 차별의 요소, 비속어를 너무 빈번하게 사용함으로써 보이는 비도덕적인 측면 등에 대한 비판이 그것입니다. 마크 트웨인을 옹호하는 이들은 흑인 짐에 대한 묘사는 당시 노예 제도와 흑인에 대한 차별을 사실 그대로 보여주는 것으로 오히려 당대의 잘못된 현실을 비판하는 것이라고 반론합니다. 표현의 비속함에 대한 비난에 대해서는 마크 트웨인 자신이 이 작품이 성인들을 위해 쓴 작품이라는 점을 강변하면서 어린아이들이 어른의 지도 없이 이 책을 읽는 것은 작가인 자신도 반대한다는 분명한 입장을 보였습니다. 이제부터 미시시피강을 따라 자유를 찾아가는 허크의 모험을 따라가 보겠습니다.

허크와 짐의 탈출

주인공 허클베리 핀(허크)은 이전 작품인 『톰 소여의 모험』 마지막 장면에서 금을 발견한 뒤 톰과 큰돈을 나눠 갖게 됩니다. 아직 어리고 고아나 다름없었던 허크는 더글러스 부인에게 입양되었는데, 부인과 부인의 여동생 왓슨 아줌마는 주일 학교로 상징되는 엄격한 훈육을 통해 허크를 '교화civilize' 시키기 위해 애를 씁니다. 하지만 자유분방한 모험을 더 좋아하는 허크는 답답하기만 합니다. 허크의 재산을 노리고 찾아온 술주정꾼 아버지는 돈을 빼앗지 못하자 허크를 납치해 감금하지만, 허크는 자신이 살해당한 것처럼 꾸며놓고 아버지로부터 도망쳐 나와 미시시피강의 잭슨섬으로 도망칩니다. 이 섬에서 왓슨 아줌마 네서 도망쳐 나온 노예 짐을 만나 둘은 함께 뗏목을 타고 미시시피강을 따라 내려가는데, 공교롭게도 짐의 탈출과 허크의 실종이 겹쳐, 사람들은 짐이 허크를 살해한 것으로 생각하고 현상금을 붙여 추적하고 있었지요.

> "그 검둥이는 허크 핀이 살해된 바로 그날 밤에 달아났지. 그래서 그놈에게 현상금이, 삼백 달러나 되는 현상금이 걸린 거야. 핀의 아버지에게도 현상금이 붙었지. 이백 달러나 된대. 그런데 그 인간이 살인 사건이 발생한 다음 날 아침 마을로 와서 그 이야기를 하고는, 그들과 함께 나룻배를 타고 시체를 찾으러 나갔어. 그리고는 그길로 곧장 떠나버렸지. 밤이 오기 전에 그놈을 두들겨 패려고 했는데, 사라져버린 거야. 그런데 다음 날 사람들은 그 검둥이까지 사라져버린 걸 발견했지. 살인이 있던 그날 밤 10시 이후 어디에서도 눈에 띄지 않았다는 걸 알게 되었지. 그래서 사람들은 그 검둥이 놈에게 누명을 씌웠지." [1)]

허크와 짐의 탈출은 인간 주체의 본원적 자유의 욕망을 보여줍니다. 자신을 돈의 수단으로 보고 이용하려는 아버지로부터 도망치려는 허크도, 노예 상태로 종속된 짐도 자유를 찾아 탈출했다는 공통점을 보여줍니다. 아무것도 가진 것 없이 뗏목을 타고 강물을 따라 흘러가는 허크와 짐은 하루하루 필요한 것을 스스로 구해가며 생활합니다.

"밤마다 열 시쯤 되면 나는 해안가 작은 마을로 내려가 10~15센트어치의 옥수수가루, 베이컨, 혹은 다른 먹을 걸 샀지. 이따금은 닭장 횃대에서 편히 잠들지 못하는 닭을 들고 왔어. 아버지는 기회만 생기면 닭을 훔쳐오라고 그랬지. 왜냐하면 내가 닭을 원치 않더라도 그걸 원하는 사람들은 얼마든지 있을 것이고, 또 잘한 일은 잊히지 않고 오래 기억되는 법이라고도 했어. 나는 아버지가 닭을 싫어하는 걸 본 적이 없는데, 어쨌든 아버지는 늘 그렇게 말했어." [2)]

사실 절도와 도둑질이지만 '들고 왔다'라고 말합니다. 살아가기 위해서는 어쩔 수 없는 일이었기에 그 행위는 죄책감으로 곧바로 연결되지 않습니다. 살아남기 위한 이러한 행동은 절도가 아니라 '빌려오는 것'으로 정당화됩니다.

"동트기 전 아침에 나는 옥수수 밭으로 몰래 기어들어가 수박, 참외, 호박, 햇옥수수 같은 것들을 빌려왔지. 아버지는 언제나 나중에 갚겠다는 마음만 있으면 빌려오는 것은 해로울 게 없다고 말했지만, 과부 아줌마는 그건 도둑질을 부드럽게 부르는 것일 뿐이며, 착한 아이라면 누구도 그런 일은 하지 않을 것이라고 말했지. 짐은 과부 아줌마의 말도 맞고 아버지의 말도 맞는다고 했지. 그래서 제일 좋은 방법은 목록 가운데 두세 개쯤 뽑은 다음 그것들은 다시는 빌리지 않는 것이라고 했지." [3)]

본문에서처럼 허크는 이런 행위를 '도둑질'이라 부르는 경직된 도덕률을 따르지 않습니다. 생존이 필요한 이때 허크는 밉살스럽긴 하지만 아버지의 가르침을 따릅니다. 이상적인 상황이나 원칙을 바라보는 것이 아니라, 자신이 처한 현실을 인식하고 문제를 해결하기 위해 필요한 것들을 배우는 것을 강조하는 것이 허크, 곧 마크 트웨인이 지지한 실용주의 철학의 핵심이라고 할 수 있습니다. 그러나 그저 빌려올 뿐, 도둑질이 아니라는 이러한 논리는 어떤 이들에게는 비도덕적으로, 다른 이들에게는 자기에게 편/유리한 실용주의로 받아들여질 수 있겠지요.

미시시피강 위의 뗏목 생활

이후 미시시피강과 주변 마을을 거치며 허크와 짐이 겪는 모험이 펼쳐집니다. 난파된 증기선에 올랐다가 강도와 살인자들을 목격하고 그들의 보트를 타고 탈출한 뒤, 꼼짝없이 난파선과 함께 물에 빠져 죽게 된 그들을 구하려고 경비대에 알려줍니다. 도망 노예를 추적하는 백인들에게 거짓말을 하여 짐의 탈출을 도와주기도 하고, 오랜 악연으로 얽힌 두 가문이 서로 죽고 죽이는 싸움을 하는 것도 목격하고, 마을마다 다니며 사기를 치는 '왕'과 '공작'을 사칭하는 사기꾼들의 악행을 목격하기도 합니다. 이런 모험의 이야기들은 미시시피강 주변 마을을 무대로 하지만 사실 미국 전체, 나아가 세상 사람들의 삶의 모습과 다르지 않을 것입니다. 이런 모험의 와중에 가장 인상적인 장면은 강 위를 흘러가는 뗏목 위에서 지내는 허크와 짐의 생활과 그들이 바라보는 자연의 경관입니다. 강 위의 시간은 이렇게 흘러갑니다.

> "이삼 일 낮과 밤이 지나갔어. 헤엄쳐 흘러가듯 지나갔다고 하는 게 나을 것처럼 그렇게 고요하고 그렇게 평온하며 그렇게 아름답게 지나갔어. 우리는 이렇게 시간을 보냈지. 이 부근에는 강폭이 엄청나게 넓어서, 어떨 때는 폭이 일 마일 반이나 되기도 했어. 우리는 밤에 돌아다니고 낮에는 누워서 숨어 지냈지. 밤이 거의 가고 새벽이 되면 우리는 곧 물길을 따라가던 것을 멈추고 뗏목을 묶어 두었어. 거의 언제나 물이 흐르지 않는 모래톱 아래 묶어 두었어. 어린 사시나무와 버드나무 가지를 잘라 뗏목을 덮어놓았지. 그리고는 낚싯줄을 드리우고 강물에 뛰어들어 수영을 했어. 기운도 차리고 더위도 식혀야 했지. 그다음엔 무릎까지 물이 올라오는 모래 바닥에 앉아 날이 밝아오는 것을 지켜보았지. 온 사방은 쥐 죽은 듯 고요했고, 어떤 소리도 들려오지 않았어. 온 세상이 잠들어 있는 것 같았어. 이따금 황소개구리들만이 개굴개굴 울어댔어."[4]

유유히 흐르는 거대한 미시시피강과 광활한 하늘, 그리고 그 사이 허크와 짐. 이따금 들려오는 개구리 소리. 자연 속에 마치 두 사람뿐인 것처럼 그려집니다. 태초에 존재하던 인간처럼, 혹은 미국이라는 자연에 홀로 존재하는 인간처럼. 허클베리 핀을 톰 소여와 함께 '미국의 아담American Adam'이라 부르는 까닭도 여기 있습니다. 어른도 아닌 아이가 문명의 도구도 없이 미국의 대지를 남북으로 가로지르는 젖줄 같은 미시시피강을 따라 흘러가며 생활하는 이 모습이야말로 온전한 미국적 주체가 미국의 자연을 처음으로 제대로 만나는 장면이라고 할 수 있기 때문이지요. 그 이전 어떤 작품에서도 이런 주체는 없었습니다.

이전의 인물들은 아직 유럽의 흔적을 안고 있는 '유럽'의 후손들이었습니다. 그들은 문명의 교육과 훈련을 받은 채 낯선 미국의 자연 속에서 삶을 위해 쟁투하는 시간을 지나왔지요. 그들에게 미국 대륙의 자연은 두렵거나 위험한 대상, 즉 자신들의 손으로 갈아엎어 살 수 있는 공간으로 만들지 않으면 안 될 정복의 대상일 뿐이었지요. 그러나 허크에게 자연은 삶을 부여하는 생존의 공간이자 안락한 피난처였습니다.

허크는 미시시피강 위에서 자유로워지고, 강 위의 생활을 통해 온전한 스스로가 되는 법을 배웁니다. 미시시피강으로 대변되는 자연은 그에게 이처럼 자유와 독립, 모험이라는 새로운 경험을 제공하는 공간이 됩니다. 그러니 허크는 자연이야말로 자신이 진짜로 속한 곳이라고 생각하며, 자연의 모든 모습을 온전히 보고 느끼고 표현하는 데 망설임이 없습니다. 조금 긴 문장이지만 함께 읽어보겠습니다.

> "저 멀리 강 너머를 바라보면 맨 처음 보이는 건 맞은편 숲의 희미한 선분이었어. 그밖에 아무것도 구분할 수 없었지. 그러다 뿌연 하늘이 보이더니 점점 더 흐릿하게 번져갔지. 그다음엔 강이 멀리서 부드럽게 옅어지더니 더 이상은 어둡지 않고 회색으로 변해 갔어. 저 멀리 작은 점들이 부유하는 게 보였지. 장삿배 같은 그런 거였어. 그리고 길고 검은 선이 보이는데 뗏목이었어. 때로는 삐걱거리는 노 젓는 소리도 들을 수 있었어. 아주 고요한 가운데 사람들 소리도 뒤섞여 들려왔지. 그러다 곧 물 위에 긴 줄 같은 무늬가 보이는데, 물에 잠긴 나뭇가지들이 빠르게 흐르는 물을 가로막아 만드는 무늬 모양이라는 걸 알게 되지. 이윽고 안개가 강물 위로 구불구불 피어오르고, 동쪽이 붉게 물들고, 덩달아 강도 붉어지면서 강 맞은편 먼 둑 위 숲 가장자리에 통나무 오두막 한 채가 보이지. 목재 야적장 같은데, 대충 흉내만 내어 쌓아 놓아 어느 쪽에서라도 틈 사이로 개가 빠져나갈 수 있을 것 같았어. 그리고는 상쾌한 산들바람이 저 먼 곳으로부터 불어와 시원하고 신선하며 향긋한 숲과 꽃향기를 몰아오지. 하지만 그렇지 않을 때도 있었어. 사람들이 가오리 같은 죽은 생선들을 버려서 냄새가 지독했지. 마침내 날이 완전히 밝아 세상 모든 존재들이 아침 햇살 속에 미소를 짓고, 지저귀는 새들은 그 사이로 날아다녔지!" [5]

새벽을 지나 동이 튼 다음 환하게 아침이 밝아오고 마침내 세상이 또렷하게 모습을 드러내는 장면이 그림처럼 묘사됩니다. 허크의 눈에 비친 이 자연은 미국 대륙에서 수만 년 반복된 장면이지만 지금 이 순간 허크라는 한 아이를 통해 그의 몸으로 각인되어 들어오는 것입니다. 아담에게 에덴동산이 그러했듯 말입니다. 그리고 다시 밤이 됩니다.

> "뗏목 위에서 생활하는 건 멋진 일이었어. 머리 위 하늘엔 온통 별이 반짝이고 있었어. 우리는 등을 대고 누워 별을 바라보며 별들이 만들어졌는지, 아니면 저절로 생겼는지 이야기하곤 했지. 짐은 만들어진 것이라 했고, 나는 저절로 생겨난 것이라고 했어. 저렇게 많은 별을 만들려면 엄청나게 오랜 시간이 걸릴 테니까. 짐은 달이 별을 낳을 거라고 말했는데, 그럴듯해 보여서 아무 말도 하지 않았어. 왜냐하면 개구리가 그렇게 많은 알을 낳은 걸 본 적이 있었거든. 그러니 달도 그럴 수 있을 거라고 생각했어. 우리는 별똥별을 보기도 했는데, 꼬리를 끌면서 떨어졌지. 짐은 그건 별들이 상해서 둥지로부터 내동댕이쳐지는 것이라고 했어." [6)]

이렇게 하루가 온전히 묘사됩니다. 이 하루는 단순한 하루가 아니라 미시시피강에서 보낸 허크의 자유롭고 아름답고 행복한 시간 전체를 상징적으로 보여주는 장면입니다.

마크 트웨인은 젊은 시절 미시시피강을 누비는 증기선의 도선사로 일하기도 했는데요, 그의 필명도 바로 이 경험과 연관이 있지요. 물 깊이를 측정하는 단위로 '패덤fathom'이라는 단위를 사용하는데, 1패덤은 대략 183cm라고 합니다. 2패덤 깊이가 배가 안전하게 항해할 수 있는 수심이라고 합니다. 강 깊이가 2패덤이라는 것을 "By the mark twain."라고 말한답니다. 마크 트웨인이라는 필명은 여기서 따온 것이지요. 그러니 허크의 모험은 단순히 허크만의 것이 아니라 미시시피강, 나아가 미국의 자연에 대한 작가 마크 트웨인의 경험이라고도 할 수 있습니다.

모험은 끝나고 다시 자유를 찾아

허크는 함께 다녔던 자칭 '왕'과 '공작'이라는 사기꾼에게서 가까스로 도망치지만, 두 악당은 짐을 펠프스 가족에게 팔아버립니다. 허크는 그를 구하기 위해 펠프스 집으로 갑니다. 그곳에서 톰인 것처럼 거짓말을 하고 연기를 하지만 실제 톰이 이곳에 오게 되어 거짓말이 들통이 나고 말지요. 하지만, 자초지종을 들은 톰과 힘을 합해 짐을 구해내는 데 성공합니다. 이전에 허크는 잠시 짐을 원래 주인인 왓슨 부인에게 넘겨주는 것이 옳은 일이 아닌가 하는 갈등을 하는 장면이 있습니다. 그렇게 하는 것이 그가 주일학교나 마을 사람들에게 '배운' 바에 따르면 도덕적으로 올바른 일이었기 때문이었지요. 허크의 고민입니다.

"이 일을 곰곰이 생각할수록 내 양심이 점점 더 나를 괴롭히고, 내가 더 사악하고 천하고 비열한 놈이라는 생각이 들었어. 마침내, 갑자기 이런 생각이 문득 떠올랐지. 여기 이곳에 신의 손이 계셔서 내 뺨을 후려치면서 내가 나에게 아무런 해도 입히지 않은 불쌍한 늙은 아줌마의 검둥이를 훔치는 동안 저 하늘 위에서 내 사악함을 지켜보고 계신다는 걸 알게 해주신다는 걸 말이야. 항상 지켜보면서 용서해 주었지만 그런 야비한 짓들을 이제 더 이상은 용납하고 허락하지 않을 그분이 계신다는 걸 말이지. 그러자 너무 무서워서 그만 그길로 쓰러질 뻔했지. 그런데, 나는 온 힘을 다해 내가 나쁜 놈으로 자랐으니 내 탓만 할 수는 없다고 내 자신을 위해 주장했지만, 내 마음속 뭔가가 계속 이렇게 나무랐어. '네가 갈 수 있었던 주일학교가 있었다. 주일학교만 갔었더라면, 검둥이를 위해 너같이 그런 행동을 한 사람들은 영원한 지옥불에 떨어진다는 걸 너에게 가르쳐주었을 텐데 말이야.'" 7)

갈등하던 그는 결국 아줌마에게 짐이 있는 곳을 알려주는 편지를 씁니다. 하지만 그것으로 끝이 아니었지요. 주일학교에서 가르치는 대로 도망 노예는 주인에게 돌려주는 게 올바른 일이라고 생각하고 편지를 쓰고 나니 이번에는 짐과 함께 보냈던 시간들이 생각납니다. 항상 자신을 '도련님'이라고 다정스럽게 불러주고, 자기 대신 당번을 서주고, 잡힐 뻔한 짐을 거짓말을 해서 구해주었을 때 자신을 하나밖에 없는 친구라고 불러주던 짐의 모습이요. 결국 허크는 이 두 생각 가운데 고민하다가 왓슨 아줌마에게 쓴 편지를 찢어버립니다. 허크는 이왕 나쁜 일을 하기로 했으니 짐을 노예 상태에서 도망가게 하겠다고 결심합니다.

"그 두 가지 사이에서 결정을 해야만 했으니 온몸이 떨려왔다. 나는 그걸 분명히 알고 있었다. 나는 숨을 멎은 채 잠깐 동안 생각했다. 그리고 나서 나는 스스로 다짐했다. '좋아. 그렇다면 나는 지옥에 떨어지겠어.' 그 말과 함께 나는 그 편지를 찢어버렸어." 8)

이 장면은 노예 제도를 옹호하는 사회적 규범과 주일 학교라는 경직된 사회 윤리 속에 화석화된 윤리를 거부하고 자신이 옳다고 생각하는 인간과 인간 사이의 실행적 윤리를 선택하는 허크의 단호한 결심을 보여줍니다. 그렇게 함으로써 자신이 처할 위험을 알면서도 말입니다. 이런 허크의 인간적인 면모는 당시의 일부 독자들에게는 위험한 생각처럼 느껴지기도 했겠지만 오늘날 독자들에게는 큰 울림을 줍니다.

짐을 탈출시키는 과정에서 부상을 당한 톰을 보살피다 잡힌 허크는 농장으로 보내졌지만 폴리 아줌마의 도움으로 풀려납니다. 폴리 아줌마는 왓슨 부인이 세상을 떴으며, 유언장에서 짐을 자유민으로 풀어주었다는 소식을 전합니다. 자유민이 된 짐은 숲속에서 죽은 채 발견된 사람이 허크의 아버지라고 알려줍니다. 모든 위험이 사라진 것을 안 허크는 세인트 피터스버그로 다시 돌아옵니다. 그러나 또 다른 위험이 기다리고 있었으니, 셀리 아줌마가 허크를 양자로 삼으려는 것이었습니다. 허크는 셀리 아줌마가 자신을 어떻게 할 것인지 너무나 잘 알고 있었지요. 자신의 의지와 다른 사회적 규범과 제약에 얽매이고 싶지 않았던 허크는 '변방의 미개척지인 인디언 지역'으로 도망치려 하는 것으로 소설은 끝이 납니다.

> "하지만 나는 남들보다 먼저 사람들 적은 인디언 지역으로 떠나야겠어. 왜냐하면 셀리 아줌마가 날 양자로 삼아 교화시키려 하는데, 난 그걸 견딜 수 없어. 예전에도 이미 경험해 본 적이 있거든." [9]

마지막까지 허크는 '교화' 되는 것을 거부하고 자신만의 방식으로 살아가는 자유를 선택합니다. 이러한 허크의 태도는 자유를 향한 인간 본연의 욕망은 물론 종교의 자유를 찾아 억압하는 유럽을 떠나 미국으로 건너온 미국인들의 태도와도 일치합니다.

마찬가지로 이 같은 허크의 모습에는 또한 규칙과 규범, 관습이 가득한 당시 미국 사회에 대한 풍자적 비판 의식도 담겨 있는 것 같습니다. 모험 중에 만난 두 인물, '왕'과 '공작'은 여러 곳을 전전하며 비열한 사기 행각을 벌이고, 허크의 아버지는 허크에게 폭행을 가하고 자신의 이익을 위해 이용하기도 하는데, 이 인물들은 모두 허크가 탈출하고자 하는 당대 사회의 부패한 양상을 대변하는 인물로 볼 수도 있겠습니다.

더욱 인상적인 장면은 허크와 도망 노예 짐 사이의 인간적 유대입니다. 엄혹했던 노예 제도가 존재하던 당시, 둘 사이의 우정과 인간애는 당시의 사회적 관습으로는 용인될 수 없는 것이었을 겁니다. 하지만 피부색의 차이를 넘어 자신과 다를 바 없는 짐의 처지를 이해하고 공감하며 한 인간과 인간으로 짐을 대하는 허크의 성숙한 모습은 그 자신의 인간적 도덕적 성장을 상징적으로 보여주는 것이며, 작가인 마크 트웨인의 인간애적 시각을 나타내는 것이기도 합니다. 다만, 이 둘의 인간애와 유대감은 미시시피강 위의 뗏목에서 가능한 것이었을 뿐 사회로 돌아와서도 같을 수 없다는 것은 당시 미국 사회의 한계를 보여주기도 합니다. 어쩌면 그런 점이 미시시피강이라는 자연 공간의 원초적 상징성을 더욱 강렬하게 부각시키는 듯도 합니다.

『톰 소여의 모험』과 『허클베리 핀의 모험』은 1870년대와 1880년대에 등장했지요. 청교도 이주민들이 처음 미국 땅에 발을 디딘 것이 1620년이니 그로부터 260년 정도의 시간이 흘렀군요. 초기 정착민들은 자신들을 유럽인이라 생각했을 뿐 '미국인'이라 생각하지 않았지요. 그 후로도 오랫동안 그들의 후손들은 자신들이 유럽의 후손이라는 생각을 떨쳐버리지 못하고 지내왔지요. 그렇게 200년 가까이 흐르고 최초의 정착민 이후 6~7 세대가 이어지는 동안 이들은 점차 유럽의 후손들이라는 정체성보다는 '미국인'이라는 자신들의 새로운 정체성을 인식하기 시작했고, 19세기 초반 그 의식은 보다 확고해진 것 같습니다. 랄프 왈도 에머슨(R. W. Emersom, 1803~1882)이 미국의 정신을 강조한 것이나, 호손과 멜빌, 포가 유럽의 문학과는 다른 미국 특유의 정신을 반영하는 작품을 쏟아낸 것이 모두 1800년대 초중반이었지요. 그런 상황에서 정신과 육체가 아직 미성숙한 상태로 미국의 대자연과 직접 부딪히며 백인과 흑인의 문화적 요소의 상호 의존과 연관을 체득하며 성장해가는 톰 소여와 허클베리 핀은 온전한 미국인의 원형, 진정한 '미국의 아담'이라는 상징적 존재라고 할 수 있습니다.

| 마크 트웨인 (Mark Twain, 1835~1910)

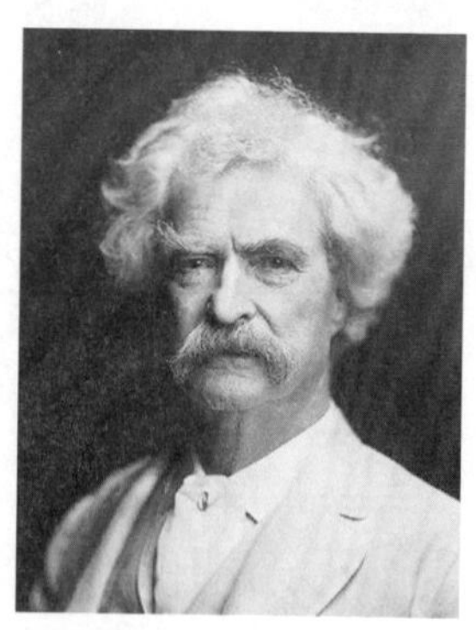

A portrait of the American writer Mark Twain taken by A. F. Bradley in New York, 1907.

마크 트웨인은 필명이며, 본명은 사무엘 롱혼 클레멘스Samuel Langhorne Clemens입니다. 그는 『톰 소여의 모험』과 『허클베리 핀의 모험』의 배경인 미주리주의 한니발에서 어린 시절을 보냈습니다. 가족의 경제적 어려움으로 학교를 중퇴하고 신문 배달부, 인쇄공, 상인 등 다양한 직업을 경험하였고, 미시시피강의 도선사로 근무하기도 했습니다. 본문에서 설명 드린 것처럼 그의 필명인 '마크 트웨인'은 이때의 경험에서 얻은 것입니다.

그는 여러 지역을 여행하며 다양한 경험을 쌓았는데, 이 같은 경험은 나중에 그의 작품 곳곳에 반영되는 문학적 자양분이 되었습니다. 그의 작품은 특히 유머와 인간관계에 대한 세심한 관찰력으로 정평이 나 있습니다. 기술적 진보의 열렬한 옹호자이자 노동운동과 반제국주의 운동에도 활발하게 참여했는데, 미국 반제국주의 연맹의 부회장을 맡을 정도로 적극적이었습니다. 노예제 폐지 운동과 여성 참정권 운동에도 적극적인 지지를 보내는 등 사회적 활동에도 적극 참여했습니다.

| 작품

대표작이라 할 수 있는 『톰 소여의 모험』*The Adventures of Tom Sawyer*(1876)과 『허클베리 핀의 모험』*The Adventures of Huckleberry Finn*(1885) 외에 『도금시대: 오늘날의 이야기』*The Gilded Age: A Tale of Today*(1872), 『미시시피강의 옛 시절들』*Old Times on the Mississippi*(1876), 『왕자와 거지』*The Prince and the Pauper*(1882), 『아서왕과 코네티컷 양키』*A Conneticut Yankee in King Arthur's Court*(1889), 그리고 완성하지 못한 채 남기고 떠난 『신비한 이방인』*The Mysterious Stranger* 등의 작품이 있습니다.

1) "The nigger run off the very night Huck Finn was killed. So there's a reward out for him—three hundred dollars. And there's a reward out for old Finn, too—two hundred dollars. You see, he come to town the morning after the murder, and told about it, and was out with 'em on the ferryboat hunt, and right away after he up and left. Before night they wanted to lynch him, but he was gone, you see. Well, next day they found out the nigger was gone; they found out he hadn't ben seen sence ten o'clock the night the murder was done. So then they put it on him, you see; and while they was full of it, next day, back comes old Finn, and went boo-hooing to Judge Thatcher to get money to hunt for the nigger all over Illinois with."

2) "Every night now I used to slip ashore toward ten o'clock at some little village, and buy ten or fifteen cents' worth of meal or bacon or other stuff to eat; and sometimes I lifted a chicken that warn't roosting comfortable, and took him along. Pap always said, take a chicken when you get a chance, because if you don't want him yourself you can easy find somebody that does, and a good deed ain't ever forgot. I never see pap when he didn't want the chicken himself, but that is what he used to say, anyway."

3) "Mornings before daylight I slipped into corn-fields and borrowed a watermelon, or a mushmelon, or a punkin, or some new corn, or things of that kind. Pap always said it warn't no harm to borrow things if you was meaning to pay them back some time; but the widow said it warn't anything but a soft name for stealing, and no decent body would do it. Jim said he reckoned the widow was partly right and pap was partly right; so the best way would be for us to pick out two or three things from the list and say we wouldn't borrow them any more-then he reckoned it wouldn't be no harm to borrow the others."

4) "Two or three days and nights went by; I reckon I might say they swum by, they slid along so quiet and smooth and lovely. Here is the way we put in the time. It was a monstrous big river down there—sometimes a mile and a half wide; we run nights, and laid up and hid daytimes; soon as night was most gone we stopped navigating and tied up—nearly always in the dead water under a towhead; and then cut young cottonwoods and willows, and hid the raft with them. Then we set out the lines. Next we slid into the river and had a swim, so as to freshen up and cool off; then we set down on the sandy bottom where the water was about knee-deep, and watched the daylight come. Not a sound anywheres—perfectly still—just like the whole world was asleep, only sometimes the bullfrogs a-cluttering, maybe."

5) "The first thing to see, looking away over the water, was a kind of dull line-that was the woods on t'other side; you couldn't make nothing else out; then

a pale place in the sky; then more paleness spreading around; then the river softened up away off, and warn't black any more, but gray; you could see little dark spots drifting along ever so far away-trading-scows, and such things; and long black streaks-rafts; sometimes you could hear a sweep screaking; or jumbled-up voices, it was so still, and sounds come so far; and by and by you could see a streak on the water which you know by the look of the streak that there's a snag there in a swift current which breaks on it and makes that streak look that way; and you see the mist curl up off of the water, and the east reddens up, and the river, and you make out a log cabin in the edge of the woods, away on the bank on t'other side of the river, being a wood-yard, likely, and piled by them cheats so you can throw a dog through it anywheres; then the nice breeze springs up, and comes fanning you from over there, so cool and fresh and sweet to smell on account of the woods and the flowers; but sometimes not that way, because they've left dead fish laying around, gars and such, and they do get pretty rank; and next you've got the full day, and everything smiling in the sun, and the song-birds just going it!"

6) "It's lovely to live on a raft. We had the sky up there, all speckled with stars, and we used to lay on our backs and look up at them, and discuss about whether they was made or only just happened. Jim he allowed they was made, but I allowed they happened; I judged it would have took too long to make so many. Jim said the moon could 'a' laid them; well, that looked kind of reasonable, so I didn't say nothing against it, because I've seen a frog lay most as many, so of course it could be done. We used to watch the stars that fell, too, and see them streak down. Jim allowed they'd got spoiled and was hove out of the nest."

7) "The more I studied about this the more my conscience went to grinding me, and the more wicked and low-down and ornery I got to feeling. And at last, when it hit me all of a sudden that here was the plain hand of Providence slapping me in the face and letting me know my wickedness was being watched all the time from up there in heaven, whilst I was stealing a poor old woman's nigger that hadn't ever done me no harm, and now was showing me there's One that's always on the lookout, and ain't a-going to allow no such miserable doings to go only just so fur and no further, I most dropped in my tracks I was so scared. Well, I tried the best I could to kinder soften it up somehow for myself by saying I was brung up wicked, and so I warn't so much to blame; but something inside of me kept saying, 'There was the Sunday-school, you could 'a' gone to it; and if you'd 'a' done it they'd 'a' learnt you there that people that acts as I'd been acting about that nigger goes to everlasting fire.'"

8) "I was a-trembling, because I'd got to decide, forever, betwixt two things, and I knowed it. I studied a minute, sort of holding my breath, and then says to myself: 'All right, then, I'll go to hell'—and tore it up."

9) "But I reckon I got to light out for the Territory ahead of the rest, because Aunt Sally she's going to adopt me and sivilize me, and I can't stand it. I been there before."

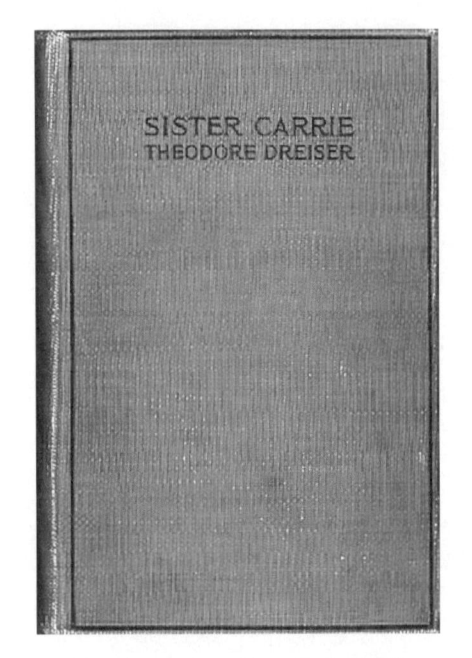

Theodore Dreiser, *Sister Carrie* (1900)

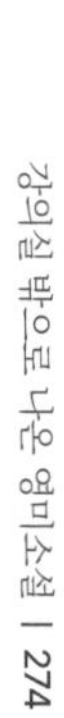

5. 『시스터 캐리』(1900), 티어도어 드라이저
- 도시의 불빛 위를 표류하는 욕망하는 인간들의 초상

『시스터 캐리』는 작가인 드라이저의 누이, 엠마를 모티프로 한 소설이라고 알려져 있습니다. 엠마는 홉킨스라는 유부남과 사랑에 빠졌는데, 홉킨스의 아내에게 둘의 관계가 들통나자 결국 홉킨스가 고용주의 돈을 훔쳐 엠마와 함께 뉴욕으로 도주를 했다고 합니다. 이 사건이 그대로 『시스터 캐리』의 골격이 됩니다. 내용에서 보듯 이 소설은 주인공인 캐리가 이처럼 부도덕한 행동을 하고도 벌을 받지 않는다는 사실에 분노한 출판사 책임자 더블데이 부인Mrs. Doubleday의 반대와 책 광고 거부라는 출판 과정의 우여곡절을 겪으면서 겨우 나오게 되었습니다. 출판 후에도 이어진 악평으로 인해 그 후 10년 넘게 드라이저가 절필하는 계기가 되기도 하는 등 작가 자신으로서는 풍파를 겪은 작품입니다. 하지만, 단순히 남녀의 부도덕한 사랑의 도피 이야기이기만 했다면 이렇게 뛰어난 작품으로 우리에게 남아 있지는 않을 것입니다. 소설은 전형적인 주말 드라마의 이야기 같은 플롯을 지니고 있습니다만, 급속하게 대도시로 성장하던 19세기 말 미국의 시카고와 뉴욕의 화려함에 이끌려 온 캐리와 그녀가 만나고 헤어지는 두 남성 인물의 욕망과 파멸의 과정을 통해 20세기 초반 현대인의 공허한 삶의 단면을 적나라하게 그려내고 있습니다.

시카고행 열차—드루애를 만나다

소설은 성공을 좇아 도시로 찾아든 여주인공 캐리 미버Carrie Meeber와 그녀가 만난 두 남자, 드루애Charles Drouet와 허스트우드Hurstwood를 중심으로 전개됩니다. 이야기는 시골소녀 캐리 미버가 고작 몇 달러의 돈을 들고 언니가 살고 있는 시카고행 열차에 몸을 싣는 장면으로 시작됩니다.

1889년, 가을이었다. 그녀는 무지와 젊음이 주는 환상으로 가득한 소심하면서도 밝은 열여덟 살 아가씨였다… 가족들이 반쯤은 애정 어린 마음으로 시스터 캐리라 불렸던 캐롤라인은 관찰력과 분석력은 아직 미숙했다. 이기심은 상당했지만 강하지는 않았다. 그럼에도 이기심이야말로 그녀의 두드러진 특성이었다. 젊음의 공상으로 피가 뜨거웠고, 아직은 무르익는 시기라 좀 평범해 보였지만 예쁘장한 외모에 아주 멋진 몸매가 될 자태를 지니고 있었으며, 눈은 타고난 총명함으로 반짝이는 그녀는 이민 후 두 세대가 된 미국 중산층의 전형적인 인물이었다. [1]

열차 안에서 캐리는 말쑥한 차림에 예의바른 찰스 드루애라는 세일즈맨을 만납니다. 캐리는 드루애의 깔끔한 옷차림과 세련된 매너, 유려한 말솜씨에 이끌리고, 드루애는 아직 소녀티가 나지만 아름다움을 지닌 캐리의 외모에 이끌려 서로 주소를 교환하고 시카고에 가면 캐리를 방문하겠다는 약속을 합니다. 사실 드루애는 아주 전형적인 '바람둥이' 유형의 인물로 당시 그런 직업과 부류의 사내들이 그러하듯 옷치장에 많은 신경을 씁니다.

그는 당시 속어로 '드러머(지방순회외판원)'라 불리던 전형적인 계층의 사내였다. 1880년대 미국인들 사이에 일반적으로 회자되던 최신 용어이자, 옷차림이나 태도가 마음 무른 젊은 아가씨들의 감탄을 자아내도록 계산된 사람을 간결하게 표현하는 용어인 '바람둥이'에 꼭 어울리는 인물이었다… (이런 인물에게는) 물론 좋은 옷이 첫 번째 필수품이다. 좋은 옷이 없으면 그는 아무것도 아니었다. 여자에 대한 강한 욕구에서 자극받은 강렬한 육체적 욕망이 그다음 구비 조건이었다. 그는 세상의 어떤 문제나 힘에도 무관심하고 탐욕스럽다기보다는 변덕스러운 쾌락을 싫증내지 않고 좋아하는 그런 성격의 인물이었다. 그의 수법은 언제나 단순했다. 가장 중요한 요소는 물론 여성에 대한 강렬한 욕망과 찬탄에서 나온 대담함이었다. [2]

꿈을 안고 언니 집에 왔지만 캐리 언니의 삶 또한 누추하기는 마찬가지입니다. 밥값을 할 수밖에 없었던 캐리는 작은 신발 공장에 일자리를 얻지만 잠시 뿐, 병이 들어 일자리를 잃게 됩니다. 얼마 후 다시 구직을 위해 거리를 헤매다 우연히 만난 드루애의 제안을 받고 승낙, 둘은 함께 동거에 들어갑니다. 드루애는 결혼 약속을 하긴 했지만 차일피일 미룰 뿐 실제 마음은 없어 보입니다.

허스트우드를 만나다

그러던 어느 날 캐리는 드루애로부터 고급 살롱의 매니저인 허스트우드G. W. Hurstwood를 소개받게 됩니다. 자수성가한 인물의 전형이랄 수 있는 허스트우드는 드루애와 친구로 지내고 있었지요. 겉으로는 별 문제가 없는 중년의 사내처럼 보이지만 가정적으로는 허영심 많은 부인과 자녀들과의 소원한 관계 속에서 가정이라는 울타리의 따스함을 느끼지 못하고 있는 허스트우드는 캐리보다는 거의 두 배나 나이가 많은 사람이었지요.

> 그는 대단히 성공한 유명 인사로 여겨졌다. 허스트우드는 정말 그래 보였다. 마흔이 좀 안 된 나이에 보기 좋은 멋진 체격, 활기찬 태도, 그리고 견실하고 믿음직한 분위기에 멋진 옷과 깨끗한 와이셔츠, 무엇보다 자부심 강한 태도가 있었다… 그는 오랜 세월 참을성 있는 태도와 근면을 통해 흔하디흔한 살롱의 바텐더에서 현재의 자리까지 올라왔다. [3]

독자들이 예상하듯 허스트우드는 캐리의 미모와 젊음에 매혹당합니다. 그러나 둘을 결정적으로 가깝게 해준 인물은 아이러니하게도 드루애입니다. 직업상 출장이 잦았던 그는 홀로 있는 캐리를 돌보아달라고 허스트우드에게 부탁했던 것이지요. 잦은 만남을 통해 캐리 또한 드루애보다 더 화려하고 높은 차원의 부와 안정감까지 갖춘 허스트우드에게 끌립니다. 처음에는 허스트우드가 유부남인 것을 몰랐지만 알고 난 후에도 캐리와 허스트우드는 서로에 대한 끌림을 막을 길이 없게 됩니다.

> 허스트우드처럼 오랫동안 가치 없거나 힘든 경험을 한 남자가 젊고 꾸밈없고 순진한 영혼을 만나면 자기와는 먼 세상 사람이라 여기며 멀리 거리를 두고 떨어지거나 아니면 더 가까이 다가가 자신이 발견한 존재에 매혹되거나 의기양양해지는 법이다. 이런 남자들이 그 여자에게 가까이 가는 길은 에두르는 길밖에는 없다. 그저 마음으로 애쓰는 데서 미덕을 찾을 뿐 젊은 아가씨의 호의를 얻을 방법도 없고 알지도 못한다. 하지만 불행하게도 파리가 그물에 걸려든다면, 거미는 다가가 자기 방식으로 수작을 걸 수 있게 된다. 그처럼 아가씨가 도시의 혼란 속으로 흘러들어와 제일 가장자리라 하더라도 '술주정뱅이'와 '바람둥이'의 세계로 들어오면, 그때는 그들이 유혹의 기술을 써먹을 수 있게 된다. [4]

캐리는 드루애의 소개로 취직한 극장에서 단역으로 시작해 무대 경험을 쌓고, 허스트우드는 부인으로부터 이혼 소송을 당하며 재정적으로 곤란한 상황으로 빠져들어 갑니다. 그런 어느 날, 허스트우드는 근무 정리를 하다가 살롱 주인이 금고문을 닫지 않은 것을 발견하고 호기심 반, 욕망 반의 마음으로 금고의 돈을 꺼냈다가 실수로 그만 금고의 문을 닫아버리게 됩니다. 본의 아니게 돈을 훔치게 된 그는 캐리를 찾아와 함께 몬트리올행 열차를 타고 도주를 합니다. 우연과 즉흥과 어설픈 욕망이 결합된 이 도주는 그러나 너무 뻔한 결말을 맞게 되지요.

살롱 사장이 고용한 탐정이 그들을 찾아내 돈을 모두 돌려주는 대신 일을 조용히 마무리 짓는 선에서 사건은 해결됩니다. 문제는 그때부터였습니다. 겨우 몇 푼의 푼돈을 지녔을 뿐 직업을 잃은 허스트우드는 예전과는 다른 허름한 신세가 되어 내리막길을 걷게 되고, 캐리 또한 그 변화를 고스란히 겪게 되지요.

허스트우드는 윌러Wheeler라고 이름을 바꾼 뒤 캐리와 결혼을 하고 둘은 뉴욕으로 거처를 옮기지만 험한 일이라고는 해본 적이 없던 그가 할 수 있는 일자리는 많지 않았습니다. 얼마 남지 않은 돈으로 요행수를 바라고 도박판에도 기웃거리는 등 헤매다 우여곡절 끝에 동업자와 함께 낸 작은 선술집마저 동업이 깨지는 바람에 남은 돈마저 모두 잃고 말지요. 그렇게 허스트우드는 점점 더 나락으로 빠져갑니다.

반면, 캐리는 이전에 했었던 극장 경험을 바탕으로 한 극장의 합창단원으로 취직한 뒤 결국 허스트우드를 떠납니다. 화려함을 좇던 캐리에게 극장은 더할 나위 없이 안성맞춤인 곳이었지요.

> 무대는 엄청난 매력을 지니고 있었다. 그녀는 시카고에서 성취했던 대단한 성과를 결코 잊을 수 없었다. 그 일은 그녀의 마음에 자리잡고 흔들의자에 앉아 신간 소설을 읽는 것만이 유일한 낙이 된 요즘 길고 긴 오후 동안 그녀의 마음을 사로잡고는 했다. 연극을 볼 때마다 그녀는 자신의 능력이 생생하게 살아나는 것 같았다… 이런 환경에 서라면 슬픔마저도 매력적인 법이다. 캐리는 그런 것을 원했다. 어떤 고통, 어떤 실패라도 좋으니 그런 세계를 겪어보고 싶었다… 연극이 재현하는 세계에 폭 빠져, 돌아오지 않았으면 하고 바랐다. [5)]

캐리의 성공과 허스트우드의 몰락

그렇게 극장 뮤지컬의 세계로 입성한 캐리는 성공 가도를 달립니다. 좋아하는 것만큼 다 이루기는 쉽지 않지만 운도 좀 따르며 배우로서 승승장구한 캐리는 가장 화려한 호텔에서 무료로 숙박을 제의할 만큼 성공을 거두는 유명 배우가 됩니다.

한편, 허스트우드는 가끔씩 파업 때 나는 조합원들의 일자리를 차지해 일을 하기도 했지만 그것도 아주 잠시일 뿐 파업과 공황의 여파가 만연해 자신이 할 수 있는 일을 찾을 수 없었지요. 결국 그는 길거리에서 구걸해 숙식을 해결하는 부랑아, 노숙자 신세로 전락해갑니다.

> 한때 원기 왕성하고 건강하던 매니저였던 모습은 비교도 할 수 없이 야윈 몰골로 그는 봄 햇살 속을 터벅터벅 걸었다. 여유 있어 보이던 살집은 사라지고 없었다. 얼굴은 야위고 핼쑥했으며, 손은 창백했고 몸은 흐늘흐늘 처졌다. 옷을 다 입어도 체중은 겨우 60킬로그램 정도였다. 누군가가 낡은 옷가지를 주었다. 싸구려 갈색 외투와 맞지도 않는 바지 한 벌이었다. 얼마간의 잔돈을 받았고 조언도 들었다. 자선 단체를 찾아가보라는 것이었다. [6]

극한 상황까지 몰린 허스트우드는 어느 날 길거리 큰 전광판에 나온 광고를 보고 캐리가 연기하는 극장으로 찾아가 구걸하듯 몇 푼의 돈을 받을 정도로 전락했지요. 그러나 그것도 한 번뿐 두 번 다시는 그럴 수 없는 노릇이었지요. 결국 자신의 삶에 더이상의 희망이 없음을 감지한 허스트우드는 구빈원 숙소에서 가스를 틀어놓고 생을 마감하고 맙니다.

> 생각에 잠긴 듯 잠시 그렇게 있던 그는 일어나 가스등을 끄고, 어둠 속에 모습을 숨긴 채 조용히 서 있었다. 뭔가를 생각한 것이 아니라 잠시 망설이느라 시간이 조금 흐른 뒤 그는 가스를 다시 켰지만 성냥불을 붙이지는 않았다. 그렇게 그가 친절한 밤의 어둠 속에 모습이 보이지 않는 채 서 있을 때 솟아오르는 가스가 방안을 채우고 있었다. 가스 냄새가 콧구멍을 자극하자 그는 자세를 바꾸어 손을 더듬어 침대를 찾았다. "다 무슨 소용이란 말인가?" 그는 맥없이 읊조리며 몸을 쭉 뻗어 편안하게 누웠다. [7]

이렇게 허스트우드가 생을 마감하는 바로 그 순간, 사회적 성공과 물질적 풍요로움을 모두 획득한 캐리의 모습이 겹쳐집니다. 시카고로 오면서 그토록 원하던 물질적 성공과 함께 안락한 생활, 아니 호화로운 생활을 누리게 된 캐리지만 그녀 또한 행복한 마음은 아니었습니다. 뭔가를 계속 이루어왔고 대단한 성공을 거두었지만 결국 그녀에게 남은 것은 공허함뿐이었습니다.

> 이제 캐리는 처음에 인생의 목표처럼 보였던 것, 아니 적어도 인간이 본래 원하던 욕망의 일부를 획득했다… 그녀가 한때 간절하게 열망하던 것들이었다. 한때는 멀기만 하고 전부 같아 보였던 대중의 갈채와 인기는 이제 별 의미도 관심도 없는 것이 되었다. 그녀 특유의 사랑스러운 미모도 지녔지만 그녀는 외로웠다. 특별히 다른 일이 없을 때면 그녀는 흔들의자에 앉아 노래를 흥얼거리며 공상에 잠겼다. [8]

허스트우드가 자살하는 장면 앞뒤로 다른 인물들의 모습이 겹쳐 그려집니다. 허스트우드의 위자료와 부유한 사위 덕에 사회적 성공과 물질적 풍요를 만끽하며 여행을 즐기는 허스트우드의 전 부인과 딸, 사위, 광고를 보고 캐리를 찾아오기도 했지만 여전히 이 호텔 저 호텔을 전전하며 여인들과의 유희에 몰두하고 있는 드루애, 그리고 허스트우드가 자살한 사실도 모른 채 런던 공연을 위해 떠나는 캐리. 이 인물들 가운데 누구도 허스트우드의 죽음을 기억하거나 슬퍼하지 않습니다. 그들은 그렇게 자신의 행복만을 좇아 불나방 같은 하루를 살아가고 있습니다. 그들은 행복한 걸까요? 작가는 마지막 캐리의 모습을 통해 캐리는 물론 세속적 성공과 물질적 풍요를 꿈꾸며 끝없는 욕망의 수레바퀴 위에 서 있는 모든 인물들은 결국 내면의 공허함을 피할 수 없음을 이야기합니다.

> 아, 캐리, 캐리! 아, 맹목적으로 애쓰는 인간의 마음이여! 앞으로, 앞으로 가라고 마음은 말한다. 아름다움이 이끄는 대로, 마음은 따라간다. 그 아름다움이 고즈넉한 풍경 위로 홀로 울리는 양의 종소리건 숲속의 아름다운 빛이건, 지나치는 눈 속에 비치는 영혼이건, 마음은 그것을 알아보고 응답하고 뒤따른다. 발걸음이 지치고 희망이 헛되어 보일 때, 바로 그때 가슴이 아파오고 갈망이 솟구친다. 그때 알게 된다. 물리지도 만족하지도 못한다는 것을. 창가 흔들의자에 앉아 오랫동안 홀로 갈망하리라. 창가 흔들의자에 앉아 결코 느끼지 못할 행복을 꿈꾸리라. [9]

우연의 힘과 환경의 결정

드라이저는 우리 삶에 작용하는 환경적 요인과 우연의 힘을 중요하게 생각합니다. 거기에 인간의 충동과 욕망이 어우러져 비극적 결과를 초래한다는 태도를 보입니다. 기차 안에서, 그리고 나중에 시카고에서 일어난 캐리와 드루애의 우연한 만남이나, 어쩔 수 없이 금고 문이 닫혀 허스트우드가 돈을 들고 달아나게 만드는 것처럼 말입니다.

드라이저의 다른 소설처럼 이 작품의 등장인물들도 자신이 욕망하는 것을 성취하기 위해 분투하지만 그것을 이루지 못하고 실패하지요. 드루애는 원하던 대로 캐리를 얻었지만, 캐리는 허스트우드와 떠나버리고 말았지요. 허스트우드 또한 캐리를 향한 자신의 사랑 혹은 욕망을 이룬 것 같았지만 직업도, 돈도 가족도 모두 잃고 결국 목숨마저 버리게 됩니다. 물론 모두가 자기 삶과의 분투에서 외면적인 패배를 경험하는 것만은 아닙니다. 캐리처럼 더러 자신이 원하는 것을 획득하는 인물들도 등장합니다. 그토록 원하던 물질적 풍요와 명성을 얻었으니까요. 하지만 그런 캐리도 마음의 공허함만은 끝까지 어쩔 수 없습니다.

이것은 어쩌면 당연해 보이기도 합니다. 그녀는 자신의 선택보다는 환경과 상황에 따라 휘둘려온 것이니까요. 그녀가 드루애와 살게 된 것은 드루애를 사랑해서가 아니라 언니 집에서 나와야 했던 상황 때문이었지요. 마찬가지로 그녀가 허스트우드와 떠난 것도 캐리 자신의 의지가 아니라 허스트우드의 어쩔 수 없는 상황의 절박함 때문이었습니다. 이처럼 자신의 선택보다는 환경과 조건의 강요에 의한 삶을 살아온 "바람에 날리는 한 잎 지푸라기"에 불과한 존재였던 캐리가 공허함을 느끼는 것은 당연한 것일지 모르겠습니다.

소설 속 비유와 대조

이 소설에는 인물들의 운명과 그들의 감정을 암시하는 비유들이 많이 등장합니다. 모든 것을 잃고 부랑자가 되어 거리를 헤매는 허스트우드가 자주 보게 되는 신문은 미래의 일을 예견하거나 희망적인 소식을 전해주는 것이 아니라 과거의 일들에 대한 기록으로서 허스트우드 자신의 과거에 대한 향수를 암시적으로 보여줍니다.

소설의 곳곳에서 캐리가 창문을 통해 밖을 관조하는 장면이 많이 등장하는데, 이때 유리에 비친 모습과 실제 캐리 자신의 모습은 사람들에게 비치는 배우 캐리와 실제 자신의 모습을 두고 갈등하는 캐리의 마음을 보여주기도 합니다.

무엇보다도 큰 상징적 의미를 부여할 수 있는 것은 캐리가 앉아 있는 흔들의자입니다. 바람에 날리는 지푸라기 같은 존재인 캐리 자신을 상징하기도 하는 흔들의자는 캐리가 삶의 방향을 결정할 중요한 순간이면 언제나 등장합니다. 생각과는 너무도 다른 궁색한 언니의 집에서 맞이한 첫날밤에도, 드루애와 동거 생활에서 불안감을 느낄 때도, 그리고 마지막 장에서 창밖을 내다보며 자신의 삶에 비어 있는 무엇인가를 골몰히 생각할 때도 그녀는 어김없이 흔들의자에 앉아 있었습니다. 끊임없이 흔들리는 캐리의 불만족스럽고 불안한 심리 상태를 상징적으로 나타내는 매개물이기도 하고, 캐리라는 무기력한 인간을 보듬어주는 품 같은 역할도 하는 흔들의자에 앉은 캐리의 모습이 어쩌면 드라이저가 보는 우리의 모습이 아닐까요.

이 작품에서 특히 두드러진 점 하나는 인물들의 운명의 부침을 둘러싼 극명한 대조입니다. 이 대조는 캐리의 상승과 허스트우드의 하강이라는 측면에서 특히 두드러지게 나타납니다. 캐리는 드루애를 거쳐 허스트우드와 만남으로써 자신이 꿈꾸던 사회적 성공의 단계로 한 계단 한 계단 더 근접해가고 마침내 대단한 성공에 도달하게 됩니다. 반면, 허스트우드는 캐리를 만나기 이전에 누리던 물질적 풍요와 사회적 안정을 잃게 됩니다. 아내의 이혼 소송과 공금 횡령에 이어 일용직 노동자, 실직자가 되어 마침내 구빈원의 허름한 방에서 생을 마감하기까지 허스트우드의 삶은 연속된 추락만 이어집니다. 이 시기에 캐리가 쌓아가던 외면적 성공과 너무나 극명한 대조를 보이지요.

드루애는 이들의 상승과 추락의 사이클에 균형점으로 작용하는 인물입니다. 그는 처음부터 끝까지 변화가 없습니다. 그는 캐리를 만나 동거까지 했지만 캐리에게 집착하거나 적어도 육체적인 애정에서라도 몰두하는 인물은 아니었습니다. 그는 '바람둥이'라고 묘사되었던 것처럼 어딜 가든 그와 같은 존재에게 매혹당하는 캐리 같은 여성들을 만날 수 있었습니다. 그러니 캐리에게 집착하지 않았지요. 캐리에게 드루애가 생존과 성공을 위한 디딤돌에 불과했듯, 드루애에게 캐리는 거쳐 지나가는 여인에 불과했던 것이었지요. 감정의 기복이 없는 것처럼 그의 삶에도 기복은 없습니다. 그는 소설의 마지막에서도 여전히 다른 여인을 찾아 같은 방황을 계속하고 있는 모습으로 그려지고 있지요.

무엇보다 이들에게 중요한 움직임은 이들이 끊임없이 이동한다는 것입니다. 드루애는 직업상 언제나 돌아다니는 인물이며, 캐리와 허스트우드는 시카고와 몬트리올을 거쳐 뉴욕까지 헤매다니게 됩니다. 이들은 소설 속에서 종종 "돛도 없이 바다 위를 표류하는 배"나 "바람에 날리는 한 잎 지푸라기"로 묘사되곤 하는데, 이는 단지 이 소설 속 인물들에 대한 묘사로 그치는 것이 아니라 자연과 운명의 불가해한 힘에 지배당할 수밖에 없는 인간들의 모습에 대한 비유이기도 한 것 같습니다. 그러기에 드라이저는 캐리를 허스트우드를 파멸시킨 악녀나 자신의 욕망만을 좇는 속물이라고 비판하거나 경멸하지 않고 동정과 연민, 때로는 공감의 눈길로 바라보아 주는 것 같습니다. 소설 속 다음과 같은 문장은 인간에 대한 드라이저의 생각을 잘 표현하고 있습니다.

> 온 우주를 쓸고 다니는 힘 속에서 무지한 인간은 그저 바람에 날리는 한 잎 지푸라기 같은 존재일 뿐이다… 그는 본능과 욕망에만 귀를 기울이기에는 너무 현명해졌지만, 그 둘을 이기기에는 또 너무 약하다. 짐승으로서 생명의 힘은 인간을 본능과 욕망에 따르게 한다. 그러나 인간으로서 우리는 아직 그 두 힘과 나란히 보조를 맞추는 법을 충분히 배우지 못했다. 인간은 그 중간쯤에서 본능에 따라 자연과 조화를 이루지도 못하고, 자신의 자유 의지에 따라 자연과 조화하지도 못하면서 흔들리고 있다. 그는 바람 속의 지푸라기처럼 어느 때는 자기의 의지에 따라, 어느 때는 본능에 따라 열정의 숨결이 흔드는 대로 움직이며, 자유 의지에 따라 실수를 했다가 본능적으로 회복하기도 하고 본능 때문에 쓰러졌다가 자유 의지로 일어나기도 하는, 예측할 수 없이 변화무쌍한 존재다. 진화는 계속되며, 이상은 결코 꺼지지 않는 불꽃이라는 걸 아는 것이 우리의 위안이다. 인간은 이처럼 영원히 선과 악 사이에서 헤매지는 않을 것이다. 자유 의지와 본능 사이의 조정이 있을 것이고, 완전한 이해가 자유 의지에 본능을 대체할 힘을 주게 될 것이니 그러면 인간은 더 이상 흔들리지 않을 것이다. 그리고 나면 이해의 지침이 진실이라는 멀고 먼 극점을 흔들림 없이 확고하게 가리킬 것이다. [10]

| 티어도어 드라이저

(Theodore Dreiser, 1871~1945)

Theodore Dreiser, photographed by Carl Van Vechten, 1933.

티어도어 드라이저는 1871년 8월 27일 인디애나 주의 테러 허트Terre Haute에서 가난한 독일계 이민 가정의 열한 번째 아이로 출생했습니다. 아버지 폴John Paul Dreiser은 독실한 천주교 신자였으며, 어머니 사라Sarah는 체코 출신의 유복한 청교도 집안 출신이었지만 글은 거의 모르는 여인이었습니다. 아버지의 사업 실패로 극심한 궁핍을 경험하고, 열다섯 살 때 홀로 시카고로 떠나와 식당 종업원 등의 일을 전전하면서 물질적 성공의 꿈을 이루고자 했습니다. 그 시기의 화려하고 거대한 도시 시카고와 그 속에서 살아가는 현대인들의 모습이 『시스터 캐리』를 비롯한 소설들에 중요한 모티프를 제공하게 되었지요.

드라이저의 재능을 높이 산 중학교 시절의 은사의 도움으로 잠깐 동안(1889~1990) 인디애나 대학에도 다녔지만, 가난과 학습의 공백 기간으로 인해 그만 두었다고 합니다. 하지만 이 시기에 그가 읽은 스펜서H. Spencer, 헉슬리A. Husley, 다윈C. Darwin 등은 이후 그 자신의 세계관을 형성하는 핵심적인 사상의 단초를 제공해 주었는데, 특히 "윤리적 인간 행위의 기본은 정신적인 것이 아니라 물질주의적인 것이며, 따라서 인간 행위의 선악의 판단은 초자연적 실체의 명령을 따르는 것이 아니라 자연의 법칙에 따른다."는 허버트 스펜서의 사회진화론에 큰 영향을 받았습니다.

1892년 〈데일리 글로브〉지에서 기자 생활을 시작하면서 공황 이후의 불안한 사회상과 극심한 빈곤층의 삶을 현장에서 목도하게 됩니다. 이후 첫 장편 『시스터 캐리』를 발표했으나 이 작품에 대한 악평으로 거의 10년 넘게 작품을 쓰지 못하다가 1911년에 자신의 어머니를 원형으로 한 여인을 주인공으로 두 번째 소설 『제니 게르하트』 *Jennie Gerhardt*를 발표했습니다. 드라이저 자신의 어머니가 보여주었던 관대함과 따스함을 담은 여성, 제니를 주인공으로 한 이 작품은 영국과 미국에서 모두 호평을 받으며 드라이저를 당시 가장 중요한 미국 작가 가운데 하나로 인정받게 해 주었습니다.

| 작품

유럽여행기인 『마흔살의 여행객』*A Traveler at Forty*(1913), 대기업가인 여크스Yerkes를 모델로 한 주인공 코우퍼우드Cowperwood의 이야기인 삼부작, 『자본가』*The Financier*(1912), 『거인』*The Titan*(1914), 두 편을 집필합니다.

이후 『천재』*The Genius*(1915), 『자서전』*A Book About Myself*(1922), 『한 위대한 도시의 색』*The Color of a Great City*(1923), 『미국의 비극』*An American Tragedy*(1925), 『드라이저가 본 러시아』*Dreiser Looks at Russia*(1928), 『여인들의 갤러리』*A Gallery of Women*(1929), 『새벽』*Dawns*(1931), 『비극적인 미국』*Tragic America*(1932), 『미국은 구제할 가치가 있다』*America Is Worth Saving*(1940), 그리고 삼부작의 세 번째 『금욕주의자』*The Stoic*(1945)를 마지막으로 집필하고, 유고작으로 『성채』*The Bulwark*를 남긴 채 1945년 12월 심장마비로 숨을 거두었습니다.

---

1) It was in August, 1889. She was eighteen years of age, bright, timid, and full of the illusions of ignorance and youth… Caroline, or Sister Carrie, as she had been half affectionately termed by the family, was possessed of a mind rudimentary in its power of observation and analysis. Self-interest with her was high, but not strong. It was, nevertheless, her guiding characteristic. Warm with the fancies of youth, pretty with the insipid prettiness of the formative period, possessed of a figure promising eventual shapeliness and an eye alight with certain native intelligence, she was a fair example of the middle American class-two generations removed from the emigrant.

2) Here was…a class which at that time was first being dubbed by the slang of the day "drummers." He came within the meaning of a still newer term, which had sprung into general use among Americans in 1880, and which concisely expressed the thought of one whose dress or manners are calculated to elicit the admiration of susceptible young women—a "masher."… Good clothes, of course, were the first essential, the things without which he was nothing. A strong physical nature, actuated by a keen desire for the feminine, was the next. A mind free of any consideration of the problems or forces of the world and actuated not by greed, but an insatiable love of variable pleasure. His method was always simple. Its principal element was daring, backed, of course, by an intense desire and admiration for the sex.

3) He had been pointed out as a very successful and well-known man about town. Hurstwood looked the part, for, besides being slightly under forty, he had a good, stout constitution, an active manner, and a solid, substantial air, which was composed in part of his fine clothes, his clean linen, his jewels, and, above all, his own sense of his importance… He had risen by perseverance and industry, through long years of service, from the position of barkeeper in a commonplace saloon to his present altitude.

4) A man in his situation who comes, after a long round of worthless or hardening experiences, upon a young, unsophisticated, innocent soul, is apt either to hold aloof, out of a sense of his own remoteness, or to draw near and become fascinated and elated by his discovery. It is only by a roundabout process that such men ever do draw near such a girl. They have no method, no understanding of how to ingratiate themselves in youthful favour, save when they find virtue in the toils. If, unfortunately, the fly has got caught in the net, the spider can come forth and talk business upon its own terms. So when maidenhood has wandered into the moil of the city, when it is brought within the circle of the 'rounder' and the roué, even though it be at the outermost rim, they can come forth and use their alluring arts.

5) the stage had a great attraction. She had never forgotten her one histrionic achievement in Chicago. It dwelt in her mind and occupied her consciousness during many long afternoons in which her rocking-chair and her latest novel contributed the only pleasures of her state. Never could she witness a play without having her own ability vividly brought to consciousness… Grief under such circumstances becomes an enticing thing. Carrie longed to be of it. She wanted to take her sufferings, whatever they were, in such a world… She was soon lost in the world it represented, and wished that she might never return.

6) No more weakly looking object ever strolled out into the spring sunshine than the once hale, lusty manager. All his corpulency had fled. His face was thin and pale, his hands white, his body flabby. Clothes and all, he weighed but one hundred and thirty-five pounds. Some old garments had been given him—a cheap brown coat and misfit pair of trousers. Also some change and advice. He was told to apply to the charities.

7) It seemed as if he thought a while, for now he arose and turned the gas out, standing calmly in the blackness, hidden from view. After a few moments, in which he reviewed nothing, but merely hesitated, he turned the gas on again, but applied no match. Even then he stood there, hidden wholly in that kindness which is night, while the uprising fumes filled the room. When the odour reached his nostrils, he quit his attitude and fumbled for the bed. "What's

the use?" he said, weakly, as he stretched himself to rest.

8) And now Carrie had attained that which in the beginning seemed life's object, or, at least, such fraction of it as human beings ever attain of their original desires··· For these she had once craved. Applause there was, and publicity—once far off, essential things, but now grown trivial and indifferent. Beauty also—her type of loveliness—and yet she was lonely. In her rocking-chair she sat, when not otherwise engaged—singing and dreaming.

9) Oh, Carrie, Carrie! Oh, blind strivings of the human heart! Onward onward, it saith, and where beauty leads, there it follows. Whether it be the tinkle of a lone sheep bell o'er some quiet landscape, or the glimmer of beauty in sylvan places, or the show of soul in some passing eye, the heart knows and makes answer, following. It is when the feet weary and hope seems vain that the heartaches and the longings arise. Know, then, that for you is neither surfeit nor content. In your rocking-chair, by your window dreaming, shall you long, alone. In your rocking-chair, by your window, shall you dream such happiness as you may never feel.

10) Among the forces which sweep and play throughout the universe, untutored man is but a wisp in the wind··· He is becoming too wise to hearken always to instincts and desires; he is still too weak to always prevail against them. As a beast, the forces of life aligned him with them; as a man, he has not yet wholly learned to align himself with the forces. In this intermediate stage he wavers-neither drawn in harmony with nature by his instincts nor yet wisely putting himself into harmony by his own free-will. He is even as a wisp in the wind, moved by every breath of passion, acting now by his will and now by his instincts, erring with one, only to retrieve by the other, falling by one, only to rise by the other-a creature of incalculable variability. We have the consolation of knowing that evolution is ever in action, that the ideal is a light that cannot fail. He will not forever balance thus between good and evil. When this jangle of free-will instinct shall have been adjusted, when perfect understanding has given the former the power to replace the latter entirely, man will no longer vary. The needle of understanding will yet point steadfast and unwavering to the distinct pole of truth.

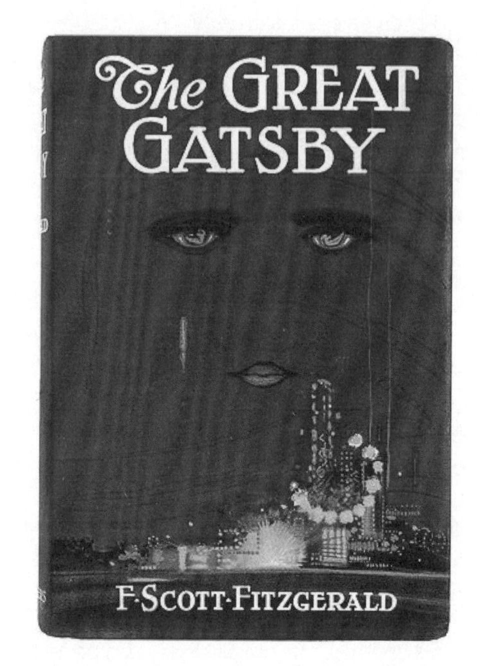

F. Scott Fitzerard, *The Great Gatsby* (1925)

6. 『위대한 갯츠비』(1925), F. 스콧 피츠제럴드
- 퇴색한 '미국의 꿈'과 낭만적 사랑의 가슴 아픈 결말

F. 스콧 피츠제럴드의 『위대한 갯츠비』는 시대를 막론하고 독자들의 감정을 끌어당기는 강렬한 힘이 있는 작품입니다. 가난한 남자의 자수성가 서사와 어떤 역경에도 결코 굴하지 않고 한 여인을 사랑하는 낭만적 사랑의 로망스가 동화처럼 펼쳐지는가 하면, 수단과 방법을 가리지 않고 성공을 쟁취하는 것으로 변질된 '미국의 꿈'에 대한 통렬한 비판도 있습니다.

이 소설은 1925년에 발표되었는데, 1920년대 미국의 젊은이들은 직전의 1차 세계대전과 뒤따른 대공황 직전 사이의 혼란스러운 시기에 기존의 도덕적 가치 체계에 대한 환멸을 느끼고 현실의 쾌락에 탐닉하는 분위기에 빠져드는 경향을 보이고 있었지요. 술과 재즈 음악으로 상징되는 이 시대를 '재즈 시대'라 부르고, 이때의 일군의 젊은 작가들을 '상실의 세대the Lost Generation'라 칭하기도 하지요.

상실의 세대

비평가 스타인(Gertrude Stein, 1874~1946)은 자기의 사상을 형성하기 전에 1차 대전에 참전한 후 겪은 정신적, 육체적 충격과 상실을 안고 정신적으로 방황하며 기성의 가치 체계를 부정하려 들었던 일군의 미국 작가들을 가리켜 "당신들은 모두 상실의 세대 사람들이야.You are all a lost generation."라고 언급했는데, 어니스트 헤밍웨이가 그의 작품 『태양은 다시 떠오른다』*The Sun Also Rises(1926)*의 서문에서 이를 인용하면서 '상실의 세대'라는 용어가 널리 쓰이게 되었지요.

이들은 종교와 역사, 사회와 문화, 전통에 따르는 모든 가치들에 대한 믿음을 상실하고 허무주의와 환멸에 사로잡힌 존재들이었지요. 전쟁이 끝난 후 귀국한 이도 있었고, 바다 건너 파리로 간 이들도 있었지만 한결같이 기성세대와 그들의 가치관을 불신하며 인류가 지금까지 이루어온 모든 지고의 가치와 거리를 두면서 실망, 절망, 자포자기하는 경향을 보였습니다. 술과 자유분방한 사랑에 탐닉하거나 즉흥적인 쾌락이나 순간적인 향락에 몰두하면서 깊은 사고와 삶에 대한 진지함을 잃어버리기도 했지요. 사회적으로는 부정적인 면을 보이는 이들이었지만 문학적으로는 죽음과 허무를 극복할 수 있는 삶의 강렬성을 보여주었다는 것이 이들 '상실의 세대' 작가들이 지닌 큰 장점이라고 할 수 있습니다. 이 시대를 대표하는 작가 가운데 한 명이 피츠제럴드입니다.

피츠 제럴드의 두 여인—젤다와 지네브러

1896년 태어난 그는 프린스턴 대학교를 잠시 다녔고 1차 세계대전에 참전하기도 했습니다. 어릴 때부터 문학적 재능을 보였으나 가난한 부모, 특히 어머니에 대한 부정적인 인상이 강했던 그는 사회적 물질적 성공에 대한 어떤 집착을 가지게 된 것 같고 이러한 면은 1920년대를 거치면서 더욱 강하게 그의 작품에 영향을 미친 것 같습니다. 어린 시절의 어머니와 함께 이후 그의 삶과 작품에 큰 영향을 미친 두 여인이 있습니다. 한 사람은 잘 알려진 것처럼 그의 평생의 연인이자 부인인 젤다Zelda Sayre입니다. 사교계의 명사이자 화려한 파티를 즐겼던 젤다는 알콜 중독과 신경 쇠약 등에 시달리며 병원을 전전하기도 하는데, 1934년 작인 『밤은 부드러워』 *Tender is the Night*는 바로 이 젤다를 모델로 한 소설입니다. 피츠제럴드의 절친이었던 헤밍웨이는 젤다로 인해 피츠제럴드의 문학적 천재성이 제대로 발휘되지 못했다고 그녀를 비난하기도 했지요.

다른 한 여인은 지네브러 킹Ginevra King입니다. 피츠제럴드가 열여덟 살 무렵 만나 열정적인 사랑에 빠졌지만 가족, 특히 아버지가 피츠제럴드의 가난을 이유로 격렬하게 반대하면서 결국 헤어지게 된 여인이지요. 하지만 지네브러 킹에 대한 피츠제럴드의 사랑은 그치지 않아, 젤다를 만나는 동안에도 그는 계속해서 킹에게 연서를 썼습니다. 나중에 킹은 부유한 기업가의 아들 윌리엄 빌 미첼과 결혼하는데, 지네브러와 남편 미첼은 『위대한 갯츠비』의 데이지와 톰 뷰캐넌의 모델이 됩니다. 피츠제럴드와 사귀던 시절에 킹은 이야기 한 편을 써서 피츠제럴드에게 주는데, 그는 이 이야기를 평생 간직했다고 합니다. 사랑하지도 않는 부자 남편과 불행한 결혼 생활을 하던 여주인공이 피츠제럴드를 그리워하다 피츠제럴드가 충분한 재산을 모은 뒤에 다시 결합한다는 이 이야기는 『위대한 갯츠비』와 꼭 닮아 있습니다. 이처럼 지네브러 킹은 피츠제럴드의 삶은 물론 그의 대표작이라 할 수 있는 『위대한 갯츠비』와 밀접한 연관이 있는 여인이었지요.

잃어버린 사랑을 찾아—데이지를 찾아온 갯츠비

『위대한 갯츠비』는 닉 캐러웨이Nick Carraway라는 인물의 서술로 진행됩니다. 이야기는 닉이 뉴욕 롱아일랜드의 웨스트 에그에 자리한 갯츠비의 저택 옆에 정착하면서 시작됩니다. 닉은 그곳에서 엄청나게 부유한 톰 뷰캐넌Tom Buchanan과 결혼한 사촌 데이지Daisy를 만납니다. 그가 방문한 뷰캐넌 저택의 묘사입니다.

> 우리는 천정이 높은 복도를 지나 화사한 장밋빛 공간으로 걸어 들어갔다. 양쪽 끝에 있는 프랑스식 여닫이 유리문으로 집과 약하게 이어진 공간이었다. 유리문들은 조금 열려 있었고 집안으로 들어와 자라고 있는 듯한 느낌이 나는 바깥의 싱싱한 풀을 배경으로 하얗게 빛나고 있었다. 미풍이 방을 가로질러 불어오면서 커튼의 한쪽 끝은 안쪽으로 다른 쪽 끝은 바깥쪽으로 하얀 깃발처럼 흩날려 당의를 입힌 웨딩 케이크처럼 천정을 향해 둘둘 말아 올리더니 포도주 빛 양탄자 위에 잔물결을 일으키며 바람이 바다 위에 그림자를 드리우듯 양탄자 위에 그림자를 드리워 놓았다. [1)]

"장밋빛", "프랑스식 여닫이 문", "웨딩 케이크", "포도주 빛 양탄자" 등 곳곳에서 몽환적이고 화려한 분위기가 느껴집니다. 닉은 그곳에서 만난 조던 베이커Jordan Baker 양으로부터 데이지의 남편 뷰캐넌에게 뉴욕에 여자가 있다는 말을 듣게 됩니다. 톰의 정부인 윌슨 부인Myrtle Wilson이지요. 함께 부인을 방문한 자리에서 갯츠비라는 인물이 이웃에 산다는 말을 전해 듣게 됩니다. 한편, 닉이 살고 있는 웨스트 에그와 뷰캐넌 부부가 거주하는 이스트 에그 사이에는 '재의 골짜기the valley of ashes'라는 곳이 있습니다. 나중에 자동차 사고의 배경이 되기도 하는 이곳은 이스트 에그와 웨스트 에그 사이에 자리잡은 경계 지대이자 이름처럼 불행의 공간이기도 합니다.

여기가 재의 골짜기다. 재가 밀처럼 자라 볼록한 둔덕과 언덕과 기이한 정원을 이루는 환상적인 농장이다. 재는 집과 굴뚝과 피어오르는 연기 모양이 되어 결국에는 한껏 용을 써 잿빛 인간들의 형상이 되었다가 흐릿하게 움직이다가 가루 모양이 대기 속으로 흩어져 버린다. 이따금 잿빛 차들이 보이지 않는 길을 따라 줄지어 기어가며 유령 같은 끽끽 소리를 내다가 조용해진다. 그러면 곧장 잿빛 인간들이 납으로 만든 삽을 들고 모여들어 모든 것이 보이지 않게 하는 먼지 구름을 일으켜놓으면, 이 먼지 구름은 뭘 하는지 알 수 없는 이들이 작업을 시야에서 가리고 만다. [2]

톰과 함께 정부 윌슨 부인의 집에 가게 된 닉은 거기서 갯츠비라는 인물이 자신의 이웃에 산다는 말을 듣습니다. 대단한 부자로 알려진 갯츠비는 특히 매주 사람들을 초대해 화려한 파티를 여는 것으로 유명하지만 그의 재산 축적 과정에 대해서는 아는 인물이 별로 없이 소문만 무성했지요.

내 이웃집에서는 여름 내내 음악이 들려왔다. 그의 푸른 정원에서는 남자와 여자들이 속삭임과 샴페인과 별들 사이를 나방처럼 오갔다. 오후 만조로 물결이 높아질 때면 나는 그의 손님들이 부교 꼭대기에서 다이빙 하거나 해변의 뜨거운 모래 위에서 일광욕을 하는 모습을 지켜보았다. 그러는 동안 두 대의 모터는 폭포 같은 포말을 일으키며 수상스키를 끌며 해협의 물을 갈랐다. 주말이면 그의 롤스로이스가 승합버스 역할을 하며 오전 아홉 시부터 자정이 훨씬 지날 때까지 파티 손님들을 싣고 오갔다. [3]

갯츠비와 데이지의 과거

닉은 이 호화스러운 파티를 경멸합니다. 하지만 닉을 만난 갯츠비는 자신의 전 애인이자 지금은 뷰캐넌의 아내가 되어 있는 데이지와 우연히라도 만날 수 있을까 하는 바람으로 이런 파티를 연다고 말해줍니다. 닉은 베이커로부터 데이지와 갯츠비에 대한 과거의 이야기를 듣게 됩니다. 둘은 사랑하던 사이였지만 부모의 반대로 헤어져야 했다는 것이었지요.

"데이지에 관한 루머가 돌고 있었지요. 데이지가 해외로 파병 갈 병사를 배웅하려고 가방을 꾸려 뉴욕에 가려다 그녀의 엄마에게 들켰다는 것이었지요. 데이지는 결국 방해로 뜻을 이루지 못했지만 몇 주 동안이나 가족들과 말도 하지 않고 지냈다고도 했어요. 그 뒤로 그녀는 군인들과는 더 어울리지 않았어요. 군대에 갈 수 없는 평발이나 근시인 사람들만 사귀었다는군요." [4]

첫 만남 이후 갯츠비는 닉을 초대하여 자기가 살아온 인생 이야기를 들려주고, 도박사 마이크 울프심과 합석하면서 자신에 대해 조금씩 드러냅니다. 닉이 데이지의 사촌이라는 사실을 알게 된 갯츠비는 자신이 데이지를 만날 수 있도록 주선해 줄 것을 요청했고, 닉은 그 부탁을 받아들입니다. 마침내 갯츠비와 데이지는 만나게 되었지요. 데이지를 다시 만난 갯츠비의 감정에 대해 닉은 이렇게 묘사합니다.

데이지는 그의 꿈에 미치지 못했다. 그건 그녀의 잘못이 아니라 갯츠비의 환상이 지닌 활력이 너무 거대했기 때문이었다. 그는 창조적인 열정을 통해 그 환상에 스스로를 내던졌고, 내내 그 환상을 키워왔으며, 자신의 길 앞에 어른거리는 모든 빛나는 깃털로 그 환상을 장식해왔다. 제아무리 큰 열정이나 신선함도 한 인간이 자신의 유령 같은 마음속에 품을 수 있는 것에 대적할 수는 없는 법이다… 그는 그녀의 손을 꼭 잡고 있다가 그녀가 그의 귀에 대고 무언가를 나지막하게 속삭이자 솟구치는 감정을 주체하지 못하고 그녀에게 몸을 돌렸다. 나는 그때 열기를 머금고 따스하게 파동치던 그녀의 목소리가 그를 사로잡았다고 생각한다. 그 목소리는 아무리 꿈을 꾸어도 더 꾸고 싶은 목소리, 즉 하나의 불멸의 노래였기 때문이었다. [5]

비록 데이지 아버지의 반대로 헤어져야 했지만, 갯츠비는 데이지에 대한 마음을 여전히, 아니 더 강렬하게 품고 있었던 것이지요. 데이지의 남편인 톰까지도 데이지에 대한 갯츠비의 사랑을 알게 됩니다. 그러나 갯츠비는 전혀 개의치 않습니다. 그는 가난 때문에 잃었던 옛 애인, 지금은 남의 아내가 되어 있는 데이지를 되찾을 수 있다는 믿음을 강하게 품고 있습니다. 잘못된 과거를 되돌릴 수 있다고 믿는 것이었지요.

"과거를 반복할 수 없다고요?" 그는 믿을 수 없다는 듯 소리쳤다. "천만에, 당연히 그럴 수 있습니다!"

그는 마치 과거가 여기 자기 집 어두운 그림자 속, 금방 손에 잡히기라도 할 거리에 숨어 있기라도 한 듯 거칠게 사방을 둘러보았다.

"나는 모든 것을 이전과 똑같이 바로잡아 놓을 겁니다." 그가 단호하게 고개를 끄덕이며 말했다. "그녀도 알게 될 겁니다." [6]

갯츠비가 이렇게 단호하게 말하는 데는 까닭이 없지 않습니다. 데이지에 대한 갯츠비 자신의 사랑은 여전히 진실하고 강렬했으며, 데이지의 사랑 또한 그러하다고 믿었기 때문입니다. 그들이 함께 했던 순간을 묘사하는 장면을 보면 그 마음이 이해되고도 남습니다.

오 년 전 어느 가을밤, 그들은 낙엽 떨어지는 거리를 걷고 있었다. 이윽고 그들은 나무도 하나 없고 거리는 달빛으로 하얗게 빛나는 곳에 이르렀다. 그들은 그곳에서 걸음을 멈추고 서로를 마주보고 섰다. 두 계절이 바뀌는 저 신비한 흥분이 가득한 서늘한 밤이었다. 집들마다 켜진 조용한 전등불이 어둠 속에서 흥얼거리고, 별들 사이에서도 부산스런 동요가 있었다. 갯츠비는 곁눈질로 보도블럭이 사다리가 되어 나무 위 은밀한 곳으로 올라가는 것을 보았다. 혼자였다면, 그도 올라갈 수 있었을 것 같다. 일단 그곳에 오르기만 하면 삶의 젖꼭지를 물고, 무엇과도 비교할 수 없는 경이의 젖을 빨아들일 수 있을 것 같았다.

데이지의 하얀 얼굴이 자신의 얼굴로 다가오자 그의 심장이 더 빨리 쿵쾅거리기 시작했다. 그는 알고 있었다. 자신이 이 아가씨와 키스를 함으로써 말로 표현할 수 없는 자신의 비전을 그녀의 필멸의 숨결에 영원히 묶어두게 되면 자신의 영혼은 다시는 신의 마음처럼 뛰지 않으리라는 것을. 그래서 그는 기다렸다. 별에 부딪힌 소리굽쇠의 소리에 귀 기울이며 잠시 더 있다가 그녀에게 키스했다. 그의 입술이 닿자 그녀는 꽃처럼 피어났고, 꿈은 마침내 완벽한 현실이 되었다. [7]

데이지가 여전히 자신을 사랑하고 있다고 믿는 갯츠비는 과거를 되돌릴 수 있다는 믿음을 점점 더 확고하게 갖게 됩니다. 결국 갯츠비는 데이지의 남편인 톰에게 데이지는 자신을 사랑한다고 드러내놓고 말을 하며 둘은 격렬하게 다툽니다.

"당신 아내는 당신을 사랑하지 않소." 갯츠비가 말했다. "그녀는 당신을 사랑하지 않아. 나를 사랑해."

"당신 미쳤군!" 톰이 자기도 모르게 소리쳤다.

갯츠비는 벌떡 일어섰다. 그는 흥분된 표정으로 생기가 넘쳐났다.

"그녀는 당신을 결코 사랑한 적이 없어, 알아듣겠소?" 그가 소리쳤다. "내가 가난해서 나를 기다리는 데 지쳐서 당신과 결혼했던 것뿐이오. 그건 끔찍한 실수였소. 하지만 마음속으로는 나 말고 누구도 사랑한 적이 없소!" [8]

그러나 이런 갯츠비의 태도는 톰은 물론 데이지조차 당황스럽게 만듭니다. 데이지가 갯츠비를 사랑하는 것이 맞다 하더라도 지금 그녀는 톰의 아내입니다. 과거는 과거로 지난 것일 뿐이고요. 무엇보다 갯츠비가 떠난 후 어쩔 수 없이 결혼했다고는 하지만 데이지는 남편 톰을 사랑했던 적도 있었을 뿐 아니라 그의 엄청난 재산이 주는 부유함을 떠날 수 없는 사람이기도 했습니다. 그것은 갯츠비 자신도 알고 있었지요.

"데이지의 목소리엔 신중함이 없어요." 내가 말했다. "목소리가 온통… " 그리고 나는 말을 잇지 못했다.

"그녀의 목소리는 돈으로 가득 차 있죠." 그가 불쑥 던졌다.

그랬다, 나는 전에는 전혀 이해하지 못했다. 그녀의 목소리는 돈으로 가득 차 있었다. 오르내리는 음성, 그 경쾌한 소리, 심벌즈의 음악 같은 그 소리… 하얀 궁정 저 높은 곳의 공주, 황금 소녀가… [9]

그랬기에 데이지는 갯츠비라는 존재가 당황스럽게 느껴지기도 했을 것입니다. 모든 것을 예전으로 돌려놓을 수 있다고, 그녀를 다시 자신의 여인으로 되돌릴 수 있다고 믿는 갯츠비에게 데이지는 애원하듯 말합니다.

"오, 당신은 바라는 게 너무 많아요!" 그녀가 갯츠비에게 소리쳤다. "나는 지금 당신을 사랑해요. 그걸로 충분하지 않아요? 지난 일은 어쩔 수 없어요." 그녀는 어쩔 줄 몰라 흐느끼기 시작했다. "한때 그를 사랑했어요. 하지만 당신도 사랑했어요." [10]

갯츠비의 강요로 인해 데이지는 갯츠비에게 돌아가겠다는 말을 하게 되지만 톰은 지지 않고 갯츠비가 정당한 방법으로 재산을 모은 것이 아니라는 사실을 폭로합니다. 결국 데이지는 남편 톰 곁에 남기로 결정하게 되지요. 그래서 집으로 돌아가는 길에 톰은 데이지와 갯츠비가 함께 차를 타고 가도록 합니다.

되돌릴 수 없는 과거의 로맨스, 결국 비극이 되다

한편, 톰의 정부인 윌슨 부인의 남편인 자동차 정비소 주인 조지 윌슨George Wilson이 아내가 누군가와 부적절한 관계를 유지하고 있다는 것을 의심하게 되면서 둘은 말다툼을 벌입니다. 말다툼 도중 그녀가 집 밖으로 뛰쳐 나와 마침 데이지와 갯츠비가 함께 타고 가던 노란 롤스로이스를 보고 달려오다 그만 차에 치여 죽고 맙니다. 윌슨은 그 전에 톰이 그 차를 운전하고 정비소에 들렀던 것을 기억했던 터라 톰이 사고를 낸 것이라 생각하고 톰을 찾아옵니다. 사실 사고 당시 차를 운전한 것은 갯츠비가 아니라 데이지였지요. 하지만 갯츠비는 자신이 운전했다고 데이지와 입을 맞춘 후 사고 책임까지 자신이 질 마음을 먹습니다.

반면, 데이지는 남편인 톰에게 그 사실을 이야기하며 진실을 밝히기보다 톰의 처분대로 따르기로 합니다. 그것은 톰과 함께 떠나는 것이었지요. 톰은 윌슨에게 그 차의 주인이 갯츠비라고 알려주고 집도 가르쳐줍니다. 이때 갯츠비는 데이지가 더 이상 자신을 사랑하지 않는다는 사실 때문에 슬픔에 잠겨 있었지요. 차의 주인이 자기 부인의 정부라 생각하고 분노에 차 분별력이 흐려진 윌슨은 갯츠비를 찾아와 살해하고 스스로 목숨을 끊습니다. 톰과 데이지는 아무 일 없었다는 듯 여행을 떠나고요. 살해당하기 전 갯츠비는 그토록 되찾고자 했고, 되찾을 수 있을 줄 알았던 데이지가 이제 완전히 자신을 떠났다는 것을, 아니 처음부터 자신이 되찾을 수 있는 존재가 아니었다는 것을 비로소 깨닫게 됩니다.

> 그는 자신이 성배를 좇는 데 헌신해왔다는 것을 깨달았다. 그는 데이지가 특별하다는 것은 알았지만 그 '멋진' 여자가 얼마나 특별할 수 있는지는 알지 못했다. 그녀는 부유한 그녀 집안으로, 자신의 부유하고 풍요한 삶 속으로 사라져버렸다. 갯츠비에게는 아무것도 남겨두지 않았다. 그는 그녀와 결혼이라도 한 기분이었지만, 그것뿐이었다… 갯츠비는 재산이 가두고 보호해주는 젊음과 신비, 그 무수한 새 옷들, 그리고 가난한 이들의 생존을 위한 투쟁을 벗어난 저 위에서 안전하고 자랑스럽게 은처럼 빛나고 있는 데이지의 존재에 대해 뼈저리게 느끼고 있었다. [11]

잃어버린 사랑을 되찾겠다, 지나간 시간을 되돌릴 수 있겠다,라는 갯츠비의 꿈은 이렇게 비극적으로 끝나고 맙니다. 사실 처음부터 그의 꿈은 이루어질 수 없는 꿈, 환상이었습니다. 갯츠비는 자신이 사랑했던 데이지를 잃은 것은 자신이 가난했기 때문이니 재산을 모으면 데이지를 다시 찾을 수 있다고 생각했습니다. 그러나 데이지도 그 시간만큼 변했을 뿐 아니라, 처음부터 데이지는 어쩔 수 없는 그녀만의 부유한 세계에서 떠날 수 없는 존재이기도 했습니다. 그것이 오롯이 그녀 자신의 의지만이 아니라 부모의 반대 때문이라고 해도 말이지요. 가난했던 갯츠비와의 사랑이 부모의 반대로 이루어질 수 없었던 것처럼, 다시 만난 갯츠비를 사랑하는 마음이 있으면서도 그녀는 남편인 톰의 세계를 떠날 수 없는 존재였지요. 차 사고의 죄를 갯츠비에게 떠넘기려는 남편 톰의 계획을 묵묵히 따르는 데이지의 모습, 그 모습이 갯츠비가 모르던, 혹은 알면서 외면하던 데이지의 한 모습이기도 하니까요.

갯츠비가 부유함과 성공을 이룩한 과정도 데이지를 되찾는 데 걸림돌이 되었습니다. 그가 재산을 축적한 과정은 오롯하게 성실한 노력과 정상적인 방법만을 통한 것이 아니었습니다. 갯츠비를 후원하는 울프셰임을 통해 알게 되듯 갯츠비의 재산은 밀주와 사기 등 부정직한 방법과 닿아 있다는 것을 알 수 있습니다. 이런 점은 소위 '미국의 꿈'의 부정적 측면을 드러내는 것으로 이해할 수 있습니다. 과정보다는 결과가 모든 것을 말한다는 생각이 앞서면서 물질적 성공을 위해서는 수단과 방법을 가리지 않는 왜곡된 모습을 갖게 된 것이지요.

갯츠비의 자기규율

물론, 갯츠비가 오롯이 부정적인 방법을 사용한 악당이기만 하다면 우리에게 이렇게 기억되는 인물이 될 수는 없었을 것입니다. 나중에 아버지가 갯츠비의 노트에서 발견한 것처럼 그는 성공을 위해 성실하게 노력한 인물이기도 합니다.

기상 Rise from bed	6:00 a.m.
아령과 벽타기 Dumbell exercise and wall-scaling	6:15-6:30

전기학 및 기타 공부
Study electricity, etc. 7:15–8:15

일
Work 8:30–4:30 p.m.

야구와 운동
Baseball and sport 4:30–5:00

웅변 연습, 자세 갖추기 연습
Practise elocution, poise and how to attain it 5:00–6:00

발명에 관한 학습
Study needed inventions 7:00–9:00

결심
General Resolves

세프터스나 혹은 [알 수 없음]에서 시간 낭비 말기
No wasting time at Shafters or [a name, indecipherable]

피우는 담배나 씹는 담배 금연
No more smoking or chewing.

이틀에 한 번 목욕하기
Bath every other day

매주 한 권 교양서나 잡지 읽기
Read one improving book or magazine per week

매주 5달러 (그었다 지움) 3달러씩 저금
Save $5.00 [crossed out] $3.00 per week

부모님께 더 잘할 것
Be better to parents

이런 갯츠비의 태도는 자수성가형 인물의 근면성과 성실함을 전형적으로 보여주는 것이며, 갯츠비의 또 다른 측면이기도 하지요. 이처럼 갯츠비는 아메리칸 드림의 긍정적, 부정적 측면 모두를 보여주면서, 자신만의 '푸른빛'을 찾아온 '나방' 같은 존재였지만 결국 그 '푸른빛'에 온전히 도달하지 못한 채 쓰러져 버리고 말았습니다. 갯츠비의 초라한 장례식이 끝난 뒤, 한

때 화려한 파티로 흥청대던 갯츠비의 허물어져 가는 저택을 찾은 닉은 맞은 편 데이지와 뷰캐넌의 저택을 보며 갯츠비를 떠올립니다.

> 나는 그곳에 앉아 오래전 그 미지의 세계를 곰곰이 생각하면서 갯츠비가 처음으로 데이지 집의 선창 끝에서 빛나는 녹색 불빛을 처음 알아봤을 때 느꼈을 경이로움에 대해 생각했다. 그는 이 푸른 잔디를 찾아 멀고 먼 길을 왔다. 이제 꿈이 너무나 가까이 있어 그것을 붙잡지 못할 리 없을 것 같았다. 그는 그 꿈이 이미 자신의 뒤에, 도시 너머 저 뒤 알 수 없는 거대한 어둠 속에, 공화국의 어두운 벌판들이 어둠 아래 넘실대는 그곳에 있다는 사실을 알지 못했다.
>
> 갯츠비는 그 녹색의 불빛을 믿었다. 한 해 한 해 우리 앞에서 뒤로 물러나 멀어지는 축제와 같은 미래를 믿었다. 그 미래는 우리를 피해 달아났다. 하지만 그건 상관없다. 내일 우리는 좀 더 빨리 달릴 것이고, 우리의 팔을 좀 더 멀리 뻗을 것이다… 그러다보면 어느 맑은 아침에는 -
>
> 그처럼 우리는 물살을 헤치고 나아가는 배처럼 나아간다, 끊임없이 과거로 밀려가면서.[12)]

미국적 자유와 자수성가를 바탕으로 한 성공의 성취라는 벤자민 프랭클린의 성공 신화를 체현한 인물, 재산 축적 과정의 부도덕성이 부각되면서 왜곡된 '미국의 꿈'의 상징이자 그가 추구하는 이상이 실현될 수 없음을 보여준 비극적 인물, 마지막으로 물질적 풍요, 즉 부라는 수단을 통해 잃어버린 과거(사랑)를 현실 속에 되돌릴(찾을) 수 있다는 이룰 수 없는 환상에 집착했던 인물 갯츠비는 신세계에 정착한 유럽 이주민들이 꿈꾸던 순수한 이상이 얼마나 왜곡되고 변질될 수 있는지를 극명하게 보여주고 있습니다.

데이지와 톰, 그리고 닉 캐러웨이

마지막으로 세 사람에 대해 생각해봅니다. 갯츠비가 그토록 이상적인 여인으로 생각하던 데이지는 갯츠비가 상상하던 그런 여인이 전혀 아니었습니다. 갯츠비를 처음 만났던 5년 전에도, 뷰캐넌의 부인이 된 지금도 그녀는 어느 한쪽에 온전히 자신을 던지지 않는 존재였습니다. 갯츠비를 사랑했지만 부모의 만류에 갯츠비를 떠나 뷰캐넌과 결혼을 하고는 갯츠비를 잊습니다. 갯츠비가 다시 돌아와 그녀를 찾았을 때, 남편 뷰캐넌이 있음에도 그녀는 갯츠비를 다시 잡으려 합니다. 그녀에게 남편 톰과 연인 갯츠비는 동시에 소유하고 싶은 욕망의 대상에 불과했습니다. 그녀에게는 과거도 미래도 중요하지 않습니다. 지금 이 순간, 그것만이 그녀의 존재 조건이었습니다.

"한때 그를 사랑했어요. 하지만 당신도 사랑했어요."라는 그녀의 말은 데이지라는 여인의 의식 속에 자리한 책임지지 않는 욕망의 현재성을 극명하게 드러내는 말이라 할 수 있겠지요. 갯츠비에게 살인의 누명을 씌우고도 태연히 남편과 떠나는 데이지의 마지막 모습은 데이지가 어떤 존재인지를 분명하게 보여줍니다. 그러니 데이지에 대한 갯츠비의 이상화된 이미지는 오롯이 갯츠비의 상상일 뿐 그녀는 처음부터 엄청난 부가 주는 허영과 사치와 위선의 늪을 벗어날 수 없는 존재였던 것입니다. 그녀의 아름다움은 부의 샹들리에 아래서만 빛날 뿐이고, 그녀의 사랑은 이기적인 허영이었을 뿐이었습니다.

톰 또한 다를 바 없습니다. 아니 그야말로 파괴적인 인물입니다. 그는 사랑하지 않는 데이지와 결혼하고, 데이지를 외롭게 두면서 머틀과 불륜을 저지르고 심지어 둘에게 폭력까지 행사합니다. 톰 뷰캐넌으로 인해 머틀은 가정을 잃고 결국 죽음을 맞게 되고, 그의 거짓말로 인해 윌슨은 갯츠비가 자신의 아내를 죽인 범인이라 오해하고 갯츠비를 살해하고 결국 자신도 파멸하고 말지요. 갯츠비의 죽음도 결국 그로 인한 것이었지요. 이렇게 주변 인물들 모두를 철저하게 파멸시키면서도 정작 자신은 아무런 해도 입지 않는 뷰캐넌이야말로 엄청난 부를 소유한 채 오직 자신의 세계만을 위해 이기적으로 살아가는 소수 계층의 상징이라고 할 수 있겠습니다.

이 소설의 화자인 닉은 이곳 동부가 아닌 보다 보수적인 중서부 출신으로 톰과 데이지, 그리고 갯츠비 누구의 세계에도 속하지 않으면서 동시에 두 세계를 넘나들며 경험하고 연결하는 존재입니다. 갯츠비는 닉을 통해 데이지를 만날 수 있게 되었지요. 그러하기에 닉은 그들을 객관적으로 바라볼 수 있는 관찰자였기도 하지요.

그가 처음부터 어느 한쪽 편을 들지는 않았습니다. 오히려 데이지와 톰은 물론 갯츠비까지도 경멸했지요. 하지만, 시간이 지나면서 그들을 바라보는 닉의 시선은 변화합니다. 데이지와 톰은 철저하게 자신의 이익과 탐욕, 그리고 자신의 현재를 위해, 심지어 타인을 파멸로 몰아가며 살고 있지만, 갯츠비는 그들과 다른 꿈을 지니고 있었음을 알게 됩니다. 비록 갯츠비의 꿈이 이룰 수 없는 헛된 꿈이었고, 그 꿈으로 인해 오히려 자신이 파멸을 맞이하게 되었긴 하지만, 갯츠비는 자신과 데이지, 그리고 그들이 함께 했던 시간, 또 앞으로 함께 할 시간을 진심으로 믿었습니다. 행복했던 과거를 마찬가지로 행복한 미래로 만들 수 있다고 순진하게 믿었습니다. 심지어 데이지가 자신을 버리고 떠나는 순간, 그리고 윌슨의 손에 죽음을 맞이하는 순간까지도 그는 데이지에 대한 자신의 믿음을 버리지 않았습니다. 닉은 그런 갯츠비를 오롯이 이해하고 끝까지 봐주는 인물이지요. 유일하게 갯츠비의 아버지가 기억하는 갯츠비를 함께 기억하며, 갯츠비의 장례를 치르고 아무도 찾지 않는 갯츠비의 저택을 마지막으로 찾아온 인물이었습니다. 비록 애초부터 잘못된 대상에 대한 환상에서 시작되었고, 그 꿈을 이루고자 잘못된 방법까지 사용하면서 노력해 왔지만 변화한 현실 앞에서 이루지도 못할 뿐 아니라 결국 그 꿈으로 인해 자신의 목숨까지 잃게 되었다 하더라도, 자신의 옛 사랑 데이지를 되찾겠다는 꿈을 그토록 소중하게 품은 채 그 꿈을 이루기 위해 최선을 다해 온 갯츠비야말로 오래전 낙원을 찾아 험한 대서양을 건너던 첫 번째 미국인들의 진정한 후손처럼 보였던 것일지도 모르겠습니다. 그때 그들이 꾸었고 또 이루었던 '미국의 꿈'과 달리 지금 갯츠비의 꿈은 이루어지지 못한다 하더라도 말이지요.

| F. 스콧 피츠제럴드

(F. Scott Fitzgerald, 1896~1940)

F. Scott Fitzgerald, 1929 photo portrait by Nickolas Muray.

20세기 초반, '상실의 세대'와 '재즈 시대'를 대표하는 소설가이자 단편 작가. 1896년 미네소타주 세인트폴에서 중산층 가정에 태어났으며, 1913년 프린스턴 대학교 영어영문학과에 입학하였으나 1916년에 중퇴하고 제1차 세계대전에 참전하여 미국 육군 장교 복무했습니다. 1920년에 발표한 『낙원의 이쪽』*This Side of Paradise*이 큰 반향을 불러일으킨 후 1940년 말 연인 셰일라 그레이엄의 집에서 심장마비로 사망할 때까지 많은 장, 단편 소설과 에세이를 발표했습니다.

| 작품

첫 번째 단편집인 『말괄량이와 철학자들』*Flappers and Philosophers* (1920)과 첫 장편 소설 『낙원의 이쪽』*This Side of Paradise*(1920)을 발표한 이후 『아름답고도 저주받은 사람들』*The Beautiful and Damned*(1922), 『재즈 시대의 이야기들』*Tales of the Jazz Age*(1922), 『위대한 갯츠비』*The Great Gatsby*(1925), 『밤은 부드러워』*Tender is the Night*(1934), 『기상나팔 소리』*Taps at Reveille*(1935)와 미완성 유작인 『마지막 거물』*The Last Tycoon*(1940), 그리고 사후 출판된 에세이집인 『붕괴』*The Crack-Up*(1945) 등이 있습니다.

1) We walked through a high hallway into a bright rosy-coloured space, fragilely bound into the house by French windows at either end. The windows were ajar and gleaming white against the fresh grass outside that seemed to grow a little way into the house. A breeze blew through the room, blew curtains in at one end and out the other like pale flags, twisting them up toward the frosted wedding-cake of the ceiling, and then rippled over the wine-coloured rug, making a shadow on it as wind does on the sea.

2) This is a valley of ashes—a fantastic farm where ashes grow like wheat into ridges and hills and grotesque gardens; where ashes take the forms of houses and chimneys and rising smoke and, finally, with a transcendent effort, of ash-grey men, who move dimly and already crumbling through the powdery air. Occasionally a line of grey cars crawls along an invisible track, gives out a ghastly creak, and comes to rest, and immediately the ash-grey men swarm up with leaden spades and stir up an impenetrable cloud, which screens their obscure operations from your sight.

3) There was music from my neighbour's house through the summer nights. In his blue gardens men and girls came and went like moths among the whisperings and the champagne and the stars. At high tide in the afternoon I watched his guests diving from the tower of his raft, or taking the sun on the hot sand of his beach while his two motorboats slit the waters of the Sound, drawing aquaplanes over cataracts of foam. On weekends his Rolls-Royce became an omnibus, bearing parties to and from the city between nine in the morning and long past midnight.

4) "Wild rumours were circulating about her—how her mother had found her packing her bag one winter night to go to New York and say goodbye to a soldier who was going overseas. She was effectually prevented, but she wasn't on speaking terms with her family for several weeks. After that she didn't play around with the soldiers any more, but only with a few flat-footed, shortsighted young men in town, who couldn't get into the army at all."

5) Daisy tumbled short of his dreams—not through her own fault, but because of the colossal vitality of his illusion. It had gone beyond her, beyond everything. He had thrown himself into it with a creative passion, adding to it all the time, decking it out with every bright feather that drifted his way. No amount of fire or freshness can challenge what a man can store up in his ghostly heart… His hand took hold of hers, and as she said something low in his ear he turned toward her with a rush of emotion. I think that voice held him most, with its fluctuating, feverish warmth, because it couldn't be over-dreamed-that voice was a deathless song.

6) "Can't repeat the past?" he cried incredulously. "Why of course you can!"
He looked around him wildly, as if the past were lurking here in the shadow of his house, just out of reach of his hand.
"I'm going to fix everything just the way it was before," he said, nodding determinedly. "She'll see."

7) One autumn night, five years before, they had been walking down the street when the leaves were falling, and they came to a place where there were no trees and the sidewalk was white with moonlight. They stopped here and turned toward each other. Now it was a cool night with that mysterious excitement in it which comes at the two changes of the year. The quiet lights in the houses were humming out into the darkness and there was a stir and bustle among the stars. Out of the corner of his eye Gatsby saw that the blocks of the sidewalks really formed a ladder and mounted to a secret place above the trees- he could climb to it, if he climbed alone, and once there he could suck on the pap of life, gulp down the incomparable milk of wonder.
His heart beat faster as Daisy's white face came up to his own. He knew that when he kissed this girl, and forever wed his unutterable visions to her perishable breath, his mind would never romp again like the mind of God. So he waited, listening for a moment longer to the tuning-fork that had been struck upon a star. Then he kissed her. At his lips' touch she blossomed for him like a flower and the incarnation was complete.

8) "Your wife doesn't love you," said Gatsby. "She's never loved you. She loves me."
"You must be crazy!" exclaimed Tom automatically.
Gatsby sprang to his feet, vivid with excitement.
"She never loved you, do you hear?" he cried. "She only married you because I was poor and she was tired of waiting for me. It was a terrible mistake, but in her heart she never loved anyone except me!"

9) "She's got an indiscreet voice," I remarked. "It's full of-" I hesitated.
"Her voice is full of money," he said suddenly.
That was it. I'd never understood before. It was full of money-that was the inexhaustible charm that rose and fell in it, the jingle of it, the cymbals' song of it··· High in a white palace the king's daughter, the golden girl···

10) "Oh, you want too much!" she cried to Gatsby. "I love you now-isn't that enough? I can't help what's past." She began to sob helplessly. "I did love him once-but I loved you too."

11) He found that he had committed himself to the following of a grail. He knew that Daisy was extraordinary, but he didn't realize just how extraordinary a

"nice" girl could be. She vanished into her rich house, into her rich, full life, leaving Gatsby—nothing. He felt married to her, that was all··· Gatsby was overwhelmingly aware of the youth and mystery that wealth imprisons and preserves, of the freshness of many clothes, and of Daisy, gleaming like silver, safe and proud above the hot struggles of the poor.

12) And as I sat there brooding on the old, unknown world, I thought of Gatsby's wonder when he first picked out the green light at the end of Daisy's dock. He had come a long way to this blue lawn, and his dream must have seemed so close that he could hardly fail to grasp it. He did not know that it was already behind him, somewhere back in that vast obscurity beyond the city, where the dark fields of the republic rolled on under the night.

Gatsby believed in the green light, the orgiastic future that year by year recedes before us. It eluded us then, but that's no matter—tomorrow we will run faster, stretch out our arms further··· And one fine morning—

So we beat on, boats against the current, borne back ceaselessly into the past.

Ernest Hemingway, *The Sun Also Rises* (1926)

7. 『태양은 다시 떠오른다』(1926), 어니스트 헤밍웨이
– 〈상실의 세대〉의 흔들리는 초상

헤밍웨이는 작가인 동시에 군인, 기자, 사냥꾼, 어부, 그리고 열렬한 투우팬 등 다양한 면모를 지니고 있어서 그의 작품 속에는 전쟁, 낚시, 스포츠, 투우, 맹수 사냥과 연관된 군인, 직업투사, 투우사, 어부, 바텐더, 웨이터와 같은 단순하면서도 극한 상황에 직면한 사람들이 많이 등장합니다. 그런 이유로 때로 '반지성주의'라고 비난받기도 했지요. 그러나 이 같은 세계와 인물들을 통해 헤밍웨이가 진정으로 보여주고자 하는 것은 인간이 처할 수 있고, 또 처해 있는 극한 상황과 그 상황을 견뎌내는 인간의 모습이었습니다.

헤밍웨이의 첫 장편 소설인 『태양은 다시 떠오른다』의 제목은 성서의 『전도서』에서 따온 것임을 작품의 서두에 나오는 인용문을 통하여 알 수 있습니다.

> 한 세대는 가고 한 세대는 오되 땅은 영원하도다… 해는 뜨고 지며 왔던 곳으로 서둘러 되돌아가고… 바람은 남으로 불다가 북으로 방향을 바꾸어 돌고… 계속 끊임없이 소용돌이치다 흐름에 따라 되돌아가고… 모든 강물은 바다로 흐르지만 바다는 충만하지 못하고, 강물이 왔던 곳으로 다시 돌아가노라. [1)]

이 문장은 끝없이 윤회하는 우주의 영원성에 비하여 인간의 삶이란 너무도 허무한 존재라는 자각에서 이 작품이 출발하고 있다는 것을 알려주기도 합니다. 삶의 허무에 대한 이러한 자각은 특히 작품 속 인물들이 경험하는 '사랑의 상실', '현실로부터의 도피'를 통해 잘 나타나는데, 이는 그가 대표하는 '상실의 세대' 작가들의 허무와 상실을 반영하는 것이기도 합니다. ('상실의 세대'에 대해서는 앞 장을 참고하시기 바랍니다.)

프롤로그

이 소설은 1차 대전에 참전했다 부상당해 성불구가 된 기자 제이크 반즈Jake Barnes와 두 번 이혼한 자유분방한 여인 브렛 애쉴리Lady Brett Ashley와의 사랑을 중심으로 전개됩니다. 제이크와 연인 사이임에도 애쉴리는 제이크의 대학 동창인 로버트 콘Robert Cohn과 염문을 뿌리고, 열아홉 살밖에 안된 투우사 로메로Romero를 유혹하기도 하는 등 1920년대 자유로운 여성의 전형적인 모습을 보여줍니다.

3부로 구성된 작품의 1부에서는 파리에 모인 이들의 분방하고 자유로운 모습을 주로 보여주며, 2부에서는 제이크의 친구 빌 고튼Bill Gorton과 브렛의 약혼자 마이크 캠벨Mike Campbell이 등장합니다. 제이크와 빌이 낚시여행을 떠났다가 로버트를 만납니다. 로버트는 약혼 전 애쉴리를 만난 적이 있는데 여전히 그녀에게 연정을 품고 있었지요. 이들은 팜플로나Pamplona로 가 축제를 즐기며, 술을 마시고 투우를 관람하며 자유로운 시간을 보냅니다. 이때 제이크가 애쉴리에게 젊은 투우사 로메로를 소개해주는데, 그녀는 로메로에게 반해버리고 말지요. 제이크, 로버트, 마이크, 로메로 네 남자와 애쉴리 사이의 질투 어린 긴장감이 팽팽하게 보이다가 권투 선수였던 로버트가 제이크, 마이크, 그리고 로메로와 주먹다짐을 하는 지경까지 이릅니다. 상처를 입은 상태에서도 로메로는 투우 시합을 포기하지 않고 출전합니다.

3부는 축제가 끝난 뒤의 이야기입니다. 정신을 차린 일행은 팜플로나를 떠나 빌은 파리로 돌아가고, 제이크는 스페인의 산 세바스찬으로 떠납니다. 브렛은 로메로와 마드리드로 가고요. 제이크가 파리로 돌아올 무렵 애쉴리가 전보를 보내 도움을 청합니다. 로메로와 함께 마드리드로 갔던 그녀가 돈도 떨어진 채 로메로도 없이 싸구려 호텔에 홀로 남겨져 있었던 것이었지요. 그녀는 제이크에게로 돌아가기로 결심했다고 말합니다. 두 사람이 함께 돌아오면서 이야기는 끝이 납니다.

이 작품은 많은 인물들이 등장하고 대사도 많습니다. 그러나 이야기의 중심축은 제이크 반즈와 애쉴리이며, 로메로와 로버트 콘이 핵심 조연 역할을 합니다. '상실의 세대'의 특징을 그대로 보여주는 네 인물에 대해 살펴보는 것으로 이야기를 이어가겠습니다.

제이크 반즈

반즈는 이 작품의 중심인물입니다. 이 소설은 그가 경험하는 절망과 그것을 극복해 가는 내면의 승리를 축으로 하고 있다고 해도 과언이 아닙니다. 제이크는 낭만적 성격을 지닌 비극적 주인공Tragic Hero이라고 할 수 있습니다. 그는 전쟁에서 부상을 입어 성불구가 되었으며, 이로 인해 정신적으로도 안정된 상태를 유지하지 못하는 '정서적 불능'의 모습을 나타내고 있습니다. 외견상 날마다 카페에서 술을 마시며 쾌락을 좇는 할 일 없는 신문 기자로 보이지만 실은 고통으로 인한 불면증을 포함한 남모르는 고통에 괴로운 나날을 보내는 인물입니다. 가장 큰 고통은 애쉴리를 사랑하면서도 자신의 성불구로 인해 완전한 사랑을 나누지 못한다는 것입니다. 그의 이러한 심정은 혼자 있을 때 잠들지 못하고 괴로워하는 다음 장면에 잘 나타나 있습니다.

> 나는 잠을 이루지 못한 채 이런저런 생각을 하며 누워 있었다. 마음속에서 그 생각을 떨칠 수 없어 나는 브렛 생각을 하기 시작했다. 그러자 다른 모든 생각이 사라졌다. 브렛을 생각하자 내 마음이 제멋대로 요동치는 것을 멈추고 잔잔한 물결이 되어 움직이기 시작했다. 그러자 갑자기 울음이 터졌다. 얼마쯤 지나자 좀 진정이 되고 나는 침대에 누워 육중한 전차가 길거리 아래로 지나가는 소리에 귀를 기울이다 잠이 들었다.[2)]

제이크가 느끼는 이런 고통은 드러내놓고 표현할 수 없다는 점에서 그 어떤 절망보다 크고 깊은 상실감을 주었을 것이니, 그가 음주와 무절제한 쾌락에 빠져드는 것은 어쩌면 그만큼 큰 고통의 표현일 수 있을 것입니다. 빌 고튼이 제이크에게 하는 말은 제이크는 물론 고튼 자신에게도 해당되는 말일 것입니다.

> 넌 추방자야. 그것도 최악의 유형이라구. 그런 소리 못 들었어? 자기 조국을 등진 자치고 인쇄할 만한 가치가 있는 작품을 쓴 작자는 없는 법이지. 넌 추방자야. 조국의 대지와 접촉을 잃어버렸지. 귀한 몸이 된 거라구. 가짜 유럽식 기준이 널 망쳐놓았어. 죽도록 술만 퍼마시고, 섹스에 중독이나 되었고 말이지. 넌 모든 시간을 쓰는 게 아니라 지껄이는 데 허비해. 너는 추방자야. 카페나 헤매고 말이지.[3)]

한편, 기존의 가치 체계에 대한 신념의 상실은 제이크의 신앙적 측면에서도 찾아볼 수 있습니다. 그는 신을 인식하고는 있으나 철저한 신앙인은 아닙니다. 그는 스스로를 "썩어빠진 가톨릭 신자"라고 부르기도 합니다. 특히 로메로가 투우 시합에 나가기 전 제이크가 성당에서 올리는 기도 모습은 경건한 신앙인의 모습이 아니라 오히려 신을 조롱하는 모습으로 보이기도 합니다.

> 나는 무릎을 꿇고 내가 생각할 수 있는 모든 사람, 브렛과 마이크, 빌과 로버트 콘과 나 자신을 위해 기도하기 시작했다. 내가 좋아하는 사람은 한 명씩 개별적으로, 나머지 사람들은 묶어서 한꺼번에 기도를 드리고 나서 다시 한번 나 자신을 위해 기도했다. 나 자신을 위해 기도하는 동안에 잠이 쏟아지는 바람에 투우가 재미있고 축제가 훌륭하고 고기가 많이 낚이게 해달라고 빌었다. 또 뭔가 더 빌 것이 없나 생각하다가 돈이 좀 있었으면 좋겠다 생각이 들어 돈을 많이 벌게 해달라고 빌었다. 그리고 그러려면 어떻게 해야 할까 생각하기 시작했다. [4]

이렇게 고통스럽게 절망하며 쾌락에 빠져 있고 때로는 위악적인 그이지만 정작 자신의 신체적 불구에 대해 불평을 하지는 않습니다. 사실을 그대로 받아들일 뿐입니다. 그는 무엇인가를 얻기 위해서는 또 다른 무엇인가를 지불해야만 한다는 것을 인정하기에 자신의 결함은 자신의 신념을 위해 참전했던 전쟁의 대가라고 생각하는 듯합니다. 그는 브렛을 사랑하는 동시에 그녀와—마치 남자친구처럼—정신적인 우정의 관계를 유지해 나가는 것으로 보입니다. 제이크는 삶이란 분명한 대가를 치르지 않으면 제대로 사랑할 수 없는 것이라는 나름의 확고한 철학을 가지고 있습니다.

> 삶을 즐긴다는 것은 지불한 값만큼 얻어내는 것을 배우는 것이고, 그것을 얻었을 때 얻었다는 것을 아는 것이다. 누구든지 돈을 지불한 가치만큼 손에 넣을 수 있을 것이다. 이 세상은 무언가를 구입하기에 좋은 곳이다. 이건 아주 멋진 철학 같다. [5]

이러한 제이크가 신체의 결함과 정신적 고통으로 힘들어하면서도 육체적으로는 건강하나 정신적으로 황폐한 상태로 변해가는 다른 인물들, 마이크 캠벨, 로버트 콘, 그리고 브렛 애쉴리와는 달리 윤리적으로는 '건전한' 자세를 유지한다는 점이 다른 인물들과 제이크를 구별하게 해주는 가장 중요한 핵심이라고 할 수 있습니다.

브렛 애쉴리

브렛 또한 심신양면에 전쟁으로 인한 상처를 안고 있는 인물이라는 점에서 제이크와 다를 바 없습니다. 최초의 남편은 병사病死하였으며, 두 번째 남편은 영국 해군의 장교로 전쟁에서 받은 충격으로 인해 그녀와 정상적인 생활을 해 나갈 수 없는 상태에 있었지요. 그와 이혼을 하기로 하고 파리로 와서 세 번째 남자인 마이클 캠벨과 약혼을 하지만 그 역시 전쟁에서 깊은 상처를 받은 인물로서 아직도 기관총 소리가 끊이지 않는다는 환상에 사로잡혀 경제적으로 파산하게 되며, 결국 이러한 고통을 잊으려고 술과 여자에 빠지게 된 인물입니다.

상황이 이러하니 그녀에게 진정한 사랑이란 없는 것처럼 보이며, 단지 육체적 결합만이 존재하는 듯합니다. 전쟁은 그녀에게서 남편을 앗아갔으며, 여성다움을 빼앗아갔고, 그녀를 술에 빠지게 했으며 궁극적으로 삶의 허무를 인식하게 했던 것이었지요. 그녀는 이성과 육체적 합일을 통하여 정신적 합일을 이루려는 것이 아니라 일순간의 쾌락이나 도피의 수단으로써 사랑을 이용합니다. 따라서 그녀와 관계를 맺는 남성들은 육체적인 쾌락을 얻을 수는 있지만 결코 지속적인 정신적 사랑은 얻을 수 없는 것이었지요. 그렇다보니 성적 불구인 제이크말고는 그 어떤 남성이든 브렛의 품안에서는 거세되는 아이러니가 발생하고 맙니다.

그러므로 이 작품 속에서 그녀는 “섹스 없는 사랑love without sex”을 나타내는 제이크와는 대조적으로 “사랑 없는 섹스sex without love”를 상징합니다. 결국 제이크, 마이크, 그리고 브렛이 보이는 이 불모의 관계는 상대방의 자아를 의식하지 않고 모든 문제를 자신의 관점에서만 보려 하는 헤밍웨이 인물들의 고립성을 나타내는 것으로 볼 수 있습니다.

하지만 그녀에게는 강인한 면 또한 존재합니다. 그녀는 여성이지만 다른 많은 남성들과 동등한 동료로 등장하며, 그들과 꼭 같은 상처를 안고 있는 인물로 그들의 상처 입은 심리를 이해하는 여인의 모습도 지니고 있습니다.

특히 성적으로 무력한 것을 알면서도 제이크의 곁에서 떠나지 않는 그녀의 모습과, 젊은 투우사 로메로와 사랑에 빠지기도 했으나 결국 그를 떠나면서 그의 순수함을 지켜주기로 한 것은 그녀의 내면에 자리한 인간적 고뇌의 흔적을 볼 수 있는 장면입니다. 특히 그녀가 로메로에 대한 사랑의 감정을 느끼는 것은 단순히 육체적 욕구 때문만은 아니며 진실한 사랑의 본능에 기인하고 있음을 인정하지 않을 수 없습니다. 그녀는 로메로를 알게 된 이후부터 행복감을 느꼈고 종교에 대한 신앙이 없으면서도 사랑하는 그를 위해 기도하고 싶다고 말하기까지 합니다.

"나는 그를 위해서 아니 뭔가를 위해서 기도하고 싶어." [6)]

하지만 이러한 그녀의 사랑도 로메로가 머리를 기르라고 그녀에게 강요하는 것은 참을 수가 없었지요. 그녀에게, 아니 헤밍웨이의 작품 속에서 여성의 긴 머리는 여성다움의 상징한다는 점을 고려할 때 이미 여성스러움을 상실한 그녀에게 머리를 기르라고 하는 것은 불가능한 것을 요구하는 것이었습니다. 사실 그녀는 아무리 노력한다 해도 결코 (남성들이 원하는) 여성이 될 수는 없었던 것이지요. 더욱이 그것은 이 작품의 인물들이 그렇게도 싫어하는 구속을 의미하는 것이기에 그녀는 로메로의 말을 따를 수가 없었던 것입니다. 결국 그녀는 자신의 구속을 피해서 그리고 사랑하는 로메로를 망치지 않기 위해 그를 떠납니다. 이것은 그녀의 사랑이 허위가 아님을 나타내는 동시에 그녀 자신의 여성성의 상실을 스스로 인정하는 것이기도 합니다. 뿐만 아니라 이 행동이야말로 그녀가 로메로를 진정으로 사랑하기에 할 수 있는 '도덕적 승리'라고 할 수 있습니다.

"알다시피 나는 서른넷이야. 내가 어린 친구들을 망치는 망할 계집은 되지 않을 거야… 나는 그런 못된 계집은 되지 않을 거라고." 그녀가 말했다. [7)]

그런 그녀가 로메로를 보내고 우는 울음은 '상실의 세대'의 모든 인물들의 상실감과 허무감을 상징하는 울음인 동시에 그녀 내부의 인간 본성의 울음처럼 보입니다.

페드로 로메로

투우사인 로메로는 항상 죽음과 대결하는 인물입니다. 그러나 그는 유희를 위해 혹은 돈을 위해 투우를 하는 것이 아니라 오직 자신의 생명을 빼앗기지 않기 위해 황소를 죽이는 것입니다. 황소는 그에게 적이 아니라 오히려 가장 친한 친구입니다. 그는 투우사로서 황소를 죽여야만 자신이 살아남을 수 있다는 것을 분명하게 인식합니다. 그것이 그들의 운명이자 그들 각자의 소임인 것입니다.

> "황소들은 내 가장 친한 친구들이죠."… "그런데 네 친구들을 죽인다고?" 그녀가 물었다. "언제나 그렇죠." 그가 대답했다. "그래야 그들이 나를 죽이지 않지요." [8)]

그와 황소는 자신의 본분을 다함으로서 자신의 정체성을 찾는 것입니다. 투우장에 나온 황소는 투우사의 검으로부터 자신을 지켜야 살아남을 수 있으며, 투우사 또한 황소의 뿔로부터 자신을 지키기 위해서는 황소를 쓰러뜨리지 않을 수 없는 것이죠. 그러나 이것은 서로가 상대방을 미워하거나 증오해서가 아닙니다. 그것은 오직 서로가 자신의 본분에 최선을 다하는 것일 뿐인 것이지요. 이러한 숙명적 태도야말로 헤밍웨이의 인물들이 지니는 보편적인 자세입니다. 로메로는 부상에도 불구하고 결코 비겁한 수단을 쓰거나 물러서지 않고 훌륭한 투우를 보여주기 위해 곧고 순수한 자세로 흐트러짐 없이 투우에 임합니다.

> 로메로는 결코 몸을 구부리지 않았고, 언제나 곧고 순수하고 자연스러운 선을 유지했다. 다른 투우사들은 팔꿈치를 든 채 마치 코르크마개 따개처럼 몸을 뒤틀면서 황소의 뿔이 스치고 난 뒤에야 황소 옆구리에 기대면서 위험하게 보이려고 표정을 지었지만, 나중에 그 모든 가짜 몸짓이 엉망이 되면서 불쾌감을 주었다. 로메로의 투우는 진실한 감정을 불러일으켰다. [9)]

로메로는 극적인 발전 과정을 보이는 인물입니다. 그는 콘에게 가격을 당하고도 굽히지 않고 끝내는 그를 이겨냄으로써 정신적, 육체적 승리를 거두는 것이지요.

한편, '열광자aficionado'라는 개념은 헤밍웨이의 모든 작품에 일관되게 등장하는 열정의 추구를 이해하는 데 필수적인 개념입니다. "단지 취미를 즐기는 사람을 넘어서, 특정 분야에 대한 깊은 지식, 이해, 그리고 존중을 갖춘 태도로 정열을 가지고 자신이 하는 일을 추구하는 사람"을 의미하는 이 개념에 대해서는 이렇게 설명이 되고 있습니다.

> '어피시어나도'는 열정을 의미한다. 열광자는 투우에 열정을 지닌 인물이다. 모든 훌륭한 투우사는 모토야 호텔에 머문다. 그건 다시 말해, 열정을 지닌 이들이 그곳에 머문다는 말이다. 한때 돈을 좇는 투우사들이 머물기도 했겠지만 그 뒤로는 오지 않았다. 매년 훌륭한 투우사들만이 그곳을 찾는다. [10]

이 개념은 '상실의 세대'에 속한 사람들이 그들의 허무와 상실감 그리고 패배감을 극복하기 위해 무엇엔가 몰두할 때 그들 나름대로의 규준을 보여주는 것으로 헤밍웨이 자신의 신념이라고 생각됩니다. 여기에서는 특히 투우사는 자신의 일인 투우에 열중하고 황소는 자신의 본분을 다하기 위해 투우사를 향해 혼신의 힘을 다해 달려드는 것처럼, 헤밍웨이는 직업적인 투우사는 아니더라도 투우를 보는 것을 즐겨하고 좋아하되 자신의 온 열정을 다해 투우의 참된 본질 자체를 이해할 수 있는 '열광자'만이 진실한 열정을 품고 표현하는 것으로 생각한 듯합니다.

이 소설이 비록 전후의 어둡고 허무한 분위기 속에서 상실감에 빠진 젊은 세대들의 방황을 묘사하고 있긴 하지만 이 '열광자' 개념을 통해 헤밍웨이는 삶의 근저에 뿌리내리고 있는 삶에 대한 치열한 열정을 보여준 것입니다. 삶을 사랑하지 않는 사람이 무엇을 그리 열정적으로 추구할 수 있겠습니까? 그것이 무엇이든 온 열정을 바쳐 추구하고 애정을 쏟을 대상을 지니고 있다는 것은 이미 그 사람이 생에 대한 애정을 지니고 있음을 나타내는 것이 아닐까요. 헤밍웨이는 비록 그 방향이 모호하고 때론 잘못되었다 하더라도 소설 속 인물들 가슴 깊은 곳에 있는 삶에 대한 애정을 이 '열광자' 개념을 통해 보여주고자 한 것 같습니다. 그렇기 때문에 인물들이 모두 함께 참여한 축제 기간 중 로메로의 마지막 투우는 헤밍웨이의 스포츠 영웅주의의 최고의 표현인 동시에 순수한 인간적 열정에 대한 작가 헤밍웨이의 갈망이라고 할 수 있습니다.

로버트 콘

애쉴리를 이상적 여인으로 여기며 사랑하는 소설가인 콘은 부유한 유대인 가문의 남자입니다. 결혼을 해서 아이가 셋 있지만 부인과 이혼하고 유럽으로 건너와 여행을 하다가 파리에 머물고 있던 도중에 애쉴리를 만나 사랑하게 되지요. 불행하게도 그의 낭만적 사랑도 결국엔 이루어지지 못하고, 그는 주변의 상황이나 시대의 흐름을 이해하지 못한 채 망상에만 사로잡혀 살고 있는 인물로 그려지고 있습니다.

> 로버트 콘은 한때 프린스턴 대학의 복싱 미들급 챔피언이었다… 권투를 조금도 신경쓰지 않았고, 사실 싫어했다. 하지만 프린스턴 대학 시절 유대인으로 취급 받으면서 느낀 열등감과 내성적인 성격을 극복하려고 몹시 힘들어하면서도 철저하게 권투를 배웠다… 로버트 콘은 부계 쪽으로는 뉴욕에서 가장 부유한 유대인 가문 출신이었고… 그는 착하고 친절하며 수줍음 많은 친구였다… 콘은 순수하게 천사 같은 후원자로만 간주되어 고문의 한 사람으로 편집진 명단에 이름이 올라있었는데, 이 무렵에는 유일한 편집자가 되어 있었다… 유럽에서 살고 있는 많은 사람들처럼 그도 꽤 행복했고… 소설을 한 편 썼는데, 비록 몹시 보잘것없기는 했지만, 그래도 비평가들이 나중에 평가한 것처럼 진짜 형편없는 작품은 아니었다. 그는 책을 많이 읽었고, 브리지 게임을 했으며, 테니스를 치고, 동네 체육관에서 권투를 했다.[11)]

그는 제이크와 애쉴리처럼 우정에 가까운 관계를 유지하며 서로를 구속하지 않는 자유로운 관계를 맺으려는 것이 아니라 브렛을 구속하려 함으로써 주변 인물이 되고 맙니다. 그가 비록 브렛과 육체적 관계를 맺긴 했지만 진정으로 브렛이 원하는 것이 무엇인가를 이해하지 못했기 때문에 그녀로부터 외면당합니다.

> "나는 그가 역겨워요!"
> "I'm sick of him!"

그는 제이크와 닮았으면서도 분명한 대조를 이루는 인물입니다. 제이크가 자기 감정을 아주 우아하게 감추지만 그는 날것으로 드러냅니다. 제이크가 자기 규율이 강한 반면, 그는 통제 불능의 인물입니다. 제이크가 이성적인 냉철함을 대변한다면, 그는 낡고 오래된 과장된 표현을 신성시합니다.

하지만 둘은 본질적으로 닮은 부분이 있습니다. 두 사람 다 구제불능의 낭만주의자들입니다. 그런 점에서 두 사람은 마치 거울에 비친 상처럼 닮아 있습니다.

앞에서 언급한 것처럼 콘은 유대인입니다. 현대의 문학 작품에 등장하는 유대인에 대해 전형적으로 묘사되는 점이 있습니다. 그 중 하나는 전통적으로 유대인들에게 부여된 '악한 유대인The villainous Jew' 이미지입니다. 크리스토퍼 말로의 『몰타의 유대인』과 셰익스피어의 『베니스의 상인』에 등장하는 인물처럼 서구인들의 반유대 감정에 의해 창조된 인색하고 돈만 밝히는 사악하고 탐욕스럽게 묘사되는 인물입니다. 과거의 유대인에 대한 이미지는 주로 이렇게 '악한 유대인'이었지요.

다른 한 이미지는 오랫동안의 고난을 통해 수세기에 걸쳐 내려오는 지혜를 부여받은 인물로 '슐레미얼The Schlemiel'이라고 표현되는 이미지입니다. 'The Schlemiel'은 "운이 나쁘고 실수가 잦은 녀석, 혹은 잘 속는 호인"이라는 의미를 가지고 있으나, 문학적으로는 독일 작가인 캐미소Adelbert Von Chamisso의 소설 『슐레미얼』의 주인공인 슐레미얼Peter Schlemiel의 이름에서 유래한 것이라 합니다. 나름의 실수를 통해 배운 지혜로 현실 환경과 상황에 적응, 생존하며 발전해 가는 인물로 그의 실수는 타인의 애정이나 동정 혹은 호의를 불러옵니다.

『태양은 다시 떠오른다』의 콘은 사악한 유대인은 아니며, '슐레미얼'에 속하지만 참된 의미의 '슐레미얼' 같지도 않습니다. 진정한 '슐레미얼'은 가난하고 비천한 환경의 출신이지만 콘은 이와 대조적으로 부유한 환경의 아들로 묘사되고 있는 점이 우선 그러합니다. 그보다 더 중요한 것은 진정한 '슐레미얼'은 다른 사람들이 그를 몹시 인정 있고 사랑스러운 사람으로 볼 수 있게 하는 인간애가 있지만 콘은 그렇지 못한 인물입니다. 바로 그런 점 때문에 오히려 콘은 현대인의 전형적인 인물이라고 볼 수도 있는 존재이지요. 한 비평가는 이 작품 속 네 인물에 대해 이렇게 간략하게 설명한 바 있습니다.

> 제이크는 외면의 스타일은 물론 아주 분명한 내적 규율을 지니고 있다. 브렛은 스타일은 있지만 규율이 없다. 마지막 시험대에 이르러 (로메로를 떠나는 것을 언급하는 듯합니다) 그녀는 자신의 스타일을 더욱 강력하게 유지한다. 마이크는 스타일은 있지만 규율은 아예 없는 인물로, 규율이 없기 때문에 스트레스를 받으면 스타일은 아무것도 아닌 것

이 되고 만다. 로버트 콘은 스타일도 규율도 없이 조악한 매너만 넘쳐서 위기의 순간에는 우스꽝스럽게 굴면서 자신을 망치는 인물이다. 이 네 인물들은 무질서한 존재로, 20세기 초반의 엄청난 격동기에 등장한 새로운 무질서의 상징과 같은 존재들이다. [12]
(Williams, Wirt. *The Tragic Art of Ernest Hemingway*. Baton Rouge: Louisiana State Univ. Press, 1981.)

헤밍웨이의 문체

헤밍웨이의 문체를 흔히 '비정한 문체hard-boiled style'라고 하는데, 우선 짧은 일상의 대화로 이루어져 있습니다. 거기에 더해 'and'와 'but' 같은 접속사로 연결되는 복잡하고 긴 문장을 피하며, 인물의 감정 표현을 극도로 억제하고 비정非情하게 인물의 행동과 현상만을 그대로 묘사함으로써 문장의 의미를 독자들에게 맡기는 문체입니다.

이것은 헤밍웨이가 청년시절 신문사에서 기자로 활동한 경험과 비평가인 거트루드 스타인, 시인 에즈라 파운드, 그리고 인상주의 화가들의 영향을 받은 때문인 듯합니다. 스타인에게서는 집중적인 묘사를 위한 반복 기법을, 파운드에게서는 단어를 절제하여 문장의 길이를 단축하고 형용사를 가능한 한 억제하며 단순하고 특징적인 문장 작성의 기법을 영향 받았다고 합니다. 인상파 화가인 세잔의 화법, 특히 생략 기법의 영향을 받아 회화적인 모습을 띠게 되면서, 그의 작품 속 언어는 표현한 말들보다 드러나지 않은 언어들이 훨씬 많은 의미를 지니게 되는 상징적 특징을 갖게 되지요. 따라서 이런 문체를 대하는 독자는 그 언어의 내면에 숨겨진 혹은 언술되지 않은 언어들이 내포하고 있는 의미를 파악해 내어야만 하는 것이지요.

애쉴리를 돌려보내고 홀로 침대에 들어가는 제이크를 묘사한 다음과 같은 대목은 헤밍웨이의 이런 문체를 잘 보여주고 있습니다.

그녀가 차에 오르자 차가 움직였다. 나는 돌아섰다. 테이블 위에는 빈 유리잔 하나와 브랜디 소다가 반쯤 든 술잔이 놓여있었다. 나는 두 잔 모두 부엌으로 가져가 반쯤 든 술잔을 싱크대에 쏟았다. 식당의 가스등을 끄고 침대에 걸터앉아 슬리퍼를 벗어 던지고 이불 속으로 기어들었다. 그게 브렛이었다. 생각하면 울음이 터질 것 같은 그런 여자. 내가 마지막으로 본 그녀, 길거리 위쪽으로 걸어가 자동차에 타는 그녀의 모습을 생각했다. 그러자 얼마 동안 지옥 같았다. 당연했다. 한낮이라면 무슨 일이 생겨도 모든 것을 비정하게 받아들이는 게 쉬운 일이지만 밤은 전혀 다른 문제다. [13]

사랑하는 여인을 그냥 보내야 하는 제이크의 마음은 어떤 과도한 감정적 표현으로도 드러나지 않았습니다. 그러나 저 문장을 읽으면 괴로워 몸부림치는 한 인간의 내면이 어둠보다 더 깊게 달려드는 것을 피할 길이 없습니다. 그러다 보니 헤밍웨이의 작품에는 회상하거나 추억하는 것은 잘 등장하지 않고 현재의 사건들이 주로 묘사되고 그의 문체가 시적인 특성을 지니는 것은 당연한 것처럼 보입니다.

에필로그

헤밍웨이는 자신의 최초의 장편 소설인 이 작품에서 자신의 경험 속에서 터득한 상실과 허무, 패배와 절망의 감정을 자기 혼자만의 것이 아닌 같은 시대를 살고 있던 모든 인간들의 공통된 아픔과 절망으로 파악하고 있음을 보여줍니다. 자신이 선택한 참전의 결과로 불구가 되어 가슴속에 깊은 상처를 안은 채 자신의 내부로 도피해 들어가는 제이크, 그런 그를 사랑하면서도 완전한 사랑의 결합을 이루지 못하고 그 어느 곳에도 안주하지 못한 채 방황하는 애쉴리, 이 두 인물을 축으로 모여든 콘, 마이크를 비롯한 많은 인물들의 목적 없는 삶의 배회가 헤밍웨이 특유의 강하고 간결하면서도 깊은 의미를 지니고 있는 정교한 언어 사용에 의해 펼쳐집니다.

그러나 헤밍웨이는 그 시대의 절망과 패배감 속에서 어찌할 수 없이 스스로의 내면으로 도피해 들어가는 인물들을 보여주면서도 결코 악의 심연으로 추락하지는 않았습니다. 그는 제이크를 통해 스스로의 절망과 허무 속에서도 인간으로서 윤리와 사랑의 기준은 잃지 않는 인간애를 제시하고 있으며, 방탕하고 무절제한 듯 보이면서도 로메로를 자유롭게 보내주는 애쉴리를 통해 그들의 절망과 허무의 한가운데에도 마르지 않는 순수의 일면이 있음을 보여주었습니다. 또한 참된 용기와 순수성을 지니고 있는 로메로를 통해 어떤 역경 속에서도 인간으로서 참가치를 포기하지 않는 진정한 용기와 삶에 대한 진지한 애정을 묘사함으로써 당시의 절망과 허무에 싸여 방황하는 세대들에게 희망의 메시지를 역설적으로 보여주려 했던 것처럼 보입니다. 그들은 결코 '상실의 세대'가 아니며 단지 '지쳐있는 세대The Beat-up'일 뿐입니다. 지친 그들의 저 앞 수평선으로 지고 있는 오늘의 태양이 석양의 어스름 속으로 사라지고 난 후에는 새로운 생명을 지닌 세대가 어김없이 탄생할 것입니다. 태양은 언제나 다시 떠오를 것이니까요.

| 어니스트 헤밍웨이
(Ernest Hemingway, 1899~1961)

Hemingway working on *For Whom the Bell Tolls* at the Sun Valley Lodge in 1939, photo by Lloyd Arnold

1899년 7월 21일 현재는 시카고인 일리노이주 오크 파크에서 의사인 부친, 성악가인 모친 사이에 태어났습니다. 활동적인 아버지의 영향으로 낚시 및 사냥, 권투 등을 즐겼으며, 이는 많은 작품에 모티프로 등장합니다.

고등학교 졸업 후 지방 신문에서 기자 생활을 했으며, 1차 대전 중에는 적십자 일원으로 구급차 운전기사로 자원했다가 제이크 반즈처럼 중상을 입었습니다. 전쟁 후 자유기고 기자로 파견된 파리에서 소설을 쓰기 시작했습니다.

그는 스페인 내전에도 참전해 독재자 프랑코에 반대하는 전투에 참여했으며, 이런 경험들이 『누구를 위하여 종은 울리나』 *For Whom the Bell Tolls*, 『무기여 잘 있거라』 *A Farewell to Arms* 등의 작품에 고스란히 담겨있습니다.

앞에서 말씀드린 '비정한 문체'로 유명하며, 이후 많은 작가들에게 영향을 미친 헤밍웨이 특유의 스타일로 회자됩니다. 1954년 노벨 문학상을 수상하여 최고 반열의 작가로 인정받았습니다. 두 번이나 항공기 사고를 당하고도 살아남았지만, 사고 후유증과 우울증에 시달리다 1961년 예순둘의 나이에 엽총 자살로 생을 마감했습니다.

| 작품

『봄의 급류』*The Torrents of Spring*(1925), 『태양은 다시 떠오른다』*The Sun Also Rises*(1926), 『무기여 잘 있거라』*A Farewell to Arms*(1929), 『누구를 위하여 종은 울리나』*For Whom the Bell Tolls*(1940), 『노인과 바다』*The Old Man and the Sea*(1952) 등의 소설과 『오후의 죽음』*Death in the Afternoon*(1932), 『아프리카의 푸른 언덕』*Green Hills of Africa*(1935) 등의 산문, 그리고 『세 편의 이야기와 열편의 시』*Three Stories and Ten Poems*(1923), 『우리 시대에』*In Our Time*(1924) 등의 단편집이 있습니다.

1) One generation passeth away, and another generation cometh; but the earth abideth forever··· The sun also ariseth, and the sun goeth down, and hasteth to the place where he arose··· The wind goeth toward the south, and turneth about unto the north; it whirleth about continually, and the wind returneth again according to his circuits··· All the rivers run into the sea; yet the sea is not full; unto the place from whence the rivers come, thither they return again.

2) I lay awake thinking and my mind jumping around. Then I couldn't keep away from it, and I started to think about Brett and all the rest of it went away. I was thinking about Brett and my mind stopped jumping around and started to go in sort of smooth waves. Then all of a sudden I started to cry. Then after a while it was better and I lay in bed listened to the heavy trams go by and way down the street, and then I went to sleep

3) You're an expatriate. One of the worst type. Haven't you heard that? Nobody that ever left their own country ever wrote anything worth printing. Not even in the newspapers···You're an expatriate. you've lost touch with the soil. You get precious. Fake European standards have ruined you. You drink yourself to death. You become obsessed by sex. You spend all your time talking, not working. You are an expatriate, see? You hang around cafes.

4) I knelt and started to pray and prayed for everybody I thought of, Brett and Mike and Bill and Robert Cohn and myself, and all the bull-fighters, separately for the ones I liked, and lumping all the rest, then I prayed for myself again, and while I was praying for myself I found I was getting sleepy, so I prayed that the bull-fights would be good, and that it would be a fine fiesta, and that we would get some fishing. I wondered if there was anything else I might pray for, and I thought I would like to have some money, so I prayed that I would make a lot of money, and then I started to think how I would make it.

5) Enjoying living was learning to get your money's worth and knowing when you had it. You could get your money's worth. The world was a good place to buy in. It seemed like a fine philosophy.

6) "I'd rather like to pray a little for him or something."

7) "I'm thirty-four, you know, I'm not going to be one of bitches that ruins children."··· "I won't be one of those bitches." She said.

8) "The bulls are my best friends"··· "You kill your friends?" She asked. "Always," he said··· "So they don't kill me."

9) Romero never made any contortions, always it was straight and pure and natural in line. The others twisted themselves like corkscrews, their elbows

raised, and leaned against the flanks of the bull after his horns had passed, to give a faked look of danger. Afterward, all that was faked turned bad and gave an unpleasant feeling. Romero's bull-fighting gave real emotion.

10) Aficionado means passion. An aficionado is one who is passionate about the bull-fight. All the good bull-fighters stayed at Montoya's hotel; that is, those with aficion stayed there. The commercial bull-fighters stayed once, perhaps, and then did not come back. The good ones came each year.

11) Robert Cohn was once middleweight boxing champion of Princeton··· He cared nothing for boxing, in fact he disliked it, but he learned it painfully and thoroughly to counteract the feeling of inferiority and shyness he had felt on being treated as a Jew at Princeton··· Robert Cohn was a member, through his father, of one of the richest Jewish families in New York··· He was a nice boy, a friendly boy, and very shy··· Cohn, who had been regarded purely as an angel, and whose name had appeared on the editorial page merely as a member of the advisory board, had become the sole editor··· He was fairly happy, except that, like many people living in Europe··· He wrote a novel, and it was not really such a bad novel as the critics later called it, although it was a very poor novel. He read many books, played bridge, played tennis, and boxed at a local gymnasium.

12) Jake has a clear inner discipline as well as outward style. Brett has style but no discipline-until she summons it at the final testing and make the style stronger. Mike has style but never discipline, and without discipline the style erodes to nothing under stress. Robert Cohn has neither style nor discipline, but does have awkward manners that have become nonfunctional and sometimes ridiculous and fail him in a crisis··· disordered themselves, they are emblems of the new and disordered world that has come out of the first great upheaval of the 20th century.

13) She got in and it started off. I turned around. On the table was an empty glass and a glass half-full of brandy and soda. I took them both out to the kitchen and poured the half-full glass down the sink. I turned off the gas in the dining-room, kicked off my slippers sitting on the bed, and got into the bed. This was Brett, that I had felt like crying about. Then I thought of her walking up the street and stepping into the car, as I had last seen her, and of course in a little while I felt like hell again. It is awfully easy to be hard-boiled everything in the daytime, but at night it is another thing.

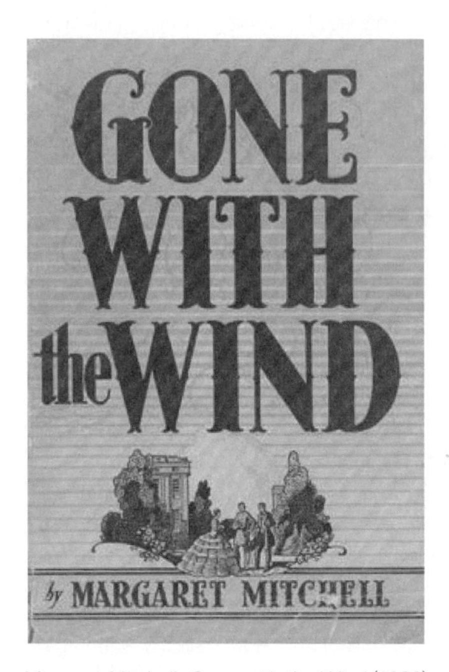

Margaret Mitchell, *Gone with the Wind* (1936)

8. 『바람과 함께 사라지다』(1936), 마거릿 미첼
- 전쟁의 포화 속에 피어난 생존과 사랑의 서사시

"내일은 내일의 태양이 뜰 거야"라고 번역된 영화 대사로 유명한 마거릿 미첼의 『바람과 함께 사라지다』는 미국 남북 전쟁과 뒤이은 재건 시대, 격동의 남부 역사를 배경으로 전개되는 5부 63장의 대하서사시입니다. 이 거대한 규모의 서사시를 통해 무엇을 보여주고자 하는지에 대해 작가 자신은 이렇게 분명하게 말한 바 있습니다.

> 『바람과 함께 사라지다』의 주제가 있다면, 그것은 생존입니다. 어떤 사람들은 재앙을 극복하는 반면, 똑같은 능력, 힘, 용기를 지니고도 굴복하는 사람들은 무엇 때문일까요? 모든 격변 속에서 이런 일이 일어납니다. 어떤 사람들은 살아남고, 어떤 사람들은 살아남지 못합니다. 이렇게 역경에 맞서 성공적으로 극복하는 사람들에게는 굴복하는 사람들에게는 부족한 어떤 특징이 있는 걸까요? 나는 다만, 생존자들이 그 특징을 '패기'라고 부른다는 것은 압니다. 그래서 나는 패기 있는 사람들과 그렇지 않은 사람들에 대해 썼습니다. [1)]

『바람과 함께 사라지다』의 인물들 가운데 '패기'를 지닌 인물은 누구며, 그렇지 못한 인물은 누구일까요? 여러분들도 짐작하시다시피 스칼렛 오하라Scarlet O'Hara와 렛 버틀러Rhett Butler 같은 인물이 '패기' 있는 인물들인 반면, 애쉴리 윌크스Ashley Wilkes와 멜라니 해밀턴Melanie Hamilton은 그렇지 못한 인물이라 할 수 있습니다. 어떤 면에서 그런 걸까요? 굉장히 긴 서사이지만 이들, 특히 스칼렛을 중심으로 따라가 보면서 함께 생각해 보겠습니다.

스칼렛—애쉴리를 잃다

아일랜드계 이민 가족의 매력적이지만 고집 센 열여섯 응석받이 아가씨 스칼렛 오하라는 쌍둥이 형제를 포함한 젊은이들의 구애를 받고 있지만 정작 그녀는 애쉴리 윌크스를 사랑합니다. 애쉴리도 자신을 사랑한다고 믿고 있었는데, 애쉴리가 멜라니 해밀턴과 결혼한다는 소식을 듣게 됩니다. 상심한 가운데 애쉴리에게 자신의 마음을 고백한 적이 없다는 사실을 떠올린 스칼렛은 뒤늦긴 했지만 애쉴리에게 고백할 기회를 엿봅니다. 애쉴리의 결혼 상대자인 멜라니보다는 자신이 어떤 면에서 보더라도 낫다고 생각하면서 애쉴리가 자신의 사랑을 받아줄 것이라고 믿고 말이지요. 멜라니는 무언가 차분하고 위엄 있긴 하지만 여성적인 아름다움을 지녔다고는 할 수 없었거든요.

양볼 사이가 너무 넓고 턱이 유난히 뾰족해서, 그녀의 얼굴은 다정하고 얌전한 인상은 주었지만, 보는 사람에게 그러한 평범한 느낌을 잊게 할 정도로 여성스럽게 유혹하는 요령은 없었다. 그녀는 말 그대로 대지만큼 솔직하고, 빵만큼 착하며, 봄의 샘물처럼 투명했고 실제로 그런 여자였다. 하지만 그녀의 수수한 용모와 작은 몸집에도 불구하고, 그녀의 몸짓에는 차분한 품위가 있어서 묘하게 사람의 마음을 끌면서 열일곱 살이라는 나이보다 훨씬 더 성숙한 느낌을 주었다. [2)]

스칼렛의 마음과는 상관없이 남자들은 임박한 전쟁 이야기로 흥분해 있습니다. 전쟁이 시작되면 모두들 참전하겠다고 목소리를 높이며 남부의 승리를 당연한 듯 여기는 가운데 렛 버틀러라는 평판 안 좋은 한 사람만이 남부의 불리한 상황을 역설하고 있습니다.

"여러분들이 본 적 없는 것들을 나는 많이 봤습니다. 음식과 몇 달러를 얻기 위해 양키들 편에서 기꺼이 싸우겠다고 나설 수천 명의 이민자들, 생산 공장, 주조 공장, 조선소, 철광석과 석탄 광산과 같은 걸 우리는 전혀 갖고 있지 않지요. 우리에게 있는 것이라고는 목화와 노예와 오만함 뿐이지요. 그들은 한 달이면 우리를 해치울 겁니다." [3)]

스칼렛과 버틀러가 처음 만나는 장면이기도 합니다. 스칼렛은 그의 말이 옳다는 느낌이 들었지만 그의 태도는 마음에 들지 않았지요. 사실 남북 전쟁이 벌어지기 전, 남부 연합은 자신들의 승리를 의심하지 않았어요. 전쟁이 시작되면 그들을 도와줄 영국과 프랑스라는 두 막강한 지원국이 있었거든요. 남부에서 생산되는 면화의 주 수입국이었던 영국이나 프랑스계 이주민들이 많이 거주하고 있던 루이지애나 같은 주처럼 자국 혈통의 주민들이 많은 프랑스는 남부를 도울 것이 당연하게 여겨졌거든요. 하지만 사실 여러 가지 면을 놓고 보면 장기전이 될 경우 남부군이 유리한 상황이라고 하기는 어려운 조건들이 있었지요. 북부는 산업 생산 기반을 갖추고 있어서 열차나 무기를 생산할 수 있는 반면, 남부는 거의 모든 주가 면화 농장을 중심으로 한 농업에 기반하고 있었으니 말입니다.

개전 후 북부군이 대양 봉쇄를 단행한 이후 남부군이 겪게 된 어려움은 생산 조건을 갖추지 못한 남부의 취약점을 그대로 노출했지요. 버틀러는 바로 그 점을 정확하게 지적하고 있었던 것이고요. 하지만 지금 스칼렛은 전쟁이고 뭐고 간에 애쉴리와 단둘이 있을 기회만을 찾고 있었지요. 토론이 끝나고 여인들은 낮잠을 자야하는 시간에 스칼렛은 서재로 숨어들었다가 마침내 애쉴리와 단둘이 만나는 시간을 갖습니다. 스칼렛은 자신의 사랑을 고백하지만 애쉴리는 사랑만으로 충분하지 않다며 거절합니다.

> "우리처럼 서로 다른 점이 많을 때는 사랑만으로 두 사람이 성공적인 결혼 생활을 할 수는 없어. 스칼렛, 당신은 남자의 모든 것을, 그의 몸과 마음과 영혼에 생각까지 다 원하잖아. 그 모든 걸 다 소유할 수 없다면 당신은 비참해질 거야. 하지만 나는 당신에게 전부를 다 줄 수가 없어. 나는 어느 누구에게도 내 전부를 줄 수가 없어. 그리고 당신의 마음과 영혼을 다 내 것으로 만들고 싶지도 않아. 그러니 당신은 상처받을 거고, 나를 몹시 증오하게 될 거야. 당신은 내가 읽는 책과 좋아하는 음악이 잠시라도 나를 당신에게서 떼어놓는다고 생각하게 될 테니 증오하게 될 거야. 그러면 나는… 어쩌면 나는…" [4)]

공교롭게도 그곳 소파에 누워 모습을 보이지 않은 채 쉬고 있던 렛 버틀러가 두 사람의 대화를 듣고 스칼렛에게 어떻게 애쉴리 같은 사람을 사랑하는지 의아하다고 참견합니다. 그러나 스칼렛에게는 애쉴리의 사랑을 되돌리는 것 말고 다른 것은 귀에 들어오지도 않았지요. 얼마 지나지 않아 남북 전쟁이 시작되고, 스칼렛은 애쉴리에 대한 반감으로 멜라니의 형제인 찰리의 청혼을 받아들여 보름도 되지 않아 결혼을 해버리고 맙니다. 스칼렛의 이 무모한 결정은 참전한 찰리가 전사하면서 더 큰 상처로 남게 됩니다. 그녀는 열일곱이라는 이른 나이에 아이 딸린 과부가 된 것이지요.

애틀란타로 이주

스칼렛은 멜라니와 피티팻 아주머니와 함께 애틀란타로 이사합니다. 멜라니를 포함한 찰스의 가족들과 함께 지내며 간호사 일도 하면서 적응해가지만 멜라니를 통해 애쉴리의 소식을 들을 때마다 속상한 심정은 어쩔 수 없습니다. 어느 날 스칼렛은 사교회장에서 여전히 남부의 패배를 예상하는 렛 버틀러를 다시 만나게 됩니다. 그에 대한 반감은 여전하지만 곧 이어진 모금 경매 무도회에서 자신과 춤을 추기 위해 많은 돈을 건 버틀러와 기꺼이 춤을 춥니다. 젊은 미망인이 남편 사망한 지 얼마 되지도 않아 다른 남자와 춤을 추었다는 악의에 찬 소문이 퍼지면서 스칼렛은 부모는 물론 주변 사람들로부터 타박을 듣게 됩니다. 그러나 스칼렛은 전혀 개의치 않습니다. 한편, 멜라니에게 온 애쉴리의 편지를 몰래 읽으며 여전히 스칼렛은 애쉴리에 대한 사랑을 간직하고 있습니다.

> 그녀는 결혼으로는 끝장이 났지만 사랑에 대해서는 아직 그렇지 않았다. 애쉴리에 대한 그녀의 사랑은 무언가 다른 것이어서 열정이나 결혼과는 아무런 관련이 없는, 신성하고 숨막히게 아름다운 무엇이었으며, 그 감정은 그녀가 강제로 침묵을 강요받은 긴 시간 동안 조용히 자라나며, 자주 되살아나는 추억과 희망에서 자양분을 얻는 그런 감정이었다. [5]

하지만 현실에서는 그녀를 방문하는 버틀러와 만남이 잦아지면서 점차 그에 대한 묘한 감정을 갖게 되었지요. 버틀러가 자신을 찾아오기는 하지만 멜라니에게 유독 친절한 것이 마음에 걸렸던 스칼렛이 그 이유를 묻자 버틀러는 이렇게 대답합니다.

> “만약 내가 윌크스 부인에게 ‘더 친절하게’ 대한다면, 그것은 그녀가 그런 대우를 받을 자격이 충분하기 때문이오. 그녀는 아주 보기 드문 여자라고 내가 알고 있는 몇 안 되는 친절하고 진실하며 다른 사람을 아낄 줄 아는 사람이지요. 하지만 어쩌면 당신은 그러한 자질들을 인지하지 못했을지도 모르겠소. 게다가, 그녀는 젊은 나이임에도 불구하고, 내가 사귀는 영광을 누렸던 몇 안 되는 훌륭한 여성 중 한 명이오.” [6]

멜라니의 이런 장점은 소설 내내 변함없이 그려집니다. 전쟁 중의 혼란한 상황에서도 그녀는 여성들을 이끌며 사람들을 안심시키는 중요한 역할을 합니다. 한편, 북부군의 대양 봉쇄 정책으로 인해 물자가 귀해진 남부에서 버틀러는 봉쇄선을 뚫고 물자를 교역하며 많은 이익을 올리는 것은 물론 사람들로부터 좋은 평판도 받았지만, 여전히 남부의 패배를 노골적으로 이야기하는 통에 사람들로부터 더 미움을 사게 되었습니다. 스칼렛과도 이 문제로 갈등을 빚습니다. 그러는 사이 애쉴리가 휴가를 나오고, 스칼렛은 줄곧 단둘이 있는 시간만을 기다리다 귀대하는 애쉴리에게 키스를 하며 자신의 사랑을 다시 고백합니다.

> 그녀는 목이 메어 말했다. "나는 당신을 사랑해요. 나는 항상 당신을 사랑했어요. 다른 누구도 사랑한 적이 없어요. 내가 찰리하고 결혼했던 건 당신에게 상처주기 위해서였어요. 오, 애쉴리, 나는 당신을 너무나 사랑해서 당신 곁에 머물 수 있다면 버지니아까지 걸어서라도 가겠어요! 그리고 당신을 위해 요리를 하고, 부츠를 닦고, 말을 손질할게요. 애쉴리, 나를 사랑한다고 말해주세요! 남은 평생 그 말 한 마디를 품고 살아가겠어요!" [7)]

그러나 애쉴리는 그저 무뚝뚝하게 작별 인사만 남긴 채 떠났지요. 스칼렛은 다시 상처만 받고 말지요.

스칼렛—타라 농장으로

남부군이 고전하면서 애틀란타가 포위당한 가운데 스칼렛은 타라 농장으로 떠나려하지만 멜라니가 아이를 출산할 때 옆에 있어달라고 애원하는 바람에 남게 됩니다. 상황은 점점 남부에 불리해지는 가운데 버틀러가 스칼렛에게 사랑을 고백합니다. 하지만 그것은 청혼이 아니라 자신의 정부가 되어달라는 말임을 알고 스칼렛은 불같이 분노하며 거절합니다. 버틀러의 능글맞은 태도는 스칼렛의 분노를 더 키우게 됩니다.

애틀란타까지 양키들이 몰려오는 가운데 멜라니는 아기를 낳습니다. 아기와 멜라니, 스칼렛과 함께 도시를 빠져나가던 버틀러는 갑자기 남부군에 합류하겠다며 그들을 두고 떠납니다. 전황이 불리할 뿐 아니라 버틀러 자신이 말했던 것처럼 남부군이 패배할 것이 자명해 보이는 이런 때에 입대하는 버틀러의 태도는 한편으로는 마지막 남은 남부의 기사도 정신을 보여주는 것이자, 스스로의 부끄러움에 대한 반발 같은 것이지요. 스칼렛은 일행을 이끌고 천신만고 끝에 타라 농장에 무사히 도착합니다. 그러나 어머니는 바로 전날 세상을 떠난 뒤였습니다. 가족의 중심이자 든든한 여신 같았던 어머니의 죽음은 이제 스칼렛이 더 이상 어린아이가 아님을, 어린아이로 살 수 없는 현실임을 깨우쳐줍니다. 스칼렛 자신도 그간의 경험을 통해 변해 있었습니다.

그녀는 타라로 가는 긴 여정 중 어디선가 소녀 시절을 뒤에 두고 왔기 때문에 새로운 눈으로 모든 것을 보게 되었다. 그녀는 더 이상 새로운 경험에 따라 모양을 갖추는 유연한 흙 같은 상태가 아니었다. 그 흙은 천 년 동안이나 계속되던 어느 불확실한 날에 갑자기 굳어졌다. 그녀가 어린아이처럼 보살핌 받는 시간도 오늘 밤이 마지막이었다. 그녀는 이제 여성이 되었고, 청춘이 사라졌다. [8]

비로소 스칼렛은 타라 농장이 곧 자신의 뿌리임을 깨닫습니다. 밀베인은 이렇게 말합니다.

"그녀는 타라를 버릴 수 없었다. 그 붉은 대지가 그녀의 소유라기보다 그녀가 그 붉은 대지에 속하는 것이었다. 그녀의 뿌리는 핏빛 흙속으로 깊이 파고들어 목화와 같이 대지의 생명력을 빨아들였다. 그녀는 타라에 머무르고 이곳을 지키며, 아버지와 동생들과 멜라니와 애쉴리의 아이, 그리고 흑인들을 지키리라. 내일, 오, 내일이 오면! 내일 그녀의 목에 멍에를 채우리라. 내일은 해야 할 일들이 너무나 많으리라." [9]

동시에 자신에게 흐르는 피를, 어떤 역경에도 굽히지 않고 살아남아 자신에게 흐르는 역사를 생각합니다. 아버지, 할아버지, 외할아버지, 그리고 무수한 오하라가의 사람들을. 그들은 결코 짓눌리지 않은 사람들이었습니다. 스칼렛은 그들의 피가 자신에게, 그리고 타라 농장에 흐르고 있음을 느낍니다.

그들 모두가 역경에 시달렸지만 그것에 짓눌리지 않았다. 제국들의 충돌, 저항하는 노예들의 벌목도, 전쟁, 반란, 추방, 재산몰수로 인해 그들은 좌절하지 않았다. 모진 운명은 그들의 목을 부러뜨렸을지언정 그들의 마음은 부서지지 않았다. 그들은 우는 소리 하지 않았고, 그들은 투쟁했다. 그들은 죽을 때도 지치긴 했지만 굴복하지는 않았다. 그녀의 핏줄 속에 그 피가 흐르는 그림자 같은 사람들이 달빛이 비치는 방 안에서 조용히 움직이는 것처럼 보였다. 스칼렛은 그들을 보고 놀라지 않았으리라. 이들 친척들은 운명이 인간에게 보내는 최악의 일을 받아들여 최상의 것으로 두들겨 만든 사람들이었다. 타라는 그녀의 운명, 그녀의 투쟁이었다. 스칼렛은 그것을 정복해야 했다. [10]

그녀는 타라 농장을 새롭게 보고, 농장의 새로운 주인이 되었습니다. 타라 농장은 자신의 목숨을 걸고 싸울 가치가 있는 것임을 분명하게 깨닫습니다.

"그게 일할 가치가 있고, 싸울 가치가 있으며, 죽을 가치가 있는 유일한 것이야."
그렇다. 타라는 싸울 만한 가치가 충분했고, 그녀는 그 싸움을 단순하게 아무 의문 없이 받아들였다. 누구도 그녀에게서 타라를 빼앗아갈 수 없으리라. 누구도 그녀와 그녀 주변의 사람들이 친척의 자비심에 기대 살도록 뿔뿔이 흩어놓지 못하리라. 그 문제에 관한한 모든 사람의 등을 부러뜨려야 한다고 할지라도 그녀는 타라를 지킬 것이다. [11]

스칼렛이 농장으로 돌아온 후 얼마 지나지 않아 드디어 남북 전쟁이 끝납니다. 한 역사가 막을 내리고 다른 한 역사가 시작된 것이지요.

그렇다, 대의명분은 사라졌지만 그녀에게 전쟁이란 본래 어리석은 짓이고 평화가 더 좋았다. 그녀는 남부 연합기가 게양대를 타고 올라갈 때 기뻐서 눈물을 글썽거린 적도 없었고, '딕시 노래'가 울려나올 때에도 온몸에 짜릿한 전율을 느낀 적도 없었다. 궁핍, 끔찍한 간호 업무, 공성전의 두려움, 마지막 몇 달 간의 굶주림을 견뎌내며 버텨낸 것이 대의명분이 번성하기만 한다면 다른 사람들이 이 모든 것을 견뎌내도록 만든 광신적 열망 때문이 아니었다. 그런 일은 다 끝났고, 마무리 되었으며, 그녀는 그걸 두고 울지는 않을 것이었다. [12]

스칼렛의 변화—애쉴리에 대한 사랑

끔찍했던 전쟁은 끝났지만 전쟁은 남부 전역은 물론 스칼렛에게 엄청난 변화를 가져왔지요. 백 명에 이르던 노예를 부리던 풍요롭고 화려한 타라 농장의 응석받이로 마음대로 하고 지내던 과거의 그녀는 이제 사라졌어요.

4년이라는 그 과정을 구불구불 지나던 어디에선가 향낭을 지니고 무도용 덧신을 신고 있던 그 소녀는 슬그머니 사라지고, 날카로운 초록빛 눈으로 푼돈을 세며 무수한 막일에 손을 대는 한 여인이 남았다. 그녀가 발 딛고 선 불굴의 붉은 땅 이외에는 폐허로부터 아무것도 물려받지 못한 한 여인만이. [13]

하지만 스칼렛은 무너지지 않았지요. 그녀에게는 타라 농장이 있었으니까요. 이제 그녀의 관심은 온통 농장을 재건하는 일에 바쳐집니다. 다행히 농장에서 치료를 받던 부상병들 가운데 윌 벤틴Will Benteen이라는 청년이 떠나지 않고 남아 스칼렛과 집안일을 도와주면서 스칼렛의 부담을 조금 덜어줍니다. 그러나 전쟁에 나갔던 애쉴리가 살아 돌아오면서 스칼렛의 마음은 다시 흔들립니다. 패전 이후 혼란스러운 재건 시기에 타라 농장에 과한 세금을 부가하여 미납할 경우 경매에 넘겨 헐값에 차지하려는 음모가 진행되는 것을 안 스칼렛은 애쉴리에게 상의를 하러 갑니다. 애쉴리는 돈으로 스칼렛을 도울 수 있는 인물은 렛 버틀러뿐이라고 알려주지만 정작 두 사람에게 더 중요한 대화는 자신들의 관계였습니다. 스칼렛은 처음으로 애쉴리의 무기력한 모습을 대면하게 됩니다.

"나는 그림자가 아닌 모든 것, 그러니까 너무 현실적이거나, 지나치게 생명력이 강한 사람들과 상황을 피했어. 나는 그런 것들이 침입하면 분개했지. 나는 당신도 피하려 했어, 스칼렛. 당신은 생명으로 가득했고, 너무 현실적이었지만 나는 그림자와 꿈을 좋아할 정도로 겁쟁이였어… 하지만 나는 매일 더욱 분명하게 알 수 있지. 우리 모두에게 닥쳐온 현실에 대처해 나가는 데 내가 얼마나 무기력한지를. 현실로부터 위축되는 내 저주받을 성격 때문에 새로운 현실을 마주하는 것이 점점 더 힘들어져… 달리 말하면, 스칼렛, 나는 겁쟁이야… 스칼렛, 당신은 인생의 뿔을 움켜쥐고 당신 마음대로 비틀지… 당신은 사자처럼 강한 마음을 가지고 있고, 상상력은 부족한데, 나는 당신의 그런 두 가지 품성이 다 부러워. 당신은 현실에 맞서기를 조금도 꺼리지 않고 나처럼 현실에서 도피하려고 하지도 않지." [14]

스칼렛은 애쉴리를 위해서라면 자신이 무엇이든 할 테니 모든 것을 다 버리고 도망치자며, 어디론가 자기를 데리고 가서 새 출발을 해달라고 다시 한 번 애원합니다. 애쉴리는 스칼렛의 필사적인 요청에 잠시 자기 마음속 진심과 충동을 드러내기는 합니다.

"나는 당신을 사랑해. 당신의 용기와 고집과 열정과 철저한 냉혹함을 사랑해. 내가 얼마나 당신을 사랑하냐고? 방금 전까지는 나와 내 가족을 환대해 준 이 집의 친절을 무시하고, 그 어떤 남자도 갖지 못한 최고의 아내도 잊고 당신을 이 흙바닥에서 마치…." [15)]

그러나 애쉴리는 절대로 스칼렛의 뜻대로 할 수 없었습니다. 드디어 스칼렛도 애쉴리를, 그의 마음을 알게 됩니다. 세상에 아무것도 남은 것이 없다며 체념하는 스칼렛에게 애쉴리는 알려줍니다. 스칼렛 자신은 모르지만 스칼렛이 애쉴리보다 훨씬 사랑하는 그것, 바로 타라 농장이 있다는 것을 말이지요. 그렇습니다. 스칼렛이 마지막까지 돌아갈 곳은 언제나 타라 농장이었습니다.

케네디와 결혼 후 제재소 운영

스칼렛은 당장 농장을 구하는 것은 물론 앞으로 돈 걱정을 하지 않는 유일한 방법은 렛 버틀러와 결혼하는 길뿐이라고 결정을 내리고 애틀란타로 가 백인 여성을 모욕한 흑인을 살해했다는 혐의를 쓰고 옥에 갇혀 있는 버틀러를 만납니다. 하지만 두 사람의 만남은 스칼렛에게는 도움이 되지 못한 채 서로의 상태를 확인하는 것으로 끝이 납니다. 버틀러가 지금 수중에는 단돈 1달러도 없다는 말에 스칼렛은 그만 기절해버리고 말았거든요.

버틀러에게 아무런 소득을 얻지 못하고 나와 길을 걷다가 노총각이자 여동생 수엘렌과 결혼하려는 프랭크 케네디를 만나 마차를 얻어 타게 되는데, 그가 큰 사업을 하고 있으며, 제재소 사업까지 구상 중이라는 말을 듣습니다. 그 짧은 순간에 스칼렛은 몇 가지 사소한 거짓말로 그의 동정심을 얻은 다음, 동생 수엘렌이 다음 달에 다른 사람과 결혼한다는 거짓말까지 더해 결국 그를 유혹하고, 불과 얼마 뒤 단 둘만의 결혼식을 올립니다. 보통 사람이라면 상상도 할 수 없는 일이었겠지만 타라 농장, 아니 자신을 위해서라면 무슨 일이라도 개의치 않는 스칼렛의 면모가 그대로 드러나는 장면입니다. 이런 면조차 '패기'라고 해야 하는지는 모르겠습니다만 분명한 것은 이렇게 해서 스칼렛은 타라 농장을 지킬 수 있었다는 것이지요.

그 결혼식을 두고 애틀란타 사람들은 모두 수군거렸지만 스칼렛은 개의치 않습니다. 결혼 후 프랭크의 돈으로 타라 농장 세금을 내서 위기를 모면하고, 감옥을 나와 자신을 찾아온 버틀러를 설득해 제재소를 매입합니다. 뿐만 아니라 여성인 스칼렛 자신이 직접 제재소를 운영해 애틀란타 사람들의 입방아에 오르내리지만 오로지 사업을 통해 돈 버는 일에만 집중합니다. 그녀의 사업 수단에는 상대방을 속이거나 다른 거래처의 고객을 뺏기 위한 계략 같은 부정한 방법도 동원되었습니다. 그러는 가운데 거의 매일 제재소 근처를 찾아오는 버틀러와도 만나 동행하며 이야기도 나누게 되는데, 어느 날 함께 이야기를 나누다 버틀러의 본심을 알게 됩니다.

"왜냐구요? 케네디 부인, 당신에 대한 내 깊은 사랑 때문이오. 그래요, 나는 그대를 말없이 원하고 갈망하며 멀리서 숭배해 왔소. 하지만, 애쉴리 윌크스 씨처럼 나도 명예로운 남자이기에, 그 사실을 숨겨왔을 뿐이오. 유감스럽게도, 당신은 프랭크의 아내이며, 따라서 나는 명예를 지키기 위해 그런 사실을 당신에게 밝히지 않았던 것이오. 그러나 윌크스 씨처럼, 나의 명예도 지금처럼 가끔 금이 가서 내 비밀스러운 열정을 드러내곤 한다오-" [16)]

스칼렛은 버틀러의 그 말을 빈정대며 받아넘기면서도 기분은 나쁘지 않았습니다. 둘은 그렇게 자주 만나는 기회가 생기지만 프랭크의 아이를 임신하고 타라 농장으로 다시 돌아와 아버지의 장례식을 마친 후 애쉴리를 설득해 제재소 일을 부탁합니다. 애쉴리는 그녀의 도움을 받고 싶지 않다고 완강하게 거절하지만, 멜라니의 설득으로 결국 애쉴리는 제재소 일을 맡아 애틀란타로 옵니다. 가난한 집이었지만 애쉴리, 아니 멜라니의 집은 언제나 남부의 향수를 그리워하는 사람들로 넘쳐나는데, 이는 전적으로 멜라니의 성품 덕이었습니다.

멜라니는 젊었지만, 이렇게 언제든 싸울 태세를 갖춘 잔류자들이 추구하던 다양한 자질들, 가난과 그것을 자랑스럽게 생각하는 긍지, 투덜거리지 않는 용기, 즐거움, 환대, 상냥함, 그리고 무엇보다 중요한 옛 전통에 대한 충성심을 모두 가지고 있었다. [17)]

멜라니는 남부 여인들의 중심인물이자 사라져가는 남부 문화의 상징 같은 인물이 되어갔습니다.

"친애하는 미스 멜리, 당신 집에 머무르는 것은 언제나 큰 기쁨이고 특권입니다. 왜냐하면, 당신과 당신 같은 부인들이 우리 모두의 마음이고, 우리에게 남은 전부이기 때문입니다. 그들은 우리 남성들의 꽃과 젊은 여성들의 웃음을 가져갔습니다… 하지만 우리는 당신처럼 우리가 딛고 일어설 마음을 가지고 있기 때문에 다시 일어설 것입니다. 그리고 우리가 이 마음을 가지고 있는 한, 양키들이 그 나머지 것을 다 가져가도 상관 없습니다!" [18]

프랭크의 사망과 버틀러와 결혼

스칼렛이 딸을 낳고 쉬는 동안 제재소는 운영이 나빠지는 가운데 버틀러가 돌아오고 스칼렛은 다시 그와 만납니다. 버틀러는 그녀가 애쉴리와 동업한 것을 반대하는데 이유는 애쉴리는 새로운 세계에 맞는 인물이 아니었다는 것이었지요. 그의 세계는 전쟁 이전의 남부였으며, 그 세계는 이제 영원히 사라져버렸기에 지금은 애쉴리가 설 자리는 없다는 것이었지요. 새로운 세계에서 그는 생존할 수 없으며, 스칼렛과 버틀러와 애쉴리가 다른 것이 바로 그 점이라고 버틀러는 생각합니다.

"우리는 문명의 파멸에서 기회를 찾았고, 기회를 최대한 이용했소. 어떤 사람들은 정직하게, 어떤 사람들은 어둡게, 하지만 여전히 그 기회를 최대한 이용하고 있다오. 하지만 이 세상의 애쉴리 윌크스들도 같은 기회를 가지고 있지만, 그들은 그 기회를 잡지 못해요. 그들은 그냥 멍청해요, 스칼렛. 그런데 똑똑한 사람들만이 살아남을 자격이 있소." [19]

이러한 버틀러의 말은 사실 작가인 미첼 여사의 생각을 그대로 담고 있는 것이기도 합니다. 변화하는 사회적 조건 속에서 '패기'를 가지고 역경을 헤쳐 가며 생존하는 인물들과 사라진 옛날의 향수에 젖어 적응하지 못하고 도태해 가는 인물들. 스칼렛과 버틀러가 전자의 인물들이라면 애쉴리와 멜라니는 후자의 사람들이었던 것이지요.

어느 날 스칼렛은 백인과 흑인 부랑자에게 강도를 당할 뻔한 위기를 가까스로 피하는데, 그 과정에서 빅 샘이 백인을 살해하는 사건이 벌어지고 맙니다. 이 소식을 들은 애쉴리와 프랭크를 포함한 KKK단이 범인들을 응징하러 나섰고, 군인들과 교전이 벌어지면서 애쉴리는 부상을 입고 스칼렛의 남편 프랭크는 총상을 입고 목숨을 잃습니다. 홀로 된 스칼렛은 프랭크의 죽음이 자신 탓이라고 자책하며 술에 손을 대기 시작하고, 버틀러는 처음부터 그녀를 사랑했다면서 결혼을 제안합니다. 스칼렛은 불같이 화를 내며 거절하지만 결국 둘은 결혼을 합니다.

신혼여행지인 뉴올리언스에서 스칼렛은 전쟁 후 가장 행복하고 즐거운 시간을 보냅니다. 그러나 스칼렛의 마음속에는 여전히 애쉴리가 있었고, 버틀러는 그 사실을 알기에 제재소 운영에서 애쉴리의 손을 떼게 하라고 요구합니다. 스칼렛의 새 저택이 완성되고, 신혼 시기가 끝나자 둘의 결혼 생활은 다툼으로 채워지기 시작하고, 사사건건 부딪칩니다. 더욱 문제였던 것은 두 사람이 엄청난 부를 축적하기는 했지만, 북부 양키 출신의 공화당원들과 친밀하게 지내면서 남부의 여인들과 남성들로부터 모두 미움을 사고 있었다는 사실이었지요. 그들은 앞에서는 그들의 재력에 굴복하며 찬탄을 보냈지만 뒤에서는 모두 욕하고 비난했지요. 그런 가운데 스칼렛은 다시는 아이를 원치 않았지만, 두 사람 사이에 딸, 보니Bonnie Blue Butler가 태어납니다.

멜라니와 스칼렛, 애쉴리와 버틀러

보니가 태어나면서 네 사람 사이에는 묘한 기류가 흐르기 시작합니다. 여전히 애쉴리에 대한 연정을 품고 있는 스칼렛, 스칼렛을 차지한 버틀러에 대한 애쉴리의 질투와 분노, 애쉴리에 대한 스칼렛의 감정을 잘 알고 있는 버틀러의 두 사람에 대한 분노, 그리고 보니의 출생 순간부터 너무도 훌륭한 아버지다운 버틀러의 태도를 보며 아이를 갖지 못하는 자신에 대한 슬픔과 스칼렛에 대한 질투마저 느끼는 멜라니. 이 네 사람은 그렇게 불편한 관계를 이어가고 스칼렛과 버틀러는 점점 더 사이가 멀어집니다.

두 사람은 사회적 관계에서도 다른 길을 가기 시작합니다. 스칼렛은 사업을 위해 북부 공화당 사람들과 좋은 관계를 유지하려 애쓰지만, 버틀러는 남부의 민주당 사람들 속으로 들어가기 시작했습니다. 버틀러는 그들을 위해 돈을 기부하고, 자신의 옛 행적을 반성하는 모습도 보이고 어려운 처지에 처한 사람들을 도우며 서서히 자신에 대한 그들의 인식을 바꿔갑니다. 무엇보다 보니에 대한 버틀러의 헌신적인 사랑은 모든 사람의 마음을 바꾸기에 충분했습니다. 그러나 보니에 대한 버틀러의 사랑이 깊을수록 그와 스칼렛의 사이는 멀어져만 갔지요. 네 사람을 둘러싼 갈등은 의외의 곳에서 폭발합니다.

애쉴리의 생일날, 깜짝 파티를 위해 애쉴리를 제재소에 잡아두려고 간 스칼렛이 애쉴리와 그간의 이야기를 나누던 도중, 지나온 시절의 서로를 이해하는 마음에서, 말 그대로 친구로 서로를 꼭 안고 포옹하게 되었지요.

> 갑자기 눈물이 그녀의 눈가를 따라 천천히 흘러내리고, 그녀는 상처받아 어쩔 줄 모르는 어린아이처럼 멍하게 그를 바라보기만 했다. 그는 한마디도 하지 않았지만 부드럽게 그녀를 안고 그녀의 머리를 어깨에 기대게 하더니, 머리를 숙여 그녀의 뺨에 볼을 맞대었다. 그에게 기대어 편안해진 그녀가 그의 몸을 두 팔로 감싸 안았다. 그의 품 안에 안겨 편안해진 그녀가 갑자기 쏟아지던 눈물을 거두었다. 열정이나 긴장감 없이 사랑하는 친구로서 그의 품에 안겨 있는 것이 너무나 좋았다. 그녀의 추억과 젊은 시절을 함께 하고, 그녀의 시작과 현재를 알았던 애쉴리만이 스칼렛의 마음을 이해할 수 있었다. [20]

그런데 이 장면을 그만 다른 사람이 보고 말았지요. 버틀러도 멜라니도 그 사실을 듣게 되었고요. 멜라니는 모른 척 넘어갔지만, 버틀러는 생일파티에서 돌아온 그날 밤 술에 취해 그녀를 몰아붙이며 자신의 속마음을 있는 대로 쏟아놓습니다.

> "그래, 애쉴리가 당신을 소유할 수 없었기 때문에 당신은 내게 충실했지. 하지만, 젠장, 내가 당신 몸을 두고 그 친구에게 인색하게 굴지는 않았을 거야. 난 몸이, 특히 여자들의 몸이 얼마나 무의미한지를 잘 알고 있어. 하지만 난 당신의 정신과, 단호하며 부도덕하면서도 고집스러운 당신의 마음은 그에게 양보하고 싶지 않아. 그 바보는 당신 마음을 원하지 않아. 그리고 난 당신 몸을 원하지 않아. 여자들은 쉽게 사들일 수 있으니까. 하지만 난 당신의 정신과 당신의 마음을 원해. 그러나 나는 절대로 그걸 가질 수 없을 거야. 마찬가지로 당신도 애쉴리의 마음을 절대로 차지할 수 없을 거야. 내가 당신을 불쌍하게 생각하는 이유가 바로 그거지… 당신은 그를 알지 못할 거고, 그가 무슨 생각을 하고 있는지도 알지 못할 거야… 하지만 우리는, 내 마음으로 진정 사랑하는 아내여, 우리는 서로 매우 비슷해서, 나에게 반쯤이라도 기회를 주었더라면 우리는 완벽하게 행복할 수 있었을 거야. 우리는 둘 다 악당이야, 스칼렛. 우리가 무엇인가를 원할 때는 아무것도 우리를 막을 수 없지. 내가 당신을 사랑했고, 애쉴리는 절대

그렇지 못했지만, 나는 당신을 속속들이 잘 알았기 때문에, 스칼렛, 우리는 행복했을 거야." 21)

그 말과 함께 버틀러는 저항하는 스칼렛을 안고 방으로 들어가 겁탈하듯 격렬하게 그녀를 유린한 뒤 집을 나갔지요. 아이러니하게도 다음날 잠에서 깬 스칼렛은 놀라운 환희와 함께 버틀러가 자신을 진정으로 사랑하고 있음을 느낍니다. 그러나 다음날 돌아온 버틀러는 자신이 유곽의 여인 벨과 함께 있었다고, 스칼렛이 애쉴리 생각에 침실을 함께 쓰지 않기로 한 그날부터 그 여자와 함께 밤을 지냈노라고 합니다. 스칼렛의 하룻밤 환희는 더 큰 절망으로 이어졌고, 버틀러는 보니를 데리고 할머니 집으로 떠납니다.

스칼렛은 멜라니를 만나 애쉴리와 있었던 일의 진실을 말하고, 멜라니는 그 말을 모두 믿어줍니다. 오해했던 사람들도 멜라니를 따라 결국 모두 두 사람의 결백을 인정하게 되지요. 버틀러는 석달 후 돌아옵니다. 그때 이미 버틀러의 두 번째 아이를 임신하고 있었던 스칼렛은 그 사실을 알리지만 버틀러는 누구의 아이냐고 비꼬듯 힐난합니다. 그러다 말싸움을 하던 스칼렛이 층계로 굴러 떨어져 유산을 하게 되고, 버틀러도 스칼렛도 큰 충격을 받지요. 회복기를 거친 스칼렛이 타라 농장으로 돌아간 사이 버틀러는 애쉴리의 먼 친척이 유산을 남긴 것처럼 멜라니와 입을 맞춰 그 돈으로 애쉴리가 제재소를 매입하도록 하고 스칼렛도 동의하여 제재소는 애쉴리에게 넘어갑니다.

이후 스칼렛과 버틀러의 관계에는 변화가 생깁니다. 가장 큰 변화는 버틀러의 모든 관심이 딸 보니를 향했다는 것이었지요. 버틀러는 온통 보니에 대한 관심으로 시간을 보냅니다. 보니도 아빠를 그림자처럼 따릅니다. 보니에게는 버틀러가 신이었고 그녀 세계의 중심이었습니다. 그러나 비극은 언제나 그런 사이에 오나봅니다. 네 살때 보니의 승마 솜씨는 상당해서 장애물 뛰기를 할 정도가 되었는데, 50센티미터 가로대를 넘다가 그만 낙마하여 목숨을 잃고 말아요. 그러나 버틀러는 딸의 죽음을 인정하지 않을 뿐 아니라 장례도 지내지 않고 죽은 아이를 데리고 있으려고 고집을 피웁니다. 아무리 설득해도 안 되자 결국 멜라니가 나서 설득하고 장례를 치릅니다.

내일은 내일의 태양이 뜬다

보니의 죽음 후 버틀러는 변했고, 그 변화는 스칼렛에게 알 수 없는 두려움의 원인이 됩니다. 버틀러는 술을 마시고 흐트러진 모습으로 지내는가 하면, 삶의 의미를 잃은 사람처럼 자포자기한 듯한 모습을 보입니다. 집에 들어오지 않고 외박을 하는 날도 잦아집니다. 스칼렛이 의사에게 상의하자 의사는 아이를 잃은 슬픔 때문이니 아이를 하나 더 낳아주라는 소리를 합니다. 반면, 스칼렛은 자신의 아픔을 겉으로 드러내지 않아 사람들의 미움을 살 정도가 됩니다.

스칼렛이 잠깐 떠나온 사이 멜라니가 위독하다는 전갈이 옵니다. 뱃속에 아이를 가진 멜라니는 죽어가면서 스칼렛에게 애쉴리를 돌봐달라고 부탁합니다. 그 마지막 순간, 스칼렛은 두 가지 사실을 깨닫습니다. 애쉴리가 정말로 사랑했던 사람은 멜라니였고, 자신을 사랑한 것이 아니라는 것을. 그리고 자신도 이제 더 이상 그를 사랑하지 않는다는 것을.

> "그 사람은 내 상상 속에서나 존재한 것이고, 실제로는 존재하지 않았어." 그녀는 노곤하게 생각했다. "나는 내가 만들어낸 무언가를 사랑했지, 멜리와 마찬가지로 이미 죽어버린 것을 말이야. 예쁜 옷을 만들어 놓고 그것을 사랑했던 거야. 그토록 잘생기고 특이한 인물인 애쉴리가 나타나자 내가 만든 그 옷을 입혔어, 맞건 말건 상관도 하지 않고. 그리고는 그가 진짜 어떤 사람인지 알고 싶어하지도 않았어. 난 예쁜 옷만 계속 사랑했지, 그 사람을 사랑한 것이 아니었어." [22]

멜라니가 죽는 순간에 이르러서야 스칼렛은 자신이 애쉴리를 향한 열정을 그렇게 간직할 수 있었던 것은 단 한 번도 그가 자신의 소유가 아니었기 때문이었다는 것을 깨달았습니다. 만약, 멜라니보다 먼저 그녀가 애쉴리를 손에 넣을 수 있었더라면 그녀는 벌써 그에 대한 흥미를 잃었을 것이라는 것을, 자신은 그런 사람이라는 것을 스칼렛은 알게 된 것이지요.

스칼렛이 이제서야 깨달은 다른 하나는 버틀러가 자신을 사랑한다는 것, 자신이 버틀러를 사랑한다는 것이었습니다. 이제껏 삶의 여정에서 늘 그녀의 뒤를 지켜주며 그녀를 사랑했던 사람은 다름 아닌 버틀러였다는 것을 깨닫게 되었지요.

이제 그녀는 알았다. 뒤에서 조용히 지켜보면서, 렛이 그녀를 사랑하고 이해하며 당장이라도 도울 준비를 한 채 서 있었다는 것을. 바자회에서 그녀의 조급함을 눈치 채고, 춤을 추도록 이끌었던 렛, 그녀가 상복의 구속에서 벗어날 수 있도록 도와준 렛, 애틀란타가 함락될 때 그녀를 호위하며 화재와 폭발로부터 안전하게 이끌었던 렛, 그녀가 사업을 시작하도록 돈을 빌려준 렛, 악몽을 꾸다가 겁에 질려 비명을 지르며 깨어날 때 위로해준 렛. 정신이 나갈 정도로 한 여자를 사랑하지 않고서 어떤 남자가 그런 일을 했을까![23]

스칼렛은 그런 마음으로 집으로 돌아왔지만 그를 기다리는 것은 여전히 싸늘하고 냉소적인 버틀러였습니다. 자신이 이제서야 버틀러의 사랑을 깨달았노라고, 아무리 진심이라고 말을 해도 버틀러의 응답은 싸늘했습니다. 그에게는 스칼렛의 어떤 말도 의미가 없었습니다. 그는 자신의 사랑이 "닳아 소진되어 버렸노라"고 말합니다. 그는 진실로 스칼렛을 사랑했지만 언제나 애쉴리가 둘 사이에 있었음을 떨칠 수 없었다고 고백하면서, 다행히 보니가 태어났을 때 보니를 스칼렛이라 생각하며 그녀를 사랑하듯 보니를 사랑했다고. 그러나 보니의 죽음으로 모든 것이 다 끝나고 말았다고 버틀러는 조용히 스칼렛에게 말합니다. 스칼렛의 마지막 애원도 소용없이 버틀러는 떠나겠다고 말하며 자리를 뜨고 그런 그를 바라보며 스칼렛은 생각합니다.

그녀는 사랑했던 두 남자 중 누구도 제대로 이해하지 못했기 때문에 둘 다 잃어버렸다. 이제 그녀는 어렴풋하게나마 깨달았다. 만약 그녀가 애쉴리를 조금이라도 이해할 수 있었다면, 절대로 그를 사랑하지 않았을 것이고, 만약 그녀가 렛을 조금이라도 이해할 수 있었다면, 그를 잃지 않았을 것이라는 사실을. 그녀는 자신이 이 세상에서 그 누구라도 제대로 이해한 적이 있었는지 의심스러워지면서 쓸쓸한 마음이 들었다.[24]

스칼렛은 버틀러를 보내고 싶지 않았지만 지금 당장은 무엇을 해야 할지 알 수가 없었습니다. 그때 떠오른 것은 단 하나, 타라 농장이었습니다. 타라를 생각하자 부드럽고 시원한 손길이 그녀를 어루만지는 것 같았습니다. 그러자 안도감이 밀려왔고, 동시에 자신이 버틀러를 되찾을 수 있으리라는 믿음과 자신이 생겼습니다. 자신이 마음만 먹으면 얻지 못했던 남자는 없었으니까요. 스칼렛은 생각합니다.

"모든 건 내일 타라에 가서 생각할 거야. 그러면 버틸 수 있을 거야. 내일, 그를 되찾을 무슨 방법을 찾아낼 거야. 어쨌든, 내일은 또 다른 날이니까." [25)]

소설의 마지막 "tomorrow is another day"를 **"내일은 내일의 태양이 뜬다"**라고 번역한 것은 정말 멋진 의역이었습니다. 어떤 역경에서도 무너지지 않는 스칼렛 오하라의 결연한 의지와 낙관적 태도가 그대로 담긴, 두고두고 회자될 문장으로 남았으니까요. 하지만 소설을 끝내는 마지막 문장은 의미를 원 문장을 그대로 살려 번역합니다. 스칼렛은 어떤 역경이 있더라도, 모두가 다 떠나더라도 타라 농장이 있는 한 무너지지 않고 견딜 것입니다. 타라 농장이 폐허가 되어도 그 땅이 존재하는 한 스칼렛은 쓰러지지 않고 견딜 것이며, 혹 쓰러지더라도 다시 일어날 것입니다. 그녀에게는 아무리 힘든 삶이라 할지라도 패배하거나 굴복하지 않고 맞서 싸울 '패기'가 있으니까요. 작가인 마거릿 미첼은 호화로운 남부의 응석받이로 자라던 철없는 아가씨였던 스칼렛 오하라가 전쟁의 포화 속에서 가족을 잃고 두 번의 결혼 실패와 무수한 고난을 겪으면서도 굴하지 않고 자신의 삶의 터전을 일구고 지켜가는 모습을 보여주면서, 어떤 경우에도 '패기'를 잃지 않고 살아간다면 "내일은 또 다른 날"이 우리 앞에 밝아온다는 희망을 우리 모두에게 전해주고 있습니다.

작품을 둘러싼 논란

출간된 당시 퓰리처상과 미국내 도서판매협회상을 받으며 문학성과 대중성을 동시에 인정받은 작품이기는 하지만 『바람과 함께 사라지다』는 논란이 되는 요소가 있는 것도 사실입니다. 철저한 남부인의 시각에서 바라보는 작가의 시선에는 백인은 선한 사람, 흑인은 무지하고 악한 존재라는 이분법적 세계관이 고스란히 반영되어 있습니다. 같은 맥락에서 당시 남부 백인들이 흑인, 노예들에 대해 보이던 차별적 시선과 묘사 또한 노골적으로 포함되어 있습니다. 타라 농장에 정복자로 온 흑인 병사들의 무례한 모습에서부터, 하녀인 마미Mammy를 통해 보여주는 것처럼 전쟁이 끝난 후 자유민의 신분이 된 해방 노예들이 여전히 옛 주인의 지배를 자청하는 것과 같은 묘사는 그것이 비록 당시의 일부 사실에 기반한 것이라고 해도 지나치게 미국 백인들의 희망을 반영하는 것이 아닌가 하는 비판에서 자유로울 수 없는 것도 사실입니다. 북부인들을 노골적인 침략자로 규정하고 적대시 하는 태도와 KKK(Ku Klux Klan) 집단이 보이던 폭력을 미화하는 듯한 태도 등은 지금 와서는 용인되기 어려운 면이 분명히 있습니다. 그와 같은 인종 차별의 요소들로 인해 현재 미국에서 이 작품을 금서로 지정하여 학교 교육 현장에서 퇴출하거나 도서관에 배치하는 것을 금지하고 있는 주도 있는 등 논쟁이 되기도 합니다. 이 모든 비판과 논란에도 불구하고, 에이헤브 선장, 허클베리 핀과 같이 미국 문학을 대표하는 소설 속 주인공 가운데 한 명임이 분명한 스칼렛 오하라라는 생명력 넘치는 인물을 통해 남북전쟁 전후 미국 남부를 생생하게 그려낸 『바람과 함께 사라지다』는 여전히 미국 문학의 중요한 지점을 차지하고 있는 고전입니다.

| 마거릿 미첼 (Margaret Mitchell, 1900~1949)

Mitchell in 1941, New York World-Telegram and the Sun staff photographer: Aumuller, Al, photographer.

조지아주 애틀란타에서 출생, 어린 시절부터 남북 전쟁에 장교로 참전했던 외할아버지를 통해 전쟁에 관한 생생한 이야기를 들었으며, 워싱턴 전문학교를 졸업하고 의사가 되기 위해 스미스 대학에 입학했으나 중도 포기하고, 22세에 베리언 업쇼Berrien Upshaw와 결혼했지만 이내 파경 후 이때부터 〈애틀란타 저널〉에 페기 미첼Peggy Mitchell이라는 필명으로 작품을 발표합니다.

1936년 출간한 『바람과 함께 사라지다』를 두 번째 남편 존 마쉬John Marsh에게 헌사했습니다. 〈퓰리처상〉과 미국 내 〈도서판매협회상〉을 수상하고 세계 전역에서 번역 출간되었으며, 1939년 영화화 된 〈바람과 함께 사라지다〉는 아카데미 열 개 부문을 수상하며 소설의 가치를 더 높여주었습니다. 1949년 자동차 사고 후 후유증으로 세상을 떴습니다. 몇 편의 작품을 쓴 것으로 알려졌으나 현존하는 장편 소설은 『바람과 함께 사라지다』가 유일합니다.

1) If Gone with the Wind has a theme, it is that of survival. What makes some people come through catastrophes and others, apparently just as able, strong, and brave, go under? It happens in every upheaval. Some people survive; others don't. What qualities are in those who fight their way through triumphantly that are lacking in those that go under? I only know that survivors used to call that quality 'gumption.' So I wrote about people who had gumption and people who didn't. -Margaret Mitchell, 1936.

2) Too wide across the cheek bones, too pointed at the chin, it was a sweet, timid face but a plain face, and she had no feminine tricks of allure to make observers forget its plainness. She looked—and was—as simple as earth, as good as bread, as transparent as spring water. But for all her plainness of feature and smallness of stature, there was a sedate dignity about her movements that was oddly touching and far older than her seventeen years.

3) "I have seen many things that you all have not seen. The thousands of immigrants who'd be glad to fight for the Yankees for food and a few dollars, the factories, the foundries, the shipyards, the iron and coal mines-all the things we haven't got. Why, all we have is cotton and slaves and arrogance. They'd lick us in a month."

4) "Love isn't enough to make a successful marriage when two people are as different as we are. You would want all of a man, Scarlett, his body, his heart, his soul, his thoughts. And if you did not have them, you would be miserable. And I couldn't give you all of me. I couldn't give all of me to anyone. And I would not want all of your mind and your soul. And you would be hurt, and then you would come to hate me—how bitterly! You would hate the books I read and the music I loved, because they took me away from you even for a moment And I-perhaps I-"

5) She was done with marriage but not with love, for her love for Ashley was something different, having nothing to do with passion or marriage, something sacred and breathtakingly beautiful, an emotion that grew stealthily through the long days of her enforced silence, feeding on oft-thumbed memories and hopes.

6) If I am 'nicer' to Mrs. Wilkes, it is because she deserves it. She is one of the very few kind, sincere and unselfish persons I have ever known. But perhaps you have failed to note these qualities. And moreover, for all her youth, she is one of the few great ladies I have ever been privileged to know."

7) "I love you," she said choking. "I've always loved you. I've never loved anybody else. I just married Charlie to—to try to hurt you. Oh, Ashley, I love you so much I'd walk every step of the way to Virginia just to be near you! And

I'd cook for you and polish your boots and groom your horse—Ashley, say you love me! I'll live on it for the rest of my life!"

8) She was seeing things with new eyes for, somewhere along the long road to Tara, she had left her girlhood behind her. She was no longer plastic clay, yielding imprint to each new experience. The clay had hardened, some time in this indeterminate day which had lasted a thousand years. Tonight was the last time she would ever be ministered to as a child. She was a woman now and youth was gone.

9) "She could not desert Tara; she belonged to the red acres far more than they ould ever belong to her. Her roots went deep into the blood-colored soil and sucked up life, as did the cotton. She would stay at Tara and keep it, somehow, keep her father and her sisters, Melanie and Ashley's child, the negroes. Tomorrow—oh, tomorrow! Tomorrow she would fit the yoke about her neck. Tomorrow there would be so many things to do."

10) All had suffered crushing misfortunes and had not been crushed. They had not been broken by the crash of empires, the machetes of revolting slaves, war, rebellion, proscription, confiscation. Malign fate had broken their necks, perhaps, but never their hearts. They had not whined, they had fought. And when they died, they died spent but unquenched. All of those shadowy folks whose blood flowed in her veins seemed to move quietly in the moonlit room. And Scarlett was not surprised to see them, these kinsmen who had taken the worst that fate could send and hammered it into the best. Tara was her fate, her fight, and she must conquer it.

11) "Tis the only thing worth working for, fighting for, dying for."
Yes, Tara was worth fighting for, and she accepted simply and without question the fight. No one was going to get Tara away from her. No one was going to set her and her people adrift on the charity of relatives. She would hold Tara, if she had to break the back of every person on it.

12) Yes, the Cause was dead but war had always seemed foolish to her and peace was better. She had never stood starry eyed when the Stars and Bars ran up a pole or felt cold chills when 'Dixie' sounded. She had not been sustained through privations, the sickening duties of nursing, the fears of the siege and the hunger of the last few months by the fanatic glow which made all these things endurable to others, if only the Cause prospered. It was all over and done with and she was not going to cry about it.

13) Somewhere, on the long road that wound through those four years, the girl with her sachet and dancing slippers had slipped away and there was left a woman with sharp green eyes, who counted pennies and turned her hands

to many menial tasks, a woman to whom nothing was left from the wreckage except the indestructible red earth on which she stood.

14) "I avoided everything which was not shadowy, people and situations which were too real, too vital. I resented their intrusion. I tried to avoid you too, Scarlett. You were too full of living and too real and I was cowardly enough to prefer shadows and dreams··· And every day I see more clearly how helpless I am to cope with what has come on us all—Every day my accursed shrinking from realities makes it harder for me to face the new realities··· In other words, Scarlett, I am a coward··· You, Scarlett, are taking life by the horns and twisting it to your will··· You have the heart of a lion and an utter lack of imagination and I envy you both of those qualities. You'll never mind facing realities and you'll never want to escape from them as I do."

15) "I love you, your courage and your stubbornness and your fire and your utter ruthlessness. How much do I love you? So much that a moment ago I would have outraged the hospitality of the house which has sheltered me and my family, forgotten the best wife any man ever had—enough to take you here in the mud like a··· I can never make you understand."

16) "And why? Because of my deep love for you, Mrs. Kennedy. Yes, I have silently hungered and thirsted for you and worshipped you from afar; but being an honorable man, like Mr. Ashley Wilkes, I have concealed it from you. You are, alas, Frank's wife and honor has forbidden my telling this to you. But even as Mr. Wilkes' honor cracks occasionally, so mine is cracking now and I reveal my secret passion and my—"

17) Melanie was young but she had in her all the qualities this embattled remnant prized, poverty and pride in poverty, uncomplaining courage, gaiety, hospitality, kindness and, above all, loyalty to all the old traditions.

18) "My dear Miss Melly, it is always a privilege and a pleasure to be in your home, for you—and ladies like you—are the hearts of all of us, all that we have left. They have taken the flower of our manhood and the laughter of our young women··· But we will build back, because we have hearts like yours to build upon. And as long as we have them, the Yankees can have the rest!"

19) "We saw opportunity in the ruin of a civilization and we made the most of our opportunity, some honestly, some shadily, and we are still making the most of it. But the Ashleys of this world have the same chances and don't take them. They just aren't smart, Scarlett, and only the smart deserve to survive."

20) Without warning, tears started in her eyes and rolled slowly down her cheeks and she stood looking at him dumbly, like a hurt bewildered child. He said no

word but took her gently in his arms, pressed her head against his shoulder and, leaning down, laid his cheek against hers. She relaxed against him and her arms went round his body. The comfort of his arms helped dry her sudden tears. Ah, it was good to be in his arms, without passion, without tenseness, to be there as a loved friend. Only Ashley who shared her memories and her youth, who knew her beginnings and her present could understand.

21) "Oh, yes, you've been faithful to me because Ashley wouldn't have you. But, hell, I wouldn't have grudged him your body. I know how little bodies mean—especially women's bodies. But I do grudge him your heart and your dear, hard, unscrupulous, stubborn mind. He doesn't want your mind, the fool, and I don't want your body. I can buy women cheap. But I do want your mind and your heart, and I'll never have them, any more than you'll ever have Ashley's mind. And that's why I'm sorry for you··· You would never know him, never know what he was thinking about··· Whereas, we, dear wife of my bosom, could have been perfectly happy if you had ever given us half a chance, for we are so much alike. We are both scoundrels, Scarlett, and nothing is beyond us when we want something. We could have been happy, for I loved you and I know you, Scarlett, down to your bones, in a way that Ashley could never know you."

22) "He never really existed at all, except in my imagination," she thought wearily. "I loved something I made up, something that's just as dead as Melly is. I made a pretty suit of clothes and fell in love with it. And when Ashley came riding along, so handsome, so different, I put that suit on him and made him wear it whether it fitted him or not. And I wouldn't see what he really was. I kept on loving the pretty clothes-and not him at all."

23) now she knew that silent in the background, Rhett had stood, loving her, understanding her, ready to help. Rhett at the bazaar, reading her impatience in her eyes and leading her out in the reel, Rhett helping her out of the bondage of mourning, Rhett convoying her through the fire and explosions the night Atlanta fell, Rhett lending her the money that gave her her start, Rhett who comforted her when she woke in the nights crying with fright from her dreams-why, no man did such things without loving a woman to distraction!

24) She had never understood either of the men she had loved and so she had lost them both. Now, she had a fumbling knowledge that, had she ever understood Ashley, she would never have loved him; had she ever understood Rhett, she would never have lost him. She wondered forlornly if she had ever really understood anyone in the world.

25) "I'll think of it all tomorrow, at Tara. I can stand it then. Tomorrow, I'll think of some way to get him back. After all, tomorrow is another day."

John Ernest Steinbeck, *The Grapes of Wrath* (1939)

9. 『분노의 포도』(1939), 존 스타인벡
- 낙원을 찾아가는 선한 이들의 불굴의 여정

존 스타인벡의 대표작이라 할 수 있는 『분노의 포도』는 대공황기의 미국 오클라호마의 농민들이 극심한 가뭄과 모래 폭풍으로 황폐해진 땅에서 거대 은행과 기업의 횡포에 시달리다 삶의 터전을 빼앗긴 채 새 삶을 찾아 서부 캘리포니아로 이주해 가는 과정에서 겪는 비극적 운명을 그린 작품입니다. 농민들을 죽음으로 내모는 황폐한 자연환경과 금융기관으로 대표되는 자본주의 조직의 몰인정하고 냉정한 특성을 사실적이고 객관적으로 묘사하면서도 역경 속에서 굴하지 않고 인간을 인간답게 만들어주는 가족과 사회 공동체의 연대 필요성을 자각해가며 가족애와 인류애를 잃지 않는 인물들을 인상적으로 그려낸 작품입니다. 스타인벡은 1939년 출간한 이 작품으로 〈퓰리처상〉과 〈내셔널 북 어워즈〉, 그리고 1962년 〈노벨문학상〉을 수상하게 됩니다. 발매되자마자 50만부가 넘게 판매되었을 뿐 아니라 〈20세기 폭스 영화사〉가 동명의 영화로 제작하여 폭발적인 인기를 얻었을 정도로 대중적으로도 크게 성공한 작품입니다.

성서를 원형으로 한 배경과 구성

이 소설의 제목은 성서에서 인유된 것입니다. '분노의 포도The Grapes of Wrath'는 「요한계시록」 14장 19절의 "하느님의 분노의 큰 포도주 통the great winepress of the wrath of God" 같은 구절이나 「신명기」 32장 32절의 "쓰디쓴 포도 grapes of gall"를 떠오르게 합니다. '포도'는 하느님의 축복과 저주라는 양면성을 지닌 '포도주'를 연상케 하며, '분노'는 죄나 악을 벌하는 신성하고 영원불변한 하느님의 태도를 상징하는 것으로, 사랑과 더불어 신의 영속적인 속성 가운데 하나라고 할 수 있습니다.

서부로 떠나는 13명의 사람들 즉, 12명의 조드Joad 가족과 짐 케이시Jim Casy는 예수와 열두 제자를 생각나게 합니다. '샤론의 장미Rose of Sharon'와 '노아Noah'도 성서에 등장하는 인물과 이름이 같으며, 케이시가 마치 예수와 같은 모습을 보여주고, 그가 하는 말들이 성서적 분위기를 풍기고 있다는 점도 이 작품이 성서와 연관된 점이 있음을 유추할 수 있습니다. 무엇보다도 조드 일가가 고난을 피해 서부로 이주하는 것 자체가 바로 낙원을 찾을 꿈을 안고 복지 가나안으로 떠난 유대 민족의 이주와 겹쳐집니다.

구약성서에는 모세가 이집트인들의 핍박을 피해 유대인들을 이끌고 가나안 복지를 찾아가는 출애굽 이야기가 있습니다. 모세의 인도하에 이집트를 떠나 벌판을 헤매며 오랜 여행 끝에 목적지인 가나안에 도착하지만 그곳에서도 고생이 끝난 것은 아니었다고 하지요. 하지만 그 과정에서 이스라엘 민족의 민족적 유대감은 깊어졌고, 단결된 공동체 의식을 바탕으로 그들은 좌절하지 않고 계속 생존해 갑니다.

『분노의 포도』 또한 마찬가지입니다. 고향인 오클라호마의 땅을 빼앗기고 새 희망을 찾아 서부로 향하는 험난한 여정을 거쳐 톰 조드 일가가 도착한 캘리포니아는 약속의 땅이 아니었습니다. 그러나 그곳에 도착하는 과정에서 그들이 겪은 고난과 시련은 톰 조드 일가는 물론 함께한 공동체 구성원들의 삶에 대한 믿음과 의지를 단단하게 결속시켜 주지요.

이 작품은 전편이 30장으로 구성되어 있습니다. '오클라호마의 가뭄(1장~10장)', '캘리포니아를 향한 여행(11장~18장)', 그리고 '캘리포니아에서 새 삶을 살기 위한 이주민들의 투쟁(19장~30장)' 등으로 나눌 수 있습니다. 전체 30장 가운데 1, 3, 5… 와 같은 홀수 장은 일종의 막간, 혹은 중간 장으로 본 줄거리와는 따로 그 이야기의 배경을 이루는 일반적인 사회 환경, 자연 환경, 지리 조건을 압축해서 보여줍니다. 이야기의 본 줄거리는 짝수 장에서만 진행됩니다. 짝수 장과 홀수 장은 그 문체에 있어서도 서로 다릅니다. 홀수 장은 때로 시적인 리듬을 구사하여 파노라마 같은 화폭을 펴놓으며 표준어를 사용한 평서문인 반면, 이야기가 전개되는 짝수 장은 대화가 많고 방언, 속어, 비어가 섞인 복잡한 어투로 구성되어 있습니다.

가뭄과 은행의 횡포

소설의 첫 장면은 오클라호마에 내리는 흙먼지가 쌓인 마을을 묘사하는 장면으로 시작됩니다. 마을이며 농토가 모두 극심한 가뭄에 시달리고, 사람들은 천천히 쌓여가는 먼지 속에서 숨죽이며 살아갑니다.

> 다시 밤이 돌아왔을 때는 깜깜했다. 별은 흙먼지를 뚫고 비치지 못했고, 창문의 불빛들은 마당 너머 비추지 못했다. 이제 먼지는 공기와 골고루 섞여 먼지와 공기가 어우러진 곤죽이 되었다. 모든 집들은 문을 꽁꽁 닫았고, 문이며 창문마다 헝겊을 쑤셔 박아 넣었지만 먼지는 너무도 미세하게 들어와 공기 중에는 보이지도 않으면서 의자며, 식탁이며 접시 위에 꽃가루처럼 내려앉았다. 사람들은 어깨에서 먼지를 털어냈다. 문턱에는 가느다란 먼지 줄이 생겼다… 아침에 흙먼지는 안개처럼 자욱했고, 태양은 무르익은 선혈처럼 붉었다. 하루 종일 먼지가 체에서 걸러지듯 하늘에서 날렸다. 그 다음날도 그랬다. 매끄러운 담요가 대지를 뒤덮었다. 옥수수 위에 내려앉고, 울타리 말뚝 위에 쌓이고, 철조망에도 쌓였다. 지붕에 내려앉고 잡초와 나무들을 뒤덮었다. [1]

조드 가의 둘째 아들 톰Tom이 4년의 복역을 마치고 고향으로 돌아오는 장면으로 이야기는 시작합니다. 오는 길에 순회 설교사인 짐 케이시를 만나 동행하는데, 그가 다시 찾은 고향은 극심한 가뭄과 맹렬한 모래 폭풍으로 농사를 지을 수 없는 곳으로 변해 있고, 설상가상 농민들은 은행 빚에 떠밀려 땅을 뺏긴 채 소작인으로 전락하거나 땅을 버리고 고향을 떠나고 있는 상황입니다. 이들을 땅에서 몰아내는 무자비한 두 힘을 상징하는 것은 '은행'과 '트랙터'입니다.

은행은 사람들이 만들었으나 오로지 이익을 먹고 살며 그들의 이득을 위해 농민들을 땅에서 내쫓으면서도 결코 그들의 처지에 공감하거나 동정할 줄 모르는 통제할 수 없는 무한한 힘을 지닌 무자비한 괴물로 그려집니다.

> "은행, 그 괴물은 언제나 이익을 내지 않으면 안 되지… 우린 그걸 알아. 다 알지. 이건 우리가 하는 게 아니야. 은행이 하는 거라구. 은행은 인간과는 달라. 5만 에이커의 땅을 가진 지주도 인간이 아니긴 마찬가지지. 그건 괴물이라구." [2]

은행 이자를 내지 못하는 이들을 땅에서 무자비하게 몰아내는 것은 트랙터입니다. 트랙터는 현대 문명을 상징하지만 본질적으로는 생명이 없고, 땅에 대한 애착심이나 그 어떤 친밀감도 지니고 있지 않습니다. 생명 없는 트랙터를 운전하는 인간도 대지를 모르고 사랑을 모르기는 마찬가지. 조드 일가를 몰아 낸 트랙터 운전수는 기계와 한몸이 된 것 같은 괴물로 묘사됩니다.

> 쇠로 된 좌석에 앉은 사내는 인간처럼 보이지 않았다. 장갑을 끼고, 안경을 쓰고 코와 입에 먼지막이 고무 마스크를 낀 그는 그 괴물의 일부였으며, 좌석에 앉은 로봇이었다… 그는 땅을 있는 그대로 보지 못했고, 땅의 내음을 맡지 못했다. 그의 발은 흙덩이를 밟지 않았고, 땅의 온기와 힘을 느끼지 못했다. [3]

이런 비인간적인 힘에 밀린 조드 일가는 낡은 차를 트럭으로 개조하여 가재도구와 함께 열세 명이 타고 과일 수확하는 인부를 구하는 캘리포니아로 떠납니다. 자신이 직접 일궈온 땅을 떠나지 않겠다고 고집을 부리는 할아버지에게 수면제 탄 커피를 먹여 태운 뒤 시작된 이들의 여정이 얼마나 험난한 여정이 될 것인지는 차도를 건너는 '거북'을 통해 상징적으로 그려집니다.

3장에 등장한 '거북'은 횡단하기 어려운 고속도로와, 불개미와 고양이의 공격과 같은 역경을 극복하고 4인치 높이의 콘크리트 벽을 넘어 꾸준한 전진을 멈추지 않는 것으로 그려집니다. 쌩쌩 달리는 차를 겨우 피한 거북이 그의 등껍질 속에 보리 이삭과 클로버 씨를 품어 길 건너 맞은편 땅에 떨어뜨리는 것처럼 조드 가족은 삶의 씨를 품고 국토를 횡단하여 캘리포니아로 이주해 가지요. 사실 이 거북은 단순히 조드 일가를 넘어 어떤 역경에도 굴하지 않는 자연의 본질적인 생명에 대한 애착도 함께 보여줍니다.

> 이번에는 한 대의 소형 트럭이 다가왔다. 가까이 온 운전사는 거북을 발견하고 치고 지나가려는 듯 커브를 틀었다. 앞바퀴가 등껍질의 끝에 부딪혀 거북은 티들리 윙크 원반처럼 튕겨져 동전처럼 뱅그르 돌다가 도로 밖으로 굴러 떨어졌다. 트럭은 오른쪽 제 길로 돌아가고 거북은 훌렁 뒤집힌 채 껍질 속에 오래 틀어박혀 있었다. 그러더니 마침내 다리가 허공에 버둥거리면서 몸을 뒤집을 뭔가를 찾았다. 앞발이 석영 조각을 붙잡더니 조금씩 껍질을 끌어당기고는 털썩 제대로 자리를 잡았다…거북은 먼지투성이 길로 들어가더니 뒤뚱뒤뚱 걸어가면서 먼지 위로 껍질을 끌고 물결 같은 얕은 홈을 내면서 갔다. [4]

고난의 여정 끝에 드러난 낙원의 허상

이렇게 시작된 조드가의 여정은 순탄치 않습니다. 작은 트럭에 열세 명의 일행과 짐을 실었으니 그 모양새부터가 가관인데다 공간도 빽빽하고 자리도 불편하니 연로하신 할아버지, 할머니가 그 힘든 여정을 견디는 것은 쉬운 일이 아닙니다. 이제 트럭은 단순히 트럭이 아니라 그들이 타고 다니는 동시에 그들이 생활하며 끌고 다녀야 할 가정이 될 것입니다. 마치 거북의 등껍질처럼 말입니다.

> 가족들은 가장 중요한 장소인 트럭 주변에 모였다. 집도 죽고 밭도 죽어 있었다. 하지만 트럭만은 활동하는 것, 살아있는 원리였다. 라디에이터 스크린은 찌그러져 상처투성이고, 움직이는 모든 부분의 낡은 끄트머리마다 먼지투성이 기름이 번질거리고, 바퀴통 덮개는 떨어져 나가고 대신 붉은 먼지가 덮개처럼 덮인 이 낡은 허드슨, 이것이 새로운 가정, 가족생활의 중심지가 된 것이다. 반은 승용차고 반은 트럭인, 높게 널빤지를 둘러싼 이 볼썽사나운 자동차가. [5)]

이런 험한 모습을 하고도 이들이 캘리포니아로, 즉 '서쪽으로 향해가는 것westering'은 한편으로는 미국의 개척주의 정신을 잇는 발전의 상징이자 현실에 좌절하지 않고 새로운 가능성을 향한 도전의 여정입니다. 애초에 뉴잉글랜드를 포함한 동쪽에 정착했던 미국인들이 서부 개척 시대를 거쳐 태평양 연안에 도달했던 것처럼 조드 일가가 서쪽으로 향하는 여정은 비록 초라하고 비참한 모습일지라도 고향땅에 남아 비참해지는 것보다는 낫다는 판단에서 시작되었고, 이는 작가 스타인벡의 생각도 같은 듯합니다. 오클라호마의 고향땅을 떠나기를 거부하는 이웃 그레이브스Muley Graves라는 인물이 마치 동물처럼 퇴락해가는 모습은 조드 일가가 선택한 여정의 불가피성과 정당성을 분명하게 보여줍니다. 이들은 66번 도로에 올라섭니다.

> 66번 도로는 이주 도로다… 66번 도로는 도망치는 사람의 길이다. 흙먼지로 황폐해진 땅에서, 트랙터와 줄어든 소유권이 천둥처럼 짖어대는 소리로부터, 남쪽에서 북쪽으로 천천히 밀고 들어오는 사막의 침입으로부터, 텍사스 주에서 소용돌이치며 휘몰아쳐오는 바람으로부터, 땅에 아무런 이익도 주지 않으면서 거기 있는 얼마 안 되는 것마저 훔쳐가는 홍수로부터 도망치는 사람들의 길이다. 이 모든 것들로부터 도망치는 사람들의 길이다. 그들은 66번 도로를 향하여 좁은 곁길에서, 마차 길과 바퀴자국

투성이 시골길에서 몰려든다. 66번은 어머니의 길, 도망의 길이다. [6)]

바로 이 66번 도로에서 조드 가족의 여정이 시작된 후 이내 고난이 시작됩니다. 할아버지는 오클라호마를 떠나기도 전에 일사병에 걸려 숨을 거두고, 큰아들 노아는 캘리포니아를 눈앞에 둔 채 콜로라도강을 건너는 것이 두려워 일행을 떠나 사라집니다. 오클라호마에서 밀려드는 가난한 이주민들인 '오키들Okies'에 신물이 난 마을 경관에 쫓겨 사막을 횡단하던 도중 결국 할머니마저 숨을 거두고 맙니다. 이러한 비극이야말로 66번 도로의 흔하디흔한 잔인한 일들입니다.

등 뒤의 공포로부터 달아나는 사람들, 그들에게는 이상한 일들이 벌어진다. 어떤 것은 가슴 아프도록 잔인하고, 어떤 것은 믿음의 불이 영원히 다시 켜지도록 아름답기도 하다. [7)]

할머니의 죽음이 특히 가슴 아프고 인상적인 것은 검문소를 지나면서 할머니는 숨을 거두었지만 일단 검문소를 지나는 것이 급선무라 생각했던 톰의 엄마가 가족들의 동요를 막기 위해 할머니의 죽음을 아무에게도 알리지 않고 혼자 견뎌내는 모습 때문입니다. 가족의 죽음마저 침묵한 채 떠나야 하는 이들의 절박함이 가슴 아프게 전해지는 가운데 이 작품에서 가장 인상 깊은 인물 가운데 한 명인 엄마Ma Joad를 주목하게 됩니다. 아버지가 아니라 엄마인 그녀가 조드 일가의 기둥 역할을 합니다. 궁한 살림에서도 식구를 배불리 먹이려고 최선을 다하고, 가족이 흩어질 위기에 처할 때에도 그녀는 기가 꺾이는 일이 없이 단호한 태도로 늘 하나로 뭉쳐 살 생각을 버리지 않습니다. 그녀의 세계의 핵심 또한 가정이었으며, 가족에 대한 그녀의 집착은 고향땅에 대한 집착과 마찬가지로 원초적인 본능에서 나온 것이라 할 수 있습니다. 이런 어머니는 가족의 구심점이자 여신 같은 초인성과 완전성을 느끼게 합니다.

가족 내에서 그녀의 위대하고도 겸손한 위치로 인해 그녀는 위엄과 깨끗하고 조용한 아름다움을 지니고 있었다… 결정을 내리는 그녀의 위치로 인해 판단을 내릴 때 그

녀는 마치 여신처럼 초연하고 결점 없는 존재가 되었다.[8]

66번 도로를 따라 이주하는 '오키스들'이 늘어남에 따라 밤이 되면 곳곳에서 이주자들의 캠프가 형성되는데, 이 캠프는 모든 요건을 갖춘 하나의 세계이자 그들만의 공동체가 됩니다. 그곳에는 서로 지켜야 할 약속과 규율이 형성됩니다.

> 밤마다 모든 요건을 갖춘 하나의 세계가 형성되었다. 친구가 생기고 적이 형성되었다… 가족들은 어떤 권리가 준수되어야 하는지를 배웠다. 텐트 안에서 사생활의 권리, 과거를 마음속 깊이 간직할 권리, 이야기 하고 듣는 권리, 도움을 거부하거나 받아들일 권리, 도움을 제안하거나 도움을 사절할 권리, 아들은 구애하고 딸은 구애받을 권리, 배고픈 자가 음식을 제공받을 권리, 다른 모든 권리에 우선하는 임산부와 고아와 병자들의 권리.[9]

물론 남의 사생활을 침해하지 않기, 간통과 살인 등 마땅히 금해야 할 권리도 있었지요. 이주자들이 많아지고 여러 번의 캠프 생활을 하게 되면서 66번 도로 위의 이주자들은 그들 세계의 규칙을 변화, 발전시키면서 하나의 공동체를 형성해갔습니다. 캘리포니아에 점점 가까워지면서 이들은 자신들이 하나같이 캘리포니아를 향해 가고 있음을 알게 됩니다. 그 숫자가 무려 30만 명이 넘어가자 캘리포니아 주민들은 밀려드는 이주민들을 적대시하면서 그들 땅에 캠프가 세워지는 것도, 그들이 정착하는 것도 원치 않는다는 사실도 확인하게 되지요. 그런데도 왜 캘리포니아에 일자리가 부족하다는 광고 전단은 끊임없이 시골 마을에 뿌려져서 사람들을 서부로 불러 모으는 것일까요. 캠프에서 만난 한 젊은 사내는 이렇게 말합니다.

> "이봐" 젊은 사내가 말했다. "자네에게 일자리가 하나 있다고 생각해 봐. 그리고 일자리를 원하는 친구는 한 명분이야. 그러면 자네는 그에게 그가 요구하는 대로 줘야 해… 하지만 그 일자리를 원하는 백 명이 있다고 생각해 봐. 그 사람들에게는 아이들도 있는데, 아이들이 배를 곯는다고 생각해보란 말이지. 그 더러운 10센트 동전 한 닢이면 아이들에게 옥수수 한 통은 사 먹일 수 있다고 생각해 봐. 5센트 한 닢이면 적어도 뭔가는 사 먹일 수 있다고 생각해보란 말이지. 그런 인간들이 백 명이 있다는 거야. 그들에게 5센트 한 닢 주겠다고 해 봐. 아마 서로 죽이고서라도 그 동전을 차지하려

고 할 걸. 내가 바로 얼마 전까지 한 일로 얼마를 벌었는지 알아? 시간당 15센트야. 열 시간을 일하고 겨우 1달러 50센트. 게다가 거기서는 잘 수가 없어. 거길 가려면 기름을 써야지." [10]

그들이 찾아온 캘리포니아는 낙원이 아니었던 것이지요. 이 이야기는 조드 일가의 운명에 어두운 그림자를 드리우는 현실을 보여줍니다. 그러나 더욱 비극적인 현실은 따로 있었습니다. 그들이 떠나온 오클라호마의 대지가 흙먼지로 뒤덮이고 가뭄으로 갈라진 것과 달리 캘리포니아의 대지는 풍요롭습니다. 풍요로운 대지에 버찌며 커피, 오얏, 배, 그리고 포도의 결실은 풍성합니다. 그러나 수확을 위한 인건비를 충당할 수 없어 열매는 그대로 말라 썩어가고 있습니다. 수확을 못한 작은 과수원들은 빚더미를 안은 채 은행으로 넘어갑니다. 그렇게 캘리포니아에는 썩어가는 과일과 수확하지 못하는 땅에 얹힌 부채의 물결만 가득합니다. 커피와 옥수수는 땔감으로 쓰고, 감자는 강물에 내다버리고, 돼지는 산 채 파묻고 있습니다. 그렇지만 그렇게 버려지는 어떤 것도 굶주린 이들의 손이 닿을 수는 없습니다. 이 끔찍한 역설적 비극은 다음 장면에 고스란히 나타납니다.

사람들이 그물을 가지고 강물에 감자를 건지러 오면 파수꾼들이 그들을 밀어낸다. 사람들이 산더미처럼 버려진 오렌지를 주우러 털털거리는 차를 몰고 오면 거기에는 석유가 뿌려져 있다. 사람들은 우두커니 서서 감자가 떠내려가는 것을 지켜본다. 구덩이 속에 던져져 생석회가 뿌려진 채 죽어가는 돼지들의 비명을 듣고 썩어 문드러진 물이 흘러나오는 산더미 같이 쌓인 오렌지를 지켜본다. 사람들의 눈에는 패배의 빛이 떠오르고, 굶주린 사람들의 눈에는 복받쳐 오르는 분노가 담겨 있다. 사람들의 영혼 속에는 분노의 포도가 가득 차 수확기를 향하여 가지가 휠 정도로 무겁게 무겁게 자라간다. [11]

길고 긴 여정 끝에 그들이 낙원이라고 찾아왔던 캘리포니아의 실상은 이처럼 더욱 가혹하고 비참했습니다.

포기할 수 없다—새 삶을 위한 투쟁

캠프를 전전하던 조드 일가는 몇 번의 사건도 겪게 됩니다. 특히, 한 실업자 수용소에서 톰이 오만하게 굴던 경찰관을 다치게 한 사건이 벌어지는데, 톰은 가석방 상태라 잡히면 바로 교도소로 갈 처지여서 도망가 숨고 대신 케이시가 잡혀갔다 풀려납니다. 그 북새통 사이에 '샤론의 장미'의 철없는 남편은 임신한 아내를 두고 도망을 가버리죠. 엎친 데 덮친 고난 속에 그들은 〈위드패치 국영 캠프〉라는 곳에 도착하는데, '가장 위대한 현실적 공동체의 실현'이라 불리기도 하는 이곳은 시설이 좋은데다 자치 활동도 잘 조직된 캠프여서 가족들은 오랜만에 편안한 마음으로 정착합니다. 여러 캠프들 가운데 이 〈위드패치 캠프〉는 스타인벡이 이상적 공동체의 모습으로 제시하는 곳이기도 합니다. 이곳에서 톰과 케이시를 중심으로 중요한 사건이 일어나게 되니 이쯤에서 소설의 가장 중요한 인물인 톰과 케이시, 두 인물에 대해 조금 더 자세하게 설명 드리는 것이 좋겠습니다.

조드가의 차남인 톰은 강한 체력과 의지, 침착한 태도에 의리와 정의감이 있는 청년입니다. 작은 사고로 교도소에 다녀오기는 했지만 어머니의 애정과 케이시의 영향을 받으며 서부로 이동하는 내내 가족에 대한 책임을 성실히 수행해 왔습니다. 그는 케이시를 보며 점점 더 공동체에 헌신하는 인물로 성장해 갑니다.

케이시는 순회 설교자로 종교적 교리에 얽매이지 않고 자유로운 사상과 행동을 따르며 인간적 사랑과 동정을 중시하는 단순하고 소박한 휴머니즘을 지닌 인간입니다.

> "나는 그리스도라는 이름을 가진 사람은 몰라. 이야기라면 한아름 알지만, 나는 인간을 사랑할 뿐이야. 때때로 파멸하기에 꼭 알맞을 정도로 인간을 사랑해서 나는 인간을 행복하게 해주고 싶어." [12]

그는 죽은 자의 영혼보다는 살아 있는 사람들의 삶을 중시합니다.

> "나는 죽은 이를 위해서는 기도하지 않아… 내가 기도를 한다면 그건 어디로 갈지 몰라하는 사람들을 위한 기도가 될 거야." [13]

그는 인간은 타인을 포함한 전체와 함께 나아갈 때 신성한 존재가 된다고 믿습니다. 특히, 인간은 협력해야 하며, 함께 힘을 모아 사회의 변화에 맞서야 한다는 공동체 의식을 강조하는 인물입니다. 그가 톰에게 알려준 「전도서」의 한 구절입니다.

"둘이 하나보다 나으니라. 그것은 두 사람의 노고에 대해 더 나은 보답이 따르기 때문이니라. 둘이 있다가 쓰러진다면 그 중 하나가 다른 친구를 일으켜 줄 것이지만, 혼자 있는 이는 쓰러지면 불쌍하도다. 그를 도와 일으켜 세워 줄 이가 없음이니라." [14)]

톰을 대신해 감옥에 갔을 때 상한 콩을 받고서 자기 혼자 불평을 했을 때는 받아들여지지 않다가 모두 합세해서 외치자 죄수들의 의사가 관철된 경험을 한 케이시는 조직의 힘과 필요성을 절감하게 됩니다. 〈위드패치 캠프〉에서 케이시가 파업 지도자로 변신한 것은 어쩌면 당연한 결과라 할 수 있습니다. 스타인벡은 케이시를 이상적인 민중의 지도자상으로 그려내고 있으며, 톰은 그런 케이시를 닮아갑니다.

톰과 케이시, 둘 모두 〈위드패치 캠프〉에서 위기에 직면합니다. 임금 시비로 경찰에 쫓기던 케이시에게 수상한 사람들이 시비를 걸어 한 사람이 곡괭이로 케이시를 내리치고, 그 장면을 본 톰은 곡괭이를 빼앗아 그 사내의 머리를 다시 내리칩니다. 이 폭행 사건으로 케이시와 사내, 둘 다 죽고, 가족들은 〈위드패치 캠프〉를 떠나며, 톰은 산으로 숨어들어 지내게 됩니다. 그러나 자신이 계속 근처에 있으면 가족들에게 피해가 갈 것을 안 톰은 마침내 가족을 떠나기로 하고 작별을 고합니다. 이번에는 어머니도 막을 수가 없습니다.

케이시의 죽음은 톰을 '나'라는 좁은 울타리에서 벗어나 '우리'의 세계로 들어가게 하는 커다란 기폭제가 됩니다. 쫓기는 그를 찾아 온 어머니에게 자신은 내내 케이시 생각만 한다면서, 무엇을 할 것이냐고 묻는 어머니에게 "케이시가 하던 일을 하겠다."고 대답합니다.

"저, 어머니 낮이나 밤이나 내내 혼자 있었어요. 제가 누굴 생각했는지 아세요? 케이시예요! 그 사람은 내게 많은 이야기를 해주었지요. 질릴 정도로요. 하지만 지금은 그가 한 말만 생각하고 있어요. 모두 기억이 나요. 언젠가 한번은 자기 영혼을 찾을 황야로 나갔대요. 그리고는 자기만의 영혼이라는 건 없다는 걸 알았대요. 자신은 엄청나게 큰 영혼의 일부일 뿐이라는 걸 알았다는 거예요. 황야는 아무 소용도 없었다는 거예요. 자기의 작은 영혼이 나머지 전체의 영혼과 함께 전체가 되지 않는다면 아무 소용도 없는 것이기 때문이래요. 이런 걸 기억하다니 우스운 일이예요. 귀 기울여 들은 것도 아닌데. 하지만 나는 이제 알아요. 인간이란 혼자는 아무 소용없다는 걸 말이지요." (…)

"톰," 엄마가 그를 다시 불렀다. "너 뭘 할 작정이냐?"

"케이시가 하던 일요." [15]

긴 고난의 여행을 하면서, 케이시의 영향을 받은 톰은 이제 자기 자신과 가족이라는 울타리를 넘어 억압받고 고통받는 이웃을 위해 케이시처럼 행동하겠다는 다짐을 하는 것이지요. 그들이야말로 바로 톰 자신의 모습이며, 그가 함께 있어야 할 '우리'임을 톰은 깨달은 것 같습니다.

"나는 어둠 속의 어디에나 있을 테니까요. 나는 어디에나, 어머니가 바라보는 어디에나 있을 거예요. 굶주린 사람들이 싸워서 먹을 수만 있다면 나는 거기에 있을 거예요. 경찰이 누군가를 패고 있으면 나는 거기 있을 거예요… 아이들이 굶다가 저녁이 준비된 걸 알고 웃으면, 그 웃음 속에 나는 있을 거예요. 우리 식구들이 우리 손으로 기른 음식을 먹고 우리 손으로 지은 집에서 살 때 나는 거기 있을 거예요. 거기 내가 있을 거예요." [16]

작가인 스타인벡은 톰과 케이시를 통하여 사람들이 비인간적이고 인위적인 형식과 법칙, 관습에 얽매이기보다는 자유롭게 감정을 표현하고 자연스러운 사회적 유대감을 중시하면서 이기적인 사고에서 벗어나 공동체와 하나되는 인류애를 강조하는 것 같습니다. 두 사람이 떠난 자리를 여전히 굳건히 지키고 있는 어머니 또한 두 사람과 다르지 않습니다. 그녀는 인간의 순수성과 참다운 애정이 어디에 있는가를 알려주는 듯합니다.

"나는 좋은 것 한 가지는 알고 있단다." 그녀가 말했다. "언제나, 매일 그것을 배우지. 곤경에 처하거나 상처를 입거나 혹은 뭔가 필요할 게 있거든 가난한 이들을 찾아가거라. 그들이야말로 도움을 줄 유일한 사람들이란다. 유일한 사람들이지." [17]

톰과 어머니, 케이시는 개인과 가족이라는 좁은 범주를 넘어 모든 인간들과의 관계를 인식하고 '인류애'를 강하게 긍정하며, 인간은 어떤 고난과 역경 속에서도 살아남을 것이라는 낙관론을 지닌다는 공통점을 보여주는 인물들입니다. 이들이 보여준 보편적 인류애는 소설의 마지막 장면에서 조드가의 딸인 '샤론의 장미'를 통해 인상적으로 제시됩니다. 이제 그 마지막 장면으로 가기 전에 '샤론의 장미'에 대해 말씀드리겠습니다.

'샤론의 장미'—이기적 주체에서 이타적 존재로

'샤론의 장미'는 이기적인 인물로 등장하지만 소설의 마지막에 이르러서는 대단히 인상적인 장면을 보여주는 인물입니다. 처음부터 그녀는 남편 코니와 뱃속의 아기가 전부인 듯 본능적이고 이기적인 모습을 보입니다. 도로에서 개가 치였을 때나 할아버지 장례를 치를 때도 슬퍼하기보다는 그런 부정한 일이 자기와 태아에게 미칠 영향을 더 염려하지요. 하지만 톰이 그러하듯 그녀에게도 서서히 이타적인 태도가 나타나기 시작합니다. 어머니가 간직해 온 물건 중에서 귓불에 구멍을 뚫어야만 하는 귀걸이를 선택하는 장면이 있는데, 이는 그녀가 한 단계 성장하기 위한 고통의 체험인 동시에 통과 의례적인 측면도 있습니다. 엄마의 책임과 위치를 수용하기 위해 감수해야 할 고통을 미리 체험한다고 할까요. 귓불을 뚫는 것은 그녀를 감싸고 있던 이기적인 세계를 버리는 것을 의미한다고 볼 수도 있습니다.

여행 도중 할머니가 죽어갈 때 어머니가 그녀를 돌보며, 그 옆에 아이를 가진 샤론의 장미가 있는 모습은 이 가족의 정신적 기둥인 엄마의 역할을 그녀가 이어받을 것이라는 것을 상징적으로 보여주는 장면이기도 합니다.

> "젊을 때는 말이다, 로저샨, 벌어지는 일은 다 그냥 저 혼자 벌어지는 것이지. 그건 참 외로운 일이란다. 알지. 나도 기억한단다, 로저샨… 넌 곧 아이를 낳을 거야, 로저샨, 그건 너에게 외롭고 뚝 떨어진 것 같기도 할 게다. 고통스러울 게고, 그 고통은 외로운 고통일 거야. 이 텐트도 세상에서 외로운 것이고 말이다, 로저샨… 하지만 변하는 시기가 있지, 그때가 되면 죽는다는 일은 그저 많은 일 가운데 하나에 불과하지. 태어난다는 것도 그저 모든 태어남 가운데 하나일 뿐이고, 죽음과 탄생은 동전의 양면에 불과하단다. 그러면 모든 일이 더 이상 외롭지 않게 되지, 로저샨… " 그녀의 목소리가 너무나 부드럽고 사랑이 넘쳐서 샤론의 장미의 눈에 눈물이 고이더니 주르르 흐르는 바람에 앞이 보이지 않았다.[18]

이 장면에서 흘리는 샤론의 눈물은 그녀의 변화한 모습을 극적으로 보여준다고 할 수 있습니다. 동굴에 도피해 있던 톰은 결국 가족을 떠나고 조드 일가는 목화 따는 일을 하는데, 겨울비가 끝없이 내려 캠프 주변의 둑을 위협합니다. 해산일이 가까웠던 '샤론의 장미'는 섬처럼 고립된 캠프에서 사산을 하고 맙니다. 이 고통스러운 과정을 견뎌낸 뒤에도 비가 그치지 않자 결국 가족들은 그곳을 떠나기로 하고 국도로 올라갔다가 한 창고 안에서 엿새나 아무것도 먹지 못한 채 굶주림에 지쳐 숨이 끊어져가는 아버지와 어린 아들을 만납니다. 아버지는 어린 아들을 먹이려고 자신은 내내 굶어왔다는 것을 아이를 통해 알게 되지요. 그 이야기를 들은 엄마와 '샤론의 장미'는 서로의 마음을 읽습니다. '샤론의 장미'는 아이를 창고 밖으로 내보낸 뒤 문을 닫고는 굶주림에 죽어가는 남자에게 다가갑니다.

> 잠시 동안 샤론의 장미는 빗소리가 속삭이듯 들리는 헛간에 가만히 앉아 있었다. 이윽고 지친 몸을 일으키더니 깃이불을 꼭 여몄다. 그녀는 천천히 구석으로 걸어가더니 그 남자의 쇠약한 얼굴을 내려다보며 크게 뜬 겁먹은 눈을 바라보았다. 그러더니 그녀는 천천히 그 남자 곁에 누었다. 남자는 고개를 천천히 가로저었다. 샤론의 장미는 담요의 한쪽 깃을 느슨하게 풀고 자신의 젖가슴을 드러냈다. "먹어야 해요." 그녀가 말했다. 그녀는 몸을 꿈틀거리며 더 가까이 다가가 남자의 머리를 가까이 끌어당겼다. "자요!" 그녀가 말했다. "자, 어서요." 그녀는 손을 사내의 머리 뒤로 움직여 받쳐주었다. 그녀의 손가락들이 가만가만 사내의 머리카락을 어루만졌다. 그녀가 고개를 들어 헛간을 둘러보는데, 꼭 다문 입술을 한 그녀 얼굴에 신비한 미소가 떠올랐다. [19]

짐작하실 것처럼 이 마지막 이 장면은 적잖은 논란의 대상이 되기도 했습니다. "외설적이다, 선정적이다."라거나 "예술성보다는 상업성이 가미되었다."는 부정적인 평가가 나오기도 했지요. 하지만 작가인 스타인벡의 태도는 단호했습니다. 그는 마지막 장면에서 상징적 의미를 발견할 수 없는 독자는 작품을 읽을 자격이 없다고까지 지적하며, 이 장면은 '사랑의 상징'이 아니라 '생존의 상징'이라고 말했습니다. 가장 이기적이고 자기중심적으로 행동하던 '샤론의 장미'를 통해 '나'와 '가족'의 좁은 울타리를 벗어나 '우리' 모두를 포용하는 자세를 상징적으로 보여주면서, 스타인벡은 서로에 대한 믿음과 배려, 이해와 포용력이 가난하고 고통받는 위치에 있는 인간들이 계속 나아가고 생존할 수 있는 힘이라는 것을 역설하는 것 같습니다. 하기에 마지막에 '샤론의 장미'가 짓는 '신비한 미소'는 자신의 생사를 넘어 보다 큰 '삶'과 자신의 몸이 연결되는 것을 느끼는 여인의 살아있다는 기쁨, 사람을 살려준다는 기쁨에서 나오는 본능적 미소인 듯합니다.

소설의 전체 내용에서 보듯 아무리 힘들고 험난한 상황에서도 결국 사람들은 살아간다는 인간의 생명력에 대한 믿음이 이 소설 전체를 관통하는 주제라 볼 수 있습니다. 그리고 그 강인한 생명력은 특히 엄마와 딸, 두 여성을 통해 더욱 두드러지게 나타납니다. 그런 점에서 다음과 같은 엄마의 말은 인상적이라고 할 수 있습니다.

> "남자는 단속적으로 움직이며 살아가지요. 아기가 태어나고 사람이 죽지요. 그건 단속적인 움직임이에요. 농장을 얻고 잃지요. 그것도 마찬가지예요. 여자는, 모두가 하나의 흐름, 강 같은 흐름이지요. 작은 소용돌이가 있고 조그만 폭포도 있지만 그 강은 그대로 흘러가지요. 여자는 세상을 그렇게 봐요. 우리는 죽어 없어지지 않아요. 사람들은 계속 나아가요. 조금씩 변화하지만, 계속 나아가는 거예요." [20]

우리의 삶을 흔히 강에 비유하지요. 그건 아마 멈춤 없이, 끊임없이 유유히 흐르는 강의 속성이 인간의 삶과 닮아 있기 때문이기도 할 텐데요, 스타인벡은 어떤 어려움 속에서도 단절되지 않고 계속 흘러가야 하는 인간의 생존을 위한 상징으로 두 여인과 이 마지막 장면을 선택했던 것 같습니다.

에필로그

이 작품 속에 나타난 스타인벡의 휴머니즘은 인본주의적 가치와 인간 삶의 공생의 원리를 중요하게 여기는 많은 사람들, 특히 우리들에게 강한 호소력을 지닌다는 평가를 받기도 합니다. 특히, 케이시와 어머니 같은 인물에게서 보이는 휴머니즘과 상부상조의 사상, 땅에 대한 집착, 그리고 공동체, 특히 가족에 대한 헌신은 독자들의 마음에 강한 인상을 남기며, 작품 속 '오키들'의 이주와 일제 강점기 시절 자신들의 의사와는 관계없이 만주로 이주해야 했던 한국의 농민들 사이의 유사성에 관심을 두는 경우를 종종 확인할 수 있습니다. 조드 일가처럼 만주에서 새 삶을 시작하리라 생각했던 한국의 많은 '오키들'에게 만주는 분명 캘리포니아는 아니었지요. 그렇기에 '오키들'에 대한 스타인벡의 깊은 공감과 동정, 그리고 그들을 학대하는 경제, 정치 제도에 대한 분노는 여전히 강한 호소력을 지니고 있는 듯 합니다.

| 존 스타인벡 (John Steinbeck, 1902~1968)

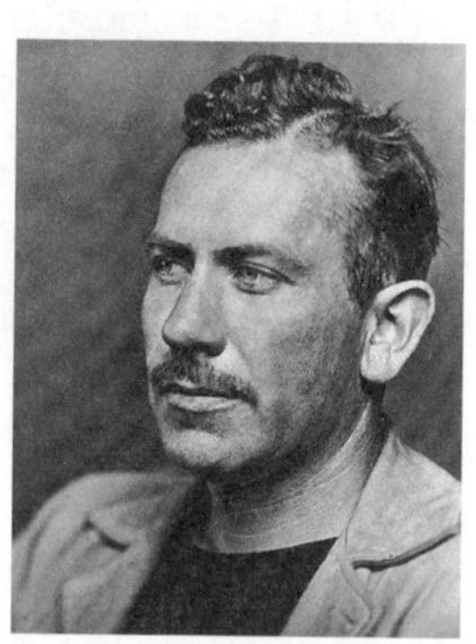

McFadden Publications, Inc.; no photographer credited
- Photoplay, November 1939.

존 스타인벡은 캘리포니아주의 살리나스에서 출생한 초대 개척민의 손자로 20세기 가장 중요한 작가 중 한 명으로 평가 받고 있습니다. 그는 1902년 캘리포니아주 살리나스에서 태어나 1968년 뉴욕시에서 사망했습니다. 그는 〈퓰리처상〉(1940)과 〈노벨문학상〉(1962)을 수상했으며, 1964년에는 린든 대통령으로부터 자유의 메달을 수여받기도 했습니다.

대학을 중퇴한 이후 선원, 노동자, 통신원, 산장지기 등의 직업을 전전하며 창작을 하던 중 1928년 『금배』*Cup of Gold*가 출간되면서 본격적인 작품 활동을 시작했습니다.

그의 많은 작품이 사회비판적인 특징을 보여주고 있습니다만 바탕에는 언제나 견고한 휴머니즘이 자리잡고 있다는 점을 놓쳐서는 안 될 것 같습니다. 그가 주로 천착한 주제는 공동체의 중요성, 인간과 자연의 관계, 그리고 개인들의 정체성과 연관된 고민이었습니다. 특히, 대공황과 1차 세계 대전을 전후한 사회의 현실과 캘리포니아의 노동자 계급과 농촌 지역에 특별한 관심을 보였습니다. 이 같은 특징은 오클라호마를 떠나 캘리포니아로 이주하는 조드 가족의 이야기를 통해 땅을 잃은 농민과 노동자들의 고난을 다룬 『분노의 포도』 같은 그의 대표작에서 잘 나타나 있습니다. 이처럼 그의 작품에는 힘든 상황에 부딪혀 생존을 위해 투쟁하는 인물들이 많이 등장합니다.

스타인벡은 고난받는 이들의 아픔에 공감하고, 그들을 이해하며 포용하는 한편, 사회의 부조리와 모순을 해소하기 위해 공동체 구성원 사이의 조화가 필요하다는 입장을 보이고 있습니다. 무엇보다 그는, 인간은 어떤 역경에도 굴하지 않고 보다 나은 삶을 위해 노력할 수 있는 능력이 있다는 분명한 확신을 지니고 있습니다.

그는 인간과 자연과의 밀접한 관계를 중요하게 여기면서, 인간의 원초적인 숭고함이란 인간이 대지와 맺는 밀접한 유대관계에 있다고 믿습니다. 그렇기에 그는 인간과 자연의 관계를 단절시키는 인위적인 것에 대해 불신하며, 간혹 그런 특성은 '문명에 대한 뿌리 깊은 불신'으로 나타나기도 합니다.

스타인벡은 또한 인간을 독립적인 존재로 보기보다는 무리, 집단이라는 공동체의 구성원으로 보는 입장을 취하기도 합니다. 파업하는 노동자들, 서부로 몰려가는 실향민들의 무리는 개인이 아니라 집단이고, 그 속의 각개인과는 다른 생리로 움직이는 별개의 생물과도 같은 하나의 존재라고 보는 듯합니다. 개개의 인간은 그가 속한 커다란 세계의 일원이므로 그 공동체 내에서 서로 돕고 사랑할 수밖에 없다는 것이 그의 생물학적 인간론의 바탕을 이루고 있는 것 같습니다.

스타인벡은 인간의 무한한 가능성과 미래를 굳게 믿었습니다. 노벨상 수상 연설에서 그는, 인간이 지닌 용기, 동정, 공감, 사랑의 능력을 강조하면서, "작가의 사명은 인류에게 희망을 북돋아주는 데 있다"라고 밝히기도 했습니다.

| 작품

『황금잔』*Cup of Gold*(1929), 『붉은 조랑말』*The Red Pony*(1933), 『미지의 신에게』*To a God Unknown*(1933), 『불확실한 전투』*In Dubious Battle*(1936), 『쥐와 인간』*Of Mice and Men*(1937), 『분노의 포도』*The Grapes of Wrath*(1939), 『달이 지다』*The Moon is Down*(1942), 『길 잃은 버스』*The Wayward Bus*(1947), 『에덴의 동쪽』*East of Eden*(1952), 『달콤한 목요일』*Sweet Thursday*(1954), 『불만의 겨울』*The Winter of Our Discontent*(1961) 등 33편의 주요 장편 소설과 『천국의 초원』*The Pastures of Heaven*(1932), 『긴 계곡』*The Long Valley*(1938) 등의 단편 소설집이 있습니다.

1) When the night came again it was black night, for the stars could not pierce the dust to get down, and the window lights could not even spread beyond their own yards. Now the dust was evenly mixed with the air, an emulsion of dust and air. Houses were shut tight, and cloth wedged around doors and windows, but the dust came in so thinly that it could not be seen in the air, and it settled like pollen on the chairs and tables, on the dishes. The people brushed it from their shoulders. Little lines of dust lay at the door sills…In the morning the dust hung like fog, and the sun was as red as ripe new blood. All day the dust sifted down from the sky, and the next day it sifted down. An even blanket covered the earth. It settled on the corn, piled up on the tops of the fence posts, piled up on the wires; it settled on roofs, blanketed the weeds and trees.

2) The bank-the monster has to have profits all the time…We know that-all that. It's not us, it's the bank. A bank isn't like a man. Or an owner with fifty thousand acres, he isn't like a man either. That's the monster.

3) The man sitting in the iron seat did not look like a man; gloved, goggled, rubber dusk mask over nose and mouth, he was a part of the monster, a robot in the seat… He could not see the land as it was, he could not smell the land as it smelled; his feet did not stamp the clods or feel the warmth and power of the earth.

4) And now a light truck approached, and as it came near, the driver saw the turtle and swerved to hit it. His front wheel struck the edge of the shell, flipped the turtle like a tiddly-wink, spun it like a coin, and rolled it off the high-way. The truck went back to its course along the right side. Lying on its back, the turtle was tight in its shell for a long time. But at last its legs waved in the air, reaching for some-thing to pull it over. Its front foot caught a piece of quartz and little by little the shell pulled over and flopped upright… The turtle entered a dust road and jerked itself along, drawing a wavy shallow trench in the dust with its shell.

5) The family met at the most important place, near the truck. The house was dead, and the fields were dead; but this truck was the active thing, the living principle. The ancient Hudson, with bent and scarred radiator screen, with grease in dusty globules at the worn edges of every moving part, with hub caps gone and caps of red dust in their places—this was the new hearth, the living center of the family; half passenger car and half track, high-sided and clumsy.

6) Highway 66 is the main migrant road… 66 is the path of a people in flight, refugees from dust and shrinking land, from the thunder, of tractors and

shrinking ownership, from the desert's slow northward invasion, from the twisting winds that howl up out of Texas, from the floods that bring no richness to the land and steal what little-richness is there. From all of these the people are in flight, and they come into 66 from the tributary side roads, from the wagon tracks and the rutted country roads. 66 is the mother road, the road of flight.

7) The people in flight from the terror behind-strange things happen to them, some bitterly cruel and some so beautiful that the faith is refired forever.

8) From her great and humble position in the family she had taken dignity and a clean calm beauty… from her position as arbiter she had become as remote and faultless in judgment as a goddess.

9) Every night a world created, complete with furniture—friends made and enemies established;… The families learned what rights must be observed-the right of privacy in the tent; the right to keep the past black hidden in the heart; the right to talk and to listen; the right to refuse help or to accept, to offer help or to decline it; the right of son to court and daughter to be courted; the right of the hungry to be fed; the rights of the pregnant and the sick to transcend all other rights.

10) "Look," the young man said. "S'pose you got a job a work, an' there's jus' one fella wants the job. You got to pay 'im what he asks…But s'pose they's a hunderd men wants that job. S'pose them men got kids, an' them kids is hungry. S'pose a lousy dime'll buy a box a mush for them kids. S'pose a nickel'll buy at leas' somepin for them kids. An' you got a hunderd men. Jus' offer 'em a nickel—why, they'll kill each other fightin' for that nickel. Know what they was payin', las' job I had? Fifteen cents an hour. Ten hours for a dollar an' a half, an' ya can't stay on the place. Got to burn gasoline gettin' there."

11) The people come with nets to fish for potatoes in the river, and the guards hold them back; they come in rattling cars to get the dumped oranges, but the kerosene is sprayed. And they stand still and watch the potatoes float by, listen to the screaming pigs being killed in a ditch and covered with quicklime, watch the mountains of oranges slop down to a putrefying ooze; and in the eyes of the people there is the failure; and in the eyes of the hungry there is a growing wrath. In the souls of the people the grapes of wrath are filling and growing heavy, growing heavy for the vintage.

12) "I don't know nobody name' Jesus. I now a bunch of stories, but I only love people. An' sometimes I love 'em fit to bust, an' I want to make 'em happy."

13) "I wouldn't pray for a ol' fella that's dead··· if I was to pray, it'd be for the folks that don't know which way to turn."

14) "Two are better than one, because they have a good reward for their labor. For if they fall, the one will lif' up his fellow, but woe to him that is alone when he falleth, for he hath not another to help him up."

15) "Lookie, Ma. I been all day an' all night hidin' alone. Guess who I been thinkin' about? Casy! He talked a lot. Used ta bother me. But now I been thinkin' what he said, an' I can remember—all of it. Says one time he went out in the wilderness to find his own soul, an' he foun' he didn' have no soul that was his'n. Says he foun' he jus' got a little piece of a great big soul. Says a wilderness ain't no good, 'cause his little piece of a soul wasn't no good 'less it was with the rest, an' was whole. Funny how I remember. Didn' think I was even listenin'. But I know now a fella ain't no good alone." (···)

"Tom," Ma repeated, "what you gonna do?"

"What Casy done"

16) "Then I'll be all aroun' in the dark. I'll be ever'where-wherever you look. Wherever they's a fight so hungry people can eat, I'll be there. Wherever they's a cop beatin' up a guy, I'll be there···I'll be in the way kids laugh when they're hungry an' they know supper's ready. An' when our folks eat the stuff they raise an' live in the houses they build-why, I'll be there."

17) "I'm learnin' one thing good," she said. "Learnin' it all a time, ever' day. If you're in trouble or hurt or need-go to poor people. They're the only ones that'll help-the only ones."

18) "When you are young, Rosasharn, ever'thing that happens is a thing all by itself. It's a lonely thing. I know, I'member, Rosasharn···You gonna have a baby, Rosasharn, and that's somepin to you lonely and away. That's gonna hurt you, an' the hurt'll be lonely hurt, an' this tent is alone in the worl', Rosasharn···They's a time of change, an' when that comes, dyin' is a piece of all dyin', and bearin' is a piece of all bearin', an' bearin' an' dyin' is two pieces of the same thing. An' then things ain't lonely any more, Rosasharn···" And her voice was so soft, so full of love, that tears crowded into Rose of Sharon's eyes, and flowed over her eyes and blinded her.

19) For a minute Rose of Sharon sat still in the whispering barn. Then she hoisted her tired body up and drew the comfort about her. She moved slowly to the corner and stood looking down at the wasted face, into the wide, frightened eyes. Then slowly she lay down beside him. He shook his head slowly from side to side. Rose of Sharon loosened one side of the blanket and bared her

breast. “You got to,” she said. She squirmed closer and pulled his head close. “There!” she said. “There.” Her hand moved behind his head and supported it. Her fingers moved gently in his hair. She looked up and across the barn, and her lips came together and smiled mysteriously.

20) “Man, he lives in jerks—baby born an’ a man dies, an, that’s a jerk—gets a farm an’ loses his farm, an’ that’s a jerk. Woman, it’s all one flow, like a stream, little eddies, little waterfalls, but the river, it goes right on. Woman looks at it like that. We ain’t gonna die out. People is goin’ on—changin’ a little, maybe, but goin’ right on.”

John Steinbeck, *East of Eden* (1952)

10. 『에덴의 동쪽』(1952), 존 스타인벡
- 인간 본성의 선악과 자유 의지 탐구의 서사시

존 스타인벡의 대표작 중 하나인 『에덴의 동쪽』에 대해 스타인벡 자신은 이렇게 말한 바 있습니다. "『에덴의 동쪽』에는 (소설가로서) 내가 배울 수 있었던 모든 사항들이 들어 있습니다. 내가 쓴 다른 모든 작품은 이 소설을 위한 연습이었지요. 평생 쓰고 싶었던 모든 것을 다 담았습니다." 그만큼 심혈을 기울여 쓴, 스타인벡의 자전적 요소가 다분한 작품입니다. 창세기 4장 16절, "신이 계신 곳에서 나간 카인은 에덴의 동쪽 노드 땅에 거하게 되었다."에서 제목을 가져온 것에서 알 수 있듯, 이 작품은 카인과 아벨의 이야기를 중심 모티프로 사용하고 있습니다.

『에덴의 동쪽』은 스타인벡이 태어나 고등학교를 다닐 때까지 살았던 캘리포니아의 살리나스The Salinas Valley 지역을 배경으로 두 세대에 걸쳐 이어지는 해밀턴가The Hamiltons와 트라스크가The Trasks의 삶을 그린 서사시입니다. 두 가문과 주변의 인물들의 삶을 통해 선악의 인간 본성, 가족들 간의 관계, 사랑과 증오, 개인의 자유 의지와 운명 등 인간 심리의 복잡한 측면을 인상적으로 담아냅니다. 다음과 같은 서술은 이 작품의 주제를 잘 나타낸 문장이라고 할 수 있습니다.

> 우리에게는 오직 하나의 이야기만 있다. 모든 소설과 시는 우리 내면에 있는 선과 악의 끝없는 대결의 바탕 위에 쓰인다. 악은 끊임없이 악을 낳지만, 선, 미덕은 불멸이라는 생각이 든다. 악은 항상 새롭고 신선한 얼굴을 하고 있지만, 미덕은 세상에서 가장 숭고한 모습을 하고 있다. [1)]

두 가문—해밀턴가와 트라스크가

두 가문 가운데 트라스크가와 연관된 인물들이 이러한 주제를 잘 보여주고 있으니 그 인물들 중심으로 이야기를 살펴보겠습니다. 북아일랜드 출신 이주 정착민인 사무엘 해밀턴은 따뜻한 마음을 가진 솜씨 좋은 농부-발명가이긴 하지만 사업 수완이 없어 큰돈은 벌지 못합니다. 그는 비록 척박한 땅에 터를 잡았지만 아내 리자와 아홉 명의 자녀와 함께 평범하고 소박하지만 행복하게 살아가는 유복한 가정의 전형적인 모습을 보여줍니다.

> 대체로 그 집안은 선하고 확고한 기반을 지닌 가족으로, 살리나스 계곡에 영원히 성공적으로 자리잡았으며, 많은 사람보다 가난하지도, 부유하지도 않았다. 보수주의자와 급진주의자, 몽상가들과 현실주의자들이 골고루 있는 균형 잡힌 가족이었다. 사무엘은 자신의 자손들이 잘 자란 것에 만족했다. [2)]

반면, 전쟁 부상자로 적당한 거짓말과 수완, 뛰어난 군사적 안목을 배경으로 부징한 재산을 얻고 권력을 누리던 사이러스는 첫 부인을 잃고 재혼한 다음 이복형제인 아담과 찰스 트라스크와 함께 코네티컷주에서 농장을 꾸리며 살고 있습니다. 동생 찰스는 어린 시절 아버지의 사랑을 독차지한 형을 시기하며 폭행도 하고, 방탕한 생활을 하면서도 아담이 군에 간 동안 농장을 훌륭하게 경영합니다

> 찰스는 땅을 개간하고, 담을 쌓고, 배수 시설을 개선하며, 농장 면적을 100 에이커 더 늘렸다. 거기에 더해 그는 담배를 재배 중이어서, 길다란 새 담배 창고가 집 뒤에 인상적인 모습으로 자리잡았다. 이러한 일들로 인해 그는 이웃들의 존경을 받았다. 농부라면 누구라도 훌륭한 농부에 대해서는 나쁜 생각을 가질 수 없는 법이다. 찰스는 자신이 가진 대부분의 돈과 모든 에너지를 농장에 쏟았다. [3)]

사이러스가 군 서류를 조작해서 얻은 많은 유산을 남기고 죽자 군에서 제대한 후 방랑하던 아담과 찰스는 그 유산과 농장 지분을 나눠가지고 농장을 경영하며 살아갑니다. 이 형제 사이에 문제의 한 여인이 등장합니다. 캐시 에임즈Cathy Ames입니다.

캐시—괴물의 등장

캐시는 주인공은 아니지만 다른 인물들, 특히 아담과 찰스, 그리고 그들

의 다음 세대인 아들들에게 큰 영향을 끼치는 인물로, 애초에 공감이나 동정 같은 감정이 없이 태어난 괴물 같은 존재였습니다.

> 물리적인 괴물들이 있는 것처럼, 정신적이거나 심리적인 괴물들도 태어날 수 있지 않을까? 얼굴과 몸은 완벽할지라도, 비뚤어진 유전자나 기형의 알이 물리적인 괴물을 낳을 수 있다면, 같은 과정이 변형된 영혼을 낳을 수도 있지 않을까?… 아이가 팔이 없이 태어날 수 있는 것처럼, 친절이나 양심의 잠재력 없이 태어날 수도 있는 법이다. [4)]

캐시는 어릴 때부터 자기 몸을 남자아이들에게 보여주며 돈을 벌었고, 고등학생이 되어서는 거짓말로 학교 선생을 파멸로 몰아넣었지요. 그러나 더욱 끔찍한 악행은 자신의 행실을 나무라는 부모에게 앙심을 품고, 오랜 준비 끝에 화재를 위장한 방화로 부모를 살해한 것입니다. 사람들이 자신을 찾기 못하도록 자신도 죽은 것처럼 꾸민 뒤 아버지의 돈을 가지고 집을 도망쳐 나왔지요. 그 뒤 찾아간 사창가에서도 자신을 딸처럼 거두어준 포주 에드워즈를 속여 돈을 훔치다가 들켜 죽을 만큼 폭행을 당한 뒤 버려집니다. 그렇게 버려진 캐시가 찾아온 곳이 바로 아담과 찰스의 농장이었어요. 두 형제의 보살핌을 받으며 회복되는 동안 캐시는 아담을 유혹해 결혼하고, 찰스와도 동침을 합니다. 그 후 아담은 농장 지분을 헐값에 찰스에게 팔고, 그 돈을 가지고 살리나스 계곡으로 이주해 정착하게 됩니다.

아담이 농장을 구입해 경영할 준비를 하는 사이, 캐시는 이란성 남자 쌍둥이, 아론과 칼렙을 낳습니다. 그러나 아이를 돌볼 생각조차 없었던 캐시는 몸조리를 채 끝내기도 전에 막아서는 아담에게 총을 쏘아 부상을 입힌 채 아기들을 버리고 떠나버리지요. 소설 속 인물이지만 캐시는 정말 끔찍할 정도로 냉정하고 무섭습니다. 그녀의 악행은 여기서 끝이 아닙니다. 아담을 떠난 그녀는 케이트라는 가명으로 여자 포주인 페이가 운영하는 사창가 살롱에 자리를 잡습니다. 페이는 캐시를 진심으로 아껴 딸처럼 대하며 모든 유산을 그녀에게 남긴다는 유언장까지 써서 보여줄 정도로 캐시에게 마음을 줍니다. 하지만 캐시는 음모를 꾸며 페이를 독살하고 살롱을 차지하고 말지요. 정말 할 말을 잃게 만드는 악녀입니다. 제가 개인적으로 읽었던 모든 소설 속 인물들 가운데 캐시야말로 악행을 끊임없이 저지르는 가장 잔인하고 비도덕적인 인물이라고 생각합니다.

사무엘에게서 캐시가 사창가에 있다는 이야기를 들은 아담은 캐시를 찾아와 만납니다. 그 자리에서 캐시는 찰스와 잤던 이야기를 하며 쌍둥이 아들이 아담의 아들이 아니라 찰스의 아들일 수도 있다고 말하며 아담의 분노를 자극합니다. 이 만남으로 인해 아담은 마음속 미움과 원망, 사랑의 대상이었던 캐시를 완전히 잊을 수 있게 됩니다. 그러나 둘은 한 번 더 만나게 됩니다.

찰스의 변호사로부터 찰스가 폐병을 앓다가 세상을 떠나면서 상당한 유산을 아담과 캐시에게 남겼다는 연락이 옵니다. 아담은 자신이 말하지 않으면 그 사실을 전혀 알 리 없는 캐시에게 찾아가 그녀 몫의 유산을 주려 합니다. 찰스의 유언이었으니까요. 하지만 캐시는 아담을 의심하면서 다른 꿍꿍이가 있다고 생각합니다. 그런 그녀에게 아담은 말합니다.

> "당신은 내가 당신 돈을 원치 않아서 당신에게 편지를 가져왔다는 사실을 믿지 않지. 당신은 내가 당신을 사랑했다는 것도 믿지 않아. 여기로 당신을 찾아오는 추악한 면을 지닌 남자들, 그 사진 속 남자들이 내면에 선함과 아름다움을 지니고 있다는 것도 당신은 믿지 않지. 당신은 단 하나의 면만을 보고, 그것이 전부라고 생각하지. 아니 더 나아가 당신은 그것이 전부라고 확신하지." 5)

사람은 자신의 됨됨이에 따라 타인을 판단한다고 하지요. 아담과 캐시의 모습이 정확하게 그 점을 보여주고 있습니다.

아담과 찰스를 이어 반복되는 부정父情의 갈구—아론과 칼렙(칼)

아담의 두 아들 아론과 칼렙은 서로 다른 모습으로 성장해갑니다. 마치 그들의 아버지 아담과 찰스처럼 말이지요. 아론은 금발이 매혹적인 소년인 반면, 칼은 거무튀튀하고 째진 눈을 한 소년이었지요. 외모로는 아론은 아담을, 칼렙은 찰스를 닮았지요. 사람들은 아론을 좋아하고 귀여워하지만 칼은 욕먹기 일쑤입니다. 둘은 성격도 정반대입니다.

> 아마도 두 소년의 차이는 이렇게 가장 잘 설명될 수 있다. 만약 아론이 덤불 속 작은 공터에서 개미굴을 발견한다면, 그는 엎드려 지상에서 벌어지는 개미의 복잡한 삶을

관찰할 것이다. 그는 길을 따라 먹이를 나르는 개미들과 하얀 알을 나르는 개미들을 살펴볼 것이다. 언덕에서 만난 또 다른 두 개미가 그들의 촉수를 맞대고 대화하는 것도 볼 것이다. 그는 몇 시간이고 엎드린 채 땅에서 벌어지는 경제 활동에 집중할 것이다. 반면 칼이 같은 개미굴을 발견하면, 그는 그것을 발로 차서 산산이 부수고 화들짝 놀란 개미들이 자신들의 재해를 처리하는 것을 지켜볼 것이다. 아론은 자신이 속한 세상에 일부가 되는 것을 즐겼지만, 칼은 그것을 바꿔야만 했다. [6]

이처럼 상반된 성격의 아론과 칼은 아버지 아담의 사랑을 갈구하는 방법도 다릅니다. 아론은 스탠포드로 공부를 하러 떠나고, 칼은 사업에 실패해 경제적 곤경에 처한 아버지를 위해 윌 해밀턴과 손을 잡고 사업을 시작합니다. 이와 같은 칼과 아론의 모습은 그들의 선대인 아담과 찰스가 아버지 사이러스의 사랑을 얻기 위해 애쓰던 모습과 동일하게 반복하고 있는 듯합니다.

뿐만 아니라 아담과 찰스, 그리고 아론과 칼 사이의 갈등은 성서에서 신의 사랑을 두고 경쟁한 카인과 아벨 형제의 이야기가 반영된 것이기도 합니다. 사랑을 원했지만 외면당한 존재의 분노가 가져온 파국이 그대로 그려진 것이지요.

"어린아이가 지닌 가장 큰 두려움은 사랑받지 않는다는 것이며, 사랑을 거부당하는 것은 그에게는 지옥이다. 세상 모든 사람은 크고 작은 거부감을 느낀 적이 있을 것이다. 거부를 당하면 분노가 따르고, 분노로 인해 거부당한 것을 앙갚음하기 위한 모종의 범죄를 저지르고, 그 범죄로 인해 죄책감이 생기게 된다. 바로 여기에 인류 공통의 이야기가 존재한다." [7]

칼은 사업을 해서 큰돈을 벌지만, 아론은 중도에 학업을 포기하고 돌아옵니다. 칼이 사업으로 번 돈을 아버지 아담에게 주려하지만, 아담은 전쟁을 이용해 부당한 이득을 취했다고 도리어 칼을 꾸짖습니다. 아버지로부터 인정은 커녕 비난만 들은 칼은 홧김에 형 아론을 캐시가 있는 사창가로 데려가 엄마의 정체를 알게 합니다. 충격을 받은 아론은 나이를 속이고 입대하고 결국 얼마 후 전사하고 맙니다.

한편, 과거에 페이를 살해한 사실이 탄로 날 위험에 더해 건강이 악화된 캐시도 자신이 번 돈을 모두 아들 아론에게 남긴다는 유서를 남기고 자살로 생을 마감합니다. 죽는 순간까지도 캐시는 타인들을 파멸시키는 일을 멈추지 않습니다. 그동안 자신을 찾아왔던 고객들의 수치스러운 비밀을 담은 사진들을 그들의 지인들에게 발송하는 것이지요. 캐시는 끝까지 악인으로서 자신의 역할에 충실합니다.

아담도 뇌졸중으로 쓰러집니다. 칼은 이 모든 비극의 원인이 자신에게 있다고 자책하며 회한에 사로잡혀 망가져 가는데, 중국인 집사 리Lee는 죽기 직전의 아담에게 칼을 용서하고 축복해달라고 청합니다. 아담은 마침내 아들 칼에게 마음을 열고 숨을 거두며 소설은 끝이 납니다.

> "아담, 그에게 축복을 내려 주세요. 죄의식에 사로잡힌 채 혼자 있게 내버려두지 말아요. 아담, 제 말이 들리세요? 칼에게 당신의 축복을 내려 주세요!…" 리가 말했다. "아담, 칼을 도와줘요. 그에게 기회를 줘요. 칼을 자유롭게 해주세요. 인간이 짐승보다 나은 이유가 그 때문이잖아요. 칼을 해방시켜줘요! 축복해줘요!"
>
> 그가 거친 숨을 내쉬었고, 입술 사이로 숨소리가 새어나왔다. 나지막한 속삭임이 허공에 매달려 있는 것 같았다. "팀셸!"
>
> 눈이 감기면서 그는 잠이 들었다. [8)]

팀셸Timshel**—인간의 자유 의지**

아담의 마지막 말, "timshel"은 인간에게는 선택할 수 있는 의지가 있다는 것을 의미합니다. 중국인 리가 이 말에 대해 설명하는 장면이 있습니다.

> "흠정역 성서의 번역은 '네가 다스릴 것이다'라고 약속하는, 곧 인간이 틀림없이 죄를 이길 것이라는 뜻으로 번역되어 있어요. 그러나 히브리어 단어 'timshel'은 '네가 선택할 수 있을 것이다'라는, 선택의 기회를 주는 것을 말하지요. 그것은 세상에서 가장 중요한 단어일 수도 있어요. 선택의 길이 열려 있다는 말이니까요. 그것은 책임을 다시 인간에게 돌리는 것이지요. 왜냐하면 '네가 선택할 수도 있다'라는 말이 사실이라면, '네가 선택하지 않을 수도 있다'는 것도 사실이지요. 모르겠어요?" [9)]

그러니 아담은 칼에게 모든 것은 그의 선택이고, 그 선택에 대해 이해하고 용서한다는 말을 한 것이지요. 이 말을 전한 중국인 리는 대단히 인상적인 인물입니다. 살리나스 계곡에 정착한 아담의 집사 역할을 하는 리는 인간의 정체성, 서로 다른 문화 및 언어 문제에 대해 깊은 이해심을 지닌 지성적인 인물입니다. 그는 중국(동양)과 미국(서양)의 언어와 문화 사이의 중재자 역할을 하고 있습니다. 그는 또한 부모 세대의 이주 역사는 물론 인간 경험 전반에 걸친 폭넓은 이해력과는 통찰력을 지니고 있어서 아담의 가족, 특히 칼과 아담 사이의 갈등을 풀어주는 훌륭한 조언자 역할을 하고 있습니다. 특히. 인간의 영혼에 대한 그의 믿음은 이 작품의 주제와 그대로 닿아 있다고 할 수 있습니다.

> "전 제가 인간이라는 사실을 느낍니다. 그리고 인간이란 대단히 중요한 존재, 어쩌면 별보다 더 중요한 존재라고 느끼지요. 이건 신학의 문제가 아닙니다. 저는 신을 따르지는 않으니까요. 하지만 저는 그 빛나는 도구인 인간의 영혼에 대해 새롭게 애정을 느끼고 있습니다. 인간의 영혼이야말로 이 우주에서 사랑스럽고 독특한 것이지요. 그것은 항상 공격을 받지만 결코 파괴되지 않습니다. 왜냐하면 '너는 선택할 수 있을 것'이니 말이지요." [10]

인물들의 선악의 양상이 뚜렷하게 드러나는 트라스크가의 인물들을 따라가며 이야기를 주로 살펴보았지만, 사실 훨씬 평범한 가족사를 보이는 쪽은 해밀턴가입니다. 해밀턴 부부와 아홉 명의 자녀들은 트라스크가의 구성원들처럼 격렬한 갈등에 휘말리지 않으면서 소박한 삶을 살아가는 모습을 보여줍니다. 이 두 가족들에게서 우리는 인간 삶에 내재하는 선과 악, 그 사이의 갈등과 악한 존재의 잔혹함과 파멸의 순간을 목격합니다. 이것은 삶을 살아가는 우리 누구에게나 해당되는 문제이기도 합니다. 작가는 말합니다.

> 인간은 자신들의 생활과 생각, 갈망과 야심, 탐욕과 잔인함, 친절과 관대함, 즉 선과 악의 그물에 얽혀 있다. 나는 이것이 우리가 지닌 유일한 이야기이며, 이것은 다양한 수준의 감정과 지성을 지닌 모든 사람들에게서 일어난다고 생각한다. 선과 악은 인간 의식의 첫 씨줄과 날줄이었으며, 우리의 마지막 순간에도 함께 할 직물이다. 이것은 우리가 들녘과 강산, 경제와 풍습에 부과할 수 있는 어떠한 변화에도 불구하고 그러할 것이다. 이 이외에 다른 이야기는 없다. 한 인간이 평생 쌓인 먼지와 찌꺼기를 털어내고 나면, 확고하면서 분명한 한 가지 질문만이 남을 것이다. 내 삶은 선했는가, 악했는가? 나는 잘 살았는가, 잘못 살았는가? [11]

이 작품은 캐시라는 인물을 통해 한없이 잔혹한 악의 모습을 보여주고,

찰스와 칼을 통해 선악의 갈림길에서 갈등하지만 선을 선택하는 인물도 보여줍니다. 리와 해밀턴 가족들을 통해 평범한 존재들의 선한 삶을 보여주기도 합니다. 그러나 작가인 스타인벡은 분명하게 말하고 있습니다. 우리 모두에게는 우리의 삶을 결정할 선택권이 있다고, 선과 악, 그 사이에서 갈등하며 살아갈 수밖에 없는 삶의 조건 속에서 어떤 삶을 살 것인지 결정할 수 있는 우리 스스로의 선택권이. 결국 우리 삶의 주인은 운명이거나 신이 아니라 인간 자신이며, 인간의 자유 의지라고 스타인벡은 말합니다. 하니 마지막 순간에 우리 모두가 스스로에게 묻게 될 질문, "나는 어떤 삶을 살았는가? 나는 잘 살았는가? 아닌가?"에 대해 어떤 답을 하게 될지는 우리 각자의 선택에 달려 있겠군요. "팀셸!"

1) We have only one story. All novels, all poetry, are built on the never-ending contest in ourselves of good and evil. And it occurs to me that evil must constantly respawn, while good, while virtue, is immortal. Vice has always a new fresh young face, while virtue is venerable as nothing else in the world is.

2) All in all it was a good firm-grounded family, permanent, and successfully planted in the Salinas Valley, not poorer than many and not richer than many either. It was a well-balanced family with its conservatives and its radicals, its dreamers and its realists. Samuel was well pleased with the fruit of his loins.

3) Charles cleared land, built up his walls, improved his drainage, and added a hundred acres to the farm. More than that, he was planting tobacco, and a long new tobacco barn stood impressively behind the house. For these things he kept the respect of his neighbors. A farmer cannot think too much evil of a good farmer. Charles was spending most of his money and all of his energy on the farm.

4) And just as there are physical monsters, can there not be mental or psychic monsters born? The face and body may be perfect, but if a twisted gene or a malformed egg can produce physical monsters, may not the same process produce a malformed soul?··· As a child may be born without an arm, so one may be born without kindness or the potential of conscience.

5) "You don't believe I brought you the letter because I don't want your money. You don't believe I loved you. And the men who come to you here with their ugliness, the men in the pictures-you don't believe those men could have goodness and beauty in them. You see only one side, and you think-more than that, you're sure-that's all there is."

6) Maybe the difference between the two boys can best be described in this way. If Aron should come upon an anthill in a little clearing in the brush, he would lie on his stomach and watch the complications of ant life-he would see some of them bringing food in the ant roads and others carrying the white eggs. He would see how two members of the hill on meeting put their antennas together and talked. For hours he would lie absorbed in the economy of the ground. If, on the other hand, Cal came upon the same anthill, he would kick it to pieces and watch while the frantic ants took care of their disaster. Aron was content to be a part of his world, but Cal must change it.

7) "The greatest terror a child can have is that he is not loved, and rejection is the hell he fears. I think everyone in the world to a large or small extent has felt rejection. And with rejection comes anger, and with anger some kind of crime in revenge for the rejection, and with the crime guilt-and there is the story of

mankind."

8) "Adam, give him your blessing. Don't leave him alone with his guilt. Adam, can you hear me? Give him your blessing!"··· Lee said, "Help him, Adam-help him. Give him his chance. Let him be free. That's all a man has over the beasts. Free him! Bless him!"

He expelled the air and his lips combed the rushing sigh. His whispered word seemed to hang in the air: "Timshel!"

His eyes closed and he slept.

9) "The King James translation makes a promise in 'Thou shalt,' meaning that men will surely triumph over sin. But the Hebrew word, the word timshel-'Thou mayest'-that gives a choice. It might be the most important word in the world. That says the way is open. That throws it right back on a man. For if 'Thou mayest'-it is also true that 'Thou mayest not.' Don't you see?"

10) "And I feel that I am a man. And I feel that a man is a very important thing-maybe more important than a star. This is not theology. I have no bent toward gods. But I have a new love for that glittering instrument, the human soul. It is a lovely and unique thing in the universe. It is always attacked and never destroyed-because 'Thou mayest.' "

11) Humans are caught-in their lives, in their thoughts, in their hungers and ambitions, in their avarice and cruelty, and in their kindness and generosity too-in a net of good and evil. I think this is the only story we have and that it occurs on all levels of feeling and intelligence. Virtue and vice were warp and woof of our first consciousness, and they will be the fabric of our last, and this despite any changes we may impose on field and river and mountain, on economy and manners. There is no other story. A man, after he has brushed off the dust and chips of his life, will have left only the hard, clean questions: Was it good or was it evil? Have I done well-or ill?

강의실 밖으로 나온

영미소설

1쇄 1판 2024년 4월 18일

지은이 여국현
펴낸이 김 강
편집 최미경
디자인 토탈인쇄 054.246.3056
인쇄·제책 아이앤피
펴낸 곳 도서출판 득수
출판등록 2022년 4월 8일 제2022-000005호
주소 경북 포항시 북구 장량로 174번길 6-15 1층
전자우편 2022dsbook@naver.com
ISBN 979-11-983924-6-6

값 25,000원